中村啓信＝監修・訳注

角川文庫
19240

凡例

一、現伝するまとまりをもつ風土記の五か国（常陸・出雲・播磨・豊後・肥前）と、諸文献に引用されて来歴した、逸文と称されるものを採録した。
一、五か国の風土記は読解の便宜のため、まず訓読文を掲示して脚注を付けた。ついで訓読文に対応する現代語訳を掲載する。風土記本来の文である漢字の本文（ほんもん）は末尾に掲げた。
一、逸文についても、ほぼ五か国風土記と同様な処置がなされているが、本文のみの残欠するもの、訓読文のみのもの、要約のようなものも含まれている。
一、本文については、原文（オリジナル）がまったく残存しないので、二次概念としての〝原型〟を求めて、逸文の中から再建したものがある。
一、本文の二行書き割注は訓読文では小字一行書きとした。

一、本書は五か国風土記を、『延喜式』に従って畿内・七道の国順に配し、次に逸文を置いた。それぞれの執筆担当者は、つぎのとおり。

(上)総解説　中村啓信
常陸国風土記　中村啓信
出雲国風土記　橋本雅之
播磨国風土記　橋本雅之
(下)豊後国風土記　谷口雅博
肥前国風土記　谷口雅博
逸文（畿内・東海道・東山道・北陸道）　飯泉健司
逸文（山陽道・山陰道・南海道・西海道）　谷口雅博

一、各国末に解説、下巻末に主要語句索引を付し、読解の便をはかった。

風土記 上 目次

出雲国風土記

地図作成・村松明夫

風土記総解説

奈良時代、元明《げんめい》天皇の和銅《わどう》六年（七一三）五月二日付け、

畿内《うちつくに》と七道《ななつのみち》の諸《もろもろ》の国・郡《こおり》・郷《さと》の名は好《よ》き字《な》を着けよ。其《そ》の郡の内に生《な》れる銀《しろかね》・銅《あかがね》・彩色《うるわしきいろ》・草・木・禽《とり》・獣・魚・虫等の物は、具《つぶさ》に色目《な》を録《しる》すこととまた土地《ところ》の沃塉《こゆるとやする》と、山川原野《はらの》の名号《な》の由《よ》る所、また古老の相伝ふる旧聞・異事は史籍《ふみ》に載せて言上せよ。

の官命（『続日本紀《しょくにほんぎ》』）が、風土記《ふどき》編修の命令に当ると読まれている。『延喜式《えんぎしき》』民部《みんぶ》上の「凡《およ》そ諸国の部内《くにのうち》の郡・里等の名は、並びに二字を用ゐ、必ず嘉き名を取れ。」とあるのがそれを承《う》けるものであろう。和銅の「郷」は「里」の誤謬《ごびゅう》か。「好《よ》き字」は「嘉《よ》き名」と同じで、一字名とか三字名などで表記されてきた地名は、良い意味をもつ二字表記に改めよ、と命じている。

畿内とは大和《やまと》・山城《やましろ》・摂津《せっつ》・河内《こうち》後れて和泉《いずみ》の諸国。七道は東海《とうかい》・東山《とうせん》・北陸《ほくりく》・山陰《さんいん》・山《さん》

陽《よう》・南海《なんかい》・西海《さいかい》の諸道であり、合わせて六十四国二島か。これらの多くの諸国に対して和銅六年の命は発せられたのである。

振り返って、中央が地方に要求している内容を見ると、それぞれの国状であり、地誌でもある国状報告書、そのうち現在に残ったものは、出雲《いずも》の国（島根県）一国分だけが完本で、常陸《ひたち》の国（茨城県）・播磨《はりま》の国（兵庫県）・豊後《ぶんご》の国（大分県）・肥前《ひぜん》の国（一部佐賀、一部長崎県）は省略または脱落があると言われたりするが、それなりの纏《まとま》った分量がある。しかしこの五か国を除く大部分は失われ、他の文献に拾われ引用された逸文といわれる小片を留《とど》める、なにがしかの国があるに過ぎない。

この諸国の国状報告書は〝解〟という形式で地方の国司から中央に送達されたものであるが、出雲の国の場合、国状報告の型式と送達に異同があるが、この出雲のケースをも含め、国状報告書を平安・鎌倉時代の文献が〝風土記〟と呼称したところに、古典籍としての『○○国風土記』が誕生した。

中央集権を推し進める律令《りつりよう》時代の官が、国郡統治実現の政治行動として提出を命じた〝解〟の回収率の明細はわからない。解は地方の在りようを中央にもたらしたが、各国の人口、封戸・課戸・仕丁などの人数、調賦の多寡などを含まないのは別の規定、つまり大化の改新詔を踏まえた律令があったからであり、『続日本紀』文武《もんむ》天皇慶雲《きようつん》三年（七〇六）の「使を七道に遣はし、田租の法を始む、町に十五束……」ともある。

この官命の冒頭文は風土記に関らないとする立場がある。『扶桑略記《ふそうりやくき》』（嘉保《かほう》元年＝一〇九四まで）にこの官命を引いて「好字」の下に「又令作風土記」の文があることによる。しかし『続日本紀』に「風土記」の語のあることは考え難い。もし官命が「風土記」の語で解文を要《もと》めたとすれば、「風土記」の語の反応がなければならない。それが皆無である上に、『続日本紀』が文の主題となる指示語を脱落するとは考えられない。官命文への傍書・書入れが、『扶桑略記』本文に取り込まれた衍文《えんぶん》と見るべきものである。このような衍文が入ることは、「風土記」の語が当時の政官界にどれほどかの通用性があったからとみられる。逸書『官曹《かんそう》事類《じるい》』（延略《えんりやく》二十二年＝八〇三奏上）に腹赤魚＝鱒《ます》のことについて、筑後《ちくご》・肥後《ひご》「両国風土記」と記事のあることを見ても推察される。つまり和銅六年五月二日の官命に報《こた》えた諸国の解が風土記なのである。

　この解の提出を命じた官命の第一項は、国郡郷に「好字」を着けることとある。これより一年前に成立した『古事記《こじき》』では、一例だけの「紀国」のほかは「木国」であり、七年後の『日本書紀《にほんしょき》』では「紀伊国」の二字表記となり、「紀朝臣」・「紀温湯」などは一字表記で残る。「郡」は『古事記』に無く、『日本書紀』では多量の郡名が二字表記であるが、「年魚市郡」・「泉郡」などわずかな例外を見る。「郷」は旧表記法の「里」のみで『古事記』が一例、『日本書紀』の記事は郡単位までで「郷」は採らずに「村」で書く。そこで風土記はといえば、現存五か国すべての二字表記は当然であるが、豊後《とよのみちのしり》・肥前《ひのみちのくち》は豊国《とよのくに》・肥国《ひのくに》であったものを分割をしたとき、「みちのしり」と「みちのくち」を便宜付けただけに過ぎない。備前《びぜん》・備中《びっちゅう》・備後《びんご》も同様で備前国を和銅六年に割って作った美作国《みまさかのくに》の名の好もしいのに較べれば形式があるのみである。しかしこれらを見ると漢式の二字地名に整えることが「好字」を着けるにほかならなかったと知るべきであろう。郡名・郷名についても同様である。

第二項は郡内の産物の目録を作ることとして、銀・銅・彩色・草・木・禽・獣・魚・虫などを掲げる。『続日本紀』の同じ和銅六年五月の十一日の記事には、

大倭《おおやまと》・参河《みかわ》をして並びに雲母《きらら》を献《たてまつ》らしむ。伊勢《いせ》は水銀《みずかね》、相模《さがみ》は石流黄《いおう》・白樊石《はくはんせき》・黄樊石、近江《おうみ》は磁石《じせき》、美濃《みの》は青樊石、飛騨《ひだ》・若狭《わかさ》は並びに樊石、信濃《しなの》は石流黄、上野《こうずけ》は金青《こんじょう》、陸奥《むつ》は白石英・雲母・石流黄、出雲は黄樊石、讃岐《さぬき》は白樊石。

と鉱物を列記する。ここに先の銀・銅は含まれず、令の雑に、銅鉄を産出するところがあって、官が採らない場合には民が採って、これを庸調に立て替えてもよい。山沢に異宝・異木・金・玉・銀・彩色などが有る場所を知っているなら太政官《だじょうかん》に申し出よ。とあるのを見れば、官の欲する物を地方諸国が必ずしも報告していない実状を推測することができる。ここにいう異宝とは瑪瑙《めのう》・琥魄《こはく》の類《たぐい》で、異木は沈香《じんこう》・白檀《びゃくだん》・蘇芳《すおう》の類、彩色は顔料の類。瑪瑙は常陸国風土記久慈《くじ》郡静織里《しとりのさと》の北の小川に交雑《ま》じっている丹石がそれと思われ、彩色に当る青《せい》

紺《こん》の土が同郡に記されるが、異木は五風土記に見えない。失われた他の六十か国の産品を想定して、成立時の下る『延喜式』の調・庸・交易雑器・交易雑物に当って見ると、そこには養老令《ようろうりょう》成立時代までの産物数とは驚くほどの大量多数が全国名を掲げて記録されている。しかしそこにも異木はない。沈香・白檀・蘇芳はインドや南アジアの原産であり、雑令自体の文言が不可思議で、流れ寄る椰子《やし》の実のように、漂着情報を求めているのかも知れない。

これらとは別の国産草木禽獣魚虫の風土記での記載法は一律ではない。

五か国の中で最も完本に近い本文量をもつ出雲国風土記は、常陸・播磨風土記より、解としての提出年次の遅れたこともあって、求めに対応する型式を最もよく整備している。出雲の国は全九郡、その、どの郡にも産物コーナーが設けられており、山の草木は種類が多く、特に草本は薬草に限定しているとみられ、官命の草を薬草と受け止める時代が来てから出雲国風土記は提出したものと推量されるのは、『延喜式』典薬寮《てんやくりょう》の「諸国進年料雑薬」掲出の出雲国五十三種の草本と一致度の高いことにある。禽獣項は草木項に併設されているが、魚虫項では沿海部の嶋根《しまね》・秋鹿《あきか》・楯縫《たてぬい》・出雲四郡内での魚貝類の列記が注目される。虫類とはなにか。蜈蚣《ごこう》・蚊があるが、これを生産物とはいえまい。甲殻類とか貝類とかのことであろう。蛤貝《うむき》・蚌・蕀甲蠃《うに》・甲蠃《かせ》・螺子《にし》・蠣《かき》(嶋根・秋鹿)などに「虫」が入っている。

右の、山にある薬草・樹木、および禽獣を郡単位で山名を並べた後に配置し、この範疇《はんちゅう》を外れる草木・海藻・鳥獣・魚貝は該当地名関係文中や分注で置く。この類型が常陸国風土記と播磨国風土記の讃容《さよ》・宍禾《しさわ》・神前《かむさき》三郡、肥前国風土記の松浦《まつうら》・高来《たかき》二郡にみられるが豊後国風土記に第二項に相当する記事はない。

第三項の土地が肥えているか埆《や》せているかについては、草木類に異状なまでに意を注いだ出雲国風土記がすっかり口を噤《つぐ》んでしまう。わずかに秋鹿郡・出雲郡で土体豊沃《ほうよく》・土地豊沃と記すくらいのものである。常陸国風土記では、総記に水田は上級田少く中級田が多いと記す。そして信太《しだ》郡の浮島《うきしま》村では戸数十五で田は七八町余り、住民は塩を焼いて業とすると記す。田は男一人二段歩、女は男の三分の二段の口分田なのであろう。しかし中級田が多い常陸の中に島の田は下級田と知られる。だから田作りでない塩作りを生業とした。この記事から班田が行われたその一様態を見ることができよう。

ここのみならず五風土記を通して人口記述がないのは、すでに造籍が行われて、国司および中央政府の把握するところであって、薩摩《さつま》・大隅《おおすみ》と陸奥の地域を除く地域の戸籍が存在したからである。原則として戸籍があって班田が行われているのであるから、官が風土記(解)にそれを要求することはない。官が求めているのは土地の環境、つまり肥塉《ひせき》のあり様である。地力のない埆《や》せた田から多くの稲は収穫できない。この対策(易田)を官が考慮していることは令から推測されるが全国的実施はできていない。

第三項は新たな墾田をも予想して、「山川原野の由る所」を期待している面もある。播磨国風土記は各郡に掲げる里の大部分に土品を上中下の組み合わせで表記している。豊後国風土記の速見《はやみ》郡田野《たの》の条には、此の野は広く大きく、土がよく肥えている。開墾して新田とするのに、これ以上のところはない、とある。しかしこの水田は結果的には荒《あ》れ廃《は》てたと述べ、私的墾田と班田法との問題点を示唆するものかと思われる。

豊後国風土記の冒頭部は、「郡捌盯郷卌里一百十驛玖盯並小路烽伍盯並下国寺貳盯僧寺尼寺」と始まる。肥前国風土記では、「郡壹拾壹所郷七十里一百八十七驛壹拾捌所小路烽貳拾所下國城壹所寺貳所僧寺」と始まり、一見書式の同一であることが知られる。数字の表記も「捌《はち》」「玖《きゅう》」「伍《ご》」「貳《に》」「壹《いち》」「拾《じゅう》」など漢数字と別の大字が共通している。その他天皇の表記・語・用字の共通異文によれば、この二国の他の九州諸国風土記との共通性が推測され、これら各国から提出された解は大宰府《だざいふ》で統轄整理の手が入って中央に送達されたものと考えられる。

ところが九州諸国風土記にはこの系統と異なる成立過程の九州風土記のあったことが、逸文（後の文献に引用された風土記の断片）や『日本書紀』本文の批判の中から見出《みいだ》されてきた。前者を甲類、後者を乙類と呼称している。その甲類に当る現伝豊後・肥前の風土記も完本ではなく省略本であろうともいわれ、ならば誰がどこで削除したのか不明ともいう。たとえば先に本文を掲げた二国の冒頭部、豊後では郡は八、郷は四十とある郡数は本文記載どおりであるのに、郷の記載は七しかない。肥前でも郡十一は全部記載するのに、郷七十は十五しか記載しない。その高来郡の場合、郷は九とあるのに一郷名の記載もない。しかし記載記事の所在は大たい推定され、現雲仙《うんぜん》市の千々石町《ちぢわちょう》と小浜町《おばまちょう》・高木町・国見町であり、古くは三つの該当郷名の中に在ったとみられる。つまり郷名を記そうと思えばできるのにあえて記さなかったとみるほかない。これが九州諸国の風土記（解）を総編修した大宰府の方針であろう。こうして仕上がった官への解が風土記原本であり、その伝来本が豊後・肥前の風土記ということになる。これが甲本であり省略本ではない。

第四項は、古老の相伝する旧聞・異事を記すこと、であるが、地方諸国の伝承を地名に関って集め記録することになる。官命を受けた国司は郡司へ下し、郡司は郷（里）長へ下す。官が官人へ下す地方組織としては郡司の単位までであるから、風土記は郡までは必ず記載することになる。このことは風土記作成の意義を知る上できわめて重要であり、律令による中央集権国家確立の示標としての班田法の施行に伴う租調庸などのうち、調としての諸国貢献の物産が賦役令《ぶやくりよう》に記録されている。全品目でわずか六十種。そのうち産出国の知られるものは四種、望陀布《もうだのぬの》（上総《かずさ》）・美濃絁《みののあしぎぬ》・近江鮒《おうみぶな》・安芸木綿《あきのゆふ》だけ。しかも国単位。『延喜式』は平安時代成立ではあるが、遡《さかのぼ》る『霊亀式《れいきしき》』・『弘仁式《こうにんしき》』のどれほどかを承《う》けるものと見做《みな》して参考すると、民部《みんぶ》式《しき》・主計式《しゅけいしき》の掲げる物産は六十八か国で厖大数《ぼうだいすう》となるが単位は国まで。このように見ると、すでにみてきたように、風土記が物産のみでなく、地域伝承に及ぶまで郡単位に及び、さらにその下の郷・里・村までの情報を普《あま》ねく中央に上げたことは希有《けう》というべきであろう。

それが古老の伝える伝承となる地域の固有名詞にまで及ぶ。「古老」という語で捉《とら》え返すと、豊後・肥前風土記には一語も出てこない。しかし伝承記事はたくさんある。だいたい「昔者《むかし》」と始まるから古老の伝承とみることができる。注目すべきは「昔者」を古代天皇に係《か》ける伝承が多く、とりわけ景行《けいこう》天皇に関る説話が著しく、加えて一つの説話が終って次の土地の説話に転ずるときに「同天皇」と両風土記に共通するケースも複数ある。日本武尊《やまとたける》・神功《じんぐう》皇后も含めて、至尊伝承とでもいうべきものが際立つのはなにを意味するのか、これが官命の求める解＝風土記の意図なのではないか。

播磨国風土記の場合も「古老曰」で始まることはないが、里とか丘のあるだけ伝承があると言ってもいいくらいであり、「昔」として伝える例も多く、その中に天皇に関るものも当然あり、「昔」ともいわずに、聖徳太子《しょうとくたいし》をも含める至尊伝承は全郡に広がり、応神《おうじん》天皇は四十か所を超えて登場する。

常陸国風土記では、「古老曰」が二十三例あり、現伝九郡の内八郡がその冒頭部に「古老曰」を置いて始まる特徴をもっている。他の風土記にもある序文に相当する総記の初めからして、「常陸国司解《げ》す。古老の相伝ふる旧聞を申す事」とあって、古老に問いを発して、その答えを記録したものであるかのような構成をもっている。遡って崇神《すうじん》天皇・景行天皇・倭武《やまとたけの》天皇・息長帯比売《おきながたらしひめ》天皇・応神天皇……孝徳《こうとく》天皇・天武《てんむ》天皇までの記事および伝承を内蔵している。常陸・播磨・肥前・肥後の風土記の至尊伝承は、孝徳・天武天皇などに至ると歴史記述と認識される内容をもつ。氏族制国家から律令制《りつりょうせい》国家への転換・実施期のさ中で、風土記は企画され成立したものであることが分かる。大化《たいか》の改新から飛鳥浄御原令《あすかのきよみはらりょう》・大宝令《たいほうりょう》の実施・実現の一端は明らかに風土記に見てとることができる。律令時代がめざす中央集権国家の最高権力者は天皇一人で、どこの国の郡郷里村のどのような神であろうと人であろうと形式上（実質的には藤原不比等《ふじわらのふひと》のごとき権力者がいた。）は天皇に服属する歴史の中で語られ、風土記の中の今にピンナップされる政治的地誌である。

風土記の成立に遅速のあることはよく知られており、常陸・播磨の風土記は和銅六年の官命年次に近く編述がなされたとみられ、豊後・肥前などを含む九州風土記は、『日本書紀』成立の七二〇年にやや遅れるかと思われるが、もう一つの出雲風土記は天平《てんぴょう》五年（七三三）の編集年時を記す。

出雲国風土記には全九郡中の六郡に「古老伝云」の伝承があるが、天皇の名に係けることはない。出雲は出雲神話の国であり、律令国家にとっても特別な国であったことは『古事記』・『日本書紀』の国譲りの神話を見ても明らかであり、風土記巻末記天平五年（七三三）の国造《くにのみやつこ》で、意宇《おう》郡大領《だいりょう》を兼ねる出雲臣広島《いずものおみひろしま》が署名していることも見逃せない。『出雲国造世系譜』によれば、彼は天穂日命《あめのほひのみこと》から二十七世に当り、聖武《しょうむ》天皇神亀《じんき》元年（七二四）一月二十七日に「神賀詞」を都に上り朝廷で奏上している。これより先、元正《げんしょう》天皇霊亀《れいき》二年（七一六）、二十六世の国造果安《はたやす》が神賀《かんよ》の事を奏上しており、出雲の国造が新任にあたって、都に上り天皇の御世《みよ》を寿《ことほ》ぎ、出雲大神《いずものおおかみ》ともども天皇への忠誠を盟《ちか》う重大な儀礼であり、延喜式には「其日諸司廢務」とある。その日は全官庁が政務を休むというほどであった。

風土記にも意宇郡と仁多《にた》郡に、国造の神吉事《かんよごと》（神賀詞《かんよごと》・神賀事《かんよごと》などに同じ）の記事があり、国造の祀《まつ》る熊野《くまの》大社・杵築《きづき》大社（出雲大社）を始めて、諸国のどこにもない出雲一国三百九十九社を掲げ、うち百八十四社は神祇官《じんぎかん》に登録された官社である。『延喜式』によれば、奈良時代の都の大和国の官社数二百八十六は当然であるが、平安時代の都の山城国が百二十二、畿内の河内百十三、和泉《いずみ》六十二、摂津七十五、ほかに皇太神宮《こうたいじんぐう》の在る伊勢の二百五十三に比較するとき出雲の数百八十七は圧巻である。風土記より三社多くなっているに過ぎないが、官が解の中に求めもしていない神社を悉く《ことごと》並べ、官の未登録二百十五社を平然と並べることは、律令推進の官への社寺の不輸租（租税を収めない）を求める圧力ともみられる。

わずか五か国の風土記ではあるが、それぞれに特色のあることをみてきたが、すべての風土記は律令時代の中で編修され、中央派遣の国司よりも、地元豪族層から選任された世襲的郡司の仕事となった風土記の作成に、彼らがどれほど忠実であり、国家に二人の君はなく、国土の民は天皇をもって主とする、中央集権の徹底を郡司層の忠誠に求める。風土記の官命は単に地誌を中央に上げただけでなく、王権の確定を求める大事業でもあったことを示している。

常陸国風土記

常陸国風土記

常陸国《ひたちのくに》[1] 司《つかさ》[2]、解《げ》す。[3] 古老《おきな》の相伝《あひつた》ふる旧聞《ふること》を申《まを》す事《こと》。国《くに》郡《こほり》の旧事《ふること》を問《と》ふに、古老《おきな》答《こた》へて曰《い》はく、古《いにしへ》は、相摸《さがむ》の国《くに》[4]足柄《あしがら》の岳坂《やまさか》より東《ひむがし》の諸《もろもろ》の県《あがた》は、惣《す》べて[5]我姫国《あづまのくに》[6]と称《い》ひき。是《こ》の当時《とき》、常陸《ひたち》と言《い》はず。唯《ただ》、新治《にひばり》・筑波《つくは》・茨城《うばらき》・那賀《なか》・久慈《くじ》・多珂《たか》の国《くに》と称《い》ひ、各《おのもおのも》、造《みやつこ》[7]・別《わけ》を遣《つか》はして撿校《かと》[8]らしめき。其《そ》の後《のち》、難波長柄豊前大宮《なにはのながらのとよさきのおほみや》[9]に臨軒《あめのしたしらしし》天皇《すめらみこと》の世《みよ》に至《いた》り、高向臣《たかむくのおみ》・中臣幡織田連《なかとみのはとりだのむらじ》等を遣《つか》はして、坂《さか》[10]より已東《ひむがし》の国《くに》を惣領《すべをさ》めしめき。[11] 時《とき》に、我姫《あづま》の道《みち》、分《わか》れて八《やつ》の国《くに》[12]と為《な》り、常陸国《ひたちのくに》、其の一《ひとつ》に居《あた》れり。

然号《しかなづ》くる所以《ゆゑ》は、往来《ゆきき》の道路《みち》、江海《かはうみ》[13]の津済《わたり》[14]を隔《へだ》てず、郡《くに》郷《こほり》の境堺《さかひ》、山河《やまかは》の峯《を》谷《たに》に相続《あひつづ》く。直通《ひたみち》[15]の義《ことわり》を取《と》りて、名称《な》

総記

1 今の茨城県の大部分。

2 第三十六代孝徳天皇の大化以後、都から赴任して、任命国の統治に当った官人。

3 公式文書の一つ。下級の役所から中央の上級の役所に提出する文書。

4 今の神奈川県の大部分。

5 総に同じ。

6 都より東を指す言いかた。東国・東方・吾嬬・吾妻とも書き、すべてアヅマと訓（よ）む。

7 在地の豪族を首長として任命したもの。別（わけ）は天皇の子孫を地方に封じたと伝える豪族。

8 つかさどる。政務を行う。

9 孝徳天皇、大宮は大阪市中央区法円坂町にあったとみられる。大阪城の南にあたる。

10 足柄山。

11 全部合わせて統括する。

12 『日本書紀』巻第二十五によれば、東方八道を相模・武蔵・上総・下総・上毛野・下毛野・常陸・陸奥の八国とする。

13 大河と海。

と為《せ》り。或曰《あるひとい》はく、倭 武《やまとたけ(る)》の天皇《すめらみこと》[16]、東《あづま》の夷《えみし》の国《くに》を巡狩《めぐりみそな》はして、[17]新治《にひばり》の県《あがた》[18]を幸過《すぎいでま》す。国 造《くにのみやつこ》毗那良珠命《ひならすのみこと》を遣《つか》はして、新《あらた》に井《ゐ》を掘《ほ》らしむるに、流泉浄《いづみきよ》く澄《す》み、尤好愛《いたくうつく》し[19]。時に、乗輿《みこし》を停《とど》めて、水《みづ》を翫《もてあそ》び、手《みて》を洗ひたまふ。御衣《みけし》の袖《そで》、泉《いづみ》に垂《た》りて沾《ひ》づ[20]。袖《そで》を漬《ひた》す義《ことわり》によりて、此の国の名と為《せ》り。風俗《くにぶり》[21]の諺《ことわざ》に、筑波岳《つくはね》に黒雲挂《くろくもかか》り、衣袖漬《ころもでひたち》の国《くに》といふは是《これ》なり。

夫《そ》れ常陸国は、堺《さかひ》は是《こ》れ広く大きく、地《くに》も緬邈《はろか》[22]なり。土壌《つち》沃《こ》え墳《うぐも》[23]ち、原野《はらの》肥《こ》え衍《ひろが》[24]る。墾《は》り発《ひら》く処《ところ》[25]と山海《やまうみ》の利《くほさ》あり。人々自得《やすら》[26]かに、家々《いへいへ》足饒《ゆた》[27]かなり。もし身《み》を耕耘《たつくり》に労《つと》め、力を紡蚕《こかひ》[28]に竭《つく》す者有らば、立ちどころに富豊《とみ》を取るべく、自然《おのづから》に貧窮《まづし》きを免《まぬか》るべし。況《いは》むやまた、塩と魚《な》の味《あぢはひ》を求《もと》めむには、左は山右は海なり。桑《くは》を植ゑ麻《あさ》を種《ま》かむには、後《しりへ》は野前は原なり。いはゆる水陸《みづくが》の府蔵《くら》[29]、物産《くにつもの》の膏腴《よきところ》[30]。古《いにしへ》の人常世国《ひととこよのくに》[31]と云《い》へるは、蓋《けだ》し疑ふらくは此《こ》の地《ところ》か。ただ、

14　渡し場。
15　一本の道、真直な陸路。
16　第十二代景行天皇の皇子。『日本書紀』では天皇として数えられていないが、このような伝承があったのであろう。
17　天子・王が統治する国内を巡視するをいう。
18　新治郡の条によれば、比奈良珠命（ひならすのみこと）がここにきて、新しい井を穿ったところ清水が流れたので郡名としたとあり、この国名起源と同類の説話がある。
19　大層心惹かれた。
20　ぬらす、ひたす。漬と同義。
21　クニブリの諺は土地の人びとの言い伝え。漢語の風俗は、天子の教化が地方に及んで習慣となることを言う。
22　「緬」も「邈」も遠い意。はるかなさま。
23　土が盛り上って肥沃。
24　大きく広い意。
25　開墾した農地。
26　自然と心が満ち足りる。
27　富んで豊か。
28　男の農耕と女の養蚕。「紡」は糸

有《あ》らゆる水田《こなた》、上《かみ》は小《すくな》く中《なか》[32]は多《おほ》きを以《も》ち、年に霖雨《ながあめ》に遇《あ》はば、苗子《なへ》の登《みの》らぬ難《うれへ》を聞《き》き、歳《とし》に亢陽《ひでり》に逢《あ》はば、ただ穀《たな》実《つもの》の豊稔《みのり》の歓《よろこび》を見む。　略《はぶ》かず。

新治郡《にひばりのこほり》。[1]　東《ひむがし》は那賀郡《なかのこほり》との堺《さかひ》の大《おほ》き山《やま》、南《みなみ》は白壁郡《しらかべのこほり》、西《にし》は毛野河《けののかは》、北《きた》は下野《しもつけの》[2]・常陸《ひたち》の二《ふた》つの国《くに》の堺《さかひ》、波太《はだ》の岡《をか》。

古老《おきな》の曰《い》はく、昔《むかし》、美麻貴天皇《みまきのすめらみことあめのしたしら》　馭宇しめしし世《みよ》[3]に、東夷《あづまのひな》[4]の荒《あら》ぶる賊《あた》　俗《くにひと》、あらぶるにしものと云《い》ふ。[5]　を平討《たひら》げむとして、新治《にひばり》の国《くに》の造《みやつこ》が祖《おや》、名《な》は比奈良珠命《ひならすのみこと》と曰《い》ふを遣《つか》はす。此の人、罷《まか》り到《いた》りて、新《あらた》しき井《ゐ》　今新治里《いまにひばりのさと》に存《あ》り。随時《ときどき》に祭《まつり》を致《いた》す。　を穿《ほ》る。其《そ》の水浄《みづきよ》く流《なが》る。仍《よ》りて井《ゐ》を治《は》りしを以《も》ち、因《よ》りて郡《こほり》の号《な》に着《つ》く。尓《そ》れより今に至るまで、其《そ》の名《な》を改めず。　風俗《くにひと》の諺《ことわざ》に、白遠《しらとほ》ふ[6]新治国《にひばりのくに》と云《い》ふ。　以下《しも》は略《はぶ》く。

駅家《うまや》[7]、名《な》を大神《おほかみ》[8]と曰《い》ふ。然称《しかい》ふ所以《ゆゑ》は、大《おほ》き蛇《へみ》多《さは》に在《あ》り。

をつむぐこと。

29　水陸の物産の宝庫。

30　地味が肥え穀物の十分にできる土地。

31　海彼または天上にあるという理想的神・仙世界。

32　水田の優劣を等級で区分した。

新治郡

1　茨城県西北部の筑西市・桜川市・笠間市にわたる地域。

2　栃木県相当。そこから流れ下るのが毛野川で小見川。

3　第十代崇神天皇統治の世。

4　天皇に服従しない東国とその民。

5　本文「荒賊」を当地語に置き換えたもの。

6　「新」（にひ）にかかる枕詞。泉から流れる水が毛野川・利根川へと広遠に注ぐ意か。

7　『萬葉集注釈』より復原。本文参照。前後の有無不明。

8　桜川市平澤大神台。蛇を「夜刀の神」という例既出。

因《よ》りて駅家《うまや》に名《な》づく。　云々《しかしか》。

（白壁郡《しらかべのこほり》）

郡《こほり》[1]より東《ひむがし》五十《いそ》里《さと》に、笠間村《かさまのむら》[2]在《あ》り。越《こ》え通《かよ》ふ道路《みち》を葦穂山《あしほやま》[3]と称《い》ふ。古老《ふるおきな》曰《い》はく、古《いにしへ》山《やま》の賊《あた》有《あ》りき。名《な》を油置売命《あぶらおきめのみこと》と称《い》ふ。今《いま》も社《もり》の中《なか》に、石屋《いはや》在《あ》りといふ。俗歌《くにひとうた》ひ曰《いは》く、

言痛《こちた》けば[4]　小泊瀬山《をはつせやま》[5]の
石城《いはき》にも　率《ゐ》て籠《こも》らむ
な恋《こ》ひそ我妹《わぎも》　已下《しも》は略《はぶ》く。

筑波郡《つくはのこほり》。[1]東《ひむがし》は茨城郡《うばらきのこほり》[2]、南《みなみ》は河内郡《かふちのこほり》[3]、西《にし》は毛野河《けののかは》、北《きた》は筑波岳《つくはのやま》。

古老《おきな》の曰《い》はく、筑波県《つくはのこほり》[4]は、古《いにしへ》に紀国《きのくに》と謂《い》ひき。美万貴天皇《みまきのすめら》の世《みよ》に、采女臣《うねめのおみ》[5]の支属《やから》[6]、筑簟命《つくはのみこと》を紀国《きのくに》[7]の国造《くにのみやつこ》に遣《つかは》しき。時《とき》に、筑簟命《つくはのみこと》云《い》はく、「身《わ》が名《な》を国に着けて、後《のち》の代《よ》に流《つ》伝《た》へしめむと欲《おも》ふ」といふ。本《もと》の号《な》を改《あらた》めて、更《さら》に筑波《つくは》と

（白壁郡）

1　以下新治郡の記事とされてきたが白壁郡の記事。郡家は桜川市真壁町。文の前後に欠落がある。
2　笠間市笠間。
3　真壁町と石岡市境界の足尾山（六二八メートル）。
4　人の言い立てる噂がひどいので。葦穂山にことよせた大和の民間歌謡の類歌。→『万葉集』巻第十六（三八〇六）。
5　奈良県桜井市の初瀬山。

筑波郡

1　つくば市に相当する地域。
2　概当する石岡市・土浦市などが東側に隣接する。
3　つくば市南部とつくばみらい市を含むあたり。
4　「県」は資料蒐集時の表記。
5　古代大豪族物部氏の一族。
6　諸本「友」は誤写とみる。

称《い》ふぞ。風俗《くにひと》の説《ことば》に、「握飯筑波《にぎりいひつくは》の国《くに》」と云ふ。以下《しも》は略《はぶ》く。

古老《おきな》の曰《い》はく、昔《むかし》、神祖《みおや》の尊《みこと》8、諸神《もろかみ》たちの処《ところ》に巡《めぐ》り行《い》で9まして、駿河国福慈岳《するがのくにふじのやま》に到《いた》り、卒《つひ》に日暮《ひぐれ》に遇《あ》ひて、10過宿《やどり》を請《こ》欲ひたまひき。此の時、福慈《ふじ》の神《かみ》答へて曰《まを》さく、「新粟《にひ》初嘗《なへ》11して、家内諱忌《やのうちものいみ》12す。今日《けふ》の間《ほと》は、冀《ねが》はくは許《ゆる》し堪《た》へじ」とまをす。是《ここ》に、神祖《みおや》の尊《みこと》、恨み泣きて詈告《の》りて13曰《のりたま》はく、「汝《な》が親《おや》ぞ。何《なに》ぞ宿《やど》すを欲《ほ》りせぬ。汝《な》が居《す》める山は、生涯《いき》の極《きは》み、冬も夏も雪ふり霜《しも》おきて、冷寒《さむさ》重襲《おそ》ひ、人民《ひとくさ》登《のぼ》らず、飲食《をしもの》14奠《たてまつ》ることなけむ」とのりたまふ。更《さら》に、筑《つく》波岳《はのやま》に登《のぼ》りまして、亦容止《またやどり》15を請《こ》ひたまふ。此の時、筑波《つくは》の神《かみ》答へて曰さく、「今夜《こよひ》は新粟嘗《にひなへ》すれども、敢《あ》へて尊《みこと》の旨《むね》を奉《うけまつ》らずはあらず」とまをす。爰《ここ》に、飲食《をしもの》を設《ま》けて、敬《ゐや》び拝《をろが》み祇《つつし》16みて承《つかへまつ》る。是《ここ》に、神祖《みおや》の尊《みこと》、歓然《よろこ》びて謌《うた》ひ曰《のりたま》はく、

愛《は》しきかも我《わ》が胤《こ》17　巍《たか》きかも18神宮《かむみや》
天地《あめつち》と並斉《なら》び　日月《ひつき》と共同《とも》に

7　柵（き）を置いた国の意。
8　神々の祖先神。子神の富士山の神・筑波山の神は女神とみられる。
9　大神は神領を巡幸すると考えられたのであろう。
10　ついに日暮になってしまった。
11　新穀を供えて神祭を行う。粟はアワではなく、もみがら着きの米。
12　神に近づく手続きとして、ある期間心身を潔めつつしみ不浄を避けること。
13　声高にののしる。
14　召しあがりもの。
15　身を寄せること。
16　うやうやしく仕える。
17　本文は四言詩。
18　神の宮の高くて大きく立派なさま。

人民集《ひとくさつど》ひ賀《ほ》き　飲食《をしもの》冨豊《ゆたか》に
代々《よよ》に絶《た》ゆること無《な》く　日《ひ》に日《ひ》に弥栄《いやさか》え
千秋万歳《ちあきよろづよ》に　遊楽窮《たのしびつ》きじ

是《ここ》をもちて、福慈岳《ふじのやま》は、常に雪ふりて登臨《のぼ》ることを得《え》ず。其の筑波岳《つくはのやま》は、往《ゆ》き集《つど》ひて歌ひ舞ひ飲み喫《さけのものくら》ふこと、今に至《いた》るまで絶《た》えず。以下《しも》は略《はぶ》く。[19]

夫《そ》れ筑波岳《つくはのやま》は、高《たか》く雲《くも》に秀《ひい》で、最頂《いただき》は西《にし》の峰《みね》[20]崢嶸《たか》し。[21]雄《を》の神《かみ》と謂《い》ひて登臨《のぼ》らしめず。[22]唯《ただ》、東《ひむがし》の峯《みね》[23]は四方《よも》磐石《いは》にして、昇《のぼ》り降《くだ》りは坱圠《しな》[24]あれども、其《そ》の側《かたはら》に泉《いづみ》流《なが》れて冬も夏も絶《た》えず。坂《さか》[25]より東《ひむがし》の諸国《くにぐに》の男女《をとこをみな》、春の花の開くる時、秋の葉の黄《もみ》つ節《とき》、相携《あひたづさ》ひ[26]駢闐《むらか》り、飲食《くらひもの》を齎賚《もちき》て[27]、騎《うま》にも歩《かち》にも登臨《のぼ》り、遊楽《あそび》し栖遅《たたず》む。[28]其の唱《うた》に曰はく、

筑波嶺《つくはね》に[29]　逢《あ》はむと
いひし子《こ》は　誰《た》が言聞《ことき》けばか

19 鎌倉時代に省略が行われたと言われる。
20 男体山（八七〇メートル）。
21 高くけわしい。
22 ここは高所に登る意。
23 女体山（八七五・九メートル）。
24 でこぼこの段差がある。
25 足柄山より東の関東地方。
26 大勢連れだって行く。
27 齎と賚はともに持つ意。
28 足を止めて休息する。
29 女にはぐらかされた男のひとり歌。

嶺《みね》あすばけむ30
筑波嶺《つくはね》に　廬《いほ》りて
妻《つま》31なしに　我《わ》が寝《ね》む夜《よ》ろは
早《は》やも　明《あ》けぬかも

詠《うた》へる歌《うた》甚《いたく》　多《おほ》くして載車《の》32するに勝《た》へず。俗《くにひと》の33　諺《ことわざ》に云《い》はく、「筑波峯《つくはね》の会《つどひ》34に　娉《つまどひ》の　財《たから》35を得《え》ずあるは、児女《をとこをとめ》とせず」といへり。

郡《こほり》の西十《にしと》里《さと》36に、　騰波江《とばのあふみ》37在《あ》り。長さ二千九百歩《ふたちあまりここのほあし》、広さ一千五《ちあまりい》百歩《ほあし》なり。東《ひむがし》は筑波郡《つくはのこほり》、南《みなみ》は毛《け》野河《ののかは》、西《にし》と北《きた》とは並《ならび》に新治《にひばりの》郡《こほり》、艮《ひむがしきた》　は　白壁郡《しらかべのこほり》なり。

信太郡《しだのこほり》。　東《ひむがし》は信太流海《しだのながれうみ》1、南《みなみ》は榎浦流海《えのうらのながれうみ》、2　西《にし》は毛《け》野河《ののかは》、　北《きた》は河《かふ》内郡《ちのこほり》3なり。

30　不明な句。
31　その夜の相手の女性。
32　車に載せきれないほど多量。
33　ヨ・ヨヒト・ヨノヒトなどと訓む字。風土記の地方性を認めてクニヒトと訓む。
34　嬥歌のつどい。香島郡の条に「俗、歌垣と云ひ、賀我比（かがひ）と云ふ」とある。
35　婚約のしるしとする物。
36　郡家の西約五四〇〇メートル。
37　小貝川流域の沼沢地。

信太郡
1　稲敷市の霞ヶ浦水域。
2　同市の新利根・利根川の河間に広大な水域があった。
3　つくば市とつくばみらい市あたり。
4　以下四行は『釈日本紀』逸文より

古老《おきな》曰《い》はく[4]、難波長柄豊前宮御宇天皇《なにはのながらのとよさきのみやにあめのしたをさめたまひしすめらみこと》[5]の御《み》世《よ》、癸丑年《みづのとのうのとし》[6]に、小山上《せうせんじやう》物部河内《もののべのかふち》・大乙上《だいおつじやう》物部会津《もののべのあひづ》等《ら》[7]と、惣領高向大夫《すべをさたかむくのまへつきみ》等《ら》[8]と、筑波《つくは》・茨城郡《うばらきのこほり》の七百戸《ななほへ》を分《わか》ちて、信太郡を置く。此《こ》の地《くに》は、本《もと》、日高見国《ひたかみのくに》[9]なり。云々《しかしか》。

黒坂命《くろさかのみこと》[10]、陸奥《みちのおく》の蝦夷《えみし》を征討《う》事《こと》ありき。凱旋《かちかへ》りて[11]、多歌《たかの》郡《こほり》の角枯之山《つのかれのやま》[12]に及《いた》るに、黒坂命《くろさかのみこと》病《やまひ》に遇《あ》ひて身故《みまか》りたまふ[13]。爰《ここ》に、角枯《つのかれ》を改《あらた》めて、黒前山《くろさきやま》と号《なづ》く。黒坂命《くろさかのみこと》の輸轜車《きくるま》[14]、黒《くろ》前之山《さきのやま》より発《た》ちて、日高之国《ひたかみのくに》に到《いた》るに、葬具《はぶりつもの》の儀《よそほひ》、赤《あか》旗《はた》・青幡《あをはた》、交雑《まじは》り飄颺《ひるがへ》りて、雲と飛び虹《にじ》と張《は》り、野《の》を瑩《て》らし営路《みち》を耀《かかや》かせり。時の人、「赤幡垂《あかはたしだ》る国《くに》」と謂《い》ひき。後《のち》世《よ》の言《こと》に、便《すなは》ち改めて信太国《しだのくに》と称《い》ふ。云々《しかしか》。

郡《こほり》[15]の北《きた》十《と》里《さと》に碓井《うすゐ》[16]あり。古老《おきな》の曰《い》はく、大足日子天皇《おほたらしひこのすめらみこと》、浮島《うきしま》の帳《とばり》の宮《みや》[17]に幸《いでま》ししに、水《みもひ》の供御《おもの》[18]無《な》し。卜者《うらべ》を遣《つかは》して

再建した省略時以前の本文の訓読文。
↓一〇一頁。
5　第三十六代孝徳天皇。
6　白雉四年（六五三）。
7　物部氏の二人他に見ない。小山上は冠位二十六階の第十六階、大乙上は第十九階。
8　総記の高向臣に同じ。
9　天皇に順次服属していった東方のメルクマールの地名。
10　神武天皇皇子神八井命の子孫多氏系の人物。この条の七行『萬葉集注釈』の逸文より再建した本文の訓読文。
↓一〇一頁
11　戦いに勝って帰ること。
12　日立市十王町黒坂の北の竪割山（六五八メートル）。黒前神社がある。
13　亡くなる。
14　柩車。棺を載せて運ぶ車。
15　稲敷郡美浦村信太辺か。
16　同村陸平遺跡の辺か。
17　稲敷市浮島の行宮。
18　天皇に差し上げる飲料水。

占訪《うらど》ひ、所々《ところどころ》を穿《ほ》らしめたまふ。今雄栗《をくり》の村《むら》[19]に存《あ》り。此《ここ》より西高来里《にしたかくのさと》[20]あり。古老《おきな》曰《い》はく、天地《あめつち》の権輿《はじめ》[21]、草木《くさき》言語《ことと》ひし時《とき》[22]に、天《あめ》より降《くだ》り来《こ》し神《かみ》、名《みな》は普都大神《ふつのおほかみ》[23]と称《まを》す。葦原中津国《あしはらのなかつくに》を巡《めぐ》り行《い》でまして、山河《やまかは》の荒梗《あらぶるかみ》[24]の類《たぐひ》を和平《やは》したまふ。大《おほ》神《かみ》、化道《おもむけ》[25]已《すで》に畢《を》へて、心《みこころ》に天《あめ》に帰《かへ》らむと存《おも》ほす。即時《そのとき》に、身《みみ》に随《そ》へたまへる器仗《つはもの》[26]俗《くにひと》、いつのと曰《い》ふ。甲《よろひ》・戈《ほこ》・楯《たて》・剣《つるぎ》と、執《と》らせる玉珪《たま》[27]を、悉皆《ことごと》く脱《ぬ》ぎ屣て、茲《こ》の地《ところ》に留《とど》め置《お》き、白雲《しらくも》に乗《の》りて、蒼天《あめ》に還《かへ》り昇《のぼ》りましつ。以下《しも》は略《はぶ》く。

風俗《くにひと》の諺《ことわざ》に云《い》はく、葦原《あしはら》の鹿《しか》は、其《そ》の味爛《あぢはひくさ》[28]るが若《ごと》く、喫《くら》ふに山《やま》の宍《しし》に異《こと》なれり。二つの国《くに》[29]大《おほ》きに猟《かり》すれども、絶《た》え尽《つく》すべくも無《な》しといふ。其《そ》の里《さと》の西《にし》に飯名社《いひなのやしろ》あり。此《こ》れ、筑波岳《つくはのやま》に有《いま》す飯名神《いひなのかみ》の別属《やから》なり。榎浦《えのうら》の津《つ》[30]は、駅家《うまや》を置《お》く。東 海大道《ひむがしのうみのおほち》[31]にして、常陸路《ひたちぢ》の頭《はじめ》なり。所以《このゆゑ》に、伝駅使等《はゆまづかひら》、初めて国に臨《のぞ》まむとするに、先《ま》づ口《くち》と手《て》とを洗《あら》ひ、東《ひむがし》に面《む》きて香島《かしま》の大神《おほかみ》[32]を拝《をろが》む。然《しか》して後《のち》に入《い》ること得《う》。以下《しも》は略《はぶ》

19 所在未詳。
20 稲敷郡阿見町竹来。
21 世界創成神話の始源の時。
22 草も木も物を言っていた。
23 剣を神格化した神。
24 荒も梗も荒れる意。「カミ」は内容を補読した訓。
25 相手を説いて同意させる。
26 威力ある武器に冠する語。
27 トンボ玉の腕輪か。
28 葦原に住む鹿の肉（宍）は腸が腐るほどに美味である。
29 常陸の国と下総の国。
30 郡南部に横たわる大水域。
31 東海道の幹線路。
32 鹿嶋市の鹿島神宮。

く。

古老《おきない》曰はく、倭武天皇《やまとたけのすめらみこと》、海辺《うみへた》に巡幸《めぐりい》でまして、乗浜《のりはま》[33]に行《ゆ》き至《いた》りたまふ。時に、浜《はま》・浦《うら》の上《ほとり》に多《さは》に海苔《のり》俗《くにひと》、「のり」と云ふ。を乾《ほ》せり。是《これ》に由《よ》りて、能理波麻之村《のりはまのむら》と名《な》づく　以下《しも》は略《はぶ》く。

乗浜里《のりはまのさと》の東《ひむがし》に浮島村《うきしまのむら》[34]有《あ》り。長《なが》さ二千歩《あし》、広《ひろ》さ四百歩《あし》なり。四面《よも》は絶海《うみ》にして、山と野と交錯《まじ》れり。戸《へ》は一十五烟《かまど》、田《た》は七八町余《ところあまり》なり。居《す》める百姓《おほみたから》は塩《しほ》を火《や》きて業《なりはひ》として九つの社《やしろ》あり。言《こと》も行《わざ》も謹《つつし》み諱《い》めり[35]。以下は略く。

茨城郡《うばらきのこほり》[1]　東《ひむがし》は香島郡《かしまのこほり》[2]、南《みなみ》は佐我《さが》の流海《ながれうみ》[3]、西《にし》は筑波山《つくはやま》、北《きた》は那珂《なかの》郡《こほり》[4]なり。古老《おきな》の曰《い》はく、昔《むかし》、国巣《くにす》[5]　俗《くにひと》の語《ことば》に都知久母《つちくも》、また、夜都賀波岐《やつかはぎ》といふ。山《やま》の佐伯《さへき》、野《の》の佐伯《さへき》[6]あり。普《あまね》く土窟《つちむろ》を堀《ほ》り置《お》きて、常《つね》に穴《あな》に居《す》み、人《ひと》の来《く》ることあれば窟《むろ》に入りて竄《かく》り、其の人去ればまた郊《の》に出《い》でて遊《あそ》ぶ。狼《おほかみ》の性《さが》、梟《ふくろふ》の

33 稲敷市飯出・三次・上馬渡・須賀津などに亘る霞ヶ浦の浜辺の地。
34 稲敷市浮島。今は絶海の島ではなく陸続き。
35 十五戸の小島に九社もの神がおり、製塩の民は言動に慎み、禁忌に触れない生活をしていた。

茨城郡
1 土浦市・かすみがうら市・石岡市・小美玉市・東茨城郡茨城町辺。
2 →四十四頁。
3 かすみがうら市沿岸部の水域。
4 水戸市との境界線以北。
5 先住の民。クズとも。
6 クズの異称であろう。

情《こころ》[7]にして、鼠《ねずみ》のごとく窺《うかか》ひ、狗《いぬ》のごとく盗《ぬす》む。招《を》き慰《こしら》へら[8]るることなく、弥《いよいよ》、風俗《くにぶり》に阻《へだ》つ。此の時大臣《おほのおみ》[9]の族《やから》黒坂《くろさかの》命《みこと》、出《い》で遊《あそ》べる時《とき》を伺候《うかか》[10]ひて、茨蕀《うばら》[11]を穴《あな》の内《うち》に施《し》き、騎《うま》兵《いくさ》を縦《はな》ちて、急《にはか》に逐《お》ひ迫《せ》めしむ。佐伯《さへき》等《ども》、常《つね》の如《ごと》く土窟《つちむろ》に走《に》げ帰る。尽《ことごと》に茨蕀《うばら》に繋《かか》りて衝《つ》き害《そこな》はれて疾《や》み死《し》に散《あら》けぬ。故《かれ》、茨蕀《うばら》を取《と》りて、県《こほり》の名に着《つ》く。謂《い》はゆる茨城郡《うばらきのこほり》は、今、那珂郡《なかのこほり》の西《にし》に存《あ》り。古者《いにしへ》、郡家《こほりのみやけ》を置けり。茨城郡《うばらきのこほり》の内《うち》なり。風《くに》俗《ひと》の諺《ことわざ》に水泳《みづくく》[12]る茨城国《うばらきのくに》といふ。或曰《あるひとい》はく、山《やま》の佐伯《さへき》、野《の》の佐伯《さへき》、自《みづか》ら賊《あた》の長《ひとごのかみ》と為《な》り、徒衆《ともがら》を引率《ゐ》て、国中《くになか》を横《よこ》しまに[13]行《ゆ》き、大《おほ》きに劫《かす》め[14]殺《ころ》す。時に、黒坂命《くろさかのみこと》、此《こ》の賊《あた》を規《はか》り[15]滅《ほろぼ》さむと、茨《うばら》を以《も》ち城《き》を造《つく》る。所以《このゆゑ》に、地《ところ》の名《な》を茨城《うばらき》と謂《い》ふ。茨城《うばらき》の国造《くにのみやつこ》の初《はじめ》の祖《おや》、多祁許呂命《たけころのみこと》は息長帯比売天皇《おきながたらしひめのすめらみこと》[16]の朝《みかど》に仕《つか》へて、品太天皇《ほむだのすめらみこと》[17]の誕《あ》れましし時《とき》に至《いた》るまで当れり。多祁許呂命《たけころのみこと》に子八人《こやたり》[18]あり。中男《なかつこ》、筑波使主《つくはのおみ》は、茨城郡《うばらきのこほり》の湯坐連等《ゆゑのむらじら》が初祖《はじめのおや》なり。

郡《こほり》より西南《にしみなみ》に、近《ちか》く河間《かは》[19]有《あ》り。信筑之川《しつくのかは》[20]と謂《い》ふ。源《みなもと》は筑《つく》

7 悪鳥にたとえられる。
8 招かれ慰撫されないで。
9 多臣と同じ。神武天皇の御子神八井耳命の子孫。
10 ひそかに様子を見て。
11 字書に草木針有る者、茨と謂うとあり蕀も同じ。
12 水に潜る意。ウに係ける。
13 かって気ままに。
14 おびやかす。うばう。
15 謀りごとをもって。
16 神功皇后のこと。
17 第十五代応神天皇。
18 『先代旧事本紀』の国造本紀には六人の子が国造に任じられたとある。
19 間は澗の省文か。谷川。
20 恋瀬川。かすみがうら市の流域に上志筑・下志筑がある。

波之山《はのやま》より出《い》でて、西《にし》より東《ひむがし》に流《なが》れ、郡《こほり》の中《うち》を経歴《へめぐ》りて、高浜《たかはま》の海《うみ》[21]に入《い》る。以下《しも》は略《はぶ》く。

夫《そ》れ、此《こ》の地《ところ》は、芳菲《はなかぐはし》き嘉《よ》き辰《とき》[22]、揺落《もみちお》つる涼《すず》しき候《ころ》[23]、駕《のりもの》を命《おほ》せて向《ゆ》き、舟に乗りて遊ぶ。春は浦《うら》の花千《はなちぢ》に彩《いろど》り、秋は是《こ》れ岸《きし》の葉百《このはもも》に色《いろ》づく。歌ふ鶯《うぐひす》を野《の》の頭《ほとり》に聞《き》き、儛《ま》ふ鶴《つる》を渚《す》の干《ほとり》[24]に覧《み》る。社《さと》の郎《をとこ》と漁《あま》の嬢《をとめ》[25]と浜洲《はま》を逐《お》ひて輻湊《あつ》まり、商豎《あきひと》と農夫《たひと》とは艀艖《をぶね》[26]に棹《さを》さして往来《ゆきき》す。況《いは》むや、三《な》夏《つ》[27]の熱《あつ》き朝《あした》、九陽《ひ》の煎《い》る[28]夕《ゆふへ》は、友《とも》を嘯《よ》[29]び僕《やつこ》を率《ゐ》て、浜曲《はまみ》[30]に並《なら》び坐《ゐ》て、海中《わたなか》を騁望《みさ》く[31]。濤《なみ》の気《け》稍《やくや》く扇《あふ》げば[32]、暑《あつ》さを避《さ》くる者《ひと》は鬱陶《おほほ》しき[33]煩《わづら》ひを祛《のぞ》[34]き、岡《をか》の陰《かげ》徐《おもぶる》[35]に傾《かたぶ》けば、涼《すず》しきを追《お》ふ者《ひと》は歓然《よろこば》しき意《こころ》を軫《うご》[36]かす。詠歌《うた》ひ云《い》はく、

高浜《たかはま》に　来寄《きよ》する波《なみ》の
沖《おき》つ波《なみ》　寄《よ》すとも寄《よ》らじ
子《こ》らにし寄《よ》らば

また云《い》はく、

21 石岡市高浜まで湾入する。
22 桜咲き薫る良い時。春。
23 木の葉が揺れ落ちる涼風の時節。秋。
24 辺・上などと同じ用法。
25 農村の若者と漁村の娘。
26 艀も艖も短い小舟。
27 旧暦の四・五・六月。
28 九箇の太陽に煎られるほど熱いとの中国古代神話に基づく比喩。
29 口をすぼめてうそぶくように声を出して呼ぶ。
30 浜が湾曲したところ。
31 ほしいままに遠く眺める。
32 涼しい波の勢いが少し盛んになると。
33 ぼんやりとして心が晴れない。
34 とりさる。はらす。
35 ゆっくりと。
36 動かす。

高浜《たかはま》の　下風《したかぜ》さやぐ
妹《いも》を恋《こ》ひ　つまといはばや
ことめしつ37

郡《こほり》の東《ひむがし》十里《とをさと》に、桑原岳《くははらのやま》38あり。昔《むかし》、倭武天皇《やまとたけのすめらみこと》、岳《やま》の上《うへ》に停《とど》まりたまひき。御膳《みけつもの》を進奉《たてまつ》る時《とき》に、水部《もひとりべ》39をして新《あら》たに清井《ゐ》を掘《ほ》らしめたまふ。出泉《いづみ》浄《きよ》く香《かぐは》しく、飲喫《の》むに尤好《いたくよ》し。勅《みことのり》して云《のりたま》はく、「能《よ》く渟《たま》れる水《みづ》かも」　俗《くにひと》、「よくたまれるみづかな」と云《い》ふ。とのりたまひき。是《これ》によりて、里《さと》の名《な》を、今《いま》、田余《たまり》40と謂《い》ふ。以下《しも》は略《はぶ》く。

行方郡《なめかたのこほり》。東《ひむがし》・南《みなみ》は並《なら》びに流《なが》れ海《うみ》、北《きた》は茨城郡《うばらきのこほり》なり。

古老《おきな》曰《い》はく、難波長柄豊前大宮　馭宇天皇《なにはのながらのとよさきのおほみやにあめのしたしらししすめらみこと》の世《みよ》、癸丑《みづのとのうし》の年《とし》1に、茨城国造《うばらきのくにのみやつこ》、小乙下《せうおつげ》壬生連麿《みぶのむらじまろ》、那珂国造《なかのくにのみやつこ》、大建《だいけむ》2壬生直夫子《みぶのあたひをのこら》等、惣領高向大夫《すべをさたかむくのまへつきみ》、中臣幡織田大夫《なかとみのはとりだのまへつきみら》等に請《こ》ひて、茨城《うばらき》の地《くに》の八里《やさと》3を割《さ》き、七百余戸《ななほへあまり》を合《あは》せて、

37　脱字があり文意不明。
38　小美玉市栗又四ヶ辺。
39　飲料水を司る部。
40　小美玉市の上玉里・下玉里・栗又四ヶ・高崎・田木谷・川中子・東田中の地域のいずれか。

行方郡
1　第三十六代孝徳天皇白雉四年（六五三）。
2　第三十八代天智天皇三年（六六四）制定の冠位で二十六階中二十五位。上の小乙下は二十四位。
3　孝徳紀に五十戸一里とするから四百戸。残り三百戸余りは那珂郡を分割か。

別《こと》に郡家《こほりみやけ》を置《お》く。

行方郡《なめかたのこほり》と称《い》ふ所以《ゆゑ》は、倭武天皇《やまとたけのすめらみこと》、天下《あめのした》を巡狩《めぐりみそな》はして、海《うみ》の北《きた》[4]を征平《ことむ》けたまふ。是《ここ》に、此《こ》の国《くに》を経過《す》ぎ、槻野《つきの》[5]の清泉《しみづ》に頓幸《いでま》す[6]。水《みづ》に臨《のぞ》みて手《みて》を洗《あら》ひ、玉《たま》もち井《ゐ》に落したまふ。今も行方里《なめかたのさと》[7]の中《なか》に存《あ》り。玉清井《たまのしみづ》と謂《い》ふ。更《さら》に車駕《みこし》を廻《めぐ》らして、現原《あらはら》[8]の丘《をか》に幸《いでま》す。御膳《みけつもの》を供奉《たてまつ》る。時に、天皇《すめらみこと》四《よも》を望《みさ》けまして、侍従《まへつきみ》を顧《かへりみ》て曰《のりたま》はく、「輿《こし》を停《とど》めて徘徊《たちもとほ》り[9]、目《め》を挙《あ》げて騁望《みさ》くれば、山《やま》の阿《くま》・海《うみ》の曲《わだ》[10]は、参差《かたたが》ひ[11]に委虵《もごよ》へり[12]。峯《みね》の頭《ほとり》は雲《くも》を浮《う》かべ、谿《たに》の腹《を》は霧《きり》を擁《いだ》く。物《もの》の色《かたち》可《う》怜《ま》く[13]、郷体《くにかた》甚《いたく》愛《めづ》らし[14]。此《こ》の地《くに》の名《な》を行細《なみくは》し国《くに》[15]と称《い》ふべし。」とのりたまふ。後《のち》の世《よ》、跡《あと》を追《お》ひて、猶《なほ》、行方《なめかた》と号《なづ》く。風俗《くにぶり》の諺《ことわざ》に、立雨零《たちさめふ》り[16]、行方国《なめかたのくに》といふ。

其《そ》の岡高《をかたか》く敞《あらは》る[17]。敞《あらは》るるを現原《あらはら》と名《な》づく。此《こ》の岡《をか》より降《くだ》りて、大益河《おほやかは》[18]に幸《いでま》して、艖《ふね》[19]に乗《の》りて上《のぼ》りたまふ時《とき》に、棹梶《かぢ》を折《を》る。因《よ》りて、其《そ》の河《かは》の名《な》を無梶河《かぢなしかは》と称《い》ふ。此《こ》は茨城《うばらき》・

4　流れ海（霞ヶ浦）から北。
5　行方市井上か。
6　頓は止まる、休息の意。
7　行方市行方が遺称地。
8　同市芹沢辺とみられる。
9　あちこち歩きまわる。
10　山の入りくみと海の湾曲。
11　高低長短入り交る。
12　くねくね曲る形状。「虵」は蛇の異体。
13　万物の姿が美しい。
14　国土の形に眼が奪われる。
15　大地の配列の精妙な国。
16　にわか雨が降る。
17　高く露出している。
18　行方市玉造から霞ケ浦に入る梶無川。
19　小舟

行方《なめかた》二《ふた》つの郡《こほり》の堺《さかひ》なり。河鮒《かはふな》の類《たぐひ》、悉《ことごと》く記《しる》すべからず。無梶河《かぢなしかは》より部陲《こほりのさかひ》に達《いた》りたまひしに、鴨《かも》の飛《と》び度《わた》る有《あ》り。天皇《すめらみこと》、御《のぞ》みます時《とき》に、鴨《かも》、辺《ちかく》に弦《ゆみなり》に応《こた》へて[20]、堕《お》つ。其地《そこ》を鴨野《かもの》[21]と謂《い》ふ。土壌《つち》堉埆《や》せて[22]、草木《くさき》生《お》ひず。野《の》の北《きた》に、櫟《いちひ》・柴《くぬぎ》・鶏頭樹《かへるでのき》・比之木《ひのき》、往々《ところどころ》森々《いよよか》[23]に自《おのづ》から山林《はやし》を成《な》せり。枡池《ますいけ》有《あ》り[24]。此《こ》れ、高大夫《たかむくのまへつきみ》の時《とき》に築《つ》きし池《いけ》なり。北《きた》に香取《かとり》の神子《みこ》の社《やしろ》有《あ》り[25]。社《やしろ》の側《かたはら》の山野《やまの》は、土壌《つち》腴衍《こ》え、草木《くさき》密生《しげ》れり。郡の西の津済《わたり》は、謂《い》はゆる行方《なめかた》の海《うみ》なり。海松《みる》[26]と、塩《しほ》を焼《や》く藻《もは》生《お》ふ。凡《すべ》て、海《うみ》に在《あ》る雑《くさぐさ》の魚《うを》は、載《の》するに勝《た》ふべからず。但以《ただおも》ふに、鯨鯢《くぢら》は曽《かつ》て見聞《みき》かず。郡の東《ひむがし》に国社《くにつやしろ》[27]あり。此《こ》を県祇《こほりのかみ》と号《なづ》く。中《なか》の寒泉《しみづ》を大井《おほゐ》と謂《い》ふ。郡《こほり》に縁《よ》れる男女《をとこをみな》、今《いま》も集《つど》ひて汲《く》み飲《の》めり。郡家《こほりのみやけ》の南《みなみ》の門《かど》に、一つの大きなる槻《つきのき》有《あ》り。其《そ》の北《きた》の枝自《えだおのづ》から垂《た》りて地《つち》に触《ふ》り、還《かへ》りて空中《そら》に聳《そび》ゆ。其の地《ところ》に、昔《むかし》、水《みづ》の沢《さは》有《あ》りき。今も霖雨《ながあめ》に遇《あ》へば、庁《まつりごとどの》[28]の庭《には》に湿潦《いさらみず》[29]す。郡《こほり》の側《かたはら》の居邑《むら》に、

20 弓弦の鳴る音に反応して。
21 玉造加茂が遺称地。
22 土塊がごろごろのやせ地で。
23 あちこちに高く繁茂する。
24 行方市捻木（ねじき）とみられる。
25 捻木に香取神社がある。
26 浅海産の緑藻。食用。
27 行方市行方の国（くにつ）神社。
28 郡家＝郡役所。
29 雨後のたまり水ができる。

橘《たちばな》の樹《き》生《お》へり。郡《こほり》より西北《にしきた》に、提賀里《てがのさと》[30]あり。古《いにしへ》佐伯《さへき》有《あ》りき。手鹿《てが》と名《な》づく。其《そ》の人居《ひとすみか》とす。追《お》ひて里《さと》に着《つ》く。其《そ》の里《さと》の北《きた》に、香島《かしま》の神子《みこ》の社《やしろ》[31]在《あ》り。社《やしろ》の周《めぐり》の山野《やまの》は地沃《つちこ》えて、草木《くさき》は、椎《しひ》・栗《くり》・竹《たけ》・茅《ち》の類《たぐひ》、多《さは》に生《お》へり。此《ここ》より北《きた》に、曾尼村《そねむら》[32]あり。古《いにしへ》に佐伯《さへき》有《あ》りき。名《な》をば曾禰毗古《そねびこ》と曰《い》ふ。名《な》を取《と》りて村《むら》に着《つ》く。今、駅家《うまや》を置く。此《こ》れを曾尼《そね》と謂《い》ふ。

古老《おきな》のいはく、石村玉穂宮大八洲馭天皇《いはれのたまほのみやにおほやしましらしししすめらみこと》[1]の世《みよ》、人有《ひとあ》り。箭括《やはず》の氏《うぢ》の麻多智《またち》[2]、郡《こほり》より西《にし》の谷《たに》の葦原《あしはら》を点《さだ》め、懇闢《ひら》きて新《あらた》に田《た》を治《は》る[3]。此《こ》の時《とき》、夜刀神《やとのかみ》[4]、相群《あひむ》れ引率《ひきゐ》て、悉尽《ことごと》に到来《いた》る。左右《かなたこなた》に防障《さ》へて[5]、耕佃《たつく》らしむことなし。俗《くにひと》いはく、蛇《へみ》を謂《い》ひて夜刀神《やとのかみ》と為《い》ふ。其の形《かたち》は、蛇《へみ》の身《み》にして頭《かしら》に角《つの》あり[6]。率引《ひきゐ》て難《わざはひ》を免《まぬか》るる時、見る人有らば、家門《いへ》を破滅《ほろぼ》し、子孫継《うみのこつ》がず。凡《すべ》て、此《こ》の郡《こほり》の側《かたはら》の郊原《の》に甚多《さは》に住《す》めり。是《ここ》に、麻多智《またち》、大《おほ》きに怒《いかり》の情《こころ》を起《お》こし、甲鎧《よろひ》を着被《き》て、自身《みづから》仗《ほこ》を執《と》り、打殺《うちころ》し駈逐《おひや》りつ。山口《やまのくち》[7]に至《いた》り、標《しめ》の梲《つゑ》[8]を堺《さかひ》の堀《ほり》に置《お》きて、夜刀神《やとのかみ》に告《つ》

30　行方市手賀がある。
31　玉造の大宮神社という。
32　玉造の中央地域か。

1　第二十六代継体天皇。宮の所在は桜井市と橿原市の間辺。
2　未詳氏。
3　開墾して新田を造成する。
4　谷の神の意。蛇をいう。
5　遮断して妨害する。
6　中国文献に「龍の角のないのを蛇という」とある。
7　山の登り口。
8　占有の標識としての杖。

げていはく、「此《これ》より上《かみ》は神《かみ》の地《ところ》と為《な》すことを聴《ゆる》さむ。此《これ》より下《しも》は人田《ひとた》を作《つく》るべし。今《いま》より後《のち》、吾《われ》、神《かみ》の祝《はふり》9と為《な》りて、永代《とこしへ》に敬《いや》ひ祭《まつ》らむ。冀《ねが》はくは、な祟《たた》りそ、な恨《うら》みそ」といひて、社《やしろ》を設《ま》けて初《はじ》めて祭《まつ》る、といふ。還《また》10、耕田《たところ》一十町余《あまり》11を発《ひら》きて、麻多智《またち》の子孫《うみのこ》、相承《あひう》けて祭《まつり》を致《いた》し、今《いま》に至《いた》るまで絶《た》えず。其《そ》の後《のち》、難波長柄豊前大宮《なにはのながらのとよさきのおほみや》に臨軒《あめのしたしらしし》天《すめら》皇《みこと》12の世《みよ》に至《いた》り、壬生連麿《みぶのむらじまろ》13、初《はじ》めて其《そ》の谷《たに》を占《し》めて14、池《いけ》の堤《つつみ》を築《つ》かしむ。時に、夜刀神《やとのかみ》、池《いけ》の辺《へ》の椎《しひ》の樹《き》に昇《のぼ》り集《つど》ひ、時《とき》を経《ふ》れども去《さ》らず。是《ここ》に、麿《まろ》、声《こゑ》を挙《あ》げて大言《たけ》びて、「此《こ》の池《いけ》を修《をさ》めしむるは、要《もと》は民《おほみたから》を活《い》かすに在《あ》り。何《いづれ》の神《かみ》、誰《たれぞ》の祇《くにつかみ》、風化《おもむけ》15に従《したが》はずある」といふ。役《えだち》の民《おほみたから》16に令《おほ》せていはく、「目《め》に見《み》ゆる雑《くさぐさ》の物《もの》、魚虫《うをむし》の類《たぐひ》は、憚《はばか》り懼《おそ》るるところなく、随尽《ことごと》に打殺《うちころ》せ」と言《い》ひ了《を》はる応時《すなはち》17、神《かみ》の蛇《へみ》避《さ》り隠《かく》りぬ18。謂《い》はゆる其の池は、今、椎井《しひゐ》19と号《なづ》く。池《いけ》の西《にし》の椎《しひ》の株《もと》より清泉《しみづ》出づ。井《ゐ》を取《と》りて池に名づく。香嶋《かしま》に向《むか》

9 蛇神を祭る者。司祭者。

10 さらに。復の意。

11 祭祀の用田約一〇ヘクタール。

12 孝徳天皇。三十四頁。

13 行方郡を建てた一人。

14 谷（やと）の神の域内を占有する。

15 天皇の民を導く教化。

16 池の工事の労働をする民。

17 同時に。言い終るとすぐ。

18 どこへ隠れたともないが、夜刀神社が玉造新田にある。

19 夜刀神社の下の谷辺か。

20 陸路で鹿島の駅への公路。

ふ陸《くぬが》の駅道《うまやぢ》[20]なり。

郡《こほり》の南七里《みなみななさと》に男高里《をたかのさと》[1]あり。古《いにしへ》、佐伯《さへき》、小高《をたか》有《あ》り。其《そ》の居処《すみか》とす。因《よ》りて名《な》づく。国宰《くにのみこともち》[2]、当麻太夫《たぎまのまへつきみ》[3]の時《とき》に築《つ》ける池《いけ》、今《いま》も路《みち》の東《ひむがし》に存《あ》り。池より西の山に、猪《ゐ》・猿大《さるおほ》く住《す》み、草木《くさき》多《さは》に密《しげ》れり。南《みなみ》に鯨岡《くぢらをか》[4]有《あ》り。上古《いにしへ》の時《とき》に、海鯨《くぢら》、匍匐《はらば》ひて来《き》たり臥《ふ》せり。栗家《くりや》の池《いけ》[5]有《あ》り。其《そ》の栗大《くりおほ》きにあれば。以《も》ちて池の名とす。北《きた》に香取《かとり》の神子《みこ》の社《やしろ》[6]有《あ》り。

麻生里《あさふのさと》[7]。古昔《いにしへ》、麻《あさ》、猪水《ぬま》[8]の涯《ほとり》に生《お》ふ。囲《かく》み、大《おほ》き竹《たけ》の如《ごと》く、長《なが》さ、一丈《ひとつゑ》に余《あま》りき。里《さと》を周《めぐ》る山有《やまあ》り。椎《しひ》・栗《くり》・槻《つき》・櫟生《いちひお》ひ、猪《ゐ》・猴《さる》栖住《す》めり。其《そ》の野《の》、筋馬《すぢうま》[9]を出《い》だす。飛鳥浄御原大宮《あすかのきよみはらのおほみや》臨《に》　軒天皇《あめのしたしらしししすめらみこと》[10]の世《みよ》に、同《おな》じき郡《こほり》の大生《おほふ》の里《さと》[11]の建部袁許呂命《たけべのをころのみこと》[12]、此《こ》の野《の》の馬《うま》を得《え》て、朝廷《みかど》に献《たてまつ》りき。謂《い》はゆる行方馬《なめかたのうま》なり。或《あるひと》茨城里《うばらきのさと》の馬《うま》と云《い》へるは非《あら》ず。郡《こほり》の南《みなみ》二十里《はたさと》に香澄《かすみ》の里《さと》[13]。古《ふる》き伝《つたへ》に曰《い》はく、大足日子天　皇《おほたらしひこのすめらみこと》[14]、下総　国《しもつふさのくに》の印波《いには》の鳥見丘《とみのをか》[15]に登《のぼ》り坐《ま》して、留連《つたよ》[16]ひて遥《はろか》に望《みさ》けた

1　行方市小高（おたか）。
2　国司。
3　用明天皇を祖とする氏族。
4　小高の久慈塚（鯨塚）という。
5　未詳。小高の小池という。
6　小高の西の四鹿に香取神社がある。
7　行方市麻生にあたる。
8　猪は潴の省文。溜め池。
9　筋力の強い良馬。『扶桑略記』天智天皇七年に常陸の国が「生レ角馬」を献ったとある。
10　第四十代天武天皇。
11　潮来（いたこ）市大生が遺称地。
12　倭武命の名を後世に伝える御名代部の人物。
13　行方市富田と潮来市牛堀にあたる。
14　景行天皇。
15　千葉県印西市本埜（もとの）小林の丘から印旛沼・榎浦（えのうら）流海の彼方三五キロメートルに香澄の里を遠望する。
16　留まる。滞在する。

まふ。東《ひむがし》を顧《かへり》みて、侍臣《まへつきみ》に勅《みことのり》して曰《のりたま》はく、「海《うみ》は青《あを》き波《なみ》浩汗《ひろ》く[17]、陸《くが》は是《こ》れ丹《あか》き霞空朦《くもおほほ》し[18]。国《くに》は其《そ》の中《なか》より朕《あ》が目《め》に見《み》ゆるぞ」とのたまふ。時《とき》の人《ひと》、是《これ》に由《よ》りて、霞郷《かすみのさと》と謂《い》ふ。東《ひむがし》の山《やま》に社《やしろ》有《あ》り。榎《えのき》・槻《つき》・椿《つばき》・椎《しひ》・竹《たけ》・箭《やだけ》・麦門冬《やますげ》、往々《ところどころ》に多《さは》なり。此《こ》の里《さと》より西《にし》の海中《わたなか》の北《きた》の洲《す》を新治洲《にひばりのす》[19]と謂《い》ふ。然称《しかい》ふ所以《ゆゑ》は、洲《す》の上《うへ》に立《た》ちて、北《きた》の面《おもて》を遥《はろか》に望《おせ》れば、新治国《にひばりのくに》の小筑波岳《をつくはのやま》[20]見《み》ゆ。因《よ》りて名《な》づくるなり。

此《ここ》より南《みなみ》に往《ゆ》くこと十里《とさと》に、板来村《いたくのむら》[21]あり。近《ちか》く海浜《うみへた》に臨《のぞ》み、駅家《うまや》を安置《お》く。此《これ》を板来駅《いたくのうまや》と謂《い》ふ。其《そ》の西《にし》に、榎木林《えのきはやし》を成《な》せり。飛鳥浄見原天皇《あすかのきよみはらのすめらみこと》の世《みよ》に、麻績王《をみのみこ》[22]を遣《や》りて居処《お》く。其《そ》の海《うみ》に、塩《しほ》を焼《や》く藻《もは》・海松《みる》・白貝《おほ》・辛螺《にし》・蛤《うむぎ》、多《さは》に生《お》ふ。

古老《おきな》の曰《い》はく、斯貴満垣宮《しきのみつかきのみや》に大八洲所馭天皇《おほやしましらししすめらみこと》[1]の世《みよ》、東《ひむがし》の垂《ほとり》[2]の荒《あら》ぶる賊《あた》を平《ことむ》けむとして、建借間命《たけかしまのみこと》[3]を遣《つかは》したまふ。此《こ》は那賀《なか》の国造《くにのみやつこ》が初祖《はじめのおや》なり。軍士《いくさびと》を引率《ひきゐ》て、行《ゆくゆ》く凶猾《あた》を略《う》つ。[4]

17　水がひろびろとしたさま。
18　赤味を帯びた雲気がうっすらたなびいている。
19　霞ケ浦の洲。常陸への北西の関門が新治。その方向に筑波山があり意識されている。
20　常陸の人の筑波山への愛称的表現とみられる。
21　潮来市潮来。
22　出自不明。『書紀』では因幡（いなば）、『万葉集』では伊勢に流されたとする伝説の王（みこ）。
1　第十代崇神天皇。
2　辺境の地。
3　『先代旧事本紀』に第十三代成務天皇の御代に建借馬命を仲国造に定めたとある。

安婆《あば》の嶋《しま》[5]に頓宿《やど》りて[6]、海《うみ》の東《ひむがし》の浦《うら》を遥望《みさ》く。時《とき》に烟見《けぶりみ》ゆ。爰《ここ》に人有《あ》りと疑ふ。建借間命《たけかしまのみこと》、天《あめ》を仰《あふ》ぎて誓《うけ》ひて[7]曰《い》はく、「若《も》し天人《あめひと》[8]の烟《けぶり》に有《あ》らば、来《きた》りて我《わ》が上《うへ》を覆《おほ》へ。若《も》し荒《あら》ぶる賊《あた》の烟《けぶり》に有《あ》らば、去りて海中《わたなか》に靡《なび》け」といふ。時《とき》に、烟《けぶり》、海を射《さ》して流《なが》る。爰《ここ》に、自《おのづか》ら凶賊《あた》有《あ》りと知《し》りぬ。従衆《ともひと》に命《おほ》せて、褥食《あさけ》[9]して渡る。是《ここ》に、国栖《くにす》、名《な》は夜尺斯《やさかし》・夜筑斯《やつくし》と曰《い》ふもの二人《ふたり》有《あ》り。自《みづか》ら首 帥《ひとごのかみ》[10]となりて、穴《あな》を堀《ほ》り、堡《そこ》[11]を造《つく》りて、常《つね》に居住《す》む。官軍《みいくさ》[12]を覘伺《うかか》ひて[13]、伏《ふ》し衛《まも》り拒抗《ふせ》く。建借間命《たけかしまのみこと》、兵《いくさ》を縦《はな》ち駆追《お》ふ。賊《あた》尽《ことごと》に逋《に》げ還《かへ》り[14]、堡《そこ》を閇《さ》して固《かた》く禁《ふせ》く[15]。俄《にはか》にして、建借間命《たけかしまのみこと》、大《おほ》きに権議《はかりこと》[16]を起《お》こし、敢死《たけ》き士《ひと》[17]を校閲《かと》りて[18]、山《やま》の阿《くま》に伏《ふ》せ隠《かく》し、賊《あた》を滅《ほろぼ》さむ器《うつはもの》を造《つく》り備《そな》ふ。海渚《なぎさ》を厳餝《かざ》り[19]、舟を連ね、桴《いかだ》を編《あ》み、雲《くもの》蓋《きぬがさ》[20]を飛《ひるがへ》し、虹旌《にじのはた》[21]を張《は》り、天鳥琴《あめのとりこと》・天鳥笛《あめのとりふえ》[22]は、波《なみ》に随《したが》ひ、潮《うしほ》を逐《お》ふ。杵《きね》[23]を鳴《なら》し唱曲《うたうた》ひ、七日《なぬか》七夜《ななよ》遊楽《あそ》び歌《うた》ひ舞《ま》ふ。時に、賊《あた》の党《ともがら》、盛《さかり》なる音楽《うたまひ》を聞《き》きて、房《いへ》を挙《あ》げて[24]、男女《をとこをみな》悉《こと》

4 悪くずるいやつを討つ。
5 稲敷市阿波崎か。
6 頓は止まる意。宿も同じ。
7 神かけて誓いごとをする。
8 天神の子孫の天皇側の人。
9 早朝の食事。
10 首長。かしら。
11 『広韻』に「小城」とある。辺境の陣地の意。
12 天皇の軍隊。
13 ひそかにのぞき見する。
14 逃げるに同じ。
15 防ぎ止める。
16 計略をたてる。
17 死を惜しまない勇士。
18 選考する。
19 いかめしく飾る。
20 絹傘を雲のように翻す。
21 虹を画いたのぼり旗。
22 琴・笛が天上世界の鳥の囀りのように美しくの意。
23 杵は大盾。兵士たちが盾を楽器として鳴らす。
24 一家全員。

尽《ごと》に出《い》で来《き》、浜《はま》を傾《かたぶ》けて[25]歓《よろこ》び咲《わら》ふ。建借間命《たけかしまのみこと》、騎士《うまいくさ》に令《ことおほ》せて堡《そこ》を閇《と》ぢ、後《しりへ》より襲《おそ》ひ繋《かか》りて、尽《ことごと》に種属《やから》を囚《とら》へ、一時《もろとも》に焚《や》き滅《ほろぼ》せり。此《こ》の時《とき》、痛《いた》く殺《ころ》すと言へるは、今《いま》、伊多久《いたく》之郷《のさと》と謂《い》ひ、臨《ふつ》[26]に斬《た》つと言へるは、今、布都奈之村《ふつなのむら》[27]と謂ひ、安《やす》く殺《と》ると言へるは、今、安伐之里《やすとりのさと》[28]と謂《い》ひ、吉《え》く殺《さ》くと言へるは、今、吉前之邑《えさきのむら》[29]と謂ふ。

板来《いたく》の南《みなみ》の海《うみ》に洲《す》有《あ》り。所《ところ》は三四里許《みさとよさとばかり》なり。春《はる》の時《とき》には、香島《かしま》・行方《なめかた》二《ふた》つの郡《こほり》の男女《をとこをみな》尽《ことごと》に来《き》て、蚌《うむぎ》[30]・白貝《おほ》[31]、雑味《くさぐさ》の貝物《かひつもの》を拾《ひり》ふ。

郡《こほり》より東《ひむがし》北《きた》十五里《さと》に、当麻之郷《たぎまのさと》[1]あり。古老《ふるおきな》曰はく、倭《やまと》武天皇《たけのすめらみこと》、巡《めぐ》り行《いでま》して、此《こ》の郷《さと》を過《す》ぎたまふ。佐伯《さへき》有《あ》り。名《な》を烏日子《からすひこ》と曰《い》ふ。其《そ》の命《みこと》に逆《さか》ひしに縁《よ》りて、随便《やす》く略殺《ころ》[2]したまふ。屋形野《やかたの》[3]の帳宮《とばりのみや》に幸《い》でます。車駕《みこし》の経《ふ》る道狭《みちさ》く、地深浅《つちたぎたぎ》[4]し。悪《あ》しき路《みち》の義《こころ》によりて、当麻《たぎま》と謂《い》ふ。俗《くにひと》、「たぎたぎし」と云ふ。野《の》の土埆《つちや》せ[5]たり。然《しか》れども、紫草《むらさき》生《お》ふ。二《ふた》

25 浜がひっくり返るほど。
26 臨は伐つ意。「フツ」は切断音。悉くの意もある。
27 潮来市古高（ふったか）。
28 未詳。
29 潮来市江崎が比定地。
30 はまぐりの古名。
31 白いはまぐり。景行紀に「白蛤」とあるのがおほ（おふとも）であろう。
1 鉾田市当間が遺称地。
2 たやすく謀殺をする。
3 遺称地未詳。
4 凹凹・高低・段差がある状態をいう。
5 硬くごつごつとした土地。

つの神子《みこ》の社《やしろ》[6]あり。其《そ》の周《めぐり》の山野《やまの》は、櫟《いちひ》・柞《ははそ》・栗《くり》・柴《くぬぎ》、往々《ところところ》に林《はやし》を成《な》し、猪《ゐ》・猴《さる》・狼《おほかみ》、多《さは》に住《す》む。

此《ここ》より南《みなみ》の芸都野《きつのさと》[7]。古《いにしへ》、国栖《くにす》、名《な》を寸津毗古《きつびこ》・寸津毗売《きつびめ》と曰《い》ふ二人《ふたり》有《あ》り。其《そ》の寸津毗古《きつびこ》、天皇《すめらみこと》の幸《みゆき》に当《あた》り、命《みこと》に違《たが》ひ化《おもぶけ》に背《そむ》き、甚《いた》く粛敬《ゐや》[8]無《な》し。爰《ここ》に御剣《みつるぎ》を抽《ぬ》く登時《すなは》ち斬《き》り滅《ころ》したまふ。是《ここ》に、寸津毗売《きつびめ》、心《こころ》に懼悚《おそ》り愁《うれ》へ、白幡《しろはた》を表《か》挙《か》げて[9]、道《みち》に迎《むか》へて拝《をろが》みまつる。天皇、矜《あはれ》みて恩旨《みめぐみ》を降《くだ》し、其《そ》の房《いへ》を放免《ゆる》したまふ[10]。更《さら》に乗輿《みこし》を廻《めぐ》らして、小抜《をぬき》野《の》[11]の頓宮《かりみや》[12]に幸《いでま》す。寸津毗売《きつびめ》、姉妹《いろねいろと》を引率《ひきゐ》て、信《まこと》に心力《こころ》を竭《つく》し、雨風《あめかぜ》を避《さ》けず、朝夕《あしたゆふへ》に供《つか》へまつる。天皇、其の慇懃《ねもころ》にあるを欵《よろこ》[13]びたまひて、恵慈《うるは》しみたまふ[14]。所以《このゆゑ》に、此《こ》の野《の》[15]を宇流波斯《うるはし》の小野《をの》と謂《い》ふ。其の、[16]田里《たのさと》と名づくるは、息長《おきなが》足日売《たらしひめの》皇后《おほきさき》の時に、人《ひと》此《こ》の地《ところ》にあり、名《な》を古都比《こつひ》古《こ》[17]と曰《い》ふ。三度《みたび》韓国《からくに》に遣《つかは》さる。其の功労《いさをし》を重《おも》みして田《た》を賜《たま》ひき。因《よ》りて名づく。又《また》、波聚《はず》の野《の》[18]有《あ》り。倭武天皇《やまとたけのすめらみこと》、此《こ》

6 香取・香島二神の分祠。
7 行方市内宿・化蘇沼辺か。
8 つつしみ敬う心。
9 降伏のしるしとして白旗を掲げる。『日本書紀』にも数例あり、古代中国にも例があるので漢籍の影響か。
10 一家に属する者の罪を許す。
11 行方市小貫に相当する。
12 漢籍に「頓舎」の語がありやどる意。ここは行宮。
13 款の俗字。喜び愛でる意。
14 「恵」も「慈」もいつくしむ意。慈愛をかける。
15 小抜野。異名をウルハシの小野という。
16 現行本の多くは「其の南」とするが、写本に「南」はない。すると「田の里」は小抜野に付属する地名であろう。
17 葛城襲津彦が功田を常陸に賜ったとする葛城氏に由来する説伝であろう。
18 行方市小牧の辺という。

の野《の》に停宿《やど》りて、弓弭《ゆはず》を修理《つくろ》ひたまひき。因《よ》りて名《な》づく。野《の》の北《きた》の海辺《うみへ》に、香島神子《かしまのみこ》の社《やしろ》在《あ》り。土埆《つちや》せて、櫟《いちひ》・柞《ははそ》・楡《にれ》・竹《たけ》、一《ひとところ》二所《ふたところ》生《お》ふ。此《ここ》より南《みなみ》に相鹿《あふか》[19]・大生里《おほふのさと》[20]あり。古老《ふるおきな》曰《い》はく、倭武 天皇《やまとたけのすめらみこと》、相鹿《あふか》の丘前宮《をかざきのみや》[21]に坐《いま》しき。此《こ》の時《とき》に、膳《かしはで》の炊屋舎《おほひや》[22]を浦《うら》の浜《はま》に構《かま》へ立《た》て、艀《をぶね》を編《あ》みて橋《はし》と作《な》し、御在所《みましどころ》に通《かよ》はしき。大炊《おほひ》の義《こころ》を取《と》りて、大生之村《おほふのむら》と名《な》づく。また、倭武天皇の后《きさき》、大橘比売命《おほたちばなひめのみこと》[23]、倭《やまと》より降《くだ》り来《き》て、此《こ》地に参遇《まゐあ》ひたまひき。故《かれ》、安布賀之邑《あふかのむら》と謂《い》ふ。　行方郡の分《なめかたのこほりかぎり》は略《はぶ》かず。

香島郡《かしまのこほり》。東《ひむがし》は大海《おほうみ》、南《みなみ》は下総《しもつふさ》と常陸《ひたち》との境《さかひ》にある安是潮《あぜのみなと》[1]、西《にし》は流海《ながれうみ》、北《きた》は那賀《なか》と香島《かしま》との境《さかひ》にある阿多可奈潮《あたかなのみなと》[2]なり。

古老《ふるおきな》曰《い》はく、難波長柄豊前 大朝 馭 宇 天 皇《なにはのながらのとよさきのおほみやにあめのしたをさめたまひしすめらみこと》[3]の世《みよ》、己 酉《つちのとのとり》の年《とし》[4]に、大乙上中臣子《だいおつじやうなかとみのこ》[5]、大乙下中臣部兎子《だいおつげなかとみべのうのこら》等、惣領高向 大夫《すぶるをさたかむくのまへつきみ》[6]に請《こ》ひて、下総国《しもつふさのくに》[7]の海上 国 造《うなかみのくにのみやつこ》の部内《くにのうち》、

19　潮来市大賀が遺称地。
20　潮来市大生が遺称地。
21　行方市岡という。
22　天皇の御食膳を作る建物。「おほひ」は大飯（おほいひ）の約。
23　『古事記』『日本書紀』では弟橘比売。大橘比売命はその姉に当ると解すべきか。

香島郡
1　川が海にそそぐ河口。諸本「湖」。「潮」と「湖」は誤写し易い。利根川河口。
2　那珂川河口。涸沼ともみられる。
3　孝徳天皇。
4　大化五年（六四九）。
5　大化五年制階位第十一階に上下がある。

軽野《かるの》より南《みなみ》の一里《さと》[8]と、那《な》賀国造《かのくにのみやつこ》の部内《くにのうち》、寒田《さむた》[9]より北《きた》の五里《さと》とを割《さ》きて、別《こと》に神《かみ》の郡《こほり》[10]を置《お》く。其処《そこ》に有《あ》る天《あめ》の大神《おほかみの》社《やしろ》・坂戸社《さかとのやしろ》・沼尾社《ぬまをのやしろ》、三処《みところ》を合《あは》せて、惣《す》べて香《か》島之《しまの》天之《あめの》大《おほ》神《かみ》と称《まを》す。因《よ》りて郡《こほり》に名《な》づく。風俗《くにひと》の説《ことば》に、「霰零《あられふ》る香《か》島之《しまの》国《くに》[11]」と云ふ。清《す》めると濁《にご》れると糺《あざ》はり[12]、天地《あめつち》の草昧《ひらくる》[13]より已前《さき》に、諸神《もろかむたち》の天神《あまつかみ》[14]、俗《くにひと》、「かみるみ・かみるき」と云ふ。八百万《やほよろづの》神《かみ》を天之原《あまのはら》に会集《つど》へたまひし時に、諸祖神《もろもろのみおやのかみ》告《の》云りたまはく、「今、我《わ》が御孫命《みまのみこと》の光宅《しら》さむ豊葦原水穂之国《とよあしはらのみづほのくに》[15]」とのりたまふ。高天原《たかあまのはら》より降《くだ》り来《こ》し大神《おほかみ》[16]の名《みな》を、香島天之大神《かしまのあめのおほかみ》と称《まを》す。天《あめ》にては日香島之宮《ひのかしまのみや》と号《なづ》け、地《くに》にては豊香島之宮《とよかしまのみや》と名づく。俗《くにひと》云はく、「豊葦原水穂国《とよあしはらのみづほのくに》を依《よ》せ奉《まつ》らむと詔《の》りたまへるに、荒振《あらぶ》る神等《かみたち》[17]、又《また》、石根《いはね》・木立《こだち》、草《くさ》の片葉《かきは》も辞語《ことと》ひて[18]、昼《ひる》は狭蠅《さばへ》なす音声《おとな》ひ、夜《よる》は火《ひ》の光明《かかや》く国《くに》なり。此《こ》を事向《ことむ》け平定《やは》す大御神《おほみかみ》と天降《あまくだ》り供《つか》へ奉《まつ》りき」といへり。其《そ》の後《のち》に、初国《はつくにし》知らす美麻貴天皇《みまきのすめらみこと》[19]の世《みよ》に至《いた》りて、奉《たてまつ》る幣《みてぐら》は、大刀《たち》十口《とふり》、鉾《ほこ》二枚《ふたひら》、鉄弓《かなゆみ》二張《はり》、

6 ↓二十九頁。
7 千葉県銚子市・旭市の辺の統治者。
8 茨城県神栖市知手辺から波崎にかけての一帯は下総に所属していた。
9 神栖市神之池の辺。ここから北の五里は旧那賀国に所属していた。
10 南の一里と北の五里を合わせて、天の大神のための神郡＝香島郡を新設した。
11 霰の音がかしまし（うるさい）と懸る。
12 清んだ軽い気と濁った重い気とが交じり合って。
13 天地が開け初めること。
14 諸の神の上にいる特別の天神。
15 御孫（皇孫）ニニギノミコトが天降って統治する日本国の意。
16 皇孫に先立って降下した。
17 荒れすさび服従しない。
18 大殿祭りの祝詞に「事問ひし磐根・木立・草のかき葉」と類型を見る。
19 第十代崇神天皇。

鉄箭《かなや》二具《そなへ》、許呂《ころ》四口《よつ》、枚鉄《ひらがね》一連《ひとつら》、練鉄《ねりがね》一連《つら》、馬《うま》一疋《ひとつ》、鞍《くら》一具《そなへ》、八《や》咫鏡《たのかがみ》二面《おもて》、五色《いついろ》の絁《ふときぬ》一連《つら》なりき。俗《くにひと》曰はく、「美麻《みま》貴天皇《きのすめらみこと》の世《みよ》に、大坂山《おほさかやま》[20]の頂《いただき》に、白細《しろたへ》[21]の大御服《おほみそ》に坐《いま》して、白桙《しらほこ》の御杖《みつゑ》取《と》り坐《ま》し、識《さと》し[22]賜《たま》ふ命《みこと》は、『我《あ》が前《みまへ》[23]を治《をさ》め奉《まつ》らば、汝《いまし》が聞《き》こし看《め》さむ食国《をすくに》を、[24]大国《おほくに》・小国《をくに》、事依《ことよ》せ給《たま》はむ』[25]と識《さと》し賜《たま》ひき。時に、八《や》十《そ》之《の》伴《とも》緒《のを》を追《め》し[26]集《つど》へ、此《こ》の事《こと》を挙《あ》げて訪問《と》ひたまふ。是《ここ》に、大中臣神聞勝《おほなかとみのかむききかつの》命《みこと》、答へて曰《まを》さく、『大八《おほや》島国《しまぐに》は汝《いまし》が知《し》らし食《め》さむ国と事向《ことむ》け賜《たま》ひし、香島国《かしまのくに》に坐《いま》す天津《あまつ》大御《おほみ》神《かみ》の挙《あ》げて教《さと》したまひし事《こと》なり』とまをす。天皇《すめらみこと》、諸《これ》[27]を聞《き》かして、即《すなは》ち恐《かしこ》み驚《おどろ》きたまひて、前《さき》の件《くだり》の幣帛《みてぐら》を神宮《かみのみや》に納《をさ》め奉《まつ》りき」といへり。神戸《かむへ》[28]は六《む》十五《そあまりいつつ》烟なり。本《もと》は八戸《やへ》なりき。難波天皇《なにはのすめらみこと》の世《みよ》に五十戸《いそへ》を加《くは》へ奉《まつ》り、飛鳥浄見原大朝《あすかのきよみはらのおほみよ》[29]に九戸《ここのへ》を加《くは》へ奉《まつ》り、合《あは》せて六十七戸《むそあまりななへ》なりき。庚寅年《かのえとらのとし》[30]に、編戸《へむこ》二戸《ふたへ》を減《おと》し、[31]六十五戸《むそあまりいつへ》に定《さだ》めしめき。淡海大津朝《あふみのおほつのみよ》[32]に、初めて使人《つかひ》を遣《つかは》して、神《かみ》の宮《みや》を造《つく》らしめき。爾《それ》より已来《このかた》、修理《つくろ》ふこと絶《た》えず。[33]

年別《としごと》の七月《ふみつき》に、舟《ふね》を造《つく》りて津宮《つのみや》[1]に納《をさ》め奉《まつ》る。古老《ふるおきない》曰はく、

20 奈良県香芝市に逢坂がある。二上山（五一七メートル）。
21 楮（こうぞ）の繊維で織った白い布。
22 つまびらかに教える。託宣。
23 神前で行う祭祀。「み」は次行「治め奉る」とともに自称敬語。
24 統治していらっしゃる国。
25 すべてとり集めてさし上げましょう。
26 「追」は「召」の意。
27 「諸」は代名詞「之」の意。
28 神領の課戸の租の全てを神社に寄せることを認められた神社所有の民戸。
29 第四十代天武天皇の御世。
30 第四十一代持統天皇四年（六九〇）。
31 神戸に編入されていた二戸を減ずる。
32 第三十八代天智天皇。
33 『続日本紀』によれば式年遷宮が行われていたらしい。

1 神が神領を巡幸するための舟着場にある別宮。現在も御船祭が行われ、

倭武天皇《やまとたけのすめらみこと》の世《みよ》に、天《あめ》の大神《おほかみ》、中臣巨狭山命《なかとみのおほさやまのみこと》[2]に宣《の》りたまひしく、「今《いま》、社《やしろ》の御舟《みふね》を[3]」とのりたまひき。巨狭山命《おほさやまのみこと》答《こた》へて曰《まを》さく、「謹《つつし》みて大命《おほみこと》を承《うけたま》りぬ。敢《あ》へて辞《いな》ぶる所《ところ》無《な》し[4]」とまをす。天《あめ》の大神《おほかみ》、昧爽《あした》[5]後に宣《の》りたまはく、「汝《な》が舟《ふね》は海中《わたなか》に置《お》きつ」とのりたまふ。舟主《ふなぬし》[6]、仍《よ》りて見《み》るに、舟《ふね》は岡《をか》の上《うへ》に在《あ》り。又《また》、宣《の》りたまはく、「汝《な》が舟《ふね》は岡《をか》の上《うへ》に置《お》きつ」とのりたまふ。舟主《ふなぬし》、因《よ》りて求《もと》むるに、更《さら》に海中《わたなか》に在《あ》り。此《かく》の如《ごと》き事《こと》、已《すで》に二三《ふたたびみたび》に非《あら》ず[7]。爰《ここ》に懼惶《かしこ》みて、新《あら》たに舟《ふね》三隻《つ》、各《おのもおのも》長《なが》さ二丈余《つゑあまり》なるを造らしめ、初めて献《たてまつ》りき[8]。又《また》、年別《としごと》の四月十日《うづきのとをか》に、祭《まつり》を設《ま》けて[9]酒灌《さけの》みす。卜氏《うらべ》[10]の種属《やから》、男女《をとこをみな》集会《つど》ひて、日《ひ》を積《つ》み夜《よ》を累《かさ》ねて、楽《たの》しび飲《さけの》み歌《うた》ひ舞《ま》ふ。其《そ》の唱《うた》に云《い》はく、

あらさかの[11]　神《かみ》の御《み》酒《さけ》を
飲《た》げと[12]　言《い》ひけばかもよ
我《わ》が酔《ゑ》ひにけむ

御座船で神輿が大船津から発船する（九月一日）。
2　中央から派遣されている神官。「巨」を「臣」とする資料もあり、本文の確定困難。
3　神が乗るための舟。
4　消極的な肯定。
5　「昧爽」はアケボノ。「後」と一緒にアシタと試訓。
6　中臣巨狭山命をいう。
7　神が威力を示して強い要求であることの表現。幻術。
8　以上、神輿巡行の御座船奉納の起源説話。
9　祭日と決めて、祭りの終りに、神饌の酒食を頂戴する酒宴。
10　中臣氏に付属して卜占を職とする在地の人びと。
11　「あら」は新しい。「さか」は栄える。新しい神が祝福して賜わったところの。
12　飲めと勧める。
13　匝は周に同じ。
14　高く開けるさま。
15　彼此互いに入り合う地形。
16　「澗」は山と山の間に挟まれた川。

神社《かむやしろ》の周匝《めぐり》[13]は、卜氏《うらべ》の居《す》む所《ところ》なり。地體《くにかた》は高《た》敞《か》く[14]して、東《ひむがし》と西《にし》とは海《うみ》に臨《のぞ》み、峰谷《みねたに》は犬《いぬ》の牙《きば》[15]なす、邑里《むらざと》と交錯《まじは》れり。山《やま》の木《き》と野《の》の草《くさ》と、自《おのづか》らに内庭《うちつには》の蕃籬《まがき》を屏《た》て、澗《たに》[16]の流《なが》れと崖《きし》の泉《いづみ》とは、朝夕《あしたゆふへ》の汲流《くみみづ》を涌《わ》かす。嶺《みね》の頭《ほとり》に舎《いへ》を構《つく》れば、松《まつ》と竹《たけ》と垣《かき》の外《と》を衛《まも》り、谿《たに》の腰《こし》に井《ゐ》を掘《ほ》れば、薜《まさき》と蘿《ひかげ》[17]、壁《かき》の上《うへ》を蔭《おほ》ふ。春《はる》に其《そ》の村《むら》[18]を経《ふ》れば、百艸《もものくさ》に□[19]花《はな》あり。秋《あき》に其《そ》の路《みち》を過《す》ぐれば、千樹《ちぢのき》に錦《にしき》の葉《このは》あり。神《か》仙《み》[20]の幽《かく》り居《す》める境《さかひ》[21]と謂《い》ふべし。境《さかひ》は異《くす》しきことの化誕《なりい》づる地《ところ》[22]にして、佳麗《うるは》しきことの豊《み》ちて[23]あるは悉《つく》すべからず。其《そ》の社《やしろ》[24]の南《みなみ》に郡　家《こほりのみやけ》[25]あり。北《きた》に沼尾池《ぬまをのいけ》[26]あり。古老《ふるおきな》曰はく、「神世《かみのよ》に天《あめ》より流《なが》れ来《こ》し水沼《みぬま》なり」といへり。生《お》ふる蓮根《はちす》は、味気《あぢはひ》太《いた》く異《こと》にして、甘《うま》きこと他《あた》し所《ところ》に絶《すぐ》る。病《や》める者《ひと》、此《こ》の沼《ぬま》の蓮《はちす》を食《くら》はば、早《はや》く差《い》えて[27]験《しるし》あり。鮒《ふな》・鯉《こひ》、多《さは》に住《す》めり。前《さき》に郡《こほり》[28]を置《お》ける所《ところ》にして、多《さは》に橘《たちばな》を蒔《う》う。其《そ》の実《み》味《うま》し。

17　まさきのかずらとひかげのかずら。「薜」は『字鏡集』にはツタとも。どれも蔓性植物。
18　卜氏の眷属の住む村。
19　対句となる「錦」に相当する一字が入る筈。不明。
20　在地の神々を神仙思想で表現している。
21　天の神に対してひそかに隠れ住んでいる境域。
22　神仙の霊妙な働きが現われるところ。
23　光彩に満ちていること。
24　鹿島神宮。
25　鹿嶋市神野向遺跡が郡家跡という。
26　鹿嶋市沼尾。
27　病気がなおる。
28　郡家（郡役所）。神宮の南に郡家が置かれる前に沼尾に在ったことが知られる。

郡《こほり》の東《ひむがし》二三里《ふたさとみさと》に、高松浜《たかまつのはま》[1]あり。大海《おほうみ》の流《なが》し差《さ》す砂《いさご》[2]と貝《かひ》と、積《つ》もりて高《たか》き丘《をか》と成《な》る。松《まつ》の林《はやし》自《おのづか》らに生《お》ひ、椎《しひ》・柴《くぬぎ》[3]交《ま》雑《じ》り、既《すで》に山野《やまの》の如《ごと》し。東西《をちこち》の松《まつ》の下《した》に出泉《いづみ》あり、八九《やあしここ》歩《のあし》[4]ばかり、清《きよ》く渟《たま》りて太《いた》く好《よ》し。慶雲《きやううむ》元年《のはじめのとし》[5]に、国司《くにのつかさ》、婇女朝臣《うねめのあそみ》[6]鍛佐備《かぬちさびの》[7]大麿《おほまろ》[8]等を率《ゐ》て、若松浜《わかまつのはま》[9]の鉄《まかね》を採《と》りて、剣《つるぎ》を造《つく》りき。此《ここ》より南《みなみ》のかた、軽野里《かるののさと》の若松浜《わかまつのはま》に至《いた》る間《あひだ》の卅余里《みそさとあまり》ばかり、此《こ》は皆松山《みなまつやま》なり。伏苓伏神《まつほど》[10]を年毎《としごと》に掘《ほ》る。其《そ》の若松浦《わかまつのうら》は、常陸《ひたち》と下総《しもつふさ》と二《ふた》つの国《くに》の堺《さかひ》にあり。安是《あぜの》潮《みなと》[11]の有《あ》る沙鉄《すなごのあらがね》は、剣《つるぎ》を造《つく》るに大《いた》く利《と》し。然《しか》れども、香島《かしま》の神山《かむやま》[12]とあれば、輙《たやす》く入《い》りて松《まつ》を伐《き》り鉄《まがね》を穿《ほ》ること得《え》ず。郡《こほり》の南《みなみ》廿里《はたさと》の浜里《はまのさと》[13]より東《ひむがし》の松山《まつやま》の中《なか》に、一《ひと》つの大《おほ》き沼《ぬま》あり。寒田《さむた》[14]と謂《い》ふ。四五里《よさといつさと》ばかりなり。鯉《こひ》・鮒《ふなす》住めり。之万《しま》[15]・軽野《かるの》の二里《ふたさと》に有《あ》る田《た》、少《すこ》しく潤《うるほ》へり。軽野《かるの》より東《ひむがし》の大海《おほうみ》の浜辺《はまへ》に、流《なが》れ着《つ》きし大船《おほふね》あり。長《なが》さ一十五丈《とをあまりいつつゐ》[16]、潤《ひろ》さ一丈《ひとつゐ》余《あまり》なり。朽《く》ち摧《くだ》けて砂《すなご》に埋《うづ》もり、今《いま》に猶遺《なほのこ》れり。淡海《あふみ》の世《みよ》

1　鹿嶋市下津（おりつ）・平井・粟生あたりで日本三大砂丘の一つに数えられたが、臨海工業地帯に変貌した。
2　移動させる。
3　『伊呂波字類抄』に「クヌキ」とある。
4　周囲の長さ。約七〜八メートル。
5　文武天皇の代、七〇四年。
6　物部氏の同族。『続紀』慶雲四年の采女朝臣枚夫。
7　鍛冶職。
8　他に見えない。刀類をいうサヒは仮名違いであるが、地方音表記か。
9　高松の浜の南、神栖市の沿海部か。神之池の南側旧地名軽野村に所属。
10　生薬名茯苓（ぶくりょう）、めまい・息切れ・胃のもたれ・血圧などに効くという。松の根に寄生する菌類。松の根の周囲をぐるりとめぐるのが茯神。両者の略。
11　→四十四頁注一。
12　天の大神の神領。
13　神栖市高浜が比定地。
14　神栖市神栖の神（こう）之池。当時の周囲約二・五キロメートルほど。
15　『和名抄』の郷名「中嶋」か。

に、[17]覓国《くにま》[18]ぎに遣《つかは》さむとして、陸奥国《みちのおくのくに》の石城《いはき》[19]の船造《ふねつくり》に大船を作《つく》らしめき。此《ここ》に至《いた》りて岸《きし》に着《つ》き、破《やぶ》れきと謂《い》ふ。

南のかたに、[1]童子女《わらは》の松原《まつばら》あり。古《いにしへ》、年少《としわか》き童子《わらは》[2]ありき。俗《くにひと》、加味乃乎止古《かみのをとこ》・加味乃乎止売《かみのをとめ》[3]と云《い》ふ。男《をとこ》を那賀《なか》の寒田之郎子《さむたのいらつこ》[4]と称《い》ひ、女《をみな》を海上《うなかみ》[5]の安是之嬢子《あぜのいらつめ》と号《なづ》く。並《とも》に形容端正《かたちうるは》し[6]く、郷里《さと》に光華《かかや》けり。[7]名声《な》を相聞《あひき》きて、同《とも》に望念《したふおもひ》を存《たも》ち、[8]自愛《つつし》む心滅《きえ》ぬ。[9]月経《つきた》ち、日累《つも》りて、嬥歌《うたがき》の会《つどひ》[10]　俗《くにひと》、宇太我岐《うたがき》と云《い》ひ、又、加我毗《かがひ》といふ。に、邂逅《たまさか》[11]に相遇《あひあ》へり。時に、郎子《いらつこ》[12]歌《うた》ひ曰《い》はく、

いやぜるの[13]　安是《あぜ》の小松《こまつ》に
木綿《ゆふ》垂《し》でて　吾《わ》を振《ふ》り見《み》ゆも
阿是小洲《あぜこしま》[14]はも

嬢子《いらつめ》、報《こた》へ歌ひ曰《い》はく、

潮《うしを》[15]には　立《た》たむと言《い》へど
汝夫《なせ》の子《こ》が　八十島隠《やそしまかく》り

16　約四四・五メートル。
17　天智天皇の御代。
18　天皇の統治下に入っていない東北地方の探査。
19　福島県いわき市の地。

1　神栖市軽野。
2　童子は年少者に決っているのに「年少」とするのは、下げ髪にしている故に少年に見えるの意であろう。ウナヰ髪ともいう。巫祝（神に仕える人）は年齢を問わず垂髪にする。
3　神に仕え祭る男・女。
4　もと那賀の国の所属で、神栖市の沼の神の祭祀者とみられる。
5　もと下海上の国の所属。安是は利根川の河口付近、神栖市波崎町か。
6　正統派美形。
7　輝く。古代はカカと清音。
8　心にかけて思いつづける。
9　我慢できなくなった。
10　ウタガキは歌を掛けあうの意。異性に歌いかけて求婚する。
11　たまたま。
12　若い男子を第三者的に敬意をもっ

吾《わ》を見《み》さ走《ばし》り

相晤《あひみ》まく欲《おも》ひ[16]、人の知らむことを恐《おそ》りて、遊《あそび》の場《には》[17]より避《さ》り、松《まつ》の下《した》に蔭《かく》りて、手携《たずさ》はり[18]、膝《ひざ》を促《ちかづ》け、懐《おもひ》を陳《の》べ、憤《いきどほり》を吐《は》く[19]。既《すで》に故《もと》よりの恋《こひ》の積《つ》もれる疹《やまひ》を釈《と》き[20]、還《また》、新《あたら》しき歓《よろこ》びの頻《しきり》なる咲《ゑまひ》を起《お》こす。時に、玉の露《つゆ》[21]おく杪《こぬれ》の候《とき》、金《あき》[22]の風《かぜ》ふく々《かぜ》の節《とき》。皎々《あきら》けき桂《かつら》[23]の月の照《て》らす処《ところ》は、唳《な》[24]く鶴《たづ》の之《ゆ》く西《にし》の洲《しま》。颯々《さわさわ》[25]に松の颸《かぜ》の吟《うた》ふ処は、度《わた》る雁《かり》のゆく東《ひむがし》の怙《やま》[26]。昼《ひる》は寂寞《しづ》か[27]にして巌《いはほ》の泉《いずみ》旧《ふ》り、夜《よる》は蕭条《かす》か[28]にして烟《けぶ》れる霜新《しもあらた》なり。近《ちか》き山《やま》には、自《おのづか》ら黄葉《もみぢば》の林《はやし》に散《ち》る色《いろ》を覧《み》、遥《とほ》き海《うみ》には、唯蒼波《ただあをなみ》の磧《いさご》[29]に激《そそ》く声を聴《き》く。茲宵《こよひ》、茲《こ》の楽しみより楽しきはなし。偏《ひと》へに語《かた》らひの甘《あま》き味《あぢはひ》に沈《ふけ》り、頓《ひたふる》に夜《よ》の開《あ》けむことを忘《わす》る。俄《には》かにして、鶏鳴《とりな》き、狗吠《いぬほ》えて、天暁《そらあ》け日《ひ》明《あきら》かなり。爰《ここ》に、僮子等《わらはども》、為《な》すところを知《し》らず、遂《つひ》に人の見《み》むことを愧《は》ぢて、松《まつ》の樹《き》と化成《な》れり[30]。郎《いら》子《つこ》を奈美松《なみまつ》と謂《い》ひ、嬢子《いらつめ》を古津松《こつまつ》と称《い》ふ。古《いにしへ》より名着《なづ》けて、

てするいいかた。

13　「イヤゼルノ」は諸説あるが未詳。

14　鹿島灘と利根川の交わる波崎の洲。嬢子を比喩する。

15　潮の寄せる浜辺。八十島隠りは歌垣の多くの人の中にいる自分の比喩。サバシリのサは接頭語、バシリは走ってくるの意。

16　晤は対面する。

17　歌垣の場。

18　手をとり膝を寄せあう。

19　溜まった恋の思いを一気に口から出す。

20　長わずらいを解放する。

21　梢に露は秋の季節。

22　秋は五行説で金にあたる。

23　桂月は陰暦八月の異名。月中に桂の樹があるという古代中国の伝承。

24　唳一字で鶴の鳴く声の意がある。

25　風の音。下の颸も同じ。

26　岵と同意。草木の茂った山。

27　寂は静の意、寞も静かで音もしない意。

28　ひっそりとしてさびしい。

29　汀の沙礫。

30　変化すること。

今に至《いた》るまで改めず。

郡《こほり》の北《きたみ》三十《そ》里《さと》[1]に白鳥里《しろとりのさと》[2]あり。古老《おきな》の曰《い》はく、伊《い》久《く》米天《めのすめら》皇《みこと》[3]の世《みよ》、白鳥《しろとり》あり。天《あめ》より飛《と》び来《き》たり、僮女《をとめ》と化為《な》りて、[4]夕《ゆふべ》に上《のぼ》り[5]朝《あした》に下《くだ》る。石《いし》を摘《と》りて[6]池《いけ》を造《つく》る。其《そ》の堤《つつみ》を築《つ》かむと為《し》て、徒《いたづら》に日月《ひつき》を積《つ》む。[7]築《つ》きては壊《く》えて、[8]え作り成《な》さず。僮女等《をとめら》、

白鳥《しろとり》[9]の　羽《は》が堤《つつみ》を
裹《つつ》むとも
洗《あら》ふ　間《ま》も憂《う》き　□□は壊《こ》え

斯《か》く口口《くちくち》に唱《うた》ひて、天《あめ》に升《のぼ》り、復《また》[10]降《くだ》り来《こ》ず。此《これ》に由《よ》りて、其《そ》の所《ところ》を白鳥郷《しろとりのさと》と号《なづ》く。以下《しも》は略《はぶ》く。

南《みなみ》のかたに有《あ》る平原《はら》[11]を、角折浜《つのをれはま》[12]と謂《い》ふ。古《いにしへ》に大蛇《おほきへみ》有りと謂《い》ふ。東《ひむがし》の海《うみ》[13]に通《かよ》はむと欲《おも》ひて、浜《はま》を掘《ほ》りて穴《あな》を作《つく》るに、蛇《へみ》の角《つの》[14]折《を》れ落《お》ちき。因《よ》りて名《な》づく。或《ある》に曰《いは》く、倭武天皇《やまとたけのすめらみこと》、此《こ》の浜《はま》に停宿《やど》りたまふ。御膳《みけつもの》を羞《すす》め奉《まつ》る[15]時《とき》に、都《かつ》て水《みもひ》無し。鹿《しか》の角《つの》を執《と》りて地《つち》を掘《くつかへ》すに、

1　一里は約五〇〇メートル。三十里は約一五キロメートル。
2　『和名抄』に白鳥郷とある。昭和三十年まで白鳥村があった。
3　第十一代垂仁天皇。
4　変化する。「化成」と同じ。
5　天に還り上る。
6　取るに同じ。
7　重ねる。経過する。
8　こわれる。崩壊する。
9　□□は脱字で、ナミ（波）。白鳥が自らの羽で石を取り水を堰き止めて池を造るも、束の間の水浴もならず、つらいことに堤は崩壊してしまう。
10　二度と、ふたたび。
11　実態は砂の平原。
12　鹿嶋市角折を遺称地とする。
13　鹿島灘。太平洋。「大海」とも。
14　前出。有角蛇の伝承。
15　お食事を差しあげる。「羞」は進（たてまつ）る意。

其《それを》折れぬ。所以《このゆゑ》に名づく。以下《しも》は略《はぶ》く。

那賀郡《なかのこほり》。東《ひむがし》は大海《おほうみ》、南《みなみ》は香島《かしま》・茨城郡《うばらきのこほり》、西《にし》は新治郡《にひばりのこほり》と下野国《しもつけのくに》との堺《さかひ》にある大山《おほやま》、北《きた》は久慈郡《くじのこほり》なり。

平津駅家《ひらつのうまや》[1]の西《にし》一二里《ひとふたさと》に岡《をか》あり。名《な》を大櫛《おほくし》[2]といふ。上古《いにしへ》[3]、人《ひと》あり。躰《み》は極《きは》めて長大《たけたか》し[4]。身《み》は丘壟《をか》[5]の上《うへ》に居《お》き、手《て》は海《うみ》浜《べた》の蜃《うむぎ》[6]を摎《と》る[7]。其《そ》の食《くら》へる貝《かひ》、積聚《つも》りて岡《をか》と成《な》る。時《とき》の人《ひと》、大抉《おほくじり》[8]の義《こころ》を取《と》りて、今大櫛之《いまおほくしの》岡《をか》と謂《い》ふ。其《そ》の践《ふ》みし跡《あと》[9]は、長《なが》さ卌余歩《よそあしあまり》、広《ひろ》さ卅余歩《はたあしあまり》なり。尿《ゆまり》の穴《あな》の径《わたり》、廿余歩許《はたあしあまりばかり》なり。以下《これよりしも》は略《はぶ》く。

茨城里《うばらきのさと》[1]。此《ここ》より北《きた》のかたに高《たか》き丘《をか》あり。名《な》を晡時《くれ》臥之《ふしの》山《やま》[2]と曰《い》ふ。古老《ふるおきな》曰《い》はく、兄妹《いろせいろも》二人《ふたり》有《あ》り。兄《せ》の名《な》を努賀毗古《ぬかびこ》、妹《いも》の名《な》を努賀毗咩《ぬかびめ》といふ。時《とき》に、妹《いも》、室《むろ》に在《あ》り。人有《ひとあ》り、姓《うぢ》と名《な》とを知《し》らぬ[3]、常《つね》に求婚《よばひ》に就《き》て、夜来《よるき》たりて昼去《ひるさ》る。遂《つひ》に夫婦《をひとめ》と成《な》りて、一夕《ひとよ》に壊妊《はら》みぬ。産《こう》むべき月に至

那賀郡

1　水戸市平戸町。平津駅は奥州へ入る大路でなく、傍径の涸沼（ひぬま）川に接する水駅とみられる。
2　水戸市大串町。
3　『塵袋』第五に以下を引用。
4　巨人伝説。
5　丘も壟もおか。
6　大蛤（はまぐり）。
7　つまみとる。
8　掘り取る。
9　静岡県磐田市見付の凹地を大ダラ法師の小便壺といっていたという。

1　かつての郡役所の地。笠間市小原説。近接する水戸市牛伏町説がある。
2　笠間市の東北端にある浅房（あさぼう）山（二〇一メートル）。晡時は申（さる）の刻、午後四時頃。白暮の意。臥は人が寝る意。
3　素性の分からない。異類が人に姿を変えてやって来る。
4　夜は異類または神の時間。

りて、終《つひ》に小《ちひ》さき蛇《へみ》を生《う》む。明《あ》くれば言無《ことな》きが若《ごと》く、闇《く》れば[4]母《はは》と語《かた》る。是《ここ》に、母《はは》と伯《をぢ》、驚《おどろ》き奇《あや》しみ、心《こころ》に神《かみ》の子《こ》ならむと挟《おも》ひ[5]、浄《きよ》き杯《つき》に盛《い》れ、壇《まつりのには》[6]を設《ま》けて安置《お》く。一夜《ひとよ》の間《ほと》に、已《すで》に坏《つき》の中《うち》に満《み》ちぬ。更《さら》に瓮《ひらか》に易《か》へて置《お》く。亦《また》、瓮《ひらか》の内《うち》に満《み》ちぬ。此《かく》の如《ごと》きこと三《み》たび四《よ》たびにして、器《うつはもの》を用《もち》ゐ敢《あ》へず[7]。母《はは》、子《こ》に告《つ》げて云《い》はく、「汝《いまし》が器宇《うつはもの》[8]を量《はか》るに、自《おのづか》らに神《かみ》の子《こ》[9]と知《し》る。我《あ》が属《やから》の勢《いきほひ》にては[10]、養長《ひだ》す[11]べからず。父《ちち》の在《いま》す所《ところ》に従《ゆ》くべし。此《ここ》に有《あ》るべからず」といふ。時《とき》に、子《こ》哀《かな》しみ泣《な》き、面《おもて》を拭《ぬぐ》ひて答《こた》へて云《い》はく、「謹《つつ》しみて母《はは》に承《したが》はむ。敢《あ》へて辞《いな》ぶる所無《ところな》し。然《しか》れども、一身《みひとつ》にして独《ひと》り去《ゆ》き、左右《もとこ》[12]に人無《ひとな》し。望請《ねが》はくは、矜《あはれ》びて一《ひとり》の小子《わらは》を副《そ》へたまへ」といふ。母云《ははい》はく、「我《あ》が家《いへ》に有《あ》るは、母《はは》と伯父《をぢ》とのみ。是《こ》も亦《また》、汝明《いましあき》らかに知《し》れり。人《ひと》の相《あ》ひ従《したが》ふべき無《な》し」といふ。爰《ここ》に、子《こ》恨《うら》みを含《ふふ》みて、事吐《ものい》はず。決《わ》別《か》る時《とき》に臨《のぞ》みて、怒怨《いかり》[13]に勝《た》へず、伯父《をぢ》を震《いか》り殺《ころ》し[14]て天《あめ》に

5　心の中でそう思う意。
6　土を盛り上げた祭祀の場。
7　使用できる器がなくなる。
8　人品。器量。
9　雷神の子。
10　一族の能力（経済力）では。
11　養い育てる。
12　従者。身近に従う者。
13　いかりうらむ心。
14　震は怒る意。龍の形で、雷が激しく撃つ意と重なる。
15　笠間市大橋岡の宿・水戸市谷津町説などがある。
16　浅房山山頂に小祠がある。谷津町の立野神社ともいう。
17　那珂川の古名。上流の東茨城郡城里町に粟・阿波山の名が残る。
18　那珂川を挟む、水戸市渡里町・上河内町・中河内町などを当てる諸説がある。
19　今は河を繞らす地形でなくなっているが、の意か。
20　水戸市の愛宕山古墳から下る滝坂の途中の「曝井」の碑の辺りが泉の跡といわれる。

昇《のぼ》る。時に、母驚《おどろ》きて、瓮《ひらか》を取《と》りて投《な》げ触《う》てば、子《こ》昇《のぼ》ること得《え》ず。因《よ》りて此《こ》の峰《みね》に留《とど》まりき。盛《い》れし瓮《ひらか》と甕《みか》とは、今《いま》も片岡《かたをか》の村《むら》[15]に存《あ》り。其《そ》の子孫《あなすゑ》、社《やしろ》[16]を立《た》てて祭《まつり》を致《いた》し、相《あひ》続《つ》ぎて絶《た》えずといへり。以下《しも》は略《はぶ》く。

郡《こほり》より東北《うしとら》に、粟河《あはかは》[17]を渡《わた》りて駅家《うまや》を置《お》く。本《もと》、粟河《あはかは》を迊《めぐ》らせば、河内駅家《かふちのうまや》[18]と謂《い》ふ。今《いま》も本《もと》の随《まにま》[19]に名《な》づく。其《そ》の南《みなみ》のかたに当《あた》りて、泉《いづみ》、坂《さか》の中《なか》に出《い》づ。多《さは》に流《なが》れて尤《いた》く清《きよ》し。曝井《さらしゐ》[20]と謂《い》ふ。泉《いづみ》に縁《よ》りて居《す》める村落《むら》の婦女《をみな》、夏《なつ》の月《つき》に会集《つど》ひて、布《ぬの》を浣《あら》ひ曝《さら》し乾《ほ》せり。以下《しも》は略《はぶ》く。

久慈郡《くじのこほり》。東《ひむがし》は大海《おほうみ》、南《みなみ》と西《にし》とは那珂郡《なかのこほり》、北《きた》は多珂郡《たかのこほり》と陸奥国《みちのおくのくに》との堺《さかひ》にある岳《やま》なり。

古老《ふるおきな》曰《い》はく、郡《こほり》[1]より南《みなみ》のかたに、近《ちか》く小《ちひ》さき丘《をか》有《あ》り。[2]體《かたち》、鯨鯢《くぢら》[3]に似《の》れり。倭武天皇《やまとたけのすめらみこと》、因《よ》りて久慈《くじ》と名《な》づけたまひき。以下《しも》は略《はぶ》く。

久慈郡

1　郡役所。常陸太田市大里町辺と推定される。

2　大里町の西南中野町の遠山と言われる岡という。

3　雄くじらと雌くじら。ここは二字でくじらを表す。

4　天智天皇。

淡海大津大朝光宅天皇《あふみのおほつのおほみやにあめのしたしらしたまひしすめらみこと》[4]の世《みよ》に至《いた》りて、藤原《ふぢはらの》内大臣《うちのおほおみ》[5]の封戸《へひと》[6]を検《かと》りに遣《つかは》さえし軽直里麿《かるのあたひさとまろ》、堤《つつみ》を造《つく》りて池《いけ》[7]と成《な》しき。其《そ》の池《いけ》より北《きた》のかたを谷会山《たにあひやま》[8]と謂《い》ふ。有《あ》るところの岸壁《きし》は、形《かたち》磐石《いはほ》の如《ごと》く、色黄《いろき》にして陔《きざはし》[9]を穿《うが》てり。獼猴《さる》[10]集《つど》ひ来《き》て、常《つね》に宿《やど》りて喫噉《くら》へり。

郡《こほり》より西北《にしきたむ》六里《さと》に、河内里《かふちのさと》[11]あり。本《もと》は古《こ》々邑《このむら》と名《な》づく。俗《くにひと》の説《ことば》に、猿《さる》の声《こゑ》を謂《い》ひて「ここ」とす。東《ひむがし》の山《やま》に石《いし》の鏡《かがみ》[12]あり。昔《むかし》、魑魅《もの》[13]有《あ》り。萃集《あつま》りて鏡《かがみ》を翫《もてあそ》び見《み》る則《すなは》ち、自《おのづか》らに去《さ》る。俗《くにひと》云《い》はく、「疾《と》き鬼《もの》も鏡《かがみ》に面《むか》へば、自《おのづか》らに滅《ほろ》ぶ」[14]といふ。有《あ》らゆる土《つち》は、色《いろ》、青《あを》き紺《はなだ》の如《ごと》く、画《ゑ》に用《もち》ゐて麗《うるは》し。俗、「あをに」と云ひ、或いは「かきつに」[15]とも云ふ。時《とき》に、朝命《おほみこと》の随《まにま》に、取《と》りて進納《たてまつ》る。謂《い》はゆる久慈河《くじかは》の濫觴《みなもと》[16]は猿声《ここ》より出《い》づ。以《し》下《も》は略《はぶ》く。

郡《こほり》の西《にし》に里《さと》あり。静織里《しとりのさと》[17]といふ。上古《いにしへ》の時《とき》に、綾《あや》[18]を織《お》る機《はた》、知《し》る人《ひと》在らず。時に、此《こ》の村《むら》に初《はじ》めて織《お》る。因《よ》りて名《な》

5 藤原鎌足。
6 皇族や高官、社寺に賜わった課戸。
7 大里町と天神林町の白馬寺の間に鶴池址がある。
8 池の北は西山であるが、地質的には棚谷町説がある。
9 階段。底本「腕」。字形の類推により改める。
10 大猿を表す字であるがここでは猿の意。
11 常陸太田市に上・下の宮河内町がある。
12 常陸大宮市照山地区鏡石に月鏡石（鏡岩）がある。石の小片も発掘されている。「東」とあるは「南」の誤りか。
13 人面獣身四足の怪物。
14 中国の山西省辺では今も照魔鏡の縁起物（翫具）が売られている。
15 顔料用の土。「に」は土。
16 本来河内の里を流れる浅川を久慈川の水源とみていた。
17 那珂市静。倭文織（しつはた）の意。倭文は古代の日本風の文様。
18 「綾」は原型「文」（アヤ）か。綾は斜め織りの絹織物。

づく。北《きた》に小水《をがは》有《あ》り。丹石《あかきいし》交《まじ》れり。猶《なほ》、色《いろ》は琥碧《こはく》に似《の》れり。火《ひ》を鑚《き》るに尤好《いたくよ》くして、玉川《たまがは》と号《なづ》く。郡《こほり》の東《ひむがし》に、小田里《をたのさと》[19]あり。多《おほ》く墾田《はりた》と為《せ》り。因《よ》りて名《な》づく。有《あ》るところの清《きよ》き河《かは》は、源《みなもと》、北《きた》の山《やま》に発《おこ》り、近《ちか》く郡家《こほりのみやけ》の南《みなみ》を経《へ》て、久慈《くじ》の河《かは》に会《あ》ふ。多《おほ》く年魚《あゆ》を取《と》る。大きさ、腕《ただむき》の如《ごと》し。其《そ》の河《かは》の河《か》潭《ふち》を石門《いはと》[20]と謂《い》ふ。慈《しげ》[21]れる樹《き》は林《はやし》を成《な》して、上《かみ》に即《すなは》ち幕《おほ》ひ歴《かこ》ふ[22]。浄《きよ》き泉《いづみ》は淵《ふち》を作《な》して、下《しも》に是《こ》れ潺《そそ》き湲《なが》る[23]。青葉《あをば》は自《おのづか》らに景《ひかり》[24]を蔭《かく》す蓋《きぬがさ》を飄《ひるがへ》し[25]、白砂《しろすなご》は亦《また》、波《なみ》を翫《もてあそ》ぶ 席《むしろ》を鋪《し》く。夏の月の熱き日に、遠《とほ》き里近《さとちか》き郷《さと》より、暑《あつ》きを避《さ》け涼《すず》しきを追《お》ひて、膝《ひざ》を促《ちかづ》け手《て》を携《たづさ》へて[26]、筑波《つくは》の雅曲《みやひとぶり》[27]を唱《うた》ひ、久慈《くじ》の味酒《うまさけ》を飲《の》む。是《こ》れ、人間《ひとのよ》の遊《あそ》びにあれども、頓《ひたぶる》に塵中《よのなか》の煩《わづらひ》[28]を忘《わす》る。其《そ》の里《さと》の大伴村《おほとものむら》[29]に涯《きし》有《あ》り。土《つち》の色《いろ》は黄《き》なり。群鳥《むらどり》飛《と》び来《き》たりて、啄咀《つき》食《は》めり[30]。

郡《こほり》の東《ひむがし》 七里《ななさと》にある太田郷《おほたのさと》[1]に、長幡部《ながはたべ》之《の》社《やしろ》[2]あり。古老《ふるおきな》曰《い》はく、珠売美万命《すめみまのみこと》[3]、天《あめ》より降《くだ》りまし時《とき》に、御服《みけし》を織《お》らむ

19　7の鶴池のあたり。
20　常陸太田市岩手町を遺称地とする。
21　茂る意の「滋」に通用。
22　「幕」は覆う、「歴」は一面に囲む意。
23　「潺」も「湲」も流れる意。水のさらさら流れること。
24　日の光。
25　絹の笠をひらひらさせる。
26　男女の様子。
27　都風の流行歌。
28　世俗のわずらわしいこと。
29　所在未詳。
30　鳥がくちばしで土をつついて食う。

1　常陸太田市の中心部地域。
2　同市幡町の長幡部神社。
3　皇孫瓊瓊杵尊。
4　高千穂の峯。二折は未詳。
5　岐阜県不破郡関ケ原町か。

として、従《したが》ひて降《くだ》りし神《かみ》、名《な》は綺日女命《かむはたひめのみこと》、本《もと》、筑紫国《つくしのくに》の日《ひ》向《むか》の二折《ふたをり》の峰《みね》[4]より、三野国《みののくに》の引津根之丘《ひきつねのをか》[5]に至《いた》る。後《のち》に、美《み》麻貴天皇《まきのすめらみこと》[6]の世《みよ》に及《いた》りて、長幡部《ながはたべ》[7]が遠祖多弖命《とほつおやたてのみこと》、三野《みの》より避《さ》りて久慈《くじ》に遷《うつ》り、機殿《はたどの》を造《つく》り立《た》てて、初《はじ》めて織《お》りき。其《そ》の織《お》れる服《はたもの》は、自《おのづか》らに衣裳《きもの》と成《な》りて、更《さら》に裁《た》ち縫《ぬ》ふこと無《な》し。内幡《うつはた》[8]と謂《い》ふ。或《ある》ひと曰《い》はく、絁《きぬ》を織《お》る時《とき》に当《あた》りて、輙《たやす》く人《ひと》に見《み》らる。屋《や》の扇《とびら》[9]を閇《と》ぢて、闇《やみ》の内《うち》にして織《お》る。因《よ》りて烏織《からすはた》[10]と名《な》づく。天兵《みいくさ》[11]も刃《やきは》をもち、裁《た》ち断《き》ること得《え》ず。今《いま》、年毎《としごと》に、別《こと》に神《かみ》の調《みつき》として献納《たてまつ》[12]れり。

此《ここ》より以北《きたのかた》に、薩都里《さつのさと》[13]あり。古《いにしへ》に国栖《くにす》[14]有《あ》りき。名《な》をば土《つち》雲《くも》と曰《い》ふ。爰《ここ》に、兎上命《うなかみのみこと》[15]、兵《いくさ》を発《おこ》して誅《ころ》し滅《ほろぼ》しき。時《とき》に、能《よ》く殺《ころ》して、「福《さち》なるかも」と言へり。因《よ》りて佐都《さつ》と名《な》づく。北《きた》の山《やま》に有《あ》る白土《しらに》は、画《ゑ》を塗《ぬ》るに可《よ》し。

東《ひむがし》[1]の大《おほ》き山《やま》を、賀毗礼之高峰《かびれのたかみね》[2]と謂《い》ふ。天神《あまつかみ》在《いま》す。名《な》をば立速男命《たちはやをのみこと》[3]と称《い》ふ。一名《またのな》は速経和気命《はやふわけのみこと》。本《もと》、天《あめ》より降《くだ》りて、

6　第十代崇神天皇。
7　第九代開化天皇―日子坐王（ひこいますのみこ）―神大根（かんおおねの）王と続くその子孫の長幡部連を伴造とする綺（かんはた）織の職業集団。長幡は旗状の一枚布の意。
8　「内」は全の意の借訓字。裁断することなく一枚布をそのまま服とする織物。
9　「扇」は扉と同意。
10　「烏」には黒色の意があり、闇黒の中で織られた織物。
11　天子の兵士。官軍。
12　長幡部神社へ奉納する。
13　常陸太田市里野宮町。
14　土着民。
15　下総の海上国造（うなかみのくにのみやつこ）の一族か。

1　里川の東。
2　神峯山（五九四メートル）・高鈴山（六二四メートル）の中間、里川に近い日立市入四間町の御岩山説が妥当。
3　「速」は激しさの表現。

松沢《まつざは》[4]の松《まつ》の樹《き》の八俣《やまた》の上《うへ》[5]に坐《いま》す。神《かみ》の祟《たたり》、甚《いた》く厳《はげ》し。人、有り、向《む》きて大小便《くそまり》行《ゆま》る[6]時《とき》は、災《わざはひ》を示《み》せ疾苦《やまひ》を致《いた》さしむ。近前《かたはら》に居《す》む人《ひと》、毎《つね》に甚《いた》く辛苦《たしな》みて、具状《あるかたち》を朝《みかど》に請《まを》す。片岡《かたをかの》大連《おほむらじ》[7]を遣《つかは》して、敬《ゐやま》ひ祭《まつ》る。祈《の》み曰《まを》さく、「今《いま》、此処《ここ》に坐《いま》せば、百姓家《おほみたからいへ》を近くして、朝夕《あしたゆふへ》に穢臭《けがら》[8]はし。理《ことわり》、坐《いま》すべくもあらず。避《さ》り移《うつ》りて、高山《たかやま》の浄《きよ》き境《さかひ》に鎮《しづ》まりますべし」とまをす。是《ここ》に、神《かみ》、禱告《のみまをすこと》を聴《ゆる》して、遂《つひ》に賀毗礼之峰《かびれのみね》に登《のぼ》りぬ。其《そ》の社《やしろ》は、石《いし》を以《も》ち垣《かき》とし、中《うち》に種属《やから》[9]甚多《いたくおほ》し。幷《また》、品《くさぐさ》の宝《たから》、弓《ゆみ》・桙《ほこ》・釜《かま》・器《うつはもの》の類《たぐひ》、皆石《みないし》と成《な》りて存《のこ》れり[10]。凡《すべ》て、諸《もろもろ》の鳥《とり》の経《わた》り過《すぐ》るは、尽《ことごと》に急《すみやか》に飛《と》び避《さ》けて、峰《みね》の上《うへ》に当《あた》ることなし。古《いにしへ》より然為《しかし》て、今《いま》も同《おな》じ。小水《をがは》有《あ》り、薩《さ》都河《つかは》[11]と名《な》づく。源《みなもと》は北《きた》の山《やま》に起《お》こり、南《みなみ》に流れて同じく久《く》慈河《じかは》に入《い》る。以下《しも》は略《はぶ》く。

高市《たけち》[12]と称《い》へるあり。此《ここ》より東北《ひむがしきた》二里《ふたさと》に、密筑里《みつきのさと》[13]あり。村《むら》の中《うち》に浄《きよ》き泉《いづみ》[14]あり。俗《くにひと》、大井《おほゐ》といふ。夏冷《なつさむ》く冬温《ふゆあたた》かなり。

4　所在未詳。
5　異界神の現れかたの一つ。
6　「まる」は放出する意。
7　『新撰姓氏録』に中臣方岳連がある。祭祀に関る氏族。
8　神が不浄の近くに鎮座なさるのはよろしくない。
9　中臣方岳連系の祭祀者の一族。
10　御岩山頂の大きな岩陰から縄文土器・土師器・須恵器の類いが発掘されており、祭祀遺跡とみられる。
11　里川。常陸太田市里川町の三鈷室山（八七一メートル）を源流とする。
12　『和名抄』郷名の「高市」。久慈川河口北岸にあたる地域。
13　日立市水木町にあたる。
14　泉が森の泉の流れる由緒に、みかの原町・大みか町などの名が残っている。

湧《わ》き流《なが》れて川《かは》と成《な》る。夏《なつ》の暑《あつ》き時《とき》には、遠邇《をちこち》の郷里《さと》より酒《さけ》と肴《さかな》とを齎賚《もちき》[15]て、男女《をとこをみな》会集《つど》ひて、休《いこ》ひ遊《あそ》び飲《さけの》み楽《たの》しぶ。其《そ》の東《ひむがし》と南《みなみ》とは海浜《うみへた》に臨《のぞ》む。石決明《あはび》・棘甲蠃《うに》、魚貝等《いをかひども》の類《たぐひ》、甚《いた》く多《おほ》し。西《にし》と北《きた》とは山野《やまの》を帯《お》ぶ。椎《しひ》・櫟《いちひ》・榧《かへ》・栗生《くりお》ひ、鹿《しか》・猪住《ゐす》めり。凡《すべ》て山海《やまうみ》の珍《めづら》しき味《あぢはひ》、悉《ことごと》に記《しる》すべくあらず。此《ここ》より艮《ひむがしきた》卅里《みそさと》に、助川《すけかは》の駅家《うまや》[16]あり。昔《むかし》は遇鹿《あふか》[17]と号《なつ》く。古老《ふるおきな》曰《い》はく、倭武天皇《やまとたけのすめらみこと》、此《ここ》に至《いた》りたまひし時《とき》に、皇后《おほきさき》[18]、参《まゐ》り遇《あ》ひたまふ。因《よ》りて名《な》づく。宰《みこともち》[19]久米大夫《くめのまへつきみ》[20]の時《とき》に至《いた》りて、河《かは》に鮭《さけ》を取《と》るが為《ため》に、改《あらた》めて助川《すけがは》と名《な》づく。俗《くにひと》の語《ことば》に、鮭《さけ》の祖《おや》[21]を謂《い》ひて「すけ」とす。

多珂郡《たかのこほり》[1]。東《ひむがし》と南《みなみ》とは並《なら》びに大海《おほうみ》、西《にし》と北《きた》とは陸奥《みちのおく》と常陸《ひたち》と二《ふた》つの国《くに》の堺《さかひ》にある高山《たかやま》なり。

古老《ふるおきな》曰《い》はく、斯我高穴穂宮《しがのたかあなほのみや》に大八洲照臨《おほやしましらしめし》天皇《すめらみこと》[2]の世《みよ》に、建御狭日命《たけみさひのみこと》[3]を以《も》ち多珂国造《たかのくにのみやつこ》に任《よさ》しき。茲《こ》の人初《ひとはじ》めて至《いた》

15 持参して。

16 日立市助川町。駅は弘仁三年に廃止された。

17 日立市相賀町および接する会瀬町あたり。

18 行方郡では大橋比売命とある。↓四四頁。注23

19 天皇のお言葉を受けて地方統治に当る高官。

20 時代・経歴未詳。

21 産卵期の親鮭。「すけ」は大将の意。大きな鮭。

多珂郡

1 現在の日立市を含む高萩市・北茨城市に当る。郡家は高萩市下手綱大高台説を採る。

2 第十三代成務天皇。宮は滋賀県大津市穴太（あなほ）。

3 「国造本紀」に天穂日命の子孫弥都侶岐命（みつろきのみこと）の孫と

り、地體《くにかた》を歴《めぐ》り験《み》つ。峰険《みねさが》しく岳崇《たけたか》しと以為《おも》ひて、因《よ》りて多珂之国《たかのくに》と名《な》づく。建御狭日命と謂ふは、是《こ》れ出雲臣《いづものおみ》4の同属《はらから》なり。今、多珂《たか》・石城《いはき》と謂《い》へるは是《これ》5なり。風俗《くにぶり》の説《ことば》に、「薦枕《こもまくら》6　多珂の国」と云ふ。建御狭日命《たけみさひのみこと》、遣《つかは》さえし時《とき》に当《あた》りて、久慈《くじ》との堺《さかひ》にある助河《すけかは》7を以《も》ち道前《みちのくち》8とし、郡《こほり》を去《さ》ること西北《にしきた》六十《むそ》里《さと》9に、今《いま》も猶《なほ》、道前里《みちのくちのさと》10と称ふあり。陸奥国石城郡《みちのおくのくにいはきのこほり》の苦麻之村《くまのむら》11を道後《みちのしり》12としき。其《そ》の後《のち》に、難波長柄豊前大宮臨軒天皇《なにはのながらのとよさきのおほみやにあめのしたしらしめしすめらみこと》の世《みよ》に至《いた》りて、癸丑年《みづのとのうしのとし》13に、多珂国造《たかのくにのみやつこ》石城直美夜部《いはきのあたひみやべ》14、石城評造《いはきのこほりのみやつこ》部《べ》志許《のしこ》赤《あから》15等、惣領高向大夫《すべをさたかむくのまへつきみ》16に請《こ》ひ申《まを》して、所部《くにのうち》17を遠《とほ》く隔《へだた》り、往来《ゆきき》に不便《もやもやあら》ぬを以《も》ち、分《わか》ちて多珂《たか》と石城《いはき》と二《ふた》つの郡《こほり》を置《お》きつ。石城郡は、今、陸奥国の堺の内《うち》に存《あ》り18。

其《そ》の道前里《みちのくちのさと》に、飽田村《あきたのむら》19あり。古老《ふるおきな》曰《い》はく、倭武天皇《やまとたけのすめらみこと》、東《ひむがし》の垂《ほとり》20を巡《めぐ》らむとして、此《こ》の野《の》に頓宿《やど》21りたまふ。人有《ひとあ》り、奏《まを》して曰《まを》さく、「野《の》の上《ほとり》に群《む》る鹿《しか》、数無《かぎりな》く甚《いた》く多《おほ》し。其《そ》の聳《そび》ゆる角《つの》は、枯《か》れ蘆《あし》の原《はら》の如《ごと》く、其《そ》の吹気《いぶき》を比《たと》ふれば、

4　出雲臣も天穂日命の子孫。
5　多珂・石城の二郡が多珂国造の統治範囲であったことを示す。
6　イネ科のコモで作った枕。高い枕なのでタカに係る枕詞。
7　宮田川の古名か。
8　多珂の国への入口。
9　方角と里程に誤謬がある。
10　日立市相田町を含む地域。
11　福島県双葉郡大熊町熊。
12　多珂の国の北限の地。
13　第三十六代孝徳天皇白雉四年（六五三）。
14　前出の建御狭日命の子孫か。
15　他にみえない。「評造」は郡の首長。
16　三十一頁参照。
17　管轄範囲。
18　福島県側に入っている。
19　注9と同地域。
20　辺境の地。
21　「頓」は止まる意。

朝霧《あさぎり》の立《た》つに似《の》れり。22 又《また》、海《うみ》に鰒魚《あはび》有《あ》り。大《おほ》きさ八尺《やさか》23の如《ごと》し。弁諸種《またくさぐさ》の珍《めづら》しき味《あぢは》ひ、遊漁《すなどり》の□多《おほ》し。24」とまをす。是《ここ》に、天皇《すめらみこと》、野《の》に幸《いでま》す。橘　皇后《たちばなのおほきさき》を遣《つかは》して海《うみ》に臨《のぞ》みて漁《すなど》らしめたまふ。捕獲《えもの》の利《さち》を相競《あひきほ》ひて、山《やま》と海《うみ》との物《もの》を別《わ》き探《さぐ》りたまふ。此《こ》の時《とき》に、野《の》の狩《かり》は、終日《ひねもす》駈《か》り射《い》つれども、一《ひと》つの宍《しし》をだに得《え》たまはず。海《うみ》の漁《すなどり》は、須臾《しまし》がほとに才《よ》く25採《と》りて、尽《ことごと》に百《もも》の味《あぢはひ》を得《え》たまふ。猟《かり》と漁《すなどり》と已《すで》に畢《を》へて、御《みけ》膳《つもの》を羞《すす》め奉《まつ》る時《とき》に、陪従《まへつきみ》26に勅《みことのり》して曰《の》りたまはく、「今日《けふ》の遊《あそび》は、朕《あれ》と家后《きさき》27と、各《おのもおのも》、野《の》と海《うみ》とに就《ゆ》きて、同《とも》に祥福《さち》俗《くにひと》の語《ことば》に、佐知《さち》と曰《い》ふ。を争《あらそ》へり。野《の》の物《もの》は得《え》ずといふとも、海《うみ》の味《あぢはひ》は尽《ことごと》に飽《あ》き喫《くら》ひつ」とのりたまふ。後《のち》の代《よ》に跡《あと》を追《お》ひて、飽田村《あきたのむら》と名《な》づく。国宰《くにのみこともち》　川原宿禰《かはらのすくね》黒麿《くろまろ》28の時《とき》に、大海《おほうみ》の辺《ほとり》の石壁《いはぎし》に、観世音菩薩《くわんぜおむぼさち》の像《みかた》29を彫《ゑ》り造《つく》る。今《いま》も存《あ》り。因《よ》りて仏浜《ほとけのはま》と号《なづ》く。以下《しも》は略《はぶ》く。

郡《こほり》の南卅里《みなみみそさと》30に、藻島駅家《めしまのうまや》31あり。東南《ひむがしみなみ》の浜《はま》32にある碁《ごいし》の色《いろ》、

22 鹿の形容は『日本書紀』などにみられる類型。
23 実数でなく大きく立派さの表現。
24 本文不確定であるが、「遊漁利」と見て「スナドリノサチ」と訓みたい。
25 能くに同じ。
26 天皇にお伴する高官。
27 吾が后（きさき）の意。
28 中国系陳氏の系統の人物。
29 日立市小木津町の海岸の磨崖十二仏中の救世観音。度志観音説は非。
30 里程に誤りがあろう。十五里くらいか。
31 日立市十王町伊師長者山遺跡という。
32 十王町伊師の碁石浦と、南に続く小貝ケ浜にあたる。

珠玉《たま》の如《ごと》し。謂《い》はゆる常陸国《ひたちのくに》に有《あ》る麗《うるは》しき碁子《ごいし》は、唯《ただ》、是《こ》の浜《はま》にのみあり。昔《むかし》、倭武天皇《やまとたけのすめらみこと》、舟《ふね》に乗《の》り海《うみ》に浮《うか》びて、島《しま》の磯《いそ》を御覧《みそこなは》しき。種々《くさぐさ》の海藻《め》、多《さは》に生《お》ひ茂《しげ》る。因《よ》りて名《な》づく。今《いま》も然《しか》なり。以下《しも》は略《はぶ》く。

常陸国風土記（現代語訳）

総記

常陸《ひたち》の国司の報告書。古老が代々伝えている古伝承を申す事。

国や郡の昔の事を尋ねたところ、古老が答えて言うことには、むかしは、相模《さがみ》の国の足柄《あしがら》山《やま》の坂から東にあるそれぞれの県は、総称してあずまの国といっていた。この当時、常陸とはいわなかった。ただ、新治《にいばり》・筑波《つくば》・茨城《うばらき》・那賀《なか》・久慈《くじ》・多珂《たか》の国と称して、それぞれ造《みやつこ》・別《わけ》を派遣して政務を行なわせていた。その後、難波長柄豊前《なにわのながらのとよさき》の大宮で天下をお治めになった天皇（孝徳《こうとく》天皇）の御世《みよ》になって、高向臣《たかむくのおみ》・中臣幡織田連《なかとみのはとりだのむらじ》等を派遣して、足柄の坂から東にある国全部を統括して治めさせた。その時に、あずまの国は分かれて八つの国となったが、常陸の国は、その一つであった。

そう名付けた由縁は、往《ゆ》き来《き》の道路が大河や海の渡し場を隔てることなく、郡郷の境界線が山河の峰や谷に続いているので、真っ直ぐな陸路の意味を取って、国の名としたのである。また、ある人はこう言っている、倭武《やまとたけの》天皇が、東の夷《えみし》の国をご巡視になり、新治の県をご通過になった。（倭武天皇は）国の造である毗那良珠命《ひならすのみこと》を遣わされて、新しく井を掘らせたところ、流れる泉が清らかに澄み、たいそう心惹《こころひ》かれた。その時に、お乗物を止めて、水を賞美して御手《みて》をお洗いになった。御衣の袖《そで》が泉に垂れて濡れた。そこで袖をひたすという意味によって、この国の名としたのである。土地の言い習わしに、「筑波岳《つくはね》に黒雲がかかり、衣袖《ころもで》をひたす＝ヒタチの国」というのは、このことをいうのである。

そう、常陸の国は、国の境界《きょうかい》は広大で、土地も遠くまで広がっている。耕された肥沃《ひよく》な土壌は盛り上《あが》り、原や野も肥えてひろがる。開墾地からの収穫と山の幸海の幸に、人々はおのずと心満ち足り、家々は豊かである。もし身を農耕に努め、力を養蚕に尽す者があれば、すぐに富を手に入れることができ、おのずと貧しさから免れることができる。ましてまた塩と魚《さかな》の味を求めたければ、左には山右には海がある。桑を植え麻《ま》を蒔こうとすれば、後《うしろ》には野があり前には原がある。これが俗に言う〝水陸の宝庫〟〝物産の美地〟である。昔の人が常世の国といったのは、もしやこの地のことではなかろうか。ただこの国の水田は、上等田は少く中等田が多い。一年のうちに長雨が降ったりすると、苗が育たず不作の憂いを農民は申し、一年のうち日照にめぐまれると、ただ穀物の豊作の喜びを見ることになろう。（省略はない。）

新治郡

新治郡。東は那賀郡との境の大きな山、南は白壁《しらかべ》郡、西は毛野河《けのがわ》、北は下野《しもつけの》と常陸二国の堺《さかい》の波太《はだ》の岡《おか》である。

古老が言うには、「昔美麻貴《みまき》の天皇（崇神《すじん》天皇）が天下を統治なさった御代《みよ》に、東国の荒々しい賊（当地の人々の言葉では、あらぶるにしものという。）を討ち平らげようとして、新治の国造の祖先で、名は比奈良珠命《ひならすのみこと》という人を派遣した。この人が下向して来て新しい井を掘った。（今も新治の里にある。時節になると祭をする。）その水は清く流れ出た。そこで新しく井を開いたので、それに因《ちな》んで郡の名に着けた。そのときから現在になるまでその名のままである。」という。（土地の人の諺《ことわざ》に白遠《しらとほ》ふ新治の国と言う。）（以下省略。）

駅家《うまや》の名を大神《おおかみ》という。そのように呼ぶわけは、大きな蛇があたり一面にたくさんいるからである。それで駅家の名ともしている。云々《うんぬん》。

（白壁郡）

郡役所より東方五十里（約二・五キロメートル）に笠間村《かさまむら》がある。そこへ越えて行く道を葦穂山《あしほやま》という。古老が言うには、「古い時代のこと、そこに山賊がいた。名を油置売命《あぶらおきめのみこと》という。今も社《もり》の中に岩屋がある」という。土地の人々の歌にいう。

二人の噂がひどく立つようなら　おはつせ山の　岩屋にでも　あなたを連れて隠れてしまおう　だから
そんなに恋い焦れないで我が妻よ　（以下省略。）

筑波郡

筑波郡。東は茨城郡、南は河内郡《こうち》、西は毛野河、北は筑波山《つくばやま》。

古老が言うには、筑波県は、遠い昔には紀《き》の国といった。崇神天皇の御代に、采女《うねめ》の臣《おみ》の支族の筑箄命《つくはのみこと》を紀の国の国造として派遣した。その時筑箄命が言うには、「自分の名をこの国に着けて、後代までも絶えることなくずっと伝えさせたいものだ」といった。そこでそれまでの国名を改めて、今度は筑波ということとなった。（土地の人の言葉で「握飯筑波の国《にぎりいひつくはのくに》」という。）（以下省略。）

古老が言うには、昔、祖先の神さまが、多くの神々の所を巡行なさって、駿河《するが》の国の富士《ふじ》山《さん》に到着したところで、とうとう日没になってしまい、一晩だけの宿泊をお頼みになった。この時、富士の神が答えて申すには、「今宵《こよい》は新穀の収穫祭で家中籠《こも》って物忌をしています。今日だけはなにとぞ恐縮ですが、家にお入れすることができないのです。」といった。すると祖先神は恨み泣いて罵《ののし》っておっしゃったことは、「おまえの親ではないか。どうして親でも泊めようとしないのか。おまえの住む山は、おまえの命の果てるまで、冬も夏も雪が降り霜が置き寒さが襲いかかり、人々が登らないので、飲食物を供えて祭ることもないであろう。」とおっしゃった。（祖神《おやがみ》は）あらためて筑波山にお登りになって、また宿泊をお求めになった。この時、筑波の神が答えて申すには、「今宵は新嘗《にいなめ》の祭をしておりますが親神さまの仰せをお受けしないわけにはいきますまい。」と申した。そして飲食物を供えて、敬い拝みつつしんでお仕えした。そこで親の神は喜びを表わし、歌を歌って仰せられた。

いとしいことよ我が子孫　高々と立つことよ（筑波の）神の社　天地・日月と等しく永《と》遠《わ》に並び　人々はこの神山に集《つど》い寿《ことほ》ぎ　飲食の供え物はたっぷりと　いつまでも絶えることなく　日毎《ごと》にますます栄え　千年万年の後まで（筑波の山の）遊楽《たのしみ》は尽きないであろう

こういうわけで、富士山はいつも雪が降り次いで、人は登ることができない。その筑波山のほうは、人々が登り行き集って歌い舞い、酒を飲み物を食べることが、今に至るまで絶えることがない。（以下省略。）

例の筑波山は雲より高く突き抜け、頂上は西の峯《みね》が高くけわしいので雄《お》の神《かみ》といって、人の登頂を許さないほどだ。ただし、東の峯は四方いずれも岩石のため、登り降りはごつごつとして段差があるものの、その側の泉の流れは冬も夏も涸《か》れることがない。足柄の坂から東側の諸国の男女は、春の花が咲く時、秋の木の葉が色づく時に、たがいに手を取り合い連れだち、飲食物を持参して、馬でも徒歩でも登り、遊び楽しみ足を止めて休息する。その折の歌にいう、

筑波山の歌垣で逢おうと言ったあの子は、誰の言うことを受け入れたからか、（私とどうして逢ってくれなかったのだろう）

　筑波山の歌垣に、仮小屋を作って、相手の女性もいなくて我が一人寝る夜は、早く明けて欲しいものよ

ここで歌われた歌はとても多く、全部載せることができない。当地の人の諺に、「筑波山の歌垣の集いに結納《ゆいのう》の品を交さなかった者は、一人前の男女と言えない」と言っている。

郡役所の西十里（約五キロメートル）に騰波江《とばのおうみ》がある。長さ二九〇〇歩（約五キロメートル、広さ一五〇〇歩（二・七キロメートル）。東側は筑波郡、南は毛野河に流れ、西側と北側はともに新治郡、東北側は白壁郡である。

信太郡

信太《しだ》郡。東は信太の流れ海、南は榎《え》の浦《うら》の流れ海、西は毛野河、北は河内郡である。

古老が言うには、難波の長柄豊前宮で天下を統治なさった天皇（孝徳天皇）の御世の癸《みずのと》丑年《うしのとし》（白雉《はくち》四年―六五三―）小山上《しょうせんじょう》の物部河内《もののべのこうち》・大乙上《だいおつじょう》の物部会津《あいづ》らが惣領《そうりょう》の高向大夫《たかむくのまえつきみ》らに願い出て、筑波郡と茨城郡の七百戸を分割して、信太郡を新設した。ここはもとの日高見国《ひだかみのくに》である。云々《うんぬん》。

黒坂命《くろさかのみこと》が奥州《おうしゅう》の蝦夷《えみし》を討ちに行った。ことが終って凱旋《がいせん》の時、多珂郡の角枯山《つのかれやま》まで至ったところで、黒坂命は病に侵されて亡くなった。そこで、角枯を改めて黒前山《くろさきやま》と名づけた。黒

坂命の棺を載せた送葬の車が、黒前山を出発して日高国に至るまで、葬礼の飾りものは、赤旗、白旗と入り交り、風に吹き上げられひるがえって、雲が飛ぶ如く虹《にじ》がかかる如く、野を照らし、送葬の路《みち》を輝かせた。当時の人は、このことから日高見国を赤旗が垂れ下る国といった。後世の言葉では、言い変えて信太国《しだのくに》という。云々《うんぬん》。

群役所の北十里に碓井《うすい》がある。古老が言うには、大足日子天皇《おおたらしひこ》（景行《けいこう》）が浮島の帳《とばり》の宮に行幸《みゆき》になったところ、差し上げるお水がなかった。すぐに卜い《うらな》をする者を遣わして吉と出るところを数か所お掘らせになった。今も卜《うら》に合った井が雄栗《おくり》の村に残っている。ここ（碓井）から西に高来《たかく》の里がある。古老の言うには、天地の始、草木までがものを言いざわめいていた時に、天から降って来た神、名を普都大神《ふつのおおかみ》と称《もう》し上げる。（大神は）葦原《あしはら》の中つ国を巡行されて、山河の荒れすさぶ神どもを平定された。大神は神たちを説き同意させることを完全にし終えて、天に帰ろうとお思いになった。そのとき、身に着けておいでの武器（当地の人は「いつの」という。）の甲《よろい》・戈《ほこ》・楯《たて》・剣《つるぎ》と手に着けておいでの玉《たま》のすべてを取りはずしてこの地に留《と》め置き、白雲に乗って天《あめ》に還《かえ》り昇っておいでになった。（以下省略。）

土地の人の諺に、「葦原の鹿の肉は美味である」という。食べてみると山の鹿の肉とは違う。（広大な葦の湿原が跨《また》がる常陸・下総《しもつふさ》）二国の人々が盛んに狩猟をしても獲《と》り尽くすことなどない。その里の西に飯名《いいな》神社がある。これは筑波山においでの飯名の神の分社である。

榎の浦の津には駅家《うまや》を置いた。東海道《とうかいどう》の幹線路であり、国府へ至る常陸路《ひたちじ》の入り口である。だから伝馬の使者たちが、初めてこの国に入ろうとするとき、まず口と手を洗い、東に向って鹿島《かしま》の大神を拝む。その後に入国が許される。（以下省略。）

古老の言うには、倭武天皇が海辺を巡行なさって、乗浜《のりはま》にお着きになった。その時に、浜や浦の辺《ほとり》に多くの海苔《のり》（土地の人は「のり」という）を干していた。これに因《ちな》んで能理波麻《のりはま》の村と名づけた、という。（以下省略。）

乗浜の里の東に浮島《うきしま》の村がある。長さ約三六〇〇メートル、幅七二〇メートル。四面は海。山と野が入り交っている。家は十五戸、田は約七〇〇乃至《ないし》八〇〇アールである。住んでいる民は製塩を職として、九つの神社がある。彼らは言葉にも行動にも慎み深く禁忌に触れないようにしている。（以下省略。）

茨城郡

茨城郡。東は香島《かしま》郡、南は佐我《さが》の流れ海、西は筑波山、北は那珂郡である。古老が言うには、昔、国巣《くにす》土地の言葉で都知久母《つちくも》また夜都賀波岐《やつかはぎ》という。である山の佐伯《さえき》・野の佐伯というものがいた。いたるところの山野に穴倉を掘っておき、いつも穴に居住し、外部の人がやってくると穴倉に入って身を隠し、その人が去れば、また野辺に出て遊ぶ。狼の荒くすさむ性情、梟《ふくろう》の悪鳥といわれる暴虐性をもって、鼠のようにひそかに様子を窺い、犬のように盗みとる。（こうして彼らは孤立して一般の民から）招かれ慰撫《いぶ》されるということもないので、ますます世間の風習からかけ隔たってしまっていた。この時多氏《おお》の同族の黒坂命は、（国巣たちが）穴倉から出て遊んでいる時を狙って、茨蕀《うばら》を穴の中に敷き並べたところで、騎兵を出して突如として追い攻めさせた。国巣の佐伯らはいつもの通りに穴倉に走り帰ったが、全員茨蕀にひっかかって、蕀《とげ》に突きささり傷つけられ病いになり、死にもして散り散りになってしまった。そこで、茨蕀の名を取って県の名に着けた。いわゆる茨城は今那珂郡内の西に存在する。昔はここに郡家《こおりのみやけ》が置かれた。ここは茨城郡内だったのである。当地の人の諺《ことわざ》に「水潜《くく》る茨城の国」という。或《あ》るひとの言うには、山の佐伯・野の佐伯が自ら国巣の賊の頭目となり、一味の連中を率いて、勝手きままに往行し、ひどい掠取《りゃくしゅ》や殺害をした。その時に、黒坂命がこの賊党を計略を使って滅ぼそうとして、茨《うばら》で城《き》を造った。こういうわけで、ここの地の名を茨城という。茨城の国造の始祖の多祁許呂命《たけころのみこと》は、息長帯比売天皇《おきながたらしひめの》（神功皇后《じんぐう》）の朝廷に仕えて品太天皇《ほむだの》（応神天皇《おうじん》）ご生誕の時までお仕えした。多祁許呂命には子が八人いた。次男の筑波使主《つくはのおみ》は、茨城郡の湯坐連《ゆえのむらじ》等の始祖である。

郡役所から西南方向の近くに河がある。信筑《しづく》の川という。その源は筑波の山から始まり西から東へ流れ、郡の中を流れめぐって高浜《たかはま》の海に注ぐ。（以下省略。）

いったい、此の地は、花咲き薫《かお》る春、草木舞い散る秋には、駕《かご》を出せと言いつけて出かけ、また、舟に乗って楽しむ。春は入江の花が千々に咲き乱れ、秋は岸の木の葉が百態にもみじする。囀《さえず》る鶯《うぐいす》の声を野のほとりに聞き、舞う鶴の姿を洲《す》の上に眺める。農家の若者と漁家の娘と、浜と洲を追いかけ合いして集ってくる。商人と農民たちは小舟に棹《さお》さして行き交わる。ましてや夏の暑い朝、太陽に照らされて蒸すような夕《ゆうべ》は、友を口笛で呼び下僕を連れ、浜の湾曲部に並んで坐《すわ》り、流れ海を遠く見渡す。（すると）夕波の気はいが少しずつ高まってくると、避暑にやってきた人は不快な気分が去り、岡の日陰も少しずつ長く延び、涼を求める人は嬉《うれ》しい気分になってくる。（この場に集まる人の）歌う歌にいう、

　高浜に寄せてくる波の、その沖の波が寄せるように、他の人が私に思いを寄せることがあっても、私は心移りしない。私の心はあの子に寄り副《そ》っているから。

という。また言う、

　高浜の渚《なぎさ》を吹く風がざわざわと鳴っている。恋している。女性を妻といいたいものだ□

郡役所の東五キロ半ばのところに桑原山《くわはらやま》がある。昔、倭武天皇が、山の上に足を留《とど》められたことがあった。お食事を差し上げる時に（清水がなかったので）水役人に命じて新たに井をお掘らせになった。涌《わ》き出た泉は浄《きよ》らかで香《かぐわ》しく飲料に最良であった。天皇が勅《みことのり》して仰せられるには、「（地下に）よくこれほどの清水をためていたものだ」とおっしゃった。土地の人は「よくたまれる水かな」という。こういうわけで、里の名を、今田《た》余《まり》という。（以下省略。）

行方郡

行方郡《なめかたぐん》東と南はともに流れ海で北は茨城郡である。

古老の言うには、難波長柄豊前の大宮で天下を統治なさった天皇（孝徳）の御世《みよ》の白雉四年（六五三）に、茨城の国造の小乙下壬生連麿《しょうおつげみぶのむらじまろ》と那珂の国造の大建壬生直夫子《だいけんみぶのあたいおのこ》らが、総領である高向の大夫と中臣幡織田の大夫らに願い出て、茨城の国の土地八里《やさと》を分割し、そこの七百余戸を合わせて、別に一郡を立て郡役所を設置した。

行方の郡というわけは、倭武の天皇が天下を巡視なさって、霞《かすみ》ヶ浦《うら》の北方を平定なさった。その折茨城の国を通過して、槻野《つきの》の清水においでになった。水場で手をお洗いになったところ、玉を井に落としておしまいになった。その清水の井は今も行方の里の中にある。玉の清《し》井《みず》という。そこからさらに御輿《みこし》を廻《めぐ》らして現原《あらはら》の丘においでになってお食事を差し上げた。この時に天皇は四方を遠く見はるかしなさって、ご前にいる高官たちをふり返って仰せられるには、「輿を止めて歩き回りつつ目をあげて見渡してみると山の走る隅々《くまぐま》・流れ海の湾曲の高低長短が入り組み交わりくねくね曲りくねっている。山の峯《みね》は雲を浮かべ、谿《たに》の稜線《りょうせん》は霧を抱擁している。万物の形状配色は心に沁《し》みて美しく、この国土の姿形に大そう心奪われる。（この形態にちなみ）この土地の名を行細《なみくは》し国というがよい」とおおせられた。後世になって、この仰せ言《ごと》を承《う》けて同じように行方と名づけた。土地の人の諺に、立雨零《たちさめふ》る行方の国という。

その岡《おか》は高く明らかに眼の前に広がっている。このように立ち露《あらわ》れているので現原と名づけた。岡から下って大益川《おおやかわ》にいらっしゃり、小舟に乗って川をお上りになった時に、舟をさすかじを折ってしまった。これに因《ちな》んでその河の名を無梶河《かじなしがわ》という。無梶河は茨城・行方二郡の境界である。河鮒《かわふな》その他魚類の産物はすべて名を掲げて記しきれない。無梶河を遡《さかのぼ》って辺境の地に到達なさったとき、鴨が飛び渡っていた。天皇が鴨を見上げられた時に、鴨は天皇の鳴らす弓の弦の音に反応して境界線の近くに落ちた。それでそこを鴨野《かもの》という。この地は、土塊《つちくれ》がごろごろの痩《や》せ地《ち》で、草木が生えない。野の北には櫟《いちい》・柴《くぬぎ》・鶏頭樹《かえで》・檜《ひのき》が時を経るにしたがって高く生い茂って、自然に山林となっている。そこには枡池《ますいけ》がある。これは高向大夫の時に築造した池である。北に香取神子《かとりのみこ》神社がある。神社の傍の山野は土壌が肥沃《ひよく》で、草木が隙間なく茂っている。郡役所の西側の渡船場はいわゆる行方の海である。海松《みる》と塩を焼く藻が生えている。おしなべて海にいる種々の魚は、多すぎて記載することができないほどである。ただ鯨については、いまだかつて見聞したことがない。郡役所の東に国つ神を祀《まつ》る社がある。これを縣《こおり》の祇《かみ》という。社の中の寒泉《しみず》を大井《おおい》という。郡役所に接するあたりの男女たちは、今も集って汲《く》んで飲んでいる。郡役所の南の門口に、一本の大きな槻《つき》の木がある。その北に延びた枝が自然に垂れ下って地面に接触していたのが、（そこで根づいて）また空に向って伸び聳《そび》えるに至った。その場所には、昔、水草の生えた沼沢地があった。今も長雨に遇うと、郡役所の庭に雨後の溜《たま》り水《みず》が溢《あふ》れる。郡役所の傍の村に橘《たちばな》の樹が生えている。郡役所から西北に提賀《てが》の里がある。ずっと昔佐伯が住んでいた。名を手鹿《てが》という。その人がそこを住居とした。後になって里にその名をつけた。その里の北に香嶋神子《かしまのみこ》神社がある。社の周囲の山野は土壌が肥沃で、草木は椎《しい》・栗・竹・茅《ちがや》の類《たぐい》がたくさん生えている。ここから北のほうに曾根《そね》の村。（ここにも）遠い昔佐伯がいた。名を曾禰毗古《そねびこ》という。その名を取って村の名に着けた。今駅家を置いている。これを曾尼《そね》という。

古老の言うには、石村玉穂《いわれのたまほ》の宮で日本国を統治なさった天皇（継体《けいたい》）の御世に、矢括《やはず》の氏の麻多智《またち》という人がいた。郡役所の西にあたる谷の葦原を、開墾して新田を造成した。この時、夜刀《やと》の神が群をなし引き連れて、一匹のこらずやって来た。あちこちとなく妨害をし、田の耕作をさせなかった。土地の人の言うには、蛇のことを夜刀の神という。その形は蛇の身で頭に角がある。一族を蛇の災難より逃れさせようとするとき、振り返って蛇を見る人がいると一家を破滅させ、子孫が絶える。おしなべて、郡役所の傍の野原にはなはだたくさん棲《す》んでいる。そこで麻多智はたいそう怒りの心情が昂《たかぶ》り、甲鎧《よろい》を身につけ、自ら仗《ほこ》を手にして、打ち殺し追い払った。山の登り口まで追ってきたところで、境界の標識としての杖を堀に立て、夜刀の神に宣告して言った、「ここから上は神の土地とすることを許そう。ここから下《しも》は人が田を耕作する。今から後、自分が神を祀る司祭者となって、永久に敬い祭ってやろう。どうか祟《たた》らないでくれ、恨まないでくれ。」といって、社を定めて初めて夜刀の神を祭ったという。また神田十町あまりを開墾して、麻多智の子孫がつぎつぎと受け継いで祭を行い、現在まで絶えることがない。その後、難波長柄豊前の大宮で天下を統治なさった天皇（孝徳天皇）の御世におよんで、壬生連麿が初めてその谷に立入禁止の標示をして、池の堤を築かせた。その時、夜刀の神が池の辺の椎の樹に上り集まって、いつまでも退去しない。そこで麿は大声をあげて叫び、「この池の堤を修築させたのは、要するに民を生活させるためである。どこのなんという名の神が、天皇の威徳に不服だというのか」といった。工事に働く民に命じて言うには、「目に見えるいろいろな物は、魚類・虫類となく気がねしたり恐れたりすることなく、すべて打ち殺せ」と言い終ると同時に、神蛇は逃げ隠れたのである。ここにいわれるその池は、今は椎井《しいい》の池と名がついている。池の西側の椎の根株のあったところから清水が涌いている。その井に因《ちな》んで池の名とした。ここは香島に行く陸路の駅馬の公路にあたっている。

郡役所の南七里（約三・五キロメートル）の男高《おたか》の里に、ずっと昔、佐伯の小高《おたか》が住んでおり、そこを住居《すま》いとした。それに因んで里の名とした。国司が当麻太夫《たぎまのまえつきみ》だった時に築造した池が、今でも街道の東側に残っている。その池から西側の山は、猪・猿がたくさんおり、草木も密生している。南側には鯨岡《くじらおか》がある。上古の時代、鯨が腹這《はらば》うようにして来て伏せってしまった。そこに栗家《くりや》の池がある。そこの栗の実が大きいので池の名とした。北には香取神子神社がある。

麻生《あそう》の里。ずっと昔、麻が溜め池のほとりに生えた。茎の周囲は大きい竹ほどもあり、高さが一丈（約三メートル）余りもあった。里を囲む山があり、椎・栗・槻・櫟《いちい》が生え、猪・猿が栖《す》んでいるそこの野は筋力の強い馬を産する。飛鳥浄御原《あすかのきよみはらの》大宮で天下を統治なさった天皇（天武《てんむ》天皇）の御世に、同じ郡の大生《おおう》の里の建部袁許呂命《たけべのおころのみこと》が、この野の馬を手に入れて、朝廷に献上した。世にいう行方の馬である。ある人が茨城の里の馬というのは誤りである。

郡役所の南約一〇〇キロメートルの香澄《かすみ》の里は、古い伝えに言うには、大足日子天皇（景行天皇）が下総の国の印幡《いんば》郡の鳥見《とみ》の丘にお登りになり、滞在なさり、遥か遠くをごらんになり、東の方をふり向いて、御前に侍《はべ》る高官に仰せられた、「海は青い波が広びろと流れ、陸地は赤くたなびく雲気がうっすら漂っている。わが国土は波と雲気のその中に朕《わ》が目には見えることよ」と。その当時の人が、このお言葉によって霞《かすみ》の郷《さと》というに至った。（霞の郷の）東の山には社がある。榎《えのき》・槻・椿・椎・竹・箭《やだけ》・麦門冬《やますげ》があちこちに多い。この里から西の海中の北の洲を新治の洲《す》という。そういわれるわけは、洲の上に立って北の方面を見霽《みはる》かすと、新治の国のあの筑波山が目に入ってくる。それに因んでの名である。

ここから南に行くこと約五キロメートルに板来《いたく》の村がある。海辺に近接して駅《うまや》がある。これを板来の駅という。その西側に榎木《えのき》が林を成している。飛鳥浄見原天皇のみ世に、麻績王《おみのみこ》を追放して、置いた所である。その海は、塩を焼くに用いる藻・海松《みる》・白貝《おう》・辛螺《にし》・蛤《はまぐり》がたくさん産する。

古老の言うには、斯貴《しき》の満垣宮《みつかきの》で天下を統治なさった天皇（崇神《すじん》天皇）の御世《みよ》、東国の辺境の地の荒々しく振るまう賊を平定しようと、建借間命《たけかしまのみこと》をお遣わしになった。これは那賀の国の造の初めの祖先である。兵士を率いて行く道々で、ずる賢いやつ等を征伐した。安婆《あば》の島に宿営し遥《はる》かに海の東の浦を見渡した。その時煙が見えた。そこで人がいるのではないかと思っ天を仰いで、神かけて誓いを立てて言う、「もし天皇に服属している人の煙は、流れ来て我らの上を覆い、もし荒々しく振るまう賊の煙ならば、退いて海上にたなびけ」といった。その時、煙は海へ向って流れた。そこで自《おの》ずから賊どもがいると知った。部下の兵士たちに命じて、早朝の食事を摂《と》らせて海を渡った。この時に、国栖《くにす》の、名を夜尺斯《やさかし》・夜筑斯《やつくし》という二人がいた。自《みずか》ら首領となって穴を掘り陣地を造って、いつもそこに住んでいた。天皇の軍の動向をひそかに探り、身を潜め守りを固め抵抗する。建借間命は兵士を出して追いかける。賊は一斉に逃げ返り、陣を閉めてしっかりと防禦《ぼうぎょ》する。突然建借間命は大きな戦略を立て、勇猛な兵士を選抜して、山蔭に潜み隠し、賊を滅ぼすための器具類を用意した。海辺をおごそかに飾りたて、小舟をたくさん並べ、桴《いかだ》を作り連ね、そこへ雲のような天蓋《てんがい》をひらひら、虹《にじ》のように彩りはなやかな旗を張りたて、（舟の上・桴の上では）天上世界の鳥の囀《さえず》りであるかのような琴・笛の音は波の寄せるに合わせ、潮騒《しおさい》を追いかける美しさ。（兵士たちは）盾を楽器として鳴らし歌を歌い、七日七夜音楽を奏で歌い舞った。その時、賊の連中は、この盛大な音楽を聞き、一家こぞって男も女も出て来て、浜がひっくり返るほど喜び笑った。建借間命は（その隙に乗じて）騎兵に命じて彼らの陣屋を閉めさせ、背後から襲いかかって、賊の一族をことごとく捕え、一挙に焼き殺した。この時に、「痛《いた》く殺す」と言ったところは、今、伊多久《いたく》の郷といい、「悉《ふつ》に斬《た》つ」と言ったところは、今、布都奈《ふつな》の村といい、「安く殺《と》る」と言ったところは、今、安伐《やすとり》の里といい「吉《え》く殺《さ》く」と言ったところは、今、吉前《えさき》の邑《むら》という。板来の南の海に洲がある。境域の周《めぐ》りは三、四里（約一五〇〇―約二〇〇〇メートル）ほどである。春の季節には香島・行方二郡の男女がことごとく集って来て、津の白貝、さまざまな味の貝類を拾った。

郡役所から東北約七・五キロメートルに当麻の郷がある。古老が言うには、「倭武天皇が巡行なさって、この郷を通過なさった。この郷に佐伯が住んでいた。名を烏日子《からすひこ》と言った。倭武天皇の仰せに従わず逆らったので、天皇はたやすく謀殺してしまわれた。天皇は屋形野《やかたの》の行宮《あんぐう》にお行きになられたが、お乗り物の通る道が狭く地面がでこぼこしていた。そこで悪路という意味をとって、この土地を当麻というようになった。土地の人は凹凸状態を「たぎたぎし」という。この地の野は土が固くやせ、耕作に適さないが紫草が生えるのでそれを採る。ここには（香取・香島）の二社の分祠《ぶんし》がある。その周りの山野には、櫟《いちい》・柞《ははそ》・栗・柴《くぬぎ》があちこちに林を成しており、猪・猿・狼がたくさん棲んでいる。

当麻の里から南に芸都《きつ》の里がある。ずっと昔、国栖《くにす》の、名は寸津毗古《きつびこ》・寸津毗売《きつびめ》という二人がいた。その寸津毗古は、天皇がおいでになった折りに、仰せに違反し教えに服従せず、たいそう無礼であった。そこで天皇は御釼《みつるぎ》を抜いて即座に斬り殺された。すると寸津毗売はおののき嘆き訴えようと、白旗をはっきりと高く掲げて、み輿《こし》の道に出迎えて拝礼申し上げた。天皇は憐《あわれ》みをかけて恩恵を与え、一家の罪をお許しになった。また御乗り物をめぐらして小抜野《おぬきの》の行宮にお行きになる。すると寸津毗売は姉妹たちを引き連れ、真心を尽し、雨風をいとわず、朝夕お仕え申し上げた。天皇は寸津毗売の至らぬところない細やかな心配りに、喜び慈愛《うるわ》しみなされた。そこで此の野を「うるはしの小野《おの》」という。小抜野の一部を田里《たのさと》という。そのわけは、息長足日売皇后《おきながたらしひめの》（神功皇后）の時に、ある人が此の地にいた。名を古都比古《こつひこ》という。三度韓国《からくに》に派遣された。その功績を重視して（朝廷は）功田を賜わった。それで田里と名づけた。また波聚《はず》の野がある。倭武天皇が此の野に宿泊して、弓の絃《つる》をかける筈《はず》を修繕なさった。それで名づけた。野の北の海辺に香島の神子神社がある。そこは土が固くやせて、櫟・柞・楡《にれ》・竹が一、二か所生えているだけである。ここから南に相鹿《あうか》・大生の里がある。古老が言うには、倭武天皇が相鹿の丘前《おかさき》の宮においでになった。此の時に、天皇の御食膳舎を浦の浜辺に建設して、小舟をつなぎ並べて橋とし、行在所《あんざいしょ》にお食事を運び通わせた。お食事を炊く意の大炊《おおい》から取って大生の村と名づけた。また倭武天皇の后の大橘比売命《おおたちばなひめのみこと》が、倭《やまと》から下って来て、此の地で天皇の許《もと》に参上しお目にかかった。それで安布賀《あふか》の邑《むら》と言う。行方郡の分については省略をしていない。

香島郡

香島郡　東は大海。南は下総国と常陸国との堺にある安是《あぜ》の河口。西は流れ海。北は那賀郡と香島郡との堺《さかい》にある阿多可奈《あたかな》の河口である。

古老が言うには、難波長柄豊前大朝《おおみや》で天下を統治なさった天皇（孝徳天皇）の御世の、己酉《つちのととり》の年（大化《たいか》五年・六四九）に、大乙上中臣子《だいおつじようなかとみのこ》・大乙下中臣部兎子《だいおつげなかとみべのうのこ》等《ら》が、総領の高向大夫に願い出て、下総の国の海上《うなかみ》の国造の所管地のうちの軽野《かるの》から南の一里《ひとさと》と那賀の国造の所管地のうちの、寒田《さむた》から北にある五里とを分割して、特別に神郡を設置した。その地に鎮座する天《あめ》の大神社《おおかみのやしろ》・坂戸社《さかとのやしろ》・沼尾社《ぬまおのやしろ》の三社を総称して香島天之大神《かしまのあめのおおかみ》という。これによって郡の名称とした。土地の言葉に「霰零《あられふ》る香島の国」と言う。清《す》んで明るい気と濁って重い気が混交していた天地の開けない以前、諸神の祖神《おやがみ》である天神（土地の人は「かみるみ・かみるき」という）が八百万《やおよろず》の神たちを、天《あま》の原《はら》にお集めになった時に、諸神の祖神の天神が仰せられるには、「今、我が子孫の命《みこと》が統治する豊葦原《とよあしはら》の水穂《みずほ》の国」とおおせられた。（この皇孫降臨にあたって）高天原《たかあまのはら》から降って来た大神の名を香島天之大神と申す。天の原では日香《ひのか》島《しま》の宮と名づけ、降臨地（常陸）では豊香《とよか》島《しま》の宮と名づけている。土地の人が言うには「（天神が皇孫に）豊葦原の水穂の国の統治を委任なさると仰せられたところ、（豊葦原の水穂の国の）荒々しい神等《ども》や岩石・木々・草の葉片までもが物を言い、昼は五月の蝿のように音声がうるさく、夜は火がちらちらと燃え光る国であった。これを説き従わせ平定する大御《おおみ》神《かみ》として皇孫にお仕え申し上げた」という。その後に、初めてこの国土を統治された美麻貴天皇（崇神天皇）の御世《みよ》になって、この神に供え奉ったものは、大刀《たち》十口《ふり》、鉾《ほこ》二枚《ひら》・鉄弓《かなゆみ》二張《はり》、鉄箭《かなや》二具《そなえ》・許呂《ころ》四口《つ》・枚鉄《ひらがね》一連《つら》・練鉄《ねりがね》一連・馬一疋《つ》・鞍一具《そなえ》・八咫鏡《やたのかがみ》二面《おもて》・五色の絁《ふとぎぬ》一連である。土地の人が言うには、「美麻貴天皇の御世に、大坂山《おおさかやま》の頂上で、白いお着物をお召しになって、白い桙《ほこ》を御杖《みつえ》としてお持ちになって、明らかになさったお言葉は、『私を十分に祭って下さるならば、あなたが統治なさる国を、大国も小国もすべてお任せできるようにして差し上げましょう。』と明らかになさった。そこで天皇は多くの臣下たちを召し集め、事の次第をすべて示し諮問をなさった。すると、大中臣神聞勝命《おおなかとみのかむききかつのみこと》が答えて申すには、『大八島国《おおやしまぐに》はあなた（陛下）が統治すべき国であると、この自ら平定なさった国土を、陛下に賜わった香島の国に鎮座していらっしゃる天津大御神《あまつおおみかみ》が、示し教えなされたものでございます。』と申した。天皇はこれをお聞きになると、恐れ多さに驚かれて、前に掲げた供え物を神の宮に奉納なさった。

（鹿島神宮の）神戸《かむべ》は六十五戸である。本は八戸《こ》であった。難波の天皇（孝徳天皇）の御世に五十戸を増加申し上げ、飛鳥浄見原朝廷（天武天皇）の御世に九戸を加え申し上げ、合計六十七戸である。（持統《じとう》天皇の）庚寅《かのえとら》の年（六九〇）に編戸二戸を減らし六十五戸にお定めになった。淡海大津御代《おうみのおおつの》（天智《てんじ》天皇）に、初めて使者を派遣して神殿を造営せしめられた。それ以来営繕が絶えたことはない。

毎年七月に、舟を造って（鹿島神の別宮の）大舟津《おおふなつ》の宮に納め申し上げる。古老の言うには、倭武天皇の御世に、天の大神が中臣巨狭山命《なかとみのおおさやまのみこと》に、「今すぐに吾《わ》が御座舟を用意するように」と仰せられた。巨狭山命は答えて、「謹んで仰せを承りました。異議ございません」と申した。天の大神は、翌朝、「おまえの舟は海中に置いたぞ」と仰せられた。そこで舟の持ち主（巨狭山命）が見たところ、舟は岡《おか》の上にあった。また仰せになる、「お前の舟は岡の上に置いたぞ」。そこで舟の持ち主が探してみると、今度は海中にあった。このようなことは二度三度ではなかった。このようなことに（巨狭山命は）恐れおののき、新しい舟三隻、それぞれ長さ四メートル余りあるのを造らせて、初めて天の大神に献上したという。また、毎年四月十日には、天の大神の祭を催し酒宴をする。ここに占いを業とする地元の人びと（卜部氏）の、男も女も集まり、幾日幾夜となく酒を飲み楽しみ歌い舞う。その歌にいう、

新しい栄《さか》えをもたらす　お神酒《みき》を　飲め飲めと言って飲まされてしまったからだろうか

私はまったく酔ってしまったようだ

神社の周囲は卜占《ぼくせん》を業とする人びとの住むところである。その地勢は高く開けて、東と西は海に面し、峰と谷とは犬の牙《きば》のように村里と交り接している。山の木と野の草とは、自然に庭の生け垣を覆い、谷川の水と崖《がけ》から流れ出る泉とは、朝夕に汲《く》む用水を涌《わ》かしている。峰際に家を造ると、松と竹とが垣根の外側を守り、谷のふもとに井戸を掘ると、薜《まさきかずら》や蘿《ひかげかずら》が垣の上を覆う。春にその村を通ると、いろいろの草は□に花咲き、秋にその路《みち》を過ぎるとたくさんの樹の葉は錦《にしき》に色づく。ここは土地の神がひっそりと住む境域であり、その神の霊妙な働きが現われるところというべきである。景観の美しさに満ちたありさまは、ことごとく記すことができない。天の大神の社の南に郡役所がある。北には沼尾池《ぬまおのいけ》がある。古老が言うには、「（この池は）神世の時代に天から流れて来た水の沼となったものである。」この沼に生える蓮根《れんこん》は味が大そう異《ちが》って、美味であること他所《よそ》に比べて勝《すぐ》れている。病人が

この沼の蓮《はす》を食べると早く治って効きめがある。鮒《ふな》や鯉がたくさん棲《す》んでいる。（沼尾は）以前郡役所を置いたところであり、たくさんの橘《たちばな》の木を植えてある。その実はおいしい。

郡役所の東一〜一・五キロメートルに高松《たかまつ》の浜《はま》がある。大海の海流が運んできた砂と貝が、積って丘陵となった。松林が自然にできあがり、椎《しい》と柴《くぬぎ》とその中に入りまじり、まるで山野であるかのようになっている。あちこちの松の木の根本には泉があり、どれもめぐりは八、九歩ほどで清水をたたえて、飲んでとてもうまい。慶雲《きょううん》元年（七〇四）に、国司の采女朝臣《うねめのあそん》が鍛冶師《かじし》の佐備大麿《さびのおおまろ》らを連れて、若松《わかまつ》の浜の砂鉄を採って剣を造った。ここ高松の浜から南の方角の軽野の里の若松の浜に至るまで、十五キロほどのあいだ、ここはすべて松山である。この松の根から伏苓伏神《まつほど》を毎年掘り採る。その若松の浦は、常陸・下総二国の境界にある。そこの河口（利根川《とねがわ》）安是の潮《みなと》に産する砂鉄は、剣を造るとてもよく切れる。しかしここは香島の大神の神領の山なので、安易に入って松を伐《き》り、砂鉄を掘ることは許されない。郡役所の南二十里の浜の里から東の松山の中に、一つの大きな沼がある。（沼の名を）寒田という。周囲が四五里ほどもある。鯉や鮒がいる。之万《しま》と軽野の二つの里にある田は、（沼の水のおかげで）少しだけ恵みを受けている。軽野の東側の大海の浜辺には漂着した大きい船がある。長さは十五丈、幅は十丈余りある。腐れこわれて砂に埋もれ、今もなお残っている。天智天皇の御世に朝廷の統治に従わない（東北）地方の探査のために人を派遣しようとして陸奥《みちのく》の国の石城《いわき》の船大工に命じて大船を作らせた。（それが漂流して）この地まできて破損したという。

南の方向に、童子女松原《わらわのまつばら》がある。むかし髪を束ねず垂らした年の若い男と女がいた。土地の人は神のおとこ・神のおとめという。男を那賀の寒田の郎子《いらつこ》と言い、女を海上《うなかみ》の安是の嬢子《いらつめ》といった。二人とも容姿が立派で美しく、近隣の村々にまで評判が高かった。それぞれの評判をお互いに伝え聞いて、ともに慕る思いをこらえていたけれど、自制の心が消えていった。こうして月が経ち日が重なり、男女が歌をかけ合い求婚する〝嬥歌《うたがき》の集い〟土地の人は「うたがき」と言い、また「かがい」という。で、二人はたまたまぱったりと出遇ったのである。その時に郎子が歌いかける、

（いやぜるの）安是の小松の枝に
木綿《ゆふ》という繊維を垂れ下げる　その木綿を私に振っているのが見えたよ
安是の小島ちゃん

嬢子が返し歌を歌って言う、

波の寄せる浜辺に立つように　うたがきの会場に立っていますと言ったけれど　愛しいあなたが　たくさんの島の中に隠れている小島のような私を　多数の人の中から見つけて走り寄っていらっしゃる

二人は顔と顔を近づけ合いたいと思い、人が見るかも知れないと恐れ、うたがきの会場から身を避けて、松の樹の下に隠れて、手を握《と》りあい膝《ひざ》を寄せ合わせ、互いの恋の心を語り胸

のつかえを一気に吐露するのであった。長い間積もり積もった篤《あつ》い恋の病いはここにまったく癒《い》え、また新しい歓喜に、つぎからつぎへと笑みがこぼれる。折しも玉のような露が梢《こずえ》に置き、秋風の起《た》つ季節、明るく中秋の月が照らすところは、鳴く鶴が飛んでゆく西の洲《す》。ざわざわと松吹く涼風が吟《うた》うところは、渡る雁《かり》が飛んでゆく東の山。昼は古くから涌く岩清水で森閑《しんかん》と静まり、夜は新しく煙のように降りる霜でひっそりと寂しい。近くの山では自然と黄葉《もみじ》が林に散る景色が見え、遠い海からはただ蒼波《あおなみ》が渚《なぎさ》の砂礫《されき》を打つ音が聞える。今宵《こよい》、この二人にはこの楽しみより楽しいことはない。男女は語りあう甘い味に耽《ふけ》り、すっかり夜の明けようとするのを忘れていた。にわかに鶏が鳴き犬が吠《ほ》え、天は明るくなり、太陽が照らす。すると二人はどうしてよいかわからなくなり、ついに人に見られることが恥ずかしくて、松の樹に成ってしまった。郎子を奈美松《なみまつ》といい、嬢子を古津松《こつまつ》という。昔からこのように名をつけて、今日までそのままである。

郡役所の北三十里に、白鳥《しろとり》の里がある。古老が言うには、伊久米《いくめ》天皇（垂仁《すいにん》天皇）の御世《みよ》に、白鳥がいた。天から飛んできて、童女に姿を変え、夕方になると天に昇り、朝になると降りてくる。石をつまみ取って池を造る。その堤を築こうとするが、むだに月日を重ねる。築いては壊れることの繰り返しで、完成できなかった。童女たちは、

白鳥が、羽で堤を造っても、沐浴《もくよく》をする間も無くつらい、□□は壊れて

このように口々にうたって天に昇り、ふたたび降りて来ることはなかった。このことによ

って、その所を白鳥の郷《さと》と名づけた。(以下省略。)

南の方角にある砂の原を、角折浜《つのおれはま》という。昔大蛇がいたという。東の海に行きたいと思って浜を掘って穴を作ったところ、蛇の角が折れて落ちてしまった。それによって(角折浜と)名づけたという。またある伝えには、倭武天皇がこの浜で宿りをなさることになった。お食事をさし上げる時に、全くお飲みになる水がない。そこで鹿の角を手に持って地面を掘り反して(水を得ようとしたところ)角が折れてしまった。このことから名づけた、という。(以下省略。)

那賀郡

那賀郡　東は大海、南は鹿島・茨城郡、西は新治郡と下野国との堺《さかい》の大きい山、北は久慈郡である。

平津《ひらつ》の駅家《うまや》の西約五〇〇〜一〇〇〇メートルのところに、岡がある。名を大櫛《おおくし》という。遠い昔に、人がいた。体格はきわめて背が高く、からだは丘の上に座っていながら、手で浜辺の大蛤《おおはまぐり》をつまみとるほどだった。その食べた貝の殻が、積もって岡となった。当時の人が、おおくじり(大いにつまみとる)の言葉から取って、今は大櫛の岡という。かれの踏んだ足跡は、長さ約七二メートル、幅が三六メートルあまりである。尿《にょう》の穴の直径が三六メートルあまりほどである。(以下省略。)

茨城の里。ここから北の方角に高い丘がある。名を晡時臥山《くれふしのやま》という。古老の言うには、兄と妹の二人がいた。兄の名を努賀毗古《ぬかびこ》といい、妹の名を努賀毗咩《ぬかびめ》という。ある時に、妹が部屋の中にいたところ、いつの間にか一人の男が来ていた。氏も名もわからないその男は、いつもやって来て求婚するが、夜になると来て、明るくなると帰って行った。やっと求婚を承《う》け入れて夫婦となると、一夜で身ごもった。やがて産み月になると、ついに小さな蛇を産んだ。その小蛇は、夜が明けると口が利けないようであるが、夕暮になると母と語ることができた。これには母も伯父も驚き不思議がり、心に神の子ではないかと思った。そこで浄《きよ》められた器に小蛇を入れ、祭壇を設置してそこに置いた。小蛇は一晩のうちに器一杯に満ちていた。そこでさらにお盆を大きいのにとり替えて置く。するとまた盆の中一杯に満ちている。このようなことが三たび四たびと重なって、入れて用いる器がなくなった。母が子に告げて言うには、「お前の能力を推し量ってみると、おのずから神の子であるとわかった。私の家系の力ではお前を養い育てることができない。父のいらっしゃるところに行きなさい。ここにいてはいけない。」といった。その時、子は悲しんで泣き、顔面を拭《ぬぐ》って答えて言った、「謹んで母上の仰せを承知いたしました。何の異存もありません。しかし身一つ独り行くには、身近に従う者もおりません。どうか憐《あわ》んで私に一人の童児を、付けて下さい。」と言った。母は言う、「我が家にいるのは母と伯父だけ、このこともお前が明らかに知っていること、お前に付き従う人はいない。」すると子は、恨みの気持ちを懐《いだ》いて、一言も物を言わなくなった。いよいよ別れの時になると、怒り恨む心に耐えられなくなり、伯父を怒り殺して天に昇ろうとした。その時、母は驚いて、お盆を手に取って投げつけると、子に当って昇天できなくなってしまった。このためこの峰に留《とど》まることになった。神蛇を入れたお盆と甕《かめ》は、今も片岡《かたおか》の村に残っている。その子孫が社を建てて祭りをし、承け継いで今も絶えないでいる。（以下省略。）

郡役所より東北にあたり、粟川《あわかわ》を渡ったところに駅家《うまや》が置かれている。もと駅家は粟河を繞《めぐ》らせる位置に在ったので河内の駅家というのである。川の流れが変ったのに今も元の通りに名づけている。其の南の方角に、泉が坂の途中に湧き出している。流量が多くたいそう清らかである。曝井《さらしい》という。泉のほとりに住んでいる村の婦人たちは、夏の季節には集って、布を洗い、何度も日に当てて干している。（以下省略。）

久慈郡

久慈郡《くじぐん》　東は大海。南と西は那賀郡。北は多珂郡と陸奥国との堺の岳《やま》である。

古老が言うには、郡役所から南の方向、近いところに小さい丘がある。形が鯨に似ている。倭武天皇がそれで久慈と名づけられた。（以下省略。）

淡海大津大朝《おうみのおおつのみや》で、天下を統治なさった天皇（天智天皇）の御世に及んで、藤原内大臣《ふじわらのうちのおおみ》（鎌足《かまたり》）の封戸《へひと》を管轄するために派遣された、軽直里麿《かるのあたいさとまろ》が、堤を築いて池とした。その池から北方を谷会山《たにあいやま》という。そこの切り立った岩壁は、形が一枚岩のようで、黄色く、階段を掘ってある。猿が集って来て、いつもとまって壁土を食べている。

郡役所から西北の方向六里に河内の里がある。もとは古々《ここ》の邑《むら》と名づけていた。土地の人のことばで猿の声をここという。東の山に石の鏡がある。昔すだまという山の怪物がいた。寄り集ってきて鏡をもてあそんで、自分の顔が写るのを見ると、すぐに自然といなくなってしまう。土地の人の言うには、悪い怪物でも鏡に顔を写されると自然と消滅する。そこの土の色は青いはなだ色のようで、画《え》を描くのに用いると美しい。土地の人は、あおに、または、かきつにという。時折に、朝廷の命に従って採取し貢納する。世にいう久慈川の源流は、古々の邑から発している。（以下省略。）

郡役所の西□里に、静織《しとり》の里がある。上古の時代、綾《あや》を織る機《はた》織りを知る人がいなかった。ある時にこの村で初めて倭文《しつ》という綾を織った。このことで静織《しとり》と名づけたのである。北に小川がある。川の石の中に赤い石が入り混っている。色は琥珀《こはく》に似ている。火打ち石とするのにとてもよいので玉川《たまがわ》と名づけている。郡役所の東に小田《おた》の里がある。たくさんの新田を作ったので、里の名とした。そこに流れる清らかな河は、水源を北方の山に発し、郡役所の南を通って久慈川に合流する。たくさん年魚《あゆ》が獲《と》れる。その大きいのは人の腕ほどもある。その河の淵《ふち》のあるところを石門《いわと》という。そこに茂っている樹は林と成り、上天を覆《おお》い囲い、浄らかな泉は淵となり、下流へとさらさら流れる。青葉はおのずから日の光を遮る天蓋《てんがい》のように空にひらひらし、白砂はまたささら波をもてあそぶ下莚《したむしろ》のように川底に敷き延べる。夏の月の暑い日、遠くの里《さと》、近くの郷《さと》から暑さを避け、涼を求めてやって来る人々が、膝を近づけ手をとりあい、筑波の雅《みや》び歌を唱《うた》い、久慈の美酒を飲む。これは人の世の楽しみにすぎないといえ、こうしてすっかり世の中の煩《わず》らわしさを忘れるのである。その里の大伴《おおとも》の村に、水ぎわの断崖がある。土の色は黄色である。群がる鳥が飛んで来て、ついばんで食べる。

郡役所の東七里の太田《おおた》の郷に、長幡部《ながはたべ》神社がある。古老の言うには、天照大神《あまてらすおおみかみ》のみ孫の瓊《に》瓊《に》杵尊《ぎのみこと》が天降《あまくだ》っていらっしゃった時に、ご料衣を織るために、つき従って天降った神の名綺《かんはたひめのみこと》日女命は、はじめ筑紫《つくし》の日向《ひむか》の二折《ふたおり》の峰に降り、それから美濃国《みののくに》の引津《ひきつ》根《ね》の丘に移った。後に美麻貴天皇（崇神）の御世になって、長幡部氏の遠い祖先の多弖命《たてのみこと》は美濃から去って久慈に移り、機織屋《はたおりや》を建築し、初めて織物を織った。その織った織物は、そのままで衣服となるもので、改めて裁断縫製する必要がない。このような一枚布の織物を内幡《うつはた》（全服）という。ある人が言うには、絁《きぬ》を織っている時、容易に人の目に触れてしまう。それで機屋の扉を閉めきって、暗闇の中で織る。だから烏織《からすはた》と名づけた。（この織物は）たとえ天子の兵士の剣をもってしても切断できないと。今は毎年、特別に長幡部神社の祭神綺日女命からのたてまつり物として、朝廷に奉納している。

ここ（太田の里）から北の方角に薩都《さつ》の里《さと》がある。昔、国栖《くにす》がいた。名を土雲《つちくも》という。この時に、兎上命《うなかみのみこと》が軍を発動して皆殺しにした。その時全滅できて「幸《さいわ》いなことよ」と言った。そこで佐都《さつ》と名づけた。この里の北の山に産する白土は画の顔料に適している。

東にある大きい山を、賀毗礼《かびれ》の高峰という。そこには天降ってきた神が鎮座していらっしゃる。名を立速男命《たちはやおのみこと》という。別名は速経和気命《はやふわけのみこと》。はじめ、天上界から降って、松沢《まつざわ》の松の樹のたくさん枝分かれした俣《また》状の上にいらっしゃった。この神の祟《たた》りはたいそうきびしい。誰かが樹に向って大小便をしたりすると、恐ろしいめにあわせ、病気で苦しめる。樹の近所に住む人たちは、いつもひどく辛《つら》い思いをするので、このありさまを、こと細かに朝廷に申し出た。朝廷は、片岡大連《かたおかおおむらじ》を派遣して敬い祭らせた。頭《こうべ》を垂れてお祈りして、「今、このような場所においでになると、民どもの家が近くて、朝夕となく不浄でございます。まさしく、このような所においでになってはいけません。どうぞ、ここを避け移って、高い山の清浄な境内に鎮座なさいますように」と申した。すると、神はこの祈願を聞き入れて、とうとう賀毗礼の峯《みね》に登ったのである。その社は石を垣根として、その中に神に仕える一族がたくさんいる。また、いろいろな宝物や、弓・桙《ほこ》・釜《かま》・器具の類《たぐい》が、すべて石と化して今に残っている。およそ、どの種の鳥でも、飛び渡るときは、急いで飛び避けて、峯の頂を通ることはしない。これは昔からそうであり、今も変らない。（山の西側の里には）小川があって薩都河《さつかわ》と名づけている。源流は北の山に発し、南に流れてやはり久慈河に入る。（以下省略。）

高市《たけち》といっている所がある。ここから東北二里（約一キロメートル）に密筑《みつき》の里がある。村の中に清らかな泉がある。土地の人は大井《おおい》といっている。夏冷く冬温かい。湧いて流れて川となる。夏の暑い時には、遠く近くあちこちの村里から酒と肴《さかな》を持参して、男も女も寄り集まり、ゆったりし、宴会となり、酒を飲み楽しむのである。密筑の里の東と南とは海辺に面している。石決明《あわび》・棘甲蠃《うに》・魚・貝などの類がとても多い。西と北とは一帯が山野である。椎《しい》・櫟《いちい》・榧《かや》・栗《くり》が生え、鹿・猪が住んでいる。およそ、山海の珍味は書きつくすことができないほど多い。密筑の里から東北方三十里に、助川《すけかわ》の駅家《うまや》がある。昔は遇鹿《あうか》といった。古老が言うには、倭武天皇がここまでおいでになった時に、皇后が参上してお遇いになった。このことに因《ちな》んで地名とした。地方長官の久米大夫《くめのまえつきみ》の時におよんで、河で鮭漁をしたために、改めて助《すけ》川と名付けた。土地の人の言葉で、親鮭のことを須介《すけ》という。

多珂郡

多珂郡。東と南とはともに大海、西と北とは陸奥と常陸と二つの国の堺《さかい》にある高山である。古老が言うには、斯我高穴穂宮《しがのたかあなほのみや》で天下を統治なさった天皇（成務《せいむ》天皇）の御世《みよ》に、建御狭《たけみさ》日命《ひのみこと》を多珂の国造に任命した。この人が最初の国造として赴任して、地勢を巡見した。峰がけわしく山が高いところと思って、それで多珂の国と命名した。建御狭日命という人は、出雲臣《いずものおみ》氏と同じ一族である。今、多珂・石城といっているのが（成務天皇の時の）多珂の国である。土地の人のいうには「薦枕《こもまくら》多珂の国」という。建御狭日命が派遣されてきた当時、久慈との境界線となっている助河をもって、多珂の国へ入る道の入口と決め、郡役所から行くこと西北方約三〇キロメートルに、今もなお道前《みちのくち》の里《さと》と呼んでいるところがある。陸奥国の石城郡の苦麻《くま》の村《むら》を道後《みちのしり》とした。その後、難波長柄豊前大宮《とよさきのおおみや》で天下を統治なさった天皇（孝徳天皇）の御世になって、白雉四年（六五三）、多珂国造の石城直美夜部《いわきのあたいみやべ》と石城郡造部《いわきのこおりのみやつこべ》の志許赤《しこあか》らが、惣領《そうりょう》の高向大夫に申請したことによって、所管地域の範囲が遠く広がっており、往来に不便のために、分割して多珂と石城と二つの郡を置くことになった。石城郡は、今、陸奥国の域内に入っている。

その道前の里に、飽田《あきた》の村がある。古老が言うには、倭武天皇が、東の辺境を巡行しようとして、この野に一宿なさった。ある人が、天皇に申し上げるには、「この野に群れている鹿は数かぎりなく大そう多うございます。その聳《そび》え立つ角は枯葦《かれあし》の原のようであり、その吐く息を喩《たと》えていえば、朝霧が立ち昇るさまに似ています。また、ここの海には鰒《あわび》がおり、特大でございます。その他さまざまの珍味、すなどりの獲物は多うございましょう。」と申した。そこで、天皇は野にお出でになり、橘皇后を海辺にお遣わしになって漁をおさせになった。お互いに獲物の成果を競争しようと、山の幸と海の幸とに分けて獲物を探し求められた。この時に、野の狩の方は終日駆けまわって矢を射たけれども、一頭の獣さえも獲ることができなかった。海の漁の方はといえば、わずかな時の間にたっぷり収穫があって、たくさんの美味を手に入れられた。狩と漁とすべて終って、お食事を差し上げた時に、天皇は近くに仕える官人に仰せられて、「今日の遊びは、朕《われ》と皇后と、それぞれ野と海と分かれて、祥福《さち》（＝獲物）土地の人の言葉で佐知《さち》という。を競い合った。野の獲物は得られなかったが、海の味覚はすべて飽きるほど食べた。」と仰せられた。後世、このお言葉の跡を継いで飽田の村と名づけた。国守が川原宿禰黒麻呂《かわはらのすくねくろまろ》であった時に、大海の辺《ほとり》の岩壁に観世音菩薩《かんぜおんぼさつ》の像を彫って造った。今も存《のこ》っている。それで海辺を仏浜《ほとけのはま》と名づけた。(以下省略。)

郡役所の南約一・五キロメートルに藻島《めしま》の駅家がある。東南の浜に産する碁石《ごいし》の色は珠玉のようである。常陸国の碁石といわれるこの浜に産する美しい碁石は、ただこの浜だけにある。昔、倭武天皇が、舟に乗り海に浮かんで、島の磯をご覧になった。いろいろの種類の海藻が、たくさん生い茂っていた。それで藻島と名づけた。(以下省略。)

常陸国風土記　本文

凡例

一、本文は、文久二年（一八六二）、菅政友自筆本（吉田一徳氏旧蔵、茨城県立歴史館蔵）を底本とし、諸本を参考として校訂した。

一、本文は、可能な範囲で旧態を求める努力をした。

常陸國司解　申古老相傳舊聞事問國郡舊事古老答曰古者自相摸國足柄岳坂以東諸縣惣稱我姫國是當時不言常陸唯稱新治筑波茨城那賀久慈多珂國各遣造別令検校其後至難波長柄豊前大宮臨軒天皇之世遣高向臣中臣幡織田連ホ惣領自坂已東之國于時我姫之道分為八國常陸國居其一矣所以然號者往來道路不隔江海之津済郡郷境堺相續山河之峰谷取近通之義以為名稱焉或曰倭武天皇巡狩東夷之國幸過新治之縣所遣國造毗那良珠命新令掘井流泉浄澄尤有好愛時停乗輿翫水洗手御衣之袖垂泉而沾便依漬袖之義以為此國之名風俗諺云筑波岳黒雲挂衣袖漬國是矣夫常陸國者堺是廣大地亦緬邈土壌沃墳原野肥衍墾發之處山海之利人人自得家ゝ足饒設有身勞耕耘力竭紡蚕者立即可取冨豊自然應免貧窮況復求塩魚味左山右海植桒種麻後野前原盱謂水陸之府藏物産之膏腴古人云常世之國盖疑此地但以所有水田上小中多年遇霖雨即聞苗子不登之難歳逢亢陽唯見穀實豊稔之歡歟　不略之

新治郡　東那賀郡堺大山南白壁郡西毛野河北下野常陸二國堺即波太岡

古老曰昔美麻貴天皇馭宇之世為平討東夷之荒賊　俗云阿良夫流尓斯母乃　遣新治國造祖名曰比奈良珠命此人罷到即穿新井　今存新治里隨時致祭　其水浄流仍以治井因着郡號自尓至今其名不改

風俗諺云白遠新治之國　以下略之

驛家名曰大神所以然稱者大蛇多在因名驛家

（白壁郡）

自郡以東五十里在笠間村越通道路稱葦穗山古老曰古有山賊名稱油置賣命今社中在石屋俗歌曰 許智多祁波乎婆頭勢夜麻能伊波歸尓母為弖許母郎牟奈古非叙和支母 已下略之

筑波郡 東茨城郡南河内郡西毛野河北筑波岳

古老曰筑波之縣古謂紀國美万貴天皇之世遣采女臣支屬筑簟命於紀國之國造時筑簟命云欲令身名者着國後代流傳即改本號更稱筑波者 風俗説云握飯筑波之國 以下略之 古老曰昔祖神尊巡行諸神之處到駿河國福慈岳卒遇日暮請欲過宿此時福慈神答曰新粟初嘗家内諱忌今日之間冀許不堪於是神祖尊恨泣詈告曰即汝親何不欲宿汝所居山生涯之極冬夏雪霜冷寒重襲人民不登飲食勿奠者更登筑波岳亦請容止此時筑波神荅曰今夜新粟嘗不敢不奉尊旨爰設飲食敬拜祗承於是神祖尊歡然諱曰愛乎我胤巍哉神宮天地並斉日月共同人民集賀飲食冨豊代代無絶日ゝ弥栄千秋万歳遊樂不窮者是以福慈岳常雪不得登臨其筑波岳徃集歌舞飲喫至于今不絶也 以下略之 夫筑波岳高秀于雲最頂西峰崢嶸謂之雄神不令登臨但東峰四方磐石昇降块圠其側流泉冬夏不絶自坂已東諸國男女春花開時秋葉黄節相携駢闐飲食齎賫騎歩登臨遊楽栖遲其唱曰 都久波尼尓阿波牟等伊比志古波多賀己等岐氣波加弥尼阿須波氣牟也都久波尼尓伊保利弖都麻奈志尓和我尼牟欲呂波ゝ夜母阿氣奴賀母也 詠歌甚多不勝載車俗諺云筑波峰之會不得娉財児女不為矣郡西十里在騰波江 長二千九百歩廣一千五百歩 東筑波郡南毛野河西北並新治郡艮白壁郡

信太郡 東信太流海南榎浦流海西毛野河北河内郡

古老曰御宇難波長柄豊前宮之天皇御世癸丑年小山上物部河内大乙上物部會津ホ惣領高向大夫ホ分筑波茨城郡七百戸置信太郡此地夲日高見國云々

黒坂命征討陸奥蝦夷事凱旋及多歌郡角枯之山黒坂命遇病身故爰改角枯号黒前山黒坂命之輸轜車発自黒前之山到日高之国葬具儀赤旗青幡交雑飄颺雲飛虹張瑩野耀営路時人謂之赤幡垂国後世言便改稱信太国云々

郡北十里碓井古老曰大足日子天皇幸浮嶋之帳宮無水供御即遣卜者訪占所々穿今存雄栗之村従此以西高来里古老曰天地權輿草木言語之時自天降來神名称普都大神巡行葦原中津之國和平山河荒梗之類大神化道已畢心存帰天即時隨身器仗 俗曰伊川乃甲戈楯劒 及昕執玉珪悉皆脱屣留置茲地即乗白雲還昇蒼天 以下略之

風俗諺云葦原鹿其味若爛喫異山宍矣二國大獵無可絶尽也其里西飯名社此即筑波岳所有飯名神之別属也榎浦之津便置駅家東海大道常陸路頭所以傳駅使等初將臨国先洗口手東面拜香嶋之大神然後得入也 以下略之

古老曰倭武天皇巡幸海邊行至乗濵于時濵浦之上多乾海苔 俗云乃理 由是名能理波麻之村 以下略之

乗濵里東有浮嶋村 長二千歩廣四百歩 四面絶海山野交錯戸一十五烟里七八町餘所居百姓火塩為

業而在九社言行謹諱　以下略之

茨城郡　東香嶋郡南佐我流海西筑波山北那珂郡

古老曰昔在國巣　俗語都知久母又云夜都賀波岐　山之佐伯野之佐伯普置堀土窟常居穴有人來則入窟而竄之其人去更出郊以遊之狼性梟情鼠窺狗盜無被招慰弥阻風俗也此時大臣族黒坂命伺候出遊之時茨蕀施穴内即縦騎兵急令逐迫佐伯等如常走帰土窟盡繋茨蕀衝害疾死散故取茨蕀以着縣名　所謂茨城郡今存那珂郡之西古者郡家所置即茨城郡内風俗諺云水依茨城之國　或曰山之佐伯野之佐伯自為賊長引率徒衆横行國中太為劫煞時黒坂命規滅此賊以茨城造所以地名便謂茨城焉　茨城國造初祖多祁許呂命仕息長帶比賣天皇之朝當至品太天皇之誕時多祁許呂命有子八人中男筑波使主茨城郡湯坐連等之初祖　從郡西南近有河間謂信筑之川源出自筑波之山從西流東經歴郡中入高濵之海　以下略之

夫此地者芳菲嘉辰揺落凉候命駕而向乗舟以游春則浦花千彩秋是岸葉百色聞歌鶯於野頭覧儛鶴於渚干社郎漁孃逐濵洲以輻湊商豎農夫棹艀艖而往来況乎三夏熱朝九陽煎夕嘯友率僕並坐濵曲騁望海中濤氣稍扇避暑者袪鬱陶之煩岡陰徐傾追凉者軫歡然之意詠歌云　多賀波麻尓支与須留奈弥乃意支都奈弥与須止毛与良志古良尓志与良波又云多賀波麻乃志多賀是佐夜久伊毛乎古比川麻止伊波波夜古止賣志川

郡東十里桒原岳昔倭武天皇停留岳上進奉御膳時令水部新堀清井出泉浄香飲喫尤好勅云能渟水哉　俗云与久多麻礼流弥津可奈　由是里名今謂田餘　以下略之

行方郡　東南並流海北茨城郡

古老曰難波長柄豊前大宮馭宇天皇之世癸丑年茨城國造小乙下壬生連麿那珂國造大建壬生直夫子等請惣領高向大夫中臣幡織田大夫等割茨城地八里合七百余戸別置郡

家所以稱行方郡者倭武天皇巡狩天下征平海北當是經過此國即頓幸槻野之清泉臨水洗手以玉落井今存行方里之中謂玉清井更廻車駕幸現原之丘供奉御膳于時天皇四望顧侍従曰停輿徘徊挙目騁望山阿海曲参差委虵峰頭浮雲谿腹擁霧物色可怜郷體甚愛宜可此地名称行細國者後世追跡猶号行方（風俗云立雨零行方之國）其岡高敞〻名現原降自此岡幸大益河乗艖上時折棹梶因其河名稱無梶河此則茨城行方二郡之堺河鮒之類不可悉記自無梶河達于部陲有鴨飛度天皇御時鴨邉應弦而堕其地謂之鴨野土壤塉埆草木不生野北櫟柴鶏頭樹比之木往〻森〻自成山林即有枡池此高大夫之時所築池北有香取神子之社〻側山野土壤腴衍草木密生郡西津済所謂行方之海生海松及焼塩之藻凡在海雑魚不可勝載但以鯨鯢未曾見聞郡東國社此号縣祇中寒泉謂之大井縁郡男女今集汲飲郡家南門有一大槻其北枝自垂觸地還聳空中其地昔有水之沢今遇霖雨廳庭湿潦郡側居邑橘樹生之自郡西北提賀里古有佐伯名手鹿為其人居追着里其里北在香嶋神子之社〻周山野地沃艸木椎栗竹茅之類多生従此以北曽尼村古有佐伯名曰曽祢毗古取名着村今置驛家此謂曽尼古老曰石村玉穂宮大八洲所馭天皇之世有人箭括氏麻多智點自郡西谷之葦原墾闢新治田此時夜刀神相群引率悉盡到來左右防障勿令耕佃（俗云謂虵為夜刀神）（其形虵身頭角率引免難時有見人者破滅門子孫不繼凡此郡側郊原甚多所住之）於是麻多智大起怒情着被甲鎧之自身執仗打煞駈逐乃至山口標梲置堺堀告夜刀神云自此以上聽為神地自此以下須作人田自今以後吾為神祝永代敬祭冀勿祟勿恨設社初祭者即還發耕田一十町余麻多智子孫相承致祭至今不絶其後至難波長柄豊前大宮臨軒天皇之世壬生連麿初占其谷令築池堤時夜刀神昇集池辺

之椎樹經時不去於是麿挙声大言令修此池要在活民何神誰祇不從風化即令役民云目見雜物魚虫之類無所憚懼隨尽打殺言了應時神蛇避隱所謂其池今号椎井也池西椎株清泉所出取井名池即向香嶋陸之驛道也郡南七里男高里古有佐伯小高為其居處因名国宰當麻太夫時所築池今存路東自池西山猪猿大住艸木多密南有鯨岡上古之時海鯨匍匐而来所臥即有栗家池為其栗大以為池名北有香取神子之社也麻生里古昔麻生于潴水之涯囲如大竹長余一丈周里有山椎栗槻櫟生猪猴栖住其野出筋馬飛鳥浄御原大宮臨軒天皇世同郡大生里建部袁許呂命得此野馬獻於朝廷所謂行方之馬或云茨城之里馬非也郡南二十里香澄里古傳曰大足日子天皇登坐下総國印波鳥見丘留連遥望顧東而勅侍臣曰海即青波浩汗陸是丹霞空朦国自其中朕目所見者時人由是謂之霞郷東山有社榎槻椿椎竹箭麥門冬往ゝ多此里以西海中北洲謂新治洲所以然稱者立於洲上北面遥望新治國小筑波之岳所見因名也從此往南十里板来村近臨海濱安置駅家此謂板来之駅其西榎木成林飛鳥浄見原天皇之世遣麻績王之居処其海焼鹽藻海松白貝辛螺蛤多生古老曰斯貴満垣宮大八洲所馭天皇之世為平東垂之荒賊遣建借間命即此那賀國造初祖引率軍士行略凶猾頓宿安婆之嶋遥望海東之浦時烟所見交疑有人建借間命仰天誓曰若有天人之烟者来覆我上若有荒賊之烟者去靡海中時烟射海而流之爰自知有凶賊即命從衆褥食而渡於是有國栖名曰夜尺斯夜筑斯二人自為首帥堀穴造堡常所居住覘伺官軍伏衞拒抗建借間命縱兵駈追賊盡逋還閇堡固禁俄而建借間命大起權議校閲敢死之士伏隠山阿造備滅賊之器厳餝海渚連舟編栰飛雲盖張虹旌天之鳥琴天之鳥笛隨波

逐潮鳴杵唱曲七日七夜遊楽歌舞于時賊黨聞盛音楽挙房男女悉盡出來傾濵歡咲建借間命令騎士閇堡自後襲繋盡囚種属一時焚滅此時痛殺所言今謂伊多久之郷臨斬所言今謂布都奈之村安殺所言今謂安伐之里吉煞所言今謂吉前之邑板来南海有洲所三四里許春時香島行方二郡男女尽来拾蚌白貝雜味之貝物矣自郡東北十五里當麻之郷古老曰倭武天皇巡行過于此郷有佐伯名曰鳥日子縁其逆命隨便略煞即幸屋形野之帳宮車駕所經之道狹地深淺惡路之義謂之當麻　俗云多ゝ支ゝ斯　野之土埆然生紫艸取二神子之社其周山野櫟柞栗柴往ゝ成林猪猴狼多住從此以南藝都里古有國栖名曰寸津毗古寸津毗賣二人其寸津毗古當天皇之幸違命背化甚无肅敬爰抽御劔登時斬滅於是寸津毗賣懼悚心愁表挙白幡迎道奉拜天皇矜降恩旨放免其房更廻乗輿幸小抜野之頓宮寸津毗賣引率姉妹信竭心力不避風雨朝夕供奉天皇欵其慇懃惠慈所以此野謂宇流波斯之小野其名田里息長足日賣皇后之時人此地名曰古都比古三度遣於韓國重其功労賜田因名又有波聚之野倭武天皇停宿此野修理弓弭因名也野北海邊在香島神子之社土埆櫟柞楡竹一二所生從此以南相鹿大生里古老曰倭武天皇坐相鹿丘前宮此時膳炊屋舎構立浦濵編艀作橋通御在所取大炊之義名大生之村又倭武天皇之后大橘比賣命自倭降来参遇此地故謂安布賀之邑　行方郡分不略之

香島郡　東大海南下総常陸堺安是潮西流海北那賀香島堺阿多可奈潮

古老曰難波長柄豊前大朝馭宇天皇之世己酉年大乙上中臣子大乙下中臣部兎子等請惣領高向大夫割下総國海上國造部内軽野以南一里那賀國造部内寒田以北五里別置

神郡其処所有天之大神社坂戸社沼尾社合三処惣稱香島天之大神因名郡焉風俗説云霰零香島之國
清濁得糺天地草昧已前諸神天神俗云賀味留弥賀味留岐會集八百万神於天之原時諸祖神告云今
我御孫命光宅豊葦原水穂之國自高天原降来大神名稱香島天之大神天則号曰香島之
宮地則名豊香嶋之宮俗云豊葦原水穂國所依将奉止詔尚尓荒振神ホ又石根木立草乃片葉辞語之昼者狭蠅音声夜者火光明國此乎事向平定大御神止天降供奉其後至初國所知美麻
貴天皇之世奉幣大刀十口鉾二枚鐵弓二張鐵箭二具許呂四口枚鐵一連練鐵一連馬一
疋鞍一具八咫鏡二面五色絁一連俗曰美麻貴天皇之世大坂山乃頂尓白細乃大御服坐而白桙御杖取坐識賜命者我前乎治奉者汝聞看食國乎大國小國事依給等識賜岐于時追集八十之伴緒挙此事而訪問於是大中臣神聞勝命答曰大八嶋國汝所知食國止事向賜之香島國坐天津大御神乃挙教事者天皇聞諸即恐驚奉納前件幣帛於神宮也神戸六十五烟本八戸難波天皇之世加奉五十戸飛鳥浄見原大朝加奉九戸合六十七戸庚寅年編戸減二戸令定六十五戸
淡海大津朝初遣使人造神之宮自爾已来脩理不絶年別七月造舟而奉納津宮古老
曰倭武天皇之世天之大神宣中臣巨狭山命今社御舟者巨狭山命答曰謹承大命無敢所
辞天之大神昧爽後宣汝舟者置於海中舟主仍見在岡上又宣汝舟者置於岡上也舟主因
求更在海中如此之事已非二三爰則懼惶新令造舟三隻各長二丈余初獻之又年別四月
十日設祭灌酒卜氏種属男女集會積日累夜樂飲哥舞其唱云安良佐賀乃賀味能弥佐氣
乎多義止伊比祁婆賀母興和我惠比尓祁牟神社周匝卜氏居所地體高敞東西臨海峯谷
犬牙邑里交錯山木野草自屏内庭之蕃籬澗流崖泉涌朝夕之汲流嶺頭構舎松竹衞於垣
外谿胥堀井薜蘿蔭於壁上春經其村者百艸□花秋過其路者千樹錦葉可謂神仙之幽居
之境ゝ異化誕之地佳麗之豊不可悉之其社南郡家北沼尾池古老曰神世自天流來水沼
所生蓮根味氣太異甘絶他所之有病者食此沼蓮早差験之鮒鯉多住前郡所置多蒔橘其
實味之郡東二三里高松濵大海之流差砂貝積成高丘松林自生椎柴交雜既如山野東西

松下出泉可八九歩清渟太好慶雲元年國司婇女朝臣率鍛佐備大麿等採若松濵之鐵以造釼之自此以南至輕野里若松濵之間可卅餘里此皆松山伏苓伏神毎年堀之其若松浦即常陸下総二國之堺安是潮之所有沙鐵造釼大利然為香島之神山不得輙入伐松穿鐵也郡南廾里濵里以東松山之中一大沼謂寒田可四五里鯉鮒住之万輕野二里所有田少潤之輕野以東大海濵辺流着大船長一十五丈濶一丈余朽摧埋砂今猶遺之 謂淡海之世擬遣覔國令陸奥國石城舩造作大船至于此着岸即破之 以南童子女松原古有年少童子 俗云加味乃乎止古加味乃乎止賣 男称那賀寒田之郎子女号海上安是之嬢子並形容端正光華郷里相聞名声同存望念自愛心滅經月累日嬥歌之會 俗云宇太我岐又云加我毗也 邂逅相遇于時郎子歌曰 伊夜是留乃阿是乃古麻都尓由布悉弖と和乎布利弥由母阿是古志麻波母 嬢子報歌曰 宇志乎尓波多と牟止伊閇止奈西乃古何夜蘇志麻加久理和乎弥佐婆志理之 便欲相晤恐人知之避自遊場蔭松下携手促膝陳懐吐憤既釋故戀之積疹還起新歡之頻咲于時玉之露杪候金風之節皎と桂月照處唳鶴之西洲颯と松颸吟處度雁東怙昼寂寞兮巌泉旧夜蕭條兮烟霜新近山自覧黄葉散林之色遥海唯聴蒼波激磧之声兹宵于兹樂莫之樂偏沈語之甘味頓忘夜之将開俄而雞鳴狗吠天曉日明爰僮子等不知所為遂愧人見化成松樹郎子謂奈美松嬢子稱古津松自古着名至今不改郡北三十里白鳥里古老曰伊久米天皇之世有白鳥天飛来化為僮女夕上朝下摘石造池為其築堤徒積日月築之壊不得作成僮女等 志漏止利乃芳我都と弥乎都と牟止母安良布麻目右疑波古叡 斯口口唱升天不復降来由此其所号白鳥郷 以下略之 以南所有平原謂角折濵 謂古有大蛇欲通東海堀濵作穴蛇角折落因名或曰倭武天皇停宿此濵奉羞御膳時都無水即執鹿角堀地為其折所以名之 以下略之

那賀郡

東大海南香島茨城郡西新治郡下野國堺大山北久慈郡

平津駅家西一二里有岡名曰大櫛上古有人躰極長大身居丘壟之上手摎海濵之蜃其所

食貝積聚成岡時人大抉之義今謂大櫛之岡其践跡長卌余歩廣廾余歩尿穴径可廾余歩許（以下略之）

茨城里自此以北高丘名曰晡時臥之山古老曰有兄妹二人兄名努賀毗古妹名努賀毗咩時妹在室有人不知姓名常就求婚夜来晝去遂成夫婦一夕懐妊至可産月終生小蛇明若無言闇与母語於是母伯驚奇心挾神子即盛浄杯設壇安置一夜之間已満坏中更易瓮而置之亦満瓮内如此三四不敢用器母告子云量汝器宇自知神子我属之勢不可養長宜従父所在不合有此者時子哀泣拭面答云謹承母無敢所辞然一身獨去無人左右望請矜副一小子母云我家所有母与伯父是亦汝明所知當無人相可従爰子含恨而事不吐之臨決別時不勝怒怨震殺伯父而昇天時母驚動取盆投觸子不得昇因留此峯所盛瓮甕今存片岡之村其子孫立社致祭相續不絶（以下畧之）

自郡東北渡粟河而置驛家（本迹粟河謂河内駅家今隨本名之）當其以南泉出坂中多流尤清謂之曝井縁泉所居村落婦女夏月會集浣布曝乾（以下畧之）

久慈郡（東大海南西那珂郡北多珂郡陸奥國堺岳）

古老曰自郡以南近有小丘體似鯨鯢倭武天皇因名久慈（以下略之）至淡海大津大朝光宅天皇之世遣検藤原内大臣之封戸輕直里麿造堤成池其池以北謂谷會山所有岸壁形如磐石色黄穿阬獼猴集来常宿喫噉自郡西北六里河内里本名古々之邑（俗説謂猿聲為古々）東山石鏡昔在魑魅萃集翫見鏡則自去（俗云疾鬼面鏡自滅）所有土色如青紺用畫麗之（俗云阿乎尓或云加支川尓）時隨朝命取而進納所謂久慈河之濫觴出自猿声（以下畧之）

郡西里静織里上古之時織綾之機未在知人于時此村初織因名北有小水丹石交猶色似

琥碧火鑽尤好以号玉川郡東小田里多為墾田因以名之所有清河源發北山近經郡家南會久慈之河多取年魚大如腕之其河潭謂之石門慈樹成林上即幕歴浄泉作淵下是瀑湲青葉自飄蔭景之盖白砂亦鋪翫波之席夏月熱日遠里近郷避暑追涼促膝携手唱筑波之雅曲飲久慈之味酒雖是人間之遊頓忘塵中之煩其里大伴村有涯土色黄也群鳥飛來啄咀所食郡東七里太田郷長幡部之社古老曰珠賣美万命自天降時為織御服従而降之神名綺日女命本自筑紫國日向二折之峯至三野國引津根之丘後及美麻貴天皇之世長幡部遠祖多弖命避自三野遷于久慈造立機殿初織之其所織服自成衣裳更無裁縫謂之内幡或曰當織絁時輙為人見閇屋扇闇内而織因名烏織天兵以刃不得裁断今毎年別為神調獻納之自此以北薩都里古有國栖名曰土雲爰兎上命發兵誅滅時能令殺福哉所言因名佐都北山所有白土可塗畫之東大山謂賀毗礼之高峯即在天神名稱立速男命一名速經和氣命本自天降即坐松澤松樹八俣之上神祟甚厳有人向行大小便之時令示災致疾苦者近前居人毎甚辛苦具状請朝遣片岡大連敬祭祈曰今所坐此処百姓近家朝夕穢臭理不合坐宜避移可鎮高山之浄境於是神聽禱告遂登賀毗礼之峯其社以石為垣中種属甚多并品宝弓桙釜器之類皆成石存之几諸鳥經過者尽急飛避無當峯上自古然為今亦同之即有小水名薩都河源起北山流南同入久慈河 以下畧之

所稱高市自此東北二里密筑里村中浄泉俗大井夏冷冬温湧流成川夏暑之時遠迩郷里酒肴齎賣男女會集休遊飲楽其東南臨海濱 石決明棘甲蠃魚貝等類甚多 西北帯山野 椎櫟榧栗生鹿猪住之 几山海珎味不可悉記自此艮卅里助川駅家昔号遇鹿古老曰倭武天皇至於此時皇后参遇因名矣

至宰久米大夫之時為河取鮭改名助川（俗語謂鮭祖為須介）

多珂郡（東南並大海西北陸奥常陸二國堺之高山）

古老曰斯我高穴穗宮大八洲照臨天皇之世以建御狹日命任多珂國造茲人初至歴験地體以為峯険岳崇因名多珂之國（謂建御狹日命者即是出雲臣同屬今多珂石城所謂是也風俗説云薦枕多珂之國）建御狹日命當所遣時以久慈堺之助河為道前（去郡西北六十里今猶稱道前里）陸奥國石城郡苦麻之村為道後其後至難波長柄豊前大宮臨軒天皇之世癸丑年多珂國造石城直美夜部石城評造部志許赤等請申惣領高向大夫以所部遠隔往来不便分置多珂石城二郡（石城郡今存陸奥國堺内）其道前里飽田村古老曰倭武天皇為巡東垂頓宿此野有人奏曰野上群鹿無数甚多其聳角如蘆枯之原比其吹氣似朝霧之立又海有鰒魚大如八尺幷諸種珎味遊漁□多者於是天皇幸野遣橘皇后臨海令漁相競捕獲之利別探山海之物此時野狩者終日駈射不得一宍海漁者須臾才採尽得百味焉獵漁已畢奉羞御膳時勅陪從曰今日之遊朕与家后各就野海同争祥福（俗語曰佐知）野物雖不得而海味尽飽喫者後代追跡名飽田村國宰川原宿袮黒麿時大海之辺石壁彫造観世音菩薩像今存矣因号佛濵（以下畧之）

郡南卅里藻嶋驛家東南濵碁色如珠玉所謂常陸國所有麗碁子唯是濵耳昔倭武天皇乗舟浮海御覧島礒種々海藻多生茂榮因名今亦然（以下略之）

（底本奥書）

右常陸風土記一冊就彰考館蔵本模写焉按舊記原本蓋延寶中以松平加賀守所蔵本所

寫也

文久二年八月五日　　菅　政友

常陸国風土記　解説

常陸《ひたち》の国はだいたい今の茨城県域に相当し、多少の条件付きながら、〝常世の国〟（理想郷）とはここのことではなかろうかと自讃《じさん》もしている風土記《ふどき》を残した国である。『常陸国風土記』といわれる一般的呼称も元を辿《たど》れば、常陸の国が中央政府に出した国状報告書であり、律令《りつりよう》の「解式」に則《のつと》る公文書解《げ》であったことは、当風土記自身が述べている。

常陸国司、解《げ》す。古老の相伝ふる旧聞を申す事。

と始まる冒頭は、令の規定どおりであるが、現存『常陸国風土記』は、解の形式としての結びの年月日、提出者《ていしゆつしや》である国司の署名を欠いている。現存本の最末尾は多珂《たか》郡記事で「以下略之」と終わっているから、これは当然原本の姿ではなく、省略本であることが知られる。現存『常陸国風土記』が解としての原本を失ったのが何時《いつ》かは不明であるが、解の第一次本としての原本系『常陸国風土記』からの引用とみられる信太《しだ》郡の記事が、平安時代延喜《えんぎ》四年

（九〇四）頃の矢田部公望《やたべのきんもち》の『日本紀私記《にほんぎしき》』にあり、孫引きとして、鎌倉時代正安《しょうあん》三年（一三〇一）の奥書をもつト部兼方《うらべのかねかた》の『釈日本紀《しゃくにほんぎ》』に見られる。同じ鎌倉時代の僧仙覚《せんがく》の『萬葉《まんよう》集註釈《しゅうちゅうしゃく》』にも信太郡記事・新治《にいばり》郡記事があり、いずれも現伝風土記に残存しなかったものがある。そしてこれらは現行風土記諸本に逸文として採録され、そのうちのある本には訓読文として採り入れられたものもある。今回の新版『風土記』収載の『常陸国風土記』には、右の逸文は本文校訂の結果、本文として復原されるべきものとの判定により、原型の在るべき位置に戻す試みをした。したがって訓読文・現代語訳もこれに対応する位置でなされてある。例えば、『釈日本紀』引用の信太郡の本文、

　古老曰、御宇難波長柄豊前宮之天皇御世、癸丑年、小山上物部河内・大乙上物部會津ホ、惣領高向大夫ホ、分筑波・茨城郡七百戸、置信太郡。此地、本日高見国 云々。

は、行方《なめかた》郡記事に類型がある。類型は冒頭部郡名と、続く小書双行の四至《しいし》の記事の次の行に始まる。「古老曰」の文がそれであり、現行諸本に従えば、常陸国風土記収録九郡のうち、新治・筑波《つくは》・茨城《うばらき》・行方・香島《かしま》・久慈《くじ》・多珂の七郡が全く同じ型をもっている。二郡、つまり信太郡と那賀《なか》郡に異同がある。しかし『釈日本紀』の右の文が信太郡の該当省略部を埋めて類型を補完する。ここまで揃えば那賀一郡のみの不均衡が浮き上がり、西野宣明《にしののぶあき》校訂の天《てん》

保《ぼう》十年（一八三九）刊の『訂正常陸國風土記』が郡名・四至の次行の頭に「最前略之」として置いたのはもっともなことと言いうる。これをさきの八郡同一型式からすれば「最前」の略された文が「古老曰」で始まるものであったことに疑いはない。

現存の『常陸国風土記』にあって、全く省略のない個所は巻首に当たる総記と行方郡のみであるが、実際には省略されたのか失われたのか、郡まるごと現伝しない二郡があるということになっている。白壁《しらかべ》郡と河内《こうち》郡である。しかし、ほんの一項目に過ぎないが、白壁郡の記事は残っていると推定し得るので、とりあえず仮設し、郡名を（ ）に入れて白壁郡条を再建した。新治郡の後半部葦穂山《あしほやま》伝承が該当項であり、新治郡家から同郡の笠間《かさま》へ行くのに、白壁郡家《こおりみやけ》の地を通り、わざわざ葦穂山を越えるなどありえない。文中の「郡」は白壁郡家であるという理由に拠《よ》る。この通路に関わって、新治郡家と那賀郡家を結ぶ大神《おおかみ》の駅の一項が『萬葉集註釈』にあり、これを新治郡条に復原した。本文批判（テキストクリティク）の学の目的の一つは原型の再建にあり、その一歩を試みた。試みの過程では、底本本文と補う逸文の本文系統に一顧を与えておく必要がある。一例だけ触れると、底本（江戸末期文久《ぶんきゅう》二年写）に「ホ」（等）の字が数か所ある。これが前掲の『釈日本紀』（前田尊経閣文庫本《まえだ》）所引の信太郡記事に表われる。ついでに言えば平安時代中期書写の『日本書紀《にほんしょき》』（北野天満宮本《きたのてんまんぐう》）にもある。いわば「ホ」は地方から中央に提出する「解文」中にこのような崩し字が使用されるわけはなかろう。「解文」を平安時代初・中期に、かなりのスピードで書写して、

『常陸国風土記』と改称した未省略本から省略本（→現伝本）へと伝来した痕跡《こんせき》と認めてもよいのではないか。

さきに逸文から本文に還元されるべき記事について述べたが、単なる断片のため、本文再建に直接繋《つな》がらないが、確実に原型の一部分と判定しうる逸文がある。

所謂常陸国風土記ニハ、或ハ云①巻向日代宮大八洲照臨天皇之世或云②石村玉穂宮大八洲所馭天皇之世或云③難波長柄豊前大朝大八洲撫馭天皇之世。（萬葉集註釈）

①②③にはそれぞれ天皇の呼称がある。このうち②は継体《けいてい》天皇で、これと一字の相異もない表記が行方郡の「古老曰」の次にある。③は孝徳《こうとく》天皇。鹿島《かしま》郡冒頭の「古老曰」のつぎに「撫馭」を「馭宇」とするほかはすべて一致する。「撫」は「盯」（所）を誤ったものとみられ「所馭」ならば②に見られるものであり、行方郡の「古老曰」のつぎの「斯貴瑞垣宮大八州所馭天皇」にも見られ、鹿島郡の同所からの引用と認められる。①は景行《けいこう》天皇。現存常陸国風土記の中に同じ表記がなく、陸奥《みちのおく》国風土記（逸文）は同天皇を「巻向日代宮御宇天皇」と表記し、他風土記に類例のない「大八洲照臨天皇」の部分は、多珂郡に同一表記がある。これを②③と併《あわ》せ考察すると、①も常陸国風土記の表記法であると言い得る。現存常陸国風土記は河内郡の全文と白壁郡の大部分が欠落し、総記と行方郡を除く各郡には省略の手が入

っている。とすれば①はどれに当たり、どの郡のどこに所在したものか。景行天皇は名前によって「大足日子《おおたらしひこの》天皇」とも表記され、信太郡・行方郡の説話に登場し、陸奥国（福島県東白河《ひがししらかわ》郡棚倉町八《たなぐらまちや》槻《つき》）に繋がる線がある。常陸国風土記で一番活躍するのは「倭武《やまとたけの》天皇」で、『古事記《こじき》』『日本書紀』では天皇と認めない。景行天皇皇子として東国平定に派遣された。「倭武天皇」は、信太郡・茨城郡・行方郡・香島郡・久慈郡・多珂郡と、父の天皇と重なる線を北上している。そこに一郡だけ倭武天皇が欠けている。那賀郡であり、その冒頭に「古老曰」で始まらない唯一の郡の記事がある。この省略部に、父景行天皇である「巻向日代宮大八洲照臨天皇之世」で始まり、御子《みこ》の倭武天皇がこの地に来歴する説話が「古老曰」のつぎに在った。すでに述べた陸奥国風土記が父子《おやこ》として、子を「日本武尊《やまとたけのみこと》」と表記するが、常陸の古老は「倭武天皇」で語るために表記上の齟齬《そご》感《かん》が発生する。原型を伝える本文はこのような理由で省略されたものと推測される。

右の逸文②に「所馭」の語があり、③も同じであろうと述べた。この用語自体が五風土記にあって、常陸国風土記独自であり、「馭」の一字も同様であり、また他の風土記の「御宇」を常陸国風土記は「馭宇」と書く。このような独自用語・用字は他にも多く見られるが、四六騈儷文《しろくべんれいぶん》の見られる点などから、常陸国風土記は文人国司の執筆を指摘する説もある一方、和文脈表記のあることも留意される。和文は分注箇所に限定される。『古事記』『日本書紀』と同様に、歌謡とか訓注の類《たぐい》は字音仮名でなされるが、「立雨零行方之《たちさめふるなめかたの》国《くに》」（行方郡）のような漢字を並べたものもあり、宣命体《せんみょうたい》もある。「所依将奉止詔畄尓」（香島郡）などである。これらは多く「俗云」「俗諺云」「俗説云」「風俗諺云」など三十箇所ほどもあり、土地の人々の言葉とか伝えの意であろう。伝えの場合、分注形式を採らない「古老曰」の本文の伝承との関係・区別などの問題が提起されてくるが、現状で言えば、「俗」として表現される多量の記事が、常陸国風土記の量を豊かならしめ質を高めるのに寄与し、省略文のあることを惜しみつつも、全体として八世紀初頭の解文が二十一世紀の日本国の重要な古典であることを、一読すれば、認識できるのではないかと思う。

（中村啓信）

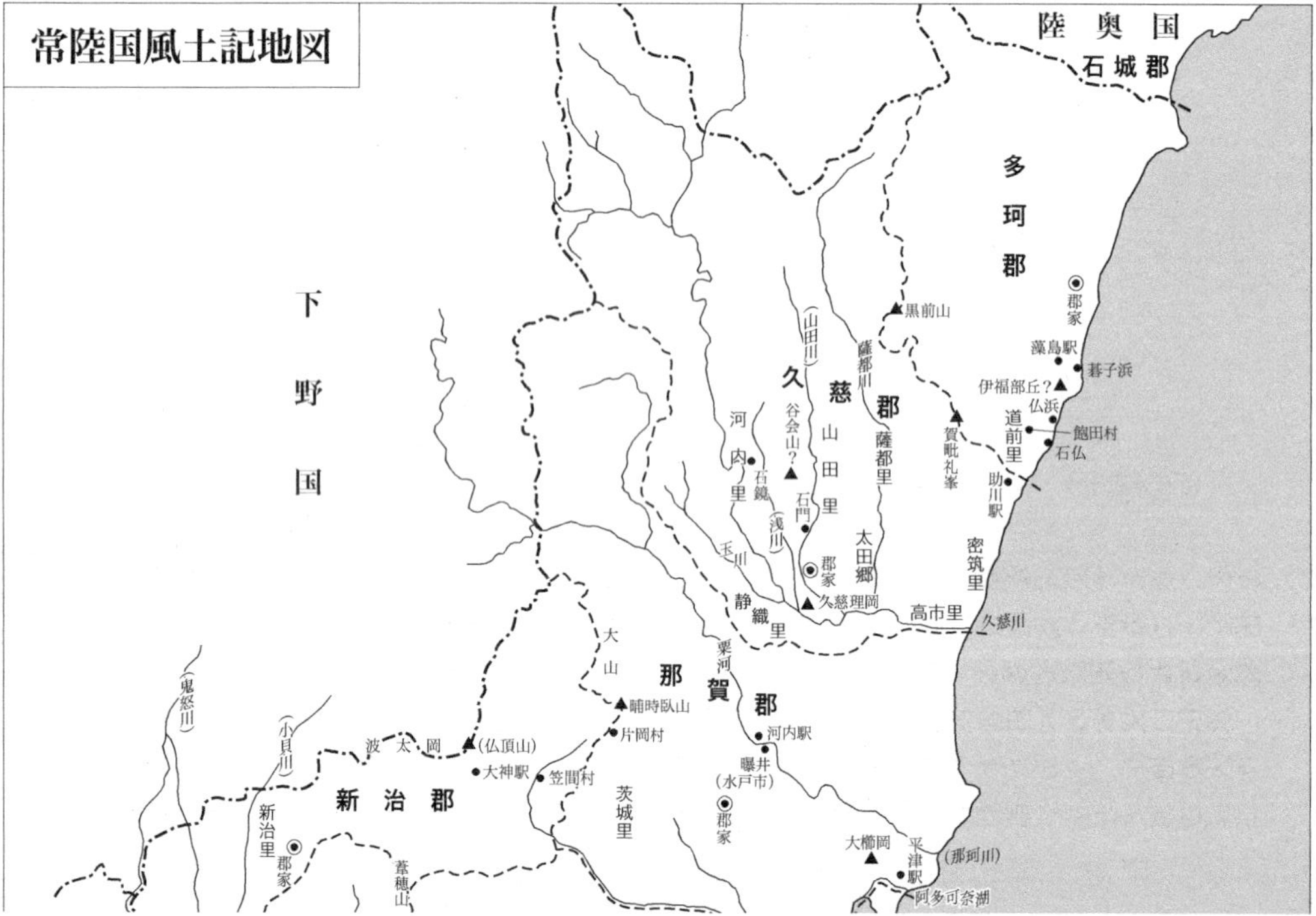
常陸国風土記地図
陸奥国
石城郡
下野国
多珂郡
郡家
藻島駅
碁子浜
伊福部丘？
仏浜
道前里
飽田村
石仏
助川駅
密筑里
賀毗礼峯
黒前山
久慈郡
薩都川
薩都里
太田郷
(山田川)
谷会山？
山田里
石門
郡家
久慈理岡
河内里
石鏡
(浅川)
玉川
静織里
高市里
久慈川
那賀郡
粟河
大山
晡時臥山
片岡村
河内駅
曝井
(水戸市)
郡家
大櫛岡
平津駅
(那珂川)
阿多可奈湖
茨城里
笠間村
新治郡
波太岡
(仏頂山)
大神駅
(小貝川)
(鬼怒川)
新治里
郡家
葦穂山

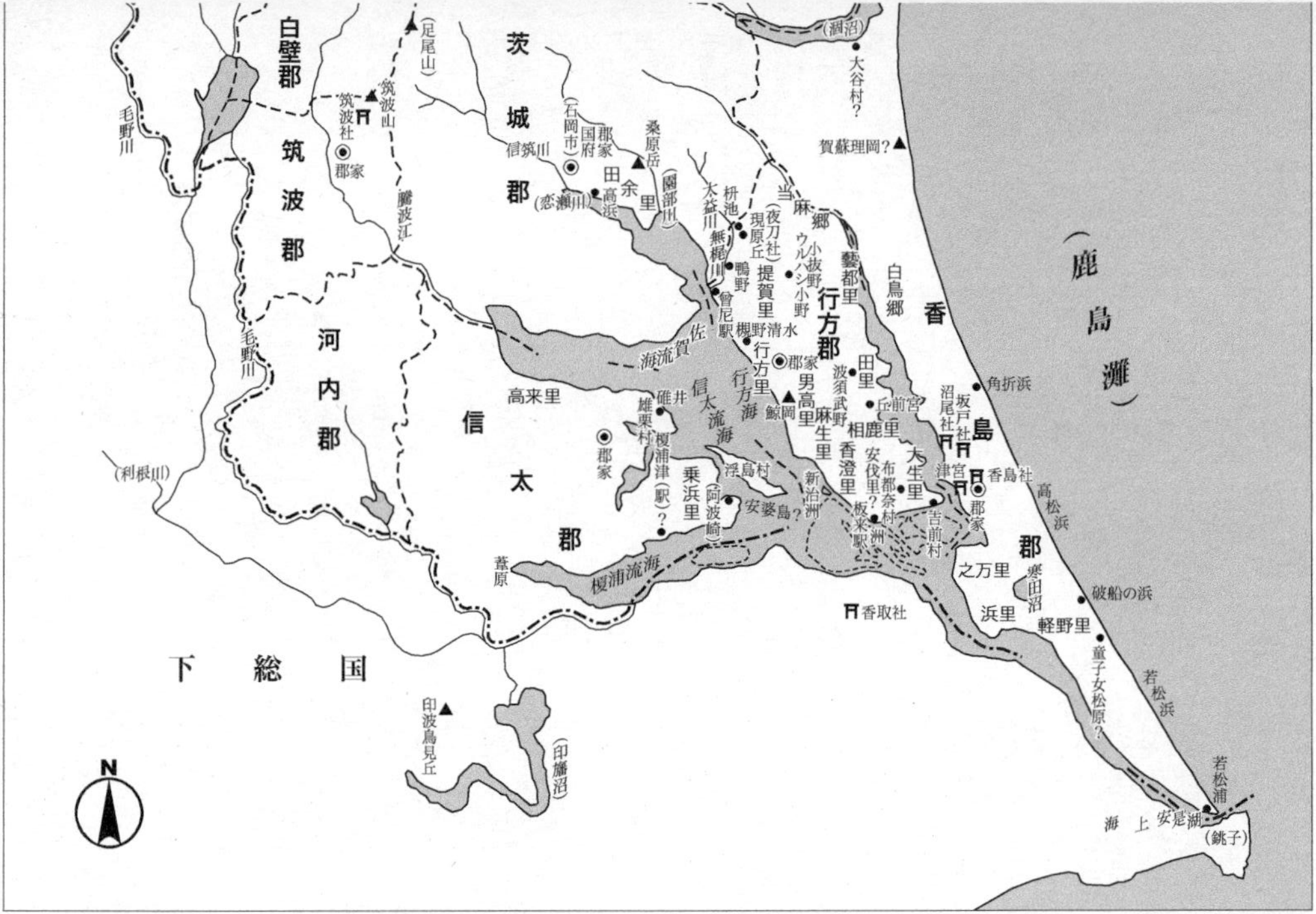

白壁郡
筑波郡
河内郡
信太郡
茨城郡
行方郡
香島郡
下総国
（鹿島灘）
毛野川
筑波山
筑波社
郡家
騰波江
（足尾山）
（石岡市）
国府
郡家
信筑川
桑原岳
田余里
高浜
（恋瀬川）
（園部川）
太益川
枡池
現原丘
（夜刀社）
無梶川
鴨野
曾尼駅
提賀里
小抜野
ウルハシ小野
当麻郷
藝都里
白鳥郷
槻野清水
行方里
郡家
佐賀流海
田里
波須武野
男高里
鯨岡
麻生里
丘前宮
相鹿里
香澄里
安伐里?
布都奈村
大生里
行方海
信太流海
高来里
碓井
雄栗村
榎浦津（駅）?
郡家
浮島村
乗浜里
（阿波崎）
安婆島?
新治洲
板来駅
吉前村
沼尾社
坂戸社
津宮
香島社
郡家
角折浜
高松浜
大谷村?
（涸沼）
賀蘇理岡?
（利根川）
葦原
榎浦流海
之万里
寒田沼
浜里
軽野里
破船の浜
童子女松原?
若松浜
香取社
印波鳥見丘
（印旛沼）
若松浦
海上安是湖
（銚子）
N

出雲国風土記

出雲国風土記

国《くに》の大体《おほかた》は、震《ひむがし》[1]首《はじめ》とし、坤《ひつじさる》[2]を尾《をはり》とす。東《ひむがし》と南《みなみ》とは山《やま》にして、西《にし》と北《きた》とは海《うみ》に属《つ》く。東西《ひのたて》は、一百卅七里《さと》一十九歩《あし》[3]、南北《ひのよこ》は一百八十二里《さと》一百九十三歩《あし》[4]。

（一百歩、七十三里卅二歩、得而難可誤）[5]

老《おきな》、枝葉《ことのすゑ》[6]を細《くは》しく思《おも》ひ、詞源《ことのもと》[7]を裁《ことわ》り定《さだ》む。[8]亦《また》、山野《やまの》、濱《はま》浦《うら》の処《ところ》、鳥獣《とりけもの》の棲《すみか》、魚貝《うをかひ》、海菜《うみつもは》の類《たぐひ》、良《まこと》に繁多《さは》にして、悉《ことごと》には陳《の》べず。然《しか》はあれど止《や》むことを獲《え》ぬ[9]は、粗《ほぼ》、梗《おほ》概《むね》[10]を挙《あ》げて、記《ふみ》の趣《おもむき》[11]をなす。

八雲《やくも》といふ所以《ゆゑ》は、八束水臣津野命《やつかみづおみづののみこと》[12]の、詔《の》りたまひしく、「八雲立《やくもた》つ」[13]と詔《の》りたまひき。故《かれ》、八雲立つ出雲《いづも》と云ひき。

合《あは》せて神《かみ》の社《やしろ》、三百九十九所《ところ》。

総記

1 易の八卦で、東の方位をいう。
2 易の八卦で、西南の方位をいう。
3 距離の単位は、一里が約五三四・五メートル（三百歩が一里）。一歩が約一・七八メートル（六尺が一歩）。一百三十七里一十九歩は約七三・三キロメートル。
4 約九七・六キロメートル。
5 伝写の間に竄入した後世の注記と考えられる。
6 事の主要でないものを言うが、ここでは「事柄のはしばしまで」の意。
7 言い伝えの本源。
8 真実であるか、偽りであるかを判断してまとめる。
9 古代散文においては、打ち消しの助動詞連体形は「ぬ」が一般的であったという説（門前正彦）によって「獲ぬ」と訓む。
10 おおよそのところ。
11 意趣、意図の意であるが、ここでは報告書としての体裁を整えたことを言う。訓は『類聚名義抄』によった。
12 意宇郡の国引き神話に登場する神。古事記の系譜では大国主神の祖父神に一百八十四所、神祇官《かみつかさ》[14]に在り。

二百一十五所、神祇官に在らず。

九つの郡《こほり》。郷《さと》[15]六十二、里《こざと》[16]一百八十一、余戸《あまりべ》[17]四、駅家《うまや》[18]六、神《かむ》戸《べ》[19]七、里一十一。

意宇郡《おうのこほり》、郷《さと》十一、里三十三、余戸一、駅家三、神戸三、里六。
島根郡《しまねのこほり》、郷八、里二十五、余戸一、駅家一。
秋鹿郡《あきかのこほり》、郷四、里一十二、神戸一里。
楯縫郡《たてぬひのこほり》、郷四、里一十二、余戸一、神戸一、里。
出雲郡《いづものこほり》、郷八、里二十三、神戸一、里二。
神門郡《かむどのこほり》、郷八、里二十二、余戸一、駅家二、神戸一、里。
飯石郡《いひしのこほり》、郷七、里一十九。
仁《に》多郡《たのこほり》、郷四、里一十二。
大原郡《おほはらのこほり》、郷八、里二十四。

右《みぎ》の件《くだり》の郷の字は、霊亀《りようき》元年の式《しき》[20]に依《よ》りて、里を改《あらた》めて郷となす。其《そ》の郷の名字《まな》は、神亀《じんき》三年の民部省《たみつかさ》の口宣《くせむ》[21]を被《かがふ》

あたる。

13 「出雲」にかかる称辞。さかんに雲がわき出る、の意。

14 古代律令制において、神社の管轄を司った役所。

15 地方行政区画の単位。戸令によると、五十戸で一郷。「郷」と「里」については、注20も参照のこと。

16 「郷」を構成する下部単位。底本「二百七十九」とあるが、各郡の里の実数合計により訂した。

17 五十戸を「郷」の単位として、それを上回ったり下回ったりした場合、その戸数をひとつの単位として余戸と呼んだ。

18 公用の使者のために、馬・船・宿などを備えた、厩牧令規定の施設。三十里ごとに設置するのが原則であった。

19 神祇令に規定された民戸。特定の神社に属して租税を納める。

20 「式」とは、律令の施行細則をいう。ここでの式は七一五年に制定された。地方行政区画は本来「国—郡—里」という呼称であったが、その「里」の呼称を「郷」に改めるというもの。その結果区画は「国—郡—郷」

りて改《あらた》む。

意宇郡《おうのこほり》1

合《あは》せて郷《さと》一十一、里三十三。余戸一、駅家三、神戸三、里六。

母理郷《もりのさと》。本《もと》の字《まな》は文理なり。2

屋代《やしろの》郷。今《いま》も前《さき》に依《よ》りて用《もち》ゐる。3

楯縫《たてぬひの》郷。今も前に依りて用ゐる。

安来《やすきの》郷。今も前に依りて用ゐる。

山国《やまくにの》郷。今も前に依りて用ゐる。

飯梨《いひなしの》郷。本《もと》の字《まな》は云成なり。

舎人《とねの》郷。今も前に依りて用ゐる。

大草《おほくさの》郷。今も前に依りて用ゐる。

山代《やましろの》郷。今も前に依りて用ゐる。

拝志《はやしの》郷。本《もと》の字《まな》は林なり。

となり、「里」は「郷」を構成する下部単位となった。なお霊亀元年式（七一五年）は他の史料に残っていない。当国風土記の記事は貴重である。

21 七二六年に、民部省（地方行政や国家財政を司る）からなされた口頭による下命。「郷」の地名表記を改めよというもの。地名の誤読を避ける漢字表記を用いることを求めたものではないかと考えられる。

意宇郡

1 現在の島根県松江市、安来市一帯の地域。

2 神亀三年の口宣以前に用いられていた地名表記を指す。以下、すべて同じ。

3 神亀三年以前の地名表記を、ここでも採用していることをいう。以下、すべて同じ。

4 駅家は『令』に定められた公用のために官道に置かれた馬や船などを置く施設。

5 神戸は神社に属し、その神社に税を納める民戸のこと。

6 総記の注12に既出。

7 幅の狭い布のような未完成の国。

宍道郷《ししぢの》。今も前に依りて用ゐる。

以上《かみ》の二十一、郷別《さとごと》に里《こざと》三。

余戸里《あまりべのさと》。

野城駅家《のきのうまや》。4

黒田《くろだの》駅家。

宍道《ししぢの》駅家。

出雲神戸《いづものかむべ》。5

賀茂《かもの》神戸。

忌部《いむべの》神戸。

意宇《おう》と号《なづ》けし所以《ゆゑ》は、国引《くにひ》き坐《ま》しし八束水臣津野命《やつかみづおみづののみこと》、6詔《の》りたまひしく、「八雲立《やくもた》つ出雲国《いづもの》は、狭布《さぬの》の稚国《わかくに》7在《な》るかも。初国《はつくに》8小《ちひ》さく作《つく》らせり。故《かれ》、作《つく》り縫《ぬ》はむ」9と詔《の》りたまひて、「栲衾《たくぶすま》10志羅紀《しらき》11の三埼《みさき》12を、国《くに》の余《あま》り有《あ》りやと見《み》れば、国《くに》の余《あま》り有《あ》り」と詔《の》りたまひて、13童女《をとめ》の胸鉏《むなすきと》取らして、14

8　国のはじめ。

9　土地を縫い合わせて、国を完成させること。

10　楮の繊維で織った夜具。色が白いので、「シラキ」にかかる枕詞とした。

11　新羅。古代朝鮮半島にあった国。

12　新羅の海岸線にある岬。

13　以下は、国引き詞章と呼ばれており、慣用的な同一句が繰り返される。口承の名残をとどめた詞章である。

14　「乙女の若やる胸が掌で初めて抄いとられることへの夢想」と解釈する内田賢徳説（「伝承の地平」）に従う。

15　魚の赤い鰓を銛で衝き分ける、の意。

16　「はたすすき」は「穂振り」の「穂」にかかる枕詞。

17　三本の綱を縒り合わせた太く丈夫な綱。

18　霜にあって黒くなったかずら（つる草）で、それを「手繰り寄せる」ところから「クル」にかかる枕詞としたものと思われる。

19　本文に「闇ゞ耶ゞ」とあるのは借訓。繰り返し手繰り寄せるの意。

20　内田賢徳は、『類聚名義抄』の、にごり酒を意味する「醪」の訓「モソ

大魚《おふを》のきだ衝《つ》き別《わ》けて、[15]はたすすき穂《ほ》振《ふ》り別《わ》けて、[16]三身《みつみ》の綱打《つなう》ち挂《か》けて、[17]霜黒葛《しもつづら》[18]くるやくるやに、[19]河船《かはふね》のもそろもそろに、[20]国来国来《くにこくにこ》と引《ひ》き来縫《きぬ》へる国は、去豆《こづ》[21]の折絶《をりたえ》[22]より、八《や》穂尓支豆支《ほにきづき》[23]の御埼《みさき》[24]なり。此《ここ》を以《もち》て、堅《かた》め立《た》てし加志《かし》[25]は、石《いは》見国《みのくに》と出雲国《いづものくに》の堺有《さかひな》る、名《な》は佐比売山《さひめやま》[26]、是《これ》なり。亦《また》、持《も》ち引《ひ》ける綱《つな》は、薗《その》の長浜《ながはま》[27]、是《これ》なり。

亦《また》、「北門《きたと》[28]の佐伎《さき》の国[29]を国《くに》の余《あま》り有《あ》りやと見《み》れば、国《くに》の余《あま》り有《あ》り」と詔《の》りたまひて、童女《をとめ》の胸鉏取《むなすきと》らして、大魚《おふを》のきだ衝《つ》き別《わ》けて、はたすすき穂《ほ》振《ふ》り別《わ》けて、三身《みつみ》の綱打《つなう》ち挂《か》けて、霜黒葛《しもつづら》くるやくるやに、河船《かはふね》のもそろもそろに、国来国来《くにこくにこ》と引《ひ》き来縫《きぬ》へる国は、多久《たく》[30]の折絶《をりたえ》より、狭田《さだ》の国《くに》[31]、是《これ》なり。

亦《また》、「北門《きたとの》良波の国《くに》[32]を、国《くに》の余《あま》り有《あ》りやと見《み》れば、国《くに》の余《あま》り有《あ》り」と詔《の》りたまひて、童女《をとめ》の胸鉏取《むなすきと》らして、大魚《おふを》のきだ衝《つ》き別《わ》けて、はたすすき穂《ほ》振《ふ》り別《わ》けて、三身《みつみ》の綱打《つなう》ち

ロ」に注目し「どんよりと漂っている、その動きのさまのような運動を言うのであろう」とする（同前）。この説に従い「河船を、にごり酒のような白い水泡（みなわ）の軌跡を曳きながらゆっくりと曳き上げるように」と解釈する。

21 出雲市平田町から小津町附近。

22 新編全集本では「山の鞍部の稜線が下り尽きた部分であろう」とする。従うべきか。

23 大量の土を杵で衝き固める意から、「杵築」にかかる枕詞とする。

24 出雲市大社町の日御碕。

25 船を繋ぎ止めるための杭。

26 大田市の三瓶山。

27 出雲市大社町から多伎町にかけての浜。

28 出雲国の北の門の意。

29 隠岐島の島前説、海士町崎説などがある。

30 島根半島の松江市鹿島町。

31 島根半島の松江市鹿島町佐陀本郷のあたり。

32 読み方不詳、所在未詳。

挂《か》けて、霜黒葛《しもつづら》くるやくるやに、河船《かはふね》のもそろもそろに、国来国来《くにこくにこ》と引《ひ》き来縫《きぬ》へる国は、宇《う》波《はの》[33]折絶より、闇見国《くらみのくに》[34]、是《これ》なり。

亦《また》、「高志《こし》[35]の都都《つつ》の三埼《みさき》[36]を、国《くに》の余《あま》り有《あ》りやと見《み》れば、国《くに》の余《あま》り有《あ》り」と詔《の》りたまひて、童女《をとめ》の胸鉏《むなすき》取らして、大魚《おふを》のきだ衝《つ》き別《わ》けて、はたすすき穂《ほ》振《ふ》り別《わ》けて、三身《みつみ》の綱《つな》打《う》ち挂《か》けて、霜黒葛《しもつづら》くるやくるやに、河船《かはふね》のもそろもそろに、国来国来《くにこくにこ》と引《ひ》き来縫《きぬ》へる国は、三穂《みほ》の埼《さき》[37]。持《も》ち引《ひ》ける綱《つな》は、夜見嶋《よみのしま》[38]。固堅《かた》め立《た》てし加志《かし》は、伯耆国《ははきのくに》有《な》る火神岳《ひのかみだけ》[39]、是《これ》なり。

「今《いま》は、国は引《ひ》き訖《を》へつ」と詔《の》りたまひて、意宇社《おうのもり》[40]に御杖《みつゑ》衝《つ》き立《た》てて[41]、「意恵《おゑ》[42]」と詔《の》りたまひき。故《かれ》、意宇《おう》と云《い》ひき。所謂《いはゆる》意宇社《おうのもり》は、郡家《こほりのみやけ》の東北の辺《ほとり》、田《た》の中《なか》にある壟《をか》[43]、是《これ》なり。周《めぐ》り八歩《あし》ばかり。其《そ》の上《うへ》に一《ひと》もとの茂《しげ》れるあり。

33 所在地未詳。
34 松江市新庄町の闇見谷のあたり。
35 今の北陸地方を指す。
36 所在地未詳。能登半島の珠洲岬かともいう。
37 松江市美保関町の岬。
38 鳥取県境港市・米子市にかけての夜見ヶ浜（弓ヶ浜）。
39 鳥取県の大山。
40 松江市竹矢町の客ノ森かという。
41 神の依り代としての杖を立て、土地を占有する儀礼的な行為。
42 感動詞。『播磨』にも、国作りの後に神が「オワ」と言ったとある。
43 新編全集本の「壟」の誤写とし「をか」と訓み「田の中にある小山」と解釈する説に従う。

母理郷《もりのさと》[1]。郡家《こほりのみやけ》の東南三十九里《さと》一百九十歩《あし》。天《あめ》の下《した》所造《つく》らしし大神《おほかみ》[2]、大穴持命《おほなもちのみこと》、越《こし》の八口《やくち》[3]を平《たひら》げ賜《たま》ひて還《かへ》り坐《ま》しし時《とき》、長江山《ながえやま》[4]に来坐《きま》して詔《の》りたまひしく、「我《あ》が造《つく》り坐《ま》して命《し》らす国[5]は、皇御孫《すめみま》の命《みこと》[6]、平《たひら》けく世《みよ》知《し》らせと依《よ》せ奉《まつ》る[7]。但《ただ》[8]、八雲立出雲《やくもたついづもの》国のみは、我《あ》が静《しづ》まり坐《ま》す国と、青垣山《あをかきやま》[9]廻《めぐ》らし賜《たま》ひて、玉珍《たま》[10]置《お》き賜《たま》ひて守《も》らむ」と詔《の》りたまひき。故《かれ》、文理《もり》と云《い》ひき。神亀《じんき》三年、字を母理と改《あらた》む。

屋代郷《やしろのさと》[11]。郡家《こほりのみやけ》の正東《まひむがし》三十九里《さと》一百二十歩《あし》。天《あめ》の夫比《ふひの》命《みこと》[12]の御伴《みとも》に、天降《あまくだ》り来《こ》し、社《やしろ》の伊支《いき》[13]等《たち》が遠《とほ》つ神《かみ》[14]、天津子《あまつこの》命《みこと》[15]、詔《の》りたまひしく、「吾《あ》が静《しづ》まり坐《ま》さむと志《おも》ふ社《やしろ》」と詔《の》りたまひき。故《かれ》、社《やしろ》と云《い》ひき。神亀《じんき》三年、字を屋代と改《あらた》む。

楯縫郷《たてぬひのさと》[16]。郡家《こほりのみやけ》の東北三十二里《さと》一百八十歩《あし》。布都努志《ふつぬしの》命《みこと》[17]の天《あめ》の石楯《いはたて》[18]縫《ぬ》ひ直《なほ》し給《たま》ひき。故《かれ》、楯縫《たてぬひ》と云《い》ひき。

安来郷《やすきのさと》[19]。郡家《こほりのみやけ》の東北二十七里《さと》一百八十歩《あし》。神須佐乃袁《かむすさのをの》命《みこと》[20]、天《あめ》の壁立《かきたち》[21]廻《めぐ》り坐《ま》しき。尓《そ》の時《とき》、此処《ここ》に来坐《きま》して詔《の》り

1 安来市伯太町東母理・西母里のあたり。
2 出雲国を代表する神。「天の下所造らしし大神」は「国土を作った偉大な神」の意で、大穴持命を褒める称辞。
3 「越」は既出。八口は、新潟県岩船郡関川村八ッ口のあたりとされる。
4 安来市伯太町にある永江山。
5 領有する国。
6 天上界の天つ神の子孫の意。
7 お任せする。ご委任する。
8 ここは文末に「のみ」を補読する。他は皇御孫神に統治を委任するが、ただ「出雲」だけは大穴持命が鎮座する土地である、という宣言。
9 青々とした垣根が続いているような山並み、の意。
10 「珍玉」の転倒とする説もあるが「玉珍」を熟字とみて「たま」と訓む。
11 安来市伯太町の北から安来市島田のあたりにかけての土地。
12 出雲臣の祖神。『記』では「天菩比神」、『紀』では「天穂日命」とする。
13 この郷に居住していた人物。「伊支」は名と考えられる。
14 古くからの祖先神。

たまひしく、「吾《あ》が御心《みこころ》は安平《やす》けく成《な》[22]りぬ」と詔《の》りたまひき。故《かれ》、安来と云《い》ひき。

即《すなは》[23]ち、北《きた》の海《うみ》に毘《ひ》売《め》埼《さき》有《あ》り。飛鳥《あすか》の浄御《きよみ》原《はら》の宮《みや》に御宇《あめのしたしらしめ》し天皇《すめらみこと》[24]の御世《みよ》、甲戌《きのえいぬ》の年《とし》[25]、七月十三日、語臣《かたりのおみ》猪麻呂《ゐまろ》[26]が女子《むすめ》、件《くだり》の埼《さき》に逍遥《もとほりあそ》[27]びて、邂逅《たまさか》[28]に和尓《わに》[29]に遇ひ、賊《そこな》はえて皈《かへ》[30]らざりき。尓《そ》の時《とき》、父《ちち》の猪麻呂《ゐまろ》、賊《そこな》はえし女子《むすめ》を、浜《はま》の上《うへ》に斂《をさ》め置《おき》て、大《いた》く苦憤《いきどほり》を発《おこ》し、天《あめ》に号《おら》び、地《つち》に踊《おど》[31]り、行《ゆ》きて吟《さまよ》[32]ひ居《ゐ》て嘆《なげ》き、昼《ひる》も夜《よる》も辛苦《たしなみ》て、斂《をさ》めし所《ところ》を避《さ》ることなし。作是《かくす》る間《ほど》に、数日《ひかず》を経歴《へ》たり。然《しか》して後《のち》、慷慨《いきどほり》の志《こころ》[33]を興《おこ》し、箭《や》を磨《と》ぎ鋒《ほこ》を鋭《とく》し、便《たより》の処《ところ》を撰《えら》びて居《を》り。即《すなはち》、擡《をろが》み訴《うるた》[34]へ云《い》ひしく、「天神《あまつかみたち》千五百万《いほよろづ》、地祇《くにつかみたち》千五百万《いほよろづ》[35]、并《ならび》に当国《このくに》に静《しづ》まり坐《ま》す三百九十九社《やしろ》[36]、及海若《またわたつみ》[37]等《たち》、大神《おほかみ》の和魂《にぎみたま》は静《しづま》[38]りて、荒魂《あらみたま》[39]は皆悉《ことごと》に猪麻呂《ゐまろ》が乞《こひの》む所《ところ》に依《よ》り給《たま》へ。良《まこと》に神霊《みたま》坐《ま》すこと有《あ》らば、吾《あ》が傷《そこな》ふ所《ところ》となし給《たま》へ。此《ここ》を以《もち》て、神霊《みたま》の神《かみ》所《た》るを知《し》らむ」といへり。尓《そ》の時《とき》、須臾《しまし》[40]有りて、

15　未詳。他に見えない神である。
16　安来市宇賀荘町のあたり。
17　『紀』に「経津主神」とあり、国譲りの交渉で大己貴神を隠棲させたと記されている。
18　「天の」は、天上界に関わるものに付けられる称辞。岩のように固い楯。
19　安来市安来町のあたり。
20　記紀では天照大御神の弟神として登場するが、『出雲』では大穴持命と並ぶ在地の有力な神として登場する。
21　地の果て。
22　心が平安で落ち着く、の意。
23　この「即」は、『出雲』にしばしばみられる。話題を転ずる用法。即は、不読の方針であるが、このような『出雲』特有の用法に限り訓読する。
24　天武天皇。
25　六七四年（天武天皇三年）。
26　伝承を語ることを職掌とした氏族か。
27　さまよい歩き。
28　偶然の出会いをいう。
29　鮫のこと。『記』因幡の素兎神話にも「和迩」とある。
30　『類聚名義抄』の訓に「カヘル」

和尔《わに》百余《ももあま》り、静《しづ》かに一和尔《わに》を圍繞《かく》みて、徐《おもふる》に[41]率《ゐ》て依《よ》り来《き》て、居《を》る下《もと》に従《より》て、進《すす》まず退《しりぞ》かず、猶《なほ》し圍繞《かく》めるのみ。尓《そ》の時《とき》、鉾《ほこ》を挙《あ》げて中央《まなか》なる一和尔《わに》を刃《さし》て殺《ころ》し捕《と》ること已《すで》に訖《を》へぬ。然《しか》して後《のち》、百余《ももあま》りの和尔《わに》解散《あら》[42]けき。殺割《さ》けば、女子《むすめ》の一《かた》脛《はぎ》[43]屠《ほふ》り出《い》でき。仍《よ》りて、和尔《わに》をば殺割《さ》きて、串《くし》に挂《か》け、路《みち》の垂《ほとり》に立《た》てき。安来《やすき》の郷《さと》の人《ひと》、語 臣与《かたりのおみあたふ》が父なり。尓《そ》の時《とき》より以来《このかた》、今日《いま》に至《いた》るまで、六十歳《むそとせ》を経《へ》[44]たり。

39 活動的で荒々しくはたらく神霊。／40 しばらくして。／41 ゆっくりと。／42 思い思いに去っていく、散らばっていく。／43 片足の膝から下の部分。／44 この出来事が起こった天武天皇三年の甲戌年は、前述のように六七四年。『出雲』が成立したのは天平五（七三三）年。

山国郷《やまくにのさと》[1]。郡 家《こほりのみやけ》の東南三十二里《さと》二百三十歩《あし》。布都努志《ふつぬしの》命《みこと》の国《くに》廻《めぐ》り坐《ま》しし時《とき》、此処《ここ》に来坐《きま》して詔《の》りたまひしく、「是《こ》の土《くに》は、止《やま》ず見《み》まく欲《ほ》し」と詔《の》りたまひき。故《かれ》、山国《やまくに》と云《い》ひき。即《すなは》ち正倉《みやけ》[2]有《あ》り。

とある。
31 悲しみのあまり天に向かって大声で叫びながら、地団駄を踏む様子。
32 うめく。
33 憤懣やるかたない心。
34 礼拝して神に訴えかける。
35 天上界の神々と地上世界の神々。
36 冒頭総記の記述に「合せて神の社、三百九十九所」とある。
37 海の神。「海若」は漢語。
38 穏やかにはたらく神霊。

1 安来市下吉田町・上吉田町のあたり。
2 朝廷に納める税（穀物・塩）などを保管しておく倉庫。
3 安来市広瀬町のあたり。
4 『記』大年神の子に大国御魂神が記されている。ただしこの神とは別神

飯梨郷《いひなしのさと》[3]。郡家《こほりのみやけ》の東南三十二里《さと》。大国魂命《おほくにたまのみこと》[4]、天降《あまくだ》り坐《ま》しし時《とき》、此処《ここ》に当《あ》たりて御膳《みいひ》[5]食《を》し給《たま》ひき。故《かれ》、飯成《いひなし》と云ひき。神亀《じんき》三年、字を飯梨と改《あらた》む。

舎人郷《とねのさと》[6]。郡家《こほりのみやけ》の正東《まひむがし》二十六里《さと》。志貴嶋《しきしま》の宮《みや》に御宇天皇《あめのしたしらしめししすめらみこと》[7]の御世《みよ》、倉舎人《くらのとねり》の君《きみ》[8]等《ら》が祖《おや》、日置臣志毗《ひおきのおみしび》[9]、大舎人《おほとねり》供《つか》へ奉《まつ》りき。是《これ》、志毗《しび》が居《す》める所《ところ》なり。故《かれ》、舎人《とね》と云《い》ひき。即《すなは》ち正倉《みやけ》有《あ》り。

大草郷《おほくさのさと》[10]。郡家《こほりのみやけ》の南西《みなみにし》二里《さと》一百二十歩《あし》。須佐乎命《すさのをのみこと》の御《み》子《こ》、青幡佐久佐丁壮命《あをはたさくさひこのみこと》[11]坐《いま》す。故《かれ》、大草《おほくさ》と云《い》ひき。

山代郷《やましろのさと》[12]。郡家《こほりのみやけ》の西北三里《さと》一百二十歩《あし》。天下所造《あめのしたつく》らしし大神大穴持命《おほかみおほなもちのみこと》の御子《みこ》、山代日子命《やましろひこのみこと》[13]坐《いま》す。故《かれ》、山代《やましろ》と云《い》ひき。即《すなは》ち正倉《みやけ》有《あ》り。

拝志郷《はやしのさと》[14]。郡家《こほりのみやけ》の正西二十一里《さと》二百一十歩《あし》。天下所造《あめのしたつく》らしし大神命《おほかみのみこと》、越《こし》の八口《やくち》[15]を平《たひら》げむと為《し》て幸《いでま》しし時《とき》、此処《ここ》の樹林《はやし》茂盛《しげ》れり。尓《そ》の時詔《ときのり》りたまひしく、「吾《あ》が御心《みこころ》の波夜《はや》

と思われる。
5　食事をする。『新全集』では、神に献上する食事と解して、大国魂命が土地の神に食事を献じ、そして自らも食べたとする。
6　安来市野方町・沢町のあたり。
7　欽明天皇。
8　舎人は天皇や皇族に近侍する役割をもつ者。
9　日置臣は『新撰姓氏録』によれば渡来系の氏族。
10　松江市東南部、大草町・佐草町のあたり。
11　『出雲』にのみ登場する神。青幡は神名の「佐久佐」に掛かる枕詞的賞辞。大原郡の記事にも登場する。
12　松江市南部、大庭町のあたり。
13　他に見えない神。
14　松江市玉湯町林村のあたり。
15　既出。
16　もてはやす、の意。樹林（はやし）の繁茂によって心が引き立てられる。同音の「はやし」に掛けた表現。
17　松江市宍道町宍道・白石のあたり。
18　『解説出雲国風土記』では、猪像については、松江市宍道町白石の女夫《めおと》

志《し》[16]」と詔《の》りたまひき。故《かれ》、林《はやし》と云ひき。神亀《じんき》三年、字を拝志と改《あらた》む。即《すなは》ち正倉《みやけ》有《あ》り。

宍道郷《ししぢのさと》[17]。郡家《こほりのみやけ》の正西三十七里《さと》。天下所造《あめのしたつく》らしし大神《おほかみ》の命《みこと》の追《お》ひ給《たま》ひし猪《しし》の像《かた》[18]、南《みなみ》の山《やま》に二つ有《あ》り。一つは長《なが》さ二丈《つゑ》[19]七尺《さか》、高《たか》さ一丈《つゑ》、周《めぐ》り五丈《つゑ》七尺《さか》。一つは長《なが》さ二丈《つゑ》五尺《さか》、高《たか》さ八尺《さか》、周《めぐ》り四丈《つゑ》一尺《さか》。猪《しし》を追《お》ふ犬《いぬ》の像《かた》、長《なが》さ一丈《つゑ》、高《たか》さ四尺《さか》、周《めぐ》り一丈《つゑ》九尺《さか》。其《そ》の形《かたち》、石《いは》と為《な》りて、猪《しし》、犬《いぬ》に異《こと》なることなし。今《いま》に至《いた》るまで猶在《なほあ》り[20]。故《かれ》、宍道《ししぢ》と云《い》ひき。

余戸郷《あまりべのさと》[21]。郡家《こほりのみやけ》の正東《まひむがし》六里《さと》二百六十歩《あし》。神亀《じんき》四年の編《へむ》戸《こ》[22]に依《よ》り、一里《ひとさと》を立《た》つ。故《かれ》、余戸《あまりべ》と云《い》ひき。他郡《あたしこほり》もかくの如《ごと》し[23]。

野城《のき》の駅《うまや》[1]。郡家《こほりのみやけ》の正東二十里《さと》八十歩《あし》。野城大神《のきのおほかみ》[2]の坐《いま》すに依《よ》りて、故《かれ》、野城《のき》と云《い》ひき。

黒田《くろだ》の駅[3]。郡家と同《おな》じき処《ところ》なり。郡家《こほりのみやけ》の西北《にしきた》二里《さと》、黒《くろ》田《だ》の村《むらあ》有り。土《つち》の体色黒《さまいろくろ》し。故《かれ》、黒田《くろだ》と云ひき。旧《もと》、此処《ここ》

岩と、石宮神社の巨石説をあげ、犬像については石宮神社のご神体の犬石としている。

19 長さの単位。一丈は十尺。約二・九七メートル。

20 風土記における「今」は、多くは編者が現在の視点に立って、さまざまな事象を説明する場合に出てくる。伝承の語り手が「今」と述べる場合、それがいつを指すのかは厳密には分からない。

21 松江市東出雲町揖屋・上意東・下意東のあたり。

22 七二七年。大宝令には六年ごとに戸籍を整えることが規定されている。無戸籍のものを編入し、戸籍を整えたことをいう。

23 他郡の余戸の里も、これに同じであることを説明した記述。

---

1 安来市能義町のあたり。

2 野城社の祭神。

3 松江市大草町の国庁に隣接していた。黒田村は、黒田駅の旧所在地。松江市大庭町のあたり。

4 松江市宍道町佐々布のあたり。

に是《こ》の駅有《うまやあ》り。即《すなは》ち号《なづ》けて黒田《くろだ》の駅《うまや》と曰《い》ひき。今《いま》は東のかたの郡《こほり》に属《つ》けり。今も猶《なほ》、旧《もと》の黒田の号《な》を追《お》ふのみ。

宍道《ししぢ》の駅。[4]郡家の正西三十八里《さと》。名《な》を説《と》くこと、郷《さと》の如《ごと》し。

出雲《いづも》の神戸《かむべ》。[5]郡家《こほりのみやけ》の南西《みなみにし》二里《さと》二十歩《あし》。伊弉奈枳《いざなき》[6]の麻奈子《まなこ》[7]に坐《ま》す熊野加武呂《くまのかむろ》の命《みこと》[8]と、五百《いほ》つ鉏《すき》[9]の鉏《すき》、猶取《なほと》り取《と》らして天下所造《あめのしたつく》らしし大穴持命《おほなもちのみこと》と、二所《ふたところ》の大神等《おほかみたち》に依《よ》せ奉《まつ》りき。故《かれ》、神戸《かむべ》と云《い》ひき。他郡等《あたしこほりども》の神戸《かむべ》もかくの如《ごと》し。

賀茂《かも》の神戸。[10]郡家《こほりのみやけ》の東南三十四里《さと》。天下所造《あめのしたつく》らしし大《おほ》神《かみ》の御子《みこ》、阿遅須枳高日子命《あぢすきたかひこのみこと》[11]、葛城《かづらき》の賀茂《かも》の社《やしろ》[12]に坐《いま》す。此《こ》の神《かみ》の神戸《かむべ》なり。故《かれ》、鴨《かも》と云《い》ひき。神亀《じんき》三年、字を賀茂と改《あらた》む。即《すなは》ち正倉《みやけ》有《あ》り。

忌部《いむべ》の神戸。[13]郡家の正西二十一里《さと》二百六十歩《あし》。国造《くにのみやつこ》[14]、神吉詞《かむよごと》[15]望《ほか》ひ[16]に、朝廷《みかど》に参向《まゐむか》ふ時《とき》、御沐《ゆあみ》の忌玉作《いみたまつく》り[17]き。故《かれ》、忌部《いむべ》[18]と云ひき。川《かは》の辺《へ》に出湯《いでゆ》[19]あり。出湯《いでゆ》の在《あ》るところ、海《うみ》陸《くが》を兼《か》ねたり。[20]男《をとこ》も女《をみな》も老《お》いたるも少《わか》きも、或《ある》は道路《みち》に

5　松江市大庭町神魂神社のあたり。
6　『記』に「伊耶那岐命」、『紀』に「伊奘諾尊」とある。『出雲』では国土創成とは関わりのない神として登場する。
7　いとしい子、の意。
8　熊野大社の祭神。「出雲国造神賀詞」に「加夫呂伎熊野大神櫛御気野命」とある。
9　多くの鋤。国作りの作業をいう。
10　安来市大塚町のあたり。
11　父は大国主神、母は多紀理毗売命。
12　『延喜式』に「大和国葛上郡高鴨阿治須岐託彦根命神社」とある神社のこと。
13　松江市東忌部・西忌部から玉湯町のあたり。
14　古くは、有力豪族が各地を領有していた。
15　『延喜式』祝詞に収められている寿詞。出雲国造の新任にあたって大和に赴いて朝廷で奏上する。
16　動詞ホカフの連用形。寿詞を奏上すること。
17　潔斎をする時に用いる神聖な玉を作る所の意。

駱駅《つらな》り[21]、或《ある》は海中《うみなか》を洲《す》に沿《そ》ひて、日《ひ》に集《つど》ひ市《いち》[22]を成《な》し、繽紛《まが》ひて燕楽《うたげ》す。一《ひと》たび濯《すす》げば、形容端正《かたちきらきら》しく、再《ふたた》び沐《ゆあみ》すれば、万《よろづ》の病《やまひ》悉《ことごと》く除《い》ゆ。古《いにしへ》より今《いま》に至《いた》るまで、験《しるし》を得《え》ずといふことなし。故《かれ》、俗人《くにひと》、神《かみ》の湯《ゆ》と曰《い》ふ。

教昊寺《けうかうじ》[1]。山国の郷の中《うち》に有り。郡家の正東《まひむがし》二十五里一百二十歩。五層《いつこし》の塔《たふ》[2]を建立《た》つ。僧《ほふし》[3]在《あ》り。教昊僧《けうかうほふし》の造《つく》る所《ところ》なり。散位《とね》[4] 大初位下《だいそゐのしも》[5] 上腹の首押猪《かみのはらおびとおしゐ》が祖父《おほぢ》なり。新造《しんざう》の院一所《ゐんひとところ》[6]。山代郷の中《うち》にあり。郡家《こほりのみやけ》の西北四里二百歩。厳堂《ごんだう》[7]を建立《た》つ。僧《ほふし》無《な》し。日置《ひおき》の君目烈《きみめづら》が造《つく》る所《ところ》なり。出雲《いずも》の神戸日置《かみべのひおき》の君鹿麻呂《しかまろ》が父《おや》なり。新造の院一所。山代郷の中に有り。郡家の西北二里。教堂《けふだう》[8]を建立《た》つ。住《す》む僧《ほふし》一軀《はしら》。飯石郡《いひしの》[9]の少領《すけのみやつこ》出雲の臣弟山《おみおとやま》[10]が造《つく》る所なり。新造の院一所《ひとところ》。山国の郷の中に有り。郡家の東南二十一里百二十歩。三層《みこし》の塔《たふ》を建立《た》つ。山国の郷の人、日置部《ひおきべ》の根緒《ねを》[11]が造る所なり。

18 ここでは「忌玉」を作る部民が住んでいるところを指す。
19 現在の玉造温泉。
20 温泉の湧き出る場所が、潮の干満によって海に没したり露出したりするところのこと。
21 往来が続いて絶えないさま。『文選』南都賦に「駱駅繽紛」の李善注に「往来衆多貌」とある。
22 人々が集まってきて交易する市場。

---

1 『出雲国風土記』の中で名前が分かっている唯一の寺院。
2 いわゆる五重塔。
3 公認の僧侶。
4 官職がなく位階だけあるもののこと。ここでは里長などの総称として用いている。
5 初位は初叙の位。大初位下は、位階三十階の中の二十八位。
6 寺号が決まっていない新しい寺。
7 荘厳に作られたお堂。
8 講堂のことか。諸注、厳堂の誤写かとする。
9 現在の雲南市。
10 天平十八（七四六）年に出雲国造

熊野《くまの》の大社《おほやしろ》[12]　夜麻佐《やまさ》の社[13]
売豆貴《めづき》社[14]　賀豆比乃《かつひの》社[15]
由貴《ゆき》の社[16]　加豆比乃高《かつひのたか》の社[17]
都俾志呂《つへしろ》の社[18]　玉作湯《たまつくりゆ》の社[19]
野城《のき》の社[20]　伊布夜《いふや》の社[21]
支麻知《きまち》の社[22]　夜麻佐《やまさ》の社[23]
野城《のき》の社[24]　久多美《くたみ》の社[25]
佐久多《さくた》の社[26]　多乃毛《たのも》の社[27]
須多《すた》の社[28]　真名井《まなゐ》の社[29]
布弁《ふべ》の社[30]　斯保弥《しほみ》の社[31]
意陀支《おだき》の社[32]　市原《いちはら》の社[33]
久米《くめ》の社[34]　布吾弥《ふごみ》の社[35]
宍道《ししぢ》の社[36]　野代《のしろ》の社[37]
売布《めふ》の社[38]　狭井《さゐ》の社[39]
同じき狭井《さゐ》の高守《たかもり》の社[40]　宇流布《うるふ》の社[41]

となった人物。後出の飯石郡の署名に記された「少領出雲臣」と同一人物。
11　他に見えない人物。
12　『延喜式』に「熊野坐神社」とある。松江市八雲町に鎮座。
13　安来市広瀬町上山佐に鎮座する山狭神社。下山佐にも同社がある。
14　松江市雑賀町に鎮座する賣豆紀神社。
15　安来市広瀬町広瀬に鎮座する、富田八幡宮境内に鎮座する勝日神社。
16　松江市馬潟町に鎮座する由貴神社。
17　安来市広瀬町富田に鎮座する勝日高守神社。
18　安来市広瀬町広瀬に鎮座する都辨志呂神社。
19　松江市玉湯町玉造に鎮座する玉作湯神社。
20　安来市能義町に鎮座する野義神社。
21　松江市東出雲町揖屋に鎮座する揖夜神社。
22　松江市宍道町上来待に鎮座する来待神社。
23　既出、山狭神社。
24　既出、野義神社。
25　松江市西忌部町に鎮座する忌部神

伊布夜《いふや》の社[42]　由宇《ゆう》の社[43]
布自奈《ふじな》の社[44]　同じき布自奈《ふじな》の社[45]
野代《のしろ》の社[46]　佐久多《さくた》の社[47]
意陀支《おだき》の社[48]　前《さき》の社[49]
田中《たなか》の社[50]　詔門《のりと》の社[51]
楯井《たてゐ》の社[52]　速玉《はやたま》の社[53]
石坂《いはさか》の社[54]　佐久佐《さくさ》の社[55]
多加比《たかひ》の社[56]　山代《やましろ》の社[57]
調屋《つきや》の社[58]　同じき社

以上《かみ》の四十八所《ところ》は、並《なら》びに神祇官《かみのつかさ》に在り

宇由比《うゆひ》の社[59]　支布佐《きふさ》の社[60]
毛彌乃上《もみのかみ》の社[61]　那富乃夜《なほのや》の社[62]
支布佐《きふさ》の社[63]　国原《くにはら》の社[64]
田村《たむら》の社[65]　市穂《いちほ》の社[66]
同じき市穂《いちほ》の社[67]　伊布夜《いふや》の社[68]

社。
26 松江市宍道町上来待に鎮座する佐久多神社。
27 安来市伯太町安田に鎮座する田面神社。
28 松江市東出雲町須田に鎮座する須多神社。
29 松江市山代町に鎮座する真名井神社。
30 安来市広瀬町布部に鎮座する布弁神社。
31 安来市伯太町井尻に鎮座する志保美神社。
32 安来市飯生町に鎮座する意多支神社。
33 松江市東出雲町上意東に鎮座する市原神社。
34 安来市伯太町横屋に鎮座する熊野神社（比婆山久米神社）か。
35 松江市八雲町熊野大社境内に合祀された伊邪那美神社か。
36 松江市宍道町白石に鎮座する石宮神社、もしくは松江市宍道町佐々布に鎮座する大森神社か。
37 松江市乃白町に鎮座する野白神社。
38 松江市和多見町に鎮座する賣布神

阿太加夜《あだかや》の社[69]　須多《すた》の下《しも》の社[70]
河原《かはら》の社[71]　布宇《ふう》の社[72]
末那為《まなゐ》の社[73]　加和羅《かわら》の社[74]
笠柄《かさから》の社[75]　志多備《したび》の社[76]
食師《みけし》の社[77]　以上《かみ》の一十九所《ところ》は、並《なら》びに神祇官《かみつかさ》に在らず

社。
39 松江市宍道町白石に鎮座する佐為神社。
40 安来市西松井町に鎮座する出雲路幸神社。
41 松江市八雲町平原に鎮座する宇留布神社。
42 既出。揖夜神社。

43 松江市玉湯町玉造に鎮座する玉作湯神社。／44 松江市玉湯町布志名に鎮座する布志名大穴持神社。／45 同前。／46 既出、野白神社。／47 既出、佐久多神社。／48 既出、意多支神社。／49 松江市八雲町熊野大社境内に鎮座する伊邪那美神社に合祀。／50 同前。／51 同前。／52 同前。／53 同前。／54 松江市八雲町西岩坂に鎮座する磐坂神社。／55 松江市佐草町に鎮座する八重垣神社、あるいは松江市大草町に鎮座する六所神社か。／56 松江市東津田町に鎮座する鷹日神社。／57 松江市古志原町に鎮座する山代神社。／58 松江市東出雲町下意東に鎮座する筑陽神社。／59 松江市宍道町西来待に鎮座する宇由比神社。／60 安来市吉佐町に鎮座する支布佐神社。／61 松江市八雲町東岩坂に鎮座する毛杜神社。／62 松江市八雲町東岩坂に鎮座する那富乃夜神社。／63 既出、支布佐神社。／64 松江市八雲町平原に鎮座する宇留布神社。／65 松江市八雲町西岩坂に鎮座する田村神社。／66 松江市東出雲町上意東に鎮座する市穂神社。／67 同前。／68 既出。揖夜神社。／69 松江市東出雲町出雲郷に鎮座する阿太加夜神社。／70 松江市東出雲町須田に鎮座する須多神社。／71 松江市八雲町東岩坂に鎮座する河原神社。／72 松江市玉湯町林に鎮座する布宇神社。／73 既出。真名井神社。／74 松江市八幡町に鎮座する高良神社。／75 松江市八雲町東岩坂に鎮座する笠柄神社。／76 松江市八雲町西岩坂に鎮座する志多備神社。／77 安来市飯生町に鎮座する意多伎神社境内に鎮座する食師神社。

長江《ながえ》山《やま》[1]。郡家《こほりのみやけ》の東南五十里。水精《みづとるたま》[2]有《あ》り。

暑垣山《あつがきやま》[3]。郡家の正東二十里八十歩。烽《とぶひ》[4]有り。

高野《たかの》山《やま》[5]。郡家の正東一十九里。

熊野《くまの》山《やま》[6]。郡家の正南一十八里。檜《ひのき》[7]・檀《まゆみ》[8]有り。所謂《いはゆる》熊野大神《くまののおほかみ》の社、坐《ま》す。

久多美山《くたみやま》[9]。郡家の西南二十三里。社《やしろ》有り。

玉作山《たまつくりやま》[10]。郡家の西南三十二里。社有り。

神名樋野《かむなびの》[11]。郡家の西北三里一百二十九歩。高《たか》さ八十丈《つゑ》、周《めぐ》り六里三十二歩。東《ひむがし》に松《まつ》有り。三つの方《かた》は並びに茅《ち》[12]有り。

凡《すべ》て、諸《もろもろ》の山野《やまの》に在《あ》る所《ところ》の草木《くさき》は、麦門冬《やますげ》[13]、独活《つちたら》[14]、石斛《いはくすり》[15]、前胡《のせり》[16]、高梁薑《かはねくさ》[17]、連翹《いたちくさ》[18]、黄精《あまな》[19]、百部根《ほとづら》[20]、貫衆《おにわらび》[21]、白朮《をけら》[22]、署預《やまついも》[23]、苦参《くらら》[24]、細辛《みらのねくさ》[25]、商陸《いをすき》[26]、藁本《さはそらし》[27]、玄参《おしくさ》[28]、五味子《さねかづら》[29]、黄芩《ひひらぎ》[30]、葛根《くずのね》[31]、牡丹《ふかみぐさ》[32]、藍漆《やまあゐ》[33]、薇《わらび》[34]、藤《ふぢ》[35]、李《すもも》[36]、檜《ひのき》[37]字、或《ある》は梧に作る、杉《すぎ》[38]字、或は相に作る、赤桐《あかぎり》[39]、白桐《あをぎり》[40]、楠《くす》[41]、椎《しひ》[42]、海榴《つばき》[43]字、或は椿に作る、楊梅《やまもも》[44]、松《まつ》[45]、栢《かへ》[46]字、或は榧に作る、蘗《きはだ》[47]、槻《つき》[48]。禽獣《とりけもの》は、鵰《わし》、

1 安来市伯太町の永江山。
2 水晶。
3 安来市能義町の車山。
4 狼煙を上げるための軍事的施設。
5 松江市東出雲町と安来市広瀬町の境の京羅木山。
6 松江市東出雲町と安来市広瀬町の天狗山。熊野大社の旧鎮座地。
7 ヒノキ。
8 マユミ。弓の材にされた木。
9 松江市東忌部町にある山。
10 松江市玉湯町の花仙山。
11 松江市山代町の茶臼山。カムナビは神が降臨し鎮座する場所をいう。
12 チガヤ。
13 ユリ科のジャノヒゲ。薬草として用いられた。
14 セリ科のシシウド。薬用・食用。
15 ラン科のセッコク。薬用。
16 セリ科のノダケ。薬用。
17 ショウガ科のクマタケラン。薬用。
18 オトギリソウ科のトモエソウ。薬用。
19 ユリ科のナルコユリ。薬用。
20 ビャクブ科のビャクブ。薬用・害虫駆除。

晨風《はやぶさ》字、或は隼に作る、山鶏《やまどり》、鳩《はと》、鶉《うづら》、鶬《ひばり》字、或は離黄に作る、鵄鴟《づく》横致に作る。悪しき鳥なり、熊《くま》、狼《おほかみ》、猪《ゐ》、鹿《しか》、兎《うさぎ》、狐《きつね》、飛鼯《むささび》字、或は猵に作り、蝠に作る、獼猴《さる》の族《やから》あり。至《いた》りて繁《さは》にして、全くは題《しる》す可《べ》からず。

21 オシダ科のヤブソテツ。薬用・害虫駆除。

22 キク科のオケラ。薬用。

23 ヤマイモまたはナガイモ。食用。

24 マメ科のクララ。薬用。

25 ウマノスズクサ科のウスバサイシン。薬用。

26 ヤマゴボウ科のヤマゴボウ。薬用。／27 セリ科のカサモチ。薬用。／28 ゴマノハグサ科のゴマノハグサ。薬用。／29 モクレン科のサネカズラ。薬用。／30 シソ科のコガネバナ。薬用。／31 マメ科のクズ。薬用・食用。／32 ボタン科のボタン。薬用。／33 未詳。タデ科のタデアイなどに擬する説がある。それによれば薬用と染料として利用された植物。／34 ウラボシ科のワラビ。食用。薬用。／35 マメ科のヤマフジ。／36 バラ科のスモモ。／37 ヒノキ。／38 スギ科のスギ。／39 トウダイグサ科のアブラギか。種子から油が採れる。／40 ゴマノハグサ科のキリ。材木。／41 クスノキ科のクスノキ。／42 ブナ科のシイ。／43 ツバキ科のツバキ。／44 ヤマモモ科のヤマモモ。／45 マツ科のアカマツ・クロマツ。／46 イチイ科のカヤ。／47 マツカゼソウ科のキハダ。薬用。／48 ケヤキ。

伯太川《はたがは》[1]。源《みなもと》は仁多《にた》と意宇《おう》との二つの郡の堺《さかひ》なる葛野山《かづのやま》[2]より出《い》で、流《なが》れて母理《もり》、楯縫《たてぬひ》、安来《やすき》の三つの郷を経《へ》て、入海《いりうみ》[3]に入《い》る。年魚《あゆ》[4]、伊久比《いぐひ》[5]有り。

山国川《やかくにがは》[6]。源《みなもと》は郡家《こほりのみやけ》の東南三十八里なる枯見山《うらみやま》[7]より出で、

1 安来市伯太町東部を流れる伯太川。

2 安来市伯太町と広瀬町の間にある山。

3 今の中海。

4 鮎。

5 コイ科のウグイ。

6 安来市の吉田川。

北へ流れて伯太川に入る。

飯梨河《いひなしがは》[8]。源は三つ有り。一つの水源は仁多《にた》、大原《おほはら》、意宇《おう》の三つの郡の堺なる田原《たはら》[9]より出で、一つの水源は枯見より出で、一つの水源は仁多《にた》の郡の玉嶺山《たまみねやま》[10]より出づ。三つの水合《みづあ》ひて、北へ流れて入海に入る。年魚《あゆ》、伊具比《いぐひ》有り。

筑陽川《つきやがは》[11]。源は郡家の正東一十里一百歩なる荻山《おぎやま》[12]より出で、北へ流れて入海に入る。年魚有り。

意宇河《おうがは》[13]。源は郡家の正南一十八里なる熊野山[14]より出で、北へ流れて入海に入る。年魚、伊具比有り。

野代川《のしろがは》[15]。源は郡家の西南一十八里なる須我山《すがやま》[16]より出で、北へ流れて入海に入る。

玉作川《たまつくりがは》[17]。源は郡家の正西一十九里なる□志山[18]より出で、北へ流れて入海に入る。年魚有り。

来待川《きまちがは》[19]。源は郡家の正西二十八里なる和奈佐山《わなさやま》[20]より出で、西へ流れて山田《やまだ》の村《むら》[21]に至《いた》り、更《さら》に折《を》れて北へ流れて入海に

7 安来市伯太町の宇波山。
8 安来市を流れる飯梨川。
9 安来市広瀬町の三郡山。
10 仁多郡奥出雲町亀嵩の東の境にある玉峰山。
11 松江市東出雲町を流れる意東川。
12 松江市八雲町東岩坂の星上山。
13 松江市東部で中海に入る意宇川。
14 既出。
15 松江市西部で宍道湖に注ぐ忌部川。
16 松江市八雲町と雲南市大東町の境の八雲山。
17 玉造温泉を流れる玉湯川。
18 写本では「志山」。諸説あるが未詳。
19 松江市宍道町を流れて宍道湖に注ぐ来待川。
20 松江市宍道町上来待町和名佐の北の山。
21 松江市宍道町菅原。「村」は、国・郡・郷という律令の行政区画とは異なった地理的単位。文化的生活のまとまりを指す。
22 松江市宍道町を流れる佐々布川。宍道湖に注ぐ。
23 松江市宍道町上来待の南境にある丸倉山。

入る。年魚有り。
宍道川《ししぢがは》。[22] 源は郡家の正西三十八里なる幡屋山《はたややま》[23]より出で、
北へ流れて入海に入る。魚《いを》なし。
津間抜《つまぬき》の池《いけ》。[24] 周り二里四十歩。鳧《たかべ》、鴨《かも》、[25] ⿰魚斤蔘《せり》有り[26]。
真名猪《まなゐ》の池。[27] 周り一里。

北は入海《いりうみ》。[1]
門江《かどえ》の浜《はま》。[2] 伯耆《ははき》と出雲との二つの国の堺なり。東より西へ行く。
粟島《あはしま》。[3] 椎《しひ》、松《まつ》、多年木《あはぎ》、[4] 宇竹《おほたけ》、[5] 真前《まさき》[6] 等《ども》の葛《かづら》有り。
砥神島《とかみしま》。[7] 周り三里一百八十歩、高さ六十丈。椎、松、莘《みらのねぐさ》、[8]
薺頭蒿《おはぎ》、[9] 都波《つは》、[10] 師太《しだ》[11] 等《ども》の草木有り。
加茂島《かもしま》。[12] 既《すで》に礒《いそ》なり。[13]
子島《こしま》。既に礒なり。[14]
羽島《はしま》。[15] 椿《つばき》、比佐木《ひさぎ》、[16] 多年木《あはぎ》、蕨《わらび》、薺頭蒿《おはぎ》有り。
塩楯島《しほたてしま》。[17] 蔘螺子《たでにし》、[18] 永蔘《ながたで》[19] 有り。

24　未詳。
25　カモ科のコガモ。
26　諸説あるが未詳。
27　松江市矢田町の蟹穴池。

1　中海と宍道湖を合わせた古代の呼称。
2　安来市東部門生から吉佐の浜。
3　鳥取県米子市彦名町の淡島。伯耆の国に属した。
4　未詳。
5　未詳。
6　マサキノカズラなどの蔓草。
7　安来市安来港の東北。今は陸続きになっている。
8　既出の「細辛」に同じ。
9　キク科のヨナメ。
10　キク科のツワブキ。食用。
11　ウラジロ科のウラジロ。
12　安来市の亀島。
13　全体が岩礁になっている。
14　未詳。
15　安来市飯島町の権現山。今は陸続きとなっている。
16　ノウゼンカズラ科のキササゲ。
17　松江市の大橋川に浮かぶ塩楯島。

野代《のしろ》の海の中に、[20]蚊島《かしま》あり。[21]周り六十歩。中央《まなか》は涅土《くろつち》にして、四方《よも》は並びに礒なり。中央に手掬《たつか》[22]許《ばかり》なる木一株《ひともと》有るのみ。其《そ》の礒に螺子《にし》、海松《みる》[23]有り。

茲《ここ》より西《にし》の浜は、或は峻崛《さが》しく、[24]或は平土《たひら》にして、並びに是れ、通道《かよひぢ》[25]の経《ふ》る所なり。

通道《かよひぢ》。

国の東《ひむがし》の堺なる手間《てま》の剗《せき》[1]に通《かよ》ふ、三十一里一百八十歩。
大原《おほはらのこほり》　郡の堺なる林垣《はやしがき》の峰《みね》[2]に通ふ、三十二里二百歩。
出雲《いづもの》郡の堺なる佐雑《ささふ》の埼《さき》[3]に通ふ、三十二里三十歩。
島根《しまねの》郡の堺なる朝酌《あさくみ》の渡《わたり》[4]に通ふ、四里二百六十歩。
前《さき》の件《くだり》の一つの郡《こほり》[5]は、入海の南にして、此《こ》は則《すなは》ち国廓《くにのまつりごとどの》[6]なり。

郡司《こほりのつかさ》[7]　主帳《しゆちやう》[8]
无位《むゐ》海臣《あまのおみ》、无位出雲臣《いづものおみ》

18　巻き貝（ニシ貝）。
19　タデ科のヤナギタデ。薬用。
20　松江市乃木の湖岸のあたりの呼称。
21　宍道湖に浮かぶ嫁ヶ島。
22　手の一握り。
23　海藻。
24　高く険しい。
25　当時の公道。

1　現在の安来市伯太町にあった関所。剗は「令義解」職員令（大国条）によれば柵などを備えた関所。
2　松江市玉湯町から雲南市大東町に越える山。
3　宍道町佐々布と伊志見の間の山。
4　松江市大橋川河口の渡し場。
5　意宇郡を指す。この記述について、植垣節也は「風土記成立の過程の何らかの反映であろう」（新編全集本頭注）と述べている。
6　国庁。ただしこの本文校訂に関しては諸説あり、いまだ定説がない。
7　郡の役人。
8　郡の役人四等官「大領・少領・主政・主帳」の第四等官。文章起案などを職務とする。

少領《すけのみやつこ》[9] 従七位上勲十□等出雲臣
主政《まつりごとひと》[10] 外少初位上勲十□等[11]林臣
擬主政《かりのまつりごとひと》 无位出雲臣

島根郡《しまねのこほり》[1]

合《あわ》せて郷《さと》八、里《こざと》二十四。余戸《あまりべ》一、駅家《うまや》一。
朝酌《あさくみの》郷。今《いま》も前《さき》に依《よ》りて用《もち》ゐる。
山口《やまぐちの》郷。今も前に依りて用ゐる。
手染《たしみの》郷。今も前に依りて用ゐる。
美《み》保《ほの》郷。今も前に依りて用ゐる。
方結《かたえの》郷。今も前に依りて用ゐる。
加賀《かがの》郷。本《もと》の字《まな》は加々。
生馬《いくまの》郷。今も前に依りて用ゐる。

9　郡の役人四等官「大領・少領・主政・主帳」の第二等官。郡の次官。
10　郡の役人四等官「大領・少領・主政・主帳」の第三等官。
11　写本に「勲業」とあり、古くから研究者を悩ませてきた。この問題を解決したのは、倉野本を精査した田中卓による発見。その説に従う。

島根郡
1　島根半島の東部。

法吉郷《ほほきの》。今も前に依りて用ゐる。以上《かみ》の八、郷別《さとごと》に里三《こざと》。

余戸《あまりべの》里。

千酌駅家《ちくみのうまや》。

島根郡と号《なづ》けし所以は、国引き坐しし八束水臣津野命《やつかみづおみつののみこと》2の詔《の》りたまひて、負《おほ》せ給ふ名なり。故《かれ》、島根といひき。

朝酌郷《あさくみの》3。郡家《こほりのみやけ》の正南一十里六十四歩。熊野大神命《くまののおほかみのみこと》4、詔《の》りたまひて、朝御餼《あさみけ》の勘養《かむかひ》、夕御餼《ゆふみけ》5の勘養《かむかひ》6に、五つの贄《にへ》の緒《を》7の処《ところ》を定め給ひき。故、朝酌と云ひき。

山口郷8。郡家の正南四里二百九十八歩。須佐能袁命《すさのをのみこと》9の御子、都留支日子命《つるきひこのみこと》10詔りたまひしく、「吾が敷き坐す11山口12の処在《ところな》り」と詔りたまひて、故、山口と負せ給ひき。

手染郷《たしみの》13。郡家の正東一十里二百六十四歩。天の下所造《つく》らしし大神命《おほかみのみこと》14、詔りたまひしく、「此の国は、丁寧《たし》15に所造《つく》れる国在《な》り」と詔りたまひて、故《かれ》、丁寧《たし》と負《おほ》せ給ひき。而《しか》し

2 既出。
3 松江市朝酌町・福富町・大井町・大海崎町のあたり。
4 既出。
5 神の供える朝夕の食事。
6 神の食事に供える穂がついたままの稲。「かひ」は、穂先の意。
7 「にへ」は神に供える新穀。「緒」は「伴の緒」の「を」。一定の職についている部族的なまとまり。
8 松江市上東川津町をはじめとする地域。
9 既出。
10 他に見えない神。
11 領有する。
12 山と平地の境界に当たる出入り口。境界領域として神が祀られる場所。
13 松江市上宇部尾町から美保関町のあたり。
14 既出。出雲国を代表する神。
15 確かに、充分に、の意。
16 松江市美保関町。島根半島の東端。
17 既出。今の北陸地方の国を指す。
18 他に見えない神。
19 他に見えない神。
20 『記』に、八千矛神が求婚に出か

て今の人猶《なほ》手《た》染《しみ》の郷と謂《い》ふのみ。即《すなは》ち正倉《みやけ》あり。

美《み》保《ほの》郷16。郡家の正東二十七里一百六十四歩。天の下所造《つく》らしし大神命《おほかみのみこと》、高志《こし》国17に坐す神、意支都久辰為命《おきつくしゐのみこと》18の子、俾都久辰為命《へつくしゐのみこと》19の子、奴奈宜波比売命《ぬながはひめのみこと》20に娶《あ》ひて、産《う》ま令《し》めし神、御穂須々美命《みほすすみのみこと》21、是《こ》の神坐《いま》す。故《かれ》、美保といひき。

方結郷《かたえの》22。郡家の正東二十里八十歩。須佐袁命《すさのをのみこと》の御子、国忍別命《くにおしわけのみこと》23、詔《の》りたまひしく、「吾が敷《し》き坐す地《くに》は、国形《くにがた》24宜《え》し」とのりたまひき。故《かれ》、方結《かたえ》と云ひき。

加賀郷《かかの》25。

生馬郷《いくまの》26。郡家の西北一十六里二百九歩。神魂命《かむむすひのみこと》27の御子《みこ》、八尋鉾長依日子命《やひろほこながよりひこのみこと》28、詔りたまひしく、「吾《あ》が御子《みこ》、平明《やすら》かにして憤《いく》まず」と詔りたまひき。故《かれ》、生馬《いくま》と云ひき。

法吉郷《ほほきの》29。郡家の正西一十四里二百三十歩。神魂命の御子、宇武賀比売命《うむかひめのみこと》30、法吉鳥《ほほきどり》31と化《な》りて飛び度り、此処《ここ》に静まり坐しき。故、法吉と云ひき。

けたと伝える高志の国の沼河比売と同神であろう。
21 美保社に鎮座する神。
22 松江市美保関町の七類のあたり。
23 方結社に鎮座する神。
24 国の地形。
25 この郷の由来記事、底本の細川家本では脱落している。万葉緯本などに記された加賀郷由来記事は、近世になって補訂されたとする平野卓治説に従い、脱落のままとする。なお、万葉緯本の記述は以下の通り。「加賀郷郡家北西二十四里一百六十歩佐賀地賣命闇岩屋哉詔金弓以射給時光加加明也故云加加」。
26 松江市西生馬町・東生馬町のあたり。
27 『記』の造化三神、神産巣日神と同神か。
28 他に見えない神。
29 松江市法吉町のあたり。
30 『記』の蛤貝比売と同神。『記』では、大穴牟遅神が兄弟の八十神の迫害を受けて殺害された時、𧏛《きさ》貝比売とともに大穴牟遅神を蘇生させたとある。
31 ウグイス。

余戸《あまりべの》郷。名を説《と》くこと、意宇《おう》の郡《こほり》の如《ごと》し。

千酌駅《ちくみのうまや》。[32] 郡家の東北一十九里一百八十歩。伊差奈枳命《いざなきのみこと》[33]の御子《みこ》、都久豆美命《つくつみのみこと》[34]、此処《ここ》に坐す。然《しか》れば、則《すなは》ち都久豆美《つくつみ》と謂《い》ふ可《べ》きを、今の人猶《なほ》千酌《ちくみ》と号《なづ》くるのみ。

大埼《おほはし》の社《やしろ》[1]　太埼川辺《おおはしのかはべ》の社[2]

朝酌下《あさくみのしもの》社[3]　努那弥《ぬなみ》の社[4]

椋見《くらみ》の社[5]　以上四十五所[6]、並びに神祇官《かみつかさ》に在らず。

32 松江市美保関町千酌・笠浦などのあたり。なお、底本巻末訳の記述では「一十七里一百八十歩」とある。

33 既出。

34 他に見えない神。

1 松江市島根町大芦に鎮座する大埼神社。

2 松江市島根町大芦に鎮座する大埼川邊神社。

3 松江市朝酌町に鎮座する多賀神社。

4 松江市島根町野波に鎮座する奴奈弥神社。

5 松江市新庄町に鎮座する久良彌神社。／6 底本では神社記載に脱落があり、倉野本では貼紙に神社名を記し補訂している。諸注釈はこの補訂に従って脱落を補っている。それによって補われたのは、以下の通りである。なお、この本文脱落については、関和彦「『出雲国風土記』の完本性」、内田賢徳「『出雲国風土記』本文について」などの詳しい研究がある。【補われた社】布自伎弥社・多気社・久良弥社・同波夜都武志社・川上社・長見社・門江社・横田社・加賀社・尓佐社・尓佐加志能為社・法吉社・生馬社・美保社（以上は神祇官に在る社）大井社・阿羅波比社・三保社・多久社・蜛蝫社・同蜛蝫社・質留比社・方結社・玉結社・川原社・虫野社・持田社・加佐奈子社・比加夜社・須義社・伊奈須美社・伊奈阿気社・御津社・比津社・玖夜社・同玖夜社・田原社・生馬社・布奈保社・加茂志社・一夜社・小井社・加都麻社・須衛久社・朝酌社（以上は神祇官にない社）

布自枳美高山《ふじきみのたかやま》。[1]郡家《こほりのみやけ》の正南七里二百一十歩。高さ二百七十丈《つゑ》、周《めぐ》り一十里。[2]烽《とぶひ》有り。

女岳山《めだけやま》。[3]郡家の正南二百三十歩。

蝨野《むしの》。[4]郡家の西南三里一百歩。樹木《き》无《な》し。

毛志山《もしやま》。[5]郡家の正北一里。

大倉山《おほくらやま》。[6]郡家の東北九里一百八歩。

糸江山《いとえやま》。[7]郡家の東北二十六里三十歩。

小倉山《をぐらやま》。[8]郡家の正東二十四里一百六十歩。

凡《すべ》て諸《もろもろ》の山に在る所の草木は、白朮《をけら》、麦門冬《やますげ》、藍漆《やまあゐ》、五味子《さねかづら》、苦参《くらら》、独活《つちたら》、葛根《くずのね》、署預《やまついも》、卑解《おにところ》、[9]狼毒《やまくさ》、[10]杜仲《はひまゆみ》、[11]芍薬《えびすくすり》、[12]柴胡《のぜり》、[13]百部根《ほとづら》、石斛《いはくすり》、藁本《さはそらし》、藤《ふぢ》、李《すもも》、赤桐《あかぎり》、白桐《あをぎり》、海柘榴《つばき》、楠《くす》、楊《やまもも》、松《まつ》、栢《かへ》なり。禽獣《とりけもの》は、鷲《わし》字を或は鵰に作る、隼《はやぶさ》、山鶏《やまどり》、鳩《はと》、雉《きぎし》、猪《ゐ》、鹿《しか》、猿《さる》、飛鼯《むささび》有り。

水草河《みくさがは》。[14]源《みなもと》は二つ。一つの水源は郡家の北三里一百八十歩毛《も》志山《しやま》より出《い》で、一つの水源は郡家の西北六里一百六十歩同じき毛志山

1　松江市東部の嵩山。
2　「二十里」は底本による。ただし、服部旦の実測によれば「二十里」が正しいという。
3　所在については諸説ある。
4　松江市西持田町和田上・和田下のあたり。
5　松江市坂本町の澄水山。
6　松江市枕木町の枕木山。
7　枕木山島根町三坂山。
8　松江市島根町の大平山。
9　ヤマイモ科のトコロ。食用。薬用。
10　未詳。
11　ニシキギ科のマサキ。薬用。
12　未詳。
13　セリ科のミシマサイコ。薬用。
14　朝酌川の上流での名称。

より出づ。二つの水合《あ》ひて南へ流れて、入海《いりうみ》[15]に入《い》る。鮒《ふな》有り。

長見《ながみ》川[16]。源は郡家の東北九里一百八十歩なる大倉山《おほくらやま》より出で、東へ流る。

大鳥《おほとり》川[17]。源は郡家の東北一十二里一百一十歩なる墓野《はかの》山[18]より出で、南へ流る。二つの水合ひて東へ流れて、入海に入る。

野浪《のなみ》川[19]。源は郡家の東北二十六里三十歩なる糸江《いとえ》山より出で、西へ流れて大海《おほうみ》[20]に入る。

加賀《かが》川[21]。源は郡家の正北二十四里一百六十歩なる小倉《をぐら》山より出で、北へ流れて大海に入る。

多久川[22]。源は郡家の西北二十四里なる小倉山より出で、西へ流れて秋鹿《あきか》郡《こほり》佐太《さだ》の水海《みづうみ》に入る。以上《かみ》の六《む》つの川は、並びに魚《うを》无《な》し。少々川《ささがは》[23]なり。

法吉《ほほき》の坡《つつみ》[24]。周り五里、深さ七尺許《ばかり》。鴛鴦《をし》、鳧《たかべ》、鴨《かも》、鮒《ふな》、須我毛《すがも》[25]有り。夏の節《とき》に当《あた》りて尤《もと》も美《うま》き菜《な》在り。

15 朝酌川が注ぐあたりは古代では宍道湖の一部だった。
16 松江市の長海川。
17 以前は長見川の支流だった川。
18 松江市美保関町の忠山。
19 松江市の里路川。
20 日本海。
21 松江市の澄水川。
22 松江市の講武川。
23 小川。
24 松江市内中原町から法吉町のあたり。
25 未詳。

前原《さきはら》の坡[26]。周り二百八十歩。鴛鴦、鳬、鴨等《ども》の類《たぐひ》有《あ》り。
張田《はりた》の池《いけ》[27]。周り一里三十歩。
匏《ひさご》の池[28]。周り一里二百一十歩。蔣《まこも》[29]生《お》ふ。
美能夜《みのや》の池[30]。周り一里。
口《くち》の池[31]。周り一百八十歩。蔣、鴛鴦有り。
敷田《しきた》の池[32]。周り一里。鴛鴦有り。

南は入海《いりうみ》[1]。西より東へ行く。

朝酌《あさくみ》の促戸《せと》[2]。東《ひむがし》に通道《かよひぢ》[3]有《あ》り、西に平原《はら》在《あ》り、中央《まなか》は渡《わたり》なり。筌《うへ》[4]を東西《ひむがしにし》に亘《わた》し、春秋《はるあき》に入《い》れ出だす。大《おほ》き小《ち》き雑《くさぐさ》の魚《うを》、臨時《とき》に来湊《きあつまり》て、筌《うへ》の辺《ほとり》に駈駭《はしりおどろ》[5]き、風を圧《お》し水を衝《つ》く。或《ある》は筌《うへ》を破壊《やぶ》り、或は罷《あみ》[6]を裂《さ》破く。是《ここ》に捕《と》らゆる大《おほ》き小《ち》き雑《くさぐさ》の魚《うを》に、浜譟《はまさわ》がしく家闐《いえにぎは》ひ、市人四《いちびとよも》より集《つど》ひ、自然鄽《おのづからいちくら》[7]を成《な》す。茲《ここ》より東に入り、大井《おほゐ》の浜に至る間《あひだ》、南と北と二つの浜は、並びに白魚《しろを》を捕《と》る。水深し。

26　松江市大海崎町のあたり。
27　松江市西生馬町の半田池。
28　松江市浜佐田町の柄杓池。
29　イネ科のマコモ。
30　未詳。
31　未詳。
32　未詳。

1　中海。
2　松江市矢田町のあたり。促戸は両岸が迫っていて狭く流れの速い場所。海峡のこと。
3　当時の公道。既出。
4　竹を編んだ漁具。
5　魚が勢いよく跳ねるさま。『文選』西京賦に例がある。訓は日御碕本による。
6　底本「製日鹿」とあり、意味が通じない。「罷」の誤写とする新編全集本に従う。漁網。
7　商いをする店。

朝酌《あさくみ》の渡《わたり》。[8] 広さ八十歩許《ばかり》。国庁《くにのまつりごとどの》より海辺に通ふ道なり。

大井《おほゐ》の浜。[9] 海鼠《こ》、[10] 海松《みる》有り。又《また》、陶器《すゑもの》[11]を造る。

邑美《おほみ》の冷水《しみづ》。[12] 東と西と北は山。並びに嵯峨《さが》しく、[13] 南は海澶漫《ひろ》く、[14] 中央《まなか》は鹵《かた》[15]にして、灠磷《いずみきよ》々し。[16] 男《をのこ》も女《をみな》も老《お》いたるも少《わか》きも、時々に叢集《つど》ひて、[17] 常《つね》に燕会《うたげ》[18]する地《ところ》なり。

前原《さきはら》の埼《さき》。[19] 東と西と北は並びに巃嵸《さが》しく、[20] 下は陂《つつみ》有り。周《めぐ》り二百八十歩、深さ一丈五尺許《ばかり》。三つの辺《ほとり》は草木、自《おのづ》から涯《きし》に生《お》ふ。鴛鴦《をし》、鳧《たかべ》、鴨《かも》、随時《ときのまにま》に常《つね》に住《す》む。[21] 陂《つつみ》の南は海なり。陂と海との間《あひだ》の浜、東西の長さ一百歩、南北の広さ六歩。肆《なら》べる[22]松蓊鬱《しげ》り、[23] 浜鹵《なぎさ》淵《ふか》く澄《す》む。男《をとこ》も女《をみな》も随時《ときのまにま》に叢會《つど》ひ、或《ある》は愉樂《たのしみ》て帰り、或は耽遊《ふけ》りて[24]皈《かへ》るを忘《わす》る。常《つね》に燕喜《うたげ》する地《ところ》なり。

蜛蝫嶋《たこしま》。[25] 周《めぐ》り一十八里《さと》一百歩《あし》、高さ三丈《つゑ》、古老《ふるおきな》の伝《つた》へて云《い》はく、出雲《いづも》の郡杵築《こほりきづき》の御埼《みさき》[26]に蜛蝫《たこ》在《あ》り。天《あめ》の羽《は》合鷲《あひわし》[27]掠《と》

8　既出の朝酌の促戸の東にあった公用の渡し。
9　松江市大井町の浜。
10　ナマコ。食用。
11　この付近には古代の須恵器窯跡が多く存在している。
12　松江市大海崎町の清水。
13　高く険しいさま。
14　広く大きいさま。『文選』西京賦に「澶漫靡迤」とある。
15　塩分を含んだ地。
16　水の中で石が輝くさま。清らかな流れの描写。「磷々」は『文選』に例がある。
17　人々が集うさま。「叢集」は『文選』景福殿賦に例がある。
18　酒宴を催すこと。
19　松江市大海崎町の海岸。「まえはら」と訓んで、別の場所とする説もある。
20　険しいさま。『文選』上杯賦に例がある。
21　その時期ごとに、常に住んでいる、の意。
22　つらなる。
23　おいしげるさま。『文選』南都賦

て、此《こ》の嶋に止《とど》まりき。故《かれ》、蜛蝫嶋《たこしま》と云《い》ひり持《も》の人、猶《なほ》し誤《あやま》りて栲嶋《たくしま》と号《なづ》くるのみ。土地《つち》豊沃《こ》えたり。西の辺《へ》に松二株《ふたもと》あり。以外《このほか》、茅《ち》、莎《くぐ》[28]、薺頭蒿《おはぎ》、蕗等《ふふきども》の類《たぐひ》、生《お》ひ靡《なび》く。即《すなは》ち、牧《むまき》[29]有り。陸《くが》を去《さ》ること三里。

蜈蚣嶋《むかでしま》[30]。周り五里一百三十歩、高さ二丈。古老《ふるおきな》の伝へて云《い》はく、蜛蝫《たこ》嶋《しま》に有《あ》りし蜛蝫《たこ》、蜈蚣《むかで》を食《く》ひ来て、此《こ》の島《しま》に止《とど》まり居《を》りき。故《かれ》、蜈蚣嶋《むかでしま》と云《い》ひき。東の辺《へ》に神《かむ》つ社《やしろ》[31]あり。以外《このほか》は皆悉《ことごと》に百姓《おほみたから》[32]の家なり。土体《つち》豊沃《こ》え、草木扶蔬《しげ》りて[33]、桑《くは》、麻豊富《あさゆたか》なり。此《こ》は所謂《いはゆる》嶋の里是《これ》[34]なり。津《つ》を去ること二里一百歩。此《こ》の嶋より、伯耆《ははき》の国郡内《くぬち》の夜見《よみ》の嶋[35]に達《いた》るまで、盤石《いは》二里許《さとばかり》、広《ひろ》さ六十歩許《あしばかり》、馬《うま》に乗《の》り猶《なほ》往来《かよ》ふ。塩満《しほみ》つ時は、深さ二尺《さか》五寸許《きばかり》、塩乾《しほふ》る時は、已《すで》に陸地《くが》のごとし。

和多々《わただ》嶋[36]。周り三里二百二十歩。椎《しひ》、海石榴《つばき》、白桐《あをぎり》、松《まつ》、芋菜《いへついも》[37]、薺頭蒿《おはぎ》、蕗《ふふき》、都波《つは》、猪《ゐ》、鹿《しか》有り。陸《くが》を去る、渡《わた》り十歩。深《ふか》き浅《あさ》きを知らず。

に例がある。
24 楽しみに夢中になるさま。
25 中海の大根島。「蜛蝫」は蛸。
26 島根半島西端の日御碕。
27 羽根の大きな鷲。
28 カヤツリグサ科のハマスゲ。
29 牧場。
30 中海の江島。
31 蜛蝫の社。
32 一般民衆。
33 草木が茂るさま。
34 郡郷制度の里ではないと思われる。集落の意であろう。
35 米子市北部の弓ヶ浜。古代は島であった。
36 松江市美保関町の和田多鼻。
37 サトイモ科のサトイモ。

美佐嶋《みさ》38。周り二百六十歩、高さ四丈《つゑ》。椎《しひ》、樫《かし》39、茅《ち》、葦《あし》40、都《つ》波《は》、薺頭蒿《おはぎ》有り。

戸江《とえ》の剗《せき》41。郡家の正東二十里一百八十歩。嶋に非《あら》ず。陸地《くが》の浜《はま》のみ。伯耆《ははき》の郡内《くぬち》の夜見《よみ》の嶋《しま》に相向《あひむ》かはむ間《ほど》なり。

栗江《くりえ》の埼《さき》42。夜見《よみ》の嶋に相向《あひむか》ふ。促戸《せと》43の渡《わたり》、二百一十六歩《あし》。埼《さき》の西は、入海《いりうみ》の堺《さかひ》44なり。

凡《すべ》て、南の入海《いりうみ》在《あ》るところの雑《くさぐさ》の物《もの》は、入鹿《いるか》45、和尓《わに》46、鯔《なよし》47、須受枳《すずき》48、近志呂《このしろ》49、鎮仁《ちに》50、白魚《しろを》51、海鼠《こ》52、鰝鰕《えび》53、海松《みる》54等《ども》の類《たぐひ》、至《いた》りて多《さは》にして。名《な》を尽《つく》すべからず。

北は大海《おほうみ》。埼《さき》1の東は、大海の堺《さかひ》なり。猶《なほ》西より東へ行く。

鯉石嶋《こひいし》2。海藻《にきめ》3生《お》ふ。

大嶋《おほしま》4。礒《いそ》5なり。

[illegible]《う》由《ゆ》比《ひ》の浜。6広さ八十歩《あし》。志毘魚《しび》7を捕《と》る。

[illegible]浜8。広さ八十歩。志毘魚を捕る。

38　和田多鼻の東南方の和名鼻。
39　ブナ科のカシ。
40　イネ科のアシ。
41　松江市美保関町森山の西南の岸のサルガ鼻のあたり。
42　松江市美保関町森山南方の岡鼻か。
43　前出、朝酌の促戸の渡参照。
44　中海と日本海の堺。
45　イルカ科のイルカ。
46　既出。サメのこと。
47　ボラ科のボラ。
48　スズキ科のスズキ。
49　ニシン科のコノシロ。
50　タイ科のクロダイ（チヌ）。
51　シラウオ。
52　既出。
53　エビ。
54　既出。

1　栗江の埼。
2　今は沈下してしまい定かでない。
3　コンブ科のワカメ。
4　今は沈下してしまい定かでない。
5　岩礁。
6　松江市美保関町の宇井浜。
7　サバ科のマグロ。

澹由比《たゆひ》の浜。[9] 広さ五十歩。志毘魚を捕る。

加努夜《かぬや》の浜。[10] 広さ六十歩。志毘魚を捕る。

美保《みほ》の浜。[11] 広さ一百六十歩。西に神《かむ》つ社《やしろ》有り。北に百姓《おほみたから》の家《いへ》あり。志毘魚を捕る。

美保《みほ》の埼《さき》。[12] 周《めぐ》りの壁《きし》、[13] 峙《さ》峠《が》しき定岳。[14]

等々《とど》嶋。[15] 禺々《とど》、[16] 当《いた》り住《す》めり。

土《つち》嶋。[17] 礒《いそ》なり。

久毛等《くもと》の浦《うら》。[18] 広さ一百歩。東より西へ行く。十の船泊《は》つべし。[19]

黒《くろ》嶋。[20] 海藻《にきめお》生ふ。

這田《はふた》の浜。[21] 長さ二百歩《あし》。

比佐《ひさ》嶋。[22] 紫菜《むらさきのり》、[23] 海藻《にきめお》生ふ。

長嶋。[24] 紫菜、海藻生ふ。

比売《ひめ》嶋。[25] 礒《いそ》なり。

結《ゆひ》の嶋門《しまと》[26] 嶋。周り二里《さと》三十歩、高さ一十丈《つゑ》。松、薺頭蒿《おはぎ》、都波《つは》有り。

8　未詳。松江市美保関町福浦のあたりかという。
9　松江市美保関町の長浜。
10　松江市美保関町の海崎。
11　松江市美保関町の浜。
12　松江市美保関町地蔵崎。
13　断崖絶壁。
14　諸注釈書、『爾雅』釈丘「左沢定丘」の疏により解釈しているが、従いがたい。難訓。
15　地蔵崎沖の、沖の御前島。
16　アシカ科のトド。
17　地蔵崎沖の、地の御前島。
18　松江市美保関町雲津浦の海岸。
19　十隻の船が停泊できる。の意。
20　松江市美保関町雲津の小青島。
21　松江市美保関町諸喰法田の法田浜。
22　松江市美保関町諸喰法田の平島。
23　アサクサノリなどウシケノリ科の海藻を指す。
24　松江市美保関町諸喰法田の松島。
25　法田海上にある市明島。
26　法田湾北方の青木島。「島門」は島と島との狭い海峡のこと。

御前《みさき》の小嶋[27]。礒なり。

質留比《しちるひ》の浦《うら》[28]。広さ二百二十歩。南に神《かむ》つ社《やしろ》あり。北に百姓《おほみたから》の家《いへ》あり。三十の船泊つべし。

久宇《くう》嶋[29]。周り一里三十歩、高さ七尺《さか》。椿《つばき》、椎《しひ》、白朮《をけら》、小竹《しの》、薺頭蒿《おはぎ》、都波《つは》、茅《ちあ》有り。

加多比《かたひ》嶋[30]。礒《いそ》なり。

船《ふな》嶋[31]礒なり。

屋《や》嶋[32]。周り二百歩、高さ二十丈《つゑ》。椿、松、薺頭蒿有り。

赤《あか》嶋[33]。海藻《にきめ》生《お》ふ。

宇気《うけ》嶋[34]。前《さき》に同じ。

黒《くろ》嶋[35]。前に同じ。

粟《あは》嶋[36]。周り二百八十歩、高さ一十丈《つゑ》。松、芋《いへついも》、茅、都波有り。

玉結《たまえ》の浜[37]。広さ一百八十歩。碁石《ごいし》[38]有り。東の辺《へ》に唐砥《からと》[39]有り。又《また》、百姓《おほみたから》の家在《あ》り。

27 諸説ある。
28 美保関町七類の浦。
29 七類湾の沖にある九島。
30 九島の東にある片島。
31 九島北の船島。
32 九島西の八島。
33 九島の西の赤島。
34 諸説ある。
35 松江市美保関町七類の沖にある大黒島。
36 松江市美保関町七類の青島。
37 松江市美保関町玉結の海岸。
38 囲碁に使用する石。
39 砥石。粗砥に使う砂岩。

小《こ》島[40]。周り二百四十歩、高さ一十丈《つゑ》。松、茅、薺頭蒿《おはぎ》、都《つ》波《は》有り。

方結《かたえ》の浜[41]。広さ一里八十歩。東と西に家有り。

勝間《かつま》の埼《さき》[42]。二つの窟《いはや》[43]有り。一つは高さ一丈《つゑ》五尺《さか》、裏《うち》の周り一十八歩、一つは高さ一丈五尺、裏の周り二十歩。

鳩《はと》嶋[44]。周り一百二十歩、高さ一十丈。都波、苡《おほばこ》[45]有り。

鳥《とり》嶋[46]。周り八十二歩、高さ一十五丈。鳥の栖《す》有り。

黒《くろ》嶋[47]。紫菜《むらさきのり》、海藻《にきめ》生ふ。

須義《すが》の浜[48]。広さ二百八十歩。

衣《きぬ》嶋[49]。周り一百二十歩。高さ五丈《つゑ》。中を鑿《うが》ち[50]、南北に船猶往来《なほかよ》ふ。

稲上《いなあげ》の浜[51]。広さ一百六十二歩。百姓《おほみたから》の家《いへ》有り。

稲積《いなづみ》嶋[52]。周り四十八歩、高さ六丈。松の木に鳥の栖《す》有り。中《なか》を鑿《うが》ち、南北に船猶往来《なほかよ》ふ。

大《おほ》嶋[53]。礒《いそ》なり。

40　玉結湾内の中島。
41　松江市美保関町片江の海岸。
42　美保関町片江と菅浦の間の岬。
43　現在も存在している。
44　松江市美保関片江と菅浦の沖にある蜂巣島。
45　オオバコ科のオオバコ。薬用。
46　松江市美保関町菅浦の鬼島。
47　鬼島北の大黒島。
48　松江市美保関町菅浦の浜。
49　菅浦湾の鞍島。服部旦は、ここに本文の乱れがある可能性を指摘している。
50　浅い場所を掘り下げた水路（服部旦説）。
51　美保関町北浦の稲積の浜。
52　北浦の奈倉鼻（服部旦説）。
53　諸説ある。服部旦によれば、前出の稲積嶋と順序が入れ替わっている可能性があるという。

千酌《ちくみ》の浜[54]。広さ一里六十歩。東に松林有り。南の方《かた》に駅家《うまや》[55]、北の方に百姓《おほみたから》の家《いへ》、郡家《こほりのみやけ》の東北一十七里一百八十歩。此は所謂《いはゆる》隠岐《おき》の国に度《わた》る津《つ》是《これ》なり。

加志《かし》嶋[56]。周り五十六歩、高さ三丈。松有り。

赤《あか》嶋[57]。周り一百歩、高さ一丈六尺《さか》。松有り。

葦浦《あしうら》の浜[58]。広さ一百二十歩。百姓の家有り。

黒《くろ》嶋[59]。紫菜《むらさきのり》、海藻《にきめお》生ふ。

亀《かめ》嶋[60]。前《さき》に同じ。

附《つき》嶋[61]。周り二里一十八歩、高さ一丈。椿《つばき》、松、薺頭蒿《おはぎ》、茅《ち》、葦《あし》、都波《つは》有り。其《そ》の薺頭蒿は、正月元日に生ひ、長さ六寸《き》なり。

蘇《そ》嶋[62]。紫菜、海藻生ふ。中を鑿《うが》ち、南北に船猶《なほ》往来《かよ》ふ。

真屋《まや》嶋[63]。周り八十六里、高さ五丈。松有り。

松《まつ》嶋[64]。周り八十歩、高さ八丈。松林有り。

立石《たてし》嶋[65]。礒《いそ》なり。

瀬埼《せざき》[66]。礒なり。所謂《いはゆる》瀬埼の戍《まもり》[67]、是《これ》なり。

54 松江市美保関町千酌の浜。
55 千酌の駅。
56 千酌浦北西の笠浦湾にある笠島(白カスカ島)。
57 白カスカ島北の黒カスカ島。
58 松江市美保関町笠浦の浜。
59 笠浦の津ノ和鼻北方の黒島。
60 笠浦北のサザエ島。
61 松江市島根町野井の築島。
62 築島西南の小島。
63 築島の北にある横島。
64 松江市島根町瀬崎北方の松島。
65 松島南方の楯島か。
66 松江市島根町野波の瀬崎。
67 辺境防衛のための軍事施設。

野浪《のなみ》の浜。[68] 広さ二百八歩。[69] 東の辺《へ》[70]に神《かむ》つ社《やしろ》有り。[71] 又《また》、百姓の家あり。

鶴嶋《つる》。[72] 周り二百一十歩、高さ九丈。松有り。

間嶋《ま》。[73] 海藻《にきめ》生ふ。

毛都《もつ》嶋。[74] 紫菜、海藻生ふ。

川来門《くきど》の大浜《おほはま》。[75] 広さ一里百歩。百姓の家有り。

黒嶋。[76] 海藻有り。

小黒《をぐろ》嶋。[77] 海藻生ふ。

加賀《かか》の神埼《かむさき》。[1] 窟《いはや》有り。高さ一十丈許《つゑばかり》。周り五百二歩許《あしばかり》。東と西と北は通《かよ》ふ。所謂《いはゆる》佐太《さだ》の大神《おほかみ》[2]の産生《あ》れましし処《ところ》なり。産生《あ》れまさむ時《とき》に臨《のぞ》みて、弓箭《ゆみや》[3]亡《う》せ坐《ま》しき。その時、御祖《みおや》[4]神魂命《かむむすひのみこと》[5]の御子《みこ》、枳佐加比賣命《きさかひめのみこと》[6]、願《ね》ぎたまひしく、「吾《あ》が御子《みこ》、麻須羅神《ますらがみ》[7]の御子《みこ》に坐《ま》さば、亡《う》せし弓箭《ゆみや》出《い》で来《こ》」と願《ね》ぎ坐《ま》しき。その時、角《つの》の弓箭《ゆみや》[8]、水《みつ》の随《まにま》に流れ出《い》づ。その時、弓を取りて詔《の》りたまひしく、[9]「此《こ》は、弓箭《ゆみや》に

68 松江市島根町野波の浜。
69 服部旦の実測によれば一里二百八歩であるという。
70 現地の実際では北に当たる。服部旦によれば、当地の地理的環境によって方位感覚がずれているという。
71 努那弥社。
72 松江市島根町多古沖泊の東北にある大鶴島。
73 鶴島の西、間島か。
74 松江市島根町多古鼻の西の六ッ島。
75 松江市島根町加賀の浜。
76 野波浦と加賀の浜の間にある沖黒島。
77 野波の白滝鼻西方のオグリ島。

1 松江市島根町加賀の北にある岬。加賀の潜戸（くけど）。
2 秋鹿郡佐太御子社に鎮座する神。
3 弓矢。
4 祖先神。
5 既出。出雲国において広く信仰されている神である。
6 底本に「枳佐賣命」「枳佐加地賣命」とあり、神名表記の混乱がみられる。異称とも考えられるが、古典大系

非《あら》ず」と詔《の》りたまひて、擲《な》げ廃《う》て給《たま》ふ。又《また》、金《かね》の弓箭《ゆみや》[10]流《なが》れ出《い》で来《く》。即《すなは》ち、待《ま》ち取《と》らし坐《ま》して、「闇鬱《くら》き窟《いはや》なるかも」と詔《の》りたまひて、射通《いとほ》し坐《ま》しき。御祖支佐加比賣命《みおやきさかひめのみこと》の社《やしろ》、此処《ここ》に坐《いま》す。今の人、是《こ》の窟《いはや》の辺《ほとり》を行く時に、必《かなら》ず声磅礚《こゑとどろ》かして行《ゆ》く[11]。若《も》し密《ひそ》かに行《ゆ》かば[12]、神現《あらは》れて、飄風《つむじ》[13]起《おこ》り、行く船は必ず覆《くつが》へる。

御《み》嶋[14]。周り二百八十歩。高さ一十丈。中は東と西に通《かよ》ふ。椿《つばき》、松《まつ》、栢《かへ》有り。

葛《かづら》嶋[15]。周り一里一百十歩、高さ五丈《つゑ》。椿、松、小竹《しの》、茅《ち》、葦《あし》有り。

櫛《くし》嶋[16]。周り二百四十歩、高さ一十丈。松林有り。

許意《こお》嶋[17]。周り八十丈、高さ一十丈。茅沢《ちさは》[18]、松林有り。

真《ま》嶋[19]。周り一百八十歩、高さ一十丈。松有り。

比羅《ひら》嶋[20]。紫菜《むらさきのり》、海藻《にきめ》生ふ。

黒《くろ》嶋[21]。前《さき》に同じ。

名《な》嶋[22]。周り一百八十歩、高さ九丈。松有り。

本の校訂に従う。『記』に登場する「キサカヒヒメ」と同神と考えられる。「キサカヒ」は赤貝のこと。
7 勇猛な男性神。
8 矢じりや矢筈を獣の骨で作った弓矢。
9 底本「所子詔子」とあり、本文が乱れている。「取弓詔」と訂す。
10 矢じりや矢筈を金属で作った弓矢。
11 雷鳴のように声を響かせて、の意。
12 この窟の側を通る時のタブー。すぐ後に記されているように、黙って通過すると船が転覆する禍が降りかかってくる。それを避けるために声を響かせて通過するのである。
13 疾風。
14 松江市島根町加賀浦の西にあったという島。
15 松江市島根町加賀湾の桂島。
16 桂島の東の櫛島。
17 桂島の西北の栗島。
18 茅の群生している沢。
19 桂島西北の馬島。
20 桂島の西の平島。
21 桂島西の黒島。
22 松江市島根町大芦の沖の二つ島。

赤《あか》嶋[23]。紫菜、海藻有り。

大崎《おほさき》の浜[24]。広さ一里一百八十歩。西北に百姓《おほみたから》の家《いへ》有り。

須々比《すすひ》の埼《さき》[25]。白朮《をけら》有り。

御津《みつ》の浜[26]。広さ二百八歩。百姓の家有り。

三《み》嶋[27]。海藻《にきめ》生《お》ふ。

虫津《むしつ》の浜[28]。広さ一百二十歩。

手結《たえ》の埼《さき》[29]。浜辺は二つの檜《ひ》有り。窟《いはや》は高さ一丈、裏《うち》の周り三十歩。

手結の浦[30]。広さ四十二歩。船二つ許《ばか》り泊《は》つべし。

久宇《くう》嶋[31]。周り一百卅歩、高さ七丈。松有り。

凡《すべ》て、北の海に捕《と》る雑《くさぐさ》の物は、志毗《しび》[32]、朝鮐《あさふぐ》[33]、沙魚《さめ》[34]、烏賊《いか》[35]、蜛蝫《たこ》[36]、鮑魚《あはび》[37]、螺《さざえ》[38]、蛤貝《うむき》[39]字を或は蚌菜に作る、棘甲嬴《うに》[40]字を或は石經子に作る、甲嬴《かせ》[41]、蓼螺子《にし》[42]字を或は螺子に作る、螺蠣子《かき》[43]、石華《せ》[44]字を或は蠣、犬脚に作る。或は土嚝、犬脚は、勢《せ》なり、白貝《おふ》[45]、海藻《にきめ》、海松《みる》、紫菜《むらさきのり》、凝海菜《こるもは》[46]等《ども》の類《たぐひ》、至りて繁《さは》にして、称《な》

23 桂島西南の赤島。
24 松江市島根町大芦の浜。
25 大芦浦北の岬。
26 松江市鹿島町御津の浜。
27 御津浦の沖にある小島。
28 松江市鹿島町片句の浜。
29 松江市鹿島町手結浦北方の犬堀鼻。
30 松江市鹿島町手結の浜。
31 手結浦西の寺島。
32 既出。サバ科のマグロ。
33 未詳。フグの一種か。
34 サメ（鮫）。
35 イカ。
36 既出。タコ。
37 アワビ。
38 サザエ。
39 ハマグリ。
40 ウニ。
41 ウニの一種。
42 ニシ貝の一種か。
43 カキ。
44 カメノテやフジツボの類。
45 貝の一種。
46 テングサ。

を尽《つ》くすべからず。

通道《かよひぢ》。

意宇《おう》の郡《こほり》朝酌《あさくみ》の渡に通ふ、一十里二百二十歩《あし》の中、海《うみ》八十歩。

秋鹿《あきか》の郡《こほり》の堺《さかひ》なる佐太《さだ》の橋《はし》1に通ふ、一十五里八十歩。

隠岐《おき》の渡《わたり》、千酌《ちくみ》の駅家《うまや》の湊《みなと》に通ふ、一十七里一百八十歩。

郡司《こほりのつかさ》　主帳《しゅちゃう》　無位《むゐ》出雲臣《いづものおみ》

大領《おほみやつこ》外正六位下社部臣《こそべのおみ》

少領《すけのみやつこ》外従六位上社部石臣《こそべのいはのおみ》2

主政《まつりごとひと》従六位下勳十□等蝮朝臣《たぢひのあそみ》

秋鹿郡《あきかのこほり》1

合せて郷《さと》四、里《こざと》十二。神戸《かむべ》一。

恵曇《ゑともの》郷。本《もと》の字《まな》は恵伴。

1　佐太川に架かっていた橋。

2　底本「社接石若」とある。

秋鹿郡

1　島根半島の中央部。

多太郷《ただの》。今《いま》も前《さき》に依《よ》りて用《もち》ゐる。
大野郷《おほのの》。今も前に依りて用ゐる。
伊農郷《いぬの》。本の字は伊努。以上《かみ》の四、郷別《ごと》に里《こざと》三。
神戸里《かむべの》。

秋鹿《あきか》と号《なづ》けし所以《ゆゑ》は、郡家《こほりのみやけ》の正北、秋鹿日女命《あきかひめのみこと》2 坐《いま》す。故《かれ》、秋鹿《あきか》と云ひき。

恵曇郷《ゑとものの》1。郡家《こほりのみやけ》の東北九里四十歩《あし》。須作能乎命《すさのをのみこと》の御子《みこ》、磐坂日子命《いはさかひこのみこと》2、国巡《くにめぐ》3行り坐《ま》しし時、此処《ここ》に至《いた》り坐《ま》して詔《の》りたまひしく、「此処《ここ》は、国稚《くにわか》4く美好《うるはし》く有《あ》り。国形《くにがた》5 画鞆《ゑとも》6の如《ごと》きかも。吾《あ》が宮《みや》は是処《ここ》に造事《つく》る」とのりたまひしく。故《かれ》、恵伴《ゑとも》と云ひき。神亀《じんき》三年、字を恵曇と改《あらた》む。

多太郷《ただの》7。郡家の西北五里一百廾歩。須佐能乎命《すさのをのみこと》の御子《みこ》、衝杵等乎与留比古命《つきほことをよるひこのみこと》8、国巡《くにめぐ》り坐《ま》しし時、此処《ここ》に至《いた》り坐《ま》して詔《の》りたまひしく、「吾《あ》が御心《みこころ》、照明《あか》く正真《ただし》く成《な》りぬ。吾《あ》

2 他に見えない神。

1 松江市鹿島町片句から佐陀本郷に至るあたり。
2 他に見えない神。
3 神がさまざまな土地を廻り行くこと。巡行神話。
4 国土が未開発である状態。
5 国の地形。既出。
6 諸説あるが未詳。
7 恵雲郡の西、松江市東長江町・西長江町・秋鹿町のあたり。
8 他に見えない神。衝杵はこの神を称える枕詞的賞辞か。神名表記に乱れがあり、神名の訓み方について諸説ある。

は此処《ここ》に静《しづ》まり坐《ま》さむ」[9]と詔《の》りたまひて静《しづ》まり坐《ま》しき。故《かれ》、多太《ただ》と云《い》ひき。

大野《おおほの》郷[10]。郡家の正西一十里廾歩。和加布都努志能命《わかふつぬしのみこと》[11]、御《み》狩為坐《かりしま》しし時、即《すなは》ち郷《さと》の西の山に、待人《まちひと》[12]を立《た》て給《たま》ひて、猪《ゐ》犀を追《お》ひて、北の方《かた》に上《のぼ》りたましひしに、阿内《くまうち》の谷《たに》[13]に至《いた》りて、其《そ》の猪《ゐ》の跡《あと》[14]亡失《う》せき。その時、詔《の》りたまひしく、「自然《おのづから》なるかも。猪《ゐ》の跡《あと》亡失《う》せき」と詔《の》りたまひしく。故《かれ》、内野《うちの》[15]と云《い》ひき。然《しか》して、今の人猶《なほ》し誤《あやま》りて大野《おほの》と号《なづ》くるのみ。

伊農《いぬの》郷[16]。郡家の正西一十四里二百歩。出雲《いづも》の郡《こほり》伊農《いぬ》の郷《さと》[17]に坐《いま》す、赤衾伊農意保須美比古佐和気能命《あかふすまいぬおほすみひこさわけのみこと》[18]の后《きさき》、天瓺津日女命《あめのみかつひめのみこと》[19]、国巡《くにめぐ》り行り坐《ま》しし時、此処《ここ》に至《いた》り坐《ま》して詔《の》りたまひしく、「伊農波夜《いぬはや》[20]」と詔《の》りたまひき。故《かれ》、伊努《いぬ》と云《い》ひき。神亀三年、改字を伊農と改《あらた》む。

神戸《かむべの》里[21]。出雲なり。名を説《と》くこと、意宇《おう》の郡の如《ごと》し。

9 地名起源説話であると同時に、多太社の由来譚でもある。
10 多太郷の西。松江市大野町のあたり。
11 既出の布都努志命と同神か。
12 底本「持人」とあるが小林覚説により訂す。狩の時、獲物を待ちかまえて捕らえる人の意。
13 未詳。
14 足跡。
15 地名説話の「内野」は、本来は猪が逃げ込んだ「阿内の谷」に由来するのではないだろうか。とするならば地名「内野」は、奥まった地形に基づく命名となる。内野と大野とは結びつきやすい語であったとする説（神堀忍）がある。
16 出雲市野郷町・美野町の伊農川以東のあたり。
17 後出。出雲郡参照。
18 赤衾は神名にかかる枕詞的賞辞。
19 『尾張国風土記』逸文に登場する「阿麻乃弥加都比女」と関係あるとも言われているが未詳。
20 「はや」は、深く感動したり失ったものを愛惜する気持ちを表す助詞。

佐太《さだ》の御子《みこ》の社《やしろ》[1]　比多《ひた》の社[2]
御井《みゐ》の社[3]　垂水《たるみ》の社[4]
恵杼毛《ゑとも》社[5]　許曽志《こそし》の社[6]
大野津《おほのつ》の社[7]　宇多貴《うたき》の社[8]
大井《おほゐ》の社[9]　宇智《うち》の社[10]
以上《かみ》の一十所、並《なら》びに神祇官《かみつかさ》に在《あ》り。
恵曇海辺《ゑとものうみのへ》の社《やしろ》[11]　同じき海辺の社[12]
奴多之《ぬたし》の社[13]　那牟《なむ》の社[14]
多太《ただ》の社[15]　同じき多太の社[16]
出嶋《いでしま》の社[17]　阿之牟《あしむ》の社[18]
田仲《たなか》の社[19]　弥多仁《みたに》の社[20]
細見《ほそみ》の社[21]　下《しも》の社[22]
伊努《いぬ》の社[23]　毛之《もし》の社[24]
草野《くさの》の社[25]　秋鹿《あきか》の社[26]

21　松江市佐田宮内、古志町のあたり。

1　松江市鹿島町佐陀宮内に鎮座する佐太神社。
2　佐太神社境内に鎮座する日田社。
3　佐太神社境内に合祀された御井社か。
4　佐太神社境内に鎮座する垂水社。
5　松江市鹿島町恵曇に鎮座する恵曇神社。
6　松江市古曽志町に鎮座する許曽志神社。
7　松江市大野町に鎮座する大野津神社。
8　佐太神社境内に鎮座する宇多紀社。
9　松江市鹿島町名分に鎮座する大井神社。五十田神社(松江市古志町)とも。
10　松江市大垣町に鎮座する内神社。
11　松江市鹿島町恵曇に鎮座する恵曇海辺社。
12　同前。
13　松江市大垣町に鎮座する奴多之神社。
14　松江市上大野町に鎮座する草野神社に合祀。
15　松江市岡本町に鎮座する多太神社。

以上《かみ》の十六所、并《なら》びに神祇官《かむつかさ》に在《あ》らず。

17 松江市西浜佐陀町に鎮座する出島神社。／18 松江市大垣町に鎮座する森清神社。／19 松江市鹿島町佐陀宮内に鎮座する田中社。／20 松江市荘成町に鎮座する弥多仁神社。／21 松江市大野町に鎮座する細見神社。／22 松江市上大野町に鎮座する草野神社に合祀。／23 出雲市美野町に鎮座する伊努神社。／24 松江市古志町に鎮座する杢屋神社に合祀。／25 松江市上大野町に鎮座する草野神社。／26 松江市秋鹿町に鎮座する秋鹿神社。

神名火山《かむなびやま》1。郡家の東北九里《さと》四十歩《あし》。高二百三十丈《つゑ》。周《めぐ》り一十四里《さと》。所謂《いはゆる》佐太《さだ》の大神《おほかみ》の社《やしろ》2は、彼《そ》の山下《やまもと》なり。

足日山《たるひやま》3。郡家の正北一里。高さ一百七十丈、周り一十里二百歩。

女嵩野《めたかの》4。郡家の正西一十里廾歩。高さ一百八十丈、周り六里。土体《つち》豊沃《こ》え、百姓《おほみたから》の膏腴《ゆたか》5なる園《その》なり。樹林《はやし》なし。但《ただ》、上頭《みね》に樹林《はやし》在《あ》るのみ。此《こ》は神《かむ》つ社《やしろ》6なり。

都勢野《つせの》7。郡家の正西一十里廾歩。高さ一百一十丈。周り五里。樹林《はやし》なし。嶺《みね》の中《なか》に湒在《さはあ》り。周り五十歩。四涯《よものきし》、藤《ふぢ》、

16 同前。

1 松江市東長江町の朝日山。

2 既出の佐太御子社。

3 松江市鹿島町と松江市秋鹿町の境にある経塚山。

4 底本「一忩高野」。松江市上大野町と大垣町の境の本宮山。

5 土地が肥えて豊かなこと。

6 宇智社。

7 松江市大野町と出雲市美野町の境の十膳山。

荻《をぎ》8、葦《あし》、茅《ち》等《ども》の物《もの》、叢《むら》がり生《お》ひ、或《ある》は叢《むら》がり峙《た》ち、或《ある》は水《みづ》に伏《ふ》す。鴛鴦《おし》住《す》めり。

今山《いまやま》9。郡家の正西一十里廾歩。周り七里。

凡《すべ》て諸《もろもろ》の山野《やまの》に在《あ》る所《ところ》の草木《くさき》は、白朮《をけら》、独活《つちたち》、女青《かはねくさ》10、苦参《くらら》、貝母《ははくり》11、牡丹《ふかみくさ》、連翹《いたちくさ》、伏令《まつほど》12、藍漆《やまあゐ》、女委《ゑみくさ》13、細辛《みらのねくさ》、蜀椒《ふさはじかみ》14、署預《やまついも》、白歛《やまかがみ》15、芍薬《えびすくすり》、百部根《ほとづら》、薇蕨《わらび》、薺頭蒿《おはぎ》、藤《ふぢ》、李《すもも》、赤桐《あかぎり》、白桐《あをぎり》、椎《しひ》、椿《つばき》、楠《くす》、松《まつ》、栢《かへ》、槻《つき》なり。禽獣《とりけもの》は、鵰《わし》、晨風《はやぶさ》、山鶏《やまどり》、鳩《はと》、雉《きぎし》、猪《ゐ》、鹿《しか》、兎《うさぎ》、飛鼯《むささび》、狐《きつね》、獼猴《さる》有《あ》り。

佐太河《さだ》16。源《みなもと》は二つ。東の水の源は、嶋根《しまね》の郡《こほり》の所謂《いはゆる》多久《たく》17川是《これ》なり。西の水の源は出秋鹿《あきか》の郡渡《こほりわたり》の村《むら》18より出《い》づ。二つの水合《あひ》て、南へ流《なが》れて佐太《さだ》の水海《みづうみ》19に入《い》る。水海《みづうみ》の周り七里《さと》。鮒《ふな》有《あ》り。水海は入海《いりうみ》20に通《かよ》ふ。潮《みなと》21の長さ一百五十歩、広さ一十歩。

山田川《やまだ》22。源は郡家《こほりのみやけ》の西北七里《さと》なる湯火山《ひゆやま》23より出《い》で、南へ流《なが》れて入海《いりうみ》に入《い》る。

8　イネ科のオギ。
9　十膳山の北の室山。
10　アカネ科のヘクソカズラ。薬用。
11　ユリ科のバイモ。薬用。
12　サルノコシカケ科のブクリョウ。薬用。
13　キンポウゲ科のボタンヅル。薬用。
14　ミカン科のサンショウ。薬用。
15　ブドウ科のビャクレン。薬用。
16　佐陀川。松江市の西から南に流れて宍道湖に注ぐ。
17　既出。
18　松江市鹿島町佐田宮内仲田のあたり。「村」は、律令の行政単位ではない。
19　佐陀川河口にあった湖。現在は埋め立てられている。
20　宍道湖。
21　水門。
22　松江市の秋鹿川。
23　未詳。

多太《ただ》川[24]。源は郡家の正西一十里女嵩野《めたかの》より出で、南へ流れて入海に入る。

大野《おほの》川[25]。源は郡家の正西一十三里磐門山《いはとやま》[26]より出で、南へ流れて入海に入る。

草野《くさの》川[27]。源は郡家の正西一十四里大継山《おほつぎやま》[28]より出で、南へ流れて入海に入る。

伊農《いぬ》川[29]。源は郡家の正西一十六里伊農山《いぬやま》[30]より出で、南へ流れて入海に入る。以上《かみ》の七つの川[31]、並《なら》びに魚《うを》無し。

恵曇《ゑとも》の陂《つつみ》[32]。周《めぐ》り六里《さと》。鴛鴦《をし》、鳧《たかべ》、鴨《かも》、鮒《ふな》在《あ》り。四《よも》の辺《あた》りに葦《あし》、蔣《まこも》、菅《すげ》生《お》ふ。養老《やうらう》元年[33]より以往《さき》は、荷葉《はちす》[34]、自然《おのづから》に叢《む》れ生《お》ひて、太《はなは》だ多《おほ》かりき。二年より以降《のち》、自然《おのづから》に亡《う》失せて、都《かつ》て[35]茎《くき》無し。俗人《くにひと》[36]云《い》はく、其《そ》の底《そこ》に陶器《すゑもの》、甕《みか》[37]、甎《しきかはら》[38]等《ども》の類《たぐひ》、多《おほ》く有《あ》り。古《いにしへ》より時々《ときどき》人溺《おぼ》れ死《し》にき。深《ふか》き浅《あさ》きを知らず。

深田《ふかだ》の池[39]。周り二百三十歩《あし》。鴛鴦《をし》、鳧《たかべ》、鴨《かも》有《あ》り。

24 松江市の岡本川。
25 松江市の大野川。
26 諸説ある。
27 松江市の草野川。
28 諸説ある。
29 出雲市の伊野川。
30 松江市秋鹿町と岡本町の境の秋葉山。
31 『鈔』では、伊濃川に続いて「長江川」を入れるが、後世の補入と思われる。掲出河川の実数は佐太河から数えて六である。
32 松江市鹿島町佐陀本郷あたりにあった池。
33 七一七年。
34 ハス科のハス。
35 すべて、まったく。
36 在地の住民。
37 大きなかめ。水や酒をためる器。
38 敷き瓦。
39 松江市鹿島町佐陀本郷の深田にあった池という。
40 松江市鹿島町佐陀本郷の森田池という。
41 松江市鹿島町佐陀本郷峯谷のあたりにあったという池。

杜石《もりいし》の池。[40]周り一里二百歩。

峰峙《みねぢ》の池。[41]周り一里。

佐久羅《さくら》の池。[42]周り一里一百歩。鴛鴦有り。


南は入海《いりうみ》。

春は、鯔魚《なよし》、須受枳《すずき》、鎮仁《ちに》、鰝鰕《えびども》等の大《おほ》き小《ちさ》き雑《くさぐさ》の魚在《うをあ》り。秋は、白鵠《くくひ》[1]、鴻鴈《かり》、鳧《たかべ》、鴨《かもども》等の鳥有り。

北は大海《おほうみ》[2]。

恵曇《ゑとも》の浜《はま》[3]。広さ二里《さと》一百八十歩《あし》。東と南とは並《なら》びに家在《いへあ》り。西は野《の》、北は大海《おほうみ》。浦《うら》より在家《むら》[4]に至《いた》る間《あひだ》は、四方《よも》並《なら》びに石《いは》、木無《きな》く。猶白沙《なほしろすなご》の積《つも》れるがごとし。大風《おほかぜ》の吹《ふ》く時《とき》は、其《そ》の沙《すなご》、或《ある》は風の随《まにま》に雪《ゆき》と零《ふ》り、或《ある》は居流《ゐなが》れて蟻《あり》と散《ち》り、桑《くは》、麻《あさ》[5]を掩覆《おほ》ふ。彫《ゑ》り鑿《うが》てる磐壁《いはかき》[6]二所《ふたところ》有《あ》り。一所《ひとところ》は、厚《あつ》さ三丈《つゑ》、広《ひろ》さ一丈、高《たか》さ八尺《さか》。一所《ひとところ》は、厚さ二丈二尺、広さ一丈、高さ一丈。其《そ》の中《なか》を通《とほ》る川《かは》、北へ流れて大海に入る。川の東は、

42　松江市鹿島町佐陀本郷佐久羅谷のあたりにあったという池。

1　オオハクチョウの類。
2　日本海。
3　松江市鹿島町恵曇の浜。
4　この「むら」の訓みは諸説あり定訓がない。
5　桑・麻は、養蚕・紡績のために植えられたもの。
6　岩をくり抜き水路を通した。

嶋根《しまね》の郡《こほり》なり。西は秋鹿《あきか》の郡《こほり》の内《うち》なり。川《かは》の口《しり》より、南の方田《かたた》の辺《へ》に至《いた》る間《あひだ》、長さ一百八十歩《あし》、広さ一丈五尺《さか》。源《みなもと》は田《た》の水《みづ》なり。上《かみ》の文《ふみ》7に謂《い》へる佐太《さだ》川の西の源《みなもと》は、是《こ》の同《おな》じき処《ところ》なり。凡《すべ》て渡《わたり》の村《むら》8の田の水、南北に別《わか》るるのみ。

古老《ふるおきな》の伝《つた》へて云《いは》く、嶋根《しまね》の郡《こほり》の大領《おほみやつこ》社部《こそべ》の臣《おみ》9 訓麻呂《くにまろ》が祖《おや》波蘇《はそ》等《たち》、稲田《いなだ》の澇《こみ》10に依《よ》りて、彫《ゑ》り掘《ほ》りし所《ところ》なり。

浦《うら》の西の礒《いそ》より起《お》こりて、楯縫《たてぬひ》の郡《こほり》の堺なる自毛崎《しもさき》11に尽《いた》る間《あひだ》の浜《はま》、壁峙《きした》ちて崿嵬《さが》12しく、風静《かぜしづ》かなりと雖《いへ》ども、往来《ゆきき》の船《ふね》、停泊《は》つるに由無《よしな》き頭《ほとり》なり。

白嶋《しろ》13。紫苔菜《むらさきのり》生《お》ふ。

御嶋《み》14。高さ六丈、周り八十歩。松《まつ》三株《もと》有り。

都於嶋《つお》15。礒《いそ》なり。

著穂嶋《つきほ》16。海藻《にきめ》生《お》ふ。

凡《すべ》て、北の海に在《あ》る所《ところ》の雑《くさぐさ》の物《もの》は、鮐《ふぐ》17、沙魚《さめ》、佐波《さば》18、烏《い》賊《か》、鮑魚《あはび》、螺《さざえ》、貽貝《いがひ》19、蚌《うむぎ》、甲蠃《かせ》、螺子《にし》、石華《せ》、蠣子《かき》、海藻《にきめ》、

7 佐太河の記述を指す。
8 既出。松江市鹿島町佐田のあたり。
9 島根郡記事の署名にみえる。
10 路上のたまり水。
11 出雲市坂浦町の牛の首。
12 険しい。
13 松江市秋鹿町の鼻繰島。
14 松江市魚瀬町の女島。
15 出雲市地合町の大黒島か。
16 未詳。
17 フグ。
18 サバ科のサバ。
19 イガイ科のイガイ。

海松《みる》、紫菜《むらさきのり》、凝海菜《こるもは》なり。

通道《かよひぢ》。

嶋根《しまね》の郡《こほり》の堺《さかひ》なる佐太《さだ》橋1に通《かよ》ふ、八里《さと》二百歩《あし》。楯縫《たてぬひ》の郡《こほり》の堺《さかひ》なる伊農《いぬ》橋2に通《かよ》ふ、一十五里一百歩。

郡司《こほりのつかさ》主帳《しゆちやう》　外従八位下勲十□等日下部《くさかべ》の臣《おみ》

大領《おほみやつこ》　外正八位下勲十□等刑部《おさかべ》の臣《おみ》

権任少領《かりのすけのみやつこ》従八位下蝮部《たぢひべ》の臣《おみ》

楯縫郡《たてぬひのこほり》1

合せて郷《さと》四、里《こざと》一十二。余戸一、神戸一。

佐香《さか》郷。今《いま》も前《さき》に依《よ》りて用《もち》ゐる。

楯縫《たてぬひの》郷。今も前に依りて用ゐる。

玖潭《くたみの》郷。本の字《まな》は忽美。

1　既出。佐太川に架かっていた橋。

2　伊農川に架けられた橋。

楯縫郡

1　島根半島西部。

沼田郷《ぬたの》。本の字は努多。以上《かみ》の四、郷別《さとごと》に里三《こざと》。

余戸《あまりべの》里。

神戸《かむべの》里

楯縫《たてぬひ》と号《なづ》けし所以《ゆゑ》は、神魂命《かむむすひのみこと》[2]詔《の》りたまひしく、「五十足《いそだる》[3]天《あめ》の日栖《ひすみ》の宮《みや》[4]の縦横《たてよこ》の御量《みはかり》[5]は、千尋《ちひろ》の栲紲《たくなは》[6]持《も》ちて、百八十結《ももやそむすび》[7]結《むす》び下《さ》げて、此《こ》の天《あめ》の御量《みはかり》[8]持《も》ちて、天《あめ》の下造《したつく》らしし大神《おほかみ》の宮造《みやつく》り奉《たてまつ》れ」と詔《の》りたまひて、御子《みこ》、天御鳥命《あめのみとりのみこと》[9]を楯部《たてべ》[10]と為《し》て、天下《あまくだ》し給《たま》ひき。その時、退《まか》り下《くだ》り来《き》坐《ま》して、大神の宮の御装《みよそひ》[11]の楯《たて》、造《つく》り始《はじ》め給《たま》ひし所《ところ》、是《これ》なり。仍《よ》りて、今《いま》に至《いた》るまで、楯《たて》、桙《ほこ》造りて、皇神等《すめがみたち》[12]に奉《たてまつ》り出《いだ》す。故《かれ》、楯縫《たてぬひ》と云《い》ひき。

佐香郷《さかの》[1]。郡家《こほりのみやけ》の正東四里《さと》一百六十歩《あし》。佐香《さか》の河内《かふち》[2]に、百八十《ももやそ》神等《かみたち》集《つど》ひ坐《ま》して、御厨《みくりや》[3]立《た》て給《たま》ひて、酒《さけ》を醸《かも》させ給《たま》ひき。百八十日《ももやそか》、喜燕《さかみづ》きて[4]解散《あら》け坐《ま》しき。故《かれ》、佐香《さか》と云ひ

2 既出。
3 底本は「吾十足」とあり、校訂に諸説あって定説がない。「天」にかかる枕詞的賞辞であるが掛かり方は未詳。
4 天上界の立派な御殿。新編全集本頭注には「天照大神の宮殿」とあるが、『出雲』に限らず風土記では天照大神はほとんど登場しない。したがって記紀神話に基づく解釈を、ここに当てはめることは無理であろう。
5 尺度。
6 栲（こうぞ）の繊維で編んだ非常に長い縄。
7 何度も何度もしっかり結んでその切り端を垂らす古代の建築法。
8 天上界の尺度。
9 他に見えない神。
10 楯を作ることを職掌とした部曲。
11 神の装いのための調度。
12 神々を尊んでいったもの。

1 出雲市小境町・鹿園寺町・園町・坂浦町をはじめとするあたり。
2 佐香川の河原。
3 食べ物を調理するところ。厨房。
4 酒宴をする。

き。

楯縫郷《たてぬひの》[5]。郡家《こほりのみやけ》に属《つ》く。名《な》を説《と》くこと郡《こほり》のごとし。北の海の浜、業梨礒《いそ》[6]に窟《いはや》在《あ》り。裏《うち》は方《たてよこ》一丈半《つゑなから》、高《たか》さ広《ひろ》さ各《おのもおのも》七尺《さか》。裏《うち》の南の壁《かべ》に穴《あな》在《あ》り。口《くち》の周り六尺、徑《わたり》二尺。人入《い》ること得《え》ず。遠《とほ》き近《ちか》きを知《し》らず。

玖潭郷《くたみの》[7]。郡家の正西五里二百歩。天《あめ》の下造《したつく》らしし大神《おほかみ》の命《みこと》、天《あめ》の御飯田《みいひた》[8]の御倉《みくら》造《つく》り給《たま》はむ処《ところ》を、覓《ま》ぎ巡《めぐ》行り給《たま》[9]ひき。その時、「波夜佐雨《はやさめ》[10]、久多美《くたみ》の山[11]」と詔《の》り給《たま》ひき。故《かれ》、云《い》ふ忽美《くたみ》と云《い》ひき。神亀三年、改字を玖潭と改《あらた》む。

沼田郷《ぬたの》[12]。郡家の正西八里六十歩。宇乃治比古命《うのちひこのみこと》[13]、「尓多《にた》[14]の水以《も》ちて、御乾飯《みかれいひ》[15]尓多尓食《にたにを》し坐《ま》[16]さむ」と詔《の》りたまひて、尓多《にた》と負《おほ》せ給《たま》[17]ひき。然《しか》れば則《すなは》ち、尓多《にた》の郷《さと》と謂《い》ふべきを、今の人猶《なほ》努多《ぬた》と云《い》ふのみ。神亀三年、字を沼田と改《あらた》む。

余戸里《あまりべの》[18]。名《な》を説《と》くこと、意宇《おう》の郡《こほり》の如《ごと》し。

神戸里《かむべの》[19]。出雲《いづも》なり。名を説くこと、意宇の郡の如《ごと》し。

5　出雲市小伊津町から塩津町・多久町・多久谷町・岡田町のあたり。
6　伝写の誤りがあるか。訓義未詳。
7　出雲市東郷町・野石谷町・久多見町・東福町のあたり。
8　神饌の稲を作る田。
9　探し求める。
10　クタミにかかる枕詞。ハヤサメは雨脚の速い雨のことか。
11　所在未詳。
12　出雲市平田町から万田町・本庄町のあたり。
13　大原郡海潮郷の記事にも登場する神。
14　水分が多くどろどろしたさま。
15　携行食糧。米を干したもの。
16　乾飯を水でもどしてほとびさせて食べること。
17　名を背負わせる。名づけること。
18　出雲市の十六島半島のあたり。
19　出雲市野石谷町のあたり。

新造《しんざう》の院《ゐん》[1]一所《ひとところ》。沼田《ぬた》の郷《さと》の中《うち》に在《あ》り。厳堂《ごんだう》を建立《た》つ。郡家《こほりのみやけ》の正西六里《さと》一百六十歩《あし》。大領出雲《おほみやつこいづも》の臣大田《おみおほた》[2]が造《つく》る所《ところ》なり。

久多美《くたみ》の社《やしろ》[3]　多久《たく》の社[4]
佐加《さか》の社[5]　乃利斯《のりし》の社[6]
御津《みつ》の社[7]　水《みづ》の社[8]
宇美《うみ》の社[9]　許豆《こづ》の社[10]
同《おな》じき社[11]　以上《かみ》の九所、並《なら》びに神祇官《かむつかさ》に在《あ》り
許豆乃《こづの》社[12]　又《また》、許豆《こづ》の社[13]
又、許豆の社[14]　久多美《くたみ》社[15]
同じき久多美《くたみ》の社[16]　高守《たかもり》の社[17]
又、高守《たかもり》の社[18]　紫菜嶋《のりしま》の社[19]
鞆前《ともさき》の社[20]　宿努《すくぬ》の社[21]
猗田《さきた》の社[22]　山口《やまぐち》の社[23]

1　出雲市西郷町の西西郷廃寺とされている。
2　楯縫郡末に署名のある人物。
3　出雲市久多見町に鎮座する玖潭神社。
4　出雲市多久谷町に鎮座する多久神社。
5　出雲市小境町に鎮座する佐香神社。
6　出雲市野石谷町に鎮座する能呂志神社。
7　出雲市三津町に鎮座する御津神社。
8　出雲市本庄町に鎮座する水神社。
9　出雲市平田町に鎮座する宇美神社。
10　出雲市小津町に鎮座する許津神社。
11　同前。
12　出雲市十六島町に鎮座する許豆神社。
13　同前。
14　同前。
15　既出。玖潭神社。
16　出雲市東福町に鎮座する久多美神社。
17　出雲市鹿園寺町に鎮座する山口神社に合祀。
18　同前。

葦原《あしはら》の社24　又、葦原《あしはら》の社25
又、葦原の社26　峴之《みねの》社27
阿年知《あねち》の社28　葦原の社29
田々《たた》の社30　以上《かみ》の一十九所、並《なら》びに神祇官《かむつかさ》に在《あ》らず
19 出雲市十六島町に鎮座する許豆神社に合祀された紫菜嶋神社。
20 出雲市坂浦町に鎮座する鞆前神社。
21 出雲市多久谷町に鎮座する宿努神社。
22 出雲市園町に鎮座する埼田神社。
23 出雲市鹿園寺町に鎮座する山口神社。／24 出雲市西郷町に鎮座する葦原神社。／25 同前。／26 同前。／27 出雲市万田町に鎮座する峴神社。／28 出雲市野石谷町に鎮座する能呂志神社に合祀。／29 既出。葦原神社。／30 出雲市美保町に鎮座する田々神社。

神名樋山《かむなびやま》1。郡家《こほりのみやけ》の東北六里《さと》一百六十歩《あし》。高《たか》さ一百廾丈《つゑ》五尺《さか》、周《めぐ》り二十一里《さと》二百八十歩《あし》。嵬《みね》2の西に石神《いしかみ》3在り。高さ一丈、周り一丈。往《みち》の側《ほとり》に小《ちさ》き石神《いしかみ》百余《ももあまり》許《ばか》り在《あ》り。古老《ふるおきな》の伝《つた》へて云《い》はく、阿遅須枳高日子命《あぢすきたかひこのみこと》4の后《きさき》、天御梶日女命《あめのみかぢひめのみこと》5、多忠6の村に来坐《きま》して、多伎都比古命《たきつひこのみこと》7を産み給《たま》ひき。その時《とき》、教《さと》し詔《の》りたまはく、「汝《な》が命《みこと》の御祖《みおや》の向位8生《う》まむと欲《おも》ほすに、此処《ここ》し宜《え》し」とのりたまひき。所謂石神《いはゆるいしかみ》は、是《これ》、多伎《たき》
1 出雲市多久町北の大船山。
2 高く険しい山。
3 巨岩信仰の岩。
4 既出。
5 他に見えない神。
6 底本「多忠」の「忠」については、校訂に諸説があり定説をみない。
7 他に見えない神。
8 校訂・解釈に諸説あり定説がない。訓、語義ともに未詳。

都比古命《つひこのみこと》の御託《みよさし》[9]なり。旱《ひでり》に当《あた》りて雨《あめ》を乞《こ》ふ時《とき》は、必《かなら》ず零《あめふ》らしめたまふ。

阿豆麻夜《あづまや》山[10]。郡家の正北五里四十歩。

見椋《みくら》山[11]。郡家の西北七里。

凡《すべ》て諸《もろもろ》の山に在《あ》る所《ところ》の草木《くさき》は、蜀椒《なるはじかみ》、漆《やまあゐ》、麦門冬《やますげ》、伏令《まつほど》、細辛《みらのねくさ》、白歛《やまかがみ》、杜仲《はひまゆみ》、人参《かのにけくさ》[12]、升麻《とりのあしくさ》、署預《やまついも》、白朮《をけら》、藤《ふぢ》、李《すもも》、榧《かへ》、楡《にれ》、椎《しひ》、赤桐《あかぎり》、白桐《あをぎり》、海榴《つばき》、楠《くす》、松《まつ》、槻《つき》なり。禽獣《とりけもの》は、鷲《わし》、晨風《はやぶさ》、鳩《はと》、山雞《やまどり》、猪《ゐ》、鹿《しか》、兎《うさぎ》、狐《きつね》、獼猴《さる》、飛鼯《むささび》有《あ》り。

佐香《さか》河[13]。源《みなもと》は郡家《こほりのみやけ》の東北、所謂《いはゆる》神名樋《かむなび》山より出《い》で、東南へ流《なが》れて入海《いりうみ》[14]に入《い》る。

多久《たく》川[15]。源は同《おな》じき神名樋山より出《い》で、西南へ流れて入海に入る。

都宇《つう》川[16]。源は二つ東の川の源は、阿豆麻夜《あづまや》山より出で、西の水の源は、見椋《みくら》山より出づ。二つの水合《あ》ひて、南へ流れて入海に入る。

9　神の依代。「託」の文字、校訂と訓に異同がある。
10　出雲市多久谷町北西の檜ヶ山。
11　出雲市本庄町と塩津町の境の摺木山。
12　未詳。
13　出雲市の鹿園寺川。
14　宍道湖。
15　出雲市の多久川。
16　出雲市上岡田町から出る東郷川と、久多見町の久多見川。

宇加川《うか》[17]。源は同じき見椋山より出で、南へ流れて入海に入る。

麻奈加比《まなかひ》の池[18]。周《めぐ》り一里《さと》一十歩《あし》。

大東《おほひがし》の池[19]。周り一里。

赤市《あけち》の池[20]。周り一里二百歩。

沼田《ぬた》の池[21]。周り一里五十歩。

長田《ながた》の池[22]。周り一里一百歩。

南は入海《いりうみ》[1]。雑《くさぐさ》の物等《ものども》は、秋鹿《あきか》の郡《こほり》に説《と》けるが如《ごと》し。

北は大海《おほうみ》[2]。

自毛埼《しもさき》[3]。秋鹿《あきか》と楯縫《たてぬひ》と二つの郡《こほり》の堺《さかひ》なり。崔嵬《さが》しく、松《まつ》、栢《かへ》鬱《しげ》れり。時《とき》に晨風《はやぶさ》の栖《す》有《あ》り。

佐香《さか》の浜[4]。広《ひろ》さ五十歩。

己自都《こしつ》の浜[5]。広さ九十二歩。

御津《みつ》の嶋[6]。紫菜《むらさきのり》生ふ。

17　出雲市本庄町から出る宇賀川。
18　出雲市鹿園寺町の真名神池か。
19　出雲市多久町の野田場池。
20　出雲市野石谷町の赤市池。
21　出雲市西郷町のナラオ池。
22　出雲市久多見町の池田池。
1　宍道湖。
2　日本海。
3　既出。
4　出雲市坂浦町の浜。
5　出雲市小伊津の浜。
6　出雲市三津町の沖の島のいずれかという。

御津《みつ》の浜。[7] 広さ三十八歩。

能呂志嶋《のろしま》。[8] 紫菜生ふ。

能呂志《のろし》の浜。[9] 広さ八歩。

鎌間《かまま》の浜。[10] 広さ一百歩。

於豆振《おづふるひ》。[11] 長さ□里二百歩、広さ一里。周り嵯峨《さが》し。上《うへ》に松《まつ》、菜《な》、芋《いへつい》有《もあ》り。

許豆嶋《こづ》。[12] 紫菜《むらさきのり》生《お》ふ。

許豆《こづ》の浜。[13] 広さ一百歩。出雲《いづも》と楯縫《たてぬひ》と二つの郡《こほり》の堺《さかひ》なり。

凡《すべ》て、北の海《うみ》に在《あ》る所《ところ》の雑《くさぐさ》の物《もの》は、秋鹿《あきか》の郡《こほり》に説《と》けるが如《ごと》し。但紫菜《ただむらさきのり》は、楯縫《たてぬひ》の郡尤《こほりもと》も優《まさ》れり。


通道《かよひぢ》。

秋鹿郡《あきかのこほり》の堺《さかひ》なる伊農《いぬ》川[1]に通《かよ》ふ、八里《さと》二百六十四歩《あし》。出雲《いづも》の郡《こほり》の堺《さかひ》なる宇加《うか》川[2]に通《かよ》ふ、七里一百六十歩。

郡司《こほりのつかさ》主帳《ふみひと》无位物部《もののべ》の臣《おみ》

7 出雲市三津町の浜。
8 出雲市美保町唯浦に浮かぶ天狗島。
9 出雲市美保町唯浦の浜。
10 出雲市釜浦町の浜。
11 諸本文字異同がある。出雲市十六島町の岬
12 出雲市小津町の経島。
13 出雲市小津町の浜。

1 既出。
2 既出。

大領《おほみやつこ》外従七位下勲十□等出雲《いづも》の臣《おみ》
少領《すけのみやつこ》外正六位下勲十□等高善《たかよし》の史《ふひと》

出雲郡《いづものこほり》1

合《あは》せて郷《さと》八、里《こざと》二十三。神戸《かむべ》一。里二。
健部郷《たけるべのさと》。今《いま》も前《さき》に依《よ》りて用《もち》ゐる。
漆治郷《しっち》2。本の字《まな》は志丑治。
河内郷《かふちの》。今《いま》も前《さき》に依《よ》りて用《もち》ゐる。
出雲郷《いづもの》。今《いま》も前《さき》に依《よ》りて用《もち》ゐる。
杵築郷《きづきの》。本《もと》の字は寸付。
伊努郷《いぬの》。本の字は伊農。
美談郷《みたみの》。本の字は三太三。以上《かみ》の七、郷別《さとごと》に里《こざと》三。
宇賀郷《うかの》。今《いま》も前《さき》に依《よ》りて用《もち》ゐる。里二。
神戸郷《かむべの》。里二。

出雲郡
1　出雲市斐川町・大社町・奥宇賀・国富・美談以西などの地域。
2　底本には「漆沼」とあるが、地名表記として疑わしい。諸注により「しつち」と訓む。

出雲《いづも》と号《なづ》けし所以《ゆゑ》は、名《な》を説《と》くこと国《くに》の如《ごと》し。

健部郷《たけるべのさと》[1]。郡家《こほりのみやけ》の正東一十二里《さと》二百二十四歩《あし》。先《さき》に宇夜《うや》の里《さと》と号《なづ》けし所以《ゆゑ》は、宇《う》夜《や》都弁命《つべのみこと》[2]、其《そ》の山《やま》の峰《みね》に天降《あまくだ》[3]り坐《ま》しき。彼《そ》の神の社《やしろ》、今に至《いた》るまで猶此処《なほここ》に坐《ま》しき。故《かれ》、宇《う》夜《や》の里と云《い》ひき。而《しか》して後《のち》、改《あらた》めて健部《たけるべ》と号《なづ》けし所以《ゆゑ》は、纏向《まきむく》の檜代《ひしろ》の宮《みや》に御宇《あめのしたしら》しめしし天皇《すめらみこと》[4]、勅《の》りたまひしく、「朕《あ》が御子《みこ》倭健命《やまとたける》[5]の御名《みな》を忘《わす》れじ」とのりたまひて、健部《たけるべ》を定《さだ》め給《たま》ふ[6]。その時、神門臣古彌《かむどのおみふるね》[7]を、健部《たけるべ》と定《さだ》め給ふ。健部臣等《たけるべのおみたち》、古《いにしへ》より今《いま》に至《いた》るまで、猶此処《なほここ》に居《を》り。故《かれ》、健部《たけるべ》と云《い》ひき。

漆治《しつち》郷[8]。郡家《こほりのみやけ》の正東五里二百七十歩。神魂命《かむむすひのみこと》の御子《みこ》、天津枳比佐可美高日子命《あまつきひさかみたかひこのみこと》[9]の御名《みな》を、又《また》、薦枕志都治値《こもまくらしつちち》[10]と云ひき。此《こ》の神、郷《さと》の中《うち》に坐《いま》す。故《かれ》、志丑治《しつち》と云ひき。神《じん》亀《き》三年、字を漆治と改《あらた》む。即《すなは》ち正倉《みやけ》有《あ》り。

1 出雲市斐川町三絡・神庭・学頭・松江市宍道町の地域。
2 他に見えない神。
3 天上界から神が降臨すること。
4 景行天皇。
5 景行天皇の皇子。『記』では「倭建命」、『紀』では「日本武尊」。『記』によれば、クマソ討伐の後、出雲において出雲建を謀殺したとある。
6 皇子などの名を後世に残すために設けられた部民。
7 『姓氏録』には神門臣は天穂日命の子孫とある。出雲臣と同族。
8 地名表記に諸説ある。後出の「志丑治」とも併せて検討する必要がある。出雲市斐川町直江・上直江のあたり。
9 他に見えない神。
10 「薦枕」はタカヤシにかかる枕詞。ここでは神名にかかる枕詞的賞辞。神名「志都治値」についても諸説ある。

河内郷《かふちの》[11]。郡家の正南一十三里一百歩。斐伊《ひ》の大河《おほかは》、此《こ》の郷の中《うち》を北へ流る。故《かれ》、河内と云ひき。即《すなは》ち 隄《つつみ》有り。長さ一百七十丈《つゑ》五尺《さか》。七十一丈の広さ七丈、九十伍丈の広さ四丈五尺。

出雲郡《いづものこほり》[12]。即《すなは》ち郡家に属《つ》く。名を説《と》くこと国《くに》の如《ごと》し。

杵築郷《きづきさと》[13]。郡家の西北二十八里六十歩。八《や》束水臣津野命《つかみづおみづののみこと》[14]の国引《くにひ》[15]き給《たま》ひし後《のち》、天《あめ》の下所《したつ》造《く》らしし大神《おほかみ》の宮《みや》[16]奉《つかへまつ》らむとして、諸《もろもろ》の皇神《すめがみ》[17]等《たち》、宮処《みやどころ》に参集《まゐつど》ひて杵築《きづき》き。故《かれ》、寸付《きづき》と云《い》ひき。神亀三年、字を杵築と改む。

伊努郷《いぬのさと》[18]。郡家の正北八里七十二歩。国引《くにひ》き坐《ま》しし意《お》美《み》豆《づ》努命《ぬのみこと》の御子《みこ》、赤衾《あかふすま》伊《い》努《ぬ》意《お》保《ほ》須《す》美《み》比《ひ》古《こ》佐《さ》委《わ》気《け》能命《のみこと》[19]の社《やしろ》、郷《さと》の中《うち》に坐《いま》す。故《かれ》、伊《い》農《ぬ》と云《い》ひき。神亀三年、字を伊努と改む。

美談郷《みたみのさと》[20]。郡家の正北九里二百四十歩。天下所造《あめのしたつく》らしし大《おほ》神《かみ》の御子《みこ》、和《わ》加《か》布《ふ》都《つ》努《ぬ》志命《しのみこと》[21]、天地《あめつち》初《はじ》めて判《わか》れし後《のち》[22]、天《あめ》の御領田《みしろた》[23]の長《をさ》、供《つか》へ奉《まつ》り坐《ま》しき。彼《そ》の神《かみ》郷の中に坐《いま》す[24]。故《かれ》、

11 出雲市斐川町出西東南部からと斐伊川をはさんだ対岸の出雲市船津町のあたり。
12 出雲市斐川町求院・出西北部・富村・神氷北部のあたり。
13 出雲市大社町のあたり。
14 既出。
15 既出。
16 大穴持命が鎮座する杵築大社。今の出雲大社のこと。
17 既出。
18 出雲市東林木町・西林木町などの地域。
19 既出。
20 出雲市美談町から斐川町のあたり。
21 既出。
22 世界のはじまりをいう神話的表現。
23 神の領地である田。
24 後出の弥太弥社。
25 出雲市国富町・口宇賀町・奥宇賀町・別所町のあたり。
26 他に見えない神。
27 求婚すること。
28 求婚された女性が、それを拒否して逃げ隠れる伝承は、『播磨』のナビツマ説話をはじめとしてしばしば見ら

三太三《みたみ》と云ひき。神亀三年、字を美談と改む。即《すなは》ち正倉《みやけ》有《あ》り。

宇賀郷《うかのさと》[25]。郡家の正北一十七里二十五歩。天下造《あめのしたつく》らしし大《おほ》神命《かみのみこと》、神魂命《かむむすひのみこと》の御子《みこ》、綾門日女命《あやとひめのみこと》[26]に誂《あとら》[27]へ坐《ま》しき。その時《とき》、女神肯《めがみうべな》はずて逃《に》げ隠《かく》りし時[28]、大神伺《おほかみうかか》[29]ひ求《もと》め給《たま》ひし所《ところ》、此是《これこ》の郷《さと》なり。故《かれ》、宇賀《うか》と云ひき。

即《すなは》ち、北の海の浜に礒有《いそあ》り。名は脳《なづき》の礒《いそ》[30]。高さ一丈許《つゑばかり》。上《うへ》に生《お》ふる松《まつ》、芸《しげ》りて礒《いそ》[31]に至《いた》る。邑人《むらびと》の朝夕《あさよひ》に往来《かよ》へるが如《ごと》く[32]、又《また》、木の枝は人の攀《よ》ぢ引《ひ》けるが如し。礒《いそ》より西の方《かた》の窟戸《いはやと》[33]、高さ広さ各六尺許《さかばかり》。窟《いはや》の内《うち》に穴在《あなあ》り。人、入《い》ることを得ず、深《ふか》き浅《あさ》きを知らず。夢《いめ》に此《こ》の礒《いそ》の窟《いはや》の辺《ほとり》に至《いた》らば、必《かなら》ず死《し》ぬ。故《かれ》、俗人古《くにひといにしへ》より今《いま》に至《いた》るまで、黄泉《よみ》の坂《さか》、黄泉の穴《あな》[34]と号《い》ひき。

神戸郷《かむべのさと》[35]。郡家の西北二里《さと》一百廾歩《あし》。出雲《いづも》なり。名を説《と》くことは意宇《おう》の郡《こほり》の如《ごと》し。

れる。

29 密かに様子をみること。求婚や出会いにおいて、密かに女性の様子を見ることは、あるいは「垣間見」と言われ、『伊勢物語』や『源氏物語』にもしばしば登場する。

30 出雲市猪目町の海岸にある岩礁。

31 この「芸」は「園芸」の「芸」。植物を植えること。ここでは繁茂しているさまをいう。

32 村人が往来するさまのように、松並木が立ち並んでいること。

33 岩窟の入り口。

34 「黄泉」は、日本神話における死の世界。坂・穴は現実世界と黄泉との境界。

35 出雲市斐川町併川・名島・鳥井のあたり。

---

1 出雲郡斐川町の天寺平廃寺とする説もあるが、遺物からみると確実ではないとされる。

2 意宇郡山国の郷で新造院を建てた日置部根緒と同族の人物。

3 天平六年の「出雲国計会帳」に「出雲郡大領外正八位下日置臣佐提麻

新造《しんざう》の院《ゐん》[1]一所《ひとところ》。河内《かふち》の郷《さと》の中《うち》に有《あ》り。厳堂《ごんだう》を建立《た》つ。郡家の正南一十三里二百歩。旧《もと》の大領《おほみやつこ》日置部《ひおきべ》の臣《おみ》布弥《ふみ》[2]が造《つく》る所《ところ》なり。今《いま》の大領《おほみやつこ》佐底麿《さでまろ》[3]が祖父《おほぢ》なり。

杵築《きづき》の大社《おほやしろ》[4]　御魂《みむすび》の社[5]
御向《みむかひ》の社[6]　出雲《いづも》の社[7]
御魂《みむすび》の社[8]　伊努《いぬ》の社[9]
意保美《おほみ》の社[10]　曽岐乃夜《そきのや》の社[11]
牟久《くむ》の社[12]　審伎乃夜《そきのや》の社[13]
阿受伎《あずき》の社[14]　美佐伎《みさき》の社[15]
伊奈佐乃《いなさの》社[16]　弥太弥《みたみ》の社[17]
阿我多《あがた》の社[18]　伊波《いは》の社[19]
阿具《あぐ》の社[20]　都牟自《つむじ》の社[21]
久佐加《くさか》の社[22]　弥努婆《みぬば》の社[23]
阿受枳《あずき》の社[24]　宇加《うか》の社[25]
同《おな》じき阿受枳《あずき》の社　布世《ふせ》の社[26]

呂」とある人物。
4 出雲市大社町杵築東に鎮座する出雲大社。
5 出雲市大社町杵築東に鎮座する神魂伊能知奴神社か。
6 出雲大社境内に鎮座する大神大后神社。
7 出雲大社境内に鎮座する素鵞社か。
8 既出。
9 出雲市西林木町に鎮座する伊努神社か。
10 出雲市河下町に鎮座する意保美神社。
11 出雲市斐川町神氷に鎮座する曽枳能夜神社。
12 出雲市斐川町出西に鎮座する久武神社。
13 既出、曽枳能夜神社
14 出雲市大社町遙堪に鎮座する阿須伎神社。
15 出雲市大社町日御碕に鎮座する日御碕神社。
16 出雲市大社町杵築北に鎮座する因佐神社。
17 出雲市美談町に鎮座する美談神社。
18 出雲市国富町に鎮座する縣神社。

神代《かみしろ》の社[27]　加毛利《かもり》の社[28]
来坂《くさか》の社[29]　伊農《いぬ》の社[30]
同《おな》じき社　同じき社
鳥屋《とや》の社[31]　御井《みゐ》の社[32]
企豆伎《きづき》の社[33]　同じき社
同じき社　同じき社
同じき社　同じき社
阿受枳《あずき》の社[34]　同じき社
同じき社　同じき社
同じき社　同じき社
同じき社　同じき社
来坂《くさか》の社[35]　伊努社[36]
同じき社　同じき社
弥陀弥《みたみ》の社[37]　県《あがた》の社[38]
斐提《ひで》の社[39]　韓銍《からかま》の社[40]

19　美談神社境内に鎮座する伊波神社。
20　出雲市斐川町阿宮に鎮座する阿吾神社。
21　出雲市国富町に鎮座する都武自神社。
22　出雲市日下町に鎮座する久佐加神社。
23　出雲市奥宇賀町に鎮座する奥宇賀神社に合祀。
24　既出、阿須伎神社。
25　出雲市口宇賀町に鎮座する宇賀神社。
26　出雲市奥宇賀町に鎮座する奥宇賀神社。
27　出雲市斐川町神庭に鎮座する神代神社。
28　出雲市斐川町神氷に鎮座する加毛利神社。
29　出雲市矢屋町に鎮座する来阪神社。
30　既出。伊努神社。
31　出雲市斐川町鳥井に鎮座する鳥屋神社。
32　出雲市斐川町直江に鎮座する御井神社。
33　出雲大社境内に鎮座する神魂御子神社か。

加佐伽《かさか》の社[41]　伊自美《いじみ》の社[42]
波祢《はね》の社[43]　立虫《たちむし》の社[44]
已上《かみ》の五十八所《ところ》は、并《ならび》に神祇官《かむつかさ》に在《あ》り
御前《みさき》の社[45]　同《おな》じき御埼《みさき》の社
支豆支《きづき》の社[46]　阿受支《あずき》の社[47]
同《おな》じき阿受支《あずき》の社　同じき社
同じき阿受支の社　同じき阿受支の社
同じき社　同じき社
同じき社　同じき社
同じき社　同じき社
同じき社　同じき社
同じき社　同じき社
同じき社　同じき社
同じき社　同じき社
同じき社　同じき社

34　既出。
35　既出。来阪神社。
36　既出、伊努神社。
37　既出、美談神社。
38　既出、縣神社。
39　出雲市唐川町に鎮座する韓竈神社境内に鎮座する斐代神社。
40　出雲市唐川町に鎮座する韓竈神社。
41　出雲市斐川町出西に鎮座する伊佐賀神社。
42　松江市宍道町伊志見に鎮座する伊甚神社。
43　出雲市斐川町三絡に鎮座する波知神社。
44　出雲市斐川町併川に鎮座する立虫神社。
45　所在不明。
46　出雲市大社町に鎮座する湊社。
47　既出、阿須伎神社。

同じき社
同じき社
同じき社
同じき社
同じき伊努の社
県《あがた》の社[49]
同じき弥陀弥《みたみ》の社
同じき社
同じき社
同じき社
同じき社
伊尓波《いには》の社[51]
同じき社
山辺《やまべ》の社[54]
同じき社

同じき社
同じき社
同じき社
伊努《いぬ》の社[48]
同じき社
弥陀弥《みたみ》の社[50]
同じき社
同じき社
同じき社
同じき社
同じき社
都牟自《つむじ》の社[52]
弥努波《みぬは》の社[53]
同じき社
間野《まの》の社[55]

48 所在不明。
49 所在不明。
50 所在不明。
51 所在不明。
52 既出、都武自神社。
53 所在不明。
54 出雲市大社町杵築西に鎮座する山辺神社。
55 出雲市斐川町原鹿に鎮座する原鹿神社。
56 所在不明。
57 出雲市斐川町三絡に鎮座する波迦神社。
58 出雲市斐川町荘原に鎮座する佐支多神社。
59 出雲市斐川町神氷の曽枳能夜神社境内に鎮座する支比佐神社。
60 所在不明。
61 既出、日御碕神社。

布西《ふせ》の社[56]　波如《はね》の社[57]
佐支多《さきた》の社[58]　支比佐《きひさ》の社[59]
神代《かみしろ》の社[60]　同じき社
百枝槐《ももえゑにす》の社[61]　已上《かみ》の六十四[62]所《ところ》は、并《なら》びに神祇官《かむつかさ》に在《あ》らず

神名火山《かむなびやま》[1]。郡家の東南三里《さと》一百五十歩《あし》。高さ一百七十五丈《つゑ》、周《めぐ》り一十五里六十歩。曽支能夜《そきのや》の社《やしろ》[2]に坐《いま》す、伎比佐加《きひさか》美高日子命《みたかひこのみこと》[3]の社、此《こ》の山《やま》の嶺《みね》に在《あ》り。故《かれ》、神名火山《かむなびやま》と云《い》ひき。

出雲《いづも》の御崎山《みさきやま》[4]。郡家の西北二十七里三百六十歩。高さ三百六十丈、周り九十六里一百六十五歩。西の下《ふもと》[5]は、所謂《いはゆる》、天下造《あめのしたつく》らしし大神《おほかみ》の社《やしろ》坐《いま》す。

凡《すべ》て諸《もろもろ》の山野《やまの》在《あ》らゆる草木《くさき》、卑解《ところ》、百部根《ほとづら》、女委《ゑみくさ》、夜干《からすあふき》、商陸《いをすき》、独活《つちたら》、葛根《くずのね》、薇《わらび》、藤《ふぢ》、李《すもも》、蜀椒《ふさはじかみ》、楡《にれ》、赤桐《あかぎり》、白桐《あをぎり》、椎《しひ》、椿《つばき》、松《まつ》、栢《かへ》なり。禽獣《とりけもの》は、晨風《はやぶさ》、鳩《はと》、山鶏《やまどり》、鵠《くくひ》、鶫《つぐみ》、

62　神社記載の実数は六十一社。

1　出雲市斐川町の仏経山。カムナビは神が鎮座する山の意。
2　既出。
3　前出、漆治郷の天津枳比佐可美高日子命とあるいは同神か。
4　出雲市東林木町の旅伏山から出雲市猪目町の弥山に至る山並み。
5　山麓。

猪《ゐ》、鹿《しか》、狼《おほかみ》、兎《うさぎ》、狐《きつね》、獼猴《さる》、飛鼯《むささび》有《あ》り。

出雲《いづも》の大川《おほかは》[6]。源《みなもと》は伯耆《ははき》と出雲と二つの国の堺《さかひ》なる鳥上《とりかみ》山《やま》[7]より流《なが》れ、仁多《にた》の郡横田《こほりよこた》の村《むら》に出《い》で、横田、三処《みところ》、三沢《みさは》、布施《ふせ》等《ども》の四つの郷《さと》[8]を経《へ》て、大原《おほはら》の郡《こほり》の堺《さかひ》なる引沼《ひきぬ》の村《むら》[9]に出《い》で、来次《きすき》、斐伊《ひ》、屋代《やしろ》、神原《かむはら》[10]等《ども》の四つの郷《さと》を経《へ》て、出雲の郡の堺なる多義《たけ》の村[11]に出《い》で、河内《かふち》、出雲[12]の二つの郷《さと》を経て、北へ流れ、更《さら》に折《を》れて西へ流れ[13]、伊努《いぬ》、杵築《きづき》[14]の二つの郷《さと》を経て、神門《かむど》の水海《みづうみ》[15]に入《い》る。此《こ》は、所謂《いはゆる》斐伊《ひ》の河《かは》の下《しも》なり。河《かは》の両辺《みぎひだり》[16]は、或《ある》は土地《つち》豊沃《こ》え、土穀《たなつもの》[17]、桑《くは》、麻《あさ》、稔頴枝[18]、百姓《おほみたから》の膏腴《ゆたか》なる薗《その》なり。或《ある》は土体《つち》豊沃《こ》え、草木《くさき》叢《む》れ生《お》ひたり。年魚《あゆ》、鮭《さけ》、麻須《ます》、伊具比《いぐひ》、魴鱧《むなぎ》[19]等《ども》の類《たぐひ》有《あ》りて、潭湍《ふちせ》に双《なら》び泳《およ》げり。河《かは》の口《くち》より河上《かはかみ》の横田《よこた》の村《むら》に至《いた》る間《あひだ》、五つの郡《こほり》の百姓《おほみたから》、河《かは》に便《よ》りて[20]居《を》り。出雲《いづも》、神門《かむど》、飯石《いひし》、仁多《にた》、大原《おほはら》の郡《こほり》なり。

孟春《むつき》[21]起《よ》り季春《やよひ》[22]に至《いた》るまで、材木《くれき》[23]を挍《かと》[24]る船《ふね》、河《かは》の中《なか》を沿《のぼり》

6 斐伊川。
7 仁多郡奥出雲町と鳥取県日野郡日南町の境にある船通山。
8 後出の仁多郡の地名。
9 雲南市木次町の引野。
10 来次、斐伊、屋代、神原は、後出の大原郡の地名。
11 出雲市斐川町阿宮上阿宮。
12 既出。出雲郡の地名。
13 古代では現代と水系が異なり、宍道湖に流れずに神門の水海に注いでいた。
14 既出。出雲郡の地名。
15 神西湖。
16 この訓は古典大系本による。
17 稲、麦などの農耕の生産物。
18 「稔頴枝」の三文字、本文校訂に諸説あるが定説をみない。難訓、後考を俟つ。
19 魴と鱧で二種類の魚として「ナヨシ・ハム」（古典大系本）・「フナ・ハム」（新編全集本）と訓む説がある。
20 便りとして、の意。
21 一月。旧暦春三か月の初め。
22 三月。旧暦春三か月の終わり。
23 山から切り出した材木。

泝《くだ》れり。

意《お》保《ほ》美《み》の小《を》河《がは》。[25] 源は出雲《いづも》の御崎山より出《い》で、北へ流れて大海《おほうみ》に入《い》る。年魚《あゆ》少々《すこ》しく有《あ》り。

土負《つちおひ》の池。[26] 周《めぐ》り二百四十歩《あし》。

須々比《すすひ》の池。[27] 周り二百五十歩。

西門《にしかど》の江《え》。[28] 周り三里一百五十歩。東へ流れて入海《いりうみ》に入《い》る。鮒《ふな》有り。

大方《おほかた》の江。[29] 周り二百四十四歩。東へ流れて入海に入る。鮒有り。

二つの江の源《みなもと》は、並《なら》びに田《た》の水《みづ》の所集《あつ》まる所《ところ》なり。

東は入海《いりうみ》。[1]

三つの方《かた》は並《なら》びに平原《はら》遼遠《はるか》なり。鶫《つぐみ》、鳩《はと》、鳧《たかべ》、鴨《かも》、鴛鴦《をし》等《など》の族多《たぐひさは》に有《あ》り。

東の入海《いりうみ》に在《あ》る所《ところ》の雑《くさぐさ》の物《もの》は、秋鹿《あきか》の郡《こほり》に説《と》ける如《ごと》し。

24　材木を点検管理すること。
25　出雲市河下町の唐川川。
26　未詳。
27　未詳。
28　未詳。
29　未詳。
1　宍道湖。

北は大海《おほうみ》。

宮松《みやまつ》の埼《さき》[2]。楯縫《たてぬひ》と出雲《いづも》の郡《こほり》の堺《さかひ》に有《あ》り。

意保美《おほみ》の浜《はま》[3]。広《ひろ》さ二里《さと》一百二十歩《あし》。

気多《けた》嶋[4]。紫菜《むらさきのり》、海松《みる》生《お》ふ。鮑《あはび》、螺《さざえ》、蕀甲蠃《うに》有《あ》り。

井呑《ゐのみ》の浜[5]。広さ四十二歩。

宇大保《うたほ》の浜[6]。広さ三十五歩。

大前《おほさき》の嶋[7]。高さ一丈《つゑ》、周《めぐ》り二百五十五歩。海藻《にきめ》生《お》ふ。

脳嶋《なづき》[8]。紫菜《むらさきのり》、海藻《にきめ》生《お》ふ。松《まつ》、栢《かへ》有《あ》り。

鷺浜《さぎ》[9]。広さ二百歩。

黒嶋[10]。紫菜《むらさきのり》生《お》ふ。

米結《めゆひ》の浜[11]。広さ二十歩。

尓比埼《にひさき》[12]。長さ一里《さと》四十歩《あし》、広さ二十歩。埼《さき》の南の本《もと》は、東西に戸《と》を通《とほして》[13]船《ふね》猶ほ往来《かよ》ふ。上《うへ》には松叢《まつむらが》り生《お》ふ。

宇礼保《うれほ》の浦[14]。広さ七十八歩。船《ふね》二十許《ばか》り泊《は》つ可《べ》し。

山埼《やまさき》[15]。高さ三十九丈《つゑ》、周《めぐ》り一里《さと》二百五十歩《あし》。椎《しひ》、楠《くす》、椿《つばき》、

2 出雲市小津と奥宇賀町の間にあった小さな岬か。
3 出雲市河下町の浜。
4 出雲市猪目町の平島。
5 出雲市猪目の浜。
6 出雲市大社町鵜峠の浜。
7 出雲市大社町鷺浦沖にある鶴島。
8 出雲市大社町鷺浦の柏島。
9 出雲市大社町鷺浦の浜。
10 出雲市大社町鷺浦の足毛馬島。
11 桁掛半島の西の浜。
12 出雲市大社町日御碕の桁掛半島。
13 潜戸、水門。
14 出雲市大社町宇龍の海岸。
15 宇竜湾の権現島。

松《まつ》有り。
子負《こおひ》嶋[16]。礒《いそ》なり。
大椅《おほはし》の浜[17]。広さ一百五十歩。
御前《みさき》の浜[18]。広さ一百二十歩。百姓《おほみたから》の家《いへ》有り。
御厳《みいつく》嶋[19]。海藻《にきめ》生ふ。
御厨家《みくりや》嶋[20]。高さ四丈、周り二十歩。松有り。
等々《とど》嶋[21]。貽貝《いがひ》、石花《せ》有り。
怪聞埼《しもさき》[22]。長さ三十歩、広さ三十二歩。松有り。
意能保《おのほ》の浜[23]。広さ一十八歩。
栗《くり》嶋[24]。海藻《にきめ》生ふ。
黒《くろ》嶋[25]。海藻生ふ。
這田《はふた》の浜[26]。広さ一百歩。
二俣《ふたまた》の浜[27]。広さ九十八歩。
門石《かどいし》嶋[28]。高さ五丈《つゑ》、周り四十二歩《あし》。鷲《わし》の栖《す》有り。
薗《その》[29]。長さ三里《さと》一百歩《あし》、広さ一里二百歩。松繁《まつしげ》りて多《おほ》し。

16　未詳。
17　日御碕の東北にあるおわしの浜。
18　日御碕神社の前の浜。
19　日御碕沖の経島。
20　日御碕の経島の西の島か。
21　日御碕の西の海上にある艫島。
22　日御碕西南の追石鼻。
23　日御碕南方の黒田の浜。
24　黒田浜東南方の赤島。
25　日御碕南の御這田浜西方の礫島。
26　日御碕の南の這田の浜。
27　日御碕二俣の浜。
28　出雲市大社町杵築北の稲佐浜にある弁天島。
29　薗の長浜の北部。出雲市大社町杵築西の湊原のあたり。

神門《かむど》の水海《みづうみ》より、大海《おほうみ》に通《とほ》る潮《みなと》[30]、長さ三里、広さ一百二十歩。此《こ》は出雲《いづも》と神門《かむど》と二つの郡《こほり》の堺《さかひ》なり。

凡《すべ》て、北の海に在《あ》る所《ところ》の雑《くさぐさ》の物《もの》は、楯縫《たてぬひ》の郡《こほり》に説《と》けるが如《ごと》し。但《ただ》、鮑《あはび》は出雲の郡《こほり》尤《もと》も優《まさ》れり。捕《と》る者《もの》は、所謂御《いはゆるみ》埼《さき》の海子《あま》[31]、是《これ》なり。

通道《かよひぢ》。

意宇郡《おうのこほり》の堺《さかひ》なる佐《さ》雑《さふ》の村《むら》[1]に通《かよ》ふ、一十三里《さと》六十四歩《あし》。神門《かむどの》郡《こほり》の堺《さかひ》なる出雲《いづも》の大河《おほかは》の辺《ほとり》に通《かよ》ふ、二里六十歩。大原郡《おほはらのこほり》の堺《さかひ》なる多義《たけ》の村《むら》[2]に通《かよ》ふ、一十五里三十八歩。楯縫《たてぬひ》の郡《こほりさかひ》の堺なる宇《う》加《か》川《がは》[3]に通《かよ》ふ、一十四里二百二十歩。

郡司《こほりのつかさ》 主帳《ふみひと》无《む》位《ゐ》若倭部《わかやまとべ》の臣《おみ》

大領《おほみやつこ》外正八位下日置部《ひおきべ》の臣

少領《すけのみやつこ》外従八位下大《おほ》の臣《おみ》

主政《まつりごとひと》外大初位下□[4]部臣《おみ》

30 水門。

31 漁民。

1 松江市宍道町佐々布のあたり。

2 既出。

3 既出。

4 脱字があると思われる。

神門郡《こほり》[1]

合《あは》せて郷《さと》八、里《こざと》二十二。余戸《あまりべ》一、駅《うまや》二、神戸《かむべ》一。

朝山郷《あさやまのさと》。今も前《さき》に依《よ》りて用《もち》ゐる。里《こざと》二。

日置郷《ひおきの》。今も前に依りて用ゐる。里三。

塩冶郷《やむやの》。本の字は止屋なり。里三。

八野郷《やのの》。今も前に依りて用ゐる。里三。

高岸郷《たかぎしの》。本の字は高崖なり。里三。

古志郷《こしの》。今も前に依りて用ゐる。里三。

滑狭郷《なめさの》。今も前に依りて用ゐる。里二。

多伎郷《たきの》。本の字は多吉なり。里三。

余戸里《あまりべの》。

狭結駅《さゆふのうまや》。本の字は最邑なり。

多伎駅《たきの》。本の字は多吉なり。

神門郡

1　出雲市から旧平田市・斐川町などを除いた地域。

神戸《かむべの》里。

神門《かむど》と号《なづ》けし所以《ゆゑ》は、神門《かむど》の臣《おみ》伊加曽然《いかそね》[2]の時《とき》、神門《かむど》貢《たてまつ》りき。故《かれ》、神門《かむど》[3]と云《い》ひき。神門《かむど》の臣等《おみたち》、古《いにしへ》より今《いま》に至《いた》るまで常《つね》に此処《ここ》に居《を》り。故《かれ》、神門《かむど》と云《い》ふ。

朝山郷《あさやまのさと》[1]。郡家《こほりのみやけ》の東南五里《さと》五十六歩《あし》。神魂命《かむむすひのみこと》の御子《みこ》、真玉著玉邑日女命《またまつくたまのむらひめのみこと》[2]坐《いま》しき。その時《とき》、天《あめ》の下所造《したつく》らしし大《おほ》神《かみ》、大穴持命《おほあなもちのみこと》、娶《あ》ひ給《たま》ひて、毎朝《あさごと》に通《かよ》ひ坐《ま》しき。故《かれ》、朝《あさ》山《やま》と云ひき。

日置郷《ひおきのさと》[3]。郡家の正東四里。志紀嶋《しきしま》の宮《みや》に御宇《あめのしたしら》しめしし天皇《すめらみこと》[4]の御世《みよ》、日置《ひおき》の伴部《ともべ》等《ら》[5]、遣《つかは》さえて来《き》て宿停《とどま》りて政《まつりごと》為《せ》[6]し所《ところ》なり。故《かれ》、日置《ひおき》と云《い》ひき。

塩冶郷《やむやのさと》[7]。郡家の東北六里。阿遅須枳高日子命《あぢすきたかひこのみこと》[8]の御子《みこ》、塩《やむ》[illegible]《ひ》古能命《このみこと》[9]坐《いま》しき。故《かれ》、止屋《やむや》と云《い》ひき。神亀《じんき》三年、字を塩冶

2 神門臣は出雲臣と同祖。伊加曽然は他に見えない人物。

3 神領への入り口のこと。

1 出雲市朝山町のあたり。

2 他には見えない神。

3 出雲市塩冶町の西南部のあたり。

4 欽明天皇。

5 日置氏に従属した部民。

6 政治を執り行うこと。

7 出雲市塩冶町北部から今市町などのあたり。

8 既出。

9 他に見えない神。

10 出雲市矢野町・大塚町・白枝町・小山町・高松町・渡橋町のあたり。

11 既出。

12 他に見えない神。

13 結婚のための新しい家を造ること。結婚にあたり家を新築することは『記』の素佐之男神話などにも見られ

八野郷《やののさと》10。郡家の正北三里二百一十五歩。須佐能袁命《すさのをのみこと》11の御《み》子《こ》、八野若日女命《やののわかひめのみこと》12坐《いま》しき。その時、天《あめ》の下所造《したつく》らしし大神《おほかみ》、大穴持命《おほあなもちのみこと》、娶《あ》ひ給《たま》はむと為《し》て、屋《や》を造《つく》らしめ給《たま》13ひき。故《かれ》、八野《やの》と云《い》ひき。

高岸郷《たかきしのさと》14。郡家の東北二里。天《あめ》の下所造《したつく》らしし大神《おほかみ》の御子《みこ》、阿遅須枳高日子命《あぢすきたかひこのみこと》、甚《いた》く昼夜哭《ひるよるな》き坐《ま》15しき。仍《よ》りて、其《そ》の処《ところ》に高屋《たかや》造《つく》りて坐《ま》せき。高椅《たかはし》16を建《た》てて登《のぼ》り降《くだ》らせて、養《ひだ》17し奉《まつ》りき。故《かれ》、高崖《たかきし》と云《い》ひき。神亀《じんき》三年、字を高岸と改む。

古志郷《こしのさと》18。即《すなは》ち郡家《こほりのみやけ》に属《つ》く。伊弉彌命《いざなみのみこと》19の時《とき》、日淵川《ひぶちかは》20を以《もち》て池《いけ》を築造《つく》りき。その時、古志《こし》の国人《くにひと》等21、到《いた》り来《き》て堤《つつみ》を為《つく》り、宿《やど》り居《ゐ》し所《ところ》なり。故《かれ》、古志《こし》と云《い》ひき。

滑狭郷《なめさのさと》22。郡家の南西八里。須佐能袁命《すさのをのみこと》の御子《みこ》、和加須世《わかすせ》理《り》比売命《ひめのみこと》23、坐《いま》しき。その時、天《あめ》の下所造《したつく》らしし大神命《おほかみのみこと》、娶《あ》ひて通《かよ》ひ坐《ま》しし時に、彼《そ》の社《やしろ》24の前《まへ》に盤石《いは》25有《あ》り。其《そ》の上《うへ》甚《いた》く滑《なめ》らかなりき。即《すなは》ち詔《の》りたまひしく、「滑《なめ》し盤石《いは》26なる。

14　出雲市今市・塩谷・大塚町などのあたり。
15　延々と泣き止まない神については、深層心理学の立場から「永遠の少年」と呼ばれるような、精神的に未成熟な状態にあることを意味している。
16　高い梯子。
17　養育すること。
18　出雲市古志町・下古志町・知井宮町のあたり。
19　イザナキ命とともに国土創成を担った女神。
20　出雲市を流れる保知石川。
21　北陸地方の人。
22　出雲市神西町から湖陵町・畑村・二部・三部のあたり。
23　『記』では須世理毗売命として出てくる。父神の須佐之男命が大穴牟遅神に科した試練を克服するための援助し、のちに大穴牟遅神の正妻となることが語られている。
24　後出の奈売佐社のこと。
25　巨岩。
26　表面が滑らかで滑りやすい岩。

哉《かも》」と詔《の》りたまひき。故《かれ》、南佐《なめさ》と云《い》ひき。神亀《じんき》三年、字を滑狭と改《あらた》む。

多伎郷《たきのさと》。[27] 郡家の南西二十里。天《あめ》の下所造《したつく》らし大神《おほかみ》の御《み》子《こ》、阿陀加夜努志多伎吉比売命《あだかやぬしたききひめのみこと》、[28] 坐《いま》しき。故《かれ》、多吉《たき》と云《い》ひき。神亀《じんき》三年、字を多伎と改む。

余戸里《あまりべのさと》。[29] 郡家の南西三十六里。名を説《と》くこと、意宇《おう》の郡《こほり》の如《ごと》し。

狭結駅《さゆふのうまや》。[30] 郡家《こほりのみやけ》と同《おな》じき処《ところ》。古志《こし》の国の佐与布《さよふ》[31]と云《い》ふ人、来《き》たり居《を》りき。故《かれ》、最邑《さいふ》。神亀《じんき》三年、字を狭結と改《あらた》む。其《そ》の来《き》たり居《を》る所以《ゆゑ》は、説《と》くこと古志《こし》の郷《さと》の如《ごと》し。

多伎駅《たきのうまや》。[32] 郡家の西南一十九里。名を説き字を改むること、郷《さと》の如《ごと》し。[33]

新造《しんざう》の院一所《ゐんひとところ》。[1] 朝山《あさやま》の郷《さと》の中《うち》にあり。郡家の正東二里《さと》六十歩《あし》。厳堂《ごんだう》を建立《た》つ。神門臣等《かむどのおみたち》が造《つく》る所《ところ》なり。新造《しんざう》の院一《ゐんひと》

27 出雲市多伎町・久村・小田・奥田義・口田義のあたり。
28 他に見えない神。
29 出雲市乙立町から佐田町のあたり。
30 神門郡家と同じ場所にある。
31 越の国からやってきて河川仕事に携わった人。
32 出雲市多伎町久村のあたり。
33 この後、底本では神戸の里の記述が欠落している。底本に従う。
1 所在未詳。
2 「本」を「不」として「厳堂を立てず」とする説もあり定説がない。

所《ところ》。古志《こし》の郷の中に有り。郡家の東南一里。刑部臣《おさかべのおみ》等の造《つく》る所《ところ》なり。本厳堂《もとごんだう》を立《た》つ。[2]

美久我《みくが》の社《やしろ》[3]　阿須理《あすり》の社[4]
比布知《ひふち》の社[5]　又《また》、比布知《ひふち》の社
多吉《たき》の社[6]　夜牟夜《やむや》の社[7]
矢野《やの》の社[8]　波加佐《はかさ》の社[9]
奈売佐《なめさ》社[10]　知乃《ちの》の社[11]
浅山《あさやま》の社[12]　久奈為《くなゐ》の社[13]
佐志牟《さしむ》の社[14]　多支枳《たきき》の社[15]
阿利《あり》の社[16]　阿如《あね》の社[17]
国村《くにむら》の社[18]　那売佐《なめさ》の社[19]
阿利《あり》の社[20]　大山《おほやま》の社[21]
保乃加《ほのか》の社[22]　多吉《たき》の社[23]
夜牟夜《やむや》の社[24]　同《おな》じき夜牟夜《やむや》の社
比奈《ひな》の社[25]　已上《かみ》の二十五所、并《なら》びに神祇官《かむつかさ》に在《あ》り。

3 出雲市湖陵町大池に鎮座する弥久賀神社。
4 出雲市大津町に鎮座する阿須利神社。
5 出雲市下古志町に鎮座する比布智神社。智伊神社に合祀。
6 出雲市多伎町多伎に鎮座する多伎神社。
7 出雲市上塩冶大井谷に鎮座する塩冶神社。
8 出雲市矢野町に鎮座する八野神社。
9 出雲市西神西町に鎮座する波加佐神社。
10 出雲市東神西町に鎮座する那売佐神社。
11 出雲市知井宮町に鎮座する智伊神社。
12 出雲市朝山町に鎮座する朝山神社。
13 出雲市古志町に鎮座する久奈子神社。
14 出雲市湖陵町差海に鎮座する佐志武神社。
15 出雲市多伎町口田儀に鎮座する多伎芸神社。
16 出雲市塩冶町に鎮座する阿利神社。
17 出雲市湖陵町二部に鎮座する阿祢

塩夜《やむや》の社26　火守《ほもり》の社27
同《おな》じき塩冶《やむや》社　久奈子《くなこ》の社28
同《おな》じき久奈子《くなこ》の社　加夜《かや》の社29
小田《をだ》の社30　波加佐《はかさ》の社31
同《おな》じき波加佐《はかさ》の社　多支《たき》の社32
多支々《たきき》の社33　波須波《はすは》の社34

以上《かみ》の十二所、並《なら》びに神祇官《かむつかさ》に在《あ》らず。

25 出雲市姫原町に鎮座する比那神社。／26 既出。塩冶神社。／27 出雲市宇那手町に鎮座する火守神社。／28 既出。久奈子神社。／29 出雲市稗原町に鎮座する市森神社。／30 出雲市多伎町小田に鎮座する小田神社。／31 出雲市佐田町下橋波に鎮座する波須波神社。／32 所在不明。／33 既出、多伎芸神社。／34 出雲市佐田町下橋波に鎮座する波須波神社。

田俣山《たまた》1。郡家《こほりのみやけ》の正南一十九里《さと》。桅《ひのき》、枌《すぎ》有《あ》り。

長柄山《ながら》2。郡家の東南一十九里。桅《ひのき》、枌《すぎ》有《あ》り。

吉栗山《よしくり》3。郡家の西南二十八里。桅《ひのき》、枌《すぎ》有《あ》り。所謂《いはゆる》天《あめ》の下《した》所造《つく》らしし大神《おほかみ》の宮材《みやのき》造《つく》る山《やま》4なり。


神社。
18 出雲市多伎町久村に鎮座する国村神社。
19 既出。那売佐神社。
20 既出。阿利神社。
21 出雲市小山町に鎮座する大山神社。
22 出雲市所原町に鎮座する富能加神社。
23 既出。多伎神社。
24 既出。塩冶神社。

1 出雲市乙立町の王院山。
2 出雲市見々久町の弓掛山。
3 出雲市佐田町の栗原あたりの山。
4 宮殿や神殿を造る材木を切り出す山。
5 欠字があり校訂の定説がない。『鈔』・万葉緯本では「宇比多伎山」の

□□山[5]。郡家《こほりのみやけ》の東南五里《さと》五十六歩《あし》。大神《おほかみ》の御屋《みや》[6]なり。
稲積《いなづみ》山[7]。郡家の東南五里七十六歩。大神の稲積《いなづみ》[8]なり。

陰《かげ》山[9]。郡家の東南五里八十六歩。大神の御陰《みかげ》[10]なり。

稲《いな》山[11]。郡家の東南五里一百十六歩。東に樹林《はやし》在《あ》り。三《み》つの方《かた》は並《なら》びに礒《いそ》なり。大神の御稲《みいね》[12]なり。

桙《ほこ》山[13]。郡家の東南五里二百五十六歩。南と西は並《なら》びに樹林《はやし》在《あ》り。東と北は並びに礒《いそ》なり。大神の御桙《みほこ》[14]なり。

冠《かがふり》山[15]。郡家の東南五里二百五十六歩。大神の御冠《みかがふり》[16]なり。

凡《すべ》て、諸《もろもろ》の山野《やまの》に在《あ》る所《ところ》の草木《くさき》は、白歛《やまかがみ》、桔梗《ありのひふき》[17]、藍漆《やまあゐ》、竜膽《えやみくさ》[18]、商陸《いをすき》、續断《はみ》[19]、独活《つちたら》、白芷《よろひくさ》[20]、秦椒《かははじかみ》[21]、百部根《ほとづら》、百合《ゆり》[22]、巻柏《いはくみ》[23]、石斛《いはくすり》、升麻《とりのあしくさ》、当帰《やませり》[24]、石葦《いはのかは》[25]、麦門冬《やますげ》、杜仲《はひまゆみ》、細辛《みらのねくさ》、伏令《まつほど》、葛根《くずのね》、薇蕨《わらび》、藤《ふぢ》、李《すもも》、蜀椒《ふさはじかみ》、檜《ひのき》、杉《すぎ》、榧《かへ》、赤桐《あかぎり》、白《あお》桐《ぎり》、椿《つばき》、槻《つき》、柘《つみ》[26]、楡《にれ》、蘗《きはだ》、楮《かちのき》[27]なり。禽獣《とりけもの》は、鵰《わし》、鷹《たか》、晨風《はやぶさ》、鳩《はと》、山雞《やまどり》、鶉《うづら》、熊《くま》、狼《おほかみ》、猪《ゐ》、鹿《しか》、兎《うさぎ》、狐《きつね》、獼猴《さる》、飛鼯《むささび》有《あ》り。

神門《かむど》川[28]。源は飯石《いひし》の郡琴引《こほりことひき》山[29]より出《い》で、北へ流《なが》れ、来《き》

字を補っている。
6 大穴持命の社、の意。山全体を宮としている。
7 所在については諸説あり定説がない。
8 神饌用に刈り取った稲穂を積み重ねたもの。山全体を稲積としている。
9 朝山神社東方の堂原山かという。
10 髪に挿す髪飾り。蔓草などを用いた。山全体を御陰としている。
11 朝山神社東北の稲塚山かという。
12 大神の稲の意だが、詳細は分からない。あるいは脱穀して米俵としたことをいうか。山全体が俵を積んだように見ているということか。
13 堂原山東方の鞍掛山か。
14 そびえ立つ木々を矛と見立てたものか。
15 所在については諸説あり定説がない。
16 頭に被るかんむり。山容全体を冠に見立てたものか。
17 キキョウ科のキキョウ。
18 リンドウ科のリンドウ。薬用。
19 マツムシソウ科のナベナ。薬用。
20 セリ科のハナウド。薬用。

島《しま》、波多《はた》、須佐《すさ》[30]の三つの郷《さと》を経《へ》て、神門《かむど》の郡余戸《こほりあまりべ》の里《さと》の門《と》立《たち》の村《むら》[31]に出《い》で、神戸《かむべ》、朝山《あさやま》、古志《こし》[32]等《ども》の郷《さと》を経《へ》て、西へ流れて水海《みづうみ》[33]に入《い》る。年魚《あゆ》、鮭《さけ》、麻須《ます》、伊具比《いぐひ》有《あ》り。

多岐《たき》の小川《をがは》[34]。源《みなもと》は郡家《こほりのみやけ》の西南三十三里《さと》なる多岐《たき》山[35]より出《い》で、流れて大海《おほうみ》に入《い》る。年魚《あゆ》有《あ》り。

宇加《うか》の池[36]。周《めぐ》り三里六十歩。

来食《きくひ》の池[37]。周り一里一百四十歩。菜《もは》[38]有り。

笠柄《かさから》の池[39]。周り一里六十歩。菜有り。

刺屋《さしや》の池[40]。周り一里。

神門《かむど》の水海《みづうみ》[41]。郡家《こほりのみやけ》の正西四里《さと》五十歩《あし》。周《めぐ》り三十五里七十四歩。裏《うち》には、鯔魚《なよし》、鎮仁《ちに》、須受枳《すずき》、鮒《ふな》、玄蠣《かきあ》有り。即《すなは》ち、水海《みづうみ》と大海《おほうみ》との間《あひだ》に山在《あ》り[42]。長《なが》さ二十二里二百三十四歩。広《ひろ》さ三里。此《こ》は、意美豆努命《おみづぬのみこと》[43]の国引《くにひ》き坐《ま》しし時《とき》の綱《つな》[44]なり。今、俗人号《くにひとなづ》けて薗《その》の松山《まつやま》[45]と云《い》ふ。地《ところ》の形体《かたち》、壌《つち》も石《いし》も並《なら》びに無《な》し。白沙《しろすなご》のみ積上《つも》り、松《まつ》の林茂繁《はやししげ》れり。四《よも》の風《かぜ》[46]

21 ミカン科のフユザンショウ。薬用。
22 ユリ科のササユリ。
23 イワヒバ科のイワヒバ。薬用。
24 セリ科のトウキ。薬用。
25 ウラボシ科のヒトツバ。薬用。
26 クワ科のノグワ。
27 クワ科のコウゾ。
28 出雲市の神戸川。
29 後出、飯石郡の山。
30 後出、飯石郡の地名。
31 出雲市乙立町のあたり。
32 既出。神門郡の地名。
33 神門の水海。
34 出雲市の田儀川。
35 田儀川西方の山並みを指す。
36 出雲市下古志町の宇賀池。
37 出雲市布智にあった池。
38 何を指すかは未詳。
39 未詳。
40 未詳。
41 既出。
42 海岸の丘陵地帯を指す。
43 既出。
44 既出。
45 現在の薗の長浜。
46 東西南北から吹く風。

吹《ふ》く時《とき》は、沙《すなご》飛《と》び流《なが》れて松の林を掩《おほ》ひ埋《うづ》む。今、半《なか》ばは埋《うづ》みて、半《なか》ばは遺《のこ》れり。恐《おそ》るらくは遂《つひ》に埋《うも》れ已《は》てなむか。松《まつ》山《やま》の南の端《はし》なる美久我《みくが》の林《はやし》[47]起《よ》り、石見《いはみ》と出雲《いづも》と二つの国《くに》の堺《さかひ》なる中嶋《なかじま》の埼《さき》[48]に尽《いた》る間《あひだ》は、或《ある》は平《たひら》なる浜、或は峻《さか》しき礒《いそ》なり。

凡《すべ》て北の海に在《あ》る所《ところ》の雑《くさぐさ》の物《もの》は、楯縫《たてぬひ》の郡《こほり》に説《と》けるが如《ごと》し。但《ただ》、紫菜《むらさきのり》のみ無《な》し。

通道《かよひぢ》。

出雲郡《いづものこほり》の堺《さかひ》なる出雲《いづも》の河《かは》[1]の辺《へ》に通《かよ》ふは、七里《さと》二十五歩《あし》。

飯石《いひしの》郡の堺なる堀坂《ほりさか》山[2]に通ふ、一十九里。

同《おな》じき郡の堺なる与曽紀《よそき》の村《むら》[3]に通ふ、二十五里一百七十四歩。

石見国《いはみの》安農《あのの》[4]郡の堺なる多伎々《たきき》山[5]に通ふ、三十三里。路《みち》、常《つね》に剗《せき》[6]有《あ》り

47　湖陵町大池の弥久賀神社のあたり。
48　所在未詳。
1　斐伊川。
2　後出。
3　出雲市乙立の向名の古い名。
4　石見国の郡。今の島根県大田市。
5　既出「多岐山」。
6　国と国との境界に置かれた関所。

同《おな》じき安農郡川相《かはあひ》の郷《さと》7に通《かよ》ふ、四十六里。径《みち》、常《つね》には剗《せき》有《あ》らず。但《ただ》、政《まつりごと》有《あ》る時《とき》に当《あ》たりて、権《かり》に置《お》くのみ。

前《さき》の件《くだり》の五つの郡《こほり》8は、並《ならび》に大海《おほうみ》の南なり。

郡司主帳《こほりのつかさふみひと》无位《むゐ》刑部臣《おさかべのおみ》

大領《おほみやつこ》外従七位上勲十二等神門臣《かむどのおみ》

擬少領《かりのすけのみやつこ》外大初位下勲十二等刑部臣

主政《まつりごとひと》外従八位下勲十二等吉《き》備《び》部臣《べのおみ》

飯石郡《いひしのこほり》1

合《あは》せて郷《さと》七。里《こざと》一十九。

熊谷郷《くまたにのさと》。今も前《さき》に依《よ》りて用ゐる。

三屋《みとやの》郷。本の字は三刀矢なり。

飯石《いひしの》郷。本の字は伊鼻志なり。

多《た》祢《ねの》郷。本の字は種なり。

7 大田市川合町。

8 島根・秋鹿・楯縫・出雲・神門の五つの郡。

飯石郡

1 現在の飯南町・雲南市三刀屋町・掛合町・吉田町などの地域。

須佐郷《すさの》。今も前に依りて用ゐる。以上《かみ》の五、郷別《さとごと》に里三《こざと》。

波多郷《はたの》。今も前に依りて用ゐる。

来嶋郷《きじまの》。本の字は支自真。以上《かみ》の二、郷別《さとごと》に里二《こざと》。

飯石《いひし》と号《なづ》けし所以《ゆゑ》は、飯石《いひし》の郷《さと》の中《うち》に伊毗志都幣命《いひしつべのみこと》2坐《いま》す。故《かれ》、飯石《いひし》と云《い》ひき。

熊谷郷《くまたにのさと》1。郡家《こほりのみやけ》の東北二十六里《さと》。古老《ふるおきな》の伝《つた》へて云《い》はく、久志伊奈大美等与麻奴良比売命《くしいなたみとよまぬらひめのみこと》2、任身《はらみ》3て産《う》まむとする時《とき》に及《いた》り、生《う》む処《ところ》を求《もと》めき。その時、此処《ここ》に到《いた》り来《き》て詔《の》りたまひしく、「甚《いた》く久々麻々《くまくま》志枳《しき》4谷《たに》在《な》り」とのりたまひき。故《かれ》、熊谷《くまたに》と云《い》ひき。

三屋郷《みとやの》5。郡家《こほりのみやけ》の東北廾四里。天《あめ》の下所造《したつく》らしし大神《おほかみ》の御門《みと》6、此処《ここ》に在《あ》り。故《かれ》、三刀矢《みとや》と云《い》ひき。神亀《じんき》三年、字を三屋と改《あらた》む。即《すなは》ち正倉《みやけ》有《あ》り。

飯石郷《いひしの》7。郡家《こほりのみやけ》の正東一十二里。伊毗志都幣命《いひしつべのみこと》8、天降《あまくだ》り9

2　飯石社に鎮座する神。

1　雲南市三刀屋町上熊谷・下熊谷・木次町上熊谷・下熊谷のあたり。
2　『記』に櫛名田比売、『紀』に奇稲田姫にあたる女神。
3　妊娠すること。
4　奥深く暗い様子をいう。
5　雲南市三刀屋町中部のあたり。
6　既出。
7　雲南市三刀屋町多久和・中野・神代・六重・吉田町のあたり。
8　既出。
9　天上界から降臨すること。ここの「天」は高天原ではない。奈良時代の風土記に高天原は登場しない。

坐《ま》し処《ところ》なり。故《かれ》、伊鼻志《いひし》と云《い》ひき。神亀《じんき》三年、字を飯石と改む。

多祢郷《たねの》[10]。郡家《こほりのみやけ》に属《つ》く。天《あめ》の下所造《したつく》らしし大神《おほかみ》、大穴持命《おほなもちのみこと》と須久奈比古命《すくなひこのみこと》[11]、天《あめ》の下《した》を巡《めぐ》り行《ゆ》きましし時、稲《いな》種此処《だねここ》に堕《お》ちき。故《かれ》、種《たね》と云《い》ひき。神亀《じんき》三年、字を多祢と改む。

須佐郷《すさの》[12]。郡家《こほりのみやけ》の正西一十九里。神須佐能袁命《かむすさのをのみこと》[13]詔《の》りたまひしく、「此《こ》の国は小《ちさ》き国《くに》なれども、国処《くにどころ》[14]在《な》り。故《かれ》、我《あ》が御名《みな》は、木石《きいし》には着《つ》けじ」と詔《の》りたまひて、己《おの》が命《みこと》の御魂《みたま》、鎮《しづ》め置《お》き給《たま》ひき[15]。然《しか》して、大須佐田《おほすさだ》[16]、小須佐田《をすさだ》を定《さだ》め給《たま》ふ。故《かれ》、須佐《すさ》と云《い》ひき。即《すなは》ち正倉有《みやけあ》り。

波多郷《はたの》[17]。郡家《こほりのみやけ》の西南一十九里。波多都美命《はたつみのみこと》[18]、天降《あまくだ》り坐《ま》しし処在《ところな》り。故《かれ》、波多《はた》と云《い》ひき。

来嶋郷《きじまの》[19]。郡家《こほりのみやけ》の正南四十一里。伎自麻都美命《きじまつみのみこと》[20]坐《いま》す。故《かれ》、支自真《きじま》と云《い》ひき。神亀《じんき》三年、字を来嶋と改《あらた》む。即《すなは》ち正倉有《みやけあ》り。

10 雲南市三刀屋町乙加宮・坂本・須所・掛合町・吉田町のあたり。

11 『記』に少名毗古那命、『紀』に少彦名命とある神。大国主命とともに国作りをする神として登場し、大穴持命（大国主命）とペアで登場することが多い。

12 出雲市佐田町反辺・須佐などから雲南市掛合町穴見のあたり。

13 既出。青木紀元は須佐之男命について、本来は出雲の地方神として在地で信仰されていたとする。

14 人が生活をするのにふさわしい場所のこと。

15 鎮座すること。

16 神領の田。

17 雲南市掛合町波多をはじめとする地域。

18 他に見えない神。

19 飯石郡飯南町頓原を中心とした地域。

20 他に見えない神。

須佐《すさ》の社《やしろ》1　河辺《かはべ》の社2
御門屋《みとや》の社3　多倍《たべ》の社4
飯石《いひし》の社5　以上《かみ》の五処、並《なら》びに神祇官《かむつかさ》に在《あ》り。
狭長《さなが》の社6　飯石《いひし》の社7
田中《たなか》の社8　多加《たか》の社9
毛利《もり》の社10　兎比《とひ》の社11
日倉《ひくら》の社12　井草《ゐぐさ》の社13
深野《ふかの》の社14　託和《たくわ》の社15
上《かみ》の社16　葦鹿《あしか》の社17
粟谷《あはたに》社18　穴見《あなみ》の社19
神代《かみしろ》の社20　志志乃村《ししのむら》の社21
以上《かみ》の十六所、並《なら》びに神祇官《かむつかさ》に在《あ》らず。

1　出雲市佐田町須佐に鎮座する須佐神社。
2　雲南市木次町上熊谷に鎮座する河辺神社。
3　雲南市三刀屋給下に鎮座する三屋神社。
4　出雲市佐田町反辺に鎮座する多倍神社。
5　雲南市三刀屋町多久和に鎮座する飯石神社。
6　雲南市掛合町掛合に鎮座する狭長神社。
7　雲南市三刀屋町六重に鎮座する飯石神社。
8　雲南市三刀屋町古城に鎮座する田中神社。
9　雲南市吉田町吉田の兎比神社に合祀。
10　雲南市三刀屋町伊萱に鎮座する井草神社。
11　雲南市吉田町吉田に鎮座す兎比神社。／12　雲南市三刀屋町乙加宮に鎮座する日倉神社。／13　雲南市三刀屋町伊萱に鎮座する井草神社。／14　雲南市吉田町深野に鎮座する深野神社。／15　雲南市三刀屋町多久和の飯石神社境内に鎮座する託和神社。／16　雲南市吉田町上山に鎮座する上神社。／17　前出兎比神社に合祀。／18　雲南市三刀屋町粟谷に鎮座する粟谷神社。／19　雲南市掛合町穴見に鎮座する穴見神社。／20　雲南市三刀屋町神代に鎮座する神代神社。／21　飯石郡飯南町八神に鎮座する志々乃村神社。


焼村山《たきむら》[1]。郡家《こほりのみやけ》の正東一里《さと》。

穴厚山《あなつ》[2]。郡家の正南一里。

笑村山《やむら》[3]。郡家の正西一里。

広瀬山《ひろせ》[4]。郡家の正北一里。

琴引山《ことびき》[5]。郡家の正南三十五里《さと》二百歩《あし》。高《たか》さ三百丈《つゑ》、周《めぐ》り十一里《さと》。古老《ふるおきな》の伝《つた》へて云《い》はく、此《こ》の山の峰《みね》に窟《いはや》[6]有《あ》り。裏《うち》に天《あめ》の下《した》所造《つく》らしし大神《おほかみ》の御琴《みこと》[7]あり。長《なが》さ七尺、広《ひろ》さ三尺、厚《あつ》さ一尺五寸。又《また》、石神《いしかみ》在《あ》り。高さ二丈、周り四丈。故《かれ》、琴引山《ことびき》と云《い》ひき。塩味葛《えびかづら》[8]有《あ》り。

石穴山《いはな》[9]。郡家《こほりのみやけ》の正南五十八里。高五十丈。

幡咋山《はたくひ》[10]。郡家の正南五十二里。紫草《むらさきぐさ》有《あ》り。

野見《のみ》[11]、木見《きみ》[12]、石次《いはすき》[13]三つの野、並《なら》びに郡家の南西四十里。紫草有り。

1　雲南市掛合町大志戸の山。
2　雲南市掛合町佐中の南方の山かという。
3　雲南市掛合町西方の矢峯山。
4　雲南市掛合町十日市の山。
5　飯石郡飯南町頓原の琴引山。
6　洞窟。
7　琴は神聖な楽器と考えられていた。
8　ブドウ科のヤマブドウ。
9　飯石郡飯南町上赤名の三国山。
10　飯石郡飯南町小田にある山。
11　飯石郡飯南町上赤名の呑谷の山。
12　飯石郡飯南町下来島の木見山。
13　飯石郡飯南町下赤名神戸川流域の山。

佐比売《さひめ》山[14]。郡家の正西五十一里一百四十歩。石見《いはみ》と出雲《いづも》と二つの国《くに》の堺《さかひ》なり。

堀坂《ほりさか》山[15]。郡家の正西四十一里。杉《すぎ》、松《まつ》有り。

城垣野《きかきの》[16]。郡家の正南一十二里。紫草有り。

伊我《いが》山[17]。郡家の正北一十九里二百歩。

奈倍《なへ》山[18]。郡家の東北廿里二百歩。

凡《すべ》て、諸《もろもろ》の山野《やまの》に在《あ》る所《ところ》の草木は、卑解《ところ》、升麻《とりのあしくさ》、当帰《やませり》、独活《つちたら》、大薊《おほあざみ》[19]、黄精《あまな》、前胡《のせり》、署預《やまついも》、白朮《をけら》、女委《ゑみくさ》、細辛《みらのねくさ》、白頭公《おきなくさ》[20]、白芨《かがみ》[21]、赤箭《かみのや》[22]、桔梗《ありのひふき》、葛根《くずのね》、秦皮《とねりこのき》[23]、杜仲《はひまゆみ》、石斛《いはくすり》、藤《ふぢ》、李《すもも》、榲《すぎ》、赤桐《あかぎり》、椎《しひ》、楠《くすのき》、楊梅《やまもも》、槻《つき》、柘《つみ》、楡《にれ》、松《まつ》、榧《かへ》、蘗《きはだ》、楮《かちのき》。禽獣《とりけもの》は、鷹《たか》、隼《はやぶさ》、山鶏《やまどり》、鳩《はと》、雉《きぎし》、熊《くま》、狼《おほかみ》、猪《ゐ》、鹿《しか》、兎《うさぎ》、獼猴《さる》、飛鼯《むささび》有《あ》り。

三屋《みとや》川[24]。源《みなもと》は郡家《こほりのみやけ》の正東一十五里《さと》なる多加《たか》山[25]より出《い》で、北へ流《なが》れて斐伊《ひ》の河に入《い》る。年魚《あゆ》有り。

須佐《すさ》川[26]。源《みなもと》は郡家《こほりのみやけ》の正南六十八里《さと》なる琴引《ことびき》山[27]より出《い》で、

14　三瓶山。
15　出雲市佐田町朝原の東北にある山。
16　雲南市吉田町谷宇山にある山。
17　雲南市三刀屋町伊萱の峰寺弥山。
18　雲南市三刀屋町乙加宮の禅定寺山。
19　キク科のヤマアザミ。
20　ウマノアシガタ科のオキナグサ。薬用。
21　ラン科のシラン。薬用。
22　ラン科のオニノヤガラ。薬用。
23　ヒイラギ科のトネリコ。
24　雲南市の三刀屋川。
25　飯石郡飯南町頓原と広島県庄原市高野町の境の大万木山。
26　出雲市の須佐川。神戸川中流の名。
27　既出。

北へ流れて来島《きじま》、波多《はた》、須佐《すさ》28等《ども》の三つの郷《さと》を経《へ》て、神門《かむど》の郡門立村《とたち》29に入《い》る。此《こ》は所謂《いはゆる》神門《かむど》河の上《かみ》なり。年魚《あゆ》有り。

磐鉏《いはすき》川30。源《みなもと》は郡家《こほりのみやけ》の西南七十里《さと》なる箭《や》山31より出《い》で、北へ流れて須佐《すさ》河に入《い》る。年魚《あゆ》有り。

波多《はた》の小川《をがは》32。源《みなもと》は郡家《こほりのみやけ》の西南二十四里《さと》なる志許斐《しこひ》山33より出《い》で、北へ流れて須佐《すさ》河に入《い》る。鉄《まがね》34有り。

飯石《いひし》の小川35。源は郡家の正東一十二里《さと》なる佐久礼《さくれ》山36より出《い》で、北へ流れて三屋《みとや》川に入《い》る。鉄有り。

通道《かよひぢ》。

大原《おほはらのこほり》郡の堺《さかひ》なる斐伊《ひ》の河《かは》1の辺《へ》に通《かよ》ふ、二十九里《さと》一百八十歩《あし》。

仁多《にた》郡の堺なる温泉《ゆ》の河《かは》2の辺《へ》に通ふ、二十二里。

神門《かむど》郡の堺なる与曽紀《よそき》の村3に通ふ、三十八里《さと》六十歩《あし》。

同《おな》じき郡の堀坂《ほりさか》山4に通ふ、三十一里。

備後《きびのみちのしりの》国恵宗《ゑそ》の郡5の堺なる荒鹿《あらか》の坂6に通ふ、三十九里《さと》

28 来島、波田、須佐は、飯石郡の郷。
29 既出。
30 神戸川上流の名。
31 飯石郡飯南町上赤名の本谷山。
32 雲南市掛合町の波多川。
33 雲南市掛合町波多の野田山。
34 砂鉄。
35 雲南市の飯石川
36 雲南市三刀屋町六重東南の山。

1 飯石郡東北部で斐伊川が大原郡との境になる。
2 斐伊川の別名。
3 既出。
4 既出。
5 広島県庄原市。
6 飯石郡飯南町頓原と広島県庄原市の境の草峠。

二百歩《あし》。径《みち》、常《つね》に剗《せき》有り。

三次郡《みよしのこほり》の堺《さかひ》なる三坂《みさか》[7]に通ふ、八十一里《さと》。径《みち》、常《つね》に剗《せき》有り。

波多径《はたみち》[8]、須佐径《すさみち》[9]、志都美径《しづみみち》[10]、以上《かみ》の三つの径《みち》は、常《つね》に剗无《せきな》し。但《ただ》、政《まつりごと》有る時《とき》に当《あ》たりて、権《かり》に置《お》くのみ。並《なら》びに備後《きびのみちのしり》の国《くに》に通《かよ》ふ。

郡司《こほりのつかさ》　主帳《ふみひと》无《む》位《ゐ》日置首《ひおきのおびと》
大領《おほみやつこ》外正八位外勲十二等大私の造《おほきさきみやつこ》[11]
少領《すけのみやつこ》　外従八位上出雲《いづも》の臣《おみ》

仁多郡《にたのこほり》[1]

合《あは》せて郷《さと》四。里《こざと》十二。

三処郷《みところのさと》。今も前《さき》に依《よ》りて用《もち》ゐる。

布勢《ふせ》郷。今も前に依りて用ゐる。

三《み》津《つの》郷。今も前に依りて用ゐる。

7　広島県三次市布野町の地域。
8　波多小川沿いに南下する道。
9　須佐川沿いに南下する道。
10　波多径、須佐径が合してさらに南下する道。
11　底本に「大弘」とあるが諸注に従い校訂する。

仁多郡
1　ほぼ現在の仁多郡奥出雲町。

横田《よこたの》郷。今も前に依りて用ゐる。

仁多《にた》と号《なづ》けし所以《ゆゑ》は、天《あめ》の下所造《したつく》らしし大神《おほかみ》、大穴持命《おほなもちのみこと》、詔《の》りたまひしく、「此《こ》の国《くに》は、大《おほ》きくもあらず小《ちさ》くもあらず。川上《かはかみ》[2]は木《き》の穂刺《ほさ》しかふ。[3]川下《かはしも》[4]は阿志婆布《あしばふ》這《は》ひ度《わた》れり。是《こ》は尓多志枳《にたしき》小国《をくに》[5]在《な》り」と詔《の》りたまひき。故《かれ》、仁多《にた》と云《い》ひき。

2 斐伊川の川上。
3 「かふ」は樹木の梢が入り交じるほど茂っているさま。
4 斐伊川の川下。
5 ニタシは湿ってぬかるんでいるさま。

三処郷《みところのさと》[1]。即《すなは》ち郡家《こほりのみやけ》に属《つ》く。大穴持命《おほなもちのみこと》詔《の》りたまひしく、「此《こ》の地《ところ》の田好《たよ》し。故《かれ》、吾《あ》が御地《みところ》[2]と占《し》めむ」と詔《の》りたまひき。故《かれ》、三処《みところ》と云《い》ひき。

布勢郷《ふせの》[3]。郡家の正西一十里《さと》。古老《ふるおきな》の伝《つた》へて云《い》はく、大神命《おほかみのみこと》の宿《ふせ》り坐《ま》しし処《ところ》なり。故《かれ》、布世《ふせ》と云《い》ひき。神亀《じんき》三年、字を布勢と改《あらた》む。

三津郷《みつの》[4]。郡家の西南二十五里《さと》。大神大穴持命《おほかみおほなもちのみこと》の御子《みこ》、阿遅須枳高日子命《あぢすきたかひこのみこと》[5]、御須髪《みひげ》[6]八握《やつか》[7]に生《お》ふるまで、昼夜哭《ひるよるな》き

1 仁多郡奥出雲町北部から安来市広瀬町のあたり。
2 神領地。
3 仁多郡奥出雲町佐白・八代のあたり。
4 諸注では多く「三沢」と校訂するが、底本に従う。雲南市木次町湯村から仁多郡奥出雲町西部のあたり。
5 既出。
6 あごひげ。
7 ツカは長さの単位で、握り拳ひとつの長さ。八握に生ふるとは、それほど長くひげが伸びる時間の経過をも示している。

坐《ま》して、辞通《ことかよ》はざりき。[8]その時、御祖命《みおやのみこと》、[9]御子《みこ》を船《ふね》に乗《の》せて、八十嶋《やそしま》[10]を率《ゐ》巡《めぐ》りて、宇良加志《うらかし》[11]給《たま》へども、猶哭《なほな》くこと止《や》まずありき。大神《おほかみ》、夢《いめ》に願《ね》ぎ[12]給《たま》ひしく、「御子《みこ》の哭《な》く由《よし》を告《の》らせ」と夢に願坐《ねぎま》しかば、夜《よ》の夢《いめ》に、御子《みこ》辞通《ことかよ》ふと見《み》坐《ま》しき。寤《さ》めて問《と》ひ給《たま》へば、その時、「御津《みつ》」と申《まを》しき。その時、「何処《いづく》を然云《しかい》ふ」と問《と》ひ給《たま》ふ。即《すなは》ち、御祖《みおや》の御前《みまへ》を立《た》ち去《さ》り出《い》で坐《ま》して、石川《いしかは》を度《わた》り、坂《さか》の上《うへ》に至《いた》り留《とど》まり、「是処《ここ》[13]ぞ」と申《まを》したまひき。その時、其《そ》の津《つ》の水活《みづなが》れ出《い》でて、御身《みみ》沐浴《ゆあ》み[14]坐《ま》しき。故《かれ》、国造《くにのみやつこ》神吉事《かむよごと》奏《まを》しに[15]朝廷《みかど》に参《まゐ》向《むか》ふ時、其《そ》の水活《みづなが》れ出《い》でて用《もち》ゐ初《そ》むるなり。此《こ》れに依《よ》りて、今も産《こう》む婦《をみな》、彼《そ》の村《むら》の稲《いね》を食《く》はず。若《も》し食《くら》ふ者有《ものあ》らば、生《うま》るる子已《こすで》に云《ものい》ふなり。[16]故《かれ》、三津《みつ》と云《い》ひき。即《すなは》ち正倉有《みやけあ》り。

横田郷《よこたのさと》。[17]郡家《こほりのみやけ》の東南二十一里《さと》。古老《ふるおきな》の伝《つた》へて云《い》はく、郷《さと》の中《うち》に田有《たあ》り。四段《きだ》[18]許《ばかり》。形聊《かたちいささ》か長《なが》し。遂《つひ》に田《た》に依《よ》りて、故《かれ》、横田《よこた》と云《い》ひき。即《すなは》ち正倉有《みやけあ》り。以上《かみ》の諸《もろもろ》の郷《さと》より出《いづ》る鉄《まがね》、

8　言葉を話すことができなかった、の意。
9　ここでは父神である大穴持命のこと。
10　多くの島。
11　心を楽しませる、の意。
12　夢で神の啓示を願うこと。
13　現在の仁多郡奥出雲町の三沢池か。
14　水浴びして身を清める。
15　既出。
16　諸注の中には「已不云」と校訂し、「もの云わず」と解釈する説もあるが、新生児がただちに物を言ったとする説に従う。
17　仁多郡奥出雲町横田のあたり。
18　「きだ」は土地の面積の単位。長さ三十歩、幅十二歩が一段。現在の単位でいうと約十一・四アール。

1　仁多郡奥出雲町三沢に鎮座する三沢神社。
2　仁多郡奥出雲町横田に鎮座する伊賀多気神社。
3　仁多郡奥出雲町亀嵩の湯野神社境内に鎮座する玉作神社。
4　所在不明。

堅《かた》くして、尤《もと》も雑《くさぐさ》の具《もの》を造《つく》るに堪《た》ふ。

三沢《みさは》の社《やしろ》[1]　伊我多気《いがたけ》の社[2]

以上《かみ》の二所、並《なら》びに神祇官《かむつかさ》に在《あ》り。

玉作《たまつくり》の社[3]　須我乃非《すがのひ》の社[4]

湯野《ゆの》の社[5]　比太《ひだ》の社[6]

漆仁《しつに》の社[7]　大原《おほはら》の社[8]

印支斯里《いなきしり》の社[9]　石壺《いはつぼ》の社[10]

以上《かみ》の八所、並《なら》びに神祇官《かむつかさ》に在《あ》らず。

鳥上《とりかみ》山[1]。郡家《こほりのみやけ》の東南三十五里《さと》。伯耆《ははき》と出雲《いづも》との堺《さかひ》なり。塩《え》味葛《びかづら》[2]有《あ》り。

室原《むろはら》山[3]。郡家の東南三十六里《さと》。備後《きびのみちのしり》と出雲と二つの国《くに》の堺。塩味葛有り。

灰火《はひひ》の山[4]。郡家の東南三十里。

5　仁多郡奥出雲町亀嵩に鎮座する湯野神社。

6　安来市広瀬町西比田に鎮座する比太神社。

7　雲南市木次町湯村に鎮座する温泉神社。

8　仁多郡奥出雲町上阿井の大原神社説と雲南市木次町平田の石壺神社説がある。

9　仁多郡奥出雲町八代に鎮座する仰支斯里神社。

10　雲南市木次町平田の石壺神社説と雲南市木次町平田の日御碕神社説がある。

1　仁多郡奥出雲町横田と鳥取県の境にある船通山。

2　既出。

3　仁多郡奥出雲町横田と広島県の境にある三国山。

4　仁多郡奥出雲町大馬木の仏山。

遊託《ゆた》山。[5] 郡家の正南三十七里。塩味葛有り。

御坂《みさか》山。[6] 郡家の西南五十三里。此《こ》の山《やま》に神《かみ》の御門《みと》[7]有《あ》り。故《かれ》、御坂《みさか》と云ひき。備後と出雲の堺なり。塩味葛《えびかづら》有り。

志努坂野《しぬさかの》[8]。郡家の西南三十一里。紫草《むらさきくさ》少々《すこ》しく有り。

玉峰《たまみね》山。[9] 郡家の東南一十里。古老《ふるおきな》伝《つた》へて云《い》はく、山の嶺《みね》に玉上《たまかみ》の神[10]在《あ》り。故《かれ》、玉峰《たまみね》と云ひき。

城紲野《きせの》[11]。郡家の正南一十里。紫草少々《すこ》しく有り。

大内野《おほうちの》[12]。郡家の正南二十二里。紫草少々しく有り。

菅火野《すがひの》[13]。郡家の正西四里。高《たか》さ一百二十五丈《つゑ》、周《めぐ》り一十里《さと》。峰《みね》に神《かむ》つ社《やしろ》[14]有《あ》り。

恋《したひ》山。[15] 郡家の正南二十三里。古老《ふるおきな》の伝《つた》へて云《い》はく、和尓《わに》[16]、阿伊《あい》の村《むら》[17]に坐《いま》す神、玉日女命《たまひめのみこと》[18]を恋《した》ひて上《のぼ》[19]り到《いた》りき。その時、玉日女命、石《いし》以《もち》て川を塞《ふさ》ぎ[20]しかば、得会《えあ》はずして恋《した》へり。故《かれ》、恋《したひ》山と云《い》ひき。

凡《すべ》て、諸《もろもろ》の山野《やまの》に在《あ》る所《ところ》の草木《くさき》は、白頭公《おきなくさ》、藍漆《やまあゐ》、藁本《さはそらし》、

5　仁多郡奥出雲町大馬木と広島県の境の烏帽子山。
6　仁多郡奥出雲町上阿井と広島県の境の猿政山。
7　神門。神領との境界の門。
8　仁多郡奥出雲町西南の鯛巣山山地付近。
9　仁多郡奥出雲町北堺の玉峰山。
10　前出、玉作社。
11　仁多郡奥出雲町横田付近の山。
12　仁多郡奥出雲町大内原の山。
13　仁多郡奥出雲町上三所東方の城山。
14　前出、須我乃非の社。
15　仁多郡奥出雲町三成の鬼の舌振がある山か。
16　サメのこと。既出。
17　仁多郡奥出雲町の大馬木のあたりか。
18　他に見えない神。
19　恋しく思うこと。
20　堰き止める。

玄参《おしくさ》、百合《ゆり》、王不留行《かさくさ》21、薺苨《さきくさな》22、百部根《ほとづら》、瞿麦《なでしこ》、升麻《とりのあしくさ》、抜葜《さるとり》23、黄精《あまな》、地楡《あやめたむ》24、附子《おう》25、狼牙《こまつなぎ》26、離留《やまうばら》27、石斛《いはくすり》、貫衆《おにわらび》、續断《はみ》、女委《ゐみくさ》、藤《ふぢ》、李《すもも》、檜《ひのき》、椙《すぎ》、樫《かし》、松《まつ》、栢《かへ》、栗《くり》、柘《つみ》、槻《つき》、蘗《きはだ》、楮《かぢのき》なり。禽獣《とりけもの》は、鷹《たか》、晨風《はやぶさ》、鳩《はと》、山鶏《やまどり》、雉《きぎし》、熊《くま》、狼《おほかみ》、猪《ゐ》、鹿《しか》、狐《きつね》、兎《うさぎ》、獼猴《さる》、飛鼯《むささび》有《あ》り。

横田川《よこた》28。源《みなもと》は郡家《こほりのみやけ》の東南三十五里《さと》なる鳥上山《とりかみ》より出《い》で、北へ流る。所謂《いはゆる》斐伊《ひ》の河の上《かみ》なり。年魚《あゆ》少々《すこ》しく有《あ》り。

室原川《むろはら》29。源は郡家の東南三十六里《さと》なる室原山《むろはら》より出《い》で、北へ流る。此《こ》は所謂《いはゆる》斐伊《ひ》の大河《おほかは》の上《かみ》なり。年魚《あゆ》、麻須《ます》、魴鱧《むなぎ》30等《ども》の類《たぐひ》有《あ》り。

灰火《はいひ》の小川《をがは》31。源《みなもと》は灰火山《はいひ》より出《い》で、斐伊《ひ》の河《かは》の上《かみ》に入《い》る。年魚有り。

阿伊川《あい》32。源《みなもと》は郡家《こほりのみやけ》の正南三十七里《さと》なる遊託山《ゆた》より出《い》で、北へ流れて斐伊《ひ》の河《かは》の上《かみ》に入《い》る。年魚《あゆ》、麻須《ます》有《あ》り。

阿位川《あゐ》33。源は郡家の西南五十里なる御坂山《みさか》より出《い》で、

21 ナデシコ科のヒメケフシグロ。薬用。
22 キキョウ科のソバナ。薬用。
23 ユリ科のサルトリイバラ。薬用。
24 バラ科のワレモコウ。薬用。
25 キンポウゲ科のトリカブト。薬用。
26 マメ科のコマツナギ。薬用。
27 ユリ科のシュロソウか。駆虫。
28 仁多郡奥出雲町の斐伊川上流。
29 仁多郡奥出雲町の室原川。
30 既出。
31 仏山から流れ室原川に合流する小川。
32 仁多郡奥出雲町の大馬木川。
33 仁多郡奥出雲町の阿井川。

斐伊《ひ》の河《かは》の上《かみ》に入《い》る。年魚、麻須有り。

比太《ひだ》川[34]。源は郡家の東南一十里なる玉岑山《たまみね》より出《い》で、北へ流る。意宇《おう》の郡《こほり》の野城《のき》河の上《かみ》、是《これ》なり。年魚有り。

湯野《ゆの》の小川《をがは》[35]。源《みなもと》は玉岑山《たまみね》より出《い》で、西に流れて斐伊《ひ》の河《かは》の上《かみ》に入《い》る。

通道《かよひぢ》。

飯石郡《いひしのこほり》の堺《さかひ》なる漆仁《しつに》の川の辺《へ》[1]に通《かよ》ふ、二十八里《さと》。即《すなは》ち、川《かは》の辺《へ》に薬湯《くすりゆ》[2]有《あ》り。一たび浴《ゆあみ》すれば、則《すなは》ち身体穆平《みやはら》ぎ、再《ふたた》び濯《すす》けば、則《すなは》ち万《よろづ》の病《やまひ》消除《い》ゆ。男《をとこ》の女《をみな》も老《お》いたるも少《わか》きも、昼《ひる》も夜《よる》も息《や》まず、駱驛《つら》なり[3]往来《かよ》ひて、験《しるし》を得《え》ずといふこと无《な》し。故《かれ》、俗人《くにひと》号《なづ》けて薬湯《くすりゆ》と云ふ。即《すなは》ち正倉《みやけ》有《あ》り。

大原《おほはらの》郡の堺なる辛谷《からたに》の村《むら》[4]に通ふ、一十六里《さと》二百三十六歩《あし》。

伯耆国日野郡《ははきのくにひのの》の堺なる阿志毗縁山《あしびえ》[5]に通ふ、三十五里《さと》一百五十歩《あし》。常《つね》に剗有《せきあ》り。

34　安来市を流れる飯梨川。

35　仁多郡奥出雲町の亀嵩川。

1　雲南市木次町を流れる斐伊川の河畔。

2　薬効のある温泉。

3　既出。

4　所在未詳。

5　仁多郡奥出雲町竹崎と鳥取県との境の山。

備後《きびのみちのしりのくに》国恵宗《ゑそ》の郡6の堺なる遊託《ゆた》山7に通ふ、三十七里《さと》。常に剗有り。

同《おな》じき恵宗《ゑそ》の郡の堺なる比市《ひいち》山8に通ふ、五十三里《さと》。常《つね》には剗《せき》隦《きな》无し。但《ただ》、政《まつりこと》有《あ》る時に当《あ》たりて、権《かり》に置《お》くのみ。

郡司《こほりのつかさ》　主帳《ふみひと》外大初位外品治部《ほむぢべ》
大領《おほみやつこ》外従八位外蝮部《たぢひべ》の臣《おみ》
少領《すけのみやつこ》外従八位外出雲《いづも》の臣《おみ》

大原郡《おほはらのこほり》1

合《あわ》せて郷《さと》八。里《こざと》二十四。
神原郷《かむはらのさと》。今《いま》も前《さき》に依《よ》りて用《もち》ゐる。
屋代郷《やしろの》。本の字は矢代なり。
屋裏郷《やうちの》。本の字は矢内なり。
佐世郷《させの》。今も前に依りて用ゐる。

6　既出。
7　既出。
8　仁多郡奥出雲町阿井から広島県庄原市にかけての毛無山。

大原郡
1　現在の雲南市。旧大原郡の地域。

阿用郷《あよの》。本の字は阿欲なり。
海潮郷《うしほの》。本の字は得塩なり。
来次郷《きすきの》。今も前に依りて用ゐる。
斐伊郷《ひの》。本の字は樋なり。以上《かみ》の八、郷別《さとごと》に里三《こざと》。

大原《おほはら》と号《なづ》けし所以《ゆゑ》は、郡家《こほりのみやけ》の正西[2]一十里《さと》一百一十六歩《あし》なる田《た》、一十町《まち》[3]許《ばか》りは平原《はら》なり。号《なづ》けて大原《おほはら》と曰《い》ひき。往古《いにしへ》の時、此処《ここ》に郡家《こほりのみやけ》有《あ》り。今《いま》も猶旧《なほふる》きを追《お》ひて大原《おほはら》と号《なづ》く。今、郡家《こほりのみやけ》有《あ》る処《ところ》[4]は、号《なづ》けて斐《ひ》伊の村《むら》と云《い》ふ。

神原郷《かむはらのさと》[5]。郡家《こほりのみやけ》の正北九里《さと》。古老《ふるおきな》の伝《つた》へて云《い》はく、天《あめ》の下所造《したつく》らしし大神《おほかみ》の御財《みたから》[6]を積《つ》み置《お》き給《たま》ひし処《ところ》なり。則《すなは》ち神《かむ》財《たから》の郷《さと》と謂《い》ふ可《べ》きを、今《いま》の人猶誤《なほあやま》りて、神原《かむはら》の郷《さと》と云《い》ふのみ。

屋代郷《やしろの》[7]。郡家の正北一十里《さと》一百一十六歩《あし》。天《あめ》の下所造《したつく》らしし大神《おほかみ》の垜《あむづち》[8]立て射《い》たまひし処《ところ》なり。故《かれ》、矢代《やしろ》[9]と云《い》ひき。

2 「正西」は底本による。
3 「町」は土地の面積の単位。十段を一町とする。
4 雲南市木次町のあたりか。
5 雲南市加茂町神原・延野・大竹のあたり。
6 神宝。
7 雲南市加茂町の屋代郷地域を除いたあたり。
8 的を立てるために、弓場に設けられた盛り土。
9 矢を射る練習をする場所。「シロ」は何かをするための土地をいう。
10 雲南市大東町の赤川の北のあたり。
11 矢を射立てさせた。
12 雲南市大東町下佐世・上佐世・養賀・飯田・大ケ谷のあたり。

神亀《じんき》三年、字を屋代と改《あらた》む。即《すなは》ち正倉《みやけ》有《あ》り。

屋裏郷《やうちの》[10]。郡家の東北一十里一百一十六歩。古老《ふるおきな》伝《つた》へて云《い》はく、天《あめ》の下所造《したつく》らしし大神《おほかみ》、笶《や》を殖《た》て令《し》め[11]給《たま》ひし処《ところ》なり。故《かれ》、矢内《やうち》と云ひき。神亀《じんき》三年、字を屋裏と改む。

佐世郷《させの》[12]。郡家の正東九里二百歩。古老《ふるおきな》の伝《つた》へて云《い》はく、須佐能袁命《すさのをのみこと》[13]、佐世《させ》の木《き》[14]の葉《は》を頭刺《かざ》して、[15]踊躍《おど》り為《せ》し時、刺《さ》させる佐世《させ》の木《き》の葉《は》、地《つち》に堕《お》ちき。故《かれ》、佐世《させ》と云ひき。

阿用郷《あよの》[16]。郡家の東南一十三里八十歩。古老《ふるおきな》の伝《つた》へて云《い》はく、昔《むかし》、或《あ》る人、此処《ここ》に山田《やまだ》を佃《つく》りて守《も》[17]りき。その時、目《め》一つの鬼《もの》[18]来《き》て、佃人《たひと》の男《をのこ》を食《く》ひき。その時、男《をのこ》の父母《かぞいろ》、竹原《たかはら》[19]の中《うち》に隠《かく》りて居《を》る時、竹《たけ》の葉《は》動《あよ》[20]きき。その時、食《くら》はる男《をのこ》、「動々《あよあよ》[21]」と云ひき。故《かれ》、阿欲《あよ》と云ひき。神亀《じんき》三年、字を阿用と改む。

海潮郷《うしほの》[22]。郡家の正東一十六里三十三歩。古老《ふるおきな》の伝《つた》へて云《い》はく、宇能治比古命《うのぢひこのみこと》[23]、御祖須義祢命《みおやすがねのみこと》[24]を恨《うら》みて、北の方《かた》、

13 既出。
14 未詳。
15 植物の枝葉を髪に挿して飾りとしたもの。
16 雲南市大東町赤川の南のあたり。
17 田を耕すこと。
18 柳田国男は『一つ目小僧その他』の中で、この伝承を取り上げ、以後の諸注釈書はほとんど、この説に依っている。それに対して近年、内田賢徳はこの説を批判し、漢籍からの潤色の可能性と、『播磨』に記された「天目一命」系統の神の可能性を論じている。
19 内田賢徳は竹林が聖なる空間であった記憶が神話や伝承の中にとどめられていると論じている。
20 「アヨク」は揺れ動く、の意。
21 新編全集本は「あよくあよく」と訓み、父母に危険を知らせたと述べている。
22 雲南市大東町東北部のあたり。
23 既出。
24 他に見えない神。
25 中川ゆかりは「出雲の海」を入海(宍道湖)とする通説に対して、「川を海水が溯ってきたと想像する方が自然

出雲《いづも》の海潮《うしほ》を押《お》し上《あ》げて、[25]御祖《みおや》の神《かみ》を漂《ただよ》はすに、此《こ》の海潮《うしほ》至《いた》りき。故《かれ》、得塩《うしほ》と云ひき。神亀《じんき》三年、字を海潮と改む。東北の須我《すが》の小川《をがは》[26]の湯淵《ゆふち》の村《むら》[27]の川の中《なか》に温泉《ゆ》あり。号《な》を用《もち》ゐず。同《おな》じき川の上《かみ》の毛間《けま》の村[28]の川の中に温泉《ゆ》出《い》づ。号《な》を用ゐず。

来次郷《きすきの》[29]。郡家の正南八里。天《あめ》の下《した》所造《つく》らしし大神命《おほかみのみこと》詔《の》りたまひしく、「八十神《やそかみ》[30]は、青垣山《あをかきやま》[31]の裏《うち》に置《お》かじ」と詔《の》りたまひて、追《お》ひ廃《はら》ひ[32]たまふ時、此処《ここ》に迨次《きす》[33]き坐《ま》しき。故《かれ》、来次《きすき》と云ひき。

斐伊郷《ひの》[34]。郡家に属《つ》く。樋速日子命《ひはやひこのみこと》[35]、此処《ここ》に坐《いま》す。故《かれ》、樋《ひ》と云《い》ひき。神亀《じんき》三年、字を斐伊と改む。

新造《しんざう》の院《ゐん》[1]一所《ひとところ》。斐伊《ひ》の郷《さと》の中《うち》に在《あ》り。郡家《こほりのみやけ》の正南一里《さと》。厳堂《ごんだう》を建《た》立つ。僧五軀《ほふしいつはしら》。大領勝部《おほみやつこすぐりべ》の君虫麿《きみむしまろ》[2]が造《つく》る所《ところ》なり。新造《しんざう》の院《ゐん》[3]一所《ひとところ》。屋裏《やうち》の郷の中に有《あ》り。郡家《こほりのみやけ》の正北一十一里《さと》一百二十歩《あし》。□層《こし》の塔《たふ》[4]を建《た》立つ。僧一軀《ほふしひとはしら》有《あ》り。前《さき》の

なように思う」という注目すべき説を述べている。
26 後出。
27 雲南市大東町中湯石のあたり。
28 雲南市大東町中湯石のあたりかという。
29 雲南市木次町木次・東日登・西日登などのあたり。
30 多くの神。
31 青々と生い茂った樹木を垣のように土地を取り囲んでいる山の形容。
32 追放すること。
33 追いつく。
34 雲南市木次町里方・山方のあたり。
35 『記』に、刀についた血から化生した神として「樋速日神」がみえる。

1 雲南市木次町里方に礎石が残されている。
2 当郡末の署名に見える人物。
3 未詳。
4 欠字部分は三もしくは五を脱したものか。

少領《すけのみやつこ》額田部《ぬかたべ》の臣押嶋《おみおししま》が所造《つく》る所《ところ》なり。今《いま》の少領伊去美《いこみ》5が従父兄《いとこ》なり。

新造《しんざう》の院《ゐん》6一所《ひとところ》。斐伊《ひ》の郷の中に在《あ》り。郡家《こほりのみやけ》の東北一里。厳堂《ごんだう》を建立《た》つ。尼二軀《あまふたはしら》有《あ》り。斐伊《ひ》の郷《さと》の人、樋印支知麿《ひのひのいなきちまろ》7が造《つく》る所《ところ》なり。

矢口《やぐち》の社《やしろ》8　宇乃遅《うのぢ》の社9
支須支《きすき》の社10　布須《ふす》の社11
御代《みしろ》の社12　汗乃遅《うのぢ》の社13
神原《かむはら》の社14　樋《ひ》の社15
樋《ひ》の社16　佐世《させ》の社17
世裡陀《せりだ》の社18　得塩《うしほ》の社19
加多《かた》の社20
以上《かみ》の一十三所《ところ》、并《なら》びに神祇官《かむつかさ》に在《あ》り
赤秦《あかはた》の社21　等々呂吉《とどろき》の社22
矢代《やしろ》の社23　比和《ひわ》の社24
日原《ひはら》の社25　幡屋《はたや》の社26

5　当郡末の署名に見える人物。
6　未詳。
7　「印」の字、底本には「仰」とあるが「印」の誤写とする説に従う。
8　雲南市加茂町神原に鎮座する八口神社。
9　雲南市加茂町宇治に鎮座する宇能遅神社。
10　雲南市木次町木次に鎮座する来次神社。
11　雲南市加茂町延野に鎮座する布須神社。
12　雲南市加茂町三代に鎮座する御代神社。
13　前出9、宇能遅神社に合祀。
14　雲南市加茂町神原に鎮座する神原神社。
15　雲南市木次町里方に鎮座する斐伊神社。
16　同前。
17　雲南市大東町下佐世に鎮座する佐世神社。
18　雲南市大東町清田に鎮座する西利太神社。
19　雲南市大東町南村に鎮座する海潮神社。

春殖《はるゑ》の社[27]　　船林《ふなばやし》の社[28]
宮津日《みやつひ》の社[29]　　阿用《あよ》の社[30]
置谷《おきたに》の社[31]　　伊佐山《いさやま》の社[32]
須我《すが》の社[33]　　川原《かははら》の社[34]
除川《よきかは》の社[35]　　屋代《やしろ》の社[36]
以上《かみ》の一十六所《ところ》、並《なら》びに神祇官《かむつかさ》に在《あ》らず。

20　雲南市大東町大東に鎮座する加多神社。
21　雲南市加茂町大竹に鎮座する赤秦神社。
22　雲南市大東町篠淵に鎮座する等等呂吉神社。
23　雲南市加茂町加茂中に鎮座する加茂神社。
24　雲南市加茂町砂子原に鎮座する比和神社。

25　雲南市大東町中湯石に鎮座する日原神社説と、雲南市木次町東日登に鎮座する大森神社説がある。／26　雲南市大東町幡屋に鎮座する幡屋神社。／27　雲南市大東町大東下分に鎮座する春殖神社。／28　雲南市大東町北村に鎮座する船林神社。／29　雲南市木次町山方に鎮座する子安八幡宮に合祀。／30　雲南市大東町東阿用に鎮座する阿用神社。／31　雲南市大東町大ヶ谷に鎮座する置谷神社。／32　雲南市大東町と遠所に鎮座する伊佐山神社。／33　雲南市大東町須賀に鎮座する須我神社。／34　雲南市大東町小河内に鎮座する川原神社。／35　雲南市大東町小河内に鎮座する除川神社。／36　所在不明。

兎原野《うはらの》[1]。郡家《こほりのみやけ》の正東。即《すなは》ち郡家に属《つ》く。

城名樋山《きなひ》[2]。郡家の正北一里《さと》百歩《あし》。天《あめ》の下所造《したつく》らしし大神《おほかみ》、大穴持命《おほなもちのみこと》、八十神《やそかみ》を伐《う》たむと[3]為《し》て城《き》[4]を造《つく》りき。故《かれ》、城名樋《きなひ》

1　雲南市木次町里方兎原周辺の山並み。
2　雲南市木次町里方の城名樋山。
3　既出。『記』には大穴牟遅神の兄弟神として八十神が登場し、大穴牟遅

と云《い》ひき。

高麻山《たかあさ》[5]。郡家の正北一十里《さと》二百歩《あし》。高《たか》さ一百丈《つゑ》、周《めぐ》り五里《さと》。北の方《かた》に樫《かし》、椿等《つばきども》の類有《たぐひあ》り。東と南と西の三つの方《かた》は並《なら》びに野《の》なり。古老《ふるおきな》の伝《つた》へて云《い》はく、神須佐能袁命《かむすさのをのみこと》の御子《みこ》、青幡佐草日古命《あをはたさくさひこのみこと》[6]、是《こ》の山の上に麻蒔《あさま》き給《たま》ひき。故《かれ》、高麻山《たかあさ》と云《い》ひき。此《こ》の山の岑《みね》に坐《いま》すは、其《そ》の御魂《みたま》なり。

須我山《すが》[7]。郡家の東北一十九里一百八十歩。檜《ひのき》、椙《すぎあ》有り。

船岡山《ふなをか》[8]。郡家の東北一里一百歩。阿波枳閉委奈佐比古命《あはきへいなさひこのみこと》[9]曳《ひ》き来居《きす》ゑし船《ふね》[10]、此《こ》の山、是《これ》なり。故《かれ》、船岡《ふなをか》と云ひき。

御室山《みむろ》[11]。郡家の東北一十九里一百八十歩。神須佐乃乎命《かむすさのをのみこと》、御室《みむろ》[12]造《つく》ら令《し》め給《たま》ひて、宿《やど》りし所《ところ》なり。故《かれ》、御室《みむろ》と云ひき。

凡《すべ》て、諸《もろもろ》の山野《やまの》に在《あ》る所《ところ》の草木《くさき》は、苦参《くらら》、桔梗《ありのひふき》、薔茄《むこぎ》[13]、白芷《よろひくさ》、前胡《のせり》、独活《つちたら》、卑解《ところ》、葛根《くずのね》、細辛《みらのねくさ》、茵芋《にっつじ》[14]、白前《のかがみ》[15]、決目《えびすぐさ》[16]、白歛《やまかがみ》、女委《ゐみくさ》、署預《やまついも》、麦門冬《やますすげ》、藤《ふぢ》、李《すもも》、檜《ひのき》、杉《すぎ》、栢《かへ》、樫《かし》、櫟《なら》、椿《つばき》、楮《かぢのき》、楊梅《やまもも》、梅《うめ》[17]、槻《つき》、蘗《きはだ》なり。禽獣《とりけもの》は、鷹《たか》、

を殺害しようとする。根の国での試練をくぐり抜け、大国主神として帰還した大穴牟遅は生大刀・生弓矢で八十神を追い払ったと記されている。

4 柵をめぐらした砦。

5 雲南市加茂町大西・加茂中・仁和寺・砂子原の境の高麻山。

6 既出。

7 雲南市大東町須賀と松江市八雲町の境の八雲山一帯の総称。

8 雲南市大東町北村の船岡山。

9 他に見えない神。

10 乗ってきた船が山であるとする地名説話は『播磨』揖保郡上岡里の条にもみえる。

11 雲南市大東町中湯石の室谷の奥にある山か。

12 ムロは出入り口以外が囲まれた空間。家屋だけでなく岩窟などもある。

13 ウコギ科のウコギ。薬用。

14 ミカン科のツルシキミか。薬用。

15 ガガイモ科のフナバラソウか。薬用。

16 マメ科のエビスグサか。薬用。

17 風土記では、梅・桜などの植物はほとんど登場しないが、ここに梅が記

晨風《はやぶさ》、鳩《はと》、山雞《やまどり》、雉《きぎし》、熊《くま》、狼《おほかみ》、猪《ゐ》、鹿《しか》、兎《うさぎ》、獼猴《さる》、飛鼯《むささび》有《あ》り。

斐伊《ひ》の川[18]。郡家の正西五十七歩《あし》。西へ流《なが》れて出雲《いづも》の郡多義《こほりたけ》の村[19]に入《い》る。年魚《あゆ》、麻須《ます》有《あ》り。

海潮《うしほ》の川[20]。源《みなもと》は意宇《おう》と大原《おほはら》と二つの郡《こほり》の堺《さかひ》なる笶村《のむら》山[21]より出《い》で、北へ流《なが》る年魚《あゆ》少《すこ》々しく有《あ》り。

須我《すが》の小川《をがは》[22]。源《みなもと》は須我《すが》山より出《い》で、西へ流《なが》る。年魚少々しく有り。

佐世《させ》の小川[23]。源は阿用《あよ》山[24]より出《い》で、北へ流《なが》る。魚无《うをな》し。

幡屋《はたや》の小川[25]。源は郡家の東北幡箭《はたや》山[26]より出《い》で、南へ流《なが》る。魚无し。四つの水合《あ》ひて西へ流《なが》れ、出雲《いづも》の大川《おほかは》に入《い》る。

屋代《やしろ》の小川[27]。源は郡家の正北除田野《よきたの》[28]より出《い》で、西へ流《なが》れて斐伊《ひ》の大河《おほかは》に入《い》る。魚无し。

通道《かよひぢ》。

されていることは注目に値する。

18 斐伊川。
19 既出。
20 雲南市の刈畑川。
21 毛無越峠付近の山。
22 雲南市の須賀川。
23 雲南市の佐世川。
24 雲南市大東町西阿用にある山。
25 雲南市の幡屋川。
26 雲南市と松江市宍道町の境にある馬鞍山。
27 雲南市の三代川。
28 雲南市加茂町三代の高塚山か。

意宇郡《おうのこほり》の堺《さかひ》なる木垣《きがき》の坂[1]に通《かよ》ふ、二十三里《さと》八十五歩《あし》。仁《に》多《たの》郡の辛谷《からたに》の村[2]に通ふ、二十三里一百八十二歩。飯石郡《いひしの》の堺《さかひ》なる斐伊《ひ》の川《かは》の辺《へ》に通ふ、五十七歩。出雲郡《いづもの》の堺なる多義《たけ》の村[3]に通ふ、一十一里二百二十歩。前《さき》の件《くだり》の三つの郡《こほり》[4]は、並《なら》びに山野《やまの》の中《うち》なり。

郡司主帳《こほりのつかさふみひと》无位勝部《すぐりべ》の臣《おみ》
大領《おほみやつこ》正六位上勲十二等勝部《すぐりべ》の臣《おみ》
少領《すけのみやつこ》外従八位上額田部《ぬかたべ》の臣《おみ》
主政《まつりごとひと》无位日置《ひおき》の臣《おみ》

1　意宇郡には「林垣峰」とある。
2　既出。
3　既出。
4　飯石・仁多・大原の三郡。

国《くに》の東の堺《さかひ》[1]より、西へ去《さ》ること二十里《さと》一百八十歩《あし》、野城《のき》の橋《はし》[2]に至《いた》る。長《なが》さ三十丈《つゑ》七尺《さか》。広《ひろ》さ二丈六尺。飯梨河《いひなし》。又《また》、西へ二十一里、国庁《くにのまつりごとどの》[3]、意宇《おう》の郡家《こほりのみやけ》の北十字《じふじ》の街《ちまた》[4]に至《いた》り、即《すなは》ち分《わか》れて二つの道《みち》と為《な》る。一つは正西の道、一つは北へ枉《まが》れる道。

1　意宇郡の手間剗。
2　意宇郡野城駅にあった橋。
3　通説では国庁と意宇郡家が同所にあるとする記述だと理解されてきたが、『解説出雲国風土記』（島根県古代文化センター編）では、最新の発掘調査に基き、併記という見解を出している。
4　十字路。チマタは道の分岐点。

北へ枉《まが》れる道、北へ去ること四里二百六十六歩、郡《こほり》の北の堺《さかひ》[5]なる朝酌《あさくみ》の渡《わたり》に至る。渡《わたり》八十歩、渡船《わたりぶね》一つあり。

又《また》、北へ一十里一百四十歩、嶋根《しまね》の郡家《こほりのみやけ》[6]に至る。郡家より北へ去ること一十七里一百八十歩、隠岐《おき》の渡《わたり》なる千酌《ちくみ》の駅家《うまや》の浜《はま》に至る。度船《わたりぶね》あり。又、郡家《こほりのみやけ》より西一十五里八十歩、郡《こほり》の西の堺《さかひ》[7]なる佐太《さだ》の橋に至る。長さ三丈、広さ一丈。佐太《さだ》川。

又《また》、西へ八里三百歩、秋鹿《あきか》の郡家《こほりのみやけ》[8]に至る。又《また》、郡家より西へ一十五里一百歩、郡《こほり》の西の堺《さかひ》に至る。又、西へ八里二百六十四歩、楯縫《たてぬひ》の郡家[9]に至る。又、郡家より西へ七里一百六十歩、郡の西の堺に至る。

又《また》、西へ一十里二百二十歩、出雲《いづも》の郡家《こほりのみやけ》[10]の東の辺《へ》、正《ま》西《にし》の道に入《い》る。

惣《す》べて北へ枉《まが》れる道の程《みちのり》、九十九里一百一十歩の中《うち》、隠《お》岐《き》の道、一十七里一百八十歩。

5　意宇郡の北境。

6　松江市福原町芝原遺跡説が有力(服部旦)。

7　秋鹿郡との境。

8　松江市東長江町のあたりか。

9　出雲市多久谷町のあたりか。

10　出雲市斐川町のあたり。

正西《ましに》の道《みち》。十字《じふじ》の街《ちまた》より西へ一十二里、野代《のしろ》の橋[11]に至る。長さ六丈、広さ一丈五尺。又《また》、西へ七里、玉作《たまつくり》の街《ちまた》に至り、分《わか》れて二つの道と為《な》る。一つは正西の道、一つは正南《まみなみ》の道。

正南の道。一十四里二百一十歩、郡《こほり》の南西の堺《さかひ》に至る。又《また》、南へ二十三里八十五歩、大原《おほはら》の郡家《こほりのみやけ》[12]に至り、分れて二つの道と為《な》る。一つは南西の道、一つは東南の道。

南西道。五十七歩、斐《ひ》伊河に至る。度《わたり》二十五歩、度船《わたりぶね》一つあり。又《また》、南西へ二十九里一百八十歩、飯石《いひし》の郡家《こほりのみやけ》[13]に至る。又、郡家より南へ八十里、国の南西の堺《さかひ》[14]に至る。備後《きびのみちのしり》の国三次《くにみよし》の郡《こほり》に通《かよ》ふ。惣《す》べて国を去《さ》る程《みちのり》[15]、一百六十六里二百五十七歩なり。

東南の道[16]、郡家《こほりのみやけ》より去ること二十三里一百八十二歩、郡《こほり》の東南の堺[17]に至る。又《また》、東南へ一十六里二百三十六歩、仁多《にた》の郡《こほり》の比々理《ひひり》の村[18]に至り、分れて二つの道と為《な》る。一つの道は、東へ八里一百二十一歩、仁多《にた》の郡家[19]に至る。一

11 野代川にかかる橋。

12 雲南市木次町のあたりか。

13 雲南市掛合町掛合のあたりか。

14 備後国との国境。

15 出雲国庁から玉作の街、大原郡家、飯石郡家、備後国境に至る距離。

16 大原郡家から仁多郡へ向かう道。

17 大原郡と仁多郡との境。

18 大原郡と仁多郡の境で、仁多郡側に存した村。

19 仁多郡奥出雲町郡のあたり。

つの道は、南へ三十八里一百二十一歩。備後《きびのみちのしり》の国《くに》の堺《さかひ》なる、遊託《ゆた》山[20]に至る。

正西《まにし》の道。玉作《たまつくり》の街《ちまた》より西へ九里、来待《きまち》の橋[21]に至る。長さ八丈、広さ一丈三尺。又《また》、西へ二十三里三十四歩、出雲《いづも》の郡家《こほりのみやけ》に至る。又、郡家より西へ二里六十歩、郡《こほり》の西の堺《さかひ》[22]なる出雲の河[23]に至る。度《わたり》五十歩、度船《わたりぶね》一つあり。又、西へ七里二十五歩、神門《かむど》の郡家《こほりのみやけ》[24]に至る。即《すなは》ち河[25]有《あ》り。度《わたり》二十五歩、度船《わたりぶね》一つあり。郡家より西へ三十三里、国《くに》の西の堺《さかひ》[26]に至る。石見《いはみ》の国安農《あの》の郡《こほり》に通《かよ》ふ。

惣《す》べて国を去る程《みちのり》[27]、一百六里二百四十四歩。

東の堺《さかひ》より西へ去ること二十里一百八十歩、野城《のき》の駅《うまや》[28]に至る。又《また》、西へ二十一里、黒田《くろだ》の駅《うまや》[29]に至り、分れて二つの道と為《な》る。一つは正西《まにし》の道、一つは隠岐《おき》の国に渡《わた》る道。隠岐の道は北へ去ること三十四里一百四十歩、隠岐の渡《わたり》なる千酌《ちくみ》の駅《うまや》[30]に至る。

20　既出。
21　来待川にかかる橋。
22　出雲郡と神門郡の境。
23　斐伊川。
24　出雲市古志町の本郷遺跡。
25　神門川。
26　石見国との国境。
27　出雲国庁から石見国国境に至る距離。
28　既出。
29　既出。
30　既出。

又《また》、正西《まにし》の道は、三十八里、宍道《ししぢ》の駅《うまや》[31]に至る。又、西へ二十六里二百二十九歩、狭結《さゆふ》の駅《うまや》[32]に至る。又、西へ一十九里、多岐《たき》の駅《うまや》[33]に至る。又、西へ一十四里、国《くに》の西の堺《さかひ》に至る。

意宇《おう》の軍団《ぐんだん》[34]。即《すなは》ち郡家《こほりのみやけ》に属《つ》く。

熊谷《くまたに》の軍団[35]、飯石《いひし》の郡家の東北二十九里一百八十歩。

神門《かむど》の軍団[36]。郡家の正東七里。

馬見《まみ》の烽《とぶひ》[37]。出雲《いづも》の郡家の西北三十二里二百四十歩。

土椋《とくら》の烽[38]。神門《かむど》の郡家の東南一十四里。

多夫志《たぶし》の烽[39]。出雲の郡家の正北一十三里四十歩。

布自枳美《ふじきみ》の烽[40]。嶋根《しまね》の郡家の正南七里二百一十歩。

暑垣《あつがき》の烽[41]。意宇《おう》の郡家の正東二十里八十歩。

宅伎《たき》の戍《まもり》[42]。神門《かむど》の郡家の西南三十一里。

瀬埼《せざき》の戍[43]。嶋根《しまね》の郡家の東北一十九里一百八十歩。

31 既出。
32 既出。
33 既出。
34 国庁に置かれた軍団。軍団は、『職員令』に定められた兵隊組織。『職員令』に「軍団　大毅一人。」『軍防令』に「凡そ軍団の大毅は、一千人領せよ云々」とある。
35 雲南市木次町下熊谷のあたりか。
36 出雲市大津町長者原あたりか。
37 烽は既出。馬見の烽の所在は諸説ある。
38 出雲市稗原町の大袋山にあったか。
39 出雲市東林木町の旅伏山にあったか。
40 既出。松江市東部の嵩山。
41 既出。安来市能義町の車山。
42 出雲市多伎町口田儀のあたりか。戍は境界や要衝の地に置かれた防衛施設。
43 既出。松江市島根町野波の瀬崎。
44 西暦七三三年。この年の二月に三十日があったことは、益田勝実と岡田清子が正倉院文書で発見した。
45 資料を調査検討して編集すること。
46 他に見えない人物。

天平《てんぴやう》五年二月三十日[44]　勘《かむが》へ造《つく》る。[45]

秋鹿《あきか》の郡《こほり》の人　神宅《みやけ》の臣金太理《おみかなたり》[46]

国造《くにのみやつこ》[47]にして意宇《おう》の郡《こほり》の大領《おほみやつこ》を帯《お》びたる

外正六位上勲十二等

出雲《いづも》の臣広嶋《おみひろしま》[48]

47　出雲国では奈良時代に入っても国造が大きな力を持っていたと考えられる。

48　『出雲国風土記』編纂の最終責任者。『続紀』によれば、神亀元（七二四）年正月に神賀詞を奏上していることがわかる。

出雲国風土記（現代語訳）

出雲の国の風土記

国のおおよその地理は、東を起点として、西南を終点とする。東と南とは山地であって、西と北とは海に面している。東西の距離は、百三十七里十九歩、南北の距離は百八十二里百九十三歩である。

（百歩、七十三里三十二歩、得而難可誤）

この国の長老である私は、事柄のはしばしまで子細に思いめぐらし、言い伝えの本源を、判断してまとめました。また、山、野、浜、浦などの様子、鳥獣の住んでいる様子、魚、貝、海菜の類など、ほんとうに多くて、すべてを数え上げることはできませんでした。そのようではありますが、やむを得ない事柄は、おおよそのところを列記して、報告の体裁を整えました。

八雲といった理由は、八《や》束《つか》水《みず》臣《おみ》津《ず》野《の》の命《みこと》が、「八雲立つ」と、おっしゃった。だから、八雲立つ出雲と云った。

合せて神の社《やしろ》は、三百九十九所である。

　百八十四所は、神祇官《かみつかさ》に登録されている。

　二百十五所は、神祇官に登録されていない。

九つの郡《こおり》がある。郷《さと》は六十二、里《こざと》は百八十一、余戸《あまりべ》は四、駅家《うまや》は六、神戸《かんべ》は七、里は十一。

意宇の郡。郷は十一、里は三十三、余戸は一、駅家は三、神戸は三、里は六。

島根の郡。郷は八、里は二十五、余戸は一、駅家は一。

秋鹿の郡。郷は四、里は十二、神戸は一、里。

楯縫の郡。郷は四、里は十二、余戸は一、神戸は一、里。

出雲の郡。郷は八、里は二十三、神戸は一、里は二。

神門の郡。郷は八、里は二十二、余戸は一、駅家は二、神戸は一、里。

飯石の郡。郷は七、里は十九。

仁多の郡。郷は四、里は十二。

大原の郡。郷は八、里は二十四。

　右に挙げた件の郷の字は、霊亀元年の式に従って、里を改めて郷とした。その郷の名を記す漢字は、神亀三年の民部省の口宣を受けて改めた。

意宇の郡

合計で、郷は十一、里は三十三。余戸は一、駅家は三、神戸は三、里は六。

母理《もり》の郷。もとの字は文理。

屋代《やしろ》の郷。今も前にしたがって字を使用している。

楯縫《たてぬい》の郷。今も前にしたがって字を使用している。

安来《やすき》の郷。今も前にしたがって字を使用している。

山国《やまくに》の郷。今も前にしたがって字を使用している。

飯梨《いいなし》の郷。もとの字は云成である。

舎人《とね》の郷。今も前にしたがって字を使用している。

大草《おおくさ》の郷。今も前にしたがって字を使用している。

山代《やましろ》の郷。今も前にしたがって字を使用している。

拝志《はやし》の郷。もとの字は林である。

宍道《しじ》の郷。今も前にしたがって字を使用している。以上の十一郷は、郷ごとに里三ずつ。

余戸《あまりべ》の里。

野城《のき》の駅家《うまや》。

黒田《くろだ》の駅家。

宍道《しじ》の駅家。
出雲《いずも》の神戸《かんべ》。
賀茂《かも》の神戸。
忌部《いんべ》の神戸。

意宇《おう》と名づけた理由は、国をお引きになった八束水臣津野命が「（八雲立つ）出雲の国は、幅の狭い布のような未完成の国だ。国の初めは、小さく作ったことだなあ。ならば、作り縫おう」とおっしゃって、「（たくぶすま）新羅の三埼を、国の余りがあるかと見てみると、国の余りがあるぞ」とおっしゃって、童女の胸を抄《すく》いとるような鋤を手に取られ、大魚のいきいきしたえらを突くように土地に突き刺して、大魚の肉を（はたすすき）捌《さば》くように、土地を切り取り、三本縒りの綱を打ち掛けて、霜つづらを操るように、たぐり寄せて、河船を、にごり酒のような白い水泡《みなわ》の軌跡を曳きながらゆっくりと曳き上げるように、「国よ来い、国よ来い」と掛け声を上げながら引いて来て縫いつけた国は、去豆《こず》の折絶《おりたえ》から（やほに）杵築の御埼までだ。このようにして国を、固定するためにしっかり立てた杭は、石見の国と出雲の国との境にある、名は佐比売山《さひめやま》がこれなのだ。また手に持っていた曳き綱は、薗《その》の長浜がこれなのだ。

また、「北の門の佐伎《さき》の国を、国の余りがあるかと見てみると、国の余りがあるぞ」とおっしゃって、童女の胸を抄《すく》いとるような鋤《すき》を手に取られ、大魚のいきいきしたえらを突くように土地に突き刺して、大魚の肉を（はたすすき）捌《さば》くように、土地を切り取り、三本縒りの綱を打ち掛けて、霜つづらを操るように、たぐり寄せて、河船を、にごり酒のような白い水泡《みなわ》の軌跡を曳きながらゆっくりと曳き上げるように、「国よ来い、国よ来い」と掛け声を上げながら引いて来て縫いつけた国は、多久の折絶から狭田の国がこれだ。

また、「北の門の良波の国を、国の余りがあるかと見てみると、国の余りがあるぞ」とおっしゃって、童女の胸を抄《すく》いとるのような鋤を手に取られ、大魚のいきいきしたえらを突くように土地に突き刺して、大魚の肉を（はたすすき）捌《さば》くように、土地を切り取り、三本縒りの綱を打ち掛けて、霜つづらを操るように、たぐり寄せて、河船を、にごり酒のような白い水泡《みなわ》の軌跡を曳きながらゆっくりと曳き上げるように、「国よ来い、国よ来い」と掛け声を上げながら引いて来て縫いつけた国は、宇波の折絶から闇見《くらみ》の国がこれだ。

また、「越《こし》の都都《つつ》の三埼《みさき》を、国の余りがあるかと見てみると、国の余りがあるぞ」とおっしゃって、童女の胸を抄《すく》いとるような鋤を手に取られ、大魚のいきいきしたえらを突くように土地に突き刺して、大魚の肉を（はたすすき）捌《さば》くように、土地を切り取り、三本縒りの綱を打ち掛けて、霜つづらを操るように、たぐり寄せて、河船を、にごり酒のような白い水《みな》泡《わ》の軌跡を曳きながらゆっくりと曳き上げるように、「国よ来い、国よ来い」と掛け声を上げながら引いて来て縫いつけた国は、美保の埼だ。手に持っていた曳き綱は、夜見の島だ。引いてきた国を、固定するためにしっかり立てた杭は、伯耆《ほうき》の国にある、火神岳《ひのかみだけ》がこれだ。

「今ここに、国は引き終えた」とおっしゃって、意宇の杜に、御杖を突き立て、「おえ」とおっしゃった。だから、意宇といった。いわゆる意宇の杜は、郡家の東北のあたり、田の中にある小山がこれだ。周囲八歩（一四・二メートル）ほどである。その上に一本の木があって茂っている。

母理の郷。郡家の東南三十九里百九十歩。天の下をお造りになった大神大穴《おおな》持《もち》の命が、越《こし》の八口をご平定になり、お帰りになるときに、長江山においでになって、「わたしがお造りになって治めておられる国は、天つ神のご子孫が、平安にみ世をお治め下さいと、お任せいたします。ただ、八雲立つ出雲の国だけは、わたしが鎮座する国として、青垣のような山をめぐらして、宝玉を置いて守ろう」とおっしゃった。だから文理といった。神亀三年（七二六）、字を母理と改めた。

屋代の郷。郡家の真東三十九里百二十歩。天の夫比命のお伴として天から降って来た、社の伊支らの祖先神の天津《あまつ》子命《このみこと》が、「わたしがご鎮座しようと思う社だ」とおっしゃった。だから、社といった。神亀三年、字を屋代と改めた。

楯縫の郷。郡家の東北三十二里百八十歩。布都怒志《ふつぬし》の命が、天上界の堅い楯を縫い直された。だから、楯縫といった。

安来の郷。郡家の東北二十七里百八十歩。神須佐乃袁《かむすさのを》の命が、国土の果てまでお巡りなさった。その時、ここにやって来られて、「わたしの御心は安らかになった」とおっしゃった。

だから、安来といった。

さて、北の海に比売埼がある。飛鳥浄御原宮《あすかきよみはらのみや》で天下をお治めになった天皇（天武天皇）の御世の甲戌年《きのえいぬ》（六七四）七月十三日、語臣猪麻呂《かたりのおみゐまろ》の娘がこの埼をさまよっていて、たまたまワニ（サメ）に襲われ、殺されて帰らなかった。その時、父の猪麻呂は、殺された娘を浜のほとりに埋葬し、激しく悲しみ怒って、天を仰いで叫び、地に躍《おど》り上がり、歩いてはうめき、座り込んでは嘆き悲しみ、昼も夜も苦しみ、娘を埋葬した場所から立ち去ることがなかった。こうしている間に何日も経過した。そしてのちに、激しく憎む心を奮い起こし、矢を研ぎ鋒《ほこ》を鋭くし、しかるべき場所をここと定めて座った。神に祈り訴えて、「天つ神千五百万、国つ神千五百万さらにこの国に鎮座しておられる三百九十九の神社、また海神たち。大神の安らかな魂は静まり、荒々しい魂はすべて、猪麻呂が願うところにお依りください。本当に神霊がいらっしゃるのならば、わたしにワニ（サメ）を殺させてください。それによって神霊が本当の神であることを知るでしょう」と言った。しばらくして、ワニ（サメ）が百匹ばかり、静かに一匹のワニ（サメ）を囲んで、ゆっくりと連れて寄ってきて、猪麻呂のいるあたりで進みも退きもせず、ただ連れてきたワニ（サメ）を囲んでいるだけであった。その時、猪麻呂は、鉾をあげて中央のワニ（サメ）を刺し、とうとう完全に殺し捕らえてしまった。その後、百匹ばかりのワニ（サメ）は、思い思いに去っていった。ワニ（サメ）を斬り裂くと、娘の片脚が出てきた。そこでワニ（サメ）を切り裂いて串に刺し、路のほとりに立てた。

猪麻呂は、安来の郡の人、語臣与《かたりのおみあたう》の父である。その時から、今に至るまで六十年が経過した。

山国の郷。郡家の東南三十二里二百三十歩。布都努志の命が国をめぐって行かれた時、ここにおいでになって、「この土地は、いつまでも止まずに見ていたいものだ」とおっしゃった。だから、山国といった。正倉《みやけ》がある。

飯梨の郷。郡家の東南三十二里。大国魂の命が天上界から降ってこられた時に、この場所で、御膳《いひ》を召し上がった。だから、飯成《いいなし》といった。神亀三年（七二六）、字を飯梨と改めた。

舎人の郷。郡家の真東二十六里。欽明天皇の御世に、倉舎人君たちの祖先、日置臣志毗が大舎人《おおとねり》としてお仕えした。すなわちここは、志毗が住んでいたところだ。だから、舎人といった。正倉がある。

大草の郷。郡家の南西二里百二十歩。須佐乎命《すさのを》の御子、青幡佐久佐丁壮《あおはたさくさひこ》の命がご鎮座している。だから、大草といった。

山代の郷。郡家の西北三里百二十歩。天の下をお造りになった大神、大穴持命の御子、山《やま》代日子命《しろひこのみこと》がご鎮座している。だから、山代といった。正倉がある。

拝志の郷。郡家の真西二十一里二百十歩。天の下をお造りになった大神の命が、越の八口を平定しようとして出て行かれた時、ここの林が勢いよく茂っていた。その時、「わたしの御心をはやす（引き立てる）林だ」とおっしゃった。だから、林といった。神亀三年、字を拝志と改めた。正倉がある。

宍道の郷。郡家の真西三十七里。天の下をお造りになった大神の命が、（狩りの時に）追いかけられた猪の像が、南の山に二つある。一つは長さ二丈七尺、高さ一丈、周り五丈七尺。一つは長さ二丈五尺、高さ八尺、周り四丈一尺。猪を追う犬の像。長さ一丈、高さ四尺、周り一丈九尺。その形は、石となっているが、猪と犬にほかならない。今もなお、存している。だから、宍道といった。

余戸の里。郡家の真東六里二百六十歩。神亀四年（七二七）の編戸によって、一里を立てた。だから、余戸という。他郡の余戸もまた、これに同じである。

野城の駅。郡家の真東二十里八十歩。野城の大神がご鎮座しているのによって、野城という。

黒田の駅。郡家と同所。郡役所の西北二里に、黒田の村がある。土のありさまは黒い。だから、黒田といった。もとはここに駅があった。そこで名づけて黒田の駅といった。今は東の郡家に接しているが、今でももとの黒田の名でよんでいるだけである。

宍道の駅。郡家の真西三十八里。名の由来の説明は宍道の郷の内容と同じ。

出雲の神戸。郡家の南西二里二十歩。伊奘奈枳《いざなき》のいとし子としておられる熊野加武呂《くまのかむろ》の命と、多くの鋤を手にされて、天の下をお造りになった大穴持の命との二所の大神たちにお寄せ申し上げた。だから、神戸といった。他郡の神戸もまた、これと同じである。

賀茂の神戸。郡家の東南三十四里。天の下をお造りになった大神の命の御子、阿遅須枳高《あじすきたか》日子《ひこ》の命は葛城の賀茂の社にご鎮座している。この神の神戸である。だから、鴨といった。神亀三年（七二六）、字を賀茂と改めた。正倉がある。

忌部の神戸。郡家の真西二十一里二百六十歩。国の造が神賀詞を奏上するために朝廷に参上する時に、御沐の神聖な玉を作った。だから、忌部という。なお、川のほとりに温泉がある。温泉のある場所は、（潮の干満によって）海にも陸にもなる境目の場所である。それで男も女も老人も子どもも、ある時は道に連なり、ある時は海中を洲に沿ってやってきて、毎日のように集まり市が立ち、にぎやかに入り乱れて宴をして楽しむ。ひとたび温泉に浴《よく》すればたちまち端正な美しい体になり、再び浴すればたちまちどんな病気もすっかり治る。昔から今にいたるまで、効果がないということがない。だから、在地の人は神の湯と言っている。

教昊寺《きょうこうじ》。山国の郷の中にある。郡家の真東二十五里百二十歩。五重の塔が建っている。僧がいる。教昊が造った寺である。教昊僧は、散位大初位下の上腹首押猪《かみはらのおびとおしゐ》の祖父である。

新しく作った寺、一所。山代の郷の中にある。郡家の西北四里二百歩。厳堂が建っている。僧はいない。日置君目烈《ひおきのきみめづら》が造った寺である。目烈は、出雲の神戸の日置君鹿麻呂《しかまろ》の父である。

新しく作った寺、一所。山代の郷の中にある。郡家の西北二里。教堂が建っている。住僧が一人いる。飯石の郡の少領の出雲臣弟山《おとやま》が造った寺である。

新しく作った寺、一所。山国の郷の中にある。郡家の東南二十一里百二十歩。三重の塔が建っている。山国の郷の人、日置部根緒《ねお》が造った寺である。

熊野《くまの》の大社《おおやしろ》　夜麻佐《やまさ》の社　売豆貴《めづき》社　賀豆比乃《かつひの》社
由貴《ゆき》の社　加豆比乃高《かつひのたか》の社　都俾志呂《つへしろ》の社　玉作湯《たまつくりゆ》の社
野城《のき》の社　伊布夜《いふや》の社　支麻知《きまち》の社　夜麻佐《やまさ》の社
野城の社　久多美《くたみ》の社　佐久多《さくた》の社　多乃毛《たのも》の社
須多《すた》の社　真名井《まない》の社　布弁《ふべ》の社　斯保弥《しほみ》の社
意陀支《おだき》の社　市原《いちはら》の社　久米《くめ》の社　布吾弥《ふごみ》の社
宍道《ししぢ》の社　野代《のしろ》の社　売布《めふ》の社　狭井《さい》の社
同じき狭井の高守《たかもり》の社　宇流布《うるふ》の社　伊布夜《いふや》の社　由宇《ゆう》の社
布自奈《ふじな》の社　同じき布自奈の社　野代の社　佐久多《さくた》の社
意陀支《おだき》の社　前《さき》の社　田中《たなか》の社　詔門《のりと》の社
楯井《たてい》の社　速玉《はやたま》の社　石坂《いわさか》の社　佐久佐《さくさ》の社
多加比《たかひ》の社　山代《やましろ》の社　調屋《つきや》の社　同じき社

以上の四十八所は、すべて神祇官に登録されている。

宇由比《うゆひ》の社　支布佐《きふさ》の社　毛彌乃上《もみのかみ》の社　那富乃夜《なほのや》の社
支布佐《きふさ》の社　国原《くにはら》の社　田村《たむら》の社　市穂《いちほ》の社
同じき市穂の社　伊布夜《いふや》の社　阿太加夜《あだかや》の社　須多《すた》の下《しも》の社

河原《かわら》の社　布宇《ふう》の社　末那為《まない》の社　加和羅《かわら》の社
笠柄《かさから》の社　志多備《しただび》の社　食師《みけし》の社

以上の一十九所は、すべて神祇官に登録されていない。


長江山《ながえやま》。郡家の東南五十里。水晶が採れる。

暑垣山《あつがきやま》。郡家の真東二十里八十歩。烽がある。

高野山《たかのやま》。郡家の真東十九里。

熊野山《くまのやま》。郡家の真南十八里。桧・檀がある。いわゆる熊野大神の社が、ご鎮座している。

久多美山《くたみやま》。郡家の西南二十三里。社がある。

玉作山《たまつくりやま》。郡家の西南三十二里。社がある。

神名樋野《かむなびの》。郡家の西北三里百二十九歩。高さ八十丈、周り六里三十二歩。東に松がある。三方にはいずれも茅がある。


およそ、すべての山野にある草木は、麦門冬《やますげ》、独活《つちたら》、石斛《いわくすり》、前胡《のせり》、高梁薑《かはねくさ》、連翹《いたちくさ》、黄精《あまな》、百部根《ほとづら》、貫衆《おにわらび》、白朮《おけら》、薯蕷《やまついも》、苦参《くらら》、細辛《みらのねくさ》、商陸《いをすき》、藁本《さはそらし》、玄参《おしくさ》、五味子《さねかずら》、黄芩《ひひらぎ》、葛根《くずのね》、牡丹《ふかみぐさ》、藍漆《やまあい》、薇《わらび》、藤《ふじ》、李《すもも》、檜《ひのき》字を梧とも書く、杉《すぎ》字を椙とも書く、赤桐《あかぎり》、白桐《あおぎり》、楠《くす》、椎《しい》、海榴《つばき》字を椿とも書く、楊梅《やまもも》、松《まつ》、栢《かへ》字を榧とも書く、蘗《きはだ》、槻《つき》。鳥獣は、鵰《わし》、晨風《はやぶさ》字を隼とも書く、山鶏《やまどり》、鳩《はと》、鶉《うづら》、鶬《ひばり》字を離黄とも書く、鴟鴞《づく》横致とも書く。害鳥である、熊《くま》、狼《おおかみ》、猪《い》、鹿《しか》、兎《うさぎ》、狐《きつね》、飛鼯《むささび》字を𤢖とも書き、蝠とも書く、獼猴《さる》などの類が棲息している。たいそう種類が多く、すべてを記すことはできない。

伯太川《はたがわ》。水源は仁多・意宇の二郡の境の葛野山から出て、流れて母理・楯縫・安来の三つの郷を経て、入海に入る。年魚《あゆ》・伊久比が採れる。

山国川《やまくにがわ》。水源は郡家の東南三十八里の枯見山《うらみやま》から出て、北へ流れて伯太川に入る。

飯梨河《いいなしがわ》。水源は三つある。一つの川の源は、仁多・大原・意宇の三郡の境の田原から出て、一つの川の源は枯見から出て、一つの川の源は仁多郡の玉嶺山から出る。三つの流れが合流し、北へ流れて入海に入る。年魚・伊久比が採れる。

筑陽川《つきやがわ》。水源は郡家の真東十里百歩の萩山から出て、北へ流れて入海に入る。年魚が採れる。

意宇河《おうがわ》。水源は郡家の真南十八里の熊野山から出て、北へ流れて入海に入る。年魚・伊久比が採れる。

野代川《のしろがわ》。水源は郡家の西南十八里の須我山《すがやま》から出て、北へ流れて入海に入る。

玉作川《たまつくりがわ》。水源は郡家の真西十九里の□志山から出て、北へ流れて入海に入る。年魚が採れる。

来待川《きまちがわ》。水源は郡家の真西二十八里の和奈佐山から出て、西へ流れて山田村に至り、そこからさらに折れて北へ流れて入海に入る。年魚が採れる。

宍道川《しじがわ》。水源は郡家の真西三十八里の幡屋山から出て、北へ流れて入海に入る。魚はいない。

津間抜《つまぬき》の池。周り二里四十歩。鳧《たかべ》、鴨《かも》、芹《せり》がある。

真名猪《まない》の池。周り一里。

北は入海。

門江《かどえ》の浜。伯耆・出雲の二国の境にある。以下、東から西へと記述していく。

粟島《あわしま》。椎《しい》、松、多年木《あはぎ》、宇竹《おおたけ》、真前《まさき》などの葛《かずら》蔓草も生えている。

砥神島《とかみしま》。周り三里百八十歩、高さ六十丈。椎、松、莘《みらのねぐさ》、薺頭蒿《おはぎ》、都波《つは》、師太《しだ》などの草木が生えている。

加茂島《かもしま》。すべて磯である。

子島《こしま》。すべて磯である。

羽島《はしま》。椿《つばき》、比佐木《ひさぎ》、多年木《あはぎ》、蕨《わらび》、薺頭蒿《おはぎ》が生えている。

塩楯島《しおたてしま》。蓼螺子《たでにし》、永蓼《ながたで》が採れる。

野代の海の中に蚊島《かしま》がある。周り六十歩。中央は黒土で、四方はみな磯である。中央にほんのひと握りほどの木が一本あるだけである。その磯に螺子《にし》、海松《みる》が採れる。

ここから西の浜は、あるところは険しく、あるところは平地であったりするが、どこも公道が通っている。

道路

国の東境の手間の剗に行く道、三十一里百八十歩。
大原郡の境の林垣の峰に行く道、三十二里二百歩。
出雲郡の境の佐雑の埼に行く道、三十二里三十歩。
島根郡の境の朝酌の渡り場に行く道、四里二百六十歩。

前に述べた一郡は入海の南にあって、ここは国庁がある。

郡司《こほりのつかさ》　主帳《しゆちよう》　无位《むい》海臣《あまのおみ》、无位出雲臣《いずものおみ》
少領《すけのみやつこ》　従七位上勲十□等出雲臣
主政《まつりごとひと》　外少初位上勲十□等林臣
擬主政《かりのまつりごとひと》　无位出雲臣

島根の郡

合計で郷八、里二十四。余戸一、駅家一。
朝酌《あさくみ》の郷。今も前にしたがって字を使用している。
山口の郷。今も前にしたがって字を使用している。

手染《たしみ》の郷。今も前にしたがって字を使用している。

美保の郷。今も前にしたがって字を使用している。

方結《かたえ》の郷。今も前にしたがって字を使用している。

加賀の郷。もとの字は加々である。

生馬《いくま》の郷。今も前にしたがって字を使用している。

法吉《ほほき》の郷。今も前にしたがって字を使用している。以上の八郷《さと》は、郷ごとに里《こざと》は三ずつ。

余戸《あまりべ》の里。

千酌《ちくみ》の駅家。


島根郡と名づけた理由は、国をお引きになった八束水臣津野《やつかみづおみつの》の命《みこと》がおっしゃって、名付けられた名である。だから、島根といった。

朝酌の郷。郡家の真南十里六十四歩。熊野大神の命がおっしゃって、朝のお食事の神饌《しんせん》、夕べのお食事の神饌のために、五つの食料を奉る民の居所をお定めになった。だから、朝酌といった。

山口の郷。郡家の真南四里二百九十八歩。須左能袁《すさのを》の命の御子、都留支日子《つるきひこ》の命が、「わたしがお治めになっている山の入り口だ」とおっしゃった。だから山口と名づけられた。

手染の郷。郡家の真東十里二百六十四歩。天の下をお造りになった大神《おおかみ》の命が、「この国は丁寧《たし》に造った国である」とおっしゃった。だから丁寧と名づけられた。ところが、今の人はただ手染の郷と言っているだけだ。正倉がある。

美保の郷。郡家の真東二十七里百六十四歩。天の下をお造りになった大神の命が、高志の国にいらっしゃる神、意支都久辰為《おきつくしゐ》の命の子、俾都久辰為《へつくしゐ》の命の子、奴奈宜波比売《ぬながはひめ》の命と結婚して生ませた神、御穂須々美《みほすすみ》の命、この神がご鎮座している。だから、美保といった。

方結の郷。郡家の真東二十里八十歩。須左袁命の御子、国忍別《くにおしわけ》の命が、「わたしがお治めになっている土地は、国形《くにがた》えし（良い）」とおっしゃった。だから、方結といった。

加賀の郷。

生馬の郷。郡家の西北十六里二百九歩。神魂《かむむすひ》の命の御子、八尋鉾長依日子《やひろほこながよりひこ》の命が、「わたしの御子は、心安らかでいくまない（憤らない）」とおっしゃった。だから、生馬といった。

法吉の郷。郡家の真西十四里二百三十歩。神魂の命の御子、宇武賀比売《うむかひめ》の命がほほき鳥（鶯）に姿を変えて飛んで来て、ここにご鎮座した。だから法吉といった。

余戸の里。名の説明は、意宇の郡に同じ。

千酌の駅家。郡家の東北十九里百八十歩。伊差奈枳の命の御子、都久豆美《つくつみ》の命が、ここにご鎮座している。だから都久豆美というべきであるが、今の人はただ千酌と名づけているだけだ。

大埼《おおはし》の社《やしろ》　太埼川辺《おおはしのかわべ》の社　朝酌下《あさくみのしもの》社　努那弥《ぬなみ》の社
椋見《くらみ》の社　以上の四十五所は、すべて神祇官に登録されていない。

布自枳美《ひじきみ》の高山。郡家の真南七里二百十歩。高さ二百七十丈、周り二十里である。烽《とぶひ》がある。

女岳山《めだけやま》。郡家の真南二百三十歩。

蝨野《むしの》。郡家の西南三里百歩。樹木はない。

毛志山《もしやま》。郡家の真北一里。

大倉山。郡家の東北九里百八歩。

糸江山。郡家の東北二十六里三十歩。

小倉山。郡家の真東二十四里百六十歩。

およそ、すべての山野にある草木は、白朮《おけら》、麦門冬《やますげ》、藍漆《やまあい》、五味子《さねかづら》、苦参《くらら》、独活《つちたら》、葛根《くずのね》、署預《やまついも》、卑解《おにところ》、狼毒《やまくさ》、杜仲《はひまゆみ》、芍薬《えびすくすり》、柴胡《のぜり》、百部根《ほとづら》、石斛《いわくすり》、藁本《さはそらし》、藤《ふじ》、李《すもも》、赤桐《あかぎり》、白桐《あおぎり》、海柘榴《つばき》、楠《くす》、楊《やまもも》、松《まつ》、栢《かへ》である。鳥獣は、鷲《わし》鷲字を鵰とも書く、隼《はやぶさ》、山鶏《やまどり》、鳩《はと》、雉《きぎし》、猪《い》、鹿《しか》、猿《さる》、飛鼯《むささび》がいる。


水草河。水源は二つ。一つの水源は、郡家の北三里百八十歩の毛志山から出て、一つの水源は郡家の西北六里百六十歩の同じ毛志山から出る。二つの流れは合流し、南へ流れて入海に入る。鮒がいる。

長見川《ながみ》。水源は郡家の東北九里百八十歩の大倉山から出て、東へ流れる。

大鳥川。水源は郡家の東北十二里百十歩の墓野山から出て、南へ流れる。以上の二つの川は合流し、東へ流れて入海に入る。

野浪川《のなみ》。水源は郡家の東北二十六里三十歩の糸江山から出て、西へ流れて大海に入る。

加賀川。水源は郡家の真北二十四里百六十歩の小倉山から出て、北へ流れて大海に入る。

多《た》久《く》川。水源は郡家の西北二十四里の小倉山から出て、西へ流れて秋鹿の郡の佐太の水海に入る。以上六つの川は、それぞれ魚はいない。小川である。

法吉《ほほき》の堤。周り五里、深さ七尺ほどである。鴛鴦《おし》、鳧《たかべ》、鴨《かも》、鮒《ふな》、須我毛《すがも》がいる。夏季になると非常に美味しい菜ができる。

前原の堤。周り二百八十歩。鴛鴦、鳧、鴨等《ども》などがいる。

張田の池。周り一里三十歩。

匏《ひさご》の池。周り一里百十歩。蔣《まこも》が生えている。

美能夜《みのや》の池。周り一里。

口《くち》の池。周り一里百八十歩。蔣、鴛鴦がある。

敷田《しきた》の池。周り一里鴛鴦がいる。


南は入海。以下の記述は、西から東へと記述していく。

朝酌の促戸《せと》の渡り。東に通道《かよいじ》があり、西に平原がある。中央は渡り場である。ここでは筌《うえ》をあちらこちらに設け、春秋に入れたり出したりする。大小さまざまな魚が季節に応じて集まってきて、筌の近くに勢いよくとび跳ね、風を圧して水を突くばかりの勢いである。あるものは筌を壊し、あるものは網を裂くほどである。さて捕獲された大小さまざまな魚に、浜は騒がしくなり、家々は活気にあふれ、商人は四方から集まってきて、自然に市場ができる。ここから東に入って、大井の浜に至るまでの間、南と北の二つの浜では、それぞれ白魚を捕る。水が深い。

朝酌の渡り。渡りの幅は八十歩ほどである。国庁から海辺に通う道である。

大井の浜。海鼠《なまこ》、海松《みる》がとれる。また陶器を造る。

邑美《おおみ》の冷水。東と西と北は山で、それぞれけわしく、南は海が広々とし、中央に潟があって、泉が清く流れている。男も女も、老人も子どもも、季節ごとに集まって、いつも宴をする地である。

前原の埼。東と西と北はそれぞれけわしく、麓には堤がある。周り二百八十歩、深さ一丈五尺ほどである。三方のほとりは、草木が自然のまま岸に生えている。鴛鴦《おし》、鳧《たかべ》、鴨《かも》が、季節に応じてやって来ては棲む。堤の南は海である。堤と海との間の浜は、東西の長さ百歩、南北の幅六歩である。松並木がおい茂り、渚は深く透明である。男も女も季節に応じて群がり集い、ある者は心ゆくまで愉しんで家路に帰り、ある者は遊びふけって帰ることを忘れる。いつも宴を楽しむ地である。

蜛蝫《たこ》島。周り十八里百歩。高さ三丈。古老が伝えて言うことには、出雲の郡の杵築の御埼に蛸がいた。それを天の羽合鷲が攫《さら》い捕って飛んで来て、この島にとどまった。だから、蜛蝫島といった。今の人は、ただ誤って栲島と言っているだけである。土地はよく肥えている。島の西あたりに松が二本ある。このほか、茅《ち》、莎《くく》、薺頭蒿《おはぎ》、蕗《ふふき》などが生えて、風に靡いている。牧場がある。対岸から離れること三里である。

蜈蚣《むかで》島。周り五里百三十歩。高さ二丈。古老が伝えて言うことには、蜛蝫島にいた蛸が、蜈蚣をくわえてこの島にとどまった。だから、蜈蚣島といった。東のあたりに神社がある。そのほかは、すべて民家である。地味は豊かに肥え、草木は枝葉が茂り、桑や麻が豊かである。これはいわゆる島の里、これである。湊からの距離、二里百歩。この島から伯耆の国の夜見の島までは、岩肌の道が二里ほど、幅六十歩ほどで、馬に乗って往来ができる。満潮の時の深さ二尺五寸ほど、干潮の時はすっかり陸地と同じである。

和多々《わただ》島。周り三里二百二十歩。椎《しい》、海石榴《つばき》、白桐《あおぎり》、松《まつ》、芋菜《いへついも》、薺頭蒿《おはぎ》、蕗《ふふき》、都波《つは》、猪《い》、鹿《しか》がある。陸からの距離は渡し船で十歩。水の深さ浅さはわからない。

美佐《みさ》島。周り二百六十歩、高さ四丈。椎、橿《かし》、茅《ち》、葦《あし》、都波《つは》、薺頭蒿がある。

戸江《とえ》の剗《せき》。郡家の真東二十里百八十歩。島ではない。陸地の浜だけである。伯耆の郡内の夜見《よみ》の島と向かい合う場所である。

栗江《くりえ》の埼。夜見の島と向かいあっている。海峡の渡りは二百十六歩。埼の西は、（大海と）入海の境だ。

およそ南の入海でとれるさまざまな産物は、入鹿《いるか》、和尓《わに》、鯔《なよし》、須受枳《すずき》、近志呂《このしろ》、鎮仁《ちに》、白魚《しろを》、海鼠《こ》、鰝鰕《えび》、海松《みる》などの類であるが、ほんとうに種類が多くて、名を全部書き尽すことはできない。

北は大海である。埼の東は大海との境である。なお続けて西から東へと記述していく。

鯉石島《こいいし》。海藻《にきめ》が生えている。

大島。磯である。

宇由比《うゆい》の浜。広さ八十歩。志毘魚《しび》を捕る。

盗道《ぬすみじ》の浜。広さ八十歩。志毘魚を捕る。

澹由比《たゆい》の浜。広さ五十歩。志毘魚を捕る。

加努夜《かぬや》の浜。広さ六十歩。志毘魚を捕る。

美保《みほ》の浜。広さ百六十歩。西に神社があり、北には民家がある。志毘魚を捕る。

美保の埼。周りの岸はきりたって、けわしい断崖である。

等々《とど》島。禺々（とど）がやって来て棲んでいる。

土《つち》島。磯である。

久毛等《くもと》の浦。広さ百歩。以下は、東から西へと記述していく。十隻の船が停泊できる。

黒島。海藻が生えている。

這田《はふた》の浜。紫菜《むらさきのり》、海藻が生えている。

比佐《ひさ》島。紫菜、海藻が生えている。

長島。紫菜、海藻が生えている。

比売《ひめ》島。磯である。

結《ゆい》の島門《しまと》島。周り二里三十歩、高さ十丈。松、薺頭蒿、都波が生えている。

御前の小島。磯である。

質留《しちる》比《ひ》の浦。広さ二百二十歩。南に神社があり、北には民家がある。三十隻の船が停泊できる。

久宇《くう》島。周り一里三十歩、高さ七尺。椿《つばき》、椎《しい》、白朮《おけら》、小竹《しの》、薺頭蒿、都波、茅が生えている。

加多比《かたい》島。磯である。

船《ふな》島。磯である。

屋島。周り二百歩、高さ二十丈。椿、松、薺頭蒿が生えている。

赤島。海藻が生えている。

宇気《うけ》島。前に同じ。

黒島。前に同じ。

粟《あわ》島。周り二百八十歩、高さ十丈。松、芋《いえついも》、茅、都波が生えている。

玉結《たまえ》の浜。広さ百八十歩。碁石があり、東の海辺には唐砥がある。また民家がある。

小島。周り二百四十歩、高さ十丈。松、茅、薺頭蒿、都波が生えている。

方結《かたえ》の浜。広さ一里八十歩。東と西に家がある。

勝間《かつま》の埼。二つの岩屋がある。一つは高さ一丈五尺、内部の周り十八歩。一つは高さ一丈五尺、内部の周り二十歩。

鳩《はと》島。周り百二十歩、高さ十丈。都波、苡《おおばこ》が生えている。

鳥島。周り八十二歩、高さ十五丈。鳥の巣がある。

黒島。紫菜、海藻が生えている。

須義《すが》の浜。広さ二百八十歩。

衣《きぬ》島。周り百二十歩、高さ五丈。島の間を掘り、南北に船のままで行き来できる。

稲上《いなあげ》の浜。広さ百六十二歩。民家がある。

稲積《いなづみ》島。周り四十八歩、高さ六丈。松の木に鳥の巣がある。島の間を掘り、南北に船のままで行き来できる。

大島。磯である。

千酌の浜。広さ一里六十歩。東に松林があり、南に駅家、北に民家がある。郡家の東北十七里百八十歩。ここはつまり、いわゆる隠岐の国に渡る港である。

加志島。周り五十六歩、高さ三丈。松がある。

赤島。周り百歩、高さ一丈六尺。松が生えている。

葦浦《あしうら》の浜。広さ百二十歩。民家がある。

黒島。紫菜、海藻が生えている。

亀島。前に同じ。

附《つき》島。周り二里十八歩、高さ一丈。椿、松、薺頭蒿《おはぎ》、茅、葦《あし》、都波が生えている。その薺頭蒿は正月元日に生え、長さは六寸になる。

蘇《そ》島。紫菜、海藻が生えている。島の間を掘り、南北に船のままで行き来できる。

真屋《まや》島。周り八十六歩。高さ五丈。松がある。

松島。周り八十歩、高さ八丈。松林がある。

立石《たてし》島。磯がある。

瀬埼《せざき》。磯である。いわゆる瀬埼の戍とは、これである。

野浪《のなみ》の浜。広さ一里二百八歩。東のあたりに神社がある。また民家がある。

鶴《つる》島。周り二百十歩、高さ九丈。松がある。

間《ま》島。海藻が生えている。

毛都《もつ》島。紫菜、海藻が生えている。

川来門《くきど》の大浜。広さ一里百歩。民家がある。

黒島。海藻が生えている。

小黒《おぐろ》島。海藻が生えている。

加賀の神埼。ここに岩屋がある。高さ十丈ほど、周り五百二歩ほどである。東と西と北とに通じている。いわゆる佐太大神がお産まれになった所である。まさに産まれようとする時に、弓矢が見えなくなった。その時、御母である神魂《かむむすひ》の命の御子の枳佐加比売《きさかひめ》の命が、祈願なさって、「わたしの御子が、麻須羅神《ますらがみ》の子でいらっしゃるならば、見えなくなった弓矢よ、出てこい」とお祈りされた。その時、角の弓矢が水の流れに乗って流れ出た。その時の弓を手にとって、「これは、違う弓矢だ」とおっしゃって投げ捨てられた。さらに金の弓矢が流れて出てきた。すかさずそれを待ちかまえてお取りになり、「暗い岩屋だなあ」とおっしゃって、矢で岸壁を射通された。さて御母神、支佐加比売《きさかひめ》の命の社がここにご鎮座している。今の人は、この岩屋のあたりを通る時には、必ず大声を響かせて行く。もしひっそり行ったりすると、神が出現して突風がおこり、航行する船は必ず転覆する。

御《み》島。周り二百八十歩、高さ十丈。中は東西に通じている。椿、松、栢が生えている。

葛《かずら》島。周り一里百十歩、高さ五丈。椿、松、小竹、茅、葦が生えている。

櫛《くし》島。周り二百四十歩、高さ十丈。松林がある。

許意《こお》島。周り八十丈、高さ十丈。茅の生えた沢・松林がある。

真島。周り百八十歩、高さ十丈。松がある。

比羅《ひら》島。紫菜、海藻が生えている。

黒島。前に同じ。

名《な》島。周り百八十歩、高さ九丈。松がある。

赤島。紫菜、海藻が生えている。。

大崎の浜。広さ一里百八十歩。西と北に民家がある。

須々比《すすひ》の埼。白朮《おけら》が生えている。

御津《みつ》の浜。広さ二百八歩。民家がある。

三島。海藻が生えている。

虫津《むしつ》の浜。広さ百二十歩。

手結《たえ》の埼。浜辺二本の檜《ひのき》が生えている。に岩屋がある。高さ一丈、内部の周り三十歩。

手結の浦。広さ四十二歩。船が二隻ほど停泊できる。

久宇《くう》島。周り百三十歩、高さ七丈。松がある。

およそ北の海でとれるさまざまな産物は、志毗《しび》、朝鮐《あさふぐ》、沙魚《さめ》、烏賊《いか》、蜛蝫《たこ》、鮑魚《あわび》、螺《さざえ》、蛤貝《うむき》字を蚌菜とも書く、棘甲蠃《うに》字を石経子とも書く、甲蠃《かせ》、蓼螺子《にし》字を螺子とも書く、螺蠣子《かき》、石華《せ》字を蠣、犬脚とも書き、あるいは土嚝とも書く。犬脚は、勢《せ》である、白貝《おふ》、海藻《にきめ》、海松《みる》、紫菜《むらさきのり》、凝海菜《こるもは》などの類であるが、とても種類が多くて、名を全部書き尽すことはできない。

道路

意宇郡の境の朝酌の渡り場に行く道、十里二百二十歩のうち、海路は八十歩である。

秋鹿郡の境の佐太の橋に行く道は、十五里八十歩である。

隠岐《おき》……の駅家の浜に行く道は、十七里百八十歩である。

郡司　主帳　無位　出雲臣
大領　外正六位下　社部臣
少領　外従六位上　神掃石君
主政　従六位下　勲十□等　蝮朝臣

秋鹿の郡

合計で郷四、里十二。神戸一。
恵曇《えとも》の郷。もとの字は恵伴。
多太《ただ》の郷。今も前にしたがって字を使用している。
大野《おおの》の郷。今も前にしたがって字を使用している。
伊農《いぬ》の郷。もとの字は伊努。以上の四郷は、郷ごとに里三ずつ。
神戸の里。

秋鹿《あきか》と名づけた理由は、郡家の真北に秋鹿《あきか》日女《ひめ》の命がご鎮座している。だから秋鹿といった。

恵曇の郷。郡家の東北九里四十歩。須作能乎《すさのを》の命の御子、磐坂日子《いわさかひこ》の命が国を巡行された時に、ここに到着して、「ここは国が若く美しい。土地のありさまは画鞆《えとも》のようだなあ。私の宮はここに造る」とおっしゃった。だから、恵伴といった。神亀三年（七二六）、字を恵曇と改めた。

多太の郷。郡家の西北五里百二十歩。須佐能乎の命の御子、衝桙等乎与留比子《つきほことをよるひこ》の命が国を巡行された時に、ここに到着して、「私の御心は、明らかで正しくなった。私はここにご鎮座しよう」とおっしゃってご鎮座した。だから、多太といった。

大野の郷。郡家の真西十里二十歩。和加布都努志《わかふつぬし》の命が御狩りをされた時に、郷の西の山に、待ち伏せの人をお立てになって、猪を追って北の方にお上りになったところ、阿内の谷までできて、その猪の足跡を見失ってしまった。その時、「自然にこうなったなあ。猪の足跡が失せてしまった」とおっしゃった。だから、内野といった。ところが、今の人はただ誤って、大野とよんでいるだけだ。

伊農の郷。郡家の真西十四里二百歩。出雲の郡の伊農の郷にご鎮座している赤衾伊農意保《あかふすまいぬおほ》須美比古佐和気《すみひこさわけ》の命の后である天瓺津日女《あめのみかつひめ》の命が国を巡行された時に、ここに到着して、「ああ、伊農さまよ」とおっしゃった。だから、伊努《いぬ》といった。神亀三年、字を伊農と改めた。

神戸の里。出雲社の神戸である。名の説明は、意宇郡に同じ。

[illegible]の御子《みこ》の社《やしろ》　比多《ひた》の社　御井《みい》の社　垂水《たるみ》の社
許曽志《こそし》の社　大野津《おおのつ》の社　宇多貴《うたき》の社

大井《おおい》の社　宇智《うち》の社

以上の十所は、すべて神祇官に登録されている。

恵曇海辺《えとものうみのへ》の社《やしろ》　同じき海辺の社　奴多之《ぬたし》の社　那牟《なむ》の社
多太《ただ》の社　同じき多太の社　出嶋《いでしま》の社　阿之牟《あしむ》の社
田仲《たなか》の社　弥多仁《みたに》の社　細見《ほそみ》の社　下《しも》の社
伊努《いぬ》の社　毛之《もし》の社　草野《くさの》の社　秋鹿《あきか》の社

以上の十六所は、すべて神祇官に登録されていない。

神名火《かむなび》山《やま》。郡家の東北九里四十歩。高さ二百三十丈、周り十四里。いわゆる佐太大神の社は、その山麓にある。

足日《たるひ》山《やま》。郡家の真北一里。高さ百七十丈、周り十里二百歩。

女《め》嵩野《たかの》。郡家の真西十里二十歩。高さ百八十丈、周り六里。土壌はよく肥え、人々にとって豊かな園である。樹林はない。ただ頂上附近に林があるだけである。これが神の社である。

都勢野《つせの》。郡家の真西十里二十歩。高さ百十丈、周り五里。樹林はない。嶺の中に沢がある。周り五十歩。四方の岸に藤《ふじ》、荻《をぎ》、葦《あし》、茅《ち》などが群生し、あるものは直立、あるものは水に伏している。鴛鴦《おしどり》が棲んでいる。

今山《いまやま》。郡家の真西十里二十歩。周り七里。

およそ、すべての山野にある草木は、白朮《おけら》、独活《つちたち》、女青《かわのねくさ》、苦参《くらら》、貝母《ははくり》、牡丹《ふかみくさ》、連翹《いたちくさ》、伏令《まつほど》、藍漆《やまあい》、女委《えみくさ》、細辛《みらのねくさ》、蜀椒《ふさはじかみ》、署預《やまついも》、白歛《やまかがみ》、芍薬《えびすくすり》、百部根《ほとづら》、薇蕨《わらび》、薺頭蒿《おはぎ》、藤《ふじ》、李《すもも》、赤桐《あかぎり》、白《あお》桐《ぎり》、椎《しい》、椿《つばき》、楠《くす》、松、栢《かへ》、槻《つき》である。

鳥獣は、鵰《わし》、晨風《はやぶさ》、山鶏《やまどり》、鳩《はと》、雉《きぎし》、猪《い》、鹿《しか》、兎《うさぎ》、飛鼯《むささび》、狐《きつね》、獼猴《さる》がいる。

佐太河《さだ》。水源は二つ。東の水源は、島根の郡のいわゆる多久川である。西の水源は秋鹿の郡の渡の村から出る。二つの川が合流し、南へ流れて佐太の水海に入る。その水海の周りは七里である。鮒がいる。水海は入海に通じている。水門の長さ百五十歩、幅十歩。

山田川。水源は郡家の西北七里の湯火山から出て、南へ流れて入海に入る。

多太川。水源は郡家の真西十里の女嵩野から出て、南へ流れて入海に入る。

大野川。水源は郡家の真西十三里の磐門山から出て、南へ流れて入海に入る。

草野川。水源は郡家の真西十四里の大継山から出て、南へ流れて入海に入る。

伊農川《いぬ》。水源は郡家の真西十六里の伊農山から出て、南へ流れて入海に入る。

以上の七つの川は、みな魚はいない。

恵曇の陂《つつみ》。周り六里。鴛鴦《おしどり》、鳧《たかべ》、鴨《かも》、鮒《ふな》がいる。周囲には葦《あし》、蔣《まこも》、菅《すげ》が生えている。養老元年（七一七）より以前は、荷蕖《はちす》が自然に群生して、はなはだたくさんあった。養老二年から以後は自然になくなり、全く茎もない。在地の人がいうには、池の底に陶器や瓶や敷瓦などがたくさんあるという。昔から時々、人が溺れ死んだ。水の深さ浅さはわからない。

深田《ふかだ》の池。周り二百三十歩。鴛鴦、鳧、鴨がいる。

杜石《もりいし》の池。周り一里二百歩。

峰峙《みねじ》の池。周り一里。

佐久羅《さくら》の池。周り一里百歩。鴛鴦。

南は入海。

春は、鯔魚《なよし》、須受枳《すずき》、鎮仁《ちに》、鰝鰕《えび》など、大小さまざまな魚がいる。秋は、白鵠《くくひ》、鴻鴈《かり》、鳧《たかべ》、鴨《かも》などの鳥がいる。

北は大海。

恵曇《えとも》の浜。広さ二里百八十歩。東と南とはどちらも家がある。西は野、北は大海である。浦から人家に至る間は、四方にいずれも石や木もなく、まるで白い砂が積もっているようだ。大風が吹く時は、その砂はある時は風のまにまに雪のように降り、ある時は流れのまにまに蟻のように散り、桑や麻を覆ってしまう。ここに彫り抜いた岩壁が二か所ある。一か所は厚さ三丈、幅一丈、高さ八尺。他の一か所は、厚さ二丈二尺、幅一丈、高さ一丈。その中を通る川は、北へ流れて大海に入る。川の東は島根の郡である。西は秋鹿の郡に属する。河口から南方、田のあたりに至る間は、長さ百八十歩、幅一丈五尺。源は田の水である。上文で述べた佐太川の西の水源は、ここと同じ場所である。およそ渡りの村の田の水は、南と北とに分かれているだけだ。

古老が伝えて言うことには、島根の郡の大領《おおみやつこ》、社部《こそべ》の臣訓麻呂《おみくにまろ》の先祖の波蘇《はそ》たちが、稲田の排水のために掘ったものである。

浦の西の磯からはじまって、楯縫の郡の境の自毛埼《しもさき》までの間の浜は、岩壁がそびえてけわしく、たとえ風が静かであっても、往来の船は停泊する方法がない所である。

白島。紫苔菜《むらさきのり》が生えている。

御島。高さ六丈、周り八十歩。松が三本ある。

都於《つお》島。磯である。

著穂《つきほ》島。海藻が生えている。

およそ北の海（日本海）でとれるさまざまな産物は、鮐《ふぐ》、沙魚《さめ》、佐波《さば》、烏賊《いか》、鮑魚《あわび》、螺《さざえ》、貽貝《いがい》、蚌《うむぎ》、甲蠃《かせ》、螺子《にし》、石華《せ》、蠣子《かき》、海藻《にきめ》、海松《みる》、紫菜《むらさきのり》、凝海菜《こるもは》である。

道路

島根郡の境の佐太橋に通う道、八里二百歩。

楯縫郡の境の伊農橋に通う道、十五里百歩。

郡司　主帳　外従八位下　勲十□等　日下部臣

大領　外正八位下　勲十□等　刑部臣

権任少領　従八位下　蝮部臣

楯縫の郡

合計で郷四、里十二。余戸一、神戸一。
佐香《さか》の郷。今も前にしたがって字を使用している。
楯縫《たてぬい》の郷。今も前にしたがって字を使用している。
玖潭《くたみ》の郷。もとの字は忽美である。
沼田《ぬた》の郷。もとの字は努多。以上の四郷は、郷ごとに里三ずつ。
余戸《あまりべ》の里。
神戸《かんべ》の里。

楯縫と名づけた理由は、神魂《かむむすひ》の神が、「私の十分に足り整った天の日栖《ひすみ》の宮《みや》の縦横の規模に倣って、千尋もある栲縄《たくなわ》を使い、桁梁をしっかり結び下げて、この天上界の尺度をもって、天の下をお造りになった大神の宮を、お造りしてあげなさい」とおっしゃって、御子の天御鳥《あめのみとり》の命を楯部《たてべ》として、天上界からお下しになった。その時、地上に退き下ってこられて、大神の宮の装備としての楯をお造り始めになった場所が、ここなのだ。そのようにして、今に至るまで、楯や桙《ほこ》を造って、皇神たちに奉っている。だから、楯縫といった。

佐香の郷。郡家の真東四里百六十歩。佐香の河内に百八十神々がお集まりになって、調理場をお建てになり酒を醸造させた。そこで、百八十日の間、酒盛りをして、それぞれ帰って行かれた。だから、佐香といった。

楯縫の郷。郡家に属する。郷名の由来説明は、郡名に同じである。北の海の浜、業梨磯に岩屋がある。内部の縦横一丈半、高さと広さはそれぞれ七尺。中の南の壁に穴がある。入口の周り六尺、直径二尺。人が中に入ることはできない。奥行がどれくらいあるのかはわからない。

玖潭の郷。郡家の真西五里二百歩。天の下をお造りになった大神の命が、天《あめ》の御飯田《みいいた》の御倉をお造りになるための場所を、探して巡行なさった。その時、「(はやさめ)久多美の山」とおっしゃった。だから、忽美《くたみ》といった。神亀三年(七二六)、字を玖潭と改めた。

沼田の郷。郡家の真西八里六十歩。宇乃治比古の命が、「にた(湿地)の水で、乾飯をにたに(やわらかにして)召し上がることにしよう」とおっしゃって、尓多《にた》と名づけられた。そうだから、尓多の郷というべきなのだが、今の人はただ努多《ぬた》と言っているだけだ。神亀三年(七二六)、字を沼田と改めた。

余戸の里。名の由来の説明は、意宇郡の余戸の里に同じ。

神戸の里。出雲社の神戸だ。名の由来の説明は、意宇郡の神戸に同じ。

新しく造った寺、一所。沼田の郷の中にある。厳堂が建っている。郡家の真西六里百六十歩。大領の出雲臣大田が造った寺である。

久多美《くたみ》の社《やしろ》　多久《たく》の社　佐加《さか》の社　乃利斯《のりし》の社
御津《みつ》の社　水《みず》の社　宇美《うみ》の社　許豆《こづ》の社
同《おな》じき社　以上の九所は、すべて神祇官に登録されている。
許豆乃《こづの》社　又《また》、許豆の社　又、許豆の社　久多美《くたみ》社
同じき久多美の社　高守《たかもり》の社　又、高守の社　紫菜嶋《のりしま》の社
鞆前《ともさき》の社　宿努《すくぬ》の社　猗田《さきた》の社　山口《やまぐち》の社
葦原《あしはら》の社　又、葦原の社　又、葦原の社　峴《みね》の社
阿年知《あねち》の社　葦原の社
田々《たた》の社　以上の十九所は、すべて神祇官に登録されていない。

神名樋山《かむなびやま》。郡家の東北六里百六十歩。高さ百二十丈五尺、周り二十一里百八十歩。峰の西に石神がある。高さ一丈、周り一丈。道の側《そば》に小さい石神が百ばかりある。古老が伝えて言うことには、阿遅須枳高日子《あじすきたかひこ》の命の后、天御梶日女《あめのみかじひめ》の命が、多忠の村に来られて、多伎都比《たきつひ》古《こ》の命をお産みになった。その時お腹の中の子どもに教えて、「そなたの母神が（向位）生もうとお思いになるが、ここがよい」とおっしゃった。いわゆる石神は、言うまでもなく多伎都比古の命の御依代である。日照りの折に雨乞いをする時は、必ず雨を降らせてくれるのである。

阿豆麻夜《あづまや》山。郡家の真北五里四十歩。

見椋《みくら》山。郡家の西北七里。

およそ、すべての山にある草木は、蜀椒《なるはじかみ》、漆《やまあい》、麦門冬《やますげ》、伏令《まつほど》、細辛《みらのねくさ》、白歛《やまかがみ》、杜仲《はひまゆみ》、人参《かのにけくさ》、升麻《とりのあしくさ》、署預《やまついも》、白朮《おけら》、藤《ふじ》、李《すもも》、榧《かへ》、楡《にれ》、椎《しい》、赤桐《あかぎり》、白桐《あおぎり》、海榴《つばき》、楠《くす》、松《まつ》、槻《つき》である。鳥獣は、鷲《わし》、晨風《はやぶさ》、鳩《はと》、山雞《やまどり》、猪《い》、鹿《しか》、兎《うさぎ》、狐《きつね》、獼猴《さる》、飛鼯《むささび》がいる。

佐香《さか》河。水源は郡家の東北の、いわゆる神名樋山から出て、東南へ流れて入海に入る。

多久《たく》川。水源は同じ神名樋山から出て、西南へ流れて入海に入る。

都宇《つう》川。水源は二つ。東の川の水源は阿豆麻夜山から出て、西の川の水源は見椋山から出る。二つの川が合流し、南へ流れて入海に入る。

宇加《うか》川。水源は同じ見椋山から出て、南へ流れて入海に入る。

麻奈加比《まなかい》の池。周り一里十歩。

大東《おおひがし》の池。周り一里。

赤市《あけち》の池。周り一里二百歩。

沼田《ぬた》の池。周り一里五十歩。

長田《ながた》の池。周り一里百歩。

南は入海。さまざまな産物は、秋鹿郡で述べたのと同じである。

北は大海（日本海）。

自毛埼《しも》。秋鹿・楯縫、二郡の境である。けわしく、松《まつ》、栢《かへ》が繁っている。まれに晨風《はやぶさ》の巣もある。

佐香《さか》の浜。広さ五十歩。

己自都《こしつ》の浜。広さ九十二歩。

御津《みつ》の島。紫菜《むらさきのり》が生えている。

御津の浜。広さ三十七歩。

能呂志《のろし》島。紫菜が生えている。

能呂志の浜。広さ八歩。

鎌間《かまま》の浜。広さ百歩。

於豆振《おずふるい》。長さ□里二百歩、広さ一里。周囲はけわしい。上に松、菜《な》、芋《いへつい》がある。

許豆《こず》島。紫菜が生えている。

許豆の浜。広さ百歩。出雲・楯縫、二郡の境である。

およそ北の海でとれるさまざまな産物は、秋鹿郡で述べたのと同じである。ただ、紫菜は楯縫郡が最もすぐれている。

道路
秋鹿郡の境の伊農川に通う道、八里二百六十四歩。

出雲郡の境の宇加川に通う道、七里百六十歩。

郡司　主帳　無位　物部臣
大領　外従七位下　勲十□等　出雲臣
少領　外正六位下　勲十□等　高善史

出雲の郡

合計で郷八、里二十三。神戸一里二。
健部《たけるべ》の郷。今も前にしたがって字を使用している。
漆治の郷。もとの字は志丑治である。
河内《かわち》の郷。今も前にしたがって字を使用している。
出雲《いずも》の郷。今も前にしたがって字を使用している。
杵築《きづき》の郷。もとの字は寸付である。
伊努《いぬ》の郷。もとの字は伊農である。
美談《みたみ》の郷。もとの字は三太三。以上の七郷は、郷ごとに里三ずつ。
宇賀《うか》の郷。今も前にしたがって字を使用している。里二。
神戸《かんべ》の郷。里二。

出雲と名づけた理由は、名の説明をすること国名と同じである。

健部の郷。郡家の真東十二里二百二十四歩。さきに宇夜の里と名づけた理由は、宇夜津弁《うやつべ》の命がその山の峰に天上界から降ってこられた。その神の社が今にいたるまで、やはりこの場所に鎮座しておられる。だから、宇夜の里といった。その後、改めて健部と名づけたのは、景行天皇が、「わたしの御子、倭健の命の御名を決して忘れまい」とおっしゃって健部をお定めになった。その時、神門の臣古祢を、健部としてお定めになった。その建部臣たちが、昔からずっとここに住んでいる。だから、健部といった。

漆治の郷。郡家の真東五里二百七十歩。神魂の命の御子、天津枳比佐可美高日子《あまつきひさかみたかひこ》の命の御名を、また（薦枕《こもまくら》）志都治値といった。この神が郷の中にご鎮座している。だから、志丑治といった。神亀三年（七二六）、字を漆治と改めた。正倉がある。

河内の郷。郡家の真南十三里百歩。斐伊の大河がこの郷の中を北へ流れる。だから、河内といった。なお堤がある。長さ百七十丈五尺。うち七十一丈の幅は七丈、九十五丈の幅は四丈五尺。

出雲の郷。郡家に属する。名の説明は、国名に同じ。

杵築の郷。郡家の西北二十八里六十歩。八束水臣津野の命が国引きなさった後に、天の下をお造りになった大神の宮を造営申し上げようとして、多くの皇神たちが宮殿の場所に集まって地面をきづき（土を固め）なさった。だから、寸付といった。神亀三年、字を杵築と改めた。

伊努の郷。郡家の真北八里七十二歩。国引きをなさった意美豆野《おみずぬ》の命の御子、（赤衾《あかふすま》）伊《い》努意保須美比古佐倭気《ぬおほすみひこさわけ》の命の社が、郷の中にご鎮座している。だから、伊農《いぬ》といった。神亀三年、字を伊努と改めた。

美談の郷。郡家の真北九里二百四十歩。天の下をお造りになった大神の御子、和加布都努《わかふつぬ》志《し》の命が、天と地が初めて分かれた後に、天上界の御領田の長としてご奉仕なさった。その神が郷にご鎮座している。だから、三太三《みたみ》といった。神亀三年、字を美談と改めた。正倉がある。

宇賀の郷。郡家の真北十七里二十五歩。天の下をお造りになった大神の命が、神魂の命の御子、綾門日女《あやとひめ》の命に求婚された。その時、女神が承諾されないで逃げ隠れられた時に、大神が尋ね求められたところが、この郷なのだ。だから、宇加といった。

さて、北の海の浜に磯がある。名は脳《なずき》の磯という。高さ一丈ばかりである。磯の上の方に生えた松は、枝が繁って磯まで達している。（その木の姿は）まるで村人たちが朝夕行き来しているかのようであり、また木の枝はまるで人がよじ登ろうとして引いているかのように見える。磯から西の方にある岩窟は、高さ・広さそれぞれ六尺ほどである。岩窟の中に穴がある。人が入ることはできない。奥行きがどのくらいあるのかはわからない。夢で、この磯の岩窟のあたりまで来ると、必ず死ぬという。だから土地の人は、昔からずっと、黄泉《よみ》の坂・黄泉の穴と言っている。

神戸の郷。郡家の西北二里百二十歩。出雲社の神戸である。名の説明は、意宇郡に同じである。

新しく造った寺、一所。河内の郷の中にある。厳堂が立っている。郡家の真南十三里百歩。

もとの大領の日置部の臣布弥《ふみ》が造った寺である。布弥は、今の大領佐底麿《さでまろ》の祖父である。

杵築《きづき》の大社《おおやしろ》　御魂《みむすび》の社　御向《みむかい》の社　出雲《いずも》の社
御魂《みむすび》の社　伊努《いぬ》の社　意保美《おほみ》の社　曽岐乃夜《そきのや》の社
牟久《くむ》の社　審伎乃夜《そきのや》の社　阿受伎《あずき》の社　美佐伎《みさき》の社
伊奈佐《いなさ》の社　弥太弥《みたみ》の社　阿我多《あがた》の社　伊波《いは》の社
阿具《あぐ》の社　都牟自《つむじ》の社　久佐加《くさか》の社　弥努婆《みぬば》の社
阿受枳《あずき》の社　宇加《うか》の社　同《おな》じき阿受枳《あずき》の社　布世《ふせ》の社
神代《かみしろ》の社　加毛利《かもり》の社　来坂《くさか》の社　伊農《いぬ》の社
同じき社　同じき社　鳥屋《とや》の社　御井《みい》の社
企豆伎《きづき》の社　同じき社　同じき社　同じき社
同じき社　同じき社　阿受枳《あずき》の社　同じき社
同じき社　同じき社　同じき社　同じき社
同じき社　同じき社　来坂《くさか》の社　伊努社
同じき社　同じき社　弥陀弥《みたみ》の社　県《あがた》の社
斐提《ひで》の社　韓銍《からかま》の社　加佐伽《かさか》の社　伊自美《いじみ》の社
波祢《はね》の社　立虫《たちむし》の社

以上の五十八所は、すべて神祇官に登録されている。

御前《みさき》の社
同じき阿受支の社
同じき社
同じき社
同じき社
同じき社
同じき社
同じき社
同じき伊努の社
同じき弥陀弥の社
同じき社
同じき社
同じき社
同じき社
佐支多《さきた》の社
百枝槐《ももええにす》の社

同じき御埼《みさき》の社
同じき社
同じき社
同じき社
同じき社
同じき社
同じき社
同じき社
同じき社
同じき社
同じき社
同じき社
弥努波《みぬは》の社
間野《まの》の社
支比佐《きひさ》の社

支豆支《きづき》の社
同じき阿受支の社
同じき社
同じき社
同じき社
同じき社
同じき社
同じき社
県《あがた》の社
同じき社
同じき社
伊尓波《いには》の社
山辺《やまべ》の社
布西《ふせ》の社
神代《かみしろ》の社

阿受支《あずき》の社
同じき阿受支の社
同じき社
同じき社
同じき社
同じき社
同じき社
伊努《いぬ》の社
弥陀弥《みたみ》の社
同じき社
同じき社
都牟自《つむじ》の社
同じき社
波如《はね》の社
同じき社

以上の六十四所は、すべて神祇官に登録されていない。

神名火山。郡家の東南三里百五十歩。高さ百七十五丈。周り十五里六十歩。曽支能夜《そきのや》の社にご鎮座している伎比佐加美高日子《きひさかみたかひこ》の命の社が、この山の峰にある。だから、神名火山といった。

出雲の御崎山。郡家の西北二十七里三百六十歩。高さ三百六十丈、周り九十六里百六十五歩。西の麓に、いわゆる天の下をお造りになった大神の社がご鎮座している。

およそ、すべての山野にある草木は、卑解《ところ》、百部根《ほとづら》、女委《えみくさ》、夜干《からすあふき》、商陸《いをすき》、独活《つちたら》、葛根《くずのね》、薇《わらび》、藤《ふじ》、李《すもも》、蜀椒《ふさはじかみ》、楡《にれ》、赤桐《あかぎり》、白桐《あおぎり》、椎《しい》、椿《つばき》、松《まつ》、栢《かへ》である。鳥獣は、晨風《はやぶさ》、鳩《はと》、山鶏《やまどり》、鵠《くくひ》、鶇《つぐみ》、猪《い》、鹿《しか》、狼《おおかみ》、兎《うさぎ》、狐《きつね》、獼猴《さる》、飛鼯《むささび》がいる。

出雲の大川。水源は伯耆・出雲の二国の境にある鳥上山から流れ、仁多郡の横田の村に出て、さて横田・三処・三津・布勢などの四つの郷を経て、大原郡の境の引沼の村に出て、そして来次・斐伊・屋代・神原などの四つの郷を経て、出雲の郡の境の多義の村に出て、河内・出雲の二つの郷を経て、北へ流れてさらに折れて西へ流れ、そこで伊努・杵築の二つの郷を経て神門の水海に入る。これが、いわゆる斐伊河の川下である。川の両岸は、あるところは土壌が肥え、穀物や桑・麻が枝もたわわに実り、人々にとって稔り豊かな場所である。またあるところは、土地が豊かに肥えて、草木がうっそうと繁茂している。年魚《あゆ》、鮭《さけ》、麻須《ます》、伊具比《いぐひ》、魴鱧《むなぎ》などの類がいて、渕や瀬を並んで泳ぎまわっている。河口から川上の横田の村に至るまでの五つの郡の人々は、川を頼りとして暮している。五つの郡とは出雲・神門・飯石・仁多・大原の郷である。一月から三月までのあいだ、材木を点検する船が、川を上り下りする。

意保美《おほみ》の小河。水源は出雲の御崎山から出て、北へ流れて大海に入る。年魚《あゆ》が少しいる。

土負《つちおい》の池。周り二百四十歩。

須々比《すすひ》の池。周り二百五十歩。

西門《にしかど》の江。周り三里百五十八歩。東へ流れて入海に入る。鮒がいる。

大方《おおかた》の江。周り二百四十四歩。東へ流れて入海に入る。鮒がいる。二つの江の水源は、ともに田の水の集まるところである。

東は入海。

他の三方は、すべて平原が遥かに見通せる。鶫《つぐみ》、鳩《はと》、鳧《たかべ》、鴨《かも》、鴛鴦《をし》などの類が、たくさんいる。東の入海でとれるさまざまな産物は、秋鹿郡で述べたのと同じである。

北は大海。

宮松の埼。楯縫郡・出雲郡の境にある。

意保美の浜。広さ二里百二十歩。

気《け》多《た》島。紫菜《むらさきのり》、海松《みる》が生える。鮑《あはび》、螺《さざえ》、蕀甲蠃《うに》がある。

井呑《いのみ》の浜。広さ四十二歩。

宇大保《うたほ》の浜。広さ三十五歩。

大前《おおさき》の島。高さ一丈、周り二百五十五歩。海藻《にきめ》が採れる。

脳島《なずき》。紫菜、海藻が生える。松、栢《かへ》がある。

鷺浜《さぎ》。広さ二百歩。

黒島。紫藻が採れる。

米結《めゆい》の浜。広さ二十歩。

尓比埼《にひさき》。長さ一里四十歩、広さ二〇歩。岬の南のつけ根は、東西に水門を通して、船のまで往来できる。岬の上には松が生い茂っている。

宇礼保《うれほ》の浦。広さ七十八歩。船が二十隻ぐらい泊まることができる。

山崎。高さ三十九丈、周り一里二百五十歩。椎《しい》、楠《くす》、椿《つばき》、松がある。

子負島《こおい》。磯である。

大椅《おおはし》の浜。広さ百五十歩。

御前《みさき》の浜。広さ百二十歩。民家がある。

御厳島《みいつく》。海藻が採れる。

御厨家島《みくりや》。高さ四丈、周り二十歩。松がある。

等々島《とど》。貽貝《いがひ》、石花《せ》がある。

怪聞埼《しもさき》。長さ三十歩、広さ三十二歩。松がある。

意能保《おのほ》の浜。広さ十八歩。

栗島。海藻が採れる。

黒島。海藻が採れる。

這田《はふた》の浜。広さ百歩。

二俣《ふたまた》の浜。広さ九十八歩。

門石《かどいし》島。高さ五丈、周り四十二歩。鷲《わし》の巣がある。

薗《その》。長さ三里百歩、広さ一里二百歩。松が繁って繁殖している。神門の水海から大海に通じる水路は、長さ三里、広さ百二十歩である。これは出雲・神門、二郡の境である。

およそ北の海でとれるさまざまな産物は、楯縫郡で述べたのと同じである。ただ、鮑は出雲の郡が最もすぐれている。鮑を採る者は、いわゆる御埼の海人たちである。

道路

意宇郡の境の佐雑の村に通う道、十三里六十四歩。

神門郡の境の出雲大河のほとりに通う道、二里六十歩。

大原郡の境の多義の村に通う道、十五里三十八歩。

楯縫郡の境の宇加川に通う道、十四里二百二十歩。

郡司　主帳　無位　若倭部臣

大領　外正八位下　日置部臣
少領　外従八位下　大臣
主政　外大初位下　部臣

神門の郡

合わせて郷は八、里は二十二。余戸は一、駅は二、神戸は一。
朝山《あさやま》の郷。今も前にしたがって字を使用している。里二。
日置《ひおき》の郷。今も前にしたがって字を使用している。里三。
塩冶《やむや》の郷。もとの字は止屋である。里三。
八野《やの》の郷。今も前にしたがって字を使用している。里三。
高岸《たかぎし》の郷。もとの字は高崖である。里三。
古志《こし》の郷。今も前にしたがって字を使用している。里三。
滑狭《なめさ》の郷。今も前にしたがって字を使用している。里二。
多伎《たき》の郷。もとの字は多吉である。里三。
余戸《あまりべ》の里。
狭結《さゆう》の駅。もとの字は最邑である。
多伎の駅。もとの字は多吉である。

神戸の里。

神門と名づけた理由は、神門の臣伊加曽然《いかそね》の時に、神門を奉った。だから神門といった。そして神門の臣たちが、昔からずっとここに住んでいる。だから、神門といった。

朝山の郷。郡家の東南五里五十六歩。神魂の命の御子、(真《ま》玉着《たまつく》)玉之《たまの》邑日女《むらひめ》の命がご鎮座していた。その時、天の下をお造りになった大神、大穴持の命が結婚されて、毎朝お通いになった。だから、朝山といった。

日置の郷。郡家の真東四里。欽明天皇の御世に、日置の伴部らが遣わされてきて住み着き、政務をしたところである。だから、日置といった。

塩冶の郷。郡家の東北六里。阿遅須枳高日子《あぢすきたかひこ》の命の御子、塩冶毗古《やむやひこ》の命がご鎮座していた。だから、止屋《やむや》といった。神亀三年、字を塩冶と改めた。

八野の郷。郡家の真北三里二百十五歩。須佐能袁の命の御子、八野若日女の命がご鎮座していた。その時、天の下をお造りになった大神、大穴持の命が結婚しようとして、家を造らせた。だから、八野といった。

高岸の郷。郡家の東北二里。天の下をお造りになった大神の御子、阿遅須枳高日子の命が昼も夜も、きつくお泣きになった。そこで、そこに高床の建物を造って、住まわせられた。そして高い梯子を立て、(世話係を)登り降りさせてお世話した。だから、高崖といった。

神亀三年（七二六）、字を高岸と改めた。

古志の郷。郡家に属する。伊弉弥《いざなみ》の命の時に、日渕川の水を引いて池を築いた。その時、古志の国の人たちがやって来て堤を造った。つまりその人たちが宿っていたところである。だから、古志といった。

滑狭の郷。郡家の南西八里。須佐能袁の命の御子の和加須世理比売《わかすせりひめ》の命がご鎮座していた。その時、天の下をお造りになった大神の命が、結婚して妻問いに行かれた時に、その社の前に岩があった。その表面はつるつるとして滑らかだった。そこで、「滑らかな岩だなあ」とおっしゃった。だから、南佐といった。神亀三年、字を滑狭と改めた。

多伎の郷。郡家の南西二十里。天の下をお造りになった大神の御子、阿陀加夜努志多伎吉比売《あだかやぬしたききひめ》の命がご鎮座していた。だから、多吉といった。神亀三年、字を多伎と改めた。

余戸の里。郡家の南西三十六里。名の説明は、意宇郡と同じである。

狭結の駅。郡家と同所。古志の国の佐与布《さよふ》という人がやって来て住んでいた。だから、最邑といった。神亀三年、字を狭結と改めた。その至り来た事情は、古志の郷の説明と同じである。

多伎の駅。郡家の西南十九里。名の説明と、字を改めたことについては、多伎の郷と同じである。

新しく造った寺、一所。朝山の郷の中にある。郡家の真東二里六十歩。厳堂が立っている。神門の臣たちが造った寺である。

新しく造った寺、一所。古志の郷の中にある。郡家の東南一里。刑部の臣たちが作った寺である。もとは、厳堂が立っていた。

美久我《みくが》の社《やしろ》　阿須理《あすり》の社　比布知《ひふち》の社　又、比布知《ひふち》の社
多吉《たき》の社　夜牟夜《やむや》の社　矢野《やの》の社　波加佐《はかさ》の社
奈売佐《なめさ》社　知乃《ちの》の社　浅山《あさやま》の社　久奈為《くない》の社
佐志牟《さしむ》の社　多支枳《たきき》の社　阿利《あり》の社　阿如《あね》の社
国村《くにむら》の社　那売佐《なめさ》の社　阿利《あり》の社　大山《おおやま》の社
保乃加《ほのか》の社　多吉《たき》の社　夜牟夜《やむや》の社　同じき夜牟夜《やむや》の社
比奈《ひな》の社　以上の二十五所は、すべて神祇官に登録されている。
塩夜《やむや》の社　火守《ほもり》の社　同じき塩冶《やむや》社　久奈子《くなこ》の社
同じき久奈子の社　加夜《かや》の社　小田《をだ》の社　波加佐《はかさ》の社
同じき波加佐の社　多支《たき》の社　多支々《たきき》の社　波須波《はすは》の社
以上の十二所は、すべて神祇官に登録されていない。

田俣《たまた》山。郡家の真南十九里。栬《ひのき》、枌《すぎ》がある。
長柄《ながら》山。郡家の東南十九里。栬、枌がある。
吉栗《よしくり》山。郡家の西南二十八里。栬、枌がある。いわゆる天の下をお造りになった大神の宮の用材を切

り出す山である。

□□山。郡家の東南五里五十六歩。大神の御殿である。

稲積《いなづみ》山。郡家の東南五里七十六歩。大神の稲積である。

陰《かげ》山。郡家の東南五里八十六歩。大神の御陰である。

稲《いな》山。郡家の真東五里百十六歩。東に樹林がある。他の三方はいずれも岩の崖である。大神の御稲である。

桙《ほこ》山。郡家の東南五里二百五十六歩。南と西はともに樹林がある。東と北とはいずれも岩の崖である。大神の御桙である。

冠《かがふり》山。郡家の東南五里二百五十六歩。大神の御冠である。

およそ、すべての山野にある草木は、白歛《やまかがみ》、桔梗《ありのひふき》、藍漆《やまあい》、竜膽《えやみくさ》、商陸《いおすき》、續断《はみ》、独活《つちたら》、白芷《よろいくさ》、秦椒《かわはじかみ》、百部根《ほとづら》、百合《ゆり》、巻柏《いわくみ》、石斛《いわくすり》、升麻《とりのあしくさ》、当帰《やませり》、石葦《いわのかわ》、麦門冬《やますげ》、杜仲《はひまゆみ》、細辛《みらのねくさ》、伏令《まつほど》、葛根《くずのね》、薇蕨《わらび》、藤《ふじ》、李《すもも》、蜀椒《ふさはじかみ》、檜《ひのき》、杉《すぎ》、榧《かへ》、赤桐《あかぎり》、白桐《あおぎり》、椿《つばき》、槻《つき》、柘《つみ》、楡《にれ》、蘗《きはだ》、楮《かちのき》である。鳥獣は、鷲《わし》、鷹《たか》、晨風《はやぶさ》、鳩《はと》、山雞《やまどり》、鶉《うづら》、熊《くま》、狼《おおかみ》、猪《い》、鹿《しか》、兎《うさぎ》、狐《きつね》、獼猴《さる》、飛鼯《むささび》がいる。

神門《かむど》川。水源は飯石《いいし》郡の琴引《ことひき》山から出て、北へ流れて来島・波多・須佐の三つの郷を経て、神門郡の余戸の里の門立の村に出て、さらに神戸・朝山・古志などの郷を経て、西へ流れて神門の水海に入る。なお年魚《あゆ》、鮭《さけ》、麻須《ます》、伊具比《いぐひ》がいる。

多岐の小川。水源は郡家の西南三十三里の多岐山から出て、流れて大海に入る。年魚《あゆ》がいる。

宇加の池。周り三里六十歩。

来食《きくい》の池。周り一里百四十歩。菜《もは》がある。

笠柄《かさから》の池。周り一里六十歩。菜がある。

刾屋《さしや》の池。周り一里。

神門《かむど》の水海。郡家の真西四里五十歩。周り三十五里七十四歩。中では鯔魚《なよし》、鎮仁《ちに》、須受枳《すずき》、鮒《ふな》、玄蠣《かき》が採れる。なお水海と大海との間に山がある。長さ二十二里二百三十四歩、広さ三里。これは意美豆努の命が国引きされた時の綱である。今、土地の人は名づけて薗の松山といっている。土地の様子は、土も石もどちらもない。白砂だけが積もり、そこに松の林が茂っている。あらゆる方向から風が吹く時は、砂は飛び流れて松林を覆って埋めてしまう。今、(その)半分は埋まって、半分だけが残っている。おそらく最後にはすっかり埋もれてしまうのだろう。松山の南端にある美久我の林から、石見と出雲の二国の堺にある中島の埼に至るまで、あるところは平らな浜、あるところはけわしい荒磯である。

およそ北の海(日本海)でとれるさまざまな産物は、楯縫郡で述べたのと同じである。ただ、紫菜《むらさきのり》はない。

道路

出雲郡の境の出雲河の辺に行く道、七里二十五歩。

飯石郡の境の堀坂山に行く道、十九里。

同郡の境の与曽紀の村に行く道、二十五里百七十四歩。

石見国安農郡の境の多伎々山に行く道、三十三里。道に常に関所が置かれている。

同じ安農郡の川相の郷に行く道、四十六里。道にふだんは関所がない。ただ政務に必要がある時に、臨時に置くだけである。

前述の五郡は、いずれも大海（日本海）の南にある。

郡司　主帳　無位　刑部臣
大領　外従七位上　勲十二等　神門臣
擬少領　外大初位下　勲十二等　刑部臣
主政　外従八位下　勲十二等　吉備部臣

飯石の郡

合計で郷は七。里は十九。

熊谷《くまたに》の郷。今も前にしたがって字を使用している。

三屋《みとや》の郷。もとの字は三刀矢である。

飯石《いいし》の郷。もとの字は伊鼻志である。

来島《きじま》の郷。もとの字は支自真。以上の五郷は、郷ごとに里三ずつ。
波多《はた》の郷。今も前にしたがって字を使用している。
須佐《すさ》の郷。今も前にしたがって字を使用している。以上の二郷は、郷ごとに里二ずつ。
多祢《たね》の郷。もとの字は種である。

飯石と名づけた理由は、飯石の郷の中に伊毗志都幣《いひしつべ》の命がご鎮座している。だから、飯石といった。

熊谷の郷。郡家の東北二十六里。古老が伝えて言うことには、久志伊奈大美等与麻奴良比売の命が、妊娠して産もうとする時になって、産むにふさわしい場所をお求めになった。その時、ここにやって来て、「はなはだくまくましき（奥深い）谷だ」とおっしゃった。だから、熊谷といった。

三屋の郷。郡家の東北二十四里。天の下をお造りになった大神の御門《みと》が、ここにあった。だから、三刀矢といった。神亀三年、字を三屋と改めた。正倉がある。

飯石の郷。郡家の真東十二里。伊毗志都幣の命が天上界からお降りになったところである。だから、伊鼻志といった。神亀三年、字を飯石と改めた。

多祢の郷。郡家に属する。天の下をお造りになった大神、大穴持の命と須久奈比古《すくなひこ》の命が国土を巡って行かれた時に、稲の種がこの土地に落ちた。だから、種といった。神亀三年、字を多祢と改めた。

須佐の郷。郡家の真西十九里。神須佐能袁の命が、「この国は小さい国とはいえ、国として手頃な良いところである。だから私の御名は、木や石などにはつけまい」とおっしゃって、すぐにご自分の御魂をここに鎮め置かれた。そして大須佐田《おおすさだ》・小須佐田《おすさだ》をお定めになった。だから、須佐といった。正倉がある。

波多の郷。郡家の西南十九里。波多都美《はたつみ》の命が天上界からお降りになったところである。だから、波多といった。

来島の郷。郡家の真南四十一里。伎自麻都美《きじまつみ》の命がご鎮座している。だから、支自真といった。神亀三年、字を来島と改めた。正倉がある。

須佐《すさ》の社《やしろ》　河辺《かわべ》の社　御門屋《みとや》の社　多倍《たべ》の社
飯石《いひし》の社　以上の五処は、すべて神祇官に登録されている。
狭長《さなが》の社　飯石《いひし》の社　田中《たなか》の社　多加《たか》の社
毛利《もり》の社　兎比《とひ》の社　日倉《ひくら》の社　井草《いぐさ》の社
深野《ふかの》の社　託和《たくわ》の社　上《かみ》の社　葦鹿《あしか》の社
粟谷社《あはたに》　穴見《あなみ》の社　神代《かみしろ》の社　志志乃村《ししのむら》の社
以上の十六所は、すべて神祇官に登録されていない。

焼村《たきむら》山。郡家の真東一里。

穴厚《あなつ》山。郡家の真南一里。

笑村《やむら》山。郡家の真西一里。

広瀬《ひろせ》山。郡家の真北一里。

琴引《ことびき》山。郡家の真南三十五里二百歩。高さ三百丈、周り十一里。古老が伝えて言うことには、この山の峰に岩屋がある。内部に天の下をお造りになった大神の御琴がある。長さ七尺、広さ三尺、厚さ一尺五寸である。また石神が存在している。高さ二丈、周り四丈である。だから、琴引山といった。塩味葛《えびかずら》がある。

石穴《いわな》山。郡家の真南五十八里。高さ五十丈。

幡咋《はたくい》山。郡家の真南五十二里。紫草《むらさきぐさ》がある。

野見《のみ》・木見《きみ》・石次《いわすき》、の三つの野。いずれも郡家の南西四十里。紫草がある。

佐比売《さひめ》山。郡家の真西五十一里百四十歩。石見・出雲の二国の境。

堀坂《ほりさか》山。郡家の真西四十一里。杉《すぎ》、松《まつ》がある。

城垣野《きかきの》。郡家の真南十二里。紫草がある。

伊我《いが》山。郡家の真北十九里二百歩。

奈倍《なえ》山。郡家の東北二十里二百歩。

およそ、すべての山野にある草木は、卑解《ところ》、升麻《とりのあしくさ》、当帰《やませり》、独活《つちたら》、大薊《おおあざみ》、黄精《あまな》、前胡《のせり》、署預《やまついも》、白朮《おけら》、女委《えみくさ》、細辛《みらのねくさ》、白頭公《おきなくさ》、白芨《かがみ》、赤箭《かみのや》、桔梗《ありのひふき》、葛根《くずのね》、秦皮《とねりこのき》、杜仲《はいまゆみ》、石斛《いわくすり》、藤《ふじ》、李《すもも》、椙《すぎ》、赤桐《あかぎり》、椎《しい》、楠《くすのき》、楊梅《やまもも》、槻《つき》、柘《つみ》、楡《にれ》、松《まつ》、榧《かへ》、蘗《きはだ》、楮《かちのき》である。鳥獣は、鷹《たか》、隼《はやぶさ》、山鶏《やまどり》、鳩《はと》、雉《きぎし》、熊《くま》、狼《おおかみ》、猪《い》、鹿《しか》、兎《うさぎ》、獼猴《さる》、飛鼯《むささび》がいる。

三屋《みとや》川。水源は郡家の真東十五里の多加山から出て、北へ流れて斐伊の河に入る。年魚《あゆ》がいる。

須佐《すさ》川。水源は郡家の真南六十八里の琴引山から出て、北へ流れて来島・波多・須佐などの三つの郷を経て、神門郡の門立の村に入る。これはいわゆる神門河の上流である。年魚がいる。

磐鉏《いわすき》川。水源は郡家の西南七十里の箭山から出て、北へ流れて須佐河に入る。年魚がいる。

波多《はた》の小川。水源は郡家の西南二十四里の志許斐山から出て、北へ流れて須佐河に入る。鉄《まがね》を産する。

飯石《いいし》の小川。水源は郡家の真東十二里の佐久礼山から出て、北へ流れて三屋川に入る。鉄を産する。

道路

大原郡の境の斐伊河の辺に行く道、二十九里百八十歩。

仁多郡の境の温泉の河の辺に行く道、二十二里。

神門郡の境の与曽紀の村に行く道、三十八里六十歩。

同郡の堀坂山に行く道、三十一里。

備後国恵宗郡の境の荒鹿坂に行く道、三十九里二百歩。道に常に関所が置かれている。

三次郡の境の三坂に行く道、八十一里。道に常に関所が置かれている。

波多径・須佐径・志都美径。以上の三道は、ふだんは関所はない。ただ政務に必要がある時に、臨時に置くだけだ。それぞれ備後国に通じる。

郡司　主帳　無位　日置首
　　　大領　外正八位下　勲十二等　大私造
　　　少領　外従八位上　出雲臣

仁多の郷

合計で郷は四。里は十二。

三処《みところ》の郷。今も前にしたがって字を使用している。

布勢《ふせ》の郷。今も前にしたがって字を使用している。

三津《みつ》の郷。今も前にしたがって字を使用している。

横田《よこた》の郷。今も前にしたがって字を使用している。

仁多と名づけた理由は、天の下をお造りになった大神、大穴持の命が、「この国は大きくも小さくもない。川上は木の枝が梢を交差させ川下は葦の根が地を這っている。ここはにたしき（湿気の多い）、小さな国だ」とおっしゃった。だから、仁多といった。

三処の郷。郡家に属する。大穴持の命が、「この土地の田は良い。だから、わたしのみところ（御地）として占有しよう」とおっしゃった。だから、三処といった。

布勢の郷。郡家の真西十里。古老が伝えて言うことには、大神の命がふせり（お泊り）になったところだ。だから、布世といった。神亀三年、字を布勢と改めた。

三津の郷。郡家の西南二十五里。大神大穴持の命の御子、阿遅須伎高日子の命が、おひげが八握ほどにも伸びるまで、昼も夜も泣くばかりで、話すことができなかった。その時、御親の大神が、御子を船に乗せて多くの島々に連れめぐって、心をなごませようとされたが、やはり泣き止むことはなかった。大神が夢のお告げを祈願されたことには、「御子が泣くわけをお教えください」といって、夢のお告げを祈願なさったところ、その夜の夢に、御子が口をきくようになったさまをご覧になった。そこで目覚めて御子に問いかけると、すかさず「御津」と申された。その時、大神が、「どこをそう言うのか」とお聞きになると、御子はすぐに御親の前から立ち去って行かれ、石川を渡り、坂の上まで行ってとどまり、「ここだよ」と申された。その時、その津の水が湧き出して、その水を浴びてお身体を浄められた。そのようなわけで、国造が神吉事を奏上するため朝廷に出立する時に、その水が湧き出て、清めの水として用いはじめたのだ。このようないきさつで、今も妊婦はその村の稲を食べない。もし食べると、生まれた子は生まれながらにしてしゃべる。だから、三津といった。正倉がある。

横田の郷。郡家の東南二十一里。古老が伝えて言うことには、郷の中に田がある。広さ四段ほどである。形がやや横長である。とどのつまりその田の形から、横田というようになった。正倉がある。以上の各郷から産する鉄は、堅くて、さまざまな器物を造るのに最適である。

三沢《みさわ》の社《やしろ》　伊我多気《いがたけ》の社
以上の二所は、いずれも神祇官に登録されている。

玉作《たまつくり》の社　須我乃非《すがのひ》の社　湯野《ゆの》の社　比太《ひだ》の社
漆仁《しつに》の社　大原《おおはら》の社　印支斯里《いなきしり》の社　石壺《いわつぼ》の社
以上の八所は、すべて神祇官に登録されていない。

鳥上山《とりかみ》。郡家の東南三十五里。伯耆国と出雲国の境である。塩味葛《えびかずら》がある。
室原山《むろはら》。郡家の東南三十六里。備後・出雲、二国の境である。塩味葛がある。
灰火山《はいひ》。郡家の東南三十里。
遊託山《ゆた》。郡家の真南三十七里。塩味葛がある。

御《み》坂《さか》山。郡家の西南五十三里。この山に神の御門《みと》がある。だから、御坂といった。備後国と出雲国の境である。塩味葛がある。

志努《しぬ》坂野《さかの》。郡家の西南三十一里。紫草《むらさきくさ》が少しある。

玉峰《たまみね》山。郡家の東南十里。古老が伝えて言うことには、山の峰に玉上の神が鎮座している。だから、玉峰といった。

城《き》紲《せ》野《の》。郡家の真南十里。紫草が少しある。

大内《おおうち》野《の》。郡家の真南二十二里。紫草が少しある。

菅火《すがひ》野《の》。郡家の真西四里。高さ百二十五丈、周り十里。峰に神社がある。

恋《したい》山。郡家の真南二十三里。古老が伝えて言うことには、和《わ》尓《に》（さめ）が、阿伊の村におられる神、玉日女命を慕《した》って、川を溯ってやってきた。その時、玉日女命が石で川を塞いだので、会うことができないで愛しく思っていた。だから、恋山といった。

およそ、すべての山野にある草木は、白頭公《おきなくさ》、藍漆《やまあい》、藁本《さはそらし》、玄参《おしくさ》、百合《ゆり》、王不留行《かさくさ》、薺苨《さきくさな》、百部根《ほとづら》、瞿麦《なでしこ》、升麻《とりのあしくさ》、抜葜《さるとり》、黄精《あまな》、地楡《あやめたむ》、附子《おう》、狼牙《こまつなぎ》、離留《やまうばら》、石斛《いわくすり》、貫衆《おにわらび》、續断《はみ》、女委《えみくさ》、藤《ふじ》、李《すもも》、檜《ひのき》、椙《すぎ》、樫《かし》、松《まつ》、栢《かへ》、栗《くり》、柘《つみ》、槻《つき》、蘗《きはだ》、楮《かじのき》である。鳥獣は、鷹《たか》、晨風《はやぶさ》、鳩《はと》、山鶏《やまどり》、雉《きぎし》、熊《くま》、狼《おおかみ》、猪《ゐ》、鹿《しか》、狐《きつね》、兎《うさぎ》、獮猴《さる》、飛鼯《むささび》がいる。

横田川。水源は郡家の東南三十五里の鳥上山から出て、北へ流れる。いわゆる斐伊の河の上流である。年魚《あゆ》が少しいる。

室原川。水源は郡家の東南三十六里の室原山から出て、北へ流れる。これが、いわゆる斐伊の大河の上流である。年魚、麻須《ます》、魴鱧《むなぎ》などの類がいる。

灰火の小川。水源は灰火山から出て、斐伊の河の上流に入る。年魚がいる。

阿伊《あい》川。水源は郡家の真南三十七里の遊託山から出て、北へ流れて斐伊の河の上流に入る。年魚、麻須がいる。

阿位《あい》川。水源は郡家の西南五十里の御坂山から出て、斐伊の河の上流に入る。年魚、麻須がいる。

比太《ひだ》川。水源は郡家の東南十里の玉岑山から出て、北へ流れる。意宇郡の野城河の上流が、まさにこれである。年魚がいる。

湯野《ゆの》の小川。水源は玉岑山から出て、西へ流れて斐伊の河の上流に入る。

道路

飯石郡の境の漆仁川の辺に通じる道、二十八里。この川の辺に薬湯がある。一度入浴すればすぐに身体はくつろぎ、再び入浴すればすぐにあらゆる病気が消えさってしまう。男も女も老人も子どもも、昼も夜もやすむことなく、連なって通ってきて、効果がないということがない。だから、土地の人は名づけて薬湯と言っている。正倉がある。

大原郡の境の辛谷の村に行く道、十六里二百三十六歩。

伯耆国日野郡の境の阿志毗縁山に行く道、三十五里百五十歩。常に関所が置かれている。

備後国恵宗郡の境の遊託山に行く道、三十七里。常に関所が置かれている。

同じく恵宗郡の境の比市山に行く道、五十三里。ふだんは関所はない。ただ政務に必要があるときに、臨時に置くだけだ。

郡司　主帳　外大初位下　品治部
大領　外従八位下　蝮部臣
少領　外従八位下　出雲臣

大原の郡

合計で郷は八。里は二十四。

神原《かむはら》の郷。今も前にしたがって字を使用している。

屋代《やしろ》の郷。もとの字は矢代である。

屋裏《やうち》の郷。もとの字は矢内である。

佐世《させ》の郷。今も前にしたがって字を使用している。

阿用《あよ》の郷。もとの字は阿欲である。

海潮《うしお》の郷。もとの字は得塩である。

来次《きすき》の郷。今も前にしたがって字を使用している。

大原と呼んでいる。

斐伊《ひ》の郷。もとの字は樋である。以上の八郷は、郷ごとに里三ずつ。

大原と名づけた理由は、郡家の真西北十里百十六歩のところの田が、十町ほどの平らな原である。だから、名づけて大原といった。昔は、ここに郡家があった。今もなお、昔通り大原と呼んでいる。今、郡家のあるところは、名づけて斐伊の村という。

神原の郷。郡家の真北九里。古老が伝えて言うことには、天の下をお造りになった大神が御神宝を積み置かれた所である。だから神財の郷というべきところを、今の人は誤って、神原の郷といっているだけである。

屋代の郷。郡家の真北十里百十六歩。天の下をお造りになった大神が、的を置く盛り土を立てて射られた所である。だから、矢代といった。神亀三年、字を屋代と改めた。正倉がある。

屋裏の郷。郡家の東北十里百十六歩。古老が伝えて言うことには、天の下をお造りになった大神が、矢を射立てさせられた所である。だから、矢内といった。神亀三年、字を屋裏と改めた。

佐世の郷。郡家の真東九里二百歩。古老が伝えて言うことには、須佐能袁の命が佐世の木の葉を頭に挿《かざ》して踊られた時に、挿しておられた佐世の木の葉が地面に落ちた。だから、佐世といった。

阿用の郷。郡家の東南十三里八十歩。古老が伝えて言うことには、昔、ある人がここで山田を耕して守っていた。ある時、一つ目の鬼が来て、田作り人の息子を食った。その時、男の父母は竹藪の中にじっと隠れていたが、竹の葉が揺れた。その時、食われている息子が、「あよあよ（揺れてる、揺れてる）」と言った。だから、阿欲といった。神亀三年、字を阿用と改めた。

海潮の郷。郡家の真東十六里三十三歩。古老が伝えて言うことには、宇能治比古の命が、御親の須義祢《すがね》の命を恨んで、北の出雲の海水を押し上げ、御親の神を漂流させたが、その海水がここまで溯ってきた。だから、得潮といった。神亀三年、字を海潮と改めた。ここの東北の須我の小川の湯渕の村の、川の中に温泉がある。特に名はない。同じ川の上流の毛間の村の、川の中にも温泉が出る。特に名はない。

来次の郷。郡家の真南八里。天の下をお造りになった大神の命が、「八十神は、青垣山のうちには、絶対に住まわせないぞ」とおっしゃって、追い払われた時に、ここできすき（追いつき）なさった。だから、来次といった。

斐伊の郷。郡家に属する。樋速日子の命がここにご鎮座している。だから、樋といった。神亀三年、字を斐伊と改めた。

新しく造った寺、一所。斐伊の郷の中にある。郡家の真南一里。厳堂を建てている。僧が五人いる。大領の勝部の君虫麿が造った寺である。

新しく造った寺、一所。屋裏の郷の中にある。郡家の真北十一里百二十歩。□重の塔を建てている。僧が一人いる。前の少領の額田部の臣押島《おししま》が造った寺だ。今の少領伊去美《いこみ》の従兄である。

新しく造った寺、一所。斐伊の郷の中にある。郡家の東北一里。厳堂を建てている。尼が二人いる。斐伊の郷の人、樋《ひ》の印支知麿《いなきちまろ》が造った寺だ。

矢口《やぐち》の社《やしろ》　宇乃遅《うのぢ》の社　支須支《きすき》の社　布須《ふす》の社
御代《みしろ》の社　汗乃遅《うのぢ》の社　神原《かむはら》の社　樋《ひ》の社
樋の社　佐世《させ》の社　世裡陀《せりだ》の社　得塩《うしほ》の社
加多《かた》の社　以上の十三所は、すべて神祇官に登録されている。
赤秦《あかはた》の社　等々呂吉《とどろき》の社　矢代《やしろ》の社　比和《ひわ》の社
日原《ひはら》の社　幡屋《はたや》の社　春殖《はるえ》の社　船林《ふなばやし》の社
宮津日《みやつひ》の社　阿用《あよ》の社　置谷《おきたに》の社　伊佐山《いさやま》の社
須我《すが》の社　川原《かわはら》の社　除川《よきかわ》の社　屋代《やしろ》の社
以上の十六所は、すべて神祇官に登録されていない。

菟原野《うはらの》。郡家の真東。郡家に属する。

城名樋《きなひ》山。郡家の真北一里百歩。天の下をお造りになった大神、大穴持の命が、八十神を討とうとされて城《き》を造られた。だから、城名樋といった。

高麻《たかあさ》山。郡家の真北十里二百歩。高さ百丈、周り五里。北の方に樫《かし》、椿《つばき》などの類がある。

東と西の三方はすべて野である。古老が伝えて言うことには、神須佐能袁の命の御子の青幡佐草日古の命が、この山の上に麻を蒔かれた。だから、高麻山といった。この山の峰にご鎮座しているのは、その神の御魂である。

須我《すが》山。郡家の東北十九里百八十歩。檜《ひのき》、杉《すぎ》がある。

船岡《ふなおか》山。郡家の東北一里百歩。阿波枳閇委奈佐比古の命が曳いて来てとどめ置いた船が、つまりこの山、これにほかならない。だから、船岡といった。

御室《みむろ》山。郡家の東北十九里百八十歩、神須佐乃乎の命が御室をお造りになって宿った所である。だから、御室といった。

およそ、すべての山野にある草木は、苦参《くらら》、桔梗《ありのひふき》、菩茄《むこぎ》、白芷《よろいくさ》、前胡《のせり》、独活《つちたら》、卑解《ところ》、葛根《くずのね》、細辛《みらのねくさ》、茵芋《につつじ》、白前《のかがみ》、決目《えびすぐさ》、白歛《やまかがみ》、女委《えみくき》、署預《やまついも》、麦門冬《やますげ》、藤《ふじ》、李《すもも》、檜《ひのき》、杉《すぎ》、栢《かへ》、樫《かし》、櫟《なら》、椿《つばき》、楮《かじのき》、楊梅《やまもも》、梅《うめ》、槻《つき》、蘗《きはだ》がある。鳥獣は、鷹《たか》、晨風《はやぶさ》、鳩《はと》、山雞《やまどり》、雉《きぎし》、熊《くま》、狼《おおかみ》、猪《い》、鹿《しか》、兎《うさぎ》、獼猴《さる》、飛鼯《むささび》がいる。

斐伊《ひ》の川。郡家の真西五十七歩。西へ流れて出雲の郡の多義の村に入る。年魚《あゆ》、麻須《ます》がいる。

海潮《うしお》の川。水源は意宇・大原の二郡の境にある笑村山から出て、北へ流れる。年魚が少しいる。

須我の小川。水源は須我山から出て、西へ流れる。年魚が少しいる。

佐世の小川。水源は阿用山から出て、北へ流れる。魚はいない。

ない。

幡屋の小川。水源は郡家の東北の幡箭山から出て、南へ流れる。魚はいない。

四つの川は合流して西へ流れ、出雲の大河に入る。

屋代の小川。水源は郡家の真北の除田野から出て、西へ流れて斐伊の大河に入る。魚はいない。

道路

意宇郡の境の木垣坂に行く道、二十三里八十五歩。

仁多郡の境の辛谷の村に行く道、二十三里百八十二歩。

飯石郡の境の斐伊河の辺に行く道、五十七歩。

出雲郡の多義の村に行く道、十一里二百二十歩。

前述の三郡は、すべて山野の中にある。

郡司　主帳　無位　勝部臣

大領　正六位上　勲十二等　勝部臣

少領　外従八位上　額田部臣

主政　無位　日置臣

（巻末記）

出雲の国の東の境から西へ行くこと二十里百八十歩で、野城の橋に至る。橋の長さ三十丈七尺、広さ二丈六尺。飯梨河にかかる橋。また、西へ二十一里で、国庁の意宇郡家の北の十字路に至り、そこで分かれて二つの道となる。一つは正西の道、一つは北へ曲がる道である。

北へ曲がる道。北へ行くこと四里二百六十六歩で、意宇郡の北の境の朝酌の渡りに至る。渡りの幅八十歩、渡り船が一隻ある。

また、北へ十里百四十歩で、島根郡家に至る。郡家から北へ行くこと十七里百八十歩で、隠岐への渡り場である千酌の駅家の浜に至る。渡り船がある。また、島根郡家から西へ十五里八十歩で、島根郡の西の境の佐太の橋に至る。橋の長さ三丈、広さ一丈。佐太川にかかる橋。また、西へ八里三百歩で、秋鹿郡家に至る。また、郡家から西へ十五里百歩で、秋鹿郡の西の境に至る。また、西へ八里二百六十四歩で、楯縫郡家に至る。また郡家から西へ七里百六十歩で、楯縫郡の西の境に至る。

また、西へ十里二百二十歩で、出雲郡家の東のあたりに至り、そこで正西の道に入る。合計で、北へ曲がる道の距離は、九十九里百十歩、そのうち隠岐への道は十七里百八十歩である。

正西の道。十字路から西へ十二里で、野代の橋に至る。橋の長さ六丈、広さ一丈五尺。また、西へ七里で、玉作の分かれ道に至り、そこで分かれて二つの道となる。一つは正西の道、一つは正南の道。

正南の道。十四里二百十歩で、意宇郡の南西の境に至る。また、南へ二十三里八十五歩で、大原郡家に至り、そこで分かれて二つの道となる。一つは南西の道、一つは東南の道。

南西の道。大原郡家から五十七里で、斐伊河に至る。渡りの距離二十五歩、渡り船が一隻ある。また、南西へ二十九里百八十歩で、飯石郡家に至る。また、郡家から南へ八十里で、出雲国の南西の境に至る。備後国三次郡に通じる。合計で、国庁からの距離は、百六十六里二百五十七歩である。

東南の道。大原郡家から行くこと二十三里百八十二歩で、大原郡の東南の境に至る。また、東南へ十六里二百三十六歩で、仁多郡比々理の村に至り、分かれて二つの道となる。一つの道は、東へ八里百二十一歩で、仁多郡家に至る。一つの道は、南へ三十八里百二十一歩で、備後の国の境の遊託山に至る。

正西の道。玉作の分かれ道から西へ九里で、来待の橋に至る。橋の長さは八丈、広さ一丈三尺。また、西へ二十三里三十四歩で、出雲郡家に至る。また、郡家から西へ二里六十歩で、出雲郡の西の境の出雲河に至る。渡りの距離五十歩、渡り船が一隻ある。また、西へ七里二十五歩で、神門郡家に至る。神門河がある。渡りの距離二十五歩、渡り船が一隻ある。郡家から西へ三十三里で、出雲の国の西の境に至る。石見の国安農郡に通じる。

合計で、国庁からの距離は、百六里二百四十四歩。

東の境から西へ行くこと二十里百八十歩で、野城の駅に至る。また、西へ二十一里で、黒田の駅に至り、そこで分かれて二つの道となる。一つは正西の道、一つは隠岐の国に渡る道。隠岐の道は、北へ行くこと三十四里百四十歩で、隠岐への渡り場である千酌の駅に至る。

また正西の道は、三十八里で、宍道の駅に至る。また、西へ二十六里二百二十九歩で、狭結の駅に至る。また、西へ十九里で、多岐の駅に至る。また、西へ十四里で、出雲の国の西の境に至る。

意宇の軍団。意宇郡家に属する。

熊谷の軍団。飯石郡家の東北二十九里百八十歩。

神門の軍団。郡家の正東七里。

馬見の烽。出雲郡家の西北三十二里二百四十歩。

土椋の烽。神門郡家の東南十四里。

多夫志の烽。出雲郡家の正北十三里四十歩。

布自枳美の烽。島根郡家の正南七里二百十歩。

暑垣の烽。意宇郡家の正東二十里八十歩。

宅伎の戍。神門郡家の西南三十一里。

瀬埼の戍。島根郡家の東北十九里百八十歩。

天平五年二月三十日、諸事を検討してまとめた。　秋鹿郡の人　神宅臣金太理

国造にして意宇の郡の大領である　外正六位上　勲十二等　出雲臣広島

出雲国風土記　本文

凡例

一、本文は、慶長二年（一五九七）細川幽斎自筆奥書本、いわゆる細川家本（複製）を底本とし、諸本を対校して校訂本文を作成した。

一、本文は、可能な範囲で底本の形態および字体を尊重して活かすことに努めた。

出雲國風土記

國之大體首震尾坤東南山西北屬海東一百卅七里一十九歩南北一百八十二里一百九十三歩

一百歩七十三里卅二歩得而難可誤

老細思枝葉裁定詞源亦山野濱浦之処鳥獸之棲魚貝海菜之類良繁多悉不陳然不獲止粗挙梗概以成記趣所以八雲者八束水臣津野命詔八雲立詔之故云八雲立出雲

合神社參佰玖拾玖所

壹佰捌拾肆所在神祇官

貳佰壹拾伍所不在神祇官

玖郡鄕陸拾弐 里一百八十一 餘戸肆驛家陸神戸漆 里一十一

意宇郡鄕壹拾壹 里卅三 餘戸壹驛家參神戸參 里六

島根郡鄕捌 里廿五 餘戸壹驛家壹

秋鹿郡鄕肆 里一十二 神戸壹 里

楯縫郡鄕肆 里一十二 餘戸壹神戸壹 里

出雲郡鄕捌 里廿三 神戸壹 里二

神門郡鄕捌 里廿二 餘戸壹驛家貳神戸壹 里

飯石郡鄕漆 里一十九

仁多郡鄕肆 里一十二

大原郡郷捌 里廾四
右件郷字者依霊亀元年式改里為郷其郷名字者被神亀三年民部省口宣改之
意宇郡
合郷壹拾壹里卅三餘戸壹驛家參神戸參里六
母理郷本字文理
屋代郷今依前用
楯縫郷今依前用
安来郷今依前用
山國郷今依前用
飯梨郷本字云成
舎人郷今依前用
大草郷今依前用
山代郷今依前用
拝志郷本字林
宍道郷今依前用以上壹拾壹郷別里參
餘戸里
野城驛家
黒田驛家

宍道驛家
出雲神戸
賀茂神戸
忌部神戸

所以号意宇者國引坐八束水臣津野命詔八雲立出雲國者狭布之稚國在哉初國小所作故将作縫詔而栲衾志羅紀乃三埼矣國之餘有耶見者國之餘有詔而童女胷鉏所取而大魚之支太衝別而波多湏々支穂振別而三身之綱打挂而霜黒葛闇〻耶〻尓河舩之毛〻曽〻呂〻尓國〻来〻引来縫國者自去豆乃折絶而八穂尓支豆支乃御埼以此而堅立加志者石見國与出雲國之堺有名佐比売山是也亦持引經者薗之長濵是也亦北門佐伎之國矣國之餘有耶見者國之餘有詔而童女胷鉏所取而大魚之支大衝別而波多湏〻支穂振別而三身之經打挂而霜黒葛闇〻耶〻尒河舩之毛〻曽〻呂〻尒國〻来〻引来縫國者自多久乃折絶而狭田之國是也亦北門良波乃國矣國之餘有耶見者國之餘有詔而童女胷鉏所取而大魚之支大衝別而波多湏〻支穂振別而三身之經打挂而霜黒葛闇〻耶〻尒河舩之毛〻曽〻呂〻尒國〻来〻引来縫國者自宇波折絶而闇見國是也亦高志之都都乃三埼矣國之餘有耶見者國之餘有詔而童女胷鉏所取而大魚之支大衝別而波多湏〻支穂振別而三身之經打挂而霜黒葛闇〻耶〻尒河舩之毛〻曽〻呂〻尒國〻来〻引来縫國者三穂之埼持引經夜見嶋固堅立加志者有伯耆國火神岳是也今者國者引訖詔而意宇社尒御杖衝立而意恵登詔故云意宇　所謂意宇社者郡家東北邊田中在壟是也周八歩許其上有一以茂

母理郷郡家東南卅九里一百九十歩所造天下神大穴持命越八口平賜而還坐時来坐長江山而詔我造坐而命國者皇御孫命平世所知依奉但八雲立出雲國者我静坐國青垣山廻賜而玉珎置賜而守詔故云文理（神亀三年改字母理）

屋代郷郡家正東卅九里一百卅歩天乃夫比命御伴天降来社伊支等之遠神天津子命詔吾静将坐志社詔故云社（神亀三年改字屋代）

楯縫郷郡家東北卅二里一百八十歩布都怒志命之天石楯縫直給之故云楯縫

安来郷郡家東北廿七里一百八十歩神須佐乃袁命天壁立廻坐之尓時来坐此処而詔吾御心者安平成詔故云安来也即北海有毘賣埼飛鳥浄御原宮御宇　天皇御世甲戌年七月十三日語臣猪麻呂之女子逍遥件埼邂逅遇和尓所賊不皈尓時父猪麻呂所賊女子斂置濱上大發苦憤號天踊地行吟居嘆晝夜辛苦無避斂所作是之間経歴数日然後興慷慨志磨箭鋭鋒撰便處居即擡訴云天神千五百万地祇千五百万并當國静坐三百九十九社及海若等大神之和魂者静而荒魂者皆悉依給猪麻呂之所乞良有神灵坐者吾所傷給以此知神霊之所神者尓時有須臾而和尓百餘静圍繞一和尓徐率依来従於居下不進不退猶圍繞耳尓時挙鉾而刃中央一和尓殺捕已訖然後百餘和尓解散殺割者女子之一脛屠出仍和尓者殺割而挂串立路之垂也（安来郷人語臣與之父也自尓時以来至于今日經六十歳）

山國郷郡家東南卅二里二百卅歩布都努志命之國廻坐時来坐此處而詔是土者不止欲見詔故云山國也即有正倉

飯梨郷郡家東南卅二里大國魂命天降坐時當此處而御膳食給故云飯成（神亀三年改字飯梨）

舎人郷郡家正東廾六里志貴嶋宮御宇　天皇御世倉舎人君ホ之祖日置臣志毗大舎人
供奉之即是志毗之𠩄居故云舎人即有正倉
大草郷郡家南西二里一百廾歩須佐乎命御子青幡佐久佐丁壮命坐故云大草
山代郷郡家西北三里一百廾歩𠩄造天下大神大穴持命御子山代日子命坐故云山代也
即有正倉
拝志郷郡家正西廾一里二百一十歩𠩄造天下大神命将平越八口為而幸時此處樹林茂
盛尒時詔吾御心之波夜志詔故云林　神亀三年改字拜志　即有正倉
宍道郷郡家正西卅七里𠩄造天下大神命之追給猪像南山有二　一長二丈七尺高一丈周五丈七尺　一長二丈五尺高八尺周四丈一尺
追猪犬像　長一丈高四尺周一丈九尺　其形為石無異猪犬至今猶在故云宍道
餘戸郷郡家正東六里二百六十歩　依神亀四年編戸立一里故云餘戸他郡亦如之
野城驛郡家正東廾里八十歩依野城大神坐故云野城
黒田驛郡家同處郡家西北二里有黒田村土體色黒故云黒田舊此處有是驛即号曰黒田
驛今東属郡今猶追舊黒田号耳
宍道驛郡家正西卅八里　説名如郷
出雲神戸郡家南西二里廾歩伊弉奈枳乃麻奈子坐熊野加武呂乃命与五百津鉏々猶𠩄
取ゝ而𠩄造天下大穴持命二𠩄大神等依奉故云神戸　他郡等神戸且如之
賀茂神戸郡家東南卅四里𠩄造天下大神命之御子阿遅須枳高日子命坐葛城賀茂社此
神之神戸故云鴨　神亀三年改字賀茂　即有正倉

忌部神戸郡家正西廾一里二百六十歩國造神吉詞望参向朝廷時御沐之忌玉作故云忌部即川邊出湯出湯所在兼海陸仍男女老少或道路駱驛或海中沿洲日集成市繽紛燕樂一濯則形容端正再沐則万病悉除自古至今無不得験故俗人曰神湯也

教昊寺有山國郷中郡家正東廾五里一百廾歩建立五層之塔也 在僧 教昊僧之所造也 散位大初位下上腹首押猪之祖父也 新造院一所山代郷中郡家西北四里二百歩建立厳堂也 無僧 日置君目烈之所造 出雲神戸日置君麁麻呂之父 新造院一所有山代郷中郡家西北二里建立教堂 住僧一軀 飯石郡少領出雲臣弟山之所造也新造院一所有山國郷中郡家東南廾一里百廾歩建立三層之塔也山國郷人日置部根緒之所造也

熊野大社　夜麻佐社　賣豆貴社　賀豆比乃社　由貴社　加豆比乃高社　都俾志呂社　玉作湯社　野城社　伊布夜社　支麻知社　夜麻佐社　野城社　久多美社　佐久多社　多乃毛社　須多社　真名井社　布辨社　斯保弥社　意陀支社　市原社

久米社　布吾弥社　宍道社　野代社　賣布社　狹井社　同狹井高守社　宇流布社

伊布夜社　由宇社　布自奈社　同布自奈社　野代社　佐久多社　意陀支社　前社

田中社　詔門社　楯井社　速玉社　石坂社　佐久佐社　多加比社　山代社　調屋社　同社 以上卌八所並在神祇官

宇由比社　支布佐社　毛弥乃上社　那冨乃夜社　支布佐社

國原社　田村社　市穗社　同市穗社　伊布夜社　阿太加夜社　須多下社　河原社

布宇社　末那為社　加和羅社　笠柄社　志多備社　食師社 以上一十九所並不在神祇官

長江山郡家東南五十里 有水精 暑垣山郡家正東廾八十歩 有烽 高野山郡家正東一十九

里熊野山郡家正南一十八里 有檜檀也所謂熊野大神之社坐 久多美山郡家西南廾三里 有社 玉作山郡家
西南卅二里 有社 神名樋野郡家西北三里一百廾九歩高八十丈周六里卅二歩 東有松三
方並有茅 凡諸山野所在草木麦門冬独活石斛前胡高梁薑連翹黄精百部根貫衆白朮署預苦
参細辛商陸藁本玄参五味子黄芩葛根牡丹藍漆薇藤李檜 字或作梧 杉 字或作椙 赤桐白桐楠椎
海榴 字或作椿 楊梅松栢 字或作榧 蘗槻禽獣則有鵰晨風 字或作隼 山鶏鳩鶉鶬 字或作離黄 鵄鴞 作横致悪鳥也 熊
狼猪鹿兎狐飛鼯 字或作鼺作蝠 獼猴之族至繁全不可題之
伯太川源出仁多与意宇二郡堺葛野山流経母理楯縫安来三郷入々海 有年魚伊久比 山國川源
出郡家東南卅八里枯見山北流入伯太川飯梨河源有三 一水源出仁多大原意宇三郡堺田原一水源出枯見一水源出仁多郡玉嶺山 三水
合北流入々海 有年魚伊具比 筑陽川源出郡家正東一十里一百歩荻山北流入々海 有年魚
意宇河源出郡家正南一十八里熊野山北流入々海 有年魚伊具比 野代川源出郡家西南一十八
里須我山北流入々海玉作川源出郡家正西一十九里 志山北流入々海 有年魚 来待川
源出郡家正西廾八里和奈佐山西流至山田村更折北流入々海 有年魚 宍道川源出郡家
正西卅八里幡屋山北流入々海 無魚
津間抜池周二里卅歩 有鳧鴨芹蓴 真名猪池周一里北入海門江濱 伯耆与出雲二國堺自東行西 粟島 有椎松多年木宇竹
真前等葛 砥神島周三里一百八十歩高六十丈 有椎松莘薺頭蒿都波師太等草木也 加茂島 既礒 子嶋 既礒 羽島 有椿比佐木多年木
蕨薺頭蒿 塩楯島 有蓼螺子永蓼 野代海中蚊島周六十歩中央涅土四方並礒 中央有手掬許木一株耳其礒有螺子海松 自茲以西
濱或峻崛或平土並是通道之所経也
通道通國東堺手間剗卅一里一百八十歩通大原郡堺林垣峰卅二里二百歩通出雲郡堺

佐雜埼卅二里卅歩通島根郡堺朝酌渡四里二百六十歩
前件一郡入海之南此則國廓也

郡司主帳 无位海臣无位出雲臣
少領從七位上勲十□ホ出雲臣
主政外少初位上勲十□ホ林臣
擬主政无位出雲臣

島根郡
合郷捌里廾四餘戸壹駅家壹
朝酌郷今依前用
山口郷今依前用
手染郷今依前用
美保郷今依前用
方結郷今依前用
加賀郷本字加ゝ
生馬郷今依前用
法吉郷今依前用以上捌郷別里參
餘戸里
千酌驛家

䣓以号嶋根郡國引坐八束水臣津野命之詔而負給名故嶋根
朝酌郷郡家正南一十里六十四歩熊野大神命詔朝御饌勘養夕御饌勘養五贄緒之處定給故云朝酌
山口郷郡家正南四里二百九十八歩須佐能袁命御子都留支日子命詔吾敷坐山口處在詔而故山口負給
手染郷郡家正東一十里二百六十四歩坐造天下大神命詔此國者丁寧坐造國在詔而故丁寧負給而今人猶謂手染郷之耳即正倉
美保郷郡家正東卅七里一百六十四歩䣓造天下大神命娶高志國坐神意支都久辰為命子俾都久辰為命子奴奈宜波比賣命而令產神御穗須〻美命是神坐矣故美保
方結郷郡家正東廾里八十歩須佐袁命御子國忍別命詔吾敷坐地者國形宜者故云方結
加賀郷
（生馬郷郡家）西北一十六里二百九歩神魂命御子八尋鉾長依日子命詔吾御子平明不憤詔故云生馬
法吉郷郡家正西一十四里二百卅歩神魂命御子宇武賀比賣命法吉鳥化而飞度静坐此処故云法吉
餘戸郷 説名如意宇郡
千酌驛郡家東北一十九里一百八十歩伊差奈枳命御子都久豆美命此処坐然則可謂都久豆美而今人猶千酌号耳

大埼社　太埼川辺社　朝酌下社　努那弥社
椋見社 以上卌五所並不在神祇官
布自枳美高山郡家正南七里二百一十歩高二百七十丈周二十里 有烽 女岳山郡家正南
二百卅歩蝨野郡家西南三里一百歩 无樹木 毛志山郡家正北一里大倉山郡家東北九里
一百八歩糸江山郡家東北廾六里卅歩小倉山郡家正東廾四里一百六十歩凡諸山所在
草木白朮麦門冬藍漆五味子苦参独活葛根署預卑解狼毒杜仲芍薬柴胡百部根石斛藁
本藤李赤桐白桐海柘榴楠楊松栢禽獣則有鷲 字或作鵰 隼山鶏鳩雉猪鹿猿飛鼯
水草河源二 一水源出郡家北三里一百八十歩毛志山一水源出郡家西北六里一百六十歩同毛志山 二水合南流入〻海 有鮒 長見川源出郡家東北
九里一百八十歩大倉山東流大鳥川源出郡家東北一十二里一百一十歩墓野山南流二
水合東流入〻海
野浪川源出郡家東北廾六里卅歩糸江山西流入大海加賀川源出郡家正北廾四里一百
六十歩小倉山北流入大海多久川源出郡家西北廾四里小倉山西流入秋鹿郡佐太水
海 以上六川並无魚少〻川也 法吉坡周五里深七尺許有鴛鴦鳬鴨鮒須我毛 當夏節尤在美菜 前原坡周二百八十
歩有鴛鴦鳬鴨等之類張田池周一里卅歩匏池周一里一百一十歩 生蔣 美餂夜池周一
里口池周一百八十歩 有蔣鴛鴦 敷田池周一里 有鴛鴦 南入海 自西行東 朝酌促戸渡東有通道西在
平原中央渡則筌亘東西春秋入出大小雑魚臨時来湊筌辺駈駭風壓水衝或破壊筌或裂
破麗於是被捕大小雑魚濵譟家闐市人四集自然成鄽矣 自茲入東至于大井濱之間南北二濱並捕白魚水深也 朝酌渡廣八
十歩許自國廳通海辺道矣

大井濱則有海鼠海松又造陶器也邑美冷水東西北山並嵯峨南海澶漫中央鹵灠磷〻男女老少時〻叢集常燕會地矣前原埼東西北並龍嵸下則有陂周二百八十歩深一丈五尺許三边草木自生涯鴛鴦鳬鴨隨時常住陂之南海也即陂与海之間濱東西長一百歩南北廣六歩肆松蓊鬱濱鹵淵澄男女隨時叢會或愉樂帰或耽遊忘皈常燕喜之地矣蜛蝫嶋周一十八里一百歩高三丈古老傳云出雲郡杵築御埼在蜛蝫天羽合鷲掠持飞燕来止于此嶋故云蜛蝫嶋今人猶誤栲嶋号耳土地豊沃西边松二株以外茅莎薺頭蒿蕗等之類生靡 即有牧 去陸三里

蜈蚣嶋周五里一百卅歩高二丈古老傳云有蜛蝫嶋蜛蝫食来蜈蚣止居此島故云蜈蚣嶋東边神社以外皆悉百姓之家土體豊沃草木扶蔬桒麻豊冨此則所謂嶋里是矣 去津二里一百歩 即自此嶋達伯耆國郡内夜見嶋盤石二里許廣六十歩許乗馬猶徃来塩滿時深二尺五寸許塩乾時者已如陸地和多〻嶋周三里二百卅歩 有椎海石榴白桐松芋菜薺頭蒿蕗都波猪鹿 去陸渡一十歩不知深浅美佐嶋周二百六十歩高四丈 有椎橿茅葦都波薺頭蒿 戸江剗郡家正東卅里一百八十歩 非嶋陸地濱耳伯耆郡内夜見嶋将相向之間也 粟江埼 相向夜見嶋促戸渡二百一十六歩 埼之西入海堺也凡南入海所在雜物入鹿和尓鯔須受枳近志呂鎮仁白魚海鼠鰝鰕海松等之類至多不可尽名

北大海埼之東大海堺也 猶自西行東 鯉石嶋 生海藻 大嶋 礒 宇由比濱廣八十歩 捕志毗魚 盗道濱廣八十歩 捕志毘魚 澹由比濱廣五十歩 捕志毗魚 加努夜濱廣六十歩 捕志毗魚 美保濱廣一百六十歩 西有神社北有百姓之家捕志毗魚 美保埼 周壁峙嶵定岳 等〻嶋 禺〻當住 土嶋 礒 久毛等浦廣一百歩 自東行西十船可泊 黒嶋 生海藻 這田濱長二百歩比佐嶋 生紫菜海藻 長嶋 生紫菜海藻 比賣嶋 礒 結嶋門嶋周二里卅歩高一十丈

有松薺頭蒿都波御前小嶋礒質留比浦廣二百廾歩南神社北百姓之家卅船可泊久宇嶋周一里卅歩高七尺有椿椎白朮小竹薺頭蒿都波茅加多比嶋礒船嶋礒屋嶋周二百歩高廾丈有椿松薺頭蒿赤嶋生海藻宇氣嶋同前黒嶋同前粟嶋周二百八十歩高一十丈有松芋茅都波玉結濵廣一百八十歩有碁石東邊有唐砥又在百姓家小島周二百卌歩高一十丈有松茅薺頭蒿都波方結濵廣一里八十歩東西有家勝間埼有二窟一高一丈五尺裏周一十八歩一高一丈五尺裏周廾歩鳩嶋周一百廾歩高一十丈有都波苡鳥嶋周八十二歩高一十五丈有鳥栖黒嶋生紫菜海藻須義濵廣二百八十歩衣嶋周一百廾歩高五丈中鑿南北船猶往来也稲上濵廣一百六十二歩有百姓之家稲積嶋周卌八歩高六丈有松木鳥之栖中鑿南北船猶往来也大嶋礒千酌濵廣一里六十歩東有松林南方駅家北方百姓之家郡家東北一十七里一百八十歩此則所謂度隠岐國津是矣加志嶋周五十六歩高三丈有松赤嶋周一百歩高一丈六尺有松葦浦濵廣一百二十歩有百姓之家黒嶋生紫菜海藻亀嶋同前附嶋周二里一十八歩高一丈有椿松薺頭蒿茅葦都波也其薺頭蒿者正月元日生長六寸蘇嶋生紫菜海藻中鑿南北船猶往来也真屋嶋周八十六里高五丈有松松嶋周八十歩高八丈有松林立石嶋礒瀬埼礒所謂瀬埼戍是也野浪濵廣二百八歩東辺有神社又有百姓之家鶴嶋周二百一十歩高九丈有松間嶋生海藻毛都嶋生紫菜海藻川来門大濵廣一里百歩有百姓之家黒嶋有海藻小黒嶋生海藻加賀神埼即有窟高一十丈許周五百二歩許東西北通所謂佐太大神之所産生処也所産生臨時弓箭亡坐尒時御祖神魂命之御子枳佐加比賣命願吾御子麻須羅神御子坐者所亡弓箭出来願坐尒時角弓箭随水流出尒時取弓詔此者非弓箭詔而擲廢給又金弓箭流出来即待取之坐而闇鬱窟哉詔而射通坐即御祖支佐加比賣命社坐此処今人是窟辺行時必声磅礚而行若密行者神現而飄風起行船者必覆御嶋周二百八十歩高一十丈中通東西有椿松栢葛嶋周一里一百十歩高五丈有椿松小竹茅葦櫛嶋周二百卌歩高一十丈有松林許意嶋周八十丈高一十丈有茅澤松林真嶋周一百八十歩高一十丈有松比羅嶋生紫菜海藻黒嶋同前名嶋周一百八十歩高九丈有松赤嶋生紫菜海藻大

崎濵廣一里一百八十歩西北有百姓之家須ゝ比埼有白朮御津濵廣二百八歩有百姓之家三嶋生海藻虫津濵廣一百廾歩手結埼濵辺有二檜窟高一丈裏周卅歩手結浦廣卌二歩船二許可泊久宇嶋周一百卅歩高七丈有松凢北海所捕雜物志毗朝鮐沙魚烏賊蜛蝫鮑魚螺蛤貝字或作蚌菜蕀甲蠃字或作石経子甲蠃蓼螺子字或作螺子螺蠣子石華字或作蠣犬脚也或土曠犬脚者勢也白貝海藻海松紫菜凝海菜等之類至繁不可尽称也

通道通意宇郡朝酌渡一十里二百廾歩之中海八十歩通秋鹿郡堺佐太橋一十五里八十歩通隠岐渡千酌駅家湊一十七里一百八十歩

郡司主帳無位出雲臣
大領外正六位下社部臣
少領外従六位上社部石臣
主政従六位下勳十□朩蝮朝臣

秋鹿郡

合郷肆里十二神戸壹
恵曇郷本字恵伴
多太郷今依前用
大野郷今依前用
伊農郷本字伊努以上肆郷別里参
神戸里

所以号秋鹿者郡家正北秋鹿日女命坐故云秋鹿矣

恵曇郷郡家東北九里卅歩須作能乎命御子磐坂日子命國巡行坐時至坐此処而詔此処者國稚美好有國形如畫鞆哉吾之宮者是處造吏者故云恵伴 神亀三年改字恵曇 多太郷郡家西北五里一百卅歩須佐能乎命御子衝杵等乎与畄比古命國巡行坐時至坐此處詔吾御心照明正真成吾者此處静将坐詔而静坐故云多太

大野郷郡家正西一十里卅歩和加布都努志能命御狩為坐時即郷西山待人立給而追猪犀北方上之至阿内谷而其猪之跡亡失尓時詔自然哉猪之跡亡失詔故云内野然今人猶誤大野号耳

伊農郷郡家正西一十四里二百歩出雲郡伊農郷坐赤衾伊農意保須美比古佐和氣能命之后天𤭖津日女命國巡行坐時至坐此処而詔伊農波夜詔故云伊努 神亀三年改字伊農 神戸里 出雲也説名如意宇郡

佐太御子社　比多社　御井社　垂水社　恵杼毛社　許曽志社　大野津社　宇多貴社　大井社　宇智社 以上一十所並在神祇官 恵曇海辺社　同海辺社　奴多之社　那牟社　多太社　同多太社　出嶋社　阿之牟社　田仲社　弥多仁社　細見社　下社　伊努社　毛之社　草野社　秋鹿社 以上十六所并不在神祇官

神名火山郡家東北九里卅歩高二百卅丈周一十四里所謂佐太大神社即彼山下之

足日山郡家正北一里高一百七十丈周一十里二百歩女嵩野郡家正西一十里卅歩高一百八十丈周六里土體豊沃百姓之膏腴之園矣無樹林但上頭在樹林此則神社也都勢野

郡家正西一十里卄歩高一百一十丈周五里無樹林嶺中在湒周五十歩四涯藤荻葦茅ホ物叢生或叢峙或伏水鴛鴦住也今山郡家正西一十里卄歩周七里凢諸山野所在草木白朮独活女青苦参貝母牡丹連翹伏令藍漆女委細辛蜀椒署預白歛芍薬百部根薇蕨薺頭蒿藤李赤桐白桐椎椿楠松栢槻禽獣則有鵰晨風山鷄鳩鴙猪鹿兎飞猵狐獼猴

佐太河源二（東水源嶋根郡所謂多久川是也西水源出秋鹿郡渡村）二水合南流入佐太水海即水海周七里（有鮒）水海通入海潮長一百五十歩廣一十歩山田川源出郡家西北七里湯火山南流入ゝ海多太川源出郡家正西一十里女嵩野南流入ゝ海大野川源出郡家正西一十三里磐門山南流入ゝ海草野川源出郡家正西一十四里大継山南流入ゝ海伊農川源出郡家正西一十六里伊農山南流入ゝ海（以上七川並無魚）

恵曇陂周六里在鴛鴦鳧鴨鮒四邊生葦蔣菅自養老元年以往荷蕖自然叢生太多二年以降自然亡失都無茎俗人云其底陶器瓺甎等類多有也自古時ゝ人溺死不知深浅矣深田池周二百卅歩（有鴛鴦鳧鴨）杜石池周一里二百歩峰峙池周一里佐久羅池周一里一百歩（有鴛鴦）

南入海春則在鯔魚湏受枳鎮仁鰞鰕等大小雜魚秋則有白鵠鴻鴈鳧鴨等鳥

北大海恵曇濵廣二里一百八十歩東南並在家西野北大海即自浦至于在家之間四方並無石木猶白沙之積大風吹時其沙或隨風雪零或居流蟻散掩覆桒麻即有彫鑿磐壁二所（一所厚三丈廣一丈高八尺一所厚二丈二尺廣一丈高一丈）其中通川北流入大海（川東嶋根郡也西秋鹿郡内也）自川口至南方田边之間長一百八十歩廣一丈五尺源者田水也上文所謂佐太川西源是同処矣凢渡村田水南北別耳古老傳云嶋根郡大領社部臣訓麻呂之祖波蘓等依稲田之澇所彫堀也起浦之西礒盡楯縫

郡之堺自毛崎之間濱壁峙嵲嵬雖風之静徃来舩無由停泊頭矣白嶋生紫苔菜御嶋高六丈周八十歩有松三株都於嶋礒著穂嶋生海藻凢北海𠩄在雑物鮐沙魚佐波烏賊鮑魚螺貽貝蚌甲蠃螺子石華蠣子海藻海松紫菜凝海菜

通道通嶋根郡堺佐太橋八里二百歩通楯縫郡堺伊農橋一十五里一百歩

郡司主帳外従八位下勲十□ホ㫖部臣

大領外正八位下勲十□ホ刑部臣

権任少領従八位下蝮部臣

楯縫郡

合郷肆里一十二餘戸壹神戸壹

佐香郷今依前用

縫郷今依前用

玖潭郷夲字忽美

沼田郷夲字努多以上肆郷別里參

餘戸里

神戸里

𠩄以号楯縫者神魂命詔五十足天日栖宮之縦横御量千尋栲紲持而百八十結〻下而此天御量持而𠩄造天下大神之宮造奉詔而御子天御鳥命楯部為而天下給之尒時退下来坐而大神宮御装楯造始給𠩄是也仍至今楯桙造而奉出皇神ホ故云楯縫

一百六十歩佐香河内百八十神等集坐御厨立給而令醸酒給之即
龍坐故云佐香
縫郷即属郡家説名如郡　即北海濱業梨礒在窟裏方一丈半高廣各七尺裏南壁在穴口周
六尺徑二尺人不得入不知遠近
玖潭郷郡家正西五里二百歩所造天下大神命天御飯田之御倉将造給処覔巡行給尓時
波夜佐雨久多美乃山詔給之故云忽美神亀三年改字玖潭
沼田郷郡家正西八里六十歩宇乃治比古命以尓多水而御乾飯尓多尓食坐詔而尓多負
給之然則可謂尓多郷而今人猶云努多耳神亀三年改字沼田
余戸里説名如意宇郡
神戸里出雲也説名如意宇郡
新造院一所在沼田郷中建立厳堂也郡家正西六里一百六十歩大領出雲臣大田之所造
也
久多美社　多久社　佐加社　乃利斯社　御津社　水社　宇美社　許豆社　同
社以上九所並在神祇官　許豆乃社　又許豆社　又許豆社　久多美社　同久多美社　高守社
又高守社　紫菜嶋社　鞆前社　宿努社　猪田社　山口社　葦原社　又葦原社　又
葦原社　峴之社　阿年知社　葦原社　田〻社以上一十九所並不在神祇官
神名樋山郡家東北六里一百六十歩高一百卅丈五尺周卅一里一百八十歩嵬西在石神
高一丈周一丈徃側在小石神百餘許古老傳云阿遅須枳高日子命之后天御梶日女命来

坐多忠村産給多伎都比古命尓時教詔汝命之御祖之向位欲生此處宜也所謂石神者即
是多伎都比古命之御託當旱乞雨時必令零也阿豆麻夜山郡家正北五里卌歩見椋山郡
家西北七里凡諸山所在草木蜀椒漆麦門冬伏令細辛白歛杜仲人参升麻署預白朮藤李
榧楡椎赤桐白桐海榴楠松槻禽獣則有鵰晨風鳩山雞猪鹿兎狐獼猴飛鼯
佐香河源出郡家東北所謂神名樋山東南流入入海多久川源出同神名樋山西南流入〻
海都宇川源二（東川源出阿豆麻夜山西水源出見椋山）二水合南流入〻海
宇加川源出同見椋山南流入〻海麻奈加比池周一里一十歩大東池周一里赤市池周一
里二百歩沼田池周一里五十歩長田池周一里一百歩
南入海雑物ホ者如秋鹿郡説
北大海自毛埼（秋鹿与楯縫二郡堺崔嵬松栢鬱時即有晨風之栖也）
佐香濱廣五十歩己自都濱廣九十二歩御津嶋（紫菜生）御津濱廣卅八歩䑓呂志嶋（紫菜生）䑓
呂志濱廣八歩鎌間濱廣一百歩於豆振長□里二百歩廣一里（周嵯峨上有松菜芋）許豆嶋（紫菜生）許豆
濱廣一百歩（出雲与楯縫二郡之堺）
凡北海所在雑物如秋鹿郡説但紫菜者楯縫郡尤優也
通道通秋鹿郡堺伊農川八里二百六十四歩通出雲郡堺宇加川七里一百六十歩
郡司主帳无位物部臣
大領外従七位下勲十□ホ出雲臣
少領外正六位下勲十□ホ高善史

出雲郡

合郷捌里廿三神戸壹里二

健部郷今依前用

柒治郷夲字志丑治

河内郷今依前用

出雲郷今依前用

杵築郷夲字寸付

伊努郷夲字伊農

美談郷夲字三太三以上柒郷別里參

宇賀郷今依前用里貳

神戸郷里二

所以号出雲者説名如國也

健部郷郡家正東一十二里二百卄四歩先所以号宇夜里者宇夜都弁命其山峯天降坐之即彼神之社至今猶坐此處故云宇夜里而後改所以号健部之纒向檜代宮御宇　天皇勅不忘朕御子倭健命之御名健部定給尓時神門臣古弥健部定給即健部臣等自古至今猶居此處故云健部

柒治郷郡家正東五里二百七十歩神魂命御子天津枳比佐可美高日子命御名又云薦枕志都治値之此神郷中坐故云志丑治（神亀三年改字漆治）即有正倉河内郷郡家正南一十三里一百

歩斐伊大河此郷中北流故云河内即有隄長一百七十丈五尺 七十一丈之廣七丈九十伍丈之廣四丈五尺 出雲郷即属郡家 説名如国

杵築郷郡家西北廿八里六十歩八束水臣津野命之國引給之後所造天下大神之宮将奉而諸皇神ホ参集宮處杵築故云寸付 神亀三年改字杵築

伊努郷郡家正北八里七十二歩国引坐意美豆努命御子赤衾伊努意保須美比古佐委氣能命之社即坐郷中故云伊農 神亀三年改字伊努

美談郷郡家正北九里二百四十歩所造天下大神御子和加布都努志命天地初判之後天御領田之長供奉坐之即彼神坐郷中故云三太三 神亀三年改字美談 即有正倉

宇賀郷郡家正北一十七里二十五歩造天下大神命誂坐神魂命御子綾門日女命尓時女神不肯逃隠之時大神伺求給所此則是郷故云宇賀即北海濵有礒名脳礒髙一丈許上生松芸至礒邑人之朝夕如徃来又木枝人之如攀引自礒西方窟戸髙廣各六尺許窟内在穴人不得入不知深浅也夢至此礒窟之邊者必死故俗人自古至今号黄泉之坂黄泉之穴也

神戸郷郡家西北二里一百廿歩 出雲也説名如意宇郡

新造院一所有河内郷中建立厳堂也郡家正南一十三里一百歩旧大領日置部臣布弥之所造 今大領佐底麿之祖父

杵築大社　御魂社　御向社　出雲社　御魂社　伊努社　意保美社　曽岐乃夜社
牟久社　審伎乃夜社　阿受伎社　美佐伎社　伊奈佐乃社　弥太弥社　阿我多社
伊波社　阿具社　都牟自社　久佐加社　弥努婆社　阿受枳社　宇加社　同阿受枳社　布世社　神代社　加毛利社　来坂社　伊農社　同社　同社　鳥屋社　御井社

企豆伎社　同社　同社　同社　同社　同社　阿受枳社　同社　同社　同社　同社　同社　同社　同社　来坂社　伊努社　同社　同社　弥陀弥社　県社　斐提社　韓銍社　加佐伽社　伊自美社　波祢社　立虫社已上五十八所并在神祇官　御前社　同御埼社　支豆支社　阿受支社　同阿受支社　同社　同阿受支社　同阿受支社　同社　伊努社　同伊努社　同社　県社　弥陀弥社　同弥陀弥社　同社　同社　同社　同社　同社　同社　同社　同社　同社　伊介波社　都牟自社　同社　弥努波社　山辺社　同社　同社　間野社　布西社　波如社　佐支多社　支比佐社　神代社　同社　百枝槐社已上六十四所并不在神祇官

神名火山郡家東南三里一百五十歩高一百七十五丈周一十五里六十歩曽支能夜社坐伎比佐加美高日子命社即在此山嶺故云神名火山出雲御崎山郡家西北卄七里三百六十歩高三百六十丈周九十六里一百六十五歩西下所謂所造天下大神之社坐也凡諸山野所在草木卑解百部根女委夜干商陸独活葛根薇藤李蜀椒楡赤桐白桐椎椿松栢禽獣則有晨風鳩山鶏鵠鶫猪鹿狼兎狐獼猴飛鼯也

出雲大川源自伯耆与出雲二国堺鳥上山流出仁多郡横田村即経横田三處三澤布施亦四郷出大原郡堺引沼村即経来次斐伊屋代神原亦四郷出出雲郡堺多義村経河内出雲二郷北流更折西流即経伊努杵築二郷入神門水海此則所謂斐伊河下也河之両辺或土

地豊沃土穀桒麻稔穎枝百姓之膏腴薗或土體豊沃草木叢生也則有年魚鮭麻須伊具比
魴鱧ホ之類潭湍雙泳自河口至河上横田村之間五郡百姓便河而居出雲神門飯石仁多大原郡
起孟春至季春挍材木舩沿泝河中也意保美小河源出出雲御崎山北流入大海有年魚少〻土
負池周二百卌歩須〻比池周二百五十歩西門江周三里一百五十八歩東流入〻海
有鮒大方江周二百卌四歩東流入〻海有鮒二江源者並田水所集矣東入海三方並平原遼
遠多有鵝鳩鳧鴨鴛鴦等之族也
東入海所在雑物如秋鹿郡説也
北大海宮松埼有楯縫与出雲郡堺意保美濵廣二里一百廾歩氣多嶋生紫菜海松有鮑螺蕀甲蠃井呑濵廣卌二歩宇
大保濵廣卅五歩大前嶋高一丈周二百五十五歩生海藻脳嶋生紫菜海藻有松栢鷺濵廣二百歩黒嶋
生紫藻米結濵廣廾歩尓比埼長一里卌歩廣廾歩埼之南夲東西通戸船猶往来上則松叢生
也宇礼保浦廣七十八歩船井許可泊山崎高卅九丈周一里二百五十歩有椎楠椿松子負嶋礒大椅
濵廣一百五十歩御前濵廣一百廾歩有百姓家御厳嶋生海藻御厨家嶋高四丈周廾歩有松等〻
嶋有貽貝石花怪聞埼長三十歩廣三十二歩有松意能保濵廣一十八歩栗嶋生海藻黒嶋生海藻這
田濵廣一百歩二俣濵廣九十八歩門石嶋高五丈周四十二歩有鷲之栖薗長三里一百歩廣
一里二百歩松繁多矣即自神門水海通大海潮長三里廣一百二十歩此則出雲与神門二
郡堺也凡北海所在雑物如楯縫郡説但鮑出雲郡尤優所捕者所謂御埼海子是也
通道通意宇郡堺佐雑村一十三里六十四歩通神門郡堺出雲大河辺二里六十歩通大原
郡堺多義村一十五里卅八歩通楯縫郡堺宇加川一十四里二百廾歩

郡司主帳无位若倭部臣
大領外正八位下日置部臣
少領外従八位下大臣
主政外大初位下□部臣

神門郡
合郷捌 里廿二 餘戸壹駅貳神戸壹
朝山郷今依前用里貳
日置郷今依前用里參
塩冶郷夲字止屋里參
八野郷今依前用里參
髙岸郷本字髙崖里參
古志郷今依前用里參
滑狭郷今依前用里貳
多伎郷本字多吉里參
餘戸里
狭結驛本字最邑
多伎驛本字多吉
神戸里

所以号神門者神門臣伊加曽然之時神門貢之故云神門即神門臣ホ自古至今常居此処故云神門朝山郷郡家東南五里五十六歩神魂命御子真玉著玉之邑日女命坐之尓時所造天下大神大穴持命娶給而毎朝通坐故云朝山日置郷郡家正東四里志紀嶋宮御宇天皇之御世日置伴部等所遣来宿停而為政之所故云日置塩冶郷郡家東北六里阿遅須枳高日子命御子塩冶毗古能命坐之故云止屋（神亀三年改字塩冶）八野郷郡家正北三里二百一十五歩須佐能袁命御子八野若日女命坐之尓時所造天下大神大穴持命将娶給為而令造屋給故云八野高岸郷郡家東北二里所造天下大神御子阿遅須枳高日子命甚晝夜哭坐仍其処高屋造而坐之即建高椅而登降養奉故云高崖（神亀三年改字高岸）古志郷即属郡家伊弉弥命之時以日渕川築造池之尓時古志國人等到来而為堤即宿居之所故云古志也滑狭郷郡家南西八里須佐能袁命御子和加須世理比賣命坐之尓時所造天下大神命娶而通坐時彼社之前有盤石其上甚滑之即詔滑盤石哉詔故云南佐（神亀三年改字滑狭）多伎郷郡家南西廾里所造天下大神之御子阿陀加夜努志多伎吉比賣命坐之故云多吉（神亀三年改字多伎）

餘戸里郡家南西卅六里（説名如意宇郡）

狭結驛郡家同処古志國佐与布云人来居之故云最邑（神亀三年改字狭結也其所以来居者説如古志郷也）

多伎驛郡家西南一十九里（説名改字如郷也）

新造院一所有朝山郷中郡家正東二里六十歩建立厳堂也神門臣等之所造也新造院一所有古志郷中郡家東南一里刑卩臣等之所造也（本立厳堂）

美久我社　阿須理社　比布知社　又比布知社　多吉社　夜牟夜社　矢野社　波加

佐社　奈賣佐社　知乃社　浅山社　久奈為社　佐志牟社　多支枳社　阿利社　阿如社　國村社　那賣佐社　阿利社　大山社　保乃加社　多吉社　夜牟夜社　同夜牟夜社　比奈社　已上卅五所并在神祇官　塩夜社　火守社　同塩冶社　久奈子社　同久奈子社　加夜社　小田社　波加佐社　同波加佐社　多支社　多支々社　波須波社　以上十二所並不在神祇官

田俣山郡家正南一十九里　有𣗄枌　長柄山郡家東南一十九里　有𣗄枌　吉栗山郡家西南卅八里　有𣗄枌也所謂所造天下大神宮材造山也　□□山郡家東南五里五十六歩　大神之御屋　稲積山郡家東南五里七十六歩　大神之稲積　陰山郡家東南五里八十六歩　大神之御陰　稲山郡家東南五里一百十六歩　東在樹林三方並礒也　大神御稲　桙山郡家東南五里二百五十六歩　南西並在樹林東北並礒大神御桙　冠山郡家東南五里一百五十六歩　大神之御冠　凡諸山野所在草木白歛桔梗藍漆竜膽商陸續断独活白芷秦椒百部根百合巻柏石斛升麻當帰石葦麦門冬杜仲細辛伏令葛根薇蕨藤李蜀椒檜杉榧赤桐白桐椿槻柘楡蘗楮禽獣則有鵰鷹晨風鳩山雞鶉熊狼猪鹿兎狐獮猴飛鼯也

神門川源出飯石郡琴引山北流即経来島波多須佐三郷出神門郡餘戸里門立村即経神戸朝山古志等郷西流入水海也則有年魚鮭麻須伊具比

多岐小川源出郡家西南卅三里多岐山流入大海　有年魚

宇加池周三里六十歩来食池周一里一百卌歩　有菜　笠柄池周一里六十歩　有菜　刾屋池周一里

神門水海郡家正西四里五十歩周卅五里七十四歩裏則有鯔魚鎮仁滇受枳鮒玄蠣也即

水海与大海之間在山長廿二里二百卅四歩廣三里此者意美豆努命之國引坐時之經矣今俗人号云薗松山地之形體壊石並無也白沙耳積上即松林茂繁四風吹時沙飛流掩埋松林今半埋半遺恐遂被埋已与起松山南端美久我林盡石見与出雲二国堺中嶋埼之間或平濵或峻礒凢北海所在雜物如楯縫郡説但無紫菜

通道通出雲郡堺出雲河邊七里卅五歩通飯石郡堺堀坂山一十九里通同郡堺与曽紀村卅五里一百七十四歩通石見国安農郡堺多伎々山卅三里路常有劉通同安農郡川相郷卌六里徑常劉不有但當有政時權置耳

前件伍郡並大海之南也

郡司主帳无位刑部臣
大領外従七位上勲十二ホ神門臣
擬少領外大初位下勲十二ホ刑卩臣
主政外従八位下勲十二ホ吉備卩臣

飯石郡

合郷柒里一十九
熊谷郷今依前用
三屋郷本字三刀矢
飯石郷本字伊鼻志
多祢郷本字種

須佐郷今依前用以上伍郷別里參
波多郷今依前用
来嶋郷本字支自真以上弐郷別里弐
𠩄以号飯石者飯石郷中伊毗志都弊命坐故云飯石之
熊谷郷郡家東北卅六里古老傳云久志伊奈大美ホ与麻奴良比賣命任身及将産時求処
生之尒時到来此処詔甚久久麻ゝ志枳谷在故云熊谷也三屋郷郡家東北卅四里𠩄造天
下大神之御門即在此処故云三刀矢 神亀三年改字三屋 即有正倉飯石郷郡家正東一十二里伊毗
志都幣命天降坐処故云伊鼻志 神亀三年改字飯石 多祢郷属郡家𠩄造天下大神大穴持命与須久
奈比古命巡行天下時稲種堕此処故云種 神亀三年改字多祢 須佐郷郡家正西一十九里神須佐能
袁命詔此国者雖小国ゝ処在故我御名者非着木石詔而即己命之御魂鎮置給之然即大
須佐田小須佐田定給故云須佐即有正倉波多郷郡家西南一十九里波多都美命天降坐
処在故云波多来嶋郷郡家正南卌一里伎自麻都美命坐故云支自真 神亀三年改字来嶋 即有正倉
須佐社　河邊社　御門屋社　多倍社　飯石社 以上五処並在神祇官 狭長社　飯石社　田中社
多加社　毛利社　兎比社　日倉社　井草社　深野社　託和社　上社　葦鹿社　粟
谷社　穴見社　神代社　志志乃村社 以上十六𠩄並不在神祇官
焼村山郡家正東一里穴厚山郡家正南一里笑村山郡家正西一里廣瀬山郡家正北一里
琴引山郡家正南卅五里二百歩高三百丈周十一里古老傳云此山峯有窟裏𠩄造天下大
神之御琴長七尺廣三尺厚一尺五寸又在石神高二丈周四丈故云琴引山 有塩味葛 石穴山

郡家正南五十八里高五十丈幡咋山郡家正南五十二里（有紫草）野見木見石次三野並郡家南西卅里（有紫草）佐比賣山郡家正西五十一里一百卅歩（石見与出雲二国堺）堀坂山郡家正西卅一里（有杉松）城垣野郡家正南一十二里（有紫草）伊我山郡家正北一十九里二百歩奈倍山郡家東北廾里二百歩凡諸山野所在草木卑解升麻當帰独活大薊黄精前胡署預白朮女委細辛白頭公白芨赤箭桔梗葛根秦皮杜仲石斛藤李梋赤桐椎楠楊梅槻柘楡松榧蘗楮禽獣則有鷹隼山鶏鳩雉熊狼猪鹿兎獼猴飛鼯

三屋川源出郡家正東一十五里多加山北流入斐伊河（有年魚）須佐川源出郡家正南六十八里琴引山北流経来島波多須佐等三郷入神門郡門立村此所謂神門河上也（有年魚）磐鉏川源出郡家西南七十里箭山北流入須佐河（有年魚）波多小川源出郡家西南二十四里志許斐山北流入須佐河（有鐵）飯石小川源出郡家正東一十二里佐久礼山北流入三屋川（有鐵）

通道通大原郡堺斐伊河邊卅九里一百八十歩通仁多郡堺温泉河辺廾二里通神門郡堺与曽紀村卅八里六十歩通同郡堀坂山卅一里通備後国惠宗郡堺荒鹿坂卅九里二百歩（徑常有剗）通三次郡堺三坂八十一里（徑常有剗）波多徑須佐徑志都美徑以上三徑常无剗但當有政時權置耳並通備後国之

郡司主帳无位日置首
大領外正八位外勳十二ホ大私造
少領外従八位上出雲臣

仁多郡
合郷肆里十二
三処郷今依前用
布勢郷今依前用
三津郷今依前用
横田郷今依前用
䒳以号仁多者䒳造天下大神大穴持命詔此国者非大非小川上者木穂刾加布川下者阿志婆布這度之是者尓多志枳小国在詔故云仁多三処郷即属郡家大穴持命詔此地田好故吾御地占詔故云三処
布勢郷郡家正西一十里古老傳云大神命之宿坐処故云布世神亀三年改字布勢
三津郷郡家西南廾五里大神大穴持命御子阿遅湏伎髙日子命御須髪八握于生晝夜哭坐之辞不通尓時御祖命御子乗船而率巡八十嶋宇良加志給鞆猶不止哭之大神夢願給告御子之哭由夢尓願坐則夜夢見坐之御子辞通則寤問給尓時御津申尓時何処然云問給即御祖御前立去出坐而石川度坂上至留申是処也尓時其津水活出而御身沐浴坐故国造神吉事奏参向朝廷時其水活出而用初也依此今産婦彼村稲不食若有食者䒳生子已云也故云三津即有正倉
横田郷郡家東南廾一里古老傳云郷中有田四段許形聊長遂依田而故云横田即有正倉以上諸郷䒳出鉄堅尤堪造雑具

三澤社　伊我多氣社 以上二所並在神祇官 玉作社　湏我乃非社　湯野社　比太社　柒仁社
大原社　印支斯里社　石壺社 以上八所並不在神祇官
鳥上山郡家東南卅五里 伯耆与出雲之堺有塩味葛 室原山郡家東南卅六里 備後与出雲二國之堺有塩味葛 灰火山郡家東
南卅里遊託山郡家正南卅七里 有塩味葛 御坂山郡家西南五十三里即此山有神御門故云
御坂 備後与出雲之堺塩味葛 志努坂野郡家西南卅一里 有紫草少〻 玉峰山郡家東南一十里古老傳云山嶺
在玉上神故云玉峰城紲野郡家正南一十里 有紫草少〻
大内野郡家正南廾二里 有紫草少〻 菅火野郡家正西四里髙一百廾五丈周一十里 峰有神社 戀山
郡家正南廾三里古老傳云和尓戀阿伊村坐神玉日女命而上到尓時玉日女命以石塞川
不得會所戀故云戀山凢諸山野所在草木白頭公藍柒蒿卒玄参百合王不留行薺苨百部
根瞿麦升麻抜葜黄精地楡附子狼牙離留石斛貫衆續断女委藤李檜椙樫松栢栗柘槻蘗
楮禽獸則有鷹晨風鳩山鶏雉熊狼猪鹿狐兎獼猴飛鼯
横田川源出郡家東南卅五里鳥上山北流所謂斐伊河上 有年魚少〻 室原川源出郡家東南卅
六里室原山北流此則所謂斐伊大河上 有年魚麻湏魴鱧等類 灰火小川源出灰火山入斐伊河上
有年魚 阿伊川源出郡家正南卅七里遊託山北流入斐伊河上 有年魚麻湏 阿位川源出郡家西南
五十里御坂山入斐伊河上 有年魚麻湏 比太川源出郡家東南一十里玉岑山北流意宇郡野城
河上是也 有年魚 湯野小川源出玉岑山西流入斐伊河上
通道通飯石郡堺柒仁川邊廾八里即川邊有薬湯一浴則身体穆平再濯則万病消除男女
老少晝夜不息駱驛往来无不得験故俗人号云薬湯也 即有正倉 通大原郡堺辛谷村一十六

里二百卅六歩通伯耆国日野郡堺阿志毗縁山卅五里一百五十歩常有剗　通備後国恵宗郡堺遊託山卅七里常有剗　通同恵宗郡堺比市山五十三里常无剗但當有政時權置耳

郡司主帳外大初位下品治部
大領外従八位下蝮部臣
少領外従八位下出雲臣

大原郡

合郷捌里廿四
神原郷今依前用
屋代郷本字矢代
屋裏郷本字矢内
佐世郷今依前用
阿用郷夲字阿欲
海潮郷夲字得塩
来次郷今依前用
斐伊郷夲字樋以上捌郷別里参

所以号大原者郡家正西一十里一百一十六歩田一十町許平原号曰大原往古之時此處有郡家今猶追旧号大原今有郡家處号云斐伊村　神原郷郡家正北九里古老傳云所造天下大神之御財積置給處則可謂神財郷而今人猶誤故云神原郷耳屋代郷郡家正北一十里一百一十六

歩𠩄造天下大神之埰立射處故云矢代 [神亀三年改字屋代] 即有正倉屋裏郷郡家東北一十里一百一十六歩古老傳云𠩄造天下大神令殖笑給處故云矢内 [神亀三年改字屋裏] 佐世郷郡家正東九里二百歩古老傳云須佐能袁命佐世乃木葉頭刺而踊躍為時𠩄刺佐世乃木葉堕地故云佐世阿用郷郡家東南一十三里八十歩古老傳云昔或人此處山田佃而守之尓時目一鬼来而食佃人之男尓時男之父母竹原中隠而居之時竹葉動之尓時𠩄食男云動〻故云阿欲 [神亀三年改字阿用] 海潮郷郡家正東一十六里卅三歩古老傳云宇能治比古命恨御祖須義祢命而北方出雲海潮押上漂御祖之神此海潮至故云得塩 [神亀三年改字海潮] 即東北須我小川之湯渕村川中温泉 [不用号] 同川上毛間村川中温泉出 [不用号] 来次郷郡家正南八里𠩄造天下大神命詔八十神者不置青垣山裏詔而追廢時此処迨次坐故云来次斐伊郷属郡家樋速日子命坐此處故云樋 [神亀三年改字斐伊]

新造院一𠩄在斐伊郷中郡家正南一里建立厳堂也 [有僧五軀] 大領勝部君虫麿之所造也新造院一𠩄有屋裏郷中郡家正北一十一里一百廾歩建立□層塔也 [有僧一軀] 前少領額田部臣押嶋之𠩄造 [今少領伊去美之従父兄也] 新造院一𠩄在斐伊郷中郡家東北一里建立厳堂 [有尼二軀] 斐伊郷人樋印支知麿之𠩄造也

矢口社　宇乃遅社　支須支社　布須社　御代社　汗乃遅社　神原社　樋社　樋社

佐世社　世裡陀社　得塩社　加多社 [以上一十三𠩄并在神祇官] 赤秦社　等〻呂吉社　矢代社

比和社　日原社　幡屋社　春殖社　船林社　宮津日社　阿用社　置谷社　伊佐山社　須我社　川原社　除川社　屋代社 [以上一十六𠩄並不在神祇官]

兎原野郡家正東即属郡家城名樋山郡家正北一里百歩所造天下大神大穴持命為伐八十神造城故云城名樋也高麻山郡家正北一十里二百歩高一百丈周五里北方有樫椿ホ類東南西三方並野古老傳云神須佐能袁命御子青幡佐草日古命是山上麻蒔給故云高麻山即此山岑坐其御魂也須我山郡家東北一十九里一百八十歩（有檜枌）船罡山郡家東北一里一百歩阿波枳閇委奈佐比古命曳来居船則此山是矣故云船罡也御室山郡家東北一十九里一百八十歩神須佐乃乎命御室令造給所宿故云御室凡諸山野所在草木苦参桔梗薔茄白芷前胡独活卑斛葛根細辛茵芋白前決目白歛女委署預麦門冬藤李檜杉栢樫櫟椿楮楊梅ゝ槻蘗禽獣則有鷹晨風鳩山雞雉熊狼猪鹿兎獮猴飛鼯

斐伊川郡家正西五十七歩西流入出雲郡多義村（有年魚麻須）海潮川源出意宇与大原二郡堺笑村山北流（有年魚少ゝ）須我小川源出須我山西流（有年魚少ゝ）佐世小川源出阿用山北流（魚无）幡屋小川源出郡家東北幡箭山南流（魚无）水四合西流入出雲大川屋代小川源出郡家正北除田野西流入斐伊大河（魚无）

通道通意宇郡堺木垣坂廾三里八十五歩通仁多郡辛谷村廾三里一百八十二歩通飯石郡堺斐伊川邊五十七歩通出雲郡堺多義村一十一里二百廾歩前件參郡並山野之中也

郡司主帳无位勝部臣
大領正六位上勲十二ホ勝部臣
少領外従八位上額田部臣
主政无位日置臣

自國東堺去西廾里一百八十歩至野城橋長卅丈七尺廣二丈六尺 飯梨河 又西廾一里至国廳意宇郡家北十字街即分為二道 一正西道 一枉北道 枉北道去北四里二百六十六歩至郡北堺朝酌渡 渡八十歩渡船一 又北一十里一百卅歩至嶋根郡家自郡家去北一十七里一百八十歩至隠岐渡千酌驛家濵 度船 又自郡家西一十五里八十歩至郡西堺佐太橋長三丈廣一丈 佐太川 又西八里三百歩至秋鹿郡家又自郡家西一十五里一百歩至郡西堺又西八里二百六十四歩至楯縫郡家又自郡家西七里一百六十歩至郡西堺又西一十里二百廾歩出雲郡家東邊即入正西道也

惣枉北道程九十九里一百一十歩之中隠岐道一十七里一百八十歩正西道自十字街西一十二里至野代橋長六丈廣一丈五尺又西七里至玉作街即分為二道 一正西道 一正南道 正南道一十四里二百一十歩至郡南西堺又南廾三里八十五歩至大原郡家即分為二道 一南西道 一東南道 南西道五十七歩至斐伊河 度廾五歩度船一 又南西廾九里一百八十歩至飯石郡家又自郡家南八十里至國南西堺 通備後国三次郡 惣去国程一百六十六里二百五十七歩也東南道自郡家去廾三里一百八十二歩至郡東南堺又東南一十六里二百卅六歩至仁多郡比々理村分為二道一道東八里一百廾一歩至仁多郡家一道南卅八里一百廾一歩備後國堺至遊託山正西道自玉作街西九里至来待橋長八丈廣一丈三尺又西廾三里卅四歩至出雲郡家又自郡家西二里六十歩至郡西堺出雲河 度五十歩度船一 又西七里廾五歩至神門郡家即有河 度廾五歩度船一 自郡家西卅三里至國西堺 通石見國安農郡 惣去國程一百六里二百卌四歩自東堺去

西廿里一百八十歩至野城驛又西廿一里至黒田驛即分為二道一正西道一度隠岐國道隠岐道去北卅四里一百卌歩至隠岐渡千酌驛又正西道卅八里至宍道驛又西廿六里二百廿九歩至狭結駅又西一十九里至多岐駅又西一十四里至國西堺
意宇軍團即屬郡家熊谷軍團飯石郡家東北廿九里一百八十歩神門軍團郡家正東七里馬見烽出雲郡家西北卅二里二百卌歩土椋烽神門郡家東南一十四里多夫志烽出雲郡家正北一十三里卌歩布自枳美烽嶋根郡家正南七里二百一十歩暑垣烽意宇郡家正東廿里八十歩宅伎戍神門郡家西南卅一里瀬埼戍嶋根郡家東北一十九里一百八十歩

天平五年二月卅日勘造秋鹿郡人神宅臣金太理
國造帯意宇郡大領外正六位上勲十二ホ出雲臣廣嶋

出雲国風土記　解説

一　成立と編纂

『出雲国風土記』は、巻末に、

天平五年二月卅日　勘造　秋鹿郡人神宅臣金太理
国造帯意宇郡大領外正六位上勲十二等　出雲臣広島

と記されており、成立年と編者が判明している五風土記中唯一の資料である。この巻末記についでは、二月卅日という日付や、各記事の人名署名にみられる「勲業」という、不審な本文の存在によって、偽書説が提唱されたこともあるが（注一）、その後、田中卓、益田勝実、岡田清子らの詳細な研究によって（注二）、この巻末記をそのまま認めてよいことが判明した。

ところで、この風土記が成立したのは、巻末記から天平五年（七三三）であることがわかる。つまり、和銅官命発令から二十年後の成立ということになる。この時間的経過を不審として、田中卓をはじめとして現存本が再撰本であるという説がある（注三）。この説の当否は、にわかには判断できないが、官命発令から二十年という時間の隔たりから、編纂に関して何らかの事情が存したことは確実であろう。

当国風土記の記載は、整然とした体裁で整えられており、

総記　国の地理的全体・序言・国の神社総数・各郡の構成
各郡　郷名・駅家名・各郷の地名起源説話と伝承・寺社リスト・山野リスト・草木リスト・河川リスト・池島リスト・通道

のように、和銅官命で要求されている五項目のほぼすべてが網羅されているだけでなく、それ以外の項目にまで及んでいる。さらに、数値を細かく記すところに大きな特徴が認められる。たとえば、

○母理《もり》の郷。郡家《こほりのみやけ》の東南三十九里《さと》百九十歩《あし》なり。（意宇郡母理郷）
○天の下造らしし大神の命の追ひ給ひし猪の像、南の山に二つあり。一つは長さ二丈七尺、高さ一丈、周り五丈七尺。一つは長さ二丈五尺、高さは八尺、周り四丈一尺。（意宇郡宍道郷）
○出雲の郡の堺なる佐雑《ささふ》の埼に通ふ、三十二里三十歩。嶋根の堺なる朝酌《あさくみ》の渡に通ふは、四里二百六十歩。（意宇郡末尾）

などがある。このような記載のあり方に関して荻原千鶴は、『出雲国風土記全訳注』（講談社学術文庫）解説において、

立案時に郡記載のあり方の、かなり詳細なフォーマットが作られたことが想像される。まず行政単位について概括的に述べること、郷里・駅家について郡家からの方位里程を記し、名称の由来を示すこと、寺社を記すこと、山について位置と産物、川について水源と川筋・物産について記すこと云々、最後に隣接の郡堺への里程を記すこと云々。

(三七二頁)

と述べ(注四)、このフォーマットを各郡に配布し、その方針を実行できたのは各郡の郡司クラスの多くが出雲臣なればこそ、という事情を推定している。

各風土記がどのような過程を経て編纂されたのかを考えていく時、末端の里長を中心として里(郷)記事の資料が作られ、それが郡のもとに集められて整理され、さらにそれが国庁へと上程され、最終的な整理がそこでなされたと考えられるが、このような編纂が可能であったとすれば、それを可能にするには、荻原が言うようにフォーマットや人材は不可欠であり、当国風土記の整然たる記事構成は、古代律令制度の中で、すでにそのような事業を組織的に実行できる体制が整っていたことを物語る。実際に、当国風土記の統一的な記事構成は現存風土記の中で出色の出来映えであるといえる。問題は、これが出雲国造の力がなお強かった出雲国であったからこそ可能であったとみるべきか、全国的にすでにそのような体制が形作られていたかということである。この問題は、今後の風土記研究の課題である。

二　特色

『出雲国風土記』の神話世界の特色は、そこに現れる神のほとんどが出雲国独自の神であることである。もちろん、中には大穴持命《おほなもちのみこと》や須佐乃袁命《すさのをのみこと》など、記紀にも登場する神も存在する。しかし、この二柱の神自体が、記紀に出てくる姿と大きく異なっているのである。次にそれをみてゆこう。

まず、大穴持命であるが、この神は当国風土記の中では「天の下造らしし大神大穴持命」あるいは「天の下造らしし大神」とのみ記されるように、「天の下造らしし大神」として位置づけられているのである。記紀においても、大穴持命（大国主神・大己貴神）は、葦原中国の国作りをした神、あるいは葦原中国を領有する神として登場するが、そこでは「天の下造らしし大神」とは語られていない。のみならず、『出雲国風土記』には、記紀が伝える国譲り神話が記されていない。この神をめぐるあり方は、当国風土記と記紀においては本質的に異なっているのである。

ところで、この神の伝承の中には、記紀の国譲り神話と関係があると認められるものも残されている。

○母理の郷。郡家の東南三十九里百九十歩なり。天の下造らしし大神大穴持の命、越の八口を平げ賜ひて還り坐しし時、長江山に来坐《ま》して詔《の》りたまひしく、「我が造り坐して命《し》らす国は、皇御孫の命平けく世知《みよ》らせと依せ奉る。但、八雲立つ出雲の国のみは、我が静まり坐す国と、青垣山廻らし賜ひて、珍玉置き賜ひて守らむ」と詔りたまひき。故、文理と云ひき。（意宇郡母理郷）

母理郷の地名起源と関連づけて語られているこの伝承と記紀の国譲り神話の違いは、ひとつは、国譲りの場所、もう一つは天上界から派遣された建御雷神（『紀』では武甕槌神）との交渉の有無である。記紀によれば、高天原から下った建御雷神が大国主神と交渉した場所は、伊耶佐の小浜（『紀』では五十田狹の小汀）とある。これは出雲郡であり、当国風土記の記述と矛盾する。のみならず、風土記においては、大穴持の命が、自ら皇御孫の命に国を譲っていると語っており自主的な行為として語っているのである。そもそも、当国風土記には高天原に関する記述はなく、国譲りに関係した神については、母理郷に続く屋代の郷・楯縫の郷の地名起源説話に、

○天の夫比の命の御伴に天降り来し、社の伊支等が遠つ神、天津子の命、詔りたまひしく、「吾が静まり坐さむと志《おも》ふ社《やしろ》」と詔りたまひき。故、社と云ひき。（屋代の郷）

○布都怒志の命の天の石楯縫ひ直し給ひき。故れ、楯縫と云ひき。（楯縫の郷）

として登場する天の夫比の命と布都怒志の命が、国譲り神話において葦原中国に派遣された天の菩比の神（『記』）と、武甕槌神とともに降臨した経津主神（『紀』）と同一神だと考えら

れる。これらの地名起源説話が残っていることによって、出雲国でも国譲り神話が伝承されていた可能性は大きいと思われるが、その伝承自体は当国風土記では完全に消去されてしまっている。ここには、当国風土記がたとえ中央に提出するための報告文書であったとしても、大和朝廷に対する出雲国の立ち位置を主張しようとする意図があったようにも思われるのである。また、当国風土記のみならず古風土記全体を見渡すと、天上界に関する記述が記紀とは大きく異なっていることがわかる。この点は、古代における中央と地方の神話伝承のあり方を考える上で、注意されるべき問題を含んでいると言えるだろう。

また須佐乃袁命《すさのをのみこと》の伝承についても、当国風土記と記紀では大きく違っている。この神に関しては、意宇郡安来郷の地名説話として、次のような伝承が記されている。

○神須佐乃袁の命、天の壁立ち廻り坐しき。その時、此処に来坐して詔りしたまひしく、「吾が御心は、安平《やす》けく成りぬ」と詔たまひき。故《かれ》、安来と云ひき。

須佐乃袁の命が「吾が御心は、安平けく成りぬ」と言ったことによって安来と名づけたとするこの説話は、『記』が、八俣の大蛇を退治した須佐之男命が、出雲の須賀にたどり着いた時に言ったという言葉「吾、此地に来て、我が御心、すがすがし」を思い起こさせるが、当国風土記における須佐乃袁命は、『古事記』に出てくるような、乱暴で未熟な神、あるいは英雄神といったようなイメージとはほど遠く、むしろ穏やかな地方神としての印象が強い。これに関しては青木紀元が（注五）、

スサノヲのスサは、地名の須佐から来たもので、本来は荒《スサ》などの意ではなかったと思われる。(『日本神話の基礎的研究』三三頁)

と述べているように、この国において古くから信仰されてきた神であると考えられる。この神が記紀において天照大御神の弟神として位置づけられ、高天原と葦原中国の接点に位置する重要な存在となったのは、国土統一の途上に大和朝廷と出雲国との間に存在した何らかの政治的・歴史的事件が介在していたのではないかと推察される。国譲り神話に対する当国風土記と記紀との取り扱いの差の背景にも、おそらくそのような歴史が潜んでいるに違いない。

三　諸本と伝来

『出雲国風土記』は、他の風土記に比べて写本の伝来が多く、すでにその系統についても詳しい研究がある。特に田中卓は、約四十本の写本を調査して次のような系統図を作成した(注六)。

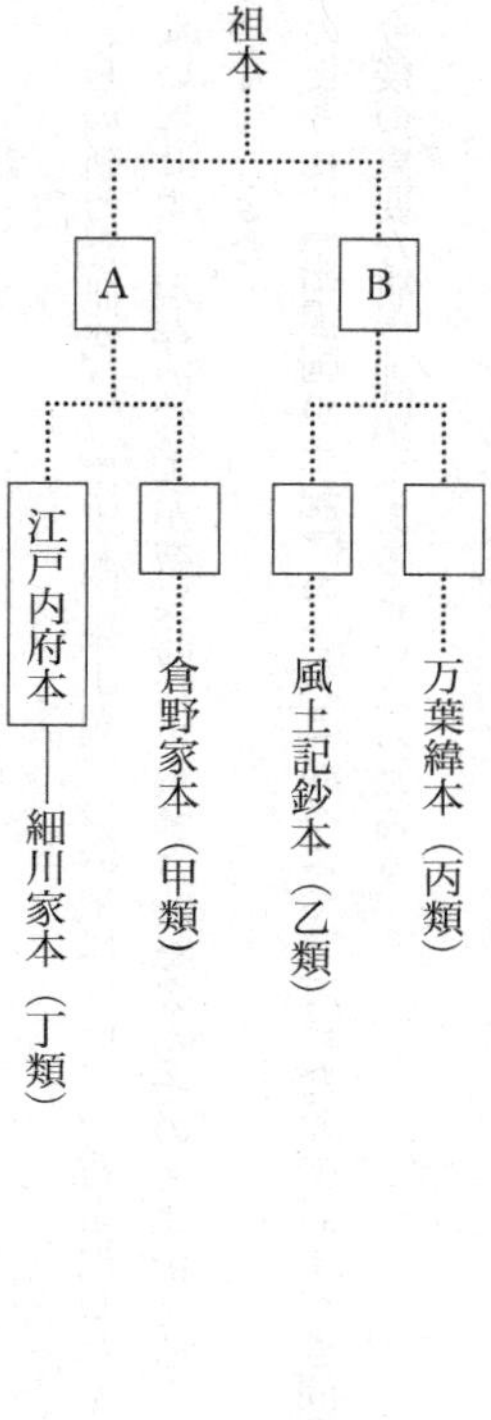

これに関しては、秋本吉郎が二系四類を認めた上で、それを中央系と出雲系という形に整理しているが(注七)、諸本系統の分類の中に「中央」と「出雲」というある種の価値観を持ち込んだことは、書誌学研究としては疑問が残るだろう。

さて、最初にも述べたように、『出雲国風土記』写本には二つの大きな問題があった。ひとつは、巻末記の天平五年二月三十日という日付であり、もうひとつは各郡末の署名にしばしば登場する「勲業」という難解な語句である。これらを根拠として、藪田嘉一郎は『出雲国風土記』偽書説を提唱した(注八)。それに対して、益田勝実と岡田清子は、正倉院文書の中に「天平五年二月三十日」の日付があることを見いだし（注九）、また田中卓は倉野本を調査した結果、「勲業」が「勲十二等」の誤写であることを突き止め（注十）、『出雲国風土記』偽書説に終止符を打った。

ところで、細川家本・倉野本・日御碕本では、島根郡加賀郷の由来記事が脱落している。これまでの多くの注釈書においては、岸崎時照『出雲国風土記抄』と万葉緯本に記された加賀郷由来記事に基づいてそれを本文としているが、近年、平野卓治はこの記事が近世になって補訂されたものであるという新たな説を提示した（注十一）。

また内田賢徳は、さらに加賀神碕記事の注記にみられる佐太大神誕生記事が、本文の形式として不自然であることを指摘し、それが平安時代になされた本文補綴の痕跡ではないかと論じた（注十二）。

これらの新たな研究は、『出雲国風土記』の伝来について一石を投じたものであり、偽書ではないにせよ、現存の写本が奈良時代に編纂された姿をそのまま伝えるとは考えられないようになってきた。

このように、『出雲国風土記』の伝来と諸本についてはなお検討すべき問題が残されており、今後の重要な研究課題であるといえるだろう。

四　注釈書

当国風土記の主な注釈書としては、
岸崎時照『出雲風土記鈔』天和三年（一六八三）
内山真龍『出雲風土記解』天明七年（一七八七）
千家俊信『訂正出雲風土記』文化三年（一八〇六）
後藤蔵四郎『出雲国風土記考証』大正十五年　大岡山書店
栗田寛『標註古風土記　出雲』昭和六年　大岡山書店
秋本吉郎『風土記』（岩波日本古典文学大系）昭和三十三年　岩波書店
久松潜一『風土記』（朝日古典全書）昭和三十五年　朝日新聞社
加藤義成『出雲国風土記参究』昭和三十七年　原書房
小島瓔禮『風土記』昭和四十五年　角川書店
植垣節也『風土記』（小学館新編日本古典文学全集）平成九年　小学館
荻原千鶴『出雲国風土記全訳注』（講談社学術文庫）平成十一年
松本直樹『出雲国風土記注釈』（新典社）平成十九年
『解説出雲国風土記』島根県古代文化センター編　平成二十六年

などがある。

なお、本書における地理考証・神社考証は、最新の注釈書である『解説出雲国風土記』の研究成果とその地理・神社の注釈、さらに服部旦の実地調査に基づく考証、また加藤義成の『出雲国風土記参究』をはじめとする先行研究に依拠したことを明記しておく。これら先覚の研究に心からの敬意を表するとともに、感謝申し上げる。

注一　藪田喜一郎「出雲風土記剝偽」(『日本歴史』二十号、一九五〇年一月)
注二　田中卓「出雲国風土記の成立」(『出雲風土記の研究』所収、出雲大社、一九五三年七月)
益田勝実・岡田清子「天平五年二月卅日」(『出雲風土記の研究』所収、出雲大社、一九五三年七月)
注三　前掲注二、田中卓論文。
注四　荻原千鶴(『出雲国風土記　全訳注』解説、講談社学術文庫、一九九九年六月)
注五　青木紀元『日本神話の基礎的研究』(風間書房、一九七〇年三月)
注六　田中卓「細川家本出雲国風土記の出現」(『藝林』九巻一号、一九五八年二月)
注七　秋本吉郎『風土記の研究』(ミネルヴァ書房、一九六五年十月)
注八　注一参照。
注九　注二参照。
注十　注二参照。
注十一　平野卓治「『出雲国風土記』島根郡加賀郷条について」(『古代文化研究』5、島根県古代文化

センター、一九九七年三月）

注十二　内田賢徳「『出雲国風土記』本文について」（『萬葉語文研究』第一集、和泉書院、二〇〇五年三月）

（橋本雅之）

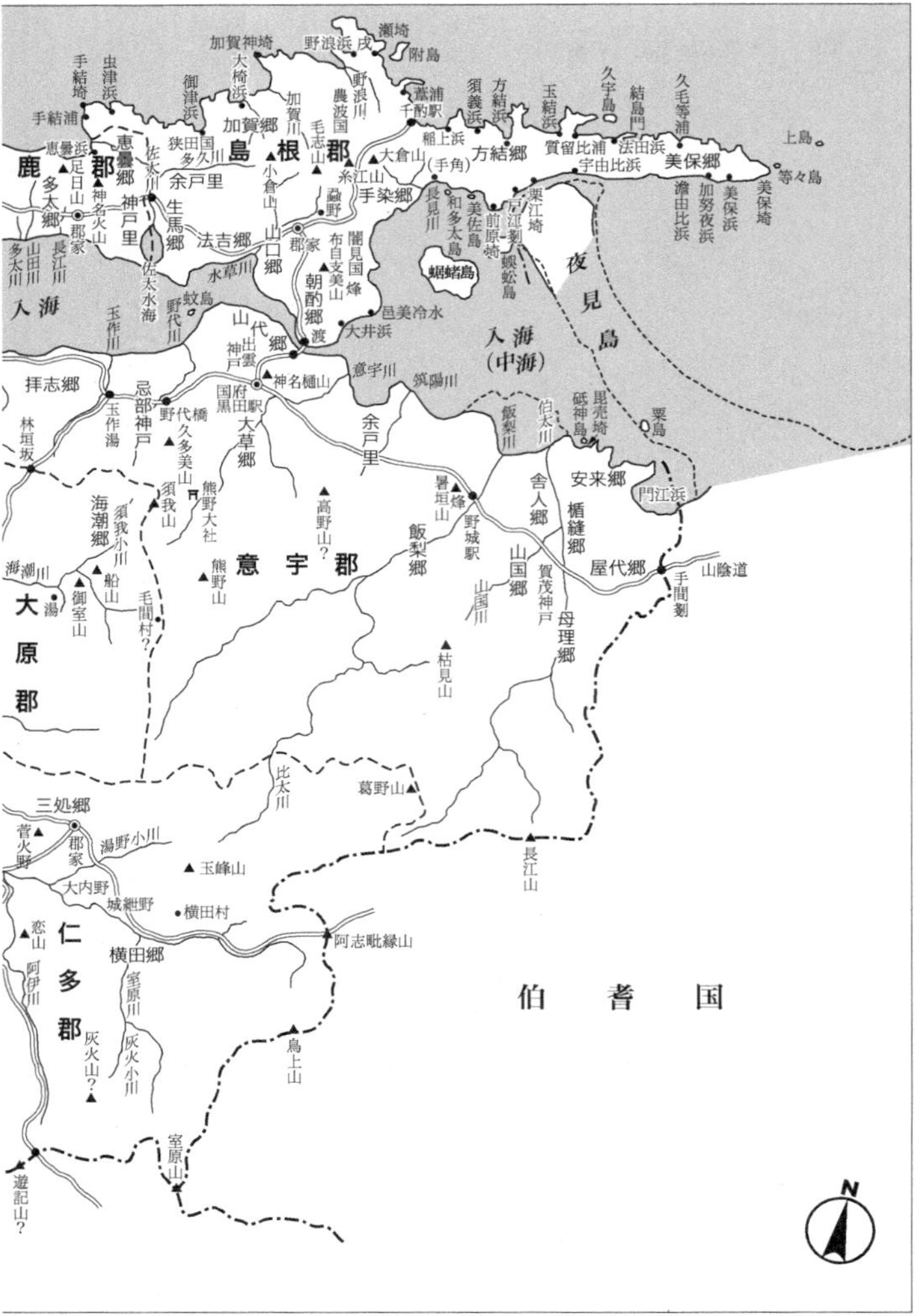

瀬埼
附島
野浪浜
戌
加賀神埼
大椅浜
御津浜
虫津浜
手結埼
手結浦
加賀川
野浪川
農波国
蜑浦
千酌駅
須義浜
方結浜
玉結浜
久宇島
結島門
久毛等浦
上島
等々島
美保埼
美保浜
加努夜浜
澹由比浜
美保郷
法田浜
賀留比浦
宇由比浜
方結郷
稲上浜
大倉山
(手角)
手染郷
糸江山
毛志山
加賀郷
狭田国
多久川
恵曇浜
恵曇郷
鹿
島
根
郡
足日山
佐太川
余戸里
小倉山
神名火山
多太郷
神戸里
生馬郷
法吉郷
山口郷
郡家
長見川
和多太島
美佐島
前原埼
戸江剗
栗江埼
蜈蚣島
蜛蝫島
夜
見
島
入海
(中海)
布自支美山
闇見国
烽
朝酌郷
邑美冷水
大井浜
渡
山代郷
出雲神戸
神名樋山
国府
黒田駅
意宇川
筑陽川
多太川
山田川
長江川
入海
佐太水海
水草川
蚊島
野代川
玉作川
拝志郷
玉作湯
忌部神戸
野代橋
林垣坂
久多美山
大草郷
余戸里
須我山
熊野大社
高野山?
暑垣烽
野城駅
舎人郷
楯縫郷
安来郷
飯梨川
伯太川
砥神島
毘売埼
粟島
門江浜
海潮郷
須我小川
海潮川
船山
御室山
湯
大
原
郡
毛間村?
熊野山
意宇郡
飯梨郷
山国郷
山国川
賀茂神戸
屋代郷
山陰道
手間剗
母理郷
枯見山
比太川
葛野山
三処郷
郡家
菅火野
湯野小川
玉峰山
大内野
城紲野
横田村
恋山
仁
多
郡
横田郷
阿志毗縁山
阿伊川
室原川
灰火小川
灰火山?
鳥上山
室原山
遊記山?
伯耆国
N

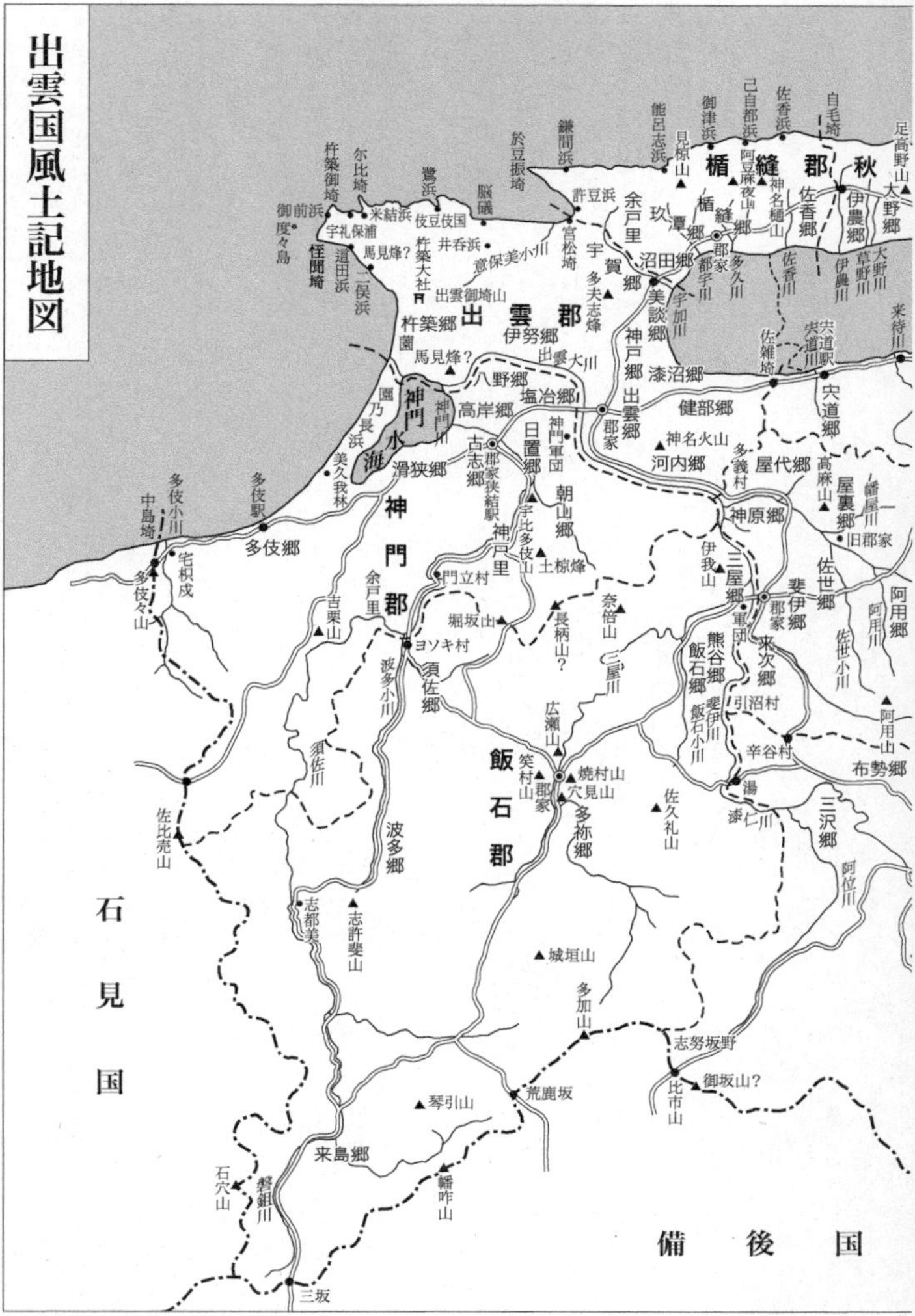

自毛埼
佐香浜
己自都浜
御津浜
能呂志浜
鎌間浜
於豆振埼
足高野山
大野郷
秋
郡
縫
楯
見椋山
阿豆麻夜山
神名樋山
伊農郷
佐香郷
縫郷
楯縫郷
玖潭郷
余戸里
許豆浜
宮松埼
宇賀郷
多夫志烽
沼田郷
郡家
都宇川
多久川
佐香川
伊農川
草野川
大野川
美談郷
宇加川
神戸郷
脳礒
鷺浜
佐豆佐国
米結浜
尓比埼
杵築御埼
御前浜
宇礼保浦
度々島
怪聞埼
遠田浜
二俣浜
馬見烽?
杵築大社
井呑浜
意保美小川
出雲御埼山
出雲郡
杵築郷
伊努郷
薗
馬見烽?
出雲大川
八野郷
塩冶郷
漆沼郷
宍道駅
宍道川
佐雑埼
来待川
宍道郷
薗乃長浜
神門水海
神門川
高岸郷
古志郷
日置郷
神門軍団
出雲郡家
健部郷
神名火山
河内郷
多義村
屋代郷
高麻山
屋裏郷
幡屋川
旧郡家
郡家
狭結駅
滑狭郷
美久我林
多伎駅
多伎小川
中島埼
多伎郷
宅枳戍
多伎々山
神門郡
宇比多伎山
神戸里
土椋烽
朝山郷
神原郷
伊我山
三屋郷
佐世郷
阿用郷
阿用川
佐世小川
斐伊郷
郡家
軍団
門立村
余戸里
吉栗山
堀坂山
長柄山?
奈倍山
三屋川
熊谷郷
飯石郷
来次郷
ヨソキ村
波多小川
須佐郷
広瀬山
斐伊川
飯石小川
引沼村
阿用山
辛谷村
布勢郷
須佐川
笑村山
飯石郡
郡家
焼村山
穴見山
多祢郷
佐久礼山
湯
漆仁川
三沢郷
阿位川
佐比売山
波多郷
石見国
志都美
志許斐山
城垣山
多加山
志努坂野
御坂山?
比市山
荒鹿坂
琴引山
来島郷
石穴山
磐鉏川
幡咋山
備後国
三坂

出雲国風土記地図

播磨国風土記

播磨国風土記

賀古郡[1]

　四方《よも》を望《のぞ》み覧《み》て[2]云《い》ひたまひしく、「此《こ》の土《くに》は、丘《をか》と原《はら》と野《の》と甚広《いとひろ》大くして、此の丘を見るに鹿児《かこ》[3]の如《ごと》し」といひたまひき。故《かれ》、名づけて賀古郡《かこのこほり》と曰《い》ひき。狩《かり》の時、一鹿《しか》[4]、此の丘に走り登りて鳴きき。其《そ》の声比々《こゑひひ》。故《かれ》、日岡《ひをか》[5]と号《なづ》けき。

　此《こ》の岡《をか》に比《ひ》礼《れ》墓《はか》有《あ》り。坐《いま》す神《かみ》は、大御津歯命《おほみつはのみこと》の子《みこ》、伊波都比古命《いはつひこのみこと》なり。

　褶墓《ひれはか》と号《なづ》けし所以《ゆゑ》は、昔、大帯日子命《おほたらしひこのみこと》[6]、印南《いなみ》の別嬢《わきいらつめ》を誂《と》ひたまひし時[7]、御佩刀《みはかし》の八咫《やあた》の剣《つるぎ》[8]の上結《うはゆひ》[9]に八咫《やあた》の勾玉《まがたま》、下結《したゆひ》に麻布都《まふつ》の鏡《かがみ》[10]を繋《か》け、賀毛郡《かものこほり》の山直《やまのあたひ》等が始祖《はじめのおや》、息長命《おきながのみこと》　一名《またのな》は、伊志治《いしぢ》　を媒《なかだち》として誂《と》ひ下《くだ》り行《い》で

賀古郡

1　加古川市・稲美町（旧加古郡・稲美町）・播磨町（旧加古郡播磨町）付近。底本三条西家本は、巻首と賀古郡冒頭が欠損している。

2　遠くを見渡す。

3　丘の鞍部を鹿の胴体に喩えたもの。

4　単数を表す「一」が表記されている場合「ひとつ」と訓読しない。

5　加古川市加古川町大野。

6　景行天皇（以下同じ）。

7　「誂」は求婚の意。諸注「つまどひ」と訓むが、この訓読例は確認できない。万葉集巻九・一八〇九「人の誂（と）ふ時」により「とふ」と訓む。

8　長剣。

9　剣を腰に吊す紐。

まし時、摂津国《つのくに》の高瀬《たかせ》の済《わたり》に到《いた》りまして、「此《こ》の河《かは》を度《わた》らまく欲《ほ》りす」と請《こ》はしたまひき。度子《わたりもり》、紀伊国《きのくに》人小《を》玉《たま》申《まを》して曰《い》はく、「我《われ》、天皇《すめらみこと》の贄人《にへびと》と否《な》すか」[11]といひき。その時、勅《みことのり》して云《い》ひたまひしく、「朕公《あぎ》、然《しか》あれども猶度《なほわた》せ」といひたまひき。度子《わたりもり》、対《こた》へて曰《い》はく、「遂《つひ》に度《わた》[12]らまく欲《ほ》りしたまはば、度《わたり》の賃《つくのひ》を賜《たま》ふべし」といひき。是《ここ》に、道行《みちゆき》の儲《まけ》[13]と為《な》し弟縵《おとかづら》[14]を取りて、舟《ふね》の中《なか》に投げ入れたまへば、縵の光明《ひかり》、炳然《あきらか》[15]に舟に満ちき。度子、賃《つくのひ》を得《え》て、度《わた》しまつりき。故《かれ》、朕君《あぎ》の済《わたり》といひき。

遂《つひ》に赤石郡《あかしのこほり》 廝御井《かしはでのみゐ》に到《いた》りて、御食《みあへ》を供進《たてまつ》[16]りたまひき。故《かれ》、廝御井《かしはでのみゐ》と曰《い》ひき。尓時《そのとき》、印南《いなみ》の別嬢《わきいらつめ》、聞きて驚き畏《かしこ》まり、南毗都麻《なびつま》の嶋《しま》[17]に遁《に》げ度《わた》[18]りき。是《ここ》に、天皇《すめらみこと》、賀古《かこ》の松原《まつばら》に到《いた》りて、覓《ま》ぎ訪《と》[19]ひたまひき。是に、白き犬、海に向きて長く唬《ほ》えき。天皇、問ひて云ひたまひしく、「是《こ》は誰《た》が犬ぞ」といひたまひき。須受武良《すずむら》の首《おびと》対《こた》へて曰《まを》さく、「是

10　「まふつ」は語義未詳。

11　この「否」の措辞は「〜かどうか」の意を意味する唐代の俗語的表現と思われる。（小島憲之「風土記研究会例会記録」）斉明紀に「日本国天皇、平安以不」とある。「なすか」と試訓する。

12　この「遂」は「どうしてもし遂げる」の意。（小島憲之、同前）

13　旅装の用意。

14　カヅラは蔓草。頭髪に冠する装飾。

15　観智院本名義抄（仏下末）「アキラカニ」。

16　天子に献上する。「又遽簡閲以供進」（『北史』王世充伝）。ここでは、大帯日子命が土地を祭り食事を献上したことをいう。

17　高砂市の加古川河口のあたり。万葉集巻四・五〇九に「稲日都麻　浦廻を過ぎて」とある。

18　求婚された女性が逃走し、男性がそれを追う習俗を伝説化したもの。

19　逃げた別嬢を探し求める。

は、別嬢《わきいらつめ》が養《か》へる犬ぞ」とまをしき。天皇、勅《みことのり》して云ひたまひしく、「好《よ》く告げつるかも」といひたまひき。故《かれ》、告《つげ》の首《おびと》[20]と号《なづ》けき。天皇、此の少嶋《こじま》に在《いま》すを知りたまひ、度《わた》らまく欲《ほ》りし、阿閇津《あへつ》に到り、御食《みあへ》を供進《たてまつ》りたまひき。故、阿閇《あへ》の村と号けき。又《また》、江《え》の魚《うを》を捕らへて、御坏物《みつきもの》と為《な》したまひき。故、御坏江《みつきえ》[21]と号けき。又、舟に乗りたまひし処《ところ》に、楉《しもと》[22]以《もち》て榭《たな》の津[23]を作りたまひき。遂《つひ》に度りて相遇《あ》ひたまひ、勅《みことのり》して云ひたまひしく、「此の嶋は隠愛妻《なびつま》[24]ぞ」といひたまひき。仍りて南毗都麻《なびつま》と号《なづ》けき。

是《ここ》に、御舟《みふね》と別嬢の舟とを同《とも》に編《あ》合みて渡りき。挾抄《かぢとり》[25]伊志治《いしぢ》、尓《しかして》、名を大中伊志治《おほなかのいしぢ》と号けき。印南《いなみ》の六継《むつぎ》の村に還《かへ》り到《いた》りて、始《はじ》めて密事《むつびごと》[26]を成《な》したまひき。故《かれ》、六継の村と曰《い》ひき。勅《みことのり》して云ひたまひしく「此処《ここ》は、浪の響《おと》鳥の声《こゑ》其《そ》れ譁《かま》し[27]」といひたまひ、南《みなみ》のかた高宮《たかみや》に遷りたまひき。故、高宮の村と曰ひき。是《こ》の時、酒殿《さかどの》[28]を造りし処《ところ》は、酒屋《さかや》

20 誰に授けた名であるかについて、須受武良の首に授けたとする通説に対して白犬に授けたとする説もある。

21 食べ物を盛る土器に設えた供食物。

22 若い木の細枝。

23 細枝で編んだ船着場の意か。

24 天皇の言葉がこの地名の起源となった。「隠愛妻」で「なびつま」と試訓する。

25 底本「編合而梱抄挟」とあるが、「梱」は「渡」の誤写、「抄挟」は文字転倒とみて訂す。

26 夫婦の語らい。

27 かまびすしい。やかましい。

28 酒を醸造する御殿。

の村と号け、贄殿《にへどの》[29]を造りし処は、贄田《にへた》の村と号け、宮《みや》を造りし処は、舘《みやかた》[30]の村と号けき。又《また》、城《き》の宮田《みやた》の村に遷り、始めて昏《とつぎ》[31]を成したまひき。

以後《のち》、別嬢《わきいらつめ》の掃床《とこはら》[32]へ仕奉《つかへまつ》れりし、出雲《いづも》の臣《おみ》比須良比売《ひすらひめ》を、息長命《おきながのみこと》に給《たま》ひき。墓は賀古の駅《うまや》[33]の西に有《あ》り。

年有《あ》りて、別嬢、此の宮に薨《かむあが》りましき。墓《みはか》を日岡に作りて葬《はふ》りたまひき。其の尸《かばね》を挙げて印南川《いなみかは》[34]を度りたまひし時、大き飄《つむじ》[35]、川下《かはしも》より来りて、其の尸を川中に纏き入れ、求むれども得ず。但《ただ》[36]、匣《くしげ》[37]と褶《ひれ》[38]とを得しのみ。此の二の物を以《もち》て、其の墓に葬りたまひき。故、褶墓《ひれはか》と号けき。是《ここ》に、天皇、恋ひ悲しび誓ひて云ひたまひしく、「此の川の物を食はじ」といひたまひき。此《これ》に由《よ》りて、其の川の年魚《あゆ》、御贄《みにへ》に進《たてまつ》らず。後《のち》、御病《みやまひ》を得て、勅《みことのり》して云ひたまひしく、「薬《くすり》はや[39]」といひたまひき。宮を賀古の松原に造りて還りたまひき。或《あ》る人、此《ここ》に冷水《しみづ》を掘《ほ》り出《い》だしき。故《かれ》、松原の御井《みゐ》

29　食用の魚鳥を貯蔵し調理する御殿。
30　上文「宮（みや）」に対して、「舘（みやかた）」と訓む案（谷省吾説「風土記研究会例会記録」）に従う。
31　結婚する。観智院本名義抄（仏中）「婚　トツギ」。
32　寝所の清掃などの奉仕をする。
33　駅家。人馬、宿、食事を準備して官使の便を図る上代駅伝制度上の中核施設。
34　現在の加古川。
35　竜巻。
36　限定修飾の副詞。文末に「のみ」を読み添える。
37　女性の化粧道具を入れる大切な小箱。
38　女性の装身具。首に掛ける長い布。呪術的な力を持つと考えられていた。
39　前後の文脈の中で考えるならば、印南川の「年魚」を薬として求めたという意か。

と曰ひき。

望理《まがり》の里。40 土《つち》は中《なか》の上《かみ》。41 大帯日子天皇、巡《めぐ》り行《い》でましし42時、此の村の川《かは》の曲《まが》りを見て、勅《みことのり》して云《い》ひたまひしく、「此の川の曲《まがり》、甚美《いとうるは》しきかも」といひたまひき。故、望理《まがり》と曰《い》ひき。

鴨波《あはは》の里。43 土は中の々《なか》。昔《むかし》、大部造《おほとものみやつこ》等《ら》44が始祖《はじめのおや》古理《こり》売《め》、此の野を耕《たがへ》して、多《さは》に粟《あは》を種《ま》きき。故、粟々《あはは》の里と曰ひき。

此の里に舟引原《ふなひきはら》45有《あ》り。昔、神前《かむさき》の村に荒《あら》ぶる神有《あ》りき。毎《つね》に行《ゆ》く人の舟を半《なか》ば留《とど》め46たまひき。是《ここ》に、往来《ゆきき》の舟、悉《ことごと》に印南《いなみ》の大津江《おほつえ》に留まり、川頭《かはかみ》に上《のぼ》り、賀意理多《かおりた》の谷より引《ひ》き出《い》だして、赤石《あかし》の郡《こほり》林の潮《みなと》47に通《かよ》はし出だしき。故、舟引原と曰《い》ひき。又、事《こと》は上《かみ》の解《げ》と同じ。48

長田《ながた》の里。49 土は中の々。昔、大帯日子命《おほたらしひこのみこと》、別嬢《わきいらつめ》の処《ところ》に幸行《いでま》ししに、道《みち》の辺《へ》に長き田有《あ》りき。勅《みことのり》して云ひたまひ

40 稲美町（旧加古郡稲美町）。『戸令』に「およそ戸、五十戸を以て里となす」とある。

41 和銅六年（七一三）官命の第二項の要求に対する報告書式。土地の肥沃状態を「上の上」から「下の下」までの九等級に分けて示したもの。「中の上」は四等級。

42 各国を視察して廻ること。

43 稲美町の南部。

44 大伴造に同じ。『霊異記』上巻五話に、大部屋栖野古の本記が敏達天皇時代の伝記として記されている。

45 稲美町（旧加古郡稲美町天満村）。

46 荒ぶる神が、通行人の半数を通し半数を通さないもしくは殺害するというのは、風土記にしばしば登場する交通妨害説話のパターン。

47 明石市林町。「潮」を「みなと」と訓むことは、「湖」との通用とみるべきか。

48 「解」は上級官司に提出する公文書。風土記はこの解文として朝廷に提出された。ここの「上の解」とは、三

かも」といひたまひき。故、長田の里と曰ひ

駅家《うまや》の里。50 土は中の々。駅家に由りて名と為しき。

印南郡 1

一家《あるひと》云《いへ》らく、印南《いなみ》と号《なづ》けし所以《ゆゑ》は、穴門《あなと》の豊浦宮《とゆらのみや》に御宇《あめのしたしろ》しめしし天皇《すめらみこと》2、皇后《おほきさき》3と倶《とも》に、筑紫《つくし》の久麻曽《くまそ》4の国を平《たひら》げむと5欲《おもほ》して、下《くだ》り行《い》でまし時、御舟《みふね》印南《いなみ》の浦《うら》に宿《やど》りたまひき。6此《こ》の時、滄《あを》き海《うみ》、其《そ》れ平《たひら》かに、風波《かぜなみ》和《やは》らぎ静《しづ》けし。故《かれ》、名づけて入浪《いりなみ》の印南郡《いなみのこほり》7と曰《い》ひき。

大国《おほくに》の里。8 土《つち》は中《なか》の々《なか》。大国と号けし所以は、百姓《おほみたから》9の家《いへ》、多く此《ここ》に居《を》りき。故、大国と曰《い》ひき。

此《こ》の里《さと》に山有《あ》り。名は伊保山《いほ》10と曰《い》ふ。所以《ゆゑ》は、帯中日子《たらしなかつひこの》命《みこと》を神に坐《ま》せて、11 息長帯日女命《おきながたらしひめのみこと》、石作《いしつくり》の連《むらじ》12 来《おほく》を率《ゐ》て、讃《さぬ》

条西家本で欠文となっている明石郡の記事を指すか。

49 加古川市尾上町。

50 加古川市野口町。

印南郡

1 加古川市西部と高砂市のあたり。新編全集本では、印南郡の存在を認めず、賀古郡「印南浦」の記事とする。

2 仲哀天皇。

3 神功皇后。後出、息長帯日女命。以下同じ。

4 九州中南部を本拠とする先住民。クマソ征討の説話は記紀にも記されている。

5 諸注「ことむけ」と訓むが、記には「将㆑撃」、紀には「将㆑討」とある。武力鎮圧を意図したものであるから「たひらげ」と訓む。

6 あるいは（合点あり）「はてき」と訓むべきか。

7 底本「入印南浪郡」とあるが、「入浪印南郡」と訂する山川本に従う。

8 加古川市西神吉町。

9 農耕に従事する庶民。

伎《き》の国羽若《はわか》の石《いし》を求《ま》ぎたまひき。彼《そこ》より度《わた》り賜《たま》ひ、御廬《みいほ》[13]を定《さだ》めぬ時に、大来見顕《おほくみあら》はし、[14]美保《みほ》山[15]と曰《い》ひき。々の西に原《はら》有り。名は池《いけ》の原《はら》と曰《い》ふ。々の中《なか》に池《いけ》有り。故、池の原と曰《い》ひき。々の南《みなみ》に作石《つくりいし》[16]有り。形《かたち》、屋《や》のごとし。長さ二丈《つゑ》、[17]広さ一丈五尺、高《さか》さもかくの如《ごと》し。名号《なづ》けて大石《おほいし》と曰ひき。伝へて云へらく、「聖徳 王《しやうとこのおほきみ》[18]の御世《みよ》、弓削大連《ゆげのおほむらじ》[19]が造れる石なり」といへり。

六継《むつぎ》の里[20]。土は中の々。六継の里と号けし所以は、已《すで》に於《うへ》に見ゆ。[21]此《こ》の里、松原有り。甘蔗[22]生《お》ふ。色《いろ》は蔗花[23]に似《に》て、体《かたち》は鶯蔗[24]のごとし。十月《かむなづき》の上旬《かみのとをか》に生ひ、下旬《しものとをか》に亡《う》す。其の味《あぢ》、甚甘《いとあま》し。

益気《やけ》の里[25]。土は中の上《かみ》。宅《やけ》と号けし所以は、大帯日子命《おほたらしひこのみこと》、御宅《みやけ》[26]を此の村に造りたまひき。故、宅の村と曰ひき。此の里に山有り。名は斗形山《ますがたやま》と曰ふ。石《いし》を以て斗《ます》と乎気《をけ》[27]とを作。故、斗形山と曰ひき。石《いし》の橋《はし》有り。伝へて云《い》へらく、

10 高砂市伊保町にある丘陵か。
11 崩御した仲哀天皇を神として奉じる。
12 墳墓の造営に従事した氏族。『姓氏録』（左京神別）に、火明命の子孫とある。諸注「来」の上に「大」を脱すると解するが、底本に従う。
13 仮寝の小屋。ここでは天皇の亡骸を安置するための殯宮のことか。
14 殯宮にふさわしい場所を見出した。新編全集本は石材を発見したとする。
15 掲出地名は伊保山。イホはミホの頭子音脱落か。類例として「巌」を意味する、ミツとイツがある。
16 人の手によって細工が施された石。現在、生石《おうしこ》神社（高砂市阿弥陀町）のご神体として知られている「石の宝殿」がそれであると言われている。
17 一丈は十尺。二丈は約六メートル。
18 推古天皇の摂政、聖徳太子。
19 物部守屋のこと。崇仏派の蘇我馬子と対立し、のち敗死した。
20 所在不明。
21 上記の南毗都麻説話において、すでに地名起源が語られている。
22 未詳。訓み方も定説をみない。

上古《いにしへ》[28]の時、此《こ》の橋天《はしあめ》に至《いた》り、八十《やそ》の人衆《ひとども》、上《のぼ》り下《くだ》り往来《かよ》ひき。故、八十橋《やそはし》と曰ひき。

含藝《かむき》の里[29]。本《もと》の名《な》[30]は、瓶落《みかおち》なり。土《つち》は中《なか》の上《かみ》。瓶落《みかおち》と号けし所以は、難波高津御宮《なにはたかつのおほみや》の御世[31]、私部弓取等《きさきべのゆみとりら》[32]が遠祖《とほつおや》、他田《をさだ》[33]の熊千《くまち》、瓶《みか》の酒《さけ》を馬の尻《しり》に着《つ》けて、家地《いへどころ》を求《ま》ぎ行きしに、其《そ》の瓶《みか》、此《こ》の村に落ちき。故、瓶落と曰ひき。

又、酒山《さかやま》あり。大帯日子天皇《おほたらしひこのすめらみこと》の御世、酒《さけ》の泉《いづみ》[34]湧《わ》き出《い》でき。故、酒山と曰ひき。百姓《おほみたからの》飲めば、酔《ゑ》ひて相闘《あひたたか》ひ相乱《あひみだ》れたり。故、埋《う》め塞《ふさ》がしめき。後《のち》、庚午《かのえうま》の年《とし》[35]、人有りて堀《ほ》り出だしき。今に猶《なほ》、酒の気《け》有り。

郡《こほり》の南《みなみ》の海中《わたなか》に小嶋《こじま》有り。名は南毗都麻《なびつま》と曰ふ。志我《しが》の高穴穂《たかあなほ》の宮に御宇《あめのしたしろ》しめしし天皇[36]の御世、丸部臣等《わにべのおみら》[37]が始祖《はじめのおや》、比古汝茅《ひこなむち》[38]を遣《つか》はして、国《くに》の堺《さかひ》を定《さだ》[39]めしめたまひき。その時、吉備比古《きびひこ》、吉備比売《きびひめ》[40]の二人、参迎《まゐむか》へき。是《ここ》に比古汝茅、吉備比売に娶《あ》ひて生みし児《こ》、印南《いなみ》の別嬢《わきいらつめ》なり。此《こ》の女《をとめ》の端正《きらきら》

23　未詳。訓み方も定説をみない。
24　未詳。訓み方も定説をみない。
25　加古川市東神吉町升田。
26　ミヤケを屯倉（朝廷領地から収穫した穀類を貯蔵する倉。その領地）とする説と、単なる居住地とする説がある。
27　古墳の石造物を枡と桶に見立てたものか。
28　『播磨』における「古」の唯一例。「上古」は漢語。音読されていた可能性もある。
29　加古川市東神吉町神吉。
30　「含藝」と名づけられる以前の地名のこと。
31　仁徳天皇の時代を指す。
32　皇后のために置かれた部民。
33　『姓氏録』に膳臣と同祖とする。
34　鉱物質を含んだ湧き水。鉱泉。
35　天智天皇九年（六七〇）。庚午年籍が作成された年。播磨国風土記において、干支による年代記載は、基本的に「以後」や「後」などに続く記事に限られている。
36　成務天皇。
37　『姓氏録』左京皇別に「丸部、和

しき[41]こと、当時《とき》に秀《すぐ》れたり。その時、大帯日古天皇《おほたらしひこのすめらみこと》、此《こ》の女《をとめ》に娶《あ》はむと欲《おも》ひて下《くだ》り幸行《いでま》しき。別嬢聞きて件《くだり》の嶋に遁《に》げ渡《わた》りて隠《な》び居《を》りき。故、南毗都麻《なびつま》と曰ひき。

安部と同じき祖。彦姥津の命の男、伊富都久の命の後なり」とある。

38 駿河浅間神社大宮司家に伝わる「和迩部氏系図」に、孝昭天皇八世孫「彦汝命」その子「印南別嬢命」とあるという（田中卓「風土記研究会例会記録」）。ただし、印南別嬢が成務天皇御世に誕生したとすれば、大帯日子命（景行天皇）と結婚したとする賀古郡所載伝承と矛盾する。／39 『成務天皇紀』五年九月に国県を分けて境界を定めたことを記す。／40 吉備国の地方豪族の子か。『景行記』の系譜に、吉備臣の祖、若建吉備津日子の女、針間の伊那毗能大郎女を娶り、その御子として小碓命（倭建命）兄弟が誕生したとある。／41 容姿端麗であることを形容した表現。

飾磨郡[1]

飾磨郡《しかまのこほり》。飾磨《しかま》と号《なづ》けし所以《ゆゑ》は、大三間津日子命《おほみまつひこのみこと》[2]、此処《ここ》に屋形《やかた》を造《つく》りて座《ま》しし時、大《おほ》き鹿有《あ》りて鳴《な》きき。その時、王《おほきみ》、勅《みことのり》して云《い》ひたまひしく、「壮鹿《しか》鳴《な》くかも」といひたまひき。故《かれ》、

1 飾磨郡　姫路市一帯。

2 讃容郡に出てくる弥麻都比古命と同一か。孝昭天皇とする説もある。

飾磨郡と号けき。

漢部《あやべ》の里《さと》[3]。土《つち》は中《なか》の上《かみ》。右[4]、漢部と称《い》ふは、讃芸国《さぬきのくに》の漢《あや》人等《ひとら》[5]、到《いた》り来《き》て此処《ここ》に居《を》りき。故、漢部と号けき。

菅生《すがふ》の里《さと》[6]。土は中の上。右、菅生と称ふは、此処《ここ》に菅原《すがはら》有《あ》りき。故、菅生と号けき。

麻跡《まさき》の里《さと》[7]。土は中の上。右、麻跡と号けしは、品太天《ほむだのすめら》皇《みこと》[8]、巡《めぐ》り行《い》でましし時《とき》、勅して云ひたまひしく、「此《こ》の二つを見れば、山は能《よ》く人の眼《め》を割《さ》き下《さ》げたるに似《に》たり」といひたまひき。故、目割《まさき》[9]と号けき。

英賀《あが》の里《さと》[10]。土は中の上。右、英賀と称ふは、伊和大神《いわのおほかみ》[11]の子《みこ》、阿賀比古《あがひこ》、阿賀比売《あがひめ》二《ふたはしら》の神《かみ》、此処《ここ》に在《いま》しき。故、神の名《みな》に因《よ》りて里《さと》の名《な》と為《な》しき。

伊和《いわ》の里《さと》[12]。船丘《ふなをか》・波丘《なみをか》・琴丘《ことをか》・匣丘《くしげをか》・箕丘《みをか》・日女道丘《ひめぢをか》・藤丘《ふぢをか》・稲丘《いなをか》・冑丘《かぶとをか》・鹿丘《しかをか》・犬丘《いぬをか》・甕丘《みかをか》・筥丘《はこをか》[13]。土は中の上。右、伊和《いわ》部《べ》と号けしは、積幡《しさは》の郡《こほり》の伊和君等《いわのきみら》が族《やから》[14]、到《いた》り来《き》て此《ここ》に居《を》

3　姫路市余部あたり。
4　この書式について、小野田光雄は「地名を標記して、其の左側に行を改めて記述しようとしたもの」とする（古典全書本解説）。三条西家本を溯る祖本は、おそらく小野田の言う通りの書式であったと考えられる。
5　大陸からの渡来人。播磨国風土記には、渡来人に関する伝承が多く記されている。
6　姫路市夢前町（旧飾磨郡夢前町）。
7　姫路市飾磨区山崎のあたり。
8　応神天皇（以下同じ）。
9　目尻を割いて入れ墨をした両目の印象と、二つの山の稜線がよく似ていることからの命名とする伝承。
10　姫路市飾磨区英賀のあたり。
11　宍粟郡の伊和を本拠とする伊和の君が奉じた神。『播磨』において単に「大神」という場合は、主に伊和大神のことである。
12　姫路市西延末の手柄山付近か。
13　下文と照合してみると、この割注の記載には脱落があり、また記載順

りき。故、伊和部と号けき。

手苅丘《てがりをか》と号けし所以は、近《ちか》き国《くに》の神《かみ》、此処《ここ》に到《いた》り、手《て》を以《もち》て草《かや》を苅《か》りて、食薦《すごも》[15]と為《な》したまひき。故、手苅と号けき。一云《またいは》く、[16]韓人《からひと》等[17]、始《はじ》めて来《き》たりし時、鎌を用ゐることを識《し》らず。但《ただ》、手《て》を以《もち》て稲《いね》を苅《か》るのみ。故、手苅の村と云ひき。

右《みぎ》、十四《とをあまりよつ》の丘《をか》は、已《すで》に上《かみ》に詳《つばひ》らかなり。[18]

昔《むかし》、大汝命《おほなむちのみこと》[19]の子《みこ》、火明命《ほあかりのみこと》[20]、心行《こころしわざ》[21]甚強《いとこは》し。是《ここ》を以て、父神《ちちのかみ》患《うれ》へて、遁《のが》れ棄《す》てむと欲《おも》ほしき。因達《いだて》の神山《かむやま》[22]に到《いた》りて、其《そ》の子を遣《や》りて水《みづ》を汲《く》ましめ、還《かへ》らぬ以前《さき》に、発船《ふなだち》して遁《のが》れ去《さ》りたまひき。是に、火明命、水を汲《く》みて還《かへ》り来《き》て、船《ふね》の発《た》ち去《さ》るを見たまふ。即《すなは》ち大《おほ》きに瞋怨《いか》りたまふ。仍《よ》りて風波《かぜなみ》を起《お》こし、其《そ》の船《ふね》を追《お》ひ迫《せ》めたまふ。是《ここ》に、父神《ちちのかみ》の船《ふね》、進行《すすみゆ》く能はずて、遂《つひ》に打《う》ち破《やぶ》らえき。所以《ゆゑ》に、其《そ》は波丘《をか》、琴落《ことお》ちし処《ところ》は、琴神《ことがみ》の丘《をか》と号け、箱落ちし処は、箱丘《はこをか》

序も異なっている。古典大系本は、下文によって補訂する。

14 同族の者。一族。類義語に「うがら」がある。

15 食べ物を置く敷物。

16 別伝承。

17 朝鮮半島からの渡来人。

18 先に掲げた伊和里標目の次に記された割注記述を指す。

19 『神代紀』上第八段正文に、素戔嗚尊の御子神「大己貴神（おほあなむち）」とある。出雲系の神。ただし、当国風土記の「大汝命」が同一神であるのかは不明。

20 記紀ではニニギノミコトの兄神として「天の火明命」とある。

21 「心行」は漢語（小島憲之）。「心行之表」（『文選』五九「頭陀寺碑文」李善注「心行、心所レ行之行也」）。

22 旧版角川文庫『風土記』（小島瓔禮校注）に「水を補給したりする海上交通の要衝だったのであろう」とする。

と号け、梳匣《くしげ》落ちし処は、匣丘《くしげをか》と号け、箕《み》落ちし処は、箕《み》形丘《かたをか》と号け、甕《みか》落ちし処は、甕丘《みかをか》と曰ひ、稲《いね》落ちし処は、稲牟《いなむ》礼《れ》丘《をか》[23]と号け、冑《かぶと》落ちし処は、冑丘《かぶとをか》と号け、沈石《いかり》落ちし処は、沈石丘《いかりをか》と号け、綱《つな》落ちし処は、藤丘《ふぢをか》と号け、鹿《しか》落ちし処は、鹿丘《しかをか》と号け、犬《いぬ》落ちし処は、犬丘《いぬをか》と号け、蚕子《ひめこ》落ちし処は、日女道丘《ひめぢをか》と号けき。その時《とき》、大汝《おほなむち》の神《かみ》、妻《つま》の弩《の》都比売《つひめ》[24]に謂《い》ひて曰はく、「悪《あ》しき子を遁《のが》れむとして、返《かへ》りて風波《かぜなみ》に遇《あ》ひ、太《いた》く辛苦《たしな》めらえつるかも」といひたまひき。所以《ゆゑ》に、号《なづ》けて瞋塩《いかしほ》と曰ひ、告《のり》の斉《わたり》[25]と曰ひき。

賀野《かや》の里《さと》[1]。幣丘《ぬさのをか》。土《つち》は中《なか》の上《かみ》。右、加野《かや》と称《い》ふは、品《ほむ》太天皇《だのすめらみこと》、巡《めぐ》り行《い》でまし時、此処《ここ》に殿《との》を造《つく》りて、蚊屋《かや》を張《は》りたまひき。故《かれ》、加野と号《なづ》けき。山と川の名も、里と同じ。

幣丘《ぬさのをか》[2]と称《い》ふ所以《ゆゑ》は、品太天皇、此処《ここ》に到《いた》りて、地祇《くにつかみ》に奉幣《ぬさたてまつ》りき。故、幣丘《ぬさのをか》と号けき。

23　井上通泰『新考』に「「牟礼」は山の韓語なり」とある。
24　未詳。
25　山川本が「大汝神が妻に告げたことによる地名」とするのに従う。
1　姫路市夢前町（旧飾磨郡夢前町）前之庄・新庄・山之内のあたり。
2　「みてぐらをか」（古典大系本・古典全書本・旧角川文庫本・山川本）・「まひのをか」（新編全集本）とある。

韓室《からむろ》の里《さと》。3 土《つち》は中《なか》の々《なか》。右《みぎ》、韓室と称ふは、韓室首《からむろのおびと》4宝等《たからら》が上祖《とほつおや》5、家大《いへおほ》きに富《と》み饒《にぎは》ひて、韓室を造《つく》りき。故、韓室と号けき。

巨智《こち》の里《さと》。6 草上《くさかみ》の村《むら》7・大立《おほたち》の丘《をか》。土《つち》は上《かみ》の下《しも》。右《みぎ》は、巨《こ》智等《ちら》8、始《はじ》めて此《こ》の村《むら》に屋居《いへゐ》しき。故《かれ》、因《よ》りて名《な》と為《な》しき。此《こ》草上《くさかみ》と云《い》ふ所以《ゆゑ》は、韓人山村等《からひとやまむらら》9が上祖《とほつおや》、柞《なら》の巨智賀那《こちかな》10、此《こ》の地《ところ》を請《こ》ひて、田《た》を墾《は》りし時、一聚《ひとむら》の草《くさ》有《あ》りて、其《そ》の根《ね》尤《いと》臭《くさ》かりき。故《かれ》、草上《くさかみ》と号けき。大立《おほたち》の丘《をか》と称ふ所以は、品太天皇、此《こ》の丘《をか》に立《た》たして、地形《くにかた》を見《み》たまひき。故、大立《おほたち》の丘と号けき。

安相《あさぐ》の里《さと》。11 長畝川《ながうねがは》。土《つち》は中《なか》の々《なか》。右、安相の里といふ所以は、12 品太天皇、但馬《たぢま》より巡《めぐ》り行《い》でましし時、縁道《みちすがら》、御《み》翳《かげ》13を撤《さ》きざりき。故、陰山《かげやま》の前と号けき。仍りて国造《くにのみやつこ》豊忍別命《とよおしわけのみこと》、名《な》を劵《と》らえき。14 その時、但馬《たぢま》国造《くにのみやつこ》阿胡尼命《あこねのみこと》15、これに依《よ》りて罪《つみ》を赦《ゆる》したまへと申し給ひ、塩代《しほしろ》の塩田《しほた》16廿千《はたち》

「皇神に奴左（ぬさ）取り向けて」（万葉集巻十三・三二三六）などにより「ぬさのをか」と試訓する。

3 姫路市田寺付近のあたり。

4 朝鮮半島からの渡来系の氏族か。

5 祖先。当国風土記には、他に遠祖・始祖などの言い方がある。

6 姫路市御立・田寺・辻井・山吹のあたり。

7 姫路市山吹のあたり。

8 渡来系の氏族。

9 『姓氏録』大和国諸蕃に山村忌寸がみえる。

10 柞は地名を冠したか。賀毛郡の楢原（ならはら）里の地名説話に「柞原（ならはら）」とある。

11 姫路市土山・今宿のあたり。二合仮名としての「相」は、「さが」「さぐ」のいずれかで訓まなければならない。ここでは、後出の地名「朝来（あさぐ）」が地名由来となっているので、この地名語形も「あさぐ」である。ただし、この訓に対して蜂矢真郷は「あさご」と訓む説を提唱している。

代《しろ》を奉《たてまつ》りて名《な》有《あ》り[17]。塩代の田飼《たかひ》、但馬国《たぢまのくに》の朝来《あさぐ》[18]の人、到《いた》り来《き》て此処《ここ》に居《を》りき。故《かれ》、安相《あさぐ》の里《さと》と号《なづ》けき。本《もと》の名《な》は沙《いさ》部《ごべ》と云《い》ひき。後《のち》、里《さと》の名《な》は字を改《あらた》めて二字に注《しる》せるに依《よ》りて[19]、安相《あさぐ》の里《さと》と為《な》す。

長畝川《ながうねがは》と号けし所以は、昔、此《こ》の川《かは》に蔣生《まこもお》へり。時《とき》に、賀毛《かも》の郡長畝村《こほりながうねむら》の村人、到《いた》り来《き》て蔣《まこも》[20]を苅《か》りき。その時《とき》、此《こ》処の石作連《いしつくりのむらじ》等、奪《うば》はむと為《し》て相闘《あひたたか》ひ、仍《よ》りて其《そ》の人《ひと》を殺《ころ》し、此の川に投棄《なげう》てき。故《かれ》、長畝川《ながうねがは》と号《なづ》けき。本《もと》、又《また》、阿《あ》胡《こ》尼命《ねのみこと》、英保村《あぼのむら》[21]の女《をみな》に娶《あ》ひて、此の村に卒《を》へき。遂《つ》ひに墓《はか》を造《つく》りて葬《はふ》りき。以後《のち》、正骨《かばね》[22]は運び持ち去《い》にきと云《い》ひ来《きた》れり。

枚野《ひらの》の里《さと》。[23]　新羅訓村《しらくにのむら》[24]・筥岡《はこをか》。　右、枚野と称ふは、昔、少《を》野《の》たりき。故、枚野と号けき。新良訓《しらくに》と号けし所以は、昔、新羅《しらき》の国の人、来朝《まゐき》ける時《とき》、此の村に宿《やど》りき。故、新良訓《しらくに》と号けき。山の名も同じ。筥丘《はこをか》と称《い》ふ所以《ゆゑ》は、大汝少日子《おほなむちすくなひこ》

12　この記事、底本難解で諸説あるがいまだ定説がない。谷口雅博は諸説を検討し、三条西家をめぐるテキストの問題として論じている。本書では、谷森善臣本（宮内庁書陵部蔵）の罫紙に記された谷森説に従った。
13　御翳＝「翢ハ翳ノ写譌ナラム」（谷森善臣）。後ろから貴人に差し掛ける長い団扇のような器具。高松塚古墳壁画に、翳を捧げ持っている女官が描かれている。翳は通常「さしは」と訓む。
14　名を巻らえき＝「被巻名ハ国造ノ負名ヲ剖取ラレタル義（中略）後世謂ユル除名ノ意ナルベシ」（谷森善臣）。名例律「凡そ除名は官位・勲位悉くに除け」
15　阿胡尼命＝他に見えない。
16　罪を贖うために塩田を献上した、の意。
17　除名を許された。
18　訓仮名である「来」を地名表記に用いる場合、「き」「く」に限られる。「来」は、「芳来山」（万葉集巻三・二五七）のように、濁音仮名「ぐ」にも用いられている。それを傍証として、この地名も「あさぐ」と訓む。

根命《ねのみこと》[25]、日女道丘《ひめぢをか》の神《かみ》と期《ちぎ》り会《あ》ひましし時《とき》、日女道神《ひめぢのかみ》、丘《をか》に食物《をしもの》、また、筥器《はこども》等の具《うつは》を備《そな》へたまひき。故、筥丘と号けき。

大野《おほの》の里《さと》。[26] 砥堀《とほり》。 土《つち》は中《なか》の々《なか》。右《みぎ》、大野と称《い》ふは、本《もと》、荒野《あらの》たりき。故《かれ》、大野と号《なづ》けき。志貴嶋宮《しきしまのみや》に御宇《あめのしたしろ》しめし天皇《すめらみこと》[27]の御世《みよ》、村上足嶋《むらかみのたるしまら》等が上祖《とほつおや》恵多《ゑた》、此《こ》の野《の》を請《こ》ひて居《を》りき。乃《よ》りて里《さと》の名《な》と為《な》しき。砥堀《とほり》と称《い》ふ所以《ゆゑ》は、品太《ほむだの》天皇《すめらみこと》の世《みよ》、神前郡《かむさきのこほり》と飾磨郡《しかまのこほり》の堺《さかひ》に、大川《おほかは》の岸《きし》の道《みち》を造《つく》りき。是《こ》の時《とき》、砥《と》[28]を堀《ほ》り出《いだ》しき。故《かれ》、砥堀と号けき。今《いま》に猶《なほ》在《あ》り。

少川《をがは》の里《さと》。[29] 高瀬村《たかせのむら》・豊国村《とよくにのむら》・英馬野《あがまの》・射目前《いめざき》・檀坂《まゆみさか》・多取山《おほとりやま》・御取丘《みとりのをか》・伊刀嶋《いとしま》。 土は中の々。 本《もと》の名《な》は私《きさき》の里《さと》。 右、私《きさき》の里《さと》と号けしは、志貴嶋《しきしま》の宮に御宇しめしし天皇の御世、私部《きさきべ》弓束《ゆづから》等が祖《おや》、田又利《たたり》の君鼻留《きみひる》[30]、此処《ここ》を請《こ》ひて居《を》りき。故、私《きさき》の里《さと》と号けき。

19 地名表記に関しては、和銅六年（七一三）の風土記撰録の官命と、『出雲国風土記』に記す神亀三年（七二六）の民部省口宣などの存在が知られるが、いずれも二字表記を明記していない。ただし、現存五風土記について言えば、郡・里（郷）に関してはおおむね二字表記が実現されている。
20 イネ科の多年生草本。
21 姫路市阿保のあたり。
22 遺骸。
23 姫路市平野のあたり。野は「原」とは違い山の裾野、傾斜地。「枚野」も「少野」も、人里に近いすそ野の意。
24 姫路市白国のあたり。
25 前掲の伊和里記事では、大汝命と伝えられている。諸注、大汝少日子根命を一柱の神と解釈するが、ここは別伝として大汝、少日子根命の二柱の伝承とするべきか。
26 姫路市大野のあたり。大野の本来の意味は荒れ果てた原野の意（神堀忍説）。
27 欽明天皇。
28 砥石。
29 姫路市花田町のあたり。

以後《のち》、庚寅《かのえとら》の年《とし》[31]、上大夫《かみのまへつきみ》[32]宰《くにのみこともち》[33]たりし時、改《あらた》めて小《を》川《がは》の里《さと》と為《な》しき。一云《またい》はく、小川、大野より此処《ここ》に流《なが》れ来《き》たり。故、小川と曰ひき。
高瀬《たかせ》[34]と称《い》ふ所以《ゆゑ》は、品太天皇、夢前丘《いめさきをか》に登《のぼ》りて、望《のぞ》み見《み》たまへば、北《きた》の方《かた》に白《しろ》き色《いろ》の物有《ものあ》りき。云《の》るに[35]、「彼《そ》は何《なに》物《もの》ぞ」とのりたまひき。舎人《とねり》[36]、上野国《かみつけのくに》の麻奈毗古《まなびこ》を遣《や》りて、察《み》しめたまひき。申《まを》して云《い》はく、「高《たか》き処《ところ》より流《なが》れ落《お》つる水《みづ》、是《これ》なり」といひき。すなはち、高瀬の村と号けき。[37]
豊国《とよくに》[38]と号けし所以は、筑紫《つくし》[39]の豊国《とよくに》の神《かみ》、此処《ここ》に在《いま》しき。故《かれ》、豊国の村と号けき。
英馬野《あがまの》[40]と号けし所以は、品太天皇、此《こ》の野《の》に狩《かり》したまひし時《とき》、一馬《うま》走《はし》り逸《に》げき。勅《みことのり》して云《い》ひたまひしく、「誰《た》が馬《うま》ぞ」といひたまひき。侍従等《おもとひとら》対《こた》へて云《い》ひしく、「朕《あがきみ》の御馬《みうま》[41]なり」といひ、我馬野《あがまの》と号けき。是《こ》の時《とき》、射目《いめ》[42]を立《た》てし処《ところ》は、目前《いめさき》と号け、弓折《ゆみを》れし処は、檀丘《まゆみをか》と号け、御立《みたち》せし処

30 『姓氏録』には、欽明天皇時代に多多良公の姓を賜った記述がある。任那国王の子孫で渡来系氏族。
31 庚寅年は持統天皇四年（六九〇）。全国的な戸籍の調査を実施した年。
32 揖保郡の記事に「上野大夫」の名が見え、「野」を脱したとする説もある。「大夫」は五位以上の総称。
33 令制国の行政の長を「国司（くにのつかさ）」という。その施行以前に、さらに広い範囲を統括していた「国宰（くにのみこともち）」があったと考えられる。ここは、その意か。
34 姫路市花田町高木のあたり。
35 『新考』・古典大系本は「云」の上に勅が脱落しているとみる。
36 天皇・皇族の近侍雑使の官。
37 本書において接続詞「即」は、「〜するやいなや」に相当する用法以外は、基本的に不読の方針であるが、ここの「即」は、地名説明形式にみられる「故」と、ほぼ同義であり例外的に訓読した。
38 姫路市飾東町豊国のあたり。
39 筑紫は筑前・筑後を含めて広く北九州を指す。

は、御立丘《みたちをか》と号けき。是《こ》の時《とき》、大《おほ》き牝鹿《めじか》、海《うみ》を泳《くく》りて43島《しま》に就《いた》りき。故《かれ》、伊刀嶋《いとしま》44と号けき。

英保《あぼ》の里《さと》。土《つち》は中《なか》の上《かみ》。右、英保と称ふは、伊予国《いよのくに》英保の村の人、到《いた》り来《き》て此処《ここ》に居《を》りき。故、英保の村と号けき。

美濃《みの》の里《さと》45。継潮《つぎのみなと》46。土《つち》は下《しも》の中《なか》。右《みぎ》、美濃《みの》と号《なづ》けしは、讃伎《さぬき》の国《くに》弥濃《みの》の郡《こほり》の人《ひと》、到《いた》り来《き》て居《を》りき。故《かれ》、美濃《みの》と号《なづ》けき。継《つぎ》の潮《みなと》と称《い》ふ所以《ゆゑ》は、昔《むかし》、此《こ》の国《くに》に一《ある》死《みまか》れる女《をみな》有《あ》りき。その時《とき》、筑紫《つくし》の国《くに》火《ひ》の君等《きみら》47が祖《おや》 名《な》を知《し》らず、到《いた》り来《く》れば復生《よみがへ》48りき。仍《よ》りて取《とつ》ぎき49。故、継の潮と号けき。

因達《いだて》の里《さと》50。土《つち》は中《なか》の々《なか》。右、因達と称ふは、息長帯比売《おきながたらしひめの》命《みこと》、韓国《からくに》を平《ことむ》けむと欲《おもほ》して、渡《わた》り坐《ま》しし時《とき》、船前《ふなさき》に御《ま》す伊《い》太代《だて》の神《かみ》51、此処《ここ》に在《いま》しき。故《かれ》、神《かみ》の名《みな》に因《よ》りて里《さと》の名《な》と為《な》しき。

安師《あなし》の里《さと》52。土は中の々。右、安師と称ふは、倭《やまと》の穴无神《あなしのかみ》53の々戸《かむべ》に託《つ》きて仕《つか》へ奉《まつ》りき。故、穴師《あなし》と号けき。

40 所在不明。
41 植垣節也は臣下が自らを「朕」と言うと解釈して、喜劇的で古代主従の親密な会話とするが、ここでは「朕」のみで「あがきみ」と訓み、天皇の馬と解す。
42 弓を射るために様子を窺いねらいを定める所。
43 上代に「およぐ」の確例がない。ここは「くくり」と訓む。
44 瀬戸内海の家島群島。
45 姫路市四郷町のあたり。
46 姫路市継のあたり。
47 神武記に神八井耳命の後裔として火君の名がみえる。
48 一度死んだ女が蘇生したことをいうので「よみがへり」と訓む。
49 「娶」の省文。
50 姫路市八丈岩山の南麓のあたり。
51 航海の神。『住吉大社神代記』の「船玉神」の分注に「伊達ノ神」の名がある。船の前方に守護神として祭った。
52 姫路市飾磨区阿成のあたり。
53 延喜式に「大和国城上郡穴師に坐す兵主神社」とある。

漢部《あやべ》の里《さと》[54]。多志野《たしの》・阿比野《あひの》・手沼川《てぬがは》。里《さと》の名《な》は、上《かみ》に詳《つばひ》らかなり。[55]

右、多志野[56]と称ふは、品太天皇《ほむだのすめらみこと》巡《めぐ》りたまひし時《とき》、鞭《むち》を以《もち》て此《こ》の野《の》を指《さ》し、勅《みことのり》して云《い》ひたまひしく、「彼《そ》の野《の》は、宅《や》を造《つく》り、及《また》、田《た》を墾《は》るべし」といひたまひき。故、佐志《さし》野《の》と号けき。今、改めて多志野と号く。

阿比野《あひの》といふ所以は、品太天皇、山《やま》の方《かた》より幸行《いでま》しし時《とき》、従臣《おもとひとら》等海《うみ》の方《かた》より参会《まゐあ》ひき。故《かれ》、会野《あひの》と号けき。

手沼川《てぬがは》と称ふ所以は、品太天皇、此の川に御手《みて》を洗《あら》ひたまひき。故、手沼川と号けき。年魚《あゆ》を生《う》む。有味《うま》し。

眙和《いわ》の里《さと》[57]の船丘《ふなをか》の北《きた》の辺《へ》に、馬墓《うまはか》の池有《いけあ》り。昔《むかし》、大長谷《おほはつせの》天皇《すめらみこと》[58]の御世《みよ》、尾治連《をはりのむらじ》等[59]が上祖《とほつおや》長日子《ながひこ》、善《よ》き婢《つかひめ》[60]と馬《うま》とを有《も》ちき。並《なら》びに意《こころ》に合《かな》へり。是《ここ》に、長日子《ながひこ》、死《みまか》らむとする時《とき》、其《そ》の子《こ》に謂《い》ひて曰《い》はく、「吾《わ》が死《みまか》りなむ以後《のち》は、皆《みな》、葬《はふり》は吾《われ》に准《なら》へ」といひき。之《これ》が為《ため》に墓《はか》を作《つく》り、第一《はじめ》[61]は長日《ながひ》

54　既出。

55　「漢部」については、飾磨郡冒頭近くにすでに地名起源が記されている。ここは重複記載であるが、多志野以下の自然地名の記述を飛ばしたために改めて記載したのであろう。秋本吉郎（古典大系本）は、追録の未整理記事と解している。

56　所在不明。佐竹昭広は古典大系本『風土記』月報において「タシノ」を「開墾したり居を定める地として、まことに適当した良い原野」の意味であるとし、むしろこの名の方が古い地名である可能性を指摘している。

57　既出。秋本吉郎（古典大系本）はこの記事を上文「伊和里」追加記事であるとする。

58　雄略天皇。

59　『神代紀　下』第九段正文「火明命」の割り注に尾張連の始祖とある。

60　雑用をする侍女。

61　第一・第二・第三の訓み方には諸説ある。音読するとみる説もあるが、「はじめ」「なか」「しり」と試訓する。

子《こ》の墓《はか》とし、第二《なか》は婢《つかひめ》の墓《はか》となし、第三《しり》は馬《うま》の墓《はか》となす。併《あは》せて三《み》つ有《あ》り。後《のち》、上生石《かみのおひし》の大夫《まへつぎみ》[62]、国　司《くにのみこともち》として有《あ》りし時《とき》、墓《はか》の辺《へ》の池《いけ》を築《つ》きき。故《かれ》、因《よ》りて名《な》を馬墓《うまはか》の池《いけ》となしき。

飾磨《しかま》の御宅《みやけ》[63]と称ふ所以は、大雀　天皇《おほさざきのすめらみこと》[64]の御世《みよ》、人《ひと》を遣《や》りて、意伎《おき》・出雲《いづも》・伯耆《ははき》・因幡《いなば》・但馬《たぢま》の五《いつたり》の国　造　等《くにのみやつこら》を喚《め》したまひき。是《こ》の時《とき》、五《いつたり》の国造《くにのみやつこ》、召《めし》の使《つかひ》を以《も》て水手《かこ》[65]と為《し》て、京《みやこ》に向《む》かひき。此《ここ》を以《もち》て罪《つみ》[66]と為《な》して、播磨国《はりまのくに》に退《やら》ひて、田《た》を作らしめたまひき。此《こ》の時《とき》、作《つく》れる田《た》は、意伎田《おきた》・出雲田《いづもた》・伯耆田《ははきた》・因幡田《いなばた》・但馬田《たぢまた》と号けき。彼《そ》の田《た》の稲収《いねを》納《さ》めし御宅を、飾磨の御宅と号けき。又《また》、賀和良久《かわらく》[67]の三宅《みやけ》と云ひき。

62 『新考』は、万葉集巻三「生石村主真人」が『続日本紀』天平勝宝二年に「大石村主真人」とあるので「オホシ」と訓めるとする。

63 姫路市飾磨区三宅のあたり。

64 仁徳天皇。

65 船頭。

66 朝廷から派遣された召使を水手としたことが罪とされた。古代における具体的な「罪」を知る手がかりとなる。

67 「かわらく」は語義未詳。新編全集本は「がらがらと鳴る擬声語」とする。

揖保郡

揖保郡《いひぼのこほり》[1]。事《こと》[2]、下《しも》に明《あき》らむ。

伊刀嶋《いとしま》[3]。諸《もろもろの》嶋《しま》の惣名《すべな》なり。右《みぎ》、品太天皇《ほむだのすめらみこと》、射目人《いめひと》[4]を飾磨《しかま》の射目前《いめさき》に立《た》てて、狩《みかり》したまひき。是《ここ》に、我馬野《あがまの》より出《い》でし牝鹿《めじか》、此《こ》の阜《をか》を過《す》ぎて海に入《い》り、伊刀嶋に泳《くく》り渡《わた》りき。その時《とき》、翼人《おもとひと》[5]等、望《のぞ》み見《み》て相《あ》ひ語《かた》りて云《い》ひしく、「鹿《しか》は既《すで》に彼《そ》の嶋《しま》に到《いた》り就《つ》きぬ」といひき。故《かれ》、伊刀嶋と名づけき。

香山《かぐやま》の里《さと》[6]。本《もと》の名《な》は、鹿来墓《かぐはか》なり。土《つち》は下《しも》の上《かみ》なり。鹿来墓と号けし所以は、伊和大神《いわのおほかみ》、国占《くにし》[7]めましし時《とき》、鹿《しか》、来《き》たりて山《やま》の岑《みね》に立《た》ちき。山の岑、是《こ》も墓《はか》に似《に》たり。故、鹿来墓と号けき。後《のち》、道守《ちもり》の臣《おみ》[8]、宰《みこともち》たりし時《とき》に至《いた》りて、名《な》を改《あらた》めて香山《かぐやま》となしき。

家内谷《やぬちだに》[9]。是《こ》れ香山《かぐやま》の谷《たに》なり。形《かたち》、垣廻《やぬち》[10]の如《ごと》し。故、家内谷と号けき。

揖保郡

1　たつの市（旧揖保郡新宮町・揖保川町・御津町）・太子町（旧揖保郡太子町）・姫路市西部を含む地域。

2　揖保郡の地名起源については下文で述べることをいう。

3　瀬戸内海の家島群島。

4　狩の射手。

5　『春秋左氏伝』昭公九年「翼戴」の杜預注に「翼、佐也」とある。天皇を補佐する侍従に同じ。

6　たつの市新宮町香山（旧揖保郡新宮町香山）のあたり。

7　伊和大神を奉ずる一族が、土地を開墾しその土地を領有すること。『播磨』には国占説話が多く記されている。

8　讃容郡の記事に、天智天皇の世に播磨の国宰であったと記されている。

9　たつの市新宮町（旧揖保郡新宮町）香山のあたり。

10　「垣廻」は、地名「家内」に対応

佐々《ささ》の村《むら》[11]。品太天皇、巡《めぐ》り行《い》でましし時《とき》、猨《さる》[12]、竹《ささ》の葉《は》を嚙《く》ひて遇《あ》へり。故、佐々の村と曰ひき。

阿豆《あつ》の村《むら》[13]。伊《い》和大神《わのおほかみ》、巡《めぐ》り行《い》でましし時《とき》、「其《そ》れ心《むね》の中《うち》熱《あつ》し」と告《の》りて、衣《ころも》の紐《ひも》を控《ひ》き絶《た》ちたまひき[14]。故、阿豆と号けき。一云《またい》はく、昔、天《あめ》に二《ふた》つの星《ほし》[15]ありき。地《つち》に落《お》ちて石《いし》と化為《な》りき。此《ここ》に、人衆《もろひとあつま》集り来《き》て談論《あげつら》ひき。故《かれ》、阿豆《あつ》と名《なづ》けき。

飯盛山《いひもりやま》[16]。讃伎国《さぬきのくに》の宇達《うたり》の郡《こほり》、飯《いひ》の神《かみ》の妾《め》、名《な》は飯盛《いひもり》の大《おほ》刀自《とじ》[17]と曰《い》ふ。此《こ》の神《かみ》、度《わた》り来《き》まして、此《こ》の山《やま》を占《し》めて居《を》りましき。故、飯盛山と名けき。

大鳥山《おほとりやま》[18]。鵽《おほかり》[19]此《こ》の山《やま》に栖《す》めり。故、大鳥山といひき。

栗栖《くるす》の里《さと》[20]。土《つち》は中《なか》の々《なか》。栗栖と名けし所以は、難波《なには》高津《たかつの》宮《みや》の天皇《すめらみこと》[21]勅《みことのり》したまひて、刊《けづ》れる栗子《くりのみ》[22]を若倭部《わかやまとべの》[23]連池子《むらじいけこ》に賜《たま》ひき。将《も》ち退《まか》り来《き》て、此《こ》の村《むら》に殖《う》ゑ生《お》ほしき。故、栗栖と号けき。此《こ》の栗子《くりのみ》、本《もと》、刊《けづ》れるに由《よ》りて、後《のち》、渋《しぶ》なし。

する、一種の義訓とみて「やぬち」と試訓する。万葉集に「櫛も見じ屋中《やぬち》も掃かじ」（巻十九・四二六三）とある。

11 たつの市新宮町上笹・下笹（旧揖保郡新宮町上笹・下笹）のあたり。

12 猿。

13 所在不明。

14 植垣節也（新編全集本）は、「恋の苦しみからのがれるために、衣服のつけ紐を引きちぎった」と解する。

15 隕石落下の記憶に基づく伝承。星に関わる伝承は、古代では珍しい。

16 所在不明。

17 主婦、婦人の意。

18 所在不明。

19 『名義抄』（僧中）に「形、如鴈。人家所畜。カリ・ノセ・クヒ」とある。

20 たつの市新宮町（旧揖保郡新宮町）の西北部あたり。

21 仁徳天皇。

22 皮をむいた栗の実。

23 『姓氏録』に神魂命の七世孫天筒草命の後とある。

廻川《めぐりがは》。[24]

金箭川《かなやがは》。[25] 品太天皇、巡り行でまし時、御《み》苅《かり》の金箭《かなや》[26]、此《こ》の川《かは》に落《お》としたまひき。故、金箭と号けき。

阿為山《あゐやま》。[27] 品太天皇の世《みよ》、紅草《くれのあゐ》[28]此《こ》の山《やま》に生《お》ひき。故、阿為山と号けき。名知らざる鳥住《とりす》めり。正月《むつき》より四月《うづき》に至《いた》るまで見え、五月《さつき》より以後《のち》は見えず。形鳩《かたちはと》に似て、色《いろ》は紺《あゐ》[29]のごとし。

越部《こしべ》の里《さと》。[1] 旧《ふる》き名《な》は皇子代里《みこしろのさと》なり。土《つち》は中《なか》の々《なか》。皇子代《みこしろ》[2]と号《なづ》けし所以《ゆゑ》は、勾宮天皇《まがりのみやのすめらみこと》[3]の世《みよ》、寵人《めぐみたまふひと》[4]、但馬《たぢま》の君小《きみを》津《つ》、寵《めぐみ》を蒙《かがふ》りて姓《かばね》を賜《たま》ひ、皇子代の君《きみ》として、三宅《みやけ》を此《こ》の村《むら》に造《つく》りて仕《つか》へ奉《たてまつ》らしめたまひき。故《かれ》、子代《こしろ》の村《むら》と曰《い》ひき。後上野大夫《のちかみつけののまへつぎみ》[5]に至《いた》りて、卅戸《みそへ》を結《むす》びし時《とき》、改めて越部の里と号けき。一云《またい》はく、但馬の国三宅より越し来《きた》れり。故、越部の村と号けき。

24　秋本吉郎（古典大系本）は、金箭川の記事に添えた注記とするが、具体的記述を欠いた単独の記事とみる。

25　たつの市新宮町を流れる栗栖川。

26　金属で鏃を作った矢。

27　たつの市新宮町（旧揖保郡新宮町）の相坂峠のあたり。

28　紅色の染料とする草。呉の藍。

29　本来は「はなだ」と訓むべきである。ここでは、古典全書本が「阿為山にちなんでふた《ママ》あゐと訓む」とするのに従う。ただしここでは「あゐ」と訓む。

1　たつの市新宮町の東南部。

2　皇子がないために賜った名。

3　安閑天皇。

4　天皇の寵愛を受けた人。

5　秋本吉郎（古典大系本）は、飾磨郡少川里に記された上大夫（秋本は上野と訂す）と同一人物とする。

鵲住山《さぎすみやま》[6]。鵲住と号けし所以は、昔、鵲《さぎ》多《さは》に此《こ》の山《やま》に住《す》みき。故《かれ》、因《よ》りて名《な》と為《な》しき。

棚坐山《たなくらやま》。石《いし》、棚《たな》に似たり。故、棚坐山と号けき。

御橋山《みはしやま》[7]。大汝命《おほなむちのみこと》、俵《たはら》を積《つ》みて橋《はし》[8]を立《た》てたまひき。山《やま》の石橋《いしはし》に似《に》たり。故、御橋山と号けき。

狭野《さの》の村《むら》[9]。別君玉手等《わけのきみたまてら》[10]が遠祖《とほつおや》、本《もと》、川内国泉《かはちのくにいづみ》の郡《こほり》[11]に居《を》りき。地《ところ》、便不《たよりわろ》き[12]に因《よ》りて、還《うつ》りて此《こ》の土《くに》に到《いた》りき。仍《よ》りて云《い》ひしく、「此《こ》の野《の》は狭《さ》くあれども、猶《なほ》、居《を》るべし」といひき。故、狭野と号けき。

出雲国《いづものくに》の阿菩大神《あぼのおほかみ》[13]、大倭国《やまとのくに》の畝火《うねび》・香山《かぐやま》・耳梨《みみなし》の三《み》つの山《やま》相《あ》ひ闘《たたか》ふ[14]と聞きたまひき。此《ここ》に諌《いさ》め止《とど》めむと欲《おもほ》して、上《のぼ》り来《き》まし時《とき》、此処《ここ》に到《いた》りて、闘《たたか》ひ止《や》みぬと聞きたまひて、其《そ》の乗《の》れる船《ふね》を覆《ふ》せて坐《いま》[15]しき。故《かれ》、神阜《かむをか》と号けき。々《をか》の形《かたち》、覆《ふ》せたるに似たり。

上岡《かみをか》の里《さと》[16]。本《もと》、林田《はやしだ》の里《さと》なり。土《つち》は中《なか》の下《しも》[17]。菅《すげ》、山《やま》の辺《へ》

6　所在不明。「鵲」は『新撰字鏡』に「水鳥。佐支（さぎ）」とある。

7　たつの市新宮町（旧揖保郡新宮町）觜崎の屏風岩。

8　俵を積んで天に登る梯子を架けたことをいう。

9　たつの市新宮町（旧揖保郡新宮町）佐野のあたり。

10　『姓氏録』和泉国皇別に「和気公、犬上朝臣と同じき祖。倭建尊の後なり」とある。

11　『続日本紀』霊亀二年（七一六）の記事に「大鳥・和泉・日根三郡を割きて、始めて和泉監を置く」とあり、これにより『新考』は『播磨』の成立を霊亀二年以前とする。

12　本文は「不レ便」とあり「不」を「わろき」と試訓した。このような返読式の表記が成り立つのは、奈良時代においてすでに漢文訓読が成り立っていたからだと推測される。

13　この神、他には伝承がない。新編全集本は伊予国から飾磨郡の英保里に

に生《お》ふ。故、菅生《すがふ》[18]と曰《い》ひき。一云《またい》はく、品太 天皇《ほむだのすめらみこと》、巡《めぐ》り行《い》でましし時《とき》、井《ゐ》を此《こ》の岡《をか》に闢《は》りたまひしに、水甚清《みづいときよ》く寒《さむ》かりき。[19]是《ここ》に、勅《みことのり》して曰《い》ひたまひしく、「水《みづ》、清《きよ》く寒《さむ》きに由《よ》り、吾《わ》が意《こころ》、そがそがし」[20]といひたまひき。故、宗我冨《すがふ》と曰ひき。

殿岡《とのをか》。[21]殿《との》を此《こ》の岡《をか》に造《つく》りき。故、殿岡と曰ひき。岡《をか》に柏《かしは》生《お》ふ。

日下部《くさかべ》の里《さと》。[22]人《ひと》の姓《かばね》に因《よ》りて名《な》と為《な》す。土《つち》は中《なか》の々《なか》。

立野《たつの》[23]。立野と号けし所以は、昔、土師弩美宿禰《はにしのみのすくね》、[24]出雲《いづも》の国《くに》に往来《かよ》ひ、日下部《くさかべ》の野《の》に宿《やど》り、病《やまひ》を得《え》て死《し》にき。その時《とき》、出雲国の人来到《きた》りて連《つら》ね立《た》ち、[25]人衆川《ひとびとかは》の礫《さざれいし》を上《あ》げて運《はこ》び伝《つた》へて、墓《はか》の山《やま》を作《た》ちき。故、立野と号けき。其《そ》の墓屋《はかや》を号けて出雲の墓屋と為《な》しき。

林田《はやしだ》の里《さと》。[26]本の名は談奈志。[27]土《つち》は中《なか》の下《しも》。談奈志と称ふ所以は、伊和大神《いわのおほかみ》、国《くに》を占《し》めたまひし時《とき》、御志《みしるし》を此処《ここ》に植

移住した一族が奉じた神ではないかとする。

14 『万葉集』巻一・一四に大和三山が妻争いをした中大兄皇子の歌があり、この記事もその伝承と関係があるとする説がある。

15 古典大系本は喪船の棺とし、新編全集本は、旧勢力の引退を示す儀礼的動作とする。

16 たつの市神岡町のあたり。

17 古典大系本は、阿菩大神記事が不適当な箇所に挿入された追補記事とみて、「上岡里〜土は中の下」までの記述を阿菩大神の標目記事として移動させている。

18 たつの市新宮町曽我井付近の山。

19 水が清浄で冷たいことをいう。

20 「スガスガシ」の母音交替形。清々しい。

21 たつの市神岡町入野の北の山。

22 たつの市龍野町のあたり。

23 たつの市龍野町の揖保川西岸の地域。「たつの」と訓む。「いづ＋み(泉)」と同じく、終止形「たつ」＋「の」の語構成。後の地名表記「竜野」は、その借訓。

てたまひしに、遂《つひ》に楡の樹生《お》ひき。故《かれ》、談奈志と称《い》ひき。

松尾《まつを》の阜《をか》。品太天皇《ほむだのすめらみこと》、巡《めぐ》り行《い》でましし時《とき》、此処《ここ》に日暮《ひく》れぬ。此《こ》の阜《をか》の松《まつ》を取《と》り、燎《にはび》と為《な》したまひき。故《かれ》、松尾《まつを》と名《な》づけき。

塩阜《しほをか》[28]。惟《こ》の阜《をか》の南《みなみ》、鹹《から》き水《みづ》[29]有《あ》り。方《たかさよこさみ》三丈許《つゑばか》り。海《うみ》と相潤《あひさか》ること、卅里許《みそさとばか》り、礫《さざれいし》を以《もち》て底《そこ》と為《な》し、草《くさ》を以《もち》て辺《へ》と為《な》す。海《うみ》の水《みづ》と同《とも》に往来《かよ》ひ、満《みつ》つ時《とき》は深《ふか》さ三寸許《みきばか》りなり。牛《うし》、馬《うま》、鹿等《しかども》、嗜《このみ》て飲《の》めり。故、塩阜と号けき。

伊勢野《いせの》[30]と名づけし所以は、此《こ》の野《の》、人《ひと》の家在《いへあ》るごとに、静安《やす》きこと得ざりき。是《ここ》に、衣縫猪手《きぬぬひのゐて》[31]、漢人《あやひと》の刀良等《とらら》[32]が祖《おや》、此処《ここ》に居《を》らむとして、社《やしろ》を山本《やまもと》に立《た》てて、山《やま》の岑《みね》に在《いま》す神《かみ》、伊和大神《いわのおほかみ》の子、伊勢都比古命《いせつひこのみこと》、伊勢都比売命《いせつひめのみこと》[33]を敬《ゐやま》ひ祭《まつ》りき。此《これ》より以後《のち》、家々静安《いへいへやす》くして、遂《つひ》に里《さと》と成《な》ること得《え》て伊勢と号けき。

伊勢川《いせがは》[34]。神《かみ》に因《よ》りて名《な》と為《な》す。

24　土師氏は土器などを作ることを職とした氏族。『垂仁紀』三十二年に、野見宿禰が埴輪を考案し、その功績によって土部職に任じ、土部臣の姓を賜った、とある。

25　古典大系本・新編全集本は、人衆が連ね立っているとする。

26　たつの市林田町（旧揖保郡林田町）のあたり。

27　「談奈志」は難訓。諸説あるが未詳。

28　姫路市林田町の窪山城跡のあたり。

29　塩分を含んだ湧き水。

30　姫路市林田町の上伊勢・下伊勢のあたり。

31　衣服を縫うことを職掌とした氏族であろう。

32　朝鮮半島からの渡来人。

33　伊勢国風土記逸文に出てくる伊勢津彦と同神か。

34　大津茂川の上流。

稲種山《いねだねやま》[1]。大汝命《おほなむちのみこと》、少日子根命《すくなひこねのみこと》[2]、二柱《ふたはしら》の神《かみ》、神前郡《かむさきのこほり》聖《はに》の里《さと》生野《いくの》の岑《みね》[3]に在《いま》して、此《こ》の山《やま》を望《のぞ》み見《み》て云《い》ひたまひしく、「彼《そ》の山《やま》は、稲種《いねだね》を置《お》くべし」といひたまひき。稲種を遣《や》りて、此《こ》の山《やま》に積《つ》みき。山《やま》の形《かたち》も稲積《いなづみ》に似《に》たり。故《かれ》、号《なづ》けて稲積山《いなづみやま》[4]と曰《い》ひき。

邑智《おほち》の駅《うまや》[5]。土《つち》は中《なか》の下《しも》。品太天皇《ほむだのすめらみこと》、巡《めぐ》り行《い》でましし時《とき》、此処《ここ》に到《いた》りて、勅《みことのり》して云《い》ひたまひしく、「吾《あ》は狭《さ》き地《ところ》と謂《おも》ひしに、此《こ》は大内《おほうち》なるかも」といひたまひき。故、大内《おほち》[6]と号けき。

冰山《ひやま》[7]。惟《こ》の山《やま》の東《ひがし》に流井《ながれゐ》[8]有《あ》り。品太天皇、其《そ》の井《ゐ》の水《みづ》を汲《く》みたまひしに冰《こほ》りき。故、冰山と号けき。

欟折山《つきをれやま》[9]。品太天皇、此《こ》の山《やま》にみ狩《かり》したまひ、欟弓《つきゆみ》[10]以《もち》て走猪《はしりゐ》を射《い》たまふ。即《すなは》ち其《そ》の弓《ゆみ》折《を》れき。故、欟折山と曰ひき。

此の山の南、石《いし》の穴《あな》有《あ》り。穴《あな》の中《なか》に蒲《かま》生《お》ふ。故、蒲阜《かまをか》と号

1　姫路市の峰相山。
2　神前郡の記事に、この二神ががまん比べをした伝承がある。「聖の里」は底本による。諸注は「岡」を補い「聖岡の里」とする。
3　神河町（旧神前郡大河内町）にある山。
4　掲出地名には稲種山とある。古典全書本は稲積と稲種が同じものとして理解されている点に着目し、稲種は茎についたままのものであるとする。
5　姫路市太市中の向山遺跡がそれと思われる。
6　古典大系本は入り口が狭く内が広い土地とし、新編全集本は単に広々とした地とする。
7　所在不明。
8　水がこんこんと流れ出している泉。
9　姫路市太市中からたつの市龍野町中井に通じる槻坂。
10　槻の木で作った弓。「国家珍宝帳」には槻弓六張の記述があり、現在正倉院には二十四張の槻弓が伝存して

けき。今に至りては生《お》ひず。

広山《ひろやま》の里《さと》。[11]旧《ふる》き名《な》は握《つか》の村《むら》。土《つち》は中《なか》の上《かみ》。都可《つか》と名づけし所以は、石比売命《いはのひめのみこと》、[12]泉《いづみ》の里《さと》の波多為《はたゐ》の社《もり》に立《た》たして射《い》たまふに、此処《ここ》に到りて、箭《や》尽《ことごと》に地《つち》に入《い》り、唯《ただ》、握許《つかばかり》出《い》でたるのみ。故《かれ》、都可《つか》の村《むら》と号《なづ》けき。以後《のち》、石川王《いしかはのおほきみ》、[13]総領《すべをさ》[14]たりし時《とき》、改《あらた》めて広山《ひろやま》の里《さと》と為《な》しき。

麻打《あさうち》の里《さと》。昔《むかし》、但馬《たぢま》の国《くに》の人《ひと》、伊頭志君麻良比《いづしのきみまらひ》、此《こ》の山《やま》に家居《いへゐ》しき。二《ふたり》の女《をみな》、夜麻《よるあさ》を打《う》ちしに、麻《あさ》を己《おの》が胸《むね》に置《お》きて死《し》にき。故《かれ》、麻打山《あさうちやま》[15]と号《なづ》けき。今《いま》に、此《こ》の辺《あたり》に居《を》る者《もの》、夜《よる》に至《いた》れば麻《あさ》を打《う》たず。俗人《くにひと》云《い》へらく「讃伎国《さぬきのくに》」といふ。[16]

意比川《おひかは》。[17]品太天皇の世《みよ》、出雲の御蔭大神《みかげおほかみ》、[18]枚方《ひらかた》の里神尾山《さとかむをやま》[19]に坐《いま》して、毎《ことごと》に行《みちゆ》く人《ひと》を遮《さ》へ、半ば死《し》に半ば生《い》く。[20]その時《とき》、伯耆《ははき》の人小《ひとこ》保弖《ほて》、因幡《いなば》の布久漏《ふくろ》、出雲の都伎也《つきや》の三人《みたり》、相憂《あひうれ》へて、[21]朝庭《みかど》に申《まを》しき。是《ここ》に、額田部連久等々《ぬかたべのむらじくとと》[22]を遣《や》りて、禱《の》ましめたまひき。[23]時《とき》に、屋形《やかた》を屋形田《やかただ》に作《つく》り、酒屋《さかや》を

いる。

11 たつの市龍野町誉田の広山のあたり。

12 出水里に出てくる石竜比売と同一神であろう。古典大系本は「竜」を補う。

13 『天武紀』八年三月に、吉備の大宰石川王薨去の記事があり、播磨国をも統治していたと思われる。とするならば、広山里への地名改名は天武天皇の時代であることが分かる。

14 『常陸国風土記』の総記に、孝徳天皇の時代に高向臣らを派遣して足柄山以東の諸国を総領させたとある。いくつかの国を含む広範囲の地域を統治すること。

15 太子町（旧揖保郡太子町）の阿曽のあたりか。夜に麻を打つことを禁忌とする習俗が、この地方に存したことに基づく伝承。

16 「俗人云へらく讃伎国」の下に本文脱落があると思われる。このままでは文意不明。

17 たつの市を流れる林田川。

18 この次に記された佐比岡説話には「出雲の大神」とある。出雲系の神で

佐々《ささ》山《やま》に作《つく》りて祭《まつ》りき。宴遊《うたげ》[24]して甚《いた》く楽《えら》ぎ、櫟山《いちひやま》の柏《かしは》を帯《おび》に掛《か》け腰《こし》に挿《さしはさ》みて、此《こ》の川《かは》を下《くだ》りて相厭《おそ》[25]ひき。故《かれ》、厭川《おそひかは》と号《なづ》けき。

枚方《ひらかた》の里《さと》[26]。土は中の上。枚方と名づけし所以は、河内《かふち》の国茨田《くにまむた》の郡枚方《こほりひらかた》の里《さと》の漢人《あやひと》、来到《きた》りて、始《はじ》めて此《こ》の村《むら》に居《を》りき。故、枚方の里と曰ひき。

佐比岡《さひをか》[27]。佐比と名づけし所以は、出雲の大神《おほかみ》[28]、神尾山《かむをやま》に在《いま》しき。此《こ》の神《かみ》、出雲の国人《くにひと》、此処《ここ》を経過《す》ぐれば、十人《とたり》の中《うち》五人《いつたり》を留《とど》め、五人《いつたり》の中三人《うちみたり》を留めたまひき。故、出雲の国人等、佐比《さひ》[29]を作《つく》りて此《こ》の岡《をか》に祭《まつ》りしに、遂《つひ》に和《あまな》[30]ひ受《う》けたまはざりき。然《しか》る所以《ゆゑ》は、比古神《ひこがみ》先《さき》に来《き》まして、比売神《ひめがみ》後《のち》に来《き》ましき。此《こ》の男神《ひこがみ》鎮《しづ》まること能《あた》はずして、行《ゆ》き去《さ》りたまひぬ。所以《そのゆゑ》に、女神《ひめがみ》怨《うら》み怒《いか》りますなり。然《しか》して後《のち》に、河内の国茨田《まむた》の郡枚方《こほりひらかた》の里《さと》の漢人《あやひと》、来至《きた》りて此《こ》の山《やま》の辺《へ》に居《を》りて、敬《ゐやま》ひ祭《まつ》りき。僅《わづ》かに和《あまな》ひ鎮《しづ》むることを得《え》たり。此《こ》の

あるが未詳。
19 「かむを」は境界に位置し、恐るべき神がこもる山（井手至説）。この山に鎮座する出雲の御蔭大神は、要路の交通を司る境界神であったと考えられる。
20 賀古郡鴨波の里にもあった交通妨害説話。半ばを殺し半ばを生かすという共通のパターンがある。
21 伯耆・因幡・出雲の三国にとって播磨国は、瀬戸内・畿内に入るための主要交通路であったことが分かる。
22 古事記によれば額田部湯坐連は天津日子根命を祖とする氏族。
23 『万葉集』巻十三・三二四一番歌に「天地をうれへ乞ひ禱《の》み」とある。
24 酒宴。
25 川中で儀礼的な押し合いをする所作か。
26 太子町（旧揖保郡太子町）の佐用岡のあたり。
27 太子町（旧揖保郡太子町）の佐用岡。
28 先の地名説話に出てきた出雲の御蔭大神と同じ神と思われる。この説話も交通妨害に関するもの。

神在《かみいま》すに因《よ》りて、名づけて神尾山《かむをやま》と曰ひき。又、佐比を作りて祭りし処を、佐比岡と号けき。

佐岡《さをか》。[31] 佐岡と名づけし所以は、難波津宮天皇《なにはづのみやのすめらみこと》[32]の世《みよ》、筑紫《つくし》の田部《たべ》を召《め》して、此《こ》の地《ところ》を墾《は》らしめたまひし時《とき》、常《つね》に五月《さつき》を以《もち》て此《こ》の岡《をか》に集《つど》ひ聚《あつま》り、飲酒《さけの》み宴《うたげ》しき。故、佐岡と曰ひき。

大見山《おほみやま》。[1] 大見と名《な》づけし所以《ゆゑ》は、品太天皇《ほむだのすめらみこと》、此《こ》の山《やま》の嶺《みね》に登《のぼ》りて、四方《よも》を望《のぞ》み覧《み》たまひき。故《かれ》、大見と曰《い》ひき。御立《みたち》の処《ところ》、盤石《いは》有《あ》り。高《たか》さ三尺許《みさかばか》り、[2] 長《なが》さ三丈許《みつゐばか》り、[3] 広《ひろ》さ二丈許《ふたつゐばか》りなり。[4] 其《そ》の石《いし》の面《おもて》に、往々《ところどころ》、窪《くぼ》める跡《あと》有《あ》り。此を名づけて御沓《みくつ》及《また》御杖《みつゑ》の処《ところ》と曰ひき。[5]

三前山《みさきやま》。此《こ》の山《やま》の前《さき》、三《み》つ有《あ》り。故、三前山と曰ひき。

御立阜《みたちをか》。[6] 品太天皇、此の阜《をか》に登《のぼ》りて、国《くに》を覧《み》たまひき。故、御立岡と曰ひき。

29 鋤の類。地名説話との関連で言えば、交通を妨害する「さへの神」と関わりがある。四段動詞「塞ふ」の連用名詞形か（井手至説）。
30 甘受する。
31 佐用岡の西北の佐岡山。
32 仁徳天皇を指す。正式の宮号は「難波高津宮」であり諸注釈書が指摘するように、「高」が脱落している可能性がある。下文にも他には見えない「小治田河原天皇」という記述がある。

1 所在には諸説ある。
2 約九十センチ。
3 約九メートル。
4 約六メートル。
5 石の表面にある窪みを。品太（応神）天皇の沓跡と杖をついた跡とする。説話では、このような証拠物件が残っていると語ることが多い。
6 太子町（旧揖保郡太子町）の立岡山。

大家《おおやけ》の里《さと》。[7] 旧《ふる》き名《な》は大宮《おほみや》の里《さと》なり。土《つち》は中《なか》の上《かみ》。品太天皇、巡《めぐ》り行《い》でましし時《とき》、此の村に営宮《みやづくり》[8]したまひき。故、大《おほ》宮《みや》と曰ひき。後《のち》、田中大夫《たなかのまへつぎみ》[9]宰《みこともち》たりし時《とき》に至《いた》りて、大宅《おおやけ》の里《さと》と改《あらた》めき。

大法山《おほのりやま》。[10] 今の名は、勝部岡《すぐりべのをか》なり。品太天皇、此の山に大《おほ》き法《のり》[11]を宣《の》りたまひき。故、大法山と曰ひき。今、[12]勝部《すぐりべ》と号くる所以は、小治田河原天皇《をはりだのかはらのすめらみこと》[13]の世《みよ》、大倭《やまと》の千代《ちよ》の勝部《すぐりべ》[14]等を遣《つか》はして、田《た》を墾《は》らしめ、此の山の辺《へ》に居《を》りき。故、勝部《すぐりべ》岡《のをか》と号く。

上筥岡《かみのはこをか》・下筥岡《しものはこをか》・魚戸津《なへつ》・朸田《あふこだ》。宇治天皇《うぢのすめらみこと》[15]の世《みよ》、宇治《うぢの》連《むらじら》[16]等が遠祖《とほつおや》、兄太加奈志《えたかなし》・弟太加奈志《おとたかなし》の二人《ふたり》、大田《おほた》の村《むら》の与冨《よふと》等の地《ところ》を請《こ》ひて、田《た》を墾《は》り蒔《たねま》かむとして来《き》たりし時《とき》、廝人《かしはで》[17]、朸《あふこ》[18]を以《もち》て食　具《をしもののうつはなど》[19]等の物《もの》を荷《にな》ひき。是《ここ》に、朸《あふこを》折れて荷《に》落《お》ちき。所以《ゆゑ》に、奈閇《なへ》[20]落《お》ちし処《ところ》は、魚戸津《なへつ》と号《なづ》け、前《さき》の筥《はこ》落《お》ちし処《ところ》は、上筥岡《かみはこをか》と名づけ、後《しりへ》の筥落ちし処は、下筥《しもはこ》

7　姫路市勝原区および太子町の西部のあたり。
8　日本書紀古訓「ミヤヅクリ」。
9　『姓氏録』に「田中朝臣、武内宿禰五世孫稲目宿禰の後なり」とある。
10　姫路市勝原区の朝日山。
11　重大な法令の意。内容は未詳であるが播磨国に関する法令か。
12　風土記において説話ではない地の文における「今」とは、編纂時点を指すと思われる。
13　推古天皇説と斉明天皇説がある。
14　勝部は渡来系氏族村主氏の部民。
15　応神天皇の皇子、菟道稚郎子。
16　『姓氏録』に「饒速日命六世孫、伊香我色雄命の後なり」とある。物部氏と同族。
17　使人。使用人。
18　物をかつぐ棒。
19　食事の道具。
20　鍋。

岡《をか》と曰ひ、荷《にな》へる朸《あふこ》落《お》ち処《ところ》は、朸田《あふこだ》と曰《い》ひき。

大田《おほた》の里《さと》。[21] 土《つち》は中《なか》の上《かみ》。大田と称ふ所以は、昔、呉勝《くれのすぐり》、韓国より度《わた》り来《き》て、始《はじ》め、紀伊国《きのくに》名草《なぐさ》の郡《こほり》大田《おほた》の村《むら》に到《いた》りき。其《そ》の後《のち》、分《わか》れ来《き》て、摂津国《つのくに》三嶋《みしま》賀美《かみ》の郡大田の村に移《うつ》り到《いた》りき。其《そ》れ又《また》、揖保《いひぼ》の郡大田の村に遷《うつ》り来たりき。是《ここ》に、本《もと》の紀伊国大田《きのくにおほた》を以《もち》て名《な》と為《な》しき。

言挙阜《ことあげをか》。[22] 右、言挙阜と称ふ所以は、大帯日売命《おほたらしひめのみこと》[23] の時《とき》、軍《いくさ》行《ゆ》く日《ひ》、此《こ》の阜《をか》に御《おは》しまして、軍中《いくさびと》に教令《のりごと》[24] して曰ひたまひしく、「此《こ》の御軍《みいくさ》は、慇懃《ゆめ》言挙《ことあげ》な為《せ》そ」といひたまひき。故、号けて言挙前《ことあげのさき》[25] と曰ひき。

鼓山《つづみやま》。[26] 昔、額田部連《ぬかたべのむらじ》[27] 伊勢《いせ》と神人腹《みわびとはら》の太文《おほふみ》[28] と相闘《あひたたか》ひし時《とき》、鼓《つづみ》を打ち鳴して（　）。[29] 故、号けて鼓山と曰ひき。山の谷に檀生《まゆみお》ふ。

石海《いはみ》の里《さと》。[30] 土《つち》は惟《これ》[31] 上《かみ》の中《なか》。右、石海と称ふ所以は、難《なに》波長柄豊前天皇《はながらのとよさきのすめらみこと》[32] の世《みよ》、是《こ》の里《さと》の中《なか》に、百便《ももだる》[33] の野《の》有《あ》りて、

21 太子町（旧揖保郡太子町）大田・上大田のあたり。
22 所在不明。
23 神功皇后。
24 律令用語。訓令。
25 言葉に出して意思表示をすること。
26 太子町（旧揖保郡太子町）大田原の旧楯鼓原。
27 上文、意比川の説話に同族、額田部連久等々の名がみえる。
28 『姓氏録』に「大国主命五世孫、大田々根子命の後なり」とある。
29 原文「打鳴鼓而之」とあり、このままでは文意が通らない。「而」と「之」の間に、何らかの脱字があると

百枝《ももえ》の稲生《いねお》ひき。阿曇連《あづみのむらじ》[34]百足《ももたり》、其《そ》の稲《いね》を取《と》りて献《たてまつ》りき。その時《とき》、天皇《すめらみこと》勅《みことのり》して曰《い》ひたまはく、「此《こ》の野《の》を墾《は》りて田《た》を作《つく》るべし」といひたまひき。阿曇連太牟《あづみのむらじたむ》を遣《つか》はして、石海の人夫《よぼろ》を召《め》して墾《は》らしめき。故《かれ》、野《の》の名《な》を百便《ももだる》と曰ひ、村を石海と号けき。

酒井野《さかゐの》。右、酒井といふ所以は、品太天皇の世《みよ》、宮《みや》を大《おほ》宅《やけ》の里《さと》に造《つく》り、井《ゐ》を此《こ》の野《の》に闢《ひら》きて、酒殿《さかどの》を造《つく》り立《た》てたまひき。故、酒井野と号けき。

宇須伎津《うすきつ》[35]。右《みぎ》、宇須伎と名づけし所以は、大帯日売命[36]、韓国《からくに》を平《たひら》げむとして、度《わた》り行《い》でまし時《とき》、御船宇頭川《みふねうづがは》の泊《とまり》に宿《は》てたまひき。此《こ》の泊《とまり》より伊都《いつ》に度《わた》り行《い》でまし時《とき》、忽《たちま》ちに逆風《さかしまかぜ》に遭《あ》ひて、進《すす》み行《ゆ》くこと得《え》ずして、船越《ふなこし》[37]より御船《みふね》を越《こ》すに、船《ふね》、猶亦《なほまた》、進《すす》むことを得《え》ず。百姓《おほみたから》を追《お》ひ発《おこ》[38]して、御船を引かしめき。是《ここ》に一女人《をみな》有《あ》りて、己《おの》が真子《まなこ》を資《たす》けむために、己が真子を上《たてまつ》らむとして江《え》に堕《お》ちき[39]。故、宇須伎[40]と号け

思われる。諸注「闘」を補入するが、底本に従う。

30　姫路市網干区・余部区・太子町の南部およびたつの市御津町（旧揖保郡御津町）のあたり。

31　この「惟」の用字は、『尚書』禹貢の土品記載に学んだと思われる。

32　孝徳天皇。

33　「ももだる」の訓は、植垣節也（新編全集本）の説に従う。

34　『姓氏録』に「綿積命の児穂高見の命の後なり」とある。

35　姫路市網干区宮内の魚吹（うすき）八幡が遺称地とされる。

36　神功皇后。

37　たつの市御津町（旧揖保郡御津町）新舞子海岸の北のあたり。古代、海路の難所を避けて陸に船を運び上げた。その陸揚げの場所。

38　人員を追加徴発すること。

39　「資けむ〜」以下、難訓で諸説ある。ここでは古典全書本の訓読に従う。

き。　新《いま》の辞《ことば》は、伊波須久《いはすく》[41]といふ。

　宇頭川《うづがは》[42]。宇頭川といふ所以は、宇須伎津《うすきつ》の西《にし》の方《かた》、絞水《うづ》[43]の淵有《ふちあ》り。故、宇頭川と号けき。是《こ》れ、大帯日売命、宿船《ふなはて》の泊《とまり》なり。

　伊都《いつ》の村《むら》[44]。伊都と称ふ所以は、御船《みふね》の水手等《かこども》[45]云《い》ひしく、「何時《いつ》か此《こ》の見《み》ゆる所《ところ》に到《いた》らむかも」といひき。故、伊都と曰ひき。

　雀嶋《すずめしま》[46]。雀嶋と号けし所以は、雀多《すずめさは》に此《こ》の嶋《しま》に聚《あつ》まれり。雀嶋と曰ひき。　草木生《くさきお》ひず。

　浦上《うらかみ》の里《さと》[47]。　土《つち》は上《かみ》の中《なか》。　右《みぎ》、浦上と号《なづ》けし所以《ゆゑ》は、昔《むかし》、阿曇《あづみ》の連百足《むらじももたり》等、先《さき》に難波《なには》の浦上に居《を》り、後《のち》に此《こ》の浦上に遷《うつ》り来《き》たれり。故《かれ》、本居《うぶすな》[48]に因《よ》りて名《な》と為《な》しき。

　御津《みつ》[49]。息長帯日売命《おきながたらしひめのみこと》、御船《みふね》を宿《は》てたまひし泊《とまり》なり。故《かれ》、御津と号けき。

　室原《むろふ》の泊《とまり》[50]。室《むろ》[51]と号けし所以は、此の泊、風を防《ふせ》くこと室《むろ》

40　「うすき」は驚きあわてる意。新編全集本は「ウス（失す）」を語源とする話が原型」とする。
41　未詳。イススクと訂する説もある。
42　揖保川と林田川の合流点のあたりか。
43　川の流れが渦を巻いている淵。
44　たつの市御津町（旧揖保郡御津町）岩見伊都のあたり。
45　舵を取る人。船頭。
46　瀬戸内海の四十四島。
47　たつの市揖保町の南部、同市御津町の西部あたり。
48　生まれ育った本拠地。
49　たつの市御津町の岩見港のあたり。
50　たつの市御津町（旧揖保郡御津町）の室津のあたり。

の如《ごと》し。故、因りて名と為しき。

白貝《おふ》[52]の浦《うら》。昔、白貝在《あ》りき。故、因りて名と為しき。

家嶋《いへしま》[53]。人民《おほみたから》、家《いへ》を作《つく》りて居《を》りき。故《かれ》、家嶋と号けき。

竹《たけ》、黒葛《つづら》等《など》生《お》ふ。

神嶋《かみしま》[54]、伊《い》刀《と》嶋等《しまなど》[55]。神嶋と称《い》ふ所以は、此の嶋《しま》の西《にし》の辺《へ》に石神《いしがみ》[56]在《あ》り。形《かたち》、仏像《ほとけのみかた》に似《に》たり。故、因りて名と為しき。此の神《かみ》の顔色《かほいろ》、五色《いついろ》の玉《たま》[57]のごとし。又《また》、胸《むね》に流《なが》るる涙《なみだ》有《あ》り。是《こ》も五色なり。泣《な》きし所以《ゆゑ》は、品太天皇《ほむだのすめらみこと》の世《みよ》、新羅《しらき》の客《まらひと》来朝《まゐき》[58]けり。仍《よ》りて此の神の奇偉《あや》[59]しきを見て、常《つね》ならぬ珍《うづ》の玉《たま》[60]と為《し》て、其《そ》の面《おもて》の色《いろ》を屠《ほふ》り、其の一瞳《まなこ》を掘《ほ》りき。神《かみ》、由《よ》りて泣《な》けり。是《ここ》に、大《いた》く怒《いか》る。即《すなは》ち暴風《あからしまかぜ》を起《お》こし、客《まらひと》の船《ふね》を打《う》ち破《やぶ》りき。高嶋《たかしま》の南《みなみ》の浜《はま》に漂《ただよ》ひ没《しづ》みて、人悉《ひとことごと》に死亡《し》にき。乃《よ》りて其《そ》の浜《はま》に埋《う》めき。故《かれ》、号《なづ》けて韓浜《からはま》と曰ひき。今《いま》に、其処《そこ》を過《す》ぐる者《もの》、心《こころ》に慎《つつし》み固《かた》く戒《いまし》[61]め、韓人《からひと》と言《い》はず。盲の事《こと》に拘《かかは》らず。

51　四方が囲われた部屋（室）のように、風を避けることができる泊。
52　室津の大浦のあたり。『和名抄』に「於富（おふ）」と訓む。蛤の類か。
53　瀬戸内海家島群島の家島。
54　家島群島の上島。
55　諸注「等」を「東」の誤りとするが、底本に従う。
56　神の石像。
57　五色は、古代中国の五行思想の影響によるか。
58　朝鮮半島からの渡来人。
59　霊妙な様子。
60　珍しく霊妙な宝石。
61　神の怒りを買った出来事を記憶して、禁句の言葉を口に出さないこと。

韓荷《からに》の嶋《しま》[62]。韓人の破《やぶ》れし船《ふね》、漂《ただよ》へる物《もの》、此《こ》の嶋《しま》に漂ひ就《つ》きき。故、韓荷の嶋と号けき。

高嶋《たかしま》[63]。高《たか》さ当処《ここ》の嶋等《しまじま》に勝《まさ》れり。故、高嶋と号けき。

萩原《はぎはら》の里《さと》[64]。土《つち》は中《なか》の々《なか》。右、萩原と名づけし所以は、息《おき》長帯日売命《ながたらしひめのみこと》、韓国《からくに》より還《かへ》り上《のぼ》りましし時《とき》、御船《みふね》此《こ》の村《むら》に宿《は》てたまひき。一夜《ひとよ》[65]の間《ほど》に、萩根生《はぎひともとお》ひき。高《たか》さ一丈《ひとつゑ》許《ばか》りなり。仍《よ》りて萩原と名づけ、御井《みゐ》を闢《は》りたまひき。故《かれ》、針間《はりま》井《ゐ》[66]と云ひき。其の処《ところ》は墾《は》らず。又《また》、罇《もたひ》[67]の水溢《みづあふ》れて井《ゐ》と成《な》りき。故、韓《から》の清水《しみづ》と号けき。其の水、朝《あした》に汲《く》めども朝《あした》に出《い》でず[68]。尓《しか》して酒殿《さかどの》を造《つく》りき。故、酒田《さかた》といひき。舟《ふね》[69]傾《かたぶ》き乾《かは》きぬ。故、傾田《かたぶきた》と云ひき。春米女《よねつきめ》等《ら》[70]が陰《ほと》、陪従婚《おもとびとくな》ぎ断《た》ち[71]き。故、陰絶田《ほとたちだ》と云ひき。仍りて萩多《はぎさは》に栄《さか》えき。故、萩原と云ひき。尓《しか》して祭《まつ》れる神《かみ》は少足命《すくなたらしのみこと》[72]に坐《ま》す。

鈴喫岡《すずくひをか》[73]。鈴喫と号けし所以は、品太天皇の世《みよ》、此《こ》の岡《をか》に田《かり》[74]したまひしに、鷹《たか》の鈴《すず》[75]堕落《お》ち、求《もと》むれども得《え》ざりき。

62 室津港沖の、沖の唐荷島・中の唐荷島・地の唐荷島。

63 家島群島の西島。

64 たつの市揖保町萩原のあたり。

65 わずか一晩で萩の芽が出たこと。

66 「井」を闢ったところから名づけられた。国名「播磨」と関係があると思われる。

67 酒壺、酒樽。

68 難解な句。汲めども尽きないの意、朝のうちに一杯になる、朝には使わない、などの諸説あるが、定説はない。試みに「朝汲もうとしても朝は水が出ない」と解釈する。

69 酒船のこと。その船が傾いて酒があふれ出し、すっかり乾いてしまった。

70 神に捧げる稲をつく女性。

71 神聖な春米女と従者の密通の意か。

72 他にみえない神。

故、鈴喫岡と号けき。

少宅《をやけ》の里《さと》[76]。本《もと》の名《な》は、漢部《あやべ》の里なり。土《つち》は下《しも》の中《なか》。漢部と号けし所以《ゆゑ》は、漢人《あやひと》此《こ》の村《むら》に居《を》りき。故《かれ》、以《もち》て名《な》と為《な》しき。後《のち》に改《あらた》めて少宅《をやけ》と曰ひし所以《ゆゑ》は、川原若狭《かはらのわかさ》[77]の祖父《おほぢ》、少宅秦公《をやけのはたのきみ》[78]の女《むすめ》に娶《あ》ひて、其《そ》の家《いへ》を少宅《をやけ》と号《なづ》けき。後《のち》、若狭《わかさ》の孫《うまご》智麻呂《ちまろ》、任《よさ》されて里長《さとをさ》と為《な》りき。此《これ》に由《よ》りて、庚寅《かのえとら》の年《とし》[79]、少宅《をやけ》の里《さと》と為《な》しき。

細螺川《したたみがは》[80]。細螺川と称《い》ひし所以は、百姓《おほみたから》田《た》を為《つく》り溝《みぞ》を闢《ひら》きしに、細螺[81]多《さは》に此《こ》の溝《みぞ》に在《あ》りき。後《のち》、終《つひ》に川と成る。故《かれ》、細螺川と曰ひき。

揖保《いひぼ》の里《さと》[82]。土は中の中。粒《いひぼ》と称《い》ひし所以は、此の里《さと》、粒《いひぼ》山《やま》に依《よ》る。故《かれ》、山《やま》に因《よ》りて名《な》と為《な》しき。

粒丘《いひぼをか》[1]。粒丘と号《なづ》けし所以《ゆゑ》は、天日槍命《あめのひぼこのみこと》[2]、韓国《からくに》より度《わた》り来《き》て、宇頭《うづ》の川底《かはじり》[3]に到《いた》りて、宿処《やどり》を葦原志挙乎命《あしはらしこをのみこと》[4]に乞《こ》ひ

73 所在不明。
74 狩。田猟。
75 鷹狩りの鷹に付けられた鈴。
76 たつの市龍野町小宅北のあたり。
77 『姓氏録』によると、「広階連と同じき祖。陳の思王植の後なり」とある。
78 『姓氏録』によると秦の始皇帝の子孫の後裔。この記事は、渡来系氏族の伝承に由来する。
79 持統天皇四年（六九〇）。
80 所在不明。
81 巻き貝。
82 たつの市伊保町揖保上・揖保中のあたり。
1 たつの市揖保町揖保上の北方、ナカジン山。
2 『垂仁紀』三年三月の記事に「新

て曰《い》ひしく、「汝《いまし》は国主《くにぬし》たり。吾《わ》が宿《やど》らむ処《ところ》を得《え》まく欲《おも》ふ」といひき。志挙《しこ》、海中《わたなか》を許《ゆる》しき。その時《とき》、客神《まらひとのかみ》、剣《つるぎ》を以《もち》て海水《うしほ》を攪《か》きて宿《やど》りたまひき。[5] 主《あるじ》の神《かみ》、客神《まらひとのかみ》の盛《さかり》なる行《わざ》を畏《かしこ》みて、先《さき》に国《くに》を占《し》めむと欲《おも》ひて、巡《めぐ》り上《のぼ》りて粒《いひ》丘《ぼをか》に到《いた》りて湌《みをし》したまふ。[6] 此《ここ》に、口《くち》より粒《いひぼ》落《お》ちき。故《かれ》、粒《いひ》丘《ぼをか》と号《なづ》けき。其《そ》の丘《をか》の小石《さざれいし》、比《ひと》しく能《よ》く粒《いひぼ》に似《に》たり。又《また》、杖《つゑ》を以《もち》て地《つち》に刺《さ》す。[7] 即《すなは》ち杖《つゑ》の処《ところ》より寒泉《しみづ》湧《わ》き出《い》でて、遂《つひ》に南《みなみ》と北《きた》とに通《かよ》ひき。北は寒く南は温《ぬる》し。　白朮《をけら》[8]生《お》ふ。

神山《かみやま》。此《こ》の山《やま》に石神《いしがみ》在《いま》す。故《かれ》、神山と号けき。　椎子《しひのみ》生《な》り、八月《はづき》に熟《う》む。

出水《いづみ》の里《さと》。[9] 此の村《むら》に寒泉《しみづ》出《い》づ。故《かれ》、泉《いづみ》に因《よ》りて名《な》と為《な》しき。　土《つち》は中《なか》の々《なか》。

美奈志川《みなしがは》。[10] 美奈志川と号けし所以は、伊和大神《いわのおほかみ》の子《みこ》、石《いは》龍比古命《たつひこのみこと》と妹石龍売命《いもいはたつめのみこと》と二神《ふたはしらのかみ》、川の水を相競《あひあらそ》[11]ひたまひき。妋《せ》の神《かみ》[12]、北《きた》の方越部《かたこしべ》の村に流さむと欲《おもほ》し、妹《いも》の神《かみ》、南

羅の王子、天の日槍来帰」、『古事記』中巻に、「昔」の出来事として逃げた妻を追って難波に来たという説話が記されている。

3 宇頭川の河口。新編全集本は、下流ではなく川辺のこととする。

4 『古事記』の大汝命と同じ神。新編全集本では、播磨の地方神である可能性も指摘している。

5 古事記の国生み神話では、イザナキ・イザナミの二神が天の浮き橋で、矛を差し下して潮を掻き鳴らして、オノゴロ島が誕生する。また、国譲り神話では、タケミカヅチ神が、逆さまに立てた剣の上に胡座を組んで大国主神に談判する。霊異と勢いが盛んであることを示す行為。

6 食事をする。

7 国占めの行為。杖を刺したところから水が湧き出し、井泉が闢かれる説話は、『常陸国風土記』にもある。

8 薬草。

9 たつの市揖西町の東部あたり。

10 たつの市を流れる中垣内川。

11 灌漑用水をめぐる水争い。

12 男神。夫の神。

の方泉《いづみ》の村に流さむと欲《おもほ》しき。その時、妹の神、その山《やま》の岑《みね》を踰《ふ》みて[13]流《なが》し下《くだ》しき。妹《いも》の神《かみ》見て、理《ことはり》に非《あら》じと以為《おも》ふ。即《すなは》ち指櫛《さしぐし》[14]を以《もち》て、其の流るる水を塞《ふさ》ぎて、岑《みね》の辺《へ》より溝《みぞ》を闢《ひら》き、泉の村に流して格《あらそ》ひ[15]たまひき。ここに妹の神、復《また》泉の底《しも》の川《かは》に到り、流れを奪《うば》ひて西《にし》の方桑原《かたくははら》の村に流さむとしたまひき。是《ここ》に、妹《いも》の神《かみ》、遂《つひ》に許さずして密樋《したひ》[16]を作《つく》り、泉の村の田の頭《ほとり》に流し出《いだ》したまひき。此《これ》に由《よ》りて、川の水絶へて流れず。故、无水川《みなしがは》と号けき。

桑原《くははら》の里《さと》。[17]　旧《ふる》き名《な》は、倉見《くらみ》の里《さと》なり。　土《つち》は中《なか》の上《かみ》。品太《ほむだの》天皇《すめらみこと》、欟折山《つきをれやま》に御立《みた》ちまして覧《み》たまひし時《とき》、森然《いよよか》[18]に倉見《くらみ》えき。故《かれ》、倉見《くらみ》の村《むら》と名づけき。今、名を改めて桑原《くははら》と為《な》す。一云《またい》はく、桑原の村主等《すぐりら》[19]、讃容《さよ》の郡《こほり》の桉《くら》を盗《ぬす》みて将来《もちこ》しに、其《そ》の主認《ぬしつな》ぎ[20]来《き》て、此《こ》の村《むら》に見《み》あらはしき。故《かれ》、桉見《くらみ》と曰《い》ひき。

琴坂《ことさか》。[21]　琴坂と号けし所以は、大帯比古天皇《おほたらしひこのすめらみこと》[22]の世《みよ》、出雲《いづも》

13　「越（こえ）て」と訓む説もあるが、後出の讃容郡久都野の記事、託賀郡地名説話などの例により「踰（ふみ）て」と訓む説に従う。

14　頭髪に挿す櫛の呪力によって水を遮った。

15　戦い打つ意。「格、撃也」（『後漢書』列伝三十六、陳寵伝、章懐太子李賢注）。

16　地下に水を流すための樋。

17　たつの市揖西町の西部あたり。

18　「いよよかに」の訓は、『新撰字鏡』「森々　伊与々加尓」による。樹木が高く聳えるさま。

19　渡来系氏族。『姓氏録』に「漢の高祖の七世の孫、万徳の使主より出づ」とある。

20　跡を追い求める。

21　たつの市構の西方。

の国《くに》の人《ひと》、此《こ》の坂《さか》に息《いこ》ひき。一老父《おきなあ》有りて、女子《をとめ》と倶《とも》に、坂本《さかもと》の田《た》を作《つく》りき。是《ここ》に、出雲人《いづもびと》、其《そ》の女《をとめ》を感《かま》けしめむ[23]と欲《おも》ひて、琴《こと》を弾《ひ》きて聞《き》かしめき。故、琴坂と号けき。此処《ここ》に銅牙石《どうげじやく》[24]有《あ》り。形《かたち》、双六《すぐろく》[25]の綵《さえ》に似《に》たり。

讃容郡

讃容郡《さよのこほり》[1]。讃容と云《い》ひし所以《ゆゑ》は、大神妹妋《おほかみいもせ》二柱《ふたはしら》[2]、各《おのもおのも》競《きほ》ひて国占《くにし》めましし時《とき》、妹玉津日女命《いもたまつひめのみこと》、生《い》ける鹿《しか》を捕《と》り臥《ふ》せ、其《そ》の腹《はら》を割《さ》きて、稲《いね》を其《そ》の血《ち》に種《ま》きき[3]。仍りて一夜《ひとよ》の間《ほど》に苗生《なへお》ひ、取りて殖ゑしめき。ここに、大神《おほかみ》勅《みことのり》して云《い》ひたまひしく、「汝妹《なにも》[4]は、五月夜《さよ》に殖《う》ゑつるかも」といひたまひて、他処《あだしところ》に去りたまひしかば、五月夜《さよ》の郡《こほり》と号《なづ》け、

22 景行天皇。

23 心を動かそうと。

24 『延喜式』典薬寮に播磨国産出の「銅牙一斤」の記事が見えている。自然銅の一種か。

25 『万葉集』巻十六に「双六の頭を詠む歌」(三八二七番)がある。時として双六に熱中することがあり、『持統紀』には双六を禁止する記事がある。

讃容の郡

1 佐用町(旧佐用郡佐用町・上月町・南光町・三日月町)。

2 古典大系本は「伊和大神」とするが、当郡には伊和大神の確実な例はない。

3 苗作りに獣の血を用いることは、賀毛郡雲潤の里にも記されている。呪的な儀礼であると同時に、血の滋養が肥料としても効果があったか。

4 「なにも」は、女性に対する親しみを込めた言い方。

神《かみ》を賛用都比売《さよつひめ》と名《な》づけき。今も讃容《さよ》の町田《まちだ》[5]有《あ》り。鹿放《しかはな》ちし山《やま》は、鹿庭山《かにはやま》[6]と号《なづ》けき。山《やま》の四面《よも》に十二《とをあまりふたつ》の谷《たに》有《あ》り。皆《みな》、鉄《まがね》を生《お》ふること有《あ》り。難波豊前《なにはのとよさき》の朝庭《みかど》[7]に始《はじ》めて進りき。見顕しし人は別部《わけべ》の犬《いぬ》[8]、其の孫等《うまごら》、奉発文初[9]。

讃容郡、事《こと》は里《さと》[10]も同《おな》じ[11]。土《つち》は上《かみ》の中《なか》。吉川《えがは》[12]。本《もと》の名《な》は、玉落川《たまおちがは》。大神《おほかみ》の玉《たま》、此の川に落ちき。故《かれ》、玉落《たまおち》と曰《い》ひき。今、吉川と云《い》ふは、稲狭部《いなさべ》の大吉川《おほえがは》[13]、此《こ》の村《むら》[14]に居《を》りき。故《かれ》、吉川と曰ひき。其《そ》の山《やま》黄連《かくまぐさ》[15]生《お》ふ。

桉見《くらみ》[16]。佐用都比売《さよつひめ》、此《こ》の山《やま》に金《かね》の桉《くら》[17]を得《え》たまひき。故、山の名を金肆《かなくら》、川の名を桉見と曰ひき。

伊師《いし》[18]。是《こ》れ桉見の河上《かはかみ》。川の底《そこ》、床《とこ》[19]のごとし。故、伊師と曰ひき。　其の山に、精鹿[20]、升麻《とりのあしぐさ》[21]生《お》ふ。

速湍《はやせ》の里《さと》[22]。　土《つち》は上《かみ》の中《なか》。　川《かは》の湍《せ》速《はや》きに依りき。速湍《はやせ》の社《やしろ》に坐《いま》す神《かみ》、広比売命《ひろひめのみこと》[23]は故那都比売《こなつひめ》[24]の弟《おと》なり。

凍野《こほりの》[25]。広比売命、此《こ》の土《くに》を占《し》めたまひし時《とき》、凍冰《ひこほ》りき。

5　「町」は田の区画。諸注、亀卜の町形の刻みで豊饒を占った田であろうとする。

6　佐用町（旧佐用郡佐用町）の大撫山。

7　孝徳天皇

8　和気氏に仕えた部民の名。

9　難解な句。古典大系本「たてまつりはじめき」、新編全集本「はじめてたてまつりき」、山川本「たてまつりそめき」。本書では訓読せず、後考を俟つ。

10　佐用町佐用（旧佐用郡佐用町）の北西部を除いたあたり。

11　諸注、この一文を底本の誤写として「讃容の里、事は郡と同じ」と校訂する。前条の記事との文脈でいうなら、確かに不自然ではあるが、底本のままとする。

12　江川。佐用川の支流。

13　他には見えない。

14　佐用町佐用（旧佐用郡佐用町）の北西部のあたり。

15　薬草。

16　佐用川の別名か。

17　金属を使用した鞍。

故、凍野、凍谷《こほりたに》と曰《い》ひき。

邑宝《おほ》の里《さと》。[26] 土《つち》は中《なか》の上《かみ》。 弥麻都比古命《みまつひこのみこと》、[27] 井《ゐ》を治《は》りて糧《かれいひ》[28]を湌《を》したまひて云《い》ひしく、「吾《あ》は多《おほ》くの国《くに》を占《し》めつ」といひたまひき。故《かれ》、大村《おほのむら》[29]と曰ひき。井を治りたまひし処《ところ》は、御《み》井《ゐ》の村《むら》と号《なづ》けき。

鍫柄《くはえ》川《がは》。[30] 神日子命《かむひこのみこと》[31]の鍫《くは》の柄《え》を、此の山に採《と》らしめき。故、其の山の川、号けて鍫柄川と曰ひき。

室原山《むろはらやま》。[32] 風を屏《ふせ》[33]くこと室《むろ》のごとし。故、室原と曰ひき。 人参《かのにけぐさ》、独活《うど》、監漆《やまあき》、升麻《とりのあしぐさ》、白朮《をけら》、石灰《いしばひ》[34]を生《いだ》す。

久都野《くづの》。弥麻都比古命《みまつひこのみこと》、告《の》りて云《い》ひたまひしく、「此の山は、踰《ふ》まば崩《くづ》るべし」といひたまひき。故、久都野と曰ひき。後《のち》、改めて宇努《うの》と云ひき。其《そ》の辺《あたり》は山《やま》たり。中央《まなか》は野《の》たり。

柏原《かしはばら》の里《さと》。[35] 柏《かしは》多《さは》に生《お》ふるに由《よ》りて、号《なづ》けて柏原と為《な》しき。

筌戸《うへと》。[36] 大神《おほかみ》、[37] 出雲《いづも》の国《くに》より来《き》まし時《とき》、嶋村《しまむら》の岡《をか》を以《もち》て

18 佐用町上石井・下石井（旧佐用郡佐用町）のあたりか。

19 通説では地名「伊師」を説明する読みとして椅子（いし）を音読したものとするが従いがたい。しばらく「とこ」と訓み後考を俟つ。

20 他の文献にはみえない植物名。訓不明。

21 薬草。『延喜式』典薬寮に、播磨国より進上する薬草の中に名が見える。

22 佐用町早瀬（旧佐用郡上月町早瀬）のあたり。

23 他には見えない神。

24 他には見えない神。古典大系本は井上通泰説（『新考』）に従い、「散用都比売」とする。

25 佐用町（旧佐用郡上月町上月）のあたりか。

26 佐用町（旧佐用郡上月町の南東部）のあたり。

27 飾磨郡に大三間津日子命とあったのと同一神（人物）か。孝昭天皇とする説もあるが、記紀をはじめとして上代文献で孝昭天皇に関する説話は見られない。

28 携行用の食糧。干し飯。

呉床《あぐら》[38]と為《し》て坐《いま》して、筌《うへ》[39]を此《こ》の川《かは》に置《お》きたまひき。故《かれ》、筌戸《うへと》と号《なづ》けき。魚入《いをい》らずして鹿入《しかい》りき。此《こ》を取《と》りて鱠《なます》[40]に作《つく》り、食《を》したまふに口《くち》に入《い》らずして地《つち》に落《お》ちき。故《かれ》、此処《ここ》を去《さ》りて他《あたしところ》に遷《うつ》りたまひき。

中川《なかつがは》の里《さと》[41]。土《つち》は上《かみ》の下《しも》。仲川《なかつがは》と名《な》づけし所以《ゆゑ》は、苫編首《とまみのおびと》等《ら》[42]の遠祖《とほつおや》、大仲子《おほなかつこ》、息長帯日売命《おきながたらしひめのみこと》、韓国《からくに》に度《わた》り行《ゆ》きたまひし時《とき》、船淡路《ふねあはじ》の石屋《いはや》に宿《は》てき。その時《とき》、風雨大《かぜあめおほ》きに起《おこ》り、百姓《おほみたからことごと》悉に濡《ぬ》れき。時《とき》に、大中子《おほなかつこ》、苫《とま》[43]以《もち》て屋《や》を作《つく》りき。天皇《すめらみこと》[44]勅《みことのり》して云《い》ひたまひしく、「此《こ》は国《くに》の富《とみ》たり」といひたまひ、姓《かばね》を賜《たま》ひて苫編首《とまみのおびと》と為《な》したまひき。仍《よ》りて此処《ここ》に居《を》りき。故、仲川の里と号けき。

引船山《ふなひきやま》[45]。近江天皇《あふみのすめらみこと》の世《みよ》、道守臣《ちもりのおみ》、此《こ》の国《くに》の宰《みこともち》として、官《おほやけ》の船《ふね》を此《こ》の山《やま》に造《つく》りて、引《ひ》き下《くだ》さしめき。故《かれ》、船引《ふなひき》と曰《い》ひき。此《こ》の山《やま》に鵲《かささぎ》住《す》めり。一《ある》は韓国《からくに》の烏《からす》と云《い》ふ。枯木《からき》の穴《あな》に栖《す》み、春時《はる》は見《み》え、夏《なつ》は見《み》えず。人参《かのにけぐさ》・細辛《みらのねくさお》生ふ。

29 内田忠賢によれば「村」とは、里を構成しかつ伝承を有する集落、もしくは里への所属は不明ながら伝承の文脈を構成する集落、を指すという。この説に従うなら、「村」とは、居住し生活している人々が感じる、自然な生活空間の認識にほぼ等しいと考えられる。
30 秋里川か。
31 他に見えない神。
32 所在不明。
33 風を遮り防ぐ。
34 独活・監漆・升麻・白朮の四種類は、『延喜式』典薬寮に、播磨国より進上する薬草の中に名が見える。
35 佐用町（旧佐用郡南光町の南部）のあたり。
36 佐用町を流れる千種川。
37 古典大系本は、伊和大神とする。讃容郡には、伊和大神と特定できる記事がない。
38 腰をかける床几。
39 竹で作った魚を捕る器。『文選』巻十二「江賦」の李善注「筌、捕魚之器。以竹為之」
40 料理。生のままで調理する。

昔《むかし》、[46]近江天皇[47]の世、丸部《わにべ》の具《そなふ》[48]有《あ》りき。是れ仲川《なかつがは》の里《さと》の人《ひと》なりき。此《こ》の人《ひと》、河内《かふち》の国兎寸《くにとのき》[49]の村人《むらびと》の賷《もちき》たる剣《つるぎ》[50]を買ひ取りき。剣を得て以後《のち》、家《いへ》を挙《こぞ》りて滅亡《ほろび》き[51]。然《しか》して後《のち》、苫《とま》編部《みべ》の犬猪《いぬゐ》、彼《そ》の地《ところ》の墟《あと》を圃《たかへ》す[52]に、土《つち》の中《なか》に此の剣を得たり。土《つち》と相去《あひさ》ること、[53]廻一尺許《めぐりひとさかばか》りなり。其《そ》の柄《え》朽《く》ち失《う》せて、其《そ》の刀《は》渋《さび》ず。光《ひかり》、明《あき》らけき鏡《かがみ》の如《ごと》し。是《ここ》に、犬猪《いぬゐ》、心《こころ》に恠《あや》しと懐《おも》ひ、剣を取りて家に帰り、仍《よ》りて鍛人《かぬち》[54]を招《まね》きて、其《そ》の刀《は》を焼《や》かしめき。その時《とき》、此の剣、屈申《のびかがみ》すること蛇《へみ》の如《ごと》し[55]。鍛人大《かぬちおほ》きに驚《おどろ》き、営《つく》らずして止《や》みぬ。是《ここ》に、犬猪《いぬゐ》、異《あや》しき剣と以為《おも》ひて、朝庭《みかど》に献《たてまつ》りき。後《のち》、浄御原《きよみはら》の朝庭《みかど》[56]の甲《きのえ》申年《さるのとし》[57]七月《ふみづき》、曽祢連《そねのむらじ》[58]麿《まろ》を遣《つかは》して、本《もと》つ処《ところ》に返し送りき。今に、此《こ》の里《さと》の御宅《みやけ》に安置《お》けり。北《きた》の山《やま》の辺《ほと》りに、李五根《すもももいつもと》有《あ》り。仲冬《しもつき》に至《いた》るまで、其《そ》の実《み》落《お》ちず。

弥加都岐原《みかづきはら》[59]。難波高津宮天皇《なにはたかつのみやのすめらみこと》[60]の世《みよ》、伯耆《ははき》の加具漏《かぐろ》[61]、因幡《いなば》の邑由胡《おほゆこ》[62]二人《ふたり》、大《いた》く驕《おご》りて節《わきまへ》无《な》く、清酒《すみさけ》を以《もち》て手足《てあし》を洗《あら》

41 佐用町三日月（旧佐用郡三日月町）のあたり
42 他には見えない氏族名。
43 菅や茅を編んで屋根や周囲を覆うもの。苫編の姓は本来この職掌によるものと思われるが、この説話では息長帯日売命の発言を命名の由来としているようである。
44 ここでは息長帯日売命（神功皇后）を指す。
45 佐用町三日月（旧佐用郡三日月町）の山。古典大系本は、この記事を「追補採録の記事が不適当な位置に挿入せられたものと認め」次の霊剣説話の後に移して校訂した。新編全集本もこれに従うが、底本のままとする。
46 『播磨』で「昔」と記される場合、その多くは地名説話導入における類型的用法がほとんどであるが、ここでの「昔」は説話・伝承引用の用法である。
47 天智天皇。
48 丸部は既出。
49 和泉の国大島郡に延喜式内社「等乃伎神社」とある。角川文庫旧版に「当国風土記成立当時、和泉国がまだ河内国の内であった傍証ともなる」と

ひき。63 是《ここ》に、朝庭《みかど》、度《ほと》に過《す》ぎたりと為《し》て、狭井連《さゐのむらじ》64 佐夜《さよ》を遣《や》りて、此《こ》の二人《ふたり》を召《め》したまひき。その時、佐夜《さよ》、仍《より》て悉《ことごと》に二人《ふたり》の族《やから》を禁《とら》へて65 赴参《まゐおもぶ》く時《とき》、屡《しばしば》、清水《しみづ》の中《なか》に酷《いた》く拷《たしな》めき。66 中《なか》に女二人《をみなふたり》有《あ》り。玉《たま》を手足《てあし》に纏《ま》けり。是《ここ》に、佐夜《さよ》、恠《あや》しび問《と》ふ。答《こた》へて曰《い》はく、「吾《あ》は67 服部弥蘇連《はとりのみそのむらじ》68、因幡《いなば》の国《くにの》造《みやつこ》阿良佐加比売《あらさかひめ》を娶《めと》りて生《う》める子《こ》、宇奈比売《うなひめ》、久波比売《くはひめ》69ぞ」といひき。その時、佐夜驚きぬ。此《こ》は執政大臣《おほきまへつぎみ》70の女《むすめ》なれば還《かへ》し送《おく》りき。送りし処を見置山《みおきやま》と号け、溺《かづ》けし処を美《み》加都岐原《かづきはら》と号けき。

雲濃《うの》の里《さと》。71 土《つち》は上《かみ》の中《なか》。大神《おほかみ》の子《みこ》、玉足日子《たまたらしひこ》・玉足比売《たまたらしひめの》命《みこと》の生《う》める子《こ》、大石命《おほいしのみこと》72、此《こ》の子《こ》、父《ちち》の心《うら》に称《かな》へり。73 故《かれ》、有《う》怒《の》と曰《い》ひき。

塩沼《しほぬま》の村《むら》。此《こ》の村《むら》に海水《うしほ》出《い》づ。故、塩沼の村といひき。

指摘する。
50 もたらす。
51 この剣を手に入れたことが滅亡の原因と思われる。不吉な背景が考えられよう。
52 土地を耕して田畑を作る。
53 古典大系本は、剣が土にすっかり埋まっていなかったとし、新編全集本は空洞のようになっていたとするが、文意未詳である。
54 鍛冶職の人。
55 剣を焼いて鍛え直したところ蛇のように伸び縮みした。剣の霊妙さの現れ。
56 天武天皇。
57 天武天皇十三年（六八四）。
58 『姓氏録』に「曾根の連、石上と同じき祖」とある。
59 佐用町三日月（旧佐用郡三日月町）が遺称地。
60 仁徳天皇。
61 他には見えない。

62 他には見えない。／63 この行為が、度が過ぎているとして咎められた背景には、古代において清酒は神に奉る貴重な酒であったという事情があるかもしれない。／64　『姓氏録』に「佐為の連、速日の命の六世の孫、伊香我色乎の命の後なり」とある。／65　拘束しいましめる。／66　責めて水中に漬けること。／67　底本には「吾此服部」とあるが、この「此」は、日本語の助詞「は」に相当するので「吾は」と訓み、「吾はこれ」とは訓まない。／68　『姓氏録』に「服部の連、天御中主の命十一世孫、天御桙の命の後なり」とある。／69　他に見えない。／70　執政は、政治の実権を握っているものをいう。「執政大臣」という職は、律令制の中には見えない。／71　佐用郡三日月（旧佐用郡南光町南部と三日月町大畑）のあたり。／72　他にみえない神。／73　心にかなう。カナフの訓は『仁徳即位前紀』「称ふに足らず」の古訓による。

宍禾郡[1]

宍禾郡《しさはのこほり》。

宍《し》禾《さは》と名《な》づけし所以《ゆゑ》は、伊和大神《いわのおほかみ》、国作《くにつく》り堅《かた》め了《を》[2]はりし以後《のち》、此《こ》の川《かは》、谷《たに》、尾《を》を堺《さか》[3]ひに巡《めぐ》り行《い》でましし時《とき》、大《おほ》き鹿《しか》己《おの》が舌《した》を出《いだ》して、矢田《やた》の村《むら》に遇《あ》ひき[4]。ここに勅《みことのり》して云《い》ひたまひしく、「矢《や》は彼《そ》の舌《した》に在《あ》り[5]」といひたまひき。故《かれ》、宍《し》禾《さは》の鹿《しか》[6]と号《なづ》け、村の名は矢田の村と号けき。

比治《ひぢ》の里《さと》[7]。土《つち》は中《なか》の上《かみ》。比治と名《なづ》けし所以は、難波長柄《なにはのながらの》豊前天皇《とよさきのすめらみこと》[8]の世《みよ》、揖保《いひぼ》の郡《こほり》を分《わか》ちて宍禾の郡を作りし時《とき》、

宍禾郡

1　宍粟市（旧宍粟郡山崎町・一宮町・波賀町・千種町）の地域。

2　国土を整え経営すること。

3　境界線を定める。

4　相手が自分に出会ったと表現するのは古代特有の表現。突然の出会いに驚く気持ちを表す表現（中川ゆかり説）。

5　文意不明。

6　諸注「郡」と訂するが、底本に従う。

7　宍粟市山崎町上比地・下日比地（旧宍粟郡山崎町）のあたり。

8　孝徳天皇。

…て里長《をさ》[9]と為《な》りき。此《こ》の人《ひと》の名《な》に依《よ》りて、故、山部《やまべ》の比治の里と曰ひき。

宇波良《はら》の村《むら》。[10]葦原志許乎命《あしはらのしこをのみこと》、[11]国《くに》を占《し》めたまひし時《とき》に、勅《の》りたまひしく、「此《こ》の地《くに》は小狭《せば》し。室《むろ》の戸《と》[12]の如《ごと》くなり」とのりたまひき。故《かれ》、表戸《うはと》[13]と曰ひき。

比良美《ひらみ》の村《むら》。[14]大神《おほかみ》の褶《ひらび》、[15]此の村に落ちき。故《かれ》、褶《ひらび》の村と曰ひき。今《いま》の人《ひと》、[16]比良美の村と云ふ。

川音《かはと》の村《むら》。[17]天日槍命《あめのひぼこのみこと》、此の村に宿《やど》りたまひて勅《の》りたまひしく、「川《かは》の音甚高《おといとたか》し」とのりたまひき。故、川音の村と曰ひき。

庭音《にはと》の村《むら》。[18]本《もと》の名《な》は庭酒《にはき》なり。大神《おほかみ》の御糧《みかれひ》、[19]枯《か》れて糆生《かびは》えき。[20]酒《さけ》を醸《か》ましめて、庭酒《にはき》[21]に献《たてまつ》りて宴《うたげ》しき。故、庭酒の村と曰ひき。今の人、庭音の村と云ふ。

奪谷《うばひたに》。[22]葦原志許乎命《あしはらのしこをのみこと》、天日槍命《あめのひぼこのみこと》と二《ふた》はしら、此《こ》の谷《たに》を相《あひ》奪《うば》ひたまひき。故、奪谷と曰ひき。其の相奪ひし由《よし》を以《もち》て、

9　『戸令』に「凡そ五十戸を里となせ。里ごとに長一人を置け」とある。里の行政的な運営を担当する。
10　宍粟市山崎町宇原（旧宍粟郡山崎町）のあたりか。
11　既出。
12　揖保郡室原の泊の注参照。
13　「表」を「うは」と訓む例は、『万葉集』巻五「重き馬荷に　表（うは）荷打つと」（八九七）がある。
14　宍粟市山崎町宇原（旧宍粟郡山崎町）の北のあたりか。
15　帯の一種。平帯。
16　この「今」は、『播磨』編纂時点の「今」。
17　宍粟市山崎町川戸（旧宍粟郡山崎町）のあたり。
18　所在不明。
19　既出。携行用の干し飯。
20　本文文字に関して諸説あり、古典大系本・新編全集本では「梅」とする。カビと訓むが、麴のことか。
21　諸説あり未詳。栗田寛説は「新嘗の酒」、『新考』は「俄酒」、古典大系本は「神に供する酒」とする。

形《かたち》、曲《まが》れる葛《かづら》の如《ごと》し。23

稲春《いなつき》の岑《みね》。24 大神《おほかみ》、此《こ》の岑《みね》に春《つ》25かしめたまひき。故《かれ》、稲春《いなつき》の前《さき》と曰《い》ひき。 味栗生《うまぐりお》ふ。 其《そ》の粳《ぬか》の飛《と》び到《いた》りし処《ところ》、粳前《ぬかさき》と号《なづ》けき。


高家《たかや》の里《さと》。26 土《つち》は下《しも》の中《なか》。 名《な》を高家と曰ひし所以は、天日槍命《あめのひぼこのみこと》、告《の》りて云《い》ひたまひしく、「此の村の高《たか》きこと、他《あだ》し村《むら》に勝《まさ》れり」といひたまひき。故、高家と曰ひき。

都太川《つだかは》。27 衆人《もろひと》、え称《い》はず。28


塩《しほ》の村《むら》。29 処々《ところどころ》に鹹水《しほみづ》30出《い》づ。故《かれ》、塩の村と曰《い》ひき。牛馬《うしうま》等《ども》、嗜《この》みて飲《の》めり。

柏野《かしはの》の里《さと》。31 土《つち》は中《なか》の上《かみ》。 柏《かしは》と名づけし所以《ゆゑ》は、此《こ》の野《の》に生《お》ふ。故《かれ》、柏野と曰ひき。

伊奈加川《いなかがは》。32 葦原志許乎命《あしはらのしこをのみこと》、天日槍命《あめのひぼこのみこと》と、国《くに》を占《し》めたまひし時、嘶《いなな》く馬《うま》有《あ》りて、此の川に遇《あ》ひき。故、伊奈加川と曰

22 所在不明。
23 カヅラは蔓草の総称。二神が谷を争ったことによって、地形が曲がってしまったことを喩えた。
24 所在不明。
25 臼で稲を搗く。
26 宍粟市山崎町庄能（旧宍粟郡山崎町）のあたり。
27 伊沢川の古い名称。
28 在地においてすでに地名の起源が忘れ去られていることをいうか。土地の事柄を話してはならないという「言うなの禁」が存したのではないかとする説（飯泉健司）がある。
29 宍粟市山崎町庄能（旧宍粟郡山崎町）のあたりか。
30 『新撰字鏡』に「鹹　加良之」の訓があるが、「塩村」の地名起源として「しほみづ」と訓む。
31 宍粟市山崎町（旧宍粟郡山崎町）の西部あたり。
32 宍粟市を流れる菅野川。

ひき。

土間《ひぢま》の村《むら》[33]。神衣《かむみそ》[34]、土《ひぢ》の上《うへ》に附《つ》きき。故、土間と曰ひき。

敷草《しきくさ》の村《むら》[35]。草《くさ》を敷《し》きて神《かみ》の座《みまし》と為《な》しき。故、敷草と曰ひき。此の村に山有り。南《みなみ》の方《かた》去《さ》ること十里許《とをさとばか》り[36]に沢《さはあ》有り。二町許《ふたところばか》りなり。此《こ》の沢《さは》に菅生《すげお》ふ。笠《かさ》を作《つく》るに最好《いとよ》し。桧《ひのき》、杉生《すぎお》ふ。鉄《まがね》を生《いだ》す。狼《おほかみ》、羆《くま》住《す》めり。栗《くり》、黄連《かくまぐさ》、葛等《かづらなど》あり。

飯戸《いひべ》の阜《をか》[37]。国占《くにし》めたまひし神《かみ》、此処《ここ》に炊《いひかし》きたまひき。故、飯戸の阜と曰ひき。阜の形も甑《こしき》[38]、箕《み》、竈等《かまどなど》に似《に》たり。

安師《あなし》の里《さと》[39]。本《もと》の名《な》は酒加《すか》の里《さと》。土《つち》は中《なか》の上《かみ》。大神《おほかみ》、此処《ここ》に湌《すか》[40]したまひき。故《かれ》、須加《すか》と曰《い》ひき。後《のち》、山守《やまもり》の里《さと》と号《なづ》けし所以《ゆゑ》は、然《しか》るは、山部三馬《やまべのみま》[41]、任《よさ》されて里長《さとをさ》[42]と為《な》りき。故《かれ》、山守《やまもり》と曰ひき。今名《いまな》を改《あらた》めて安師《あなし》と為すは、安師川《あなしがは》に因《よ》りて名《な》と為《な》す。其の川は、安師比売《あなしひめ》の神《かみ》[43]に因りて名と為しき。伊和大神《いわのおほかみ》、娶《あ》はむと誂《と》ひたまひき。その時《とき》、此《こ》の神固《かみかた》く辞《いな》びて聴《ゆる》さざりき。是《ここ》に、大神《おほかみ》、大《いた》く瞋《いか》りたまひて、石《いし》を以《もち》て

33 宍粟市山崎町土万（旧宍粟郡山崎町）のあたり。
34 神が着る着物。
35 宍粟市千種町（旧宍粟郡千種町）のあたり。
36 一里は約五三五メートル。
37 所在不明。
38 米を蒸す道具。
39 姫路市安富町（旧宍粟郡安富町）と宍粟市山崎町須賀沢（旧宍粟郡山崎町）のあたり。
40 飲食物をのどへ流し込む。
41 他に見えない名。
42 既出。
43 安師に鎮座する神。地名説話では、神の名が地名の由来であると語られる。本来的には、むしろ神の名は在地の地名に基づくと考えられる（青木紀元説）。

川《かは》の源《みなもと》を塞《せ》きて、三形《みかた》の方《かた》に流《なが》し下《くだ》したまひき。故《かれ》、此《こ》の川《かは》は水少《みづすく》なし。此の村の山、檜《ひのき》、枌《すぎ》、黒葛《くろかづら》等《ども》生ひ、狼《おほかみ》、羆《くま》住《す》めり。

石作《いしつくり》の里《さと》。[44] 本の名は伊和《いわ》。土《つち》は下《しも》の中《なか》。石作と名けし所以は、石作首《いしつくりのおびとら》等、[45] 村《むら》に居《を》りき。故《かれ》、庚午《かのえうま》の年《とし》、[46] 石作の里と為しき。

阿和賀山《あわかやま》。[47] 伊和大神《いわのおほかみ》の妹《いも》、阿和賀比売命《あわかひめのみこと》、[48] 此《こ》の山《やま》に在《いま》しき。故《かれ》、阿和加山《あわかやま》と曰ひき。

伊加麻川《いかまがは》。[49] 大神《おほかみ》、国《くに》を占《し》めたまひし時、[50] 烏賊《いか》、[51] 此の川に在りき。故《かれ》、烏賊間川《いかまがは》と曰ひき。

雲箇《うるか》の里《さと》。[52] 土は下《しも》の下《しも》。大神《おほかみ》の妻《め》、許乃波奈佐久夜比売《このはなさくやひめの》命《みこと》、[53] 其《そ》の形《かたち》、美麗《うるは》しくありき。故《かれ》、宇留加《うるか》と曰ひき。

波加《はか》の村《むら》。[54] 国を占めたまひし時、天日槍命《あめのひぼこのみこと》、先《さき》に到《いた》りし処《ところ》なり。伊和大神《いわのおほかみ》、後《のち》に到《いた》りたまひき。是《ここ》に、大神《おほかみ》、大《おほ》きに恠《あや》しびて云ひたまひしく、「度《はか》らぬ先[55]に到《いた》りしかも」と

44 宍粟市一宮町伊和（旧宍粟郡一宮町）から山崎町のあたり。
45 印南郡大国里の伊保山記事に記された石作連大来と同族か。
46 天智天皇九年（六七〇）。庚午年籍が作られた年。
47 所在不明。
48 安師比売の神と同じく、本来は阿和賀山に鎮座する神であるから阿和賀比売命と称したと考えられる。
49 宍粟市を流れる梯川。
50 葦原志許乎命と天日槍命の国占め争いの説話は、当郡御方の里にも見られる。在地の神と外来神の争い。
51 海の生物。記紀歌謡の久米歌の中に、宇陀の山中の鴫罠に鯨が引っ掛かったという一節がある。それとよく似た諧謔的な伝承であろう。
52 宍粟市波賀町と一宮町（旧宍粟郡波賀町と一宮町）のあたり。
53 記紀に、天孫ニニギノミコトの妻

いひたまひき。故、波加の村と曰ひき。此処《ここ》に到《いた》る者《ひと》、手《て》足洗《あしあら》はざれば、必《かなら》ず雨《あめ》なり[56]。其の山、栂、枌、檀《まゆみ》、黒葛《くろかづら》、山薑《わさび》等《ども》生《お》ふ。狼、羆住めり。

御方《みかた》の里《さと》[57]。土は下《しも》の上《かみ》。御形《みかた》と号《なづ》けし所以《ゆゑ》は、葦原志許乎命《あしはらのしこをのみこと》、天日槍命《あめのひぼこのみこと》[58]と、黒土《くろつち》の志尓嵩《しにだけ》[59]に到りまして、各《おのもおのも》、黒葛《くろかづら》三条《みかた》[60]を以《もち》て、足《あし》に着《つ》け投《な》げたまひき。その時、葦原志許乎命の黒葛、一条《ひとかた》は但馬《たぢま》の気多《けた》の郡《こほり》に落ち、一条《ひとかた》は夜夫《やぶ》の郡に、一条《ひとかた》は此の村に落ちき。故、三条と曰ひき。天日槍命の黒葛、皆《みな》、但馬の国に落ちき。故、但馬の伊都志《いづし》の地《ところ》を占《し》めて在《いま》しき。一云《またい》はく、大神《おほかみ》、形見《かたみ》[61]と為《し》て、御杖《みつゑ》を此の村に植ゑたまひき。故《かれ》、御形《みかた》と曰《い》ひき。

大内川《おほうちかは》[62]、小内川《をうちがは》、金内川《かなうちがは》。大《おほ》きなるは、大内《おほうち》と称《い》ひ、小《ちひ》さきは小内《をうち》と称ひ、鉄《まがね》を生《いだ》すは金内《かなうち》と称《い》ひき。其の山、栂《ひのき》、林《はやし》[63]、黒葛《くろかづら》等《など》生《お》ふ。狼《おほかみ》、熊《くま》住《す》めり。

伊和《いわ》の村《むら》[64]。本の名は、神酒《みわ》[65]なり。大神《おほかみ》、酒《みわ》を此《こ》の村《むら》に醸《か》

神として、大山津見神の子神、木花之佐久夜毘売がいる。諸注釈は、それと別神であろうとする。

54　宍粟郡波賀町の安賀・有賀・上野（旧宍粟郡波賀町）のあたり。

55　新編全集本は、競争に負けた伊和大神の無念の気持ちをこめた詔り別け、とする。

56　民間習俗に基づく言い伝え。

57　宍粟市一宮町（旧宍粟郡一宮町）の北部のあたり。

58　既出。

59　「黒土の」は志尓嵩に掛かる枕詞的な称辞。

60　「条（かた）」は、つる草のように細長く延びたもの。

61　形見は一般的には思い出のよすがとなる品をいう。ここでは土地占拠の標識を意味するか。

62　所在不明。

63　「林」は底本による。諸説あるが、しばらく底本のままとする。

64　宍粟市一宮町（旧宍粟郡一宮町）

みたまひき。故《かれ》、神酒《みわ》の村と曰ひき。又、於和《おわ》の村と云ひき。大神、国作り訖《を》へたまひし以後《のち》、云ひたまひしく、「於和《おわ》、等於我美岐[66]」

のあたり。

65 神に捧げる酒を「みわ」と言った。

66 難解な句。古典大系本「おわ。我がみきに等《まも》らむ」、古典全書本「おわと云ひておがみき」、新編全集本「おわ。我がみきと等《ひと》し」、山川本「おわ。我がみきに等《ひと》し」。いずれも従い難い。この一句、万葉仮名文として素直に訓めば「『おわ』とおがみ（拝み）き」か。あえて付訓せず後考を俟つ。

神前郡

神前郡《かむさきのこほり》[1]。右《みぎ》、神前と号《なづ》けし所以《ゆゑ》は、伊和大神《いわのおほかみ》の子《みこ》、建《たけ》石敷命《いはしきのみこと》[2]、山使《やまつかひ》の村《むら》の神前山《かむさきやま》に在《いま》しき。神在《かみいま》すに因《よ》りて名《な》と為《な》しき。故《かれ》、神前郡と曰《い》ひき。

埴岡《はにをか》の里《さと》[3]。生野《いくの》・大内川《おほうちかは》・湯川《ゆかは》・粟鹿《あはか》・波自加《はじか》の村《むら》。土《つち》は下《しも》の々《しも》。埴岡と号けし所以は、昔、大汝命《おほなむちのみこと》[4]、小比古尼命《すくなひこねのみこと》[5]と、相争《あひあらそ》ひて云《い》ひたまひしく、「埴《はに》[6]の荷《に》を担《にな》ひて遠《とほ》く行《ゆ》くと、

神前郡

1 神河町（旧神前郡神崎町・大河内町）・朝来市生野町（旧朝来郡生野町）・市川町（旧神崎郡市川町）・福崎町（旧神崎郡福崎町）のあたり。

2 後出の託賀郡都麻里の説話に登場する建石命と同一神と思われる。

3 神河町（旧神前郡神崎町・大河内町）と朝来市生野町（旧朝来郡生野町）の一部を含むあたり。

4 既出。

屎下《くそま》らずして遠《とほ》く行《ゆ》くと、此《こ》の二《ふた》つの事《こと》、何《いづ》れか能《よ》く為《なさ》む」といひたまひき。大汝命《おほなむちのみこと》曰《い》ひたまはく、「我《あ》は屎下らずして行《ゆ》かむと欲《おも》ふ」といひたまふ。小比古尼命《すくなひこねのみこと》曰《い》ひたまひしく、「我《あ》は堲《はに》の荷を持ちて行かむと欲ふ」といひたまひき。如是《かく》、相争《あひあらそ》ひて行《ゆ》[7]きたまひき。数日《ひかず》逕《へ》て、大汝命云ひたまひしく、「我《あ》は忍《しの》び行《ゆ》きあへず[8]」といひたまふ。即《すなは》ち坐《ゐ》て屎下りたまひき。その時、小比古尼命咲《わら》ひて曰ひたまひしく、「然苦《しかくる》し」といひたまひて、亦《また》、其《そ》の堲《はに》を此《こ》の岡《をか》に擲《な》げうちたまひき。故《かれ》、堲岡《はにをか》と号《なづ》けき。又《また》、屎下《くそま》りたまひし時、小竹《ささ》、其《そ》の屎《くそ》を弾《はじ》き上《あ》げて[9]、衣《みそ》に行《は》ねき。故《かれ》、波自賀《はじか》の村《むら》[10]と号《なづ》けき。其の堲《はに》と屎《くそ》と石《いし》と成《な》りて、今《いま》に亡《う》せず。一家云《あるひとい》はく、「品太天皇《ほむだのすめらみこと》、巡《めぐ》り行《い》でましし時《とき》、宮《みや》を此《こ》の岡《をか》に造《つく》りたまひて、勅《みことのり》して云《い》ひたまひしく、『此《こ》の土《つち》は堲為《はにた》るのみ』といひたまひき」といふ。故、堲岡と曰ひき。生野《いくの》[11]と号けし所以は、昔、此処《ここ》に荒《あら》ぶる神在《かみいま》して、往来《ゆきき》

5　既出。『播磨』では、大汝命とペアで語られている。
6　粘土。
7　二神のがまん比べ。
8　耐えてがまんすることができなくなった。
9　『古事記』中巻、崇神天皇条に、屎が褌にかかった場所を「屎褌（くそばかま）」と名づけたという地名説話がある。
10　市川町屋形（旧神崎郡市川町屋形）の初鹿野のあたり。
11　朝来市生野町（旧朝来市生野町）のあたり。この説話も典型的な交通妨害説話。生野は山陰道から山陽道に通じる要衝の地。本の名「死野」から生野への改名は、和銅官命が命じた地名

の人《ひと》を半《なか》ば殺《ころ》しき。此《これ》に由《よ》りて死野《しにの》と号けき。以後《のち》、品太天皇、勅して云ひたまひしく、「此《こ》は悪《あ》しき名《な》なり」といひたまひて、改めて生野《いくの》と為《な》しき。

粟鹿川《あはかのか》内《ふち》[12]と号けし所以は、彼《そ》は、但馬《たぢま》の阿相《あさぐ》の郡《こほり》[13]粟鹿《あはか》山《やま》より流《なが》れ来《く》。故、粟鹿川内と曰ひき。楡生《にれお》ふ。

大川《おほか》内《ふち》。[14] 大《おほ》きに因《よ》りて名《な》と為《な》しき。檜《ひのき》、杉生《すぎお》ふ。又《また》、異俗《あだし》人《ひと》、[15]三十許口有《みそたりばかりあ》り。

湯《ゆ》川《かは》。[16] 昔、湯《ゆ》、此の川に出《い》でき。故、湯川と曰ひき。檜、杉、黒葛生《くろかづらお》ふ。又、異俗人、三十許在り。

川辺《かはのべ》の里《さと》。[17] 勢賀《せか》川《がは》[18]・砥《と》川山《がはやま》。土《つち》は中《なか》の下《しも》。此の村、川辺に居《を》りき。故、川辺の里と号けき。勢賀《せか》といふ所以は、品太天皇、此の川《か》内《ふち》に狩《みかり》したまひ、猪《ゐ》、鹿多《しかさは》に此処《ここ》に約《せ》め[19]出《いだ》して殺《ころ》したまひき。故《かれ》、勢賀《せか》と曰《い》ひき。砥《と》川山《かはやま》[20]と云ひし所以は、彼《そ》の山《やま》に砥《と》ありき。故、砥《と》川山《かはやま》と曰ひき。星《ほし》の出《い》づるに至《いた》るまで狩《か》り殺《ころ》しき。故、山《やま》を星肆《ほしくら》と名づけき。

に好き字を付けた典型的な例と考えられているが、「野」に関わる自然地名は、官命第四項に対応する。意味喚起を目的とした地名表記と見るべきである。

12　市川の支流、粟鹿川。

13　飾磨郡安相里に記された朝来と同所。

14　朝来市を流れる市川。聖岡里の標目の下には「大内川」とある。

15　生活風習を異にする人たちの集団。古典全書本は、播磨国に蝦夷を置いた記事が『景行紀』にあることに注目し、このような伝えと関係があるのではないかとする。

16　市川の支流、小田原川。

17　市川町（旧神崎郡市川町）の東川辺・西川辺のあたり。

18　市川の支流。

19　行き場をせき止める。

20　古典大系本は、この記事は勢賀川記事に追録した際、不適当な位置に置かれたとして「星の出づる云々」の後に移動させている。「砥」は砥石。

高岡《たかをか》の里《さと》。[21] 神前山《かむさきやま》・奈具佐山《なぐさやま》。土は中《なか》の々《なか》。右、高岡と云ふは、此《こ》の里《さと》に高《たか》き岡《をか》有《あ》り。故、高岡と号けき。

神前山《かむさきやま》。[22] 上《かみ》と同《おな》じ。[23]

奈具佐山《なぐさやま》。[24] 檜生《ひのきお》ふ。其《そ》の由《よし》を知らず。

多駝《ただ》の里。[25] 邑日野《おほわちの》・八千軍野《やちぐさの》[26]・糠岡《ぬかをか》。[27] 土《つち》は中《なか》の下《しも》。多駝《ただ》と号《なづ》けし所以《ゆゑ》は、品太天皇《ほむだのすめらみこと》、巡《めぐ》り行《い》でましし時《とき》、大御伴人《おほみともびと》[28]、佐伯部《さへきべ》等《ら》[29]が始祖《はじめのおや》、阿我乃古《あがのこ》、此《こ》の土《くに》を欲請《こ》ひ申《まを》しき。その時、天皇《すめらみこと》勅《みことのり》して云《い》ひたまひしく、「直《ただ》に請《こ》ひつるかも」といひたまひき。故《かれ》、多駝《ただ》と曰《い》ひき。

邑日野《おほわちの》[30]と云《い》ひし所以《ゆゑ》は、阿遅須伎高日古尼命《あぢすきたかひこねのみこと》[31]の神《かみ》、新次《にひすき》の社《やしろ》[32]に在《いま》して、神宮《かむみや》を此《こ》の野《の》に造りたまひし時《とき》、意保和知《おほわち》[33]を苅《か》り廻《もとほ》して院《かき》と為《な》したまひき。故、邑日野と名づけき。

糠岡《ぬかをか》は、伊和大神《いわのおほかみ》と天日桙命《あめのひぼこのみこと》と二《ふた》はしらの神《かみ》、各《おのもおのも》、軍《いくさ》を発《おこ》して相戦《あひたたか》ひたまひき。その時、大神《おほかみ》の軍《いくさ》、集《つど》ひて稲《いね》を舂《つ》きき。其《そ》の糠《ぬか》、聚《あつま》りて丘《をか》と為《な》りき。一云《またい》はく[34]、城《き》を掘《ほ》りし

21　福崎町高岡（旧神崎郡福崎町高岡）のあたり。

22　福崎町高岡（旧神崎郡福崎町山崎）の山崎山。

23　郡名起源説話において述べたことに対する断り書き。

24　市川町（旧神崎郡市川町）・福崎町（旧神崎郡福崎町）・姫路市夢前町（旧飾磨郡夢前町）の境の七種山。

25　姫路市山田町多田のあたり。

26　福崎町八千種のあたり（旧神崎郡福崎）。

27　姫路市船津町八幡の糠塚。

28　天皇の従者。

29　『仁徳紀』四十年の隼別皇子追討記事に、播磨国の佐伯直阿俄能胡が私地を献じて死罪を免れた記事がある。これと同一人物であろう。

30　所在不明。

31　記紀・『出雲国風土記』にも登場する神。大国主神と宗像の多紀理毘売の間に産まれた神。

32　延喜式内社。「新次」は新しく切り開いた地の意味か。

33　茅を束ねて立てかけたものか。

34　「一云」の異伝、「城を掘り～城を

処《ところ》は、品太天皇の御俗《みよ》[35]、参度《まゐわた》り来《こ》し百済人《くだらびとら》等、有俗《ならひ》[36]の随《まにま》に、城《き》を造《つく》りて居《を》りき。又《また》、其《そ》の餝置《ひお》ける粳《ぬか》[37]を、墓《はか》と云ひ、又《また》、城牟礼山《きむれやま》[38]と云ひき。其《そ》の孫等《うまごども》は、川辺《かはのべ》の里《さと》の三家《みやけ》[39]の人《ひと》、夜《や》代等《しろら》なり。八千軍《やちぐさ》と云ひし所以は、天日桙命《あめのひぼこのみこと》の軍《いくさ》、八千《やち》在《あ》りき。故《かれ》、八千軍野《やちぐさの》と曰《い》ひき。

蔭山《かげやま》の里《さと》。[40] 蔭岡《かげをか》、冑岡《かぶとをか》。 土は中の下。蔭山と云ふは、品太天皇の御蔭《みかげ》[41]、此の山に堕《お》ちき。故、蔭山と曰ひ、又、蔭《かげ》岡《をか》と号けき。ここに、道《みち》を除《はら》ふ[42]刃《は》鈍《にぶ》く[43]ありき。仍《よ》りて云ひたまひしく、「磨布理許」[44]といひたまひき。故《かれ》、磨布理《とほり》の村《むら》[45]と云ひき。冑岡《かぶとをか》[46]と云ふは、伊与都比古《いよつひこ》の神《かみ》[47]と宇知賀久牟《うちかくむ》豊富命《とよほのみこと》[48]と、相闘《あひたたか》ひし時《とき》、冑《かぶと》、此《こ》の岡《をか》に堕《お》ちき。故、冑岡と曰ひき。

的部《いくはべ》の里《さと》。[49] 石坐《いはくら》の神山《かむやま》、高野《たかの》の社《やしろ》。 土《つち》は中《なか》の々《なか》。右、的《いく》部等《はべら》[50]、此の村に居《を》りき。故、的部の里と曰ひき。石坐の山と云ふは、此《こ》の山《やま》、石《いは》を戴《いただ》く。又《また》、豊穂命《とよほのみこと》[51]の神在《かみあ》り。故《かれ》、

造りて居りき」までの記事を、古典大系本・古典全書本・新編全集本は、文意により次の「又～城牟礼山と云ひき」の後に移動させる。文脈の流れから言えば、その順序の方が整合性が認められる。

35 「御世」の意か。
36 自分たちの生活習慣。
37 箕でふるい落とした粳。
38 「ムレ」は、既出。古代朝鮮語で「山」の意と考えられている。渡来系の人々が定住した初期に「キムレ（城山）」と呼ばれていたものが、「孫」と呼ばれている子孫の時代になって、その記憶が忘れられて「城牟礼山」と呼ぶようになったものか。
39 屯倉。
40 姫路市豊富町御蔭のあたり。
41 頭髪に冠する装身具。
42 行く手に生い茂る雑草などを切り払う。
43 切れ味が悪い。
44 この訓と解釈については諸説あり、いまだ定説を見ない。後考を俟つ。
45 姫路市砥堀。
46 姫路市豊富町甲丘の甲山。

石坐の神山《かむやま》[52]と曰ひき。高野《たかの》の社《やしろ》と云ふは、此の野、他《あだ》し野《の》より高《たか》し。又《また》、玉依比売命《たまよりひめのみこと》[53]在《いま》す。故、高野《たかの》の社《やしろ》と曰ひき。槐《ゑにす》[54]、杜《かつらお》生ふ。

47 伊予の国から移住してきた人たちが奉ずる神と思われる。
48 次の的部の里に出てくる豊穂命と同神であろう。外来の伊与都比古に対してこの神は在地の神。
49 姫路市香寺町（旧神崎郡香寺町）の岩部か。／50 『姓氏録』に、石川朝臣と同祖で葛城襲津彦命の後とある。その部民。／51 前出。／52 姫路市香寺町（旧神崎郡香寺町）須加院の山。／53 記紀にも登場する神。霊（タマ）の依り代としての神格をもつ。／54 古典大系本はエンジュの樹とする。

託賀郡[1]

託賀郡《たかのこほり》。

右《みぎ》、託加《たか》と名《なづ》けし所以《ゆゑ》は、昔《むかし》、大人《おおひと》[2]在《あ》りて、常《つね》に勾《かがま》り[3]行《ゆ》きき。南《みなみ》の海《うみ》より、北《きた》の海に到《いた》り、東《ひむがし》より巡《めぐ》り行《ゆ》きし時《とき》、此《こ》の土《くに》に到《いた》り来《き》て云《い》ひしく、「他《あだ》し土《くに》は卑《ひく》ければ[4]、常《つね》に勾《かがま》り伏《ふ》して行《ゆ》きき。此《こ》の土《くに》は高《たか》ければ、申《の》びて行《ゆ》く。高《たか》きかも」といひき。故《かれ》、託賀の郡と曰ひき。其《そ》の踰《ふ》みし跡処《あと》、

託賀の郡
1 西脇市（旧西脇市・多可郡黒田庄町）・多可町（旧多可郡中町・八千代町・加美町）。
2 巨人。巨人が活躍する神話・伝説は各地に多く残っている。ダイダラボッチは最もよく知られた巨人伝説の主人公。
3 身をかがめて。
4 高さが低いこと。
5 多可町（旧多可郡加美町から中町

数々沼《あまたぬま》と成《な》れり。

賀眉《かみ》の里《さと》[5]。大海山《おほみやま》[6]、荒田《あらた》の村《むら》[7]。土《つち》は下《しも》の上《かみ》。右、川上《かはかみ》に居《を》りしに由《よ》りて名《な》と為《な》しき。大海《おほみ》と号けし所以は、昔、明《あか》石《し》の郡《こほり》大海《おほみ》の里《さと》の人《ひと》、到《いた》り来《き》て此《こ》の山《やま》の底《ふもと》[8]に居《を》りき。故《かれ》、大海山《おほみやま》と曰《い》ひき。松生《まつお》ふ。荒田《あらた》と号けし所以は、此処《ここ》に在《いま》す神《かみ》、名《な》は道主日女命《みちぬしひめのみこと》[9]、父《ちち》无《な》くして児《こ》を生《う》みたまひき[10]。盟《うけひ》酒《ざけ》[11]を醸《か》まむと為《し》て、田《た》七町《ななところ》[12]を作りしに、七日七夜《なぬかななよ》の間《ほど》に、稲《いね》成熟《みの》り竟《を》はりぬ。酒《さけ》を醸《か》みて諸《もろもろ》の神《かみ》を集《つど》へ、其の子を遣りて、酒を捧《ささ》げて養《やしな》はしめき。是《ここ》に、其の子、天目一命《あまのまひとつのみこと》[13]に向《む》きて奉《たてまつ》り、其の父と知りき。後《のち》に其の田荒れき。故、荒田の村と曰ひき。

黒田《くろだ》の里《さと》[14]。袁布山《をふやま》・支閇岡《きへをか》・大羅野《おほあみの》。土は下の上。右、土《つち》黒《くろ》きを以《もち》て名と為しき。袁布山《をふやま》と云《い》ふは、昔《むかし》、宗形《むなかた》の大神《おほかみ》、奥津嶋比売命《おきつしまひめのみこと》[15]、伊和大神の子を任《はら》みて[16]、此《こ》の山《やま》に到《いた》り来《き》て云《い》ひたまひしく、「我《わ》が産《こう》むべき時訖《ときを》ふ」といひたまひき。

のあたり）。

6 多可町（旧多可郡加美町）観音寺東方の山。

7 多可郡（旧多可郡中町から加美町の奥荒田のあたり）。

8 山の麓。

9 他に見えない神。

10 異常出生譚。通常の形で産まれてこないという、神話・伝説にしばしば登場するモチーフのひとつ。

11 「ウケヒ」とは、あらかじめ結果を予想してなされる言語呪術。この酒は父神を判定するために醸造されたもの。

12 『田令』に「凡そ田は長さ三十歩、広さ十二歩を段とせよ。十段を町とせよ」とある。

13 鍛冶工の奉じた神。

14 西脇市黒田庄町（旧多可郡黒田庄町）。

15 宗像の奥つ宮の祭神。『古事記』によれば、天照大御神と須佐之男命のウケヒによって産まれた三女神の中の一神である。

故《かれ》、袁布山《をふやま》と曰《い》ひき。支閇丘《きへをか》と云ふは、宗形《むなかた》の大神《おほかみ》云《い》ひたまひしく、「我《わ》が産《こう》むべき月尽《つきき》へぬ」[17]といひたまひき。故《かれ》、支閇丘《きへをか》と曰《い》ひき。大羅野《おほあみの》[18]と云ふは、昔、老夫《おきな》と老女《おみな》と、羅《あみ》[19]を袁布《をふ》の中山《なかやま》に張《は》りて、禽鳥《とり》を捕《と》るに、衆《もろもろ》の鳥多《とりさは》に来《き》て、羅を負ひて飛び去《ゆ》き、件《くだり》の野《の》に落ちき。故、大羅野と曰ひき。

都麻《つま》の里《さと》[20]。都多支《つたき》・比也山《ひややま》・比也野《ひやの》・鈴堀山《すずほりやま》・伊夜丘《いやをか》・阿富《あふ》山《やま》・高瀬《たかせ》・目前《まさき》・和尓布多岐《わにふたき》・阿多加野《あたかの》。土は下の上。都麻と号けし所以は、播磨刀売《はりまとめ》と丹波刀売《たにはとめ》[21]と、国《くに》を堺《さか》ひたまひし時、播磨刀売《はりまとめ》、此《こ》の村《むら》に到《いた》り、井《ゐ》の水《みづ》を汲《く》みて飡《いひくら》ひて云ひたまひしく「此の水、有味《うま》し」と云ひたまひき。故、都麻と曰ひき。

都太岐《つたき》[22]と云ふは、昔、讃伎日子神《さぬきひこのかみ》[23]、氷上刀売《ひかみとめ》[24]を誂《と》ひたまひき。その時、氷上刀売《ひかみとめ》、答《こた》へて「否《いな》」と曰ひたまひしに、日子神《ひこがみ》、猶強《なほし》ひて誂《と》ひたまひき。是《ここ》に、氷上刀売、怒《いか》りて

16 懐妊する。
17 時が経過し、出産すべき時になったこと。
18 所在不明。
19 あみ。鳥網。
20 西脇市一帯。
21 「刀売」は老女の意。播磨・丹波それぞれの地の女首長か。
22 所在不明。
23 讃伎国の神。
24 丹波の国氷上郡の女首長。あるいは女神か。

云ひたまひしに、「何《なに》の故《ゆゑ》にか吾《あ》を」といひたまふ。即《すなは》ち建石 命《たけいはのみこと》[25]を雇《やと》ひて、兵《つはもの》を以《もち》て相闘《あひたたか》ひき。是に、讃伎日子、負けて還《かへ》り去にて云《い》ひたまひしく、「我《あ》は其れ怯《つたな》[26]きかも」といひたまひき。故、都太岐と曰ひき。比也山《ひややま》と云《い》ふは、品太 天皇《ほむだのすめらみこと》、此の山に狩《みかり》したまひしに、一鹿《しか》、前《みまへ》に立《た》ち、鳴《な》きし声《こゑ》、比々《ひひ》なり。天皇《すめらみこと》聞《き》きたまひて、翼人《おもとびと》[27]を止《と》めたまひき。故、山は比也山と号け、野は比也野《ひやの》[28]と号けき。鈴《すず》堀山《ほりやま》[29]は、品太天皇、巡《めぐ》り行《い》でましし時、鈴[30]、此の山に落ちき。求むれども得《え》ず。土《つち》を掘《ほ》りて求めき。故、鈴堀山と曰ひき。伊夜丘《いやをか》[31]は、品太 天皇《ほむだのすめらみこと》の獦犬《かりいぬ》[32] 名《な》は麻奈志漏《まなしろ》 と猪《ゐ》と、此《こ》の岡《をか》を走《はし》り上《のぼ》りき。天皇《すめらみこと》、見《み》たまひて、「射《い》よ」と云《い》ひたまひき。故《かれ》、伊夜岡《いやをか》と曰《い》ひき。此《こ》の犬《いぬ》と猪《ゐ》と相闘《あひたたか》ひて死《し》に、墓《はか》を作《つく》りて葬《はふ》りき。故《かれ》、此の岡の西に、犬墓《いぬはか》有《あ》り。阿富山《あふやま》[33]は、朸《あふこ》[34]を以《もち》て宍《しし》[35]を荷《にな》ひき。故《かれ》、阿富《あふ》と号《なづ》けき。高瀬《たかせ》の村《むら》と云《い》ふは、川《かは》の瀬《せ》高《たか》きに因《よ》りて名《な》と為《な》しき。

25 神前郡の記事に登場した建石敷命と同一神か。
26 力が弱い。
27 既出。
28 西脇市比延町・上比延町のあたり。
29 西脇市堀町のスソージ山。
30 鷹狩りの鷹に付ける鈴。
31 所在不明。
32 猟犬。
33 所在不明。
34 揖保郡の上筥岡・下筥岡の記事に既出。

目《ま》前田《さきだ》[36]は、天皇《すめらみこと》の猟犬《かりいぬ》、猪《ゐ》の為《ため》に目《め》を打《う》ち害《さ》かえき。故《かれ》、目《ま》割《さき》[37]と曰ひき。

阿多加野《あたかの》[38]は、品太天皇、此の野に狩《みかり》したまひしに、一猪《ゐ》、矢《や》を負《お》ひて、阿多岐《あたき》[39]為《し》き。故《かれ》、阿多賀野《あたかの》と曰《い》ひき。

法太《はふだ》の里《さと》[40]。甕坂《みかさか》・花波山《はななみやま》。土《つち》は下《しも》の上《かみ》。法太《はふだ》と号《なづ》けし所《ゆ》以《ゑ》は、讃伎日子《さぬきひこ》と建石命《たけいはのみこと》と、相闘ひたまひし時[41]、讃伎日子、負けて逃《に》げ去《ゆ》くに、手《て》を以《もち》て匐《は》ひ去《ゆ》きたまひき。故《かれ》、匐田《はふだ》といひき。

甕坂《みかさか》[42]は、讃伎日子、逃げ去きたまひし時、建石命、此《こ》の坂《さか》に逐《やら》ひて云ひたまひしく[43]、「今《いま》より以後《のち》、更《また》、此《こ》の界《さかひ》に入《い》ること得《え》じ」といひたまひ、御冠《みかげ》[44]を此《こ》の坂《さか》に置《お》きたまひき。一家《あるひと》云《い》へらく、「昔《むかし》、丹波《たには》と播磨《はりま》と、国《くに》を堺《さか》ひし時《とき》、大甕《おほみか》[45]を此《こ》の上《うへ》に掘《ほ》り埋《う》めて、国《くに》の境《さかひ》と為《な》しき」といひき。故《かれ》、甕坂《みかさか》と曰《い》ひき。

花波山《はななみやま》[46]は、近江国《あふみのくに》の花波《はななみ》の神《かみ》[47]、此の山に在《いま》しき。故、因りて名と為しき。

35　猪や鹿などの獣。
36　所在不明。
37　飾磨郡麻跡の里に既出。
38　所在不明。
39　『古事記』雄略天皇条に、猪が怒って「宇多岐依り来つ」とある。この「ウタキ」と同じく、怒って唸ることであろう。
40　多可町（旧多可郡八千代町）と西脇市の西南部のあたり。
41　上文、都太岐の記事参照。
42　西脇市明楽寺町から加西市和泉町に通じる三ヶ坂。
43　追い払う。
44　冠を置き、その呪力によって境界とした。
45　神酒を入れる大がめ。境界の儀礼をおこなう場所であることを示す。
46　多可町（旧多可郡八千代町）の花ノ宮か。
47　神の系譜不明。

賀毛郡[1]

賀毛郡《かものこほり》。

賀毛《かも》と号《なづ》けし所以《ゆゑ》は、品太天皇《ほむだのすめらみこと》の世《みよ》、鴨《かも》の村《むら》に、双《たぐ》へる鴨栖《かもす》を作りて卵《かひこ》を生《う》みき。故《かれ》、賀毛の郡と曰《い》ひき。

上鴨《かみかも》の里《さと》[2]。土《つち》は中《なか》の上《かみ》。下鴨《しもかも》の里《さと》[3]。土《つち》は中《なか》の中《なか》。右《みぎ》、二《ふた》つの里《さと》、鴨《かも》の里《さと》と号けしは、已《すで》に上《かみ》に詳《つばひ》らかなり。但《ただ》、後《のち》に分《わか》ちて二つの里と為《な》しき。故、上鴨、下鴨と曰ひき。所以は、品太天皇、巡《めぐ》り行《い》でまし時、此《こ》の鴨発《かもた》ち飛《と》びて、條布《すふ》の井《ゐ》[4]の樹《き》に居《を》りき。此《こ》の時《とき》、天皇問《すめらみことと》ひて云《い》ひたまはく、「何《なに》の鳥《とり》ぞ」といひたまひき。阿従《おもとひと》、当麻《たぎま》の品遅《ほむち》部《べ》[5]の君前玉《きみさきたま》、答《こた》へて曰《まを》ししく、「川《かは》に住《す》む鴨《かも》なり」とまをしき。勅《みことのり》して射《い》しめたまふ時《とき》、一矢《や》を発《はな》ちて、二《ふた》つの鳥《とり》に中《あ》てき。矢《や》を負《お》ひて山《やま》の岑《みね》より飛び越えし処《ところ》は、鴨坂《かもさか》[6]と号け、落《お》ち斃《たふ》れし処は、仍《よ》りて鴨谷《かもたに》[7]と号け、羹《あつもの》[8]を煮《に》し処は、煮《に》

賀毛郡

1 小野市・加西市・加東市（旧加東郡）・西脇市の南西部・多可町（旧多可郡八千代町の南西部）。

2 加西市和泉町のあたり。

3 加西市の西南部、北条町の南部のあたり。

4 下文、條布の里参照。

5 『古事記』垂仁天皇の皇子、本牟智和気王の御名代として品遅部を定めたとある。その部民であろう。

6 加西市鴨谷町の古坂峠。

7 加西市鴨谷町。

8 熱く煮た吸い物。

坂《さか》なり。下鴨の里に、碓居谷《うすゐたに》[9]、箕谷《みたに》、酒屋谷《さかやたに》有《あ》り。此《こ》は大汝命《おほなむちのみこと》、碓《うす》を造《つく》り稲舂《いねつ》きたまひし処は、碓居谷と号け、箕《み》置《お》きたまひし処は、箕谷《みたに》と号け、酒屋《さかや》を造りたまひし処は、酒屋谷《さかやたに》と号けき。

條布《すふ》の里《さと》[10]。土《つち》は中《なか》の々《なか》。條布と号けし所以は、此の村に井《ゐ》在《あ》りき。一女《をみな》水《みづ》を汲《く》む。即《すなは》ち吸《す》ひ没《い》れらえき[11]。故、曰ひて條布と号けき。

鹿咋山《かくひやま》。右、鹿咋と号けし所以は、品太天皇、狩《みかり》に行《い》でましし時、白《しろ》き鹿《しか》己《おの》が舌《した》を咋《く》ひて、此《こ》の山《やま》に遇《あ》ひき。故、鹿咋山と曰ひき。

品遅部《ほむちべ》の村《むら》。右、然号《しかなづ》けしは、品太天皇の世、品遅部等《ほむちべら》が遠《とほ》つ祖前玉《おやさきたま》、此《こ》の地《ところ》を賜《たま》はりき。故、品遅部の村と号けき。

三重《みへ》の里《さと》[12]。土《つち》は中《なか》の々《なか》。三重と云ひし所以は、昔、一女《をみな》在《あ》りき。筍《たかむな》を抜《ぬ》き[13]布以《ぬのもち》て裹《つつ》み食《く》らへば、重《し》き居《を》りて[14]

9 加西市牛居町。
10 加西市吸谷町のあたり。
11 井戸の中に吸い込まれた。
12 加西市北条町のあたり。
13 たけのこ。
14 古典大系本・新編全集本は「三

起《た》立つこと能《あた》はざりき。故、三重と曰ひき。

楢原《ならはら》の里《さと》[15]。土《つち》は中《なか》の々《なか》。楢原と号けし所以は、柞《なら》、此《こ》の村《むら》に生《お》ひき。故《かれ》、柞原《ならはら》と曰《い》ひき。

伎須美野《きすみの》[16]。右、伎須美野と号けしは、品太天皇の世《みよ》、大《おほ》伴連《とものむらじら》等[17]、此処《ここ》を請《こ》ひし時《とき》、国造《くにのみやつこ》黒田別《くろだわけ》[18]を喚《め》して、地状《くにかた》[19]を問《と》ひき。その時、対《こた》へて曰《まを》ししく、「縫《ぬ》へる衣《ころも》を櫃《ひつ》[20]の底《そこ》に蔵《きす》めるが[21]如《ごと》し」とまをしき。故、伎須美野と曰ひき。

飯盛嵩《いひもりたけ》[22]。右、然《しか》号《なづ》けしは、大汝命《おほなむちのみこと》の御飯《みいひ》を、此《こ》の嵩《たけ》に盛《も》りき。故、飯盛嵩と曰ひき。

粳岡《ぬかをか》。右、粳岡と号けしは、大汝命、稲《いね》を下鴨《しもかも》の村《むら》に舂《つ》かしめたまひしに、散《ち》りし粳《ぬか》、此《こ》の岡《をか》に飛《と》び到《いた》りき。故、粳岡と曰ひき。

玉野《たまの》の村《むら》[23]有《あ》り。所以《ゆゑ》は、意奚《おけ》、袁奚《をけ》二《ふたはしら》の皇子等《みこたち》[24]、美《み》嚢《なぎ》の郡《こほり》志深《しじみ》の里《さと》[25]の高宮《たかみや》に坐《いま》して、山部小楯《やまべのをたて》[26]を遣《つか》はして、国造《くにのみやつこ》許麻《こま》の女《むすめ》根日女命《ねひめのみこと》[27]を誂《と》ひたまひき。是《ここ》に、根日女《ねひめ》、

重」と訂す。底本には「三」はなし。しばらく底本のままとする。『古事記』倭建命伝承に。足が三重の勾《ま》がりのようになったので、そこを三重と名づけたという地名説話がある。

15 加西市の南東部から小野市西部のあたり。

16 小野市来住町下来住のあたり。

17 『姓氏録』に「道臣の十世の孫、佐弖彦の後なり」とある。

18 『国造本紀』「針間鴨の国造」には成務天皇時代、市入別命を国造に定めたとある。

19 土地の地理的様子。

20 蓋のある大きな箱。

21 隠し蔵する。

22 加西市豊倉町の飯盛山。

23 加西市玉丘町のあたり。

24 のちの仁賢天皇と顕宗天皇。

25 二皇子発見の説話は美嚢郡に詳しく述べられている。

26 二皇子発見の功労者。『古事記』

已《すで》に命《みこと》に依《よ》り訖《を》へき。[28]その時、二の皇子、相辞《あひいな》びて娶《あ》[29]ひたまはざりき。日《ひ》の間《ほど》に、根日女、老《お》いて長逝《みまか》りき。時《とき》に、皇子等《みこたち》、大《いた》く哀《かな》しび、即《やが》て小立《をたて》[30]を遣《や》りて、勅《みことのり》して云《い》ひたまひしく、「朝夕《あしたゆふべ》に日《ひ》の隠《かく》ろはぬ地《ところ》に、墓《はか》を造《つく》り其《そ》の骨《かばね》を蔵《をさ》め、玉《たま》を以《もち》て墓《はか》を飾《かざ》れ」といひたまひき。故《かれ》、此《こ》の墓《はか》に縁《よ》りて、玉丘《たまをか》[31]と号《なづ》け、其の村を玉野と号けき。

起勢《こせ》の里《さと》。[32]　土《つち》は下《しも》の中《なか》。臭江《くさえ》、黒川《くろかは》。[33]右《みぎ》、起勢と号《なづ》けしは、巨勢部等《こせべら》、[34]此《こ》の村《むら》に居《を》りき。仍《よ》りて里《さと》の名《な》と為《な》しき。

臭江《くさえ》。[35]右、臭江と号けしは、品太天皇《ほむだのすめらみこと》の世《みよ》、播磨《はりま》の国《くに》の田《た》の村君《むらきみ》、[36]百八十《ももやそ》の村君《むらきみあ》在りて、己《おの》が村別《むらごと》に、相闘《あひたたか》ひし時《とき》、天皇《すめらみこと》、勅《みことのり》して、此の村に追ひ聚《あつ》め、悉皆《ことごと》に斬《き》り死《ころ》したまひき。故《かれ》、臭江と曰ひき。其《そ》の血《ち》、黒《くろ》く流《なが》れき。故《かれ》、黒川《くろかは》と号けき。

山田《やまだ》の里《さと》。[37]　土《つち》は中《なか》の下《しも》。猪飼野《ゐかひの》。右、山田と号けしは、人、山《やま》の際《きは》に居《を》りき。遂《つひ》に由《よ》りて里《さと》の名《な》と為《な》しき。

清寧天皇条に、山部連小楯を、針間国の宰に任けたとある。
27　他に見えない。
28　お言葉通りに従った。
29　お互いが結婚を辞退し譲り合った。記紀では二皇子が皇位を譲り合う伝承が記されている。
30　山部小楯のこと。
31　加西市玉丘町の玉丘古墳。
32　加東市社町（旧加東郡社町）の西古瀬・中古瀬・東古瀬のあたり。
33　かつて小野市黒川町を流れて加古川に合流したという旧河川。
34　武内宿禰の子孫、巨勢氏の部民。
35　所在不明。
36　農民の長。
37　小野市山田町のあたり。
38　小野市大開町あたりの草加野か。
39　仁徳天皇。

猪飼野《ゐかひの》38。右、猪飼と号けしは、難波高津《なにはたかつ》の宮《みや》に御宇《あめのしたしろ》しめしし天皇《すめらみこと》39の世《みよ》、日向《ひむか》の肥人《くまひと》40、朝戸君《あさべのきみ》、天照大神《あまてらすおほみかみ》41の坐《いま》せる舟《みふね》に、猪《ゐ》持《も》ち参来《まゐき》て進《たてまつ》りて、飼《か》ふべき所《ところ》を求《ま》ぎ申《まを》し仰《あふ》ぎき42。仍《よ》りて此処《ここ》を賜《たま》はりて、猪《ゐ》を放《はな》ち飼《か》ひき。故、猪飼野と曰ひき。

端鹿《はしか》の里《さと》43。土《つち》は下《しも》の上《かみ》。今《いま》に其《そ》の神在《かみいま》す44。右、端鹿と号けしは、昔、神《かみ》45、諸《もろもろ》の村《むら》に菓子《このみ》46を班《わか》ちたまひしに、此の村に至《いた》りて足《た》らざりき。故《かれ》、仍《よ》りて云《い》ひたまひしく「間《はし》に有《あ》るかも」47といひたまひき。故、端鹿と号けき。此の村、有今《いま》に至《いた》るまで、山《やま》の木《き》に菓子《このみ》なし。真木《まき》、檜《ひのき》、粉《すぎ》生《お》ふ。

穂積《ほづみ》の里《さと》48。本《もと》の名《な》は塩野《しほの》なり。小目野《をめの》。土《つち》は下《しも》の上《かみ》。塩野といふ所以は、鹹水《しほみづ》、此の村に出《い》でき。故、塩野と曰ひき。今、穂積と号くるは、穂積臣等《ほづみのおみら》49の族《うがら》、此の村に居《を》り。故、穂積と号く。

小目野《をめの》50。右、小目野と号けしは、品太天皇、巡《めぐ》り行《い》でま

40　南九州を本拠とする人々。

41　記紀では高天原を領有する皇祖神として伝えられているが、風土記において天照大神が登場するのはここだけである。

42　奉った猪を飼育するところについてお答えを待った。

43　加東市東条町（旧加東郡東条町）の椅鹿谷のあたり。

44　古典大系本・新編全集本は追補注記の誤挿入として「故、端鹿と号けき」の下に割り注として校訂する。

45　未詳。古典大系本は、木種を分布した『神代紀』の五十猛命かとする。

46　木の実。

47　数が足りないこと。

48　加東市滝野町（旧加東郡滝野町）穂積のあたり。

49　『姓氏録』に「伊香賀色雄の男、大水口の宿禰の後なり」とある。

50　加東市社町（旧加東郡社町）野村

し し時、此の野に宿《やど》りたまひき。仍《よ》りて四方《よも》を望《のぞ》み覧《み》たまひて、勅《みことのり》して云ひたまひしく、「彼《そ》の観《み》ゆるは、海《うみ》か河《かは》か」といひたまひき。従臣《おもとひと》対《こた》へて曰《まを》ししく、「此《こ》は霧《きり》なり」とまをしき。その時、宣《の》りて云ひたまひしく、「大体《おほかた》に見《み》ゆれども、小目《をめ》なきかも」[51]といひたまひき。故、曰ひて小目野と号けき。是《ここ》に、従臣《おもとひと》井《ゐ》を開《ひら》きき。故《かれ》、佐々《ささ》の御《み》井《ゐ》と云《い》ひき。又《また》、此《こ》の野《の》に因《よ》りて、歌詠《うたよ》みしたまひき。

うつくしき（愛しき）をめのささはに（小目の笹葉に）あられふり（霰降り）しもふるとも（霜降るとも）なかれそね（な枯れそね）をめのささは（小目の笹葉）

雲潤《うるみ》の里《さと》。[52]　土《つち》は中《なか》の々《なか》。右、雲潤と号けしは、丹津日子《につひこ》の神《かみ》、[53]法太《はふだ》の川《かは》[54]底《じり》[55]を、雲潤の方《かた》に越《こ》さむと欲《おもほ》して、尓云《しかい》ひし時《とき》、彼《そ》の村《むら》に在《いま》せし太水《おほみづ》の神《かみ》、[56]辞《いな》びて云ひたまひしく、「吾《あ》は宍《しし》の血《ち》[57]を以《もち》て佃《たつく》る。故《かれ》、河《かは》の水《みづ》を欲《ほり》せず」といひた

のあたり。

51 だいたいの地形は確認できるが、細かい部分が見えない、の意。

52 加西市の北東部から加東市滝野町（旧加東郡滝野町）のあたり。

53 他に見えない神。

54 多可町（旧多可郡八千代町）を流れる野間川。

55 川の下流。

まひき。その時《とき》、丹津日子《につひこ》云ひたまひしく、「此《こ》の神《かみ》、河《かは》を掘《ほ》る事《こと》を倦《う》みて[58]、尓云《しかい》へるのみ」といひたまひき。故《かれ》、雲弥《うみ》と号《なづ》けき。今《いま》の人《ひと》、雲潤《うるみ》と号《なづ》く。

河内《かふち》の里《さと》[59]。土は中の下《しも》。右、川に由りて名と為しき。此《こ》の里《さと》の田《た》、草《くさ》を敷《し》かずして苗子《なへ》[60]を下《おろ》す。然《しか》る所以《ゆゑ》は、住吉《すみのえ》の大神《おほかみ》[61]、上《のぼ》り坐《ま》しし時《とき》、此の村に食《みをし》したまひき。ここに、従《みとも》の神等《かみたち》、人《ひと》の苅《か》り置《お》ける草《くさ》を、解《と》き散《ち》らして坐《みまし》と為《な》しき。その時、草主《くさぬし》大《いた》く患《うれ》へて[62]、大神に訴《うるた》へき。判《ことわ》りて[63]云ひたまひしく、「汝《いまし》が田《た》の苗《なへ》は、必《かなら》ず草《くさ》を敷《し》かずとも、草《くさ》を敷《し》けるが如《ごと》く生《お》ひむ」といひたまひき。故《かれ》、其《そ》の村《むら》の田《た》、今《いま》に、草《くさ》を敷《し》かずして苗代《なはしろ》を作《つく》る。

川合《かはひ》の里《さと》[64]。土は中の上《かみ》。腹辟《はらさき》の沼《ぬま》[65]。右、川合と号けしは、端鹿《はしか》の川底《かはじり》[66]と鴨川《かもがは》[67]と会《あ》ふ村《むら》なり。故、川合の里と号けき。

腹辟《はらさき》の沼《ぬま》。右、腹辟と号けしは、花浪神《はななみのかみ》[68]の妻《め》淡海神《あふみのかみ》、己《おの》が夫《せ》を追《お》はむと為《し》て、此処《ここ》に到《いた》り、遂《つひ》に怨《うら》み瞋《いか》りて、妾《め》、

56 他に見えない神。
57 讃容郡に鹿の血を用いる記事があった。
58 あきる。いやになる。
59 加西市河内町のあたり。
60 苗代に稲種を蒔く時に草を敷かない。
61 古事記によればイザナキ命が禊ぎをした時に生まれた神。
62 「ウレフ」は、困難や災いに苦しむ気持ちを表す言葉で、しばしばそれを神に訴えるという行為を伴う心理を表現する。
63 理に叶うように判断する。
64 小野市河合中町。西町のあたり。
65 所在不明。
66 加東市東条町（旧加東郡東条町）を流れる東条川。
67 加西市を流れる万願寺川。
68 託賀郡に既出。神の系譜不明。

刀《かたな》を以《もち》て腹《はら》を辟《さ》き、69 此《こ》の沼《ぬま》に没《しづ》みき。故、腹辟の沼と号けき。其の沼の鮒等《ふなども》、今《いま》に五臓《はらわた》无し。70

美嚢郡 1

美嚢郡《みなぎのこほり》。美嚢と号《なづ》けし所以《ゆゑ》は、昔《むかし》、大兄伊射報和気命《おほえのいざほわけのみこと》2、国《くに》を堺《さか》ひたまひし時《とき》、志深《しじみ》の里《さと》3の許曾《こそ》の社《もり》に到《いた》りて、勅《みことのり》して云《い》ひたまひしく、「此《こ》の土《くに》は、水流れ甚美《いとうるは》しきかも」といひたまひき。故《かれ》、美嚢郡と号《なづ》けき。

志深《しじみ》の里《さと》。土《つち》は中《なか》の々《なか》。志深と号けし所以は、伊射報和気命《いざほわけのみこと》、此《こ》の井《ゐ》に御食《みをし》したまひし時《とき》、信深貝《しじみがひ》4、御飯《みいひ》の筥《はこ》の縁《へ》に遊《あそ》び上《のぼ》りき。その時、勅して云ひたまひしく、「此《こ》の貝《かひ》は、阿波《あは》の国和那散《くにわなさ》5に、我《わ》が食《を》せる貝《かひ》なるかも」といひたまひき。故《かれ》、志深《しじみ》の里《さと》と号《なづ》けき。

於奚《おけ》、袁奚《をけ》の天皇等《すめらみことたち》6、此《こ》の土《くに》に坐《いま》しし所以《ゆゑ》は、汝《な》が父《ちち》、

69 「辟」は「擘」の通用字。
70 神話の出来事によって、この沼の魚に五臓がないとする伝承。

美嚢の郡
1 三木市（旧三木市・美嚢郡吉川町）・神戸市北区淡河町のあたり。
2 履中天皇。
3 三木市志染町細目の高宮。
4 蜆貝。
5 『延喜式』神名帳阿波国に「和奈佐意富曾神社」がある。
6 仁賢天皇と顕宗天皇。記紀にも、大長谷王（雄略天皇）によって殺され

市辺 天皇命《いちのへのすめらみこと》、[7] 近江《あふみ》の国《くに》の摧綿野《くたわたの》[8]に殺《ころ》さえし時《とき》、日下部《くさかべの》連意美《むらじおみ》[9]を率《ゐ》て逃《のが》れ来《き》て、惟《こ》の村《むら》の石室《いはむろ》に隠りたまひき。然《しか》る後《のち》、意美《おみ》、自《みづか》ら重《おも》き罪《つみ》[10]を知《し》りて、乗《の》れる馬等《うまども》、其《そ》の筋[11]を切《き》り断《た》ちて逐《お》ひ放《はな》ちき。亦《また》、持《も》てる物《もの》、桉等《くらども》は、尽《ことごと》に焼《や》き癈《す》つ。即《すなは》ち経《わな》き死《し》にき。[12] ここに、二人《ふたり》の子等《みこたち》、彼此《をちこち》に隠《かく》り、東西《かにかくに》[13]に迷《まよ》ひたまひき。仍《よ》りて、志深《しじみ》の村《むら》の首《おびと》、伊等尾《いとみ》[14]が家《いへ》に役《つか》はえたまひき。伊等尾《いとみ》が新室《にひむろ》の宴《うたげ》[15]するに因《よ》りて、二人《ふたり》の子等《みこたち》に燭《ひとも》さしめ、[16] 仍《よ》りて詠辞《ながめごと》[17]を挙《あ》げしめき。ここに兄《え》弟《おと》 各《おのもおのも》 相譲《あひゆず》り、弟立《おとた》ちて詠《なが》めたまひき。其《そ》の辞《こと》に曰《い》ひしく、

たらちし 吉備《きび》の鉄《まがね》の 狭鍫《さぐは》持《も》ち 田打《たう》つ如《な》す 手拍《てう》て子等《こら》 吾《あれ》は儛為《まひせ》せむ

又《また》、詠《なが》めたまひき。其《そ》の辞《こと》に曰《い》ひしく、

淡海《あふみ》は 水渟《みづたま》る国[18] 倭《やまと》は 青垣《あをがき》 青垣《あをがき》の[19] 山投《やまと》に坐《ま》し 市辺《いちのへ》の 天皇《すめらみこと》の 御足末《みあなすゑ》[20] 奴津良麻《やっこつらま》[21]

た父の市辺忍歯王の難を逃れて針間国に逃亡した両皇子が、同国の志自牟の家で馬甘牛甘として身を隠した伝承が記されている。

7 履中天皇の皇子。於奚・袁奚両皇子の父。記紀には天皇として即位した記録はないが、『顕宗紀』即位前紀の歌謡に「市辺の宮に天の下治めたまひし天万国押磐の尊」とある。

8 滋賀県蒲生郡日野町。

9 『顕宗紀』即位前紀に帳内（とねり）日下部連使主の名が見える。

10 何を「重き罪」と感じたのか不明。古代日本の罪意識を考える上で注目される。

11 「筋」の異体字。馬の腱を断ち切って走れないようにする意か。古典大系本は「勒」と訓して「たづな」と訓む。

12 縊死。

13 あちらこちらをさまよった。

14 古事記には志自牟とあるが、これは地名によった伝承に基づくのであろう。

15 新築の家を祝い言祝ぐ宴。

16 下僕としてかがり火を灯させた。

諸人等《もろひとら》、皆畏《みなかしこ》みて走《はし》り出《い》でき。ここに、針間《はりま》の国《くに》の山門《やまと》の領《みこともち》に遣《つかは》さえし山部連少楯《やまべのむらじをたて》22、相聞《あひき》き相見《あひみ》て、語《かた》りて云《い》はく、「此《こ》の子《みこ》の為《ため》に、汝母《いましはは》、手《た》白髪命《しらかのみこと》23、昼《ひる》は食《を》したまはず、夜《よる》は寝《い》ねたまはず、有生《いく》るも有死《しぬ》ぬるも24、泣《な》き恋《こ》ふる子等《みこたち》」といひき。仍《よ》りて参上《まゐのぼ》りて啓《まを》すこと、右《みぎ》の件《くだり》のごとし。歓《よろこ》び哀《かなし》び泣《な》きて、少楯《をたて》を還《かへ》し遣《や》りて召《め》し上《あ》げたまひき。仍りて、相見《あひみ》、相語《あひかた》らひ恋《こ》ひたまひき。此《これ》より以後《のち》、更還《またかへ》り下《くだ》り、宮《みや》を此《こ》の土《くに》に造《つく》りて坐《いま》しき。故《かれ》、高野《たかの》の宮《みや》25、少野《をの》の宮《みや》、川村《かはむら》の宮《みや》、池野《いけの》の宮《みや》有《あ》り。又、倉《みやけ》を造りたまひし処を御宅《みやけ》の村と号け、倉《みくら》を造りたまひし処を、御倉尾《みくらを》と号けき。

高野《たかの》の里《さと》26の祝田《はふりた》の社《やしろ》に坐《いま》す神《かみ》は、玉帯志比古大稲女《たまたらしひこおほいなめ》27、玉《たま》帯志比売豊稲女《たらしひめとよいなめ》。

志深《しじみ》の里《さと》28の三坂《みさか》に坐《いま》す神《かみ》は、八戸挂須御諸命《やとかかすみもろのみこと》29なり。大物《おほもの》主葦原志許《ぬしあしはらしこ》30、国堅《くにかた》めたまひし以後《のち》に、天《あめ》より三坂《みさか》31の岑《みね》に下《くだ》りたまひき。

17 声を引いて歌う意。底本には「誅辞」とある。
18 枕詞的称辞「水渟る　近江」を倒置した表現か。
19 青々と生い茂る山を形容する。
20 「父天皇の子であるぞ」の意。
21 自らを卑下した言い方。
22 賀毛郡に既出。
23 記紀とは異なる伝承である。『顕宗紀』では、母は「荑媛《はえ》」、古事記では手白髪命は仁賢天皇の皇女。二皇子発見以前、即位すべき皇子が不在であった時、二皇子の叔母にあたる飯豊王が、葛城忍海の高木角刺宮にいたことが古事記にみえる。
24 死にそうな思いで。
25 三木市志染町細目の高宮。
26 三木市別所町のあたり。
27 玉帯志比古大稲男の誤りか。
28 既出。
29 他に見えない神。八戸挂須は「御諸」にかかる枕詞的称辞
30 大国主神の亦の名。葦原志許は葦原志許乎命の略称。葦原志許乎命は既出。

吉川《えかは》の里《さと》。[32] 吉川と号けし所以は、吉川の大刀自《おほとじ》の神《かみ》、[33] 此《ここ》に在《いま》す。故、吉川の里と云ひき。

枚野《ひらの》の里《さと》。[34] 体《くにがた》に因《よ》りて名《な》と為《な》しき。

高野《たかの》の里《さと》。体に因りて名と為しき。

〈逸文〉

爾保都比売命

播磨国《はりまのくに》の風土記《ふどき》に曰《い》ふ。息長帯日女命《おきながたらしひめのみこと》、[1]新羅国《しらきの》を平《ことむ》けむと欲《おもほ》して下《くだ》り坐しし時、衆神《もろがみ》に禱《ね》ぎたまひき。爾《そ》の時、国《くに》堅《かた》めましし大神のみ子、[2]尓保都比売命《にほつひめのみこと》、[3]国造《くにのみやつこ》[4]石坂比売《いはさかひめの》命《みこと》[5]に著《つ》きて、教《をし》へて曰りたまはく、「好《よ》く我《わ》が前《みまへ》を治《をさ》め奉《まつ》らば、我《われ》ここに善《よ》き験《しるし》を出《いだ》して、比々良木《ひひらき》の八《や》尋桙根底附《ひろぼこねのそこつ》かぬ国、[6]越売《をとめ》の眉引《まよび》きの国、[7]玉匣《たまくしげ》かがやく国、[8]苫枕《こもまくら》宝《たから》有る国、[9]白衾《たくぶすま》新羅《しらき》の国[10]を、丹浪《になみ》以《も》ちて平伏《ことむ》け賜はむ」との

31　三木市志染町の御坂。
32　三木市吉川町（美嚢郡吉川町）のあたり。
33　他に見えない神。在地の巫女神か。
34　三木市を流れる美嚢川のあたり。

＊武田一・秋本〇・廣岡〇
1　神功皇后。
2　国土を作り堅めたイザナキ・イザナミの神。
3　ニホはニフ（丹生）に同じ。水銀の神。
4　『先代旧事本紀』に、針間国造は稲背入彦命の孫伊許自別命とする。
5　神を招く祭場のイハサカの巫女の意か。
6　長大な魔除けの呪木も底まで届かぬ大きな国。以下、新羅国を修飾する讃美表現が続く。仲哀紀八年九月条に同様の記述あり。

りたまふ。此《か》く教《をし》へ賜ひて、ここに赤土《はに》を出《いだ》し賜ひき。其の土《に》を天《あま》の逆桙《さかほこ》11に塗《ぬ》りて、神舟《みふね》の艫舳《ともへ》に建《た》て、又、御舟《みふね》の裳《すそ》と御軍《みいくさ》の着衣《きもの》とを染《し》め、又、海水《うしほ》を攪《か》き濁《にご》して、渡《わた》り賜ふ時、底潜《そこかづ》く魚《いを》、及高飛《またたかと》ぶ鳥等《とりども》も往《ゆ》き来《かよ》ふことなく、前《みまへ》に遮《さ》ふることなし。かくて、新羅《しらき》を平伏《ことむ》け已訖《を》へて、還《かへ》り上《のぼ》りたまひき。乃《すなは》ち其の神を紀伊《き》の国管川《つつかは》の藤代《ふぢしろ》の峯《みね》12に鎮《しづ》め奉《まつ》りたまひき。

（『釈日本紀』巻十一）

速鳥

播磨国《はりまの》の風土記に曰《い》ふ。明石《あかし》の駅家《うまや》。駒手《こまで》の御井《みゐ》1は、難《なに》波高津宮《はのたかつのみや》の天皇《すめらみこと》の御世《みよ》、楠《くすのき》、井《ゐ》の上《うへ》に生《お》ひたりき。朝日には淡路嶋《あはぢしま》を蔭《かく》し、夕日には大倭嶋根《やまとしまね》を蔭《かく》しき。2仍《すなは》ち、其の

7 眉が向き合うように日本に向かい合っている国。乙女の眉はしばしば美人の形容として表現される。
8 「玉匣」は大切なものを入れる箱の意で「かが（利）」にかかる。
9 「苫枕」は薦で作った枕で、タカ（高い）にかかる。『常陸国風土記』に「薦枕多珂国」と見える。
10 「タク」は楮。楮製の寝具で作った白布の意で「シラキ」にかかる。若しくは楮製の布の色の白さからかかる。
11 赤く塗って船の前後に逆さに立てた矛。
12 管川は、和歌山県伊都郡高野町上筒香で、上筒香と富貴の境に藤代の峰がある。式内社の丹生津比女神社は、現在和歌山県伊都郡かつらぎ町上天野にある。

＊武田一・秋本○・廣岡○
1 駒繋ぎの井。馬に水を与える場。
2 巨木伝承の定型的な文言。『古事記』仁徳天皇条にも、巨木で舟を作ったところ、高速の舟が出来たという話がある。

楠《くすのき》を伐《き》りて舟に造るに、其の迅《はや》きこと飛ぶが如く、一檝《ひとかぢ》に七浪《ななみ》を去《ゆ》き越《こ》えき。仍《よ》りて速鳥《はやとり》3と号《なづ》く。ここに、朝夕《あしたゆふべ》に此の舟に乗りて、御食《おほみけ》4に供《そな》へむとして、此の井《ゐ》の水を汲《く》みき。一日《あるひ》、御食《おほみけ》の時に堪《あ》へざりき。故《かれ》、歌作《うたよ》みて止《や》めき。唱《うた》に曰《い》はく、

住吉《すみのえ》の　大倉《おほくら》向きて　飛ばばこそ　速鳥《はやとり》と云《い》はめ　何か速鳥《はやとり》。

といふ。

（『釈日本紀』巻八）

3　鳥のように速いという意の名。鳥と舟はしばしば重ねあわされる。
4　天皇の食事。

播磨国風土記（現代語訳）

賀古の郡

四方を遠く見渡して、「この国土は、丘と原と野とがとても広大で、この丘を見るとまるで鹿の子のようだ」と言われた。それで名づけて賀古《かこ》の郡《こおり》といった。狩の時、鹿がこの丘に走り登って鳴いた。その声は「ひひ（ピー）」と聞こえた。だから日岡《ひおか》と名づけた。

この岡《おか》に比礼墓《ひれはか》がある。　鎮座している神は、大御津歯命《おおみつはのみこと》の子、伊波都比古命《いはつひこのみこと》である。

褶墓《ひれはか》と名づけた理由は、昔、大帯日子命《おおたらしひこのみこと》（景行天皇）が、印南《いなみ》の別嬢《わきいらつめ》に求婚なさった時、腰に帯びられた八咫《やあた》の剣の上の紐《ひも》に八咫の勾玉《まがたま》を、下の紐に麻布都《まふつ》の鏡を繋《か》けて、賀毛《かも》の郡《こおり》の山直《やまのあたい》たちの始祖である息長命《おきながのみこと》　別名、伊志治《いしじ》　を媒酌として求婚に下ってこられた時、摂津《せっつ》の国の高瀬《たかせ》の渡《わたり》にお着きになり、「この河を渡りたいと思う」と請われた。渡し守である紀《き》伊《い》の国人の小玉《おたま》が、「わたしを天皇の贄人《にえびと》とするのですか」と申し上げた。その時、「朕君《あぎ》（おまえよ）、そうだけれどもやはり渡してくれ」と言われた。渡し守が答えて、「どうしても渡りたいとお思いになるなら、渡し賃をください」と言った。そこで、旅の用意としていた弟縵《おとかづら》を取って、舟の中に投げ入れなさると、縵の光がきらきらと舟に満ちた。渡し守は、賃を得たのでお渡しした。それで、朕君《あぎ》の済《わたり》といった。

やっと赤石《あかし》の郡《こおり》の断《かしわでみ》御井《い》にお着きになり、お食事を土地の神に奉られた。そこで、断の御井といった。その時、印南の別嬢は、聞き驚き畏《おそ》れ多く思って、南毗都麻《なびつま》の島に逃げ渡った。そこで天皇は賀古の松原にやってきて捜し求められた。すると白い犬が海に向かって長鳴きをした。天皇が、問うて、「これは誰の犬か」と言われた。須受武良《すずむら》の首《おびと》が答えて、「これは、別嬢が飼っている犬です」と申した。天皇は、「よくぞ告げ教えてくれたものだ」と言われた。そこで、告《つげ》の首《おびと》と名づけた。天皇はこの小島におられるのをお知りになり、渡りたいと思われ、阿閇《あへ》津《つ》に到り、神にお食事を奉られた。そこで、阿閇《あへ》の村と名づけた。また、入江の魚を捕まえて、御坏物《みつきもの》とされた。そこで、御坏江《みつきえ》と名づけた。また、舟にお乗りになった所に、楉《しもと》で樹《たな》の津をお作りになった。やっと渡って別嬢とお会いになり、「この島は隠愛妻《なびつま》だ」と言われた。だから南毗都麻と名づけた。

さて、御舟《みふね》と別嬢の舟をともにつなぎ合わせて渡った。船頭の伊志治《いしじ》にそういうわけで名を大中伊志治《おおなかのいしじ》と名づけた。印南の六継《むつぎ》の村に帰り着かれて、はじめてひそかな語らいをなさった。それで、六継の村といった。天皇は、「ここは、浪《なみ》の音、鳥の声がとてもやかましい」とおっしゃって、南の高宮にお遷《うつ》りになった。だから、高宮《たかみや》の村といった。この時、酒殿を造った所は、酒屋《さかや》の村と名づけ、贄殿《にえどの》を造った所は、贄田《にえた》の村と名づけ、宮を造った所は、舘《みやかた》の村と名づけた。また、城《き》の宮田《みやた》の村に遷られてはじめてご結婚された。その後、別嬢の掃床《とこはら》えに奉仕していた出雲《いずも》の臣《おみ》比須良比売《ひすらひめ》を、息長命《おきながのみこと》と娶《めあわ》せた。その墓は賀古の駅《うまや》の西にある。

時が過ぎて、別嬢がこの宮で薨去《こうきょ》された。墓を日岡に作って葬った。その屍《しかばね》を掲げ持って印南川《いなみかわ》を渡った時、強いつむじ風が川下から起こってきて、その屍を川中に巻き込み、探したけれども見つからなかった。ただ、匣《くしげ》と褶《ひれ》とが見つかっただけだった。この二つの物を、その墓に葬った。それで、褶墓《ひれはか》と名づけた。ここで天皇が恋い悲しんで誓って「この川の物は食べない」と言われた。こういうわけで、この川の鮎《あゆ》は、天皇のお食事には進上しない。その後、御病気になられて、「薬がほしい」と言われた。宮を賀古の松原に作ってそこにお還りになった。ある人が、ここに清水を掘り出した。それで、松原《まつばら》の御井《みい》といった。

望理《まがり》の里。土は中の上。景行天皇が巡行された時、この村の川の曲りを見て、「この川の曲り具合は、みごとだなあ」と言われた。だから、望理《まがり》といった。

鴨波《あわわ》の里。土は中の中《なか》。昔、大部造《おおとものみやつこ》らの始祖である古理売《こりめ》が、この野を耕して、たくさん粟《あわ》を種《ま》いた。だから、粟々《あわわ》の里といった。

この里に舟引原《ふなひきはら》がある。昔、神前《かむさき》の村に荒くれた神がいた。いつも行く船の半数を留《とど》められた。往来の船はみんな印南の大津江《おおつえ》に留まって、川上に上り、賀意理多《かおりた》の谷から引き出して、赤石の郡林《はやし》の潮《みなと》に出し通わせた。だから、舟引原《ふなひきはら》といった。また、事は上の報告と同じである。

長田《ながた》の里。　土は中の中。　昔、景行天皇が別嬢《わきいらつめ》の所に行かれた時、道のそばに長い田があった。天皇は「長い田だなあ」と言われた。だから、長田の里といった。

駅家《うまや》の里。　土は中の中。　駅家《うまや》があったので名とした。

印南の郡

ある人が言うことには、印南《いなみ》と名づけた理由は、仲哀天皇が、皇后とともに筑紫《つくし》の久麻曾《くまそ》の国を平げようと思われて、下って行かれた時、御舟が印南の海岸に停泊した。この時、青い海がそれは平らかで、風も波も和らいで静かであった。だから、名づけて入浪《いりなみ》の印南《いなみ》の郡《こおり》といった。

大国《おおくに》の里。　土は中の中。　大国と名づけた理由は、農の民の家が、多くここにあった。だから、大国といった。

この里に山がある。名は伊保《いほ》山という。その理由は、仲哀天皇を神としてご安置して、神功皇后が石作《いしつくり》の連来《むらじおおく》を連れてきて、讃岐《さぬき》の国の羽若《はわか》の石を捜し求められた。そこから渡られて、仮の安置所を定めていない時に、大来《おおく》がそれにふさわしい場所を発見して、そこを美保《みほ》山といった。山の西に原がある。名は池《いけ》の原《はら》という。原の中に池がある。だから、池の原といった。原の南に作石《つくりいし》がある。その形は家のようである。長さは二丈、広さ一丈五尺、高さも同じくらいである。名づけて大石《おおいし》といった。伝えて言うには、「聖徳王《しょうとこのおおきみ》の御世《みよ》に、弓削大連《ゆげのおおむらじ》が造った石だ」ということである。

六継《むつぎ》の里。　土は中の中。　六継の里と名づけた理由は、すでに上に見える。この里に、松原がある。甘菆が生えている。色は菆花に似ていて、形は鶯菆のようである。十月の上旬に生え、下旬になくなる。その味はとても甘い。

益気《やけ》の里。　土は中の上。　宅《やけ》と名づけた理由は、景行天皇が御宅《みやけ》をこの村にお造りになった。だから、宅の村といった。この里に山がある。名は斗形山《ますがたやま》という。石で枡《ます》と桶《おけ》とを作った。だから、斗形山《ますがたやま》といった。石の橋がある。伝えて言うには、上古の時、この橋は天まで至り、たくさんの人たちが上り下りして往来していたということである。だから、八十橋《やそはし》といった。

含藝《かむき》の里。　本の名は、瓶落《みかおち》である。　土は中の上。　瓶落《みかおち》と名づけた理由は、仁徳天皇の御世、私部弓取等《きさきべのゆみとりら》の遠祖《とおつおや》である他田《をさだ》の熊千《くまち》が、瓶《みか》の酒《さけ》を馬の尻《しり》に着けて、住む所を求めて行ったところ、その瓶《みか》がこの村に落ちた。だから、瓶落《みかおち》といった。

また、酒山《さかやま》がある。景行天皇の御世に、酒の泉が湧き出した。だから、酒山《さかやま》といった。農の民が飲むと、酔っ払ってけんかになり、乱闘になった。それで埋め塞《ふさ》がせられた。その後、庚午《かのえうま》の年（六七〇年）に、思うところがある人がいて掘り出した。今になってもまだ、酒の気がある。

この郡の南の海の中に小島がある。名は南毗都麻《なびつま》という。成務天皇の御世に、丸部臣等《わにべのおみら》の始祖である比古汝茅《ひこなむち》を遣わして、国の境界を定めさせられた。その時、吉備比古《きびひこ》・吉備比売《きびひめ》の二人が、お迎えに参上した。そこで比古汝茅が吉備比売と結婚して生んだ子が、印南《いなみ》の別嬢《わきいらつめ》である。この女性の容姿端麗であることは、当時随一であった。その時、景行天皇が、この女性と結婚しようと思われて下って行かれた。別嬢はそれを聞いて例の島に逃げ渡って隠れておられた。だから、南毗都麻《なびつま》といった。

飾磨の郡

飾磨《しかま》の郡《こおり》。

飾磨と名づけた理由は、大三間津日子命《おおみまつひこのみこと》が、ここに屋形《やかた》を造っていらっしゃった時、大きい鹿がいて鳴いた。その時、王《おおきみ》が、「鹿が鳴いてるなあ」と言われた。だから、飾磨の郡と名づけた。

漢部《あやべ》の里。土は中の上。右を漢部というのは、讃岐《さぬき》の国の漢人《あやひと》たちがやってきてここに住んだ。だから、漢部と名づけた。

菅生《すがふ》の里。土は中の上。右を菅生《すがふ》というのは、ここに菅原《すがわら》があった。だから、菅生と名づけた。

麻跡《まさき》の里。土は中の上。右を麻跡と名づけたのは、応神天皇が巡行されていた時、「この二つを見ると、山は人の眼を割《さ》き下げているのによく似ている」と言われた。だから、目割《まさき》と名づけた。

英賀《あが》の里。　土は中の上。右を英賀というのは、伊和大神《いわのおおかみ》の子である阿賀比古《あがひこ》・阿賀比売《あがひめ》二神がここに鎮座していた。だから、神の名によって里の名とした。

伊和《いわ》の里。　船丘《ふなおか》・波丘《なみおか》・琴丘《ことおか》・匣丘《くしげおか》・箕丘《みおか》・日女道丘《ひめじおか》・藤丘《ふじおか》・稲丘《いなおか》・冑丘《かぶとおか》・鹿丘《しかおか》・犬丘《いぬおか》・甕丘《みかおか》・筥《はこ》丘《おか》。　土は中の上。伊和部《いわべ》と名づけたのは、積幡《しさわ》の郡《こおり》の伊和《いわ》の君《きみ》たちの一族がやってきてここに住んだ。だから、伊和部《いわべ》と名づけた。

手苅丘《てがりおか》と名づけた理由は、近くの国の神がここに到り、手で草を苅《か》って、食薦《すごも》としていた。だから、手苅《てがり》と名づけた。別の伝えでは、韓人《からひと》たちがはじめて来た時、鎌を使うことを知らなかった。ただ、手で稲を苅るだけだった。だから、手苅の村といった。

この十四丘は、すでに上文に記した。

昔、大汝命《おおなむちのみこと》の子である火明命《ほあかりのみこと》は心もおこないもとても頑《かたく》なで恐ろしかった。こういうわけで、父神が悩んで、逃げ捨てようと思われた。因達《いだて》の神山《かむやま》に到ってその子に水を汲《く》みに行かせ、戻ってくる前に船で出発して逃げ去られた。さて、火明命が水を汲んで戻ってきて、船が出発して去る様子を発見された。するとにわかに火明命は大いにお怒りになった。そこで風波を起こし、その船を追い攻められた。ここに、父神の船は進み行くことができなくて、ついに打ち破られた。そんなわけで、そこは波丘、琴が落ちた所は琴神《ことがみ》の丘と名づけ、箱が落ちた所は箱丘《はこおか》と名づけ、梳匣《くしげ》が落ちた所は匣丘《くしげおか》と名づけ、箕《み》が落ちた所は箕形丘《みかたおか》と名づけ、甕《みか》が落ちた所は甕丘《みかおか》といい、稲が落ちた所は稲牟礼丘《いなむれおか》と名づけ、冑《かぶと》が落ちた所は冑丘《かぶとおか》と名づけ、沈石《いかり》が落ちた所は沈石丘《いかりおか》と名づけ、綱が落ちた所は藤丘《ふじおか》と名づけ、鹿が落ちた所は鹿丘《しかおか》と名づけ、犬が落ちた所は犬丘《いぬおか》と名づけ、蚕子《ひめこ》が落ちた所は日女道丘《ひめじ》と名づけた。その時、大汝《おおなむち》の神《かみ》が妻《つま》の弩都比売《のつひめ》に「悪い子から逃れようとしてかえって波風に遇い、ひどく辛《つら》く苦しい目に遭ったなあ」と言われた。だから名づけて瞋塩《いかしお》といい、告《のり》の斉《わたり》といった。

賀野《かや》の里。幣丘《ぬきのおか》。土は中の上。右を加野《かや》というのは、応神天皇が巡行された時、ここに殿を造って、蚊屋を張られた。だから加野《かや》と名づけた。山と川の名も、里と同じである。

幣丘《ぬきのおか》という理由は、応神天皇がここに到って、土地の神に奉幣された。だから、幣の丘と名づけた。

韓室《からむろ》の里。土は中の中。右を韓室というのは、韓室首宝《からむろのおびとたからら》等の祖先の家がたいへん富み栄えて、韓室《からむろ》を造った。だから韓室と名づけた。

巨智《こち》の里。草上《くさかみ》の村・大立《おおたち》の丘。土は上の下。右は、巨智《こち》たちがはじめてこの村にすまいした。それによって名とした。草上という理由は、韓人山村《からひとやまむら》たちの先祖、柞《なら》の巨智賀那《こちのかな》がこの地を願い出て、田を開墾した時、一かたまりの草《くさ》があって、その根がとても臭かった。それで、草上《くさかみ》と名づけた。大立《おおたち》の丘という理由は、応神天皇がこの丘にお立ちになって、地形をご覧になった。だから大立の丘と名づけた。

安相《あさぐ》の里。長畝川《ながうねがわ》。土は中の中。右を安相の里という理由は、応神天皇が但馬《たじま》から巡行された時、道中、天皇に御翳を差し掛けることを怠った。それで、陰山の前と名づけた。そこで、国造豊忍別命が除名の罰を受けた。その時、但馬の国造阿胡尼命が、「どうかこれによって罪をお赦し下さい」と申し上げ、塩を作るための塩田二万代を奉って除名の罪を許された。塩代《しおしろ》の田飼《たかい》、但馬《たじま》の国《くに》の朝来《あさぐ》の人がやってきてここに住んでいた。だから安相《あさぐ》の里と名づけた。　本の名は沙部《いさこべ》という。その後、里の名は字を改めて二字で注《しる》すことになったので、安相の里とした。

長畝川《ながうねがわ》と名づけた理由は、昔、この川に蒋《まこも》が生えていた。その時に、賀毛《かも》の郡長畝村《こおりながうねむら》の村人がやってきて蒋《まこも》を苅った。その時、ここの石作連《いしつくりのむらじ》たちが奪おうとして闘い、その長畝村の村人を殺し、この川に投げ棄てた。だから、長畝川《ながうねがわ》と名づけた。もとは、あるいは、阿胡《あこ》尼命《ねのみこと》が英保《あぼ》の村《むら》の女と結婚して、この村で死んだ。遂に墓を造って葬った。その後、骨は運んで持ち去ったと言い伝えられている。

枚野《ひらの》の里。　新羅訓村《しらくにのむら》。筥岡《はこおか》。　右を枚野というのは、昔、少野《おの》であった。だから、枚野と名づけた。新良訓《しらくに》と名づけた理由は、昔、新羅《しらき》の国の人が来朝した時、この村に宿泊した。それで、新羅訓《しらくに》と名づけた。　山の名も同じ。　筥丘《はこおか》という理由は、大汝《おおなむち》・少日子《すくなひこ》根命《ねのみこと》が日女道《ひめじ》丘《おか》の神《かみ》と約束して会った時、日女道神《ひめじのかみ》は丘に食べ物、また、筥器《はこ》などの器物を準備された。それで筥丘と名づけた。

大野《おおの》の里。　砥堀《とほり》。　土は中の中。　右を大野というのは、もと、荒野《あらの》であった。だから、大野と名づけた。欽明天皇の御世に、村上足嶋《むらかみのたるしま》たちの祖先である恵多《えた》がこの野を得たいと願い出て住んでいた。これによって里の名とした。砥堀《とほり》という理由は、応神天皇の世《みよ》に神前《かむさき》の郡《こおり》と飾磨《しかま》の郡《こおり》の境界に、大川《おおかわ》の岸《きし》の道《みち》を造った。この時、砥《と》を掘り出した。それで、砥堀《とほり》と名づけた。今もまだある。

少川《おがわ》の里。高瀬《たかせ》の村《むら》。豊国《とよくに》の村《むら》。英馬野《あがまの》。射目前《いめざき》。檀坂《まゆみさか》。多取山《おおとりやま》。御取《みとり》の丘《おか》。伊刀嶋《いとしま》。土は中の中。　本の名は私《きさき》の里。右を私《きさき》の里と名づけたのは、欽明天皇の御世に、私部弓束《きさきべゆづか》たちの祖先である田又利《たたり》の君鼻留《きみひる》が、ここを願い出て住んでいた。だから、私《きさき》の里と名づけた。その後、庚寅《かのえとら》の年（六九〇年）、上大夫《かみのまえつきみ》が宰《くにのみこともち》であった時、改めて小川《おがわ》の里とした。別の伝えによると、小川が大野からここに流れて来ている。だから、小川といった。

高瀬《たかせ》という理由は、応神天皇が夢前丘《いめさきおか》に登って国を望み見られたところ、北の方に白い色の物があった。天皇は、「あれは何だ」と言われた。天皇は舎人《とねり》である上野《かみつけの》の国の麻奈毗古《まなびこ》を遣わして、視察させられた。麻奈毗古は、「高い所から流れ落ちる水、まさにこれでした」と申し上げた。だから高瀬の村と名づけた。

豊国《とよくに》と名づけた理由は、筑紫《つくし》の豊国《とよくに》の神《かみ》がここに鎮座していた。だから、豊国の村と名づけた。

英馬野《あがまの》と名づけた理由は、応神天皇が、この野で狩をされた時、ある馬が走って逃げた。天皇は、「誰の馬だ」と言われた。侍従たちが答えて、「朕《あがきみ》の御馬《みうま》です」と言ったので我馬野《あがまの》と名づけた。この時、射目《いめ》を立てた所は目前《いめさき》と名づけ、弓が折れた所は檀丘《まゆみおか》と名づけ、御立《みたち》した所は御立丘《みたちおか》と名づけた。この時、大きな牝鹿《めじか》が海を泳いで島に到り着いた。だから伊刀《いと》嶋《しま》と名づけた。

英保《あぼ》の里。土は中の上。右を英保というのは、伊予《いよ》の国英保の村の人がやって来てここに住んでいた。だから、英保の村と名づけた。

美濃《みの》の里。継《つぎ》の潮《みなと》。土は下の中。右を美濃と名づけたのは、讃岐の国弥濃《みの》の郡の人がやって来て住んでいた。だから、美濃と名づけた。継《つぎ》の潮《みなと》という理由は、昔、この国である女が死んだ。その時、筑紫《つくし》の国火《ひ》の君《きみ》たちの祖《おや》　名はわからない　がやって来ると生き返った。そこでトツギ（結婚）をした。だから継《つぎ》の潮《みなと》と名づけた。

因達《いだて》の里。土は中の中。右を因達というのは、神功皇后が韓国《からくに》を平定しようと思われてお渡りになった時、船の舳先におられた伊太代《いだて》の神《かみ》が、ここにご鎮座されている。だから、神の名《みな》によって里の名とした。

安師《あなし》の里。土は中の中。右を安師というのは、倭《やまと》の穴无神《あなしのかみ》の神戸《かんべ》となって奉仕していた。だから、穴師と名づけた。

漢部《あやべ》の里。多志野《たしの》、阿比野《あいの》、手沼川《てぬがわ》。里の名は、上文で明らかである。

右を多志野《たしの》というのは、応神天皇が巡行された時、鞭《むち》でこの野を指し、「あの野は住居を造り、さらに田を開墾するのがよい」と言われた。だから、佐志野《さしの》と名づけた。今、改めて多志野と名づけている。

阿比野《あひの》という理由は、応神天皇が山の方から行幸《みゆき》された時、従臣たちが海の方から参上するのに出会った。だから、会野《あいの》と名づけた。

手沼川《てぬがわ》という理由は、応神天皇がこの川で御手《みて》をお洗いになった。だから、手沼川と名づけた。鮎を生む。味がよい。

貽和《いわ》の里の船丘《ふなおか》の北のあたりに、馬墓《うまはか》の池《いけ》がある。昔、雄略天皇の御世に尾治連《おわりのむらじ》たちの遠い祖先の長日子《ながひこ》が、優秀な侍女と馬とを持っていた。どちらも（長日子の）心に適《かな》っていた。そして、長日子《ながひこ》の臨終の時、その子に、「私が死んだ後は、侍女も馬も葬儀は私と同様にせよ」と言った。このため墓を作り、第一は長日子の墓とし、第二は侍女の墓とし、第三は馬の墓とした。併《あわ》せて三つある。その後、上生石《かみのおうし》の大夫《まえつぎみ》が国司であった時、墓のそばの池を造った。それによって名を馬墓《うまはか》の池とした。

飾磨《しかま》の御宅《みやけ》という理由は、仁徳天皇の御世に人を遣わして、意伎《おき》・出雲《いずも》・伯耆《ほうき》・因幡《いなば》・但《たじ》馬《ま》の五人の国 造《くにのみやつこ》たちを呼び寄せられた。この時、五人の国 造《くにのみやつこ》はお召し役の使者たちを水手《かこ》として京《みやこ》に向かった。これをもって罪だとして、播磨《はりま》の国《くに》に追いやって、田を作らせられた。この時、作った田は、意伎田《おきた》・出雲田《いずもた》・伯耆田《ほうきた》・因幡田《いなばた》・但馬田《たじまた》と名づけた。その田の稲を納めた御宅《みやけ》を、飾磨《しかま》の御宅《みやけ》と名づけた。また、賀和良久《かわらく》の三宅《みやけ》といった。

揖保の郡

揖保《いぼ》の郡《こおり》。事は、下文で明らかにする。

伊刀嶋《いとしま》。多くの島を合わせた呼び名である。右の名は、応神天皇が狩の射手を飾磨《しかま》の射目《いめ》前《さき》に立てて、狩をされた。さて、我馬野《あがまの》から出てきた牝鹿《めじか》がこの阜《おか》を通り過ぎて海に入り、伊刀嶋に泳いで渡った。その時、侍従たちが望み見て語りあって言うことには、「鹿はもうその島に到《いた》り着いた」と言った。だから、伊刀嶋と名づけた。

香山《かぐやま》の里。本の名は、鹿来墓《かぐはか》である。土は下の上なり。鹿来墓と名づけた理由は、伊和大神《いわのおおかみ》が国占めされた時、鹿が来て山の峰に立った。山の峰も墓に似ていた。だから、鹿来墓と名づけた。その後、道守《ちもり》の臣《おみ》が　宰《みこともち》だった時になって、名を改めて香山とした。

家内谷《やぬちだに》。これは香山の谷である。形《かたち》は、垣が取り囲んでいるようであった。だから、家内谷と名づけた。

佐々《ささ》の村。応神天皇が巡行されていた時、猿が笹の葉をくわえているのに遇った。だから、佐々の村といった。

阿豆《あつ》の村。伊和大神《いわのおおかみ》が巡行されていた時、「ああ、心の中が熱い」と告げて、衣の紐を引きちぎられた。だから、阿豆と名づけた。別の伝えでは、昔、天に二つの星があった。地に落ちて石となった。それで、人々が集まって来て議論した。だから、阿豆と名づけた、と言っている。

飯盛山《いいもりやま》。讃伎国《さぬきのくに》の宇達《うたり》の郡《こおり》の、飯《いい》の神《かみ》の妻は、名を飯盛《いいもり》の大刀自《おおとじ》という。この神が渡って来られて、この山を占有していらっしゃった。だから、飯盛山と名づけた。

大鳥山《おおとりやま》。鵽《おおかり》がこの山にいた。だから、大鳥山といった。

栗栖《くるす》の里。土は中の中。栗栖と名づけた理由は、仁徳天皇が 勅《みことのり》 されて、削った栗の実を若倭部連池子《わかやまとべのむらじいけこ》に賜わった。それを持ち帰り、この村に植え生やした。だから、栗栖と名づけた。この栗の実は本から皮を削ってあるのによって、その後も、渋がない。

廻川《めぐりがわ》。

金箭川《かなやがわ》。応神天皇が巡行されていた時、御狩猟用の金箭《かなや》をこの川に落とされた。だから、金箭と名づけた。

阿為山《あいやま》。応神天皇の世《みよ》に紅草《くれのあい》がこの山に生えていた。だから、阿為山と名づけた。名のわからない鳥が住んでいる。正月から四月に至るまで見え、五月より後は見えない。形は鳩に似ていて、色は紺《こん》のようである。

越部《こしべ》の里。旧名は皇子代里《みこしろのさと》である。土は中の中。皇子代《みこしろ》と名づけた理由は、安閑天皇の世《みよ》に、お気に入りだった但馬《たじま》の君小津《きみおつ》が寵愛《ちょうあい》を受けていて、姓《かばね》を賜わって、皇子代《みこしろ》の君として、三宅《みやけ》をこの村に造って奉仕させられた。だから、子代《こしろ》の村といった。その後上野《かみつけののまえつぎみ》大夫に至って、三十戸を結んだ時、改めて越部《こしべ》の里と名づけた。別の伝えでは、但馬の国三宅《みやけ》から越して来た。それで、越部の村と名づけたとある。

鷁住山《さぎすみやま》。鷁住《さぎすみ》と名づけた理由は、昔、鷁《さぎ》が多くこの山に住んでいた。だから、それによって名とした。

棚坐山《たなくらやま》。石が棚《たな》に似ていた。だから、棚坐山と名づけた。

御橋山《みはしやま》。大汝命《おおなむちのみこと》が俵を積んで橋を立てられた。山の石が橋に似ていた。だから、御橋山と名づけた。

狭野《さの》の村。別君玉手《わけのきみたまて》たちの遠い祖先はもともと、川内《かわち》の国泉《いずみ》の郡《こおり》に住んでいた。その地が不便だったので、移ってこの地にやってきた。そこで、「この野は狭いけれども、それでもやはり、住むのによい」と言った。だから、狭野と名づけた。

出雲《いずも》の国の阿《あ》菩大神《ぼのおおかみ》が大倭《やまと》の国の畝火《うねび》・香山《かぐやま》・耳梨《みみなし》の三山が闘い合っているとお聞きになった。そこで諫《いさ》め止《と》めようと思われて、上って来られた時、ここに到って、闘いが止んだとお聞きになって、その乗っていた船を覆《ふ》せて鎮座した。だから、神阜《かむおか》と名づけた。丘の形は、船が覆ったのに似ている。

上岡《かみおか》の里。本は、林田《はやしだ》の里である。土は中の下。菅《すげ》が、山のあたりに生える。だから、菅《すが》生《ふ》といった。別の伝えでは、応神天皇が巡行されていた時、井をこの岡に作られたところ、水がとても清らかで冷たかった。そこで言われたことには、「水が清くて冷たいのによって、私の心もすがすがしい」と言われた。それで、宗我富《すがふ》といったとある。

殿岡《とのおか》。殿《との》をこの岡《おか》に造った。だから、殿岡といった。岡に柏《かしわ》が生えている。

日下部《くさかべ》の里。人の姓《かばね》によって名とする。土は中の中。

立野《たつの》。立野と名づけた理由は、昔、土師弩美宿禰《はにしのみのすくね》が出雲の国に行き通い、日下部の野で宿り、病気を患って死んだ。その時、出雲の国の人がやってきて並び立ち、人々は川の礫石《さざれいし》を取り上げて運び渡して、墓の山を作った。だから、立野と名づけた。その墓屋《はかや》を名づけて出雲《いずも》の墓屋《はかや》とした。

林田《はやしだ》の里。本の名は談奈志。土は中の下。談奈志という理由は、伊和大神《いわのおおかみ》が国を占有された時、御志《みしるし》としてここに植えられたところ、やがて楡《にれ》の樹が生えた。だから、談奈志といった。

松尾《まつお》の阜《おか》。応神天皇が巡行されていた時、ここで日が暮れた。この阜《おか》の松《まつ》を取ってかがり火とした。だから、松尾と名づけた。

塩阜《しおおか》。この阜《おか》の南に塩水湖があった。たてよこ三丈くらい。海と離れていること三十里ほどで、水底は小石が敷きつめ、周囲は草に覆われている。海水と淡水が混り合い、満ちる時は深さ三寸くらいである。牛、馬、鹿たちが好んで飲んだ。だから、塩阜と名づけた。

伊勢野《いせの》と名づけた理由は、この野では人の家が建ったたびに、平穏に暮らすことができなかった。さて、衣縫猪手《きぬぬいのいて》という漢人《あやひと》の刀良《とら》たちの祖《おや》がここに住もうとして、神社を山の麓に立てて、山の岑《みね》に鎮座する神である伊和大神の子伊勢都比古命《いせつひこのみこと》と伊勢都比売命《いせつひめのみこと》を敬い祭った。

これより後、それぞれの家は安らかになって、やっと里となることができたので伊勢と名づけた。

伊勢川《いせがわ》。神によって名とする。

稲種山《いねだねやま》。大汝命《おおなむちのみこと》と少日子根命《すくなひこねのみこと》と二柱《ふたはしら》の神が、神前郡《かむさきのこおり》堲里生野《はにのさといくの》の岑《みね》におられて、この山を望み見て「その山は、稲種《いねだね》を置《お》くのによい」と言われた。稲種を送って、この山に積んだ。山の形も稲を積んだ形に似ていた。だから、名づけて稲積山《いなづみやま》といった。

邑智《おおち》の駅《うまや》。土は中の下。応神天皇が巡行されていた時、ここに到って、「私は狭い地だと思ったが、ここは広々としたところだなあ」とおっしゃった。だから、大内《おおち》と名づけた。

冰山《ひやま》。この山の東《ひがし》にこんこんと流れ出る泉がある。応神天皇がその井の水をお汲みになったところ凍った。だから、冰山と名づけた。

欟折山《つきおれやま》。応神天皇がこの山で狩をなさって、欟弓《つきゆみ》で走る猪を射られたところ、その弓が折れた。だから、欟折山といった。この山の南に石の穴があり、穴の中に蒲《かま》が生えていた。だから、蒲阜《かまおか》と名づけた。今はもう生えていない。

広山《ひろやま》の里。旧名は握《つか》の村。土は中の上。都可《つか》と名づけた理由は、石比売命《いわのひめのみこと》が泉《いずみ》の里の波多《はた》為《い》の社《もり》にお立ちになって弓を射られたが、ここに到って箭がすべて地に入り、ただ、柄が地面から出ているだけになった。だから、都可の村と名づけた。その後、石川王《いしかわのおおきみ》が総領《すべおさ》であった時、改めて広山の里とした。

麻打《あさうち》の里。昔、但馬の国の人、伊頭志君麻良比《いずしのきみまらひ》がこの山の家に住んでいた。二人の女が夜に麻を打っていたが、麻を自分の胸に置いて死んだ。だから、麻打山《あさうちやま》と名づけた。今、このあたりに住んでいる者は、夜になると麻を打たない。その土地の人がいうには、「讃伎《さぬき》の国」という。

意比川《おひかは》。応神天皇の御世《みよ》に出雲《いずも》の御蔭大神《みかげおおかみ》が枚方《ひらかた》の里の神尾山《かむおやま》におられて、いつも道行く人を遮って、通行人の半分を殺し半分を生かして通した。その時、伯耆《ほうき》の人小保弖《こほて》と因幡《いなば》の布久漏《ふくろ》と出雲の都伎也《つきや》の三人がともに悩んで、朝廷に申し上げた。そこで、額田部連久等々《ぬかたべのむらじくとと》を遣わして、祈禱《きとう》させられた。その時に、屋形《やかた》を屋形田《やかただ》に作り、酒屋《さかや》を佐々山《ささやま》に作って祭った。宴《うたげ》で遊んでたいへん楽しみ、櫟山《いちいやま》の柏を帯に掛け腰に差し挟んで、この川を下りながら押し合いをした。だから、猒川《おそいかわ》と名づけた。

枚方《ひらかた》の里。土は中の上。枚方と名づけた理由は、河内《かわち》の国茨田《くにまむた》の郡枚方《こおりひらかた》の里の漢人《あやひと》がやってきて、はじめてこの村に住んだ。だから、枚方の里といった。

佐比岡《さひおか》。佐比《さひ》と名づけた理由は、出雲《いずも》の大神《おおかみ》が神尾山《かむおやま》にいた。この神は出雲の国人がここを通り過ぎると、十人のうち五人を留め、五人のうち三人を留めて行き来の妨害をした。それで出雲の国人たちが佐比《さひ》を作ってこの岡に祭ったが、それでも和やかに受け入れられることはなかった。そうなった理由は、男神《おがみ》が先に来られて、女神が後に来られたからである。この男神は鎮まることができなくて去って行かれた。そういうわけで、女神は怨《うら》み怒っておられるのだ。それからしばらく後に、河内の国茨田《くにまむた》の郡《こおり》枚方の里の漢人《あやひと》がやってきてこの山のあたりに住んで、敬い祭った。それで辛うじて和やかに鎮めることができた。この神が鎮座しているのにちなんで、名づけて神尾山《かむおやま》といった。また、佐比を作って祭った所を、佐比岡と名づけた。

佐岡《さおか》。佐岡と名づけた理由は、仁徳天皇の世《みよ》に筑紫《つくし》の田部《たべ》を召して、この地を開墾させられた時、毎年五月にこの岡に集い集まり、酒を飲んで宴会をした。だから、佐岡といった。

大見山《おおみやま》。大見《おおみ》と名づけた理由は、応神天皇がこの山の嶺《みね》に登って、四方を望み見られた。だから、大見といった。御立《みたち》の所に岩があった。高さ三尺くらい、長さ三丈くらい、広さ二丈くらいであった。その石の表面に、ところどころ、窪《くぼ》んでいる跡があった。これを名づけて御沓《みくつ》あるいは御杖《みつえ》の所《ところ》といった。

三前山《みさきやま》。この山の岬のようなところが三つあった。だから、三前山といった。

御立阜《みたちおか》。応神天皇がこの阜《おか》に登って、国をご覧になった。だから、御立岡《みたちおか》といった。

大家《おおやけ》の里。　古い名は大宮《おおみや》の里である。　土は中の上。応神天皇が巡行されていた時、この村に宮を営まれた。だから、大宮といった。その後、田中大夫《たなかのまえつぎみ》が宰《みこともち》だった時に至って、大宅《おおやけ》の里と改めた。

大法山《おおのりやま》。　今の名は、勝部《すぐりべ》の岡《おか》である。　応神天皇がこの山で重大な法を宣言された。だから、大法山といった。今、勝部と名づける理由は、小治田河原天皇《おはりだのかわらのすめらみこと》の世《みよ》に大倭《やまと》の千代《ちよ》の勝部《すぐりべ》たちを遣わして、田を開墾させ、その者たちがこの山のあたりに住んだ。だから、勝部の岡というのだ。

上筥岡《かみのはこおか》・下筥岡《しものはこおか》・魚戸津《なへつ》・枌田《おうこだ》。宇治天皇《うじのすめらみこと》（菟道稚郎子皇子《うじのわきいらつこのみこ》）の世に宇治連《うじのむらじ》たちの遠い祖先、兄太加奈志《えたかなし》と弟太加奈志《おとたかなし》の二人が大田《おおた》の村の与冨《よふと》等の地を願い出て、田を開墾し種を播《ま》こうとして来ていた時、使用人が枌《おうこ》を使って食器などの物をかついだ。すると、枌が折れて荷物が落ちた。だから、鍋《なべ》が落ちた所は、魚戸津《なへつ》と名づけ、前の筥《はこ》が落ちた所は、上筥岡と名づけ、後《うしろ》の筥が落ちた所は、下筥岡といい、かついでいた枌が落ちた所は、枌田《おうこだ》といった。

大田《おおた》の里。　土は中の上。　大田という理由は、昔、呉勝《くれのすぐり》が韓国から渡って来て、はじめは、紀《き》伊の国の名草《なぐさ》の郡《こおり》の大田《おおた》の村に着いた。その後、別れて来て、摂津《つ》の国の三嶋賀美《みしまかみ》の郡《こおり》の大田《おおた》の村に移って来た。さらにまた、揖保《いぼ》の郡《こおり》の大田《おおた》の村に移ってきた。そこで、もとの紀伊の国大田《くにおおた》によって名とした。

言挙阜《ことあげおか》。右を言挙阜という理由は、神功皇后の時、軍が出発する日、この阜《おか》におられて、軍人たちに訓令して言われたことには、「この御軍《みいくさ》は、決して言挙してはいけないぞ」と言われた。だから、名づけて言挙前《ことあげのさき》といった。

鼓山《つづみやま》。昔、額田部連伊勢《ぬかたべのむらじいせ》と神人腹《みわびとはら》の太文《おおふみ》とが互いに闘った時、鼓《つづみ》を打ち鳴らして（闘った）。だから、名づけて鼓山《つづみやま》といった。　山の谷に檀《まゆみ》が生えている。

石海《いわみ》の里。土はこれ上の中。右を、石海という理由は、孝徳天皇の世にこの里の中に、百便の野があって、百枝に垂れる稲が生えていた。阿曇連百足《あずみのむらじももたり》がその稲を取って献上した。その時、天皇が、「この野を開墾して田を作るがよい」と言われた。阿曇連太牟《あづみのむらじむた》を遣わして、石海《いわみ》の役民を呼んで開墾させた。だから、野の名を百便《ももたる》といい、村を石海と名づけた。

酒井野《さかいの》。右を、酒井という理由は、応神天皇の世《みよ》に宮を大宅《おおやけ》の里に造り、井をこの野に作って、酒殿《さかどの》を造り立てられた。だから、酒井野と名づけた。

宇須伎津《うすきつ》。右を、宇須伎《うすき》と名づけた理由は、神功皇后が韓国を平定しようと、渡って行かれた時、御船《みふね》を宇頭川《うづがわ》の泊《とまり》で停泊させられた。この泊から伊都《いつ》に渡って行かれた時、にわかに向かい風に遭って、進み行くことができなくて、船越《ふなこし》から御船を越したが、船はやはり進むことができなかった。農の民を駆り集めて、御船を引かせられた。さてある女がいて、船引きを助けるために、いとしい我が子を献じようとして江に落ちてしまった。だから、宇須《うす》伎《き》と名づけた。　今のことばでは、伊波須久《いはすく》という。

宇頭川《うづがわ》。宇頭川という理由は、宇須伎津《うすきつ》の西の方に渦の淵《ふち》があった。だから、宇頭川と名づけた。ここは、神功皇后が船を停泊された泊である。

伊都《いつ》の村。伊都という理由は、御船《みふね》の船員たちが言ったことには、「いつかこの見える所に着きたいなあ」と言った。だから、伊都といった。

雀嶋《すずめしま》。雀嶋と名づけた理由は、雀が多くこの島に集まっていたので雀嶋といった。　草木は生えない。

浦上《うらかみ》の里。　土は上の中。　右を、浦上と名づけた理由は、昔、阿曇《あずみ》の連百足《むらじももたり》たちが、はじめに難波《なにわ》の浦上《うらかみ》に住み、その後にこの浦上に遷って来ていた。だから、本の居所によって名とした。

御津《みつ》。神功皇后が御船《みふね》を停泊された泊《とまり》である。だから、御津と名づけた。

室原《むろふ》の泊《とまり》。室《むろ》と名づけた理由は、この泊《とまり》は風を防《ふせ》ぐこと室のようであった。だから、それによって名とした。

白貝《おう》の浦《うら》。昔、白貝が生息していた。だから、それによって名とした。

家嶋《いえしま》。人々が家を作って住んでいた。だから、家嶋と名づけた。　竹、黒葛《つづら》などが生えている。

神嶋《かみしま》、伊刀嶋《いとしま》など。神嶋という理由は、この島の西のあたりに石神がある。形は仏像に似ている。だから、それによって名とした。この神の顔色は五色の玉のようである。また、胸に流れる涙がある。これも五色である。泣いた理由は、応神天皇の世《みよ》に新羅《しらき》の貴人が来朝した。それでこの神の奇偉であるのを見て、常にはない珍しい玉と思って、その顔の色をはがし、その瞳《ひとみ》を掘り取った。神はそれによって泣いた。そこで、ひどく怒って暴風を起こし、貴人の船を打ち破った。高嶋《たかしま》の南の浜に漂い沈んで、人はみんな死亡した。それでその浜に埋葬した。だから、名づけて韓浜《からはま》といった。今、そこを過ぎる者は、心に慎み固く戒めの心を持って、韓人《からひと》と言わない。目が悪い事にも触れない。

韓荷《からに》の嶋《しま》。韓人《からひと》の壊れた船や漂っている物がこの島に漂い着いた。だから、韓荷の嶋と名づけた。

高嶋《たかしま》。高さがこの近辺のどの島にも勝っていた。だから、高嶋と名づけた。

萩原《はぎわら》の里。土は中の中。右を、萩原と名づけた理由は、神功皇后が、韓国から還《かえ》って上ってこられる時、御船でこの村に停泊された。一夜の間に、萩《はぎ》の根が生えた。高さは一丈くらいである。それにちなんで萩原と名づけ、御井を作られた。だから、針間井《はりまい》といった。その附近は開墾しなかった。また、罇《もたい》の水が溢《あふ》れて井《い》となった。だから、韓《から》の清水《しみず》と名づけた。その水は朝汲もうとしても朝は水が出ない。そこで酒殿《さかどの》を造った。だから、酒田《さかた》といった。舟が傾いて乾いた。だから、傾田《かたぶきた》といった。舂米女《よねつきめ》たちの陰部を、従臣たちが犯して傷を負わせた。だから、陰絶田《ほとたちだ》といった。それで萩が多く繁茂した。だから、萩原といった。そして祭っている神は少足命《すくなたらしのみこと》でいらっしゃる。

鈴喫岡《すずくいおか》。鈴喫と名づけた理由は、応神天皇の世《みよ》にこの岡で狩をされたところ、鷹《たか》の鈴が落ち、探したが見つからなかった。だから、鈴喫岡と名づけた。

少宅《おやけ》の里。本の名は、漢部《あやべ》の里である。土は下の中。漢部と名づけた理由は、漢人《あやひと》がこの村に住んでいた。だから、それによって名とした。その後に改めて少宅といった理由は、川原《かわら》の若狭《わかさ》の祖父である少宅《おやけ》の秦公《はたのきみ》の娘と結婚して、その家を少宅《おやけ》と名づけた。その後、若狭《わかさ》の孫である智麻呂《ちまろ》が、任命されて里長となった。これによって、庚寅《かのえとら》の年（六九〇年）、少宅の里とした。

細螺川《したたみがわ》。細螺川といった理由は、農の民が田を作り溝を通したところ、細螺《したたみ》が多くこの溝にいた。その後、ついに川になった。だから、細螺川といった。

揖保《いいぼ》の里。　土は中の中。　粒《いいぼ》といった理由は、この里は粒山《いいぼやま》をたよりに成り立っている。だから、山によって名とした。

粒丘《いいぼおか》。粒丘と名づけた理由は、天日槍命《あめのひぼこのみこと》が、韓国から渡って来て、宇頭《うず》川の下流に到って、宿る所を葦原志挙《あしはらしこ》乎命《おのみこと》にお願いして、「あなたは国主です。私は宿る所を求めています」と言った。そこで志挙《しこ》は海中に宿ることを許した。その時、貴神は、剣《つるぎ》で海水をかき混ぜて宿られた。主の神は貴神の活発な振る舞いを畏れて、先に国を占有しようと思って、巡り上り粒丘《いいぼおか》に着いて食事された。この時、口から米粒が落ちた。だから、粒丘と名づけた。その丘の小石はみんな米粒に似ている。また、杖《つえ》で地に刺すとすぐに杖の所から冷たい泉が湧き出て、遂に南と北とに通じた。北は冷たく南は温かい。　白朮《おけら》が生えている。

神山《かみやま》。この山に石神がおられる。だから、神山と名づけた。　椎《しい》の実がなり、八月に熟す。

出水《いずみ》の里。この村に冷たい泉が出る。だから、泉によって名とした。　土は中の中。

美奈志川《みなしがわ》。美奈志川と名づけた理由は、伊和大神《いわのおおかみ》の子、石龍比古命《いわたつひこのみこと》と妹石龍売命《いもいわたつめのみこと》と二神が、川の水を互いに競っておられた。夫の神は北の方の越部《こしべ》の村に流そうと思われ、妻の神は南の方の泉の村に流そうと思われた。その時、夫の神がその山の岑《みね》を踏んで流し下した。妻の神が見て、道理に合わないと思って、すぐ指櫛《さしぐし》でその流れる水を塞《せ》き止めて、岑のあたりから溝を通し、泉の村に流して争われた。そこで夫の神はまた泉の下の川に到り、流れを奪って西の方の桑原《くわはら》の村に流そうとされた。さて、妻の神は何としても許さないで地下に水を流す下樋《したひ》を作り、泉の村の田のあたりに流し出された。これによって、川の水は絶えて流れない。だから、无水川《みなしがわ》と名づけた。

桑原《くわはら》の里。旧名は、倉見《くらみ》の里である。土は中の上。応神天皇が欟折山《つきおれやま》にお立ちになってご覧になった時、整然と立ち並ぶ倉が見えた。だから、倉見《くらみ》の村と名づけた。今、名を改めて桑原とする。別の伝えでは、桑原《くわはら》の村主《すぐり》たちが讃容《さよ》の郡《こおり》の椋《くら》を盗んで持ってきたところ、その持ち主が跡を追い求めて、この村で発見した。だから、椋見《くらみ》といったとある。

琴坂《ことさか》。琴坂と名づけた理由は、景行天皇の世《みよ》に出雲《いずも》の国の人がこの坂で休んだ。ある老人がいて、娘といっしょに坂本の田を作った。さて、出雲人《いずもびと》が、その娘に好意を持たれようと思って、琴を弾いて聞かせた。だから、琴坂と名づけた。ここに銅牙石《どうげじゃく》がある。形は双六《すごろく》の綵《さえ》に似ている。

讃容の郡

讃容《さよ》の郡《こおり》。讃容といった理由は、大神妹妋《おおかみいもせ》二柱《ふたはしら》がお互いに競って国占《くにし》めなさった時、妹玉津日女命《いもたまつひめのみこと》が生きている鹿を捕らえて横に寝かして、その腹を割いて、稲種をその血に種《ま》いた。それによって一夜の間に苗が生えたので、取って植えさせた。ここに、大神が、「おまえは、五月夜《さよ》に植えたことだなあ」と言われて、他の所に去ってゆかれたので、五月夜《さよ》の郡《こおり》と名づけ、神を賛用都比売《さよつひめ》と名づけた。今も讃容《さよ》の町田《まちだ》がある。鹿を放した山は、鹿庭山《かにわやま》と名づけた。山の四面に十二の谷がある。どの谷も皆、鉄を産出することがあった。難波豊前《なにわのとよさき》の朝廷《みかど》（孝徳天皇朝）に初めて奉った。発見した人は別部《わけべ》の犬《いぬ》、その孫たちは、奉発文初。

讃容の郡、事は里も同じ。土は上の中。

吉川《えがわ》。本の名は、玉落川《たまおちがわ》。大神の玉がこの川に落ちた。だから、玉落《たまおち》といった。今、吉川というのは、稲狭部《いなさべ》の大吉川《おおえがわ》がこの村に住んでいた。だから、吉川といった。その山 黄連《かくまぐさ》が生えている。

桉見《くらみ》。佐用都比売《さよつひめ》、この山で金の鞍《くら》を手に入れられた。だから、山の名を金肆《かなくら》、川の名を桉見といった。

伊師《いし》。これは桉見《くらみ》の河上に位置する。川の底が床《とこ》のようだった。だから、伊師といった。その山に、精鹿、升麻《とりのあしぐさ》が生えている。

速湍《はやせ》の里。土は上の中。川の流れが速いのによる。速湍の社に鎮座する神、広比売命《ひろひめのみこと》は那《こな》都比売《つひめ》の妹である。

凍野《こおりの》。広比売命《ひろひめのみこと》がこの地を占有された時、地が凍った。だから、凍野、凍谷《こおりたに》といった。

邑宝《おお》の里。土は中の上。弥麻都比古命《みまつひこのみこと》が、井を開いて干し飯を召し上がって、「私は多くの国を占有した」と言われた。だから、大《おお》の村《むら》といった。井を開かれた所は、御井《みい》の村と名づけた。

鍬柄川《くわえがわ》。神日子命《かむひこのみこと》が鍬《くわ》の柄《え》を、この山で採《と》らせられた。だから、その山の川を名づけて鍬柄川《くわえがわ》といった。

室原山《むろはらやま》。風を防ぐことはまるで室のようであった。だから、室原《むろはら》といった。人参《かのにけぐさ》、独活《うど》、監漆《やまあさ》、升麻《とりのあしくさ》、白朮《おけら》、石灰《いしばい》が生《は》えている。

久都野《くづの》。弥麻都比古命《みまつひこのみこと》が、「この山は、踏めばきっと崩れるだろう」と言われた。だから、久都野といった。その後、改めて宇努《うの》といった。その近辺は山、中央は野であった。

柏原《かしわばら》の里。柏が多く生えているのによって、名づけて柏原とした。

筌戸《うえと》。大神が、出雲《いずも》の国から来られた時、嶋村《しまむら》の岡《おか》を腰かけの床几として座っていらっしゃって、筌《うえ》をこの川に置かれた。だから、筌戸と名づけた。魚は入らないで鹿が入った。これを取って鱠《なます》に作り、お食べになる時に口に入らないで地《つち》に落ちた。それで、ここを去って他の所にお遷りになった。

中川《なかつがわ》の里。土は上の下。仲川《なかつがわ》と名づけた理由は、苫編首《とまみのおびと》たちの遠い祖先である大仲子《おおなかつこ》と神功皇后が韓国に渡ってゆかれた時、船は淡路《あわじ》の石屋《いわや》で停泊した。その時、風雨がひどく起こり、農の民は悉く濡れた。この時に、大中子《おおなかつこ》は苫《とも》を使って屋を作った。天皇が、「これは国の富である」と言われ、姓《かばね》を与えて苫編首《とまみのおびと》とされた。よってここに住んだ。だから、仲川《なかつがわ》の里と名づけた。

引船山《ふなひきやま》。天智天皇の世に、道守臣《ちもりのおみ》がこの国の宰《みこともち》として、公《おおやけ》の船をこの山で造って、引っぱって海に下させられた。だから、船引《ふなひき》といった。この山に鵲《かささぎ》が住んでいた。あるいは韓国の烏《からす》という。枯木の穴に栖《す》み、春は見えるが、夏は見えない。人参・細辛《みらのねくさ》が生じる。

昔、天智天皇の世に丸部《わにべ》の具《そなふ》という人がいた。これは仲川《なかつがわ》の里の人であった。この人が河内《かわち》の国兎寸《とのき》の村人の持ってきた剣《つるぎ》を買い取った。剣を得た後、一家がすっかり滅亡した。その後、苫編部《とまみべ》の犬猪《いぬい》がその場所の跡を耕すと、土の中からこの剣《つるぎ》が出土した。土と離れていること、まわり一尺くらいであった。その柄は朽《う》ち失せていたが、その刀は錆《さ》びていなかった。刀身の光は明るい鏡のようであった。さて、犬猪は心に不思議に思って、剣を取って家に帰り、鍛冶《かじ》職人を招いて、その刀を焼かせた。その時、この剣が屈伸すること蛇のようであった。鍛冶職人はたいへん驚いて、完成しないままやめてしまった。さて、犬猪は奇妙な剣だと思って、朝廷に献《たてまつ》った。その後、浄御原《きよみはら》の朝廷《みかど》（天武天皇朝）の甲申年《きのえさるのとし》（六八四年）七月、曽祢連麿《そねのむらじまろ》を派遣して、本の所に返し送った。今は、この里の御宅《みやけ》に安置している。北《きた》の山《やま》の辺りに、李《すもも》が五本ある。仲冬《しもつき》になるまで、その実は落ちない。

弥加都岐原《みかづきはら》。仁徳天皇の世に、伯耆《ほうき》の加具漏《かぐろ》と因幡《いなば》の邑由胡《おおゆこと》の二人《ふたり》が、たいへん驕《おご》り高ぶって節度がなく、清酒で手足を洗っていた。さすがに、朝廷は度が過ぎているとして、狭井《さいの》連佐夜《むらじさよ》を派遣して、この二人を呼び出した。その時、佐夜《さよ》が、すっかり二人の親族を捕まえて朝廷に向かった時、繰り返し、水の中に沈めて虐げた。その中に女が二人いた。玉を手足に纏《ま》いていた。そこで、佐夜が不審に思って聞いた。女は答えて、「私たちは服部弥《はとりのみ》蘇連《そのむらじ》が因幡の国造阿良佐加比売《あらさかひめ》を娶《めと》って生んだ子、宇奈比売《うなひめ》、久波比売《くはひめ》です」と言った。その時、佐夜は驚いた。彼女たちは執政大臣《おおきまえつぎみ》の娘だったので還し送った。送った所を見置山《みおきやま》と名づけ、溺れさせた所を美加都岐原《みかづきはら》と名づけた。

雲濃《うの》の里。土は上の中。大神の子の玉足日子《たまたらしひこ》・玉足比売命《たまたらしひめのみこと》が生んだ子である大石命《おおいしのみこと》、この神は父神の心《うら》に適っていた。だから、有怒《うの》といった。

塩沼《しおぬま》の村。この村に海水が出た。だから、塩沼の村といった。

宍禾の郡

宍禾《しさわ》の郡《こおり》。

宍禾と名づけた理由は、伊和大神《いわのおおかみ》が国を作り堅め終えた後、この川、谷、坂を堺《さかい》として巡行された時、自分の舌を出している大きな鹿が、大神と矢田《やた》の村で出会った。そこで、「矢は鹿の舌にある」と言われた。だから、宍禾《しさわ》の鹿《しか》と名づけ、村の名は矢田の村と名づけた。

比治《ひじ》の里。土は中の上。比治と名づけた理由は、孝徳天皇の世《みよ》に、揖保《いいぼ》の郡《こおり》を分けて宍禾の郡を作った時、山部《やまべ》の比治《ひじ》が任命されて里長になった。この人の名によって、比治の里といった。

宇波良《うはら》の村。葦原志許乎命《あしはらのしこおのみこと》が国を占有なさった時に、「この地はせまい。室の戸のようである」と言われた。だから、表戸《うわと》といった。比良美《ひらみ》の村。大神の褶《ひらび》がこの村に落ちた。だから、褶《ひらび》の村といった。今の人は、比良美の村という。

川音《かわと》の村。天日槍命《あめのひぼこのみこと》がこの村に泊まられて、「川の音がとても大きく高い」と言われた。
だから、川音の村といった。

庭音《にわと》の村。本の名は庭酒《にわき》である。大神の干し飯が枯れてかびがはえた。そこで酒を醸《か》ませ
て、庭酒《にわき》に献《たてまつ》って宴会をした。だから、庭酒の村といった。今の人は、庭音の村という。

奪谷《うばいたに》。葦原志許乎命《あしはらのしこおのみこと》と天日槍命《あめのひぼこのみこと》と二神がこの谷を奪い合われた。だから、奪谷《うばいたに》といった。
その奪い合ったことによって、形は、曲った葛《かずら》のようである。

稲春《いなつき》の岑《みね》。大神がこの岑で稲を舂《つ》かせられた。それで、稲春《いなつき》の前《さき》といった。味栗《うまぐり》が生じ
る。その粳《ぬか》が飛んでいった所を、粳前《ぬかさき》と名づけた。

高家《たかや》の里。土は下の中。名を高家といった理由は、天日槍命が告げて、「この村の高さは
他の村に勝っている」と言われた。だから、高家といった。

都太川《つだかわ》。誰も（由来を）知らない。

塩《しお》の村。あちこちで塩水が出る。だから、塩の村といった。牛や馬たちが、好んで飲んで
いる。

柏野《かしわの》の里。土は中の上。柏と名づけた理由は、この野に（柏が）生えている。だから、柏

野といった。

伊奈加川《いながわ》。葦原志許乎命《あしはらのしこおのみこと》が天日槍命と国を占有されていた時、いななく馬がいて、この川で出会った。だから、伊奈加川といった。

土間《ひじま》の村。神の衣が泥《ひじ》の上に付いた。だから、土間といった。

敷草《しきくさ》の村。草を敷いて神の座とした。だから、敷草といった。この村に山がある。南の方に行くこと十里くらいに沢がある。二町くらいである。この沢に菅が生えている。笠を作るのに最適である。檜《ひのき》、杉が生えている。鉄を産出する。狼、熊が住んでいる。栗、黄連、葛などもある。

飯戸《いいべ》の阜《おか》。国占めされた神がここで飯炊きをされた。それで、飯戸の阜といった。阜《おか》の形も甑《こしき》、箕《み》、竈《かまど》などに似ている。

安師《あなし》の里。本の名は酒加《すか》の里。土は中の上。大神がここで食事をされた。だから、須加《すか》といった。その後、山守《やまもり》の里と名づけた理由は、山部三馬《やまべのみま》が任命されて里長となった。だから、山守といった。今、名を改めて安師とするのは、安師川《あなしがわ》によって名とするである。その川は、安師比売《あなしひめ》の神《かみ》によって名としていた。伊和大神《いわのおおかみ》が結婚しようと求婚された。その時、この神が固く拒んで許さなかった。それで、大神が大変お怒りになって、石で川の源を塞きとめて、三形《みかた》の方に流し下された。だから、この川は水が少ない。この村の山に、檜《ひのき》、杉、黒葛《くろかずら》などが生え、狼、熊が住んでいる。

石作《いしつくり》の里。本の名は伊和《いわ》。土は下の中。石作と名づけた理由は、石作首《いしつくりのおびと》たちが村に住んでいた。だから、庚午《かのえうま》の年、石作の里とした。

阿和賀山《あわかやま》。伊和大神《いわのおおかみ》の妹《いも》、阿和賀比売命《あわかひめのみこと》がこの山にいた。だから、阿和加山《あわかやま》といった。

伊加麻川《いかまがわ》。大神が国を占有された時、烏賊《いか》がこの川にいた。だから、烏賊間川《いかまがわ》といった。

雲箇《うるか》の里。土は下の下。大神の妻の許乃波奈佐久夜比売命《なのはなさくやひめのみこと》はその容姿が端麗であった。だから、宇留加《うるか》といった。

波加《はか》の村。国を占有された時、天日槍命《あめのひぼこのみこと》が先に着いた所である。伊和大神はその後に到着された。それで、大神が大変不思議に思って言われたことには、「思ったよりも先に着いていたなあ」と言われた。だから、波加の村といった。ここにやってきた人は、手足を洗わなければ、必ず雨が降る。その山に、檜、杉、檀《まゆみ》、黒葛《くろかずら》、山薑《わさび》などが生えている。狼、熊が住んでいる。

御方《みかた》の里。土は下の上。御形《みかた》と名づけた理由は、葦原志許乎命《あしはらのしこをのみこと》と天日槍命《あめのひぼこのみこと》が黒土《くろつち》の志尓嵩《しにだけ》に着かれて、お互いに、黒葛を三条、足に着けて投げられた。その時、葦原志許乎命の黒葛のうち、一条《ひとかた》は但馬《たじま》の気多《けた》の郡《こおり》に落ち、一条《ひとかた》は夜夫《やぶ》の郡《こおり》に、一条《ひとかた》はこの村に落ちた。だから、三条《みかた》といった。天日槍命《あめのひぼこのみこと》の黒葛は皆、但馬の国に落ちた。だから、但馬の伊都志《いづし》の地を占有しておられた。別の伝えでは、大神は形見とし、御杖《みつえ》をこの村に刺して立たせられた。それで、御形《みかた》といったとある。

大内川《おおうちかわ》、小内川《おうちがわ》、金内川《かなうちがわ》。大きいのは、大内《おおうち》といい、小さいのは小内《おうち》といい、鉄を出すのは金内《かなうち》といった。その山に檜、林《はやし》、黒葛《くろかずら》などが生えている。狼、熊が住んでいる。

伊和《いわ》の村。本の名は、神酒《みわ》である。大神が、酒《みわ》をこの村で醸造された。だから、神酒《みわ》の村といった。また、於《お》和《わ》の村といった。大神が、国を作り終えられた後、言われたことには、

「於《お》和《わ》等於我美岐」

神前の郡

神前《かむさき》の郡《こおり》。右を、神前と名づけた理由は、伊和大神《いわのおおかみ》の子の建石敷命《たけいわしきのみこと》が山使《やまつかい》の村の神前山《かむさきやま》におられた。神がおられるのによって名とした。だから、神前の郡といった。

聖岡《はにおか》の里。生野《いくの》、大内川《おおうちかわ》、湯川《ゆかわ》、粟鹿《あわか》、波自加《はじか》の村。土は下の下。聖岡と名づけた理由は、昔、大汝命《おおなむちのみこと》と小比古尼命《すくなひこねのみこと》が争って、「粘土の荷をかついで遠く行くのと、用便をがまんして遠く行くのと、この二つの事では、どちらがよくできるだろうか」と言われた。大汝命は「私は用便をがまんして行こうと思う」とおっしゃった。小比古尼命《すくなひこねのみこと》は「私は粘土の荷を持って行こうと思う」とおっしゃった。このようにして、競争して行かれた。数日経って、大汝命は「私はもうがまんして歩くことができない」と言われ、すぐにしゃがんで用便をされた。その時、小比古尼命が笑って、「そうだ苦しい」と言われて、また小比古尼命も、その粘土をこの岡に投げすてられた。それで、聖岡《はにおか》と名づけた。また、用便された時、笹がその屎《くそ》を弾《はじ》き上げて、衣にはねた。だから、波自賀《はじか》の村と名づけた。その泥土と屎《くそ》とが石となって、

今も残っている。ある人が言うには、応神天皇が巡行された時、宮をこの岡にお造りになって、「この土地は粘土ばかりだなあ」と言われたと言う。それで、埿岡といったと伝えている。

生野《いくの》と名づけた理由は、ここに荒ぶる神がおられて、往来の人を半ば殺した。これによって死野《しにの》と名づけた。その後、応神天皇が、「これは悪い名だ」と言われて、改めて生野とした。

栗鹿川《あわかのこ》内《うち》と名づけた理由は、その川は、但馬《たじま》の阿相《あさぐ》の郡《こおり》の栗鹿《あはか》山《やま》から流れて来ている。だから、栗鹿川内といった。 楡が生えている。

大川《おおこ》内《うち》。大きいことによって名とした。 檜、杉が生えている。また、生活習慣を異にする人が三十人くらいいる。

湯《ゆ》川《かわ》。昔、湯がこの川で出た。だから、湯川といった。 檜、杉、黒葛が生えている。また、生活習慣を異にする人が三十人くらいいる。

川辺《かわのべ》の里。勢賀川《せかがわ》、砥川山《とがわやま》。土は中の下。この村では、川辺に住んでいた。だから、川辺の里と名づけた。勢賀《せか》という理由は、応神天皇がこの川内で狩をされて、猪や鹿を多くここに攻め出して殺しなさった。だから、勢賀《せか》といった。砥川山《とかわやま》といった理由は、その山に砥《と》があった。だから、砥川山といった。星が出る時刻まで狩り殺した。だから、山を星肆《ほしくら》と名づけた。

高岡《たかおか》の里。神前山《かむさきやま》、奈具佐山《なぐさやま》。土は中の中。右を、高岡というのは、この里に高い岡があった。だから、高岡と名づけた。

神前山《かむさきやま》。　上と同じ。

奈具佐山《なぐさやま》。　檜が生えている。地名の由来はわからない。

多駝《ただ》の里。　邑日野《おおわちの》、八千軍野《やちぐさの》、糠岡《ぬかおか》。　土は中の下。多駝と名づけた理由は、応神天皇が巡行されていた時、大御伴人《おおみともびと》である佐伯部《さえきべ》たちの始祖、阿我乃古《あがのこ》がこの地の領有を願い出た。その時、天皇が、「はっきりと願い出たことだなあ」と言われた。それで、多駝といった。邑日野《おおわちの》といった理由は、阿遅須伎高日古尼命《あじすきたかひこねのみこと》の神が新次《にいすき》の社《やしろ》におられて、神宮をこの野に造られた時、大輪茅《おおわち》を刈りめぐらして垣とされた。だから、邑日野と名づけた。糠岡《ぬかおか》は、伊《い》和大神《わのおおかみ》と天日桙命《あめのひぼこのみこと》と二はしらの神がお互いに軍を興して戦い合われた。その時、大神の軍が集まって稲を舂いた。その糠《ぬか》が集まって丘となった。別の伝えでは城を掘った所は、応神天皇の御世に渡来した百済《くだら》の人たちが自分たちの生活習慣のままに城を造って住んでいた。また、その箕でふるい落とした糠を墓といい、また、城牟礼山《きむれやま》といった。その孫たちは、川辺《かわのべ》の里の三家《みやけ》の人である夜代《やしろ》たちである。八千軍《やちぐさ》といった理由は、天日桙命《あめのひぼこのみこと》の軍勢が八千人いた。だから、八千軍野《やちぐさの》といった。

蔭山《かげやま》の里。　蔭岡《かげおか》、冑岡《かぶとおか》。　土は中の下。蔭山というのは、応神天皇の御蔭《みかげ》（髪飾り）がこの山に堕《お》ちた。だから、蔭山といい、また、蔭岡と名づけた。その時、道を切り払う刃が鈍かった。それによって、「磨布理許」と言われた。だから、磨布理《とほり》の村といった。冑岡というのは、伊与都比古《いよつひこ》の神《かみ》と宇知賀久牟豊富命《うちかくむとよほのみこと》とが闘った時、冑《かぶと》がこの岡に堕ちた。だから、冑《かぶと》岡《おか》といった。

的部《いくはべ》の里。石坐《いわくら》の神山《かむやま》、高野《たかの》の社《やしろ》。土は中の中。右は、的部《いくはべ》たちがこの村に住んでいた。だから、的部の里といった。石坐《いわくら》の山というのは、この山は、石《いわ》を戴せている。また、豊穂《とよほの》命《みこと》の神がいる。だから、石坐の神山といった。高野の社というのは、この野は他の野より高い。また、玉依比売命《たまよりひめのみこと》がおられる。だから、高野の社といった。槐《えにす》、杜《かつら》が生えている。

託賀の郡

託賀《たか》の郡《こおり》。

右を、託賀《たか》と名《なづ》けた理由は、昔、巨人がいて、常に屈《かが》まって行った。南の海から北の海に到り、東から巡って行った時、この地にやってきて、「他の地は低いので、常に屈まり伏して行った。この地は高いので、背を伸ばして行く。高いことだなあ」と言った。だから、託《た》賀《か》の郡《こおり》といった。その踏んだ跡は、あちらこちら沼になった。

賀眉《かみ》の里。大海山《おおみやま》、荒田《あらた》の村。土は下の上。右は、川上《かわかみ》に住んでいたことによって名とした。大海《おおみ》と名づけた理由は、昔、明石《あかし》の郡大海《こおりおおみ》の里の人がやってきて、この山のふもとに住んだ。だから、大海山《おおみやま》といった。松が生えている。荒田《あらた》と名づけた理由は、ここにおられる神、名は道主日女命《みちぬしひめのみこと》は父がいないのに子をお生みになった。真相を知るための盟酒《うけいざけ》を醸造しようとして、田七町を作ったところ、七日七夜の間に、稲が成熟し終わった。そこで酒を醸んで多くの神を集め、その子を遣って、酒を捧《ささ》げて進上させた。さて、その子が天目一命《あまのまひとつのみこと》に向かって進上したことによって、それが父だと知った。その後にその田が荒れた。だから、荒田の村といった。

黒田《くろだ》の里。袁布山《をふやま》、支閇岡《きへおか》、大羅野《おおあみの》。土は下の上。右は、土が黒いのによって名とした。袁布山というのは、昔、宗形《むなかた》の大神《おおかみ》、奥津嶋比売命《おきつしまひめのみこと》が伊和大神の子を妊娠して、この山にやってきて、「私が出産するにふさわしい時がきた」と言われた。だから、袁布山といった。支閇岡というのは、宗形の大神が「私が出産するにふさわしい臨月になった」とおっしゃった。だから、支閇丘《きへおか》といった。大羅野《おおあみの》というのは、昔、老夫《おきな》と老女《おみな》とが、網を袁布《をふ》の中山《なかやま》に張って、鳥を捕まえようとしたところ、いろいろな鳥が多く来て、網を背負って飛び去り、例の野に落ちた。だから、大羅野といった。

都麻《つま》の里。都多支《つたき》、比也山《ひややま》、比也野《ひやの》、鈴堀山《すずほりやま》、伊夜丘《いやおか》、阿富山《あふやま》、高瀬《たかせ》、目前《まさき》、和尓布多岐《わにふたき》、阿多加野《あたかの》。土は下の上。都麻《つま》と名づけた理由は、播磨刀売《はりまとめ》と丹波刀売《たにはとめ》とが国の境界を定められた時、播磨刀売《はりまとめ》がこの村に到って、井の水を汲んで食事をして「この水はおいしい」と言われた。だから、都麻《つま》といった。

都太岐《つたき》というのは、昔、讃伎日子神《さぬきひこのかみ》が、冰上刀売《ひかみとめ》に求婚なさった。その時、冰上刀売は、返答して「お断りします」と言われたところ、日子神《ひこがみ》がなお強引に求婚なさった。それで、氷上刀売が怒って、「どうして私を」と言われた。言い終わると建石命《たけいわのみこと》を雇って、武器を使って闘った。それで、讃伎日子《さぬきひこ》が負けて還り去って、「私は、それは拙《つたな》かったなあ」と言われた。それで、都太岐《つたき》といった。比也山《ひややま》というのは、応神天皇がこの山で狩をされた時に、ある鹿が前に立ち、鳴いた声が比々と響いた。天皇はお聞きになって、侍従をお止めになった。だから、山は比也山《ひややま》と名づけ、野は比也野《ひやの》と名づけた。鈴堀山《すずほりやま》は、応神天皇が巡行されていた時、鈴がこの山に落ちた。探したけれども見つからず、土を掘って探した。だから、鈴堀山《すずほりやま》といった。

伊夜丘《いやおか》は、応神天皇の猟犬 名は麻奈志漏《まなしろ》 と猪が、この岡を走って登った。天皇がごらんになって、「射よ」と言われた。だから、伊夜岡《いやおか》といった。この犬と猪とが闘って死に、墓を作って葬った。そんなわけで、この岡の西に、犬墓がある。

阿富山《あふやま》は、朸《あふこ》を使って宍《しし》を担った。だから、阿富《あふ》と名づけた。

高瀬《たかせ》の村というのは、川の瀬が高いのによって名とした。

目前田《まさきだ》は、天皇の猟犬が、猪の為に目を打ち割かれた。だから、目割《まさき》といった。

阿多加野《あたかの》は、応神天皇がこの野で狩をなさった時に、ある猪に矢がささって、うなっていた。だから、阿多賀野《あたかの》といった。

法太《はふだ》の里。甕坂《みかさか》、花波山《はななみやま》。土は下の上。法太《はふだ》と名づけた理由は、讃伎日子《さぬきひこ》と建石命《たけいわのみこと》が闘われた時、讃伎日子《さぬきひこ》が負けて逃げ去る際に、手で這《は》って行かれた。だから、匐田《はふだ》といった。甕《みか》坂《さか》は、讃伎日子が逃げ去られた時、建石命《たけいわのみこと》がこの坂まで追放して、「今後は、二度とこの境界に入ることはできないぞ」と言われて、御冠《みかげ》をこの坂に置かれた。ある人が言うには、「昔、丹波《たには》と播磨《はりま》との国の境界を定めた時、大甕《おおみか》をこの上に掘り埋めて、国の境とした」と言った。だから、甕坂《みかさか》といった。花波山《はななみやま》は、近江《あうみ》の国の花波《はななみ》の神《かみ》がこの山におられた。それで、それによって名とした。

賀毛の郡

賀毛《かも》の郡《こおり》。

賀毛と名づけた理由は、応神天皇の世《みよ》、鴨《かも》の村に、ひとつがいの鴨が巣を作って卵を生んだ。だから、賀毛の郡といった。

上鴨《かみかも》の里。土は中の上。下鴨《しもかも》の里。土は中の中。右の二つの里を鴨《かも》の里と名づけたのは、すでに上文に詳しい。ただ、その後に分割して二つの里とした。だから、上鴨、下鴨といった。応神天皇が巡行された時、この鴨が飛び立って、條布《すふ》の井《い》の樹にいた。この時、天皇がたずねて、「何という鳥か」と言われた。侍従の当麻《たぎま》の品遅部《ほむちべ》の君前玉《きみさきたま》が答えて、「川に住む鴨でございます」と申し上げた。勅《みことのり》して射させられた時、一つ矢を放って、二羽の鳥に命中した。矢を負って山の岑《みね》から飛び越えた所は、鴨坂《かもさか》と名づけ、落ち倒れた所は、それによって鴨谷《かもたに》と名づけ、吸い物を煮た所は煮坂《にさか》である。下鴨の里に、碓居谷《うすいたに》、箕谷《みたに》、酒屋谷《さかやたに》がある。これは、大汝命《おおなむちのみこと》が臼《うす》を造って稲を舂かれた所は碓居谷と名づけ、箕を置かれた所は箕谷と名づけ、酒屋《さかや》をお造りになった所は酒屋谷《さかやたに》と名づけた。

條布《すふ》の里。土は中の中。條布と名づけた理由は、この村に井があり、ある女が水を汲むとすぐ井に吸い込まれた。だから、條布と名づけた。

鹿咋山《かくいやま》。右を、鹿咋と名づけた理由は、応神天皇が狩に出かけられた時、自分の舌を嚙んでいる鹿と、不意にこの山で出会った。だから、鹿咋山といった。

品遅部《ほむちべ》の村。右を、このように名づけたのは、応神天皇の世に品遅部たちの遠い祖先の前《さき》玉《たま》がこの地を賜わった。だから、品遅部の村と名づけた。

三重《みえ》の里。土は中の中。三重といった理由は、昔、ある女がいた。筍《たけのこ》を抜いて布を使って包んで食べると、何重にも（足が）折れ曲がって立つことができなくなった。だから、三重といった。

楢原《ならはら》の里。土は中の中。楢原と名づけた理由は、柞《なら》がこの村に生えていた。だから、柞原《ならはら》といった。

伎須美野《きすみの》。右を、伎須美野と名づけたのは、応神天皇の世《みよ》に大伴連《おおとものむらじ》たちがこの地の領有を願い出た時、国造の黒田別《くろだわけ》を呼び寄せて、地状をお聞きになった。その時、答えて、「縫った衣を櫃《ひつ》の底にしまい込んだようです」と申し上げた。だから、伎須美野といった。

飯盛嵩《いいもりたけ》。右を、このように名づけたのは、大汝命《おおなむちのみこと》の御飯《みいい》を、この嵩《たけ》に盛った。だから、飯盛嵩といった。

糠岡《ぬかおか》。右を、糠岡と名づけたのは、大汝命が稲を下鴨《しもかも》の村でお舂かせになったところ、飛び散った糠《ぬか》がこの岡に飛んできた。だから、糠岡といった。

玉野《たまの》の村がある。そういう理由は、意奚《おけ》、袁奚《をけ》二はしらの皇子《みこ》たちが美嚢《みなぎ》の郡《こおり》志深《しじみ》の里の高宮《たかみや》におられて、山部小楯《やまべのおたて》を遣わして、国造の許麻《こま》の娘の根日女命《ねひめのみこと》に求婚された。さて、根《ね》日女《ひめ》はすでに求婚のお言葉を承諾し終えていた。その時、二はしらの皇子はおたがい辞退して結婚されずにおられた。その間に、根日女は老いて亡くなった。その時に、皇子たちはひどく哀しみ、ただちに小立《おたて》を遣わして、「朝夕に日が隠れない地に墓を造り、その骨を蔵《おさ》め、玉で墓を飾れ」と言われた。だから、この墓によって玉丘《たまおか》と名づけ、その村を玉野《たまの》と名づけた。

起勢《こせ》の里。土は下の中。臭江《くさえ》、黒川《くろかわ》。右を起勢と名づけたのは、巨勢部《こせべ》たちがこの村に住んでいた。それによって里の名とした。

臭江《くさえ》。右を、臭江と名づけたのは、応神天皇の世《みよ》に播磨《はりま》の国の田の農の民の長として、百《もも》八十《やそ》の村君がいて、それぞれの村同士でお互いに闘っていた時、天皇が勅《みことのり》して、この村に追い集め、一人残らず斬り殺された。だから、臭江といった。その血が黒く流れた。だから、黒川と名づけた。

山田《やまだ》の里。土は中の下。猪飼野《いかいの》。右を山田と名づけたのは、人が山の際に住んでいた。やがてそれによって里の名とした。

猪飼野《いかいの》。右を猪飼と名づけたのは、仁徳天皇の世《みよ》に、日向《ひむか》の肥人《くまひと》である朝戸君《あさべのきみ》が天照大神《あまてらすおおみかみ》のいらっしゃる舟に、猪を持って参上して献上し、飼うべき所をお願いしてお答えを仰いだ。それによってこの野を賜わって猪を放し飼いにした。だから、猪飼野といった。

端鹿《はしか》の里。土は下の上。今もその神がおられる。右を端鹿と名づけたのは、昔、神が多くの村に菓子《このみ》を分けられていたところ、この村になって足りなくなった。そんなわけで「中途半端だなあ」と言われた。だから、端鹿《はしか》と名づけた。この村は今になっても、山の木に実がない。真木《まき》、檜、杉が生えている。

穂積《ほづみ》の里。本の名は塩野《しおの》である。小目野《おめの》。土は下の上。塩野という理由は、鹹水《しおみず》がこの村に湧き出た。だから、塩野といった。今、穂積と名づけるのは、穂積臣《ほづみのおみ》たちの一族がこの村に住んでいる。だから、穂積と名づけている。

小目野《おめの》。右を、小目野と名づけたのは、応神天皇が巡行されていた時、この野で宿りをされた。それによって四方を望み見られて、「あそこに見えるのは、海か河か」と言われた。従臣《おもとひと》が答えて、「あれは霧でございます」と申し上げた。その時、「大体は見えるけれども、細部は見えないなあ」と言われた。そこで、お言葉によって小目野と名づけた。さて、従臣たちが井を開いた。だから、佐々《ささ》の御井《みい》といった。また、この野にちなんで、歌をお詠みになった。

愛《いと》しい　小目の笹葉に　霰《あられ》が降り　霜が降っても　けっして枯れないでくれ　小目の笹葉よ

雲潤《うるみ》の里。土は中の中。右を、雲潤と名づけたのは、丹津日子《につひこ》の神《かみ》が法太《はふだ》の川底《かわじり》を、雲潤の方に越そうとお思いになって、そのように言った時、その村におられた太水《おおみず》の神《かみ》が断って、「私は宍《しし》の血を用いて田を作ります。ですから、河の水は欲しいと思いません」と言われた。その時、丹津日子が、「この神は河を掘る事を倦《う》んで（めんどうに思って）、このように言っているだけだ」と言われた。だから、雲弥《うみ》と名づけた。今の人は、雲潤と名づけている。

河内《こうち》の里。土は中の下。右は、川によって名とした。この里の田は草を敷かずに苗を植える。こうする理由は、住吉《すみのえ》の大神《おおかみ》が上っていらっしゃった時、この村で食事をされた。そこで、従っている神たちは人が苅っておいた草を、解き散らして御座とした。その時、草の持ち主はひどく困って、大神に訴えた。道理に叶うよう判定して、「おまえの田の苗は、必ず草を敷かなくても、きっと草を敷いたように育つだろう」と言われた。だから、その村の田は今も草を敷かないで苗代を作っている。

川合《かわい》の里。土は中の上。腹辟《はらさき》の沼《ぬま》。右を、川合と名づけたのは、端鹿《はしか》の川の下流と鴨川《かもがわ》が合流する村である。だから、川合の里と名づけた。

腹辟《はらさき》の沼《ぬま》。右を、腹辟と名づけたのは、花浪神《はななみのかみ》の妻の淡海神《おうみのかみ》が自分の夫を追いかけようとしてここに到り、とうとう怨み怒って、みずから刀で腹を割き、この沼に入水した。だから、腹辟の沼と名づけた。その沼の鮒《ふな》たちは今も五臓がない。

美嚢の郡

美嚢《みなぎ》の郡《こおり》。美嚢と名づけた理由は、昔、履中天皇が国の堺を定められた時、志深《しじみ》の里の許《こ》曽《そ》の社《もり》に到って、「この地は、水が流れてたいへん美しいなあ」と言われた。だから、美嚢の郡と名づけた。

志深《しじみ》の里。土は中の中。志深と名づけた理由は、履中天皇がこの井で御食事された時、信《し》深《じ》貝《み》が御飯の箱の縁《ふち》にカサコソと上ってきた。その時、「この貝は、阿《あ》波《わ》の国和《わ》那《な》散《さ》で私が食べた貝かなあ」と言われた。だから、志深の里と名づけた。

於《お》奚《け》、袁《を》奚《け》の天皇《すめらみこと》たちがこの地におられた理由は、彼らの父、市辺天皇命《いちのへのすめらみこと》が近江《おうみ》の国の摧《くた》綿《わた》野《の》で殺された時、日下部連意美《くさかべのむらじおみ》を連れて逃げてきて、この村の石室《いわむろ》に隠れておられた。そしてその後、意美《おみ》は自ら重い罪であると悟って、乗っている馬たちの腱を切り断って追い放った。また、持っていた物や鞍などは、すっかり焼き棄てた。そしてすぐに首をくくって死んでしまった。それで二人の子たちはあちこちに隠れ、東に西に迷われた。結局、志《し》深《じみ》の村の首《おびと》である伊等尾《いとみ》の家に使用人として雇われた。伊等尾の新室祝いの宴をするために、二人の子たちに火をともさせ、それから詠辞《ながめごと》を歌わせた。ここで兄弟がお互いに譲りあって、結局は弟が立って声を引いて歌われた。そのことばに言うには、

吉備の鉄でできた　鍬を持ち　田を打つように、手を拍《う》てみんな　私は舞
（たう

また声を引いて歌われた。そのことばに言うには、

近江は　水を湛《たた》える国。大和は　青垣　青垣の　大和におられた　市辺《いちのへ》の　天皇の　ご
子孫である　奴《やっこ》の私たちは

すべての人たちが皆、畏れうやまって走り出た。ここに、針間《はりま》の国の山門《やまと》の　領《みこともち》　に派遣されていた山部連少楯《やまべのむらじおたて》が互いに聞き互いに見て、しみじみ語って、「この子のために、あなたの母である手白髪命《たしらかのみこと》は、昼は食事もされず、夜はお眠りにならず、死にそうな思いで、泣きながら恋うている子たちですよ」と言った。それによって（少楯が）参上して（手白髪命に）申し上げることは、右のいきさつ通りだった。母は歓《よろこ》びいとしみ泣いて、少楯を送り返して（兄弟を）呼び寄せられた。そして、互いに見、互いに語らっていとおしんだ。これより後、再び播磨に帰ってきて、宮をこの地に造って住まれた。だから、高野《たかの》の宮《みや》、少野《おの》の宮《みや》、川村《かわむら》の宮《みや》、池野《いけの》の宮《みや》がある。また、屯倉をお造りになった所を御宅《みやけ》の村と名づけ、御倉《みくら》をお造りになった所を、御倉尾《みくらお》と名づけた。

高野《たかの》の里の祝田《はふりた》の社《やしろ》に鎮座する神は、玉帯志《たまたらし》比古《ひこ》大稲女《おおいなめ》と玉帯志《たまたらし》比売《ひめ》豊稲女《とよいなめ》である。

志深《しじみ》の里の三坂《みさか》に鎮座する神は、八戸挂須御命《やとかかすみもろのみこと》である。大物主葦原志《おおものぬしあしはらし》許《こ》が国を堅められたその後に、天上界から三坂《みさか》の岑《みね》にお下りになった。

吉川《えかわ》の里。吉川と名づけた理由は、吉川の大刀自《おおとじ》の神《かみ》がここに鎮座している。だから、吉川の里といった。

枚野《ひらの》の里。地形によって名とした。

高野《たかの》の里。地形によって名とした。

〈逸文〉

尓保都比売命

播磨国風土記に記すこと。息長帯日女《おきながたらしひめ》の命《みこと》（神功《じんぐう》皇后）が、新羅《しらぎ》の国を平定しようと思って西に下りなさった時、多くの神々に祈願なさった。その時、国土を堅めなさった大神の御子である尓保都比売命《にほつひめのみこと》が、国造の石坂比売《いわさかひめ》の命《みこと》に神がかりし、教えて「私を手厚く斎き奉ったならば、私は良い効験を出して、比々良木《ひひらき》の八《や》尋桙根《ひろほこね》の底付かぬ国、嬢子の眉引きの国、玉匣《たまくしげ》かがやく国、苦枕《こもまくら》宝有る国、白衾《たくぶすま》新羅の国を、赤い浪の威力でもって平定なさろう」とおっしゃった。このようにお教えになって、ここに赤土をお出しになられた。そこで、その土を天《あま》の逆桙《さかほこ》にお塗りになり、船尾と船首にお建てになられた。また船の舷側《げんそく》と兵隊の鎧《よろい》を き来、また海水をかき回して濁して、お渡りになる時、船底を潜る魚や高く飛ぶ鳥たちも往 となく、前を邪魔するものは何もなかった。こういう次第で、新羅を無事平定され帰還なさった。そこで、その神を紀伊《きい》の国の管川《つつかわ》の藤代《ふじしろ》の峰に鎮め、お祭り申し上げたのである。

速鳥

播磨の国の風土記に記すこと。明石《あかし》の駅家《うまや》。駒手《こまで》の御井《みい》は、難波の高津の宮の天皇（仁徳天皇）の御代に、楠の木が、井戸の傍らに生えていた。この楠の木は朝日がさすと、淡路島《あわじしま》を覆い隠し、夕日がさすと大和《やまと》の国の山々を覆い隠した。そこで、この楠の木を伐《き》って舟を造ると、その進みの速いことはまるで飛んでいるようで、楫《かじ》を一漕《こ》ぎするだけで七つの波を越えて行った。だから速鳥《はやとり》と名付けた。毎朝毎夕、この船に乗って天皇の食膳にそなえようとしてこの井戸の水を汲《く》んだ。ある朝、お食事の時間に間に合わなかった。そこで、歌を詠んで、この船を使うのを止めた。その歌に言うことには、

住吉《すみのえ》の大倉《おおくら》に向かって飛んでこそ、速鳥と呼ぶこともできようが、（いまでは）どうして速鳥と言えようか。

播磨国風土記　本文

凡例

一、本文は三条西家本（天理図書館蔵、複製）を底本とした校訂本文である。

一、本文は可能な範囲で底本の形態、字体を尊重して活かすことに努めた。

（賀古郡）

望覧四方云此丘原野甚廣大而見此丘如鹿兒故名曰賀古郡狩之時一鹿走登於此丘
鳴其聲比ゝ故号日岡此岡有比礼墓〔坐神大御津齒命子伊波都比古命〕所以号褶墓者昔大帯日子命誂印南
別孃之時御佩刀之八咫劔之上結尒八咫勾玉下結尒麻布都鏡繋賀毛郡山直等始祖息
長命〔一名伊志治〕為媒而誂下行之時到攝津国高瀬之済請欲度此河度子紀伊国人小玉申曰
我為天皇贄人否尒時勅云朕公雖然猶渡度子對曰遂欲度者宜賜度賃於是即取為道行
儲之弟縵投入舟中則縵光明炳然満舟度子得賃乃度之故云朕君済遂到赤石郡廝御井
供進御食故曰廝御井尒時印南別孃聞而驚畏之即遁度於南毗都麻嶋於是天皇乃到賀
古松原而覔訪之於是白犬向海長吠天皇問云是誰犬乎須受武良首對曰是別孃所養之
犬也天皇勅云好告哉故号告首乃天皇知在於此少嶋即欲度到阿閇津供進御食故号阿
閇村又捕江魚為御坏物故号御坏江又乗舟之處以楉作榭津遂度相遇勅云此嶋隠愛妻
仍号南毗都麻於是御舟与別孃舟同編合而度挟抄伊志治尒名号大中伊志治還到印南
六継村始成密事故曰六継村勅云此處浪響鳥聲甚譁南遷於高宮故曰高宮村是時造酒
殿之處即号酒屋村造贄殿之處即号贄田村造宮之處即号舘村又遷於城宮田村仍始成
昏也以後別孃掃床仕奉出雲臣比須良比賣給於息長命墓有賀古驛西有年別孃薨於此
宮即作墓於日岡而葬之擧其尸度印南川之時大飄自川下来纒入其尸於川中求而不得
但得匣与褶即以此二物葬於其墓故号褶墓於是天皇戀悲誓云不食此川之物由此其川
年魚不進御贄後得御病勅云薬者也即造宮於賀古松原而還或人於此堀出冷水故曰松

原御井　望理里 土中上 大帯日子天皇巡行之時見此村川曲勅云此川之曲甚美哉故曰望理　鴨波里 土中〻 昔大部造等始祖古理賣耕此之野多種粟故曰粟〻里此里有舟引原昔神前村有荒神毎半留行人之舟於是往来之舟悉留印南之大津江上於川頭自賀意理多之谷引出而通出於赤石郡林潮故曰舟引原又事与上鮮同　長田里 土中〻 昔大帯日子命幸行別嬢之處道邊有長田勅云長田哉故曰長田里驛家里 土中〻 由驛家為名

（印南郡）

一家云吁以号印南者穴門豊浦宮御宇天皇与皇后倶欲平筑紫久麻曽国下行之時御舟宿於印南浦此時滄海其平風波和静故名曰入浪　印南郡　大国里 土中〻 吁以号大国者百姓之家多居此故曰大国此里有山名曰伊保山吁以帯中日子命乎坐於神而息長帯日女命率石作連来而求讃伎国羽若石也自彼度賜未定御廬之時大来見顯曰美保山〻西有原名曰池之原〻中有池故曰池之原〻南有作石形如屋長二丈廣一丈五尺髙亦如之名号曰大石傳云聖徳王御世弓削大連吁造之石也

六継里 土中〻 吁以号六継里者已見於此里有松原生甘茸色似茸花體如鶯茸十月上旬生下旬亡其味甚甘　益氣里 土中上 吁以号宅者大帯日子命造御宅於此村故曰宅村此里有山名曰斗形山以石作斗与乎氣故曰斗形山有石橋傳云上古之時此橋至天八十人衆上下往来故曰八十橋　含藝里 今名瓶落 土中上吁以号瓶落者難波髙津御宮御世私部弓取等遠祖他田熊千瓶酒着於馬尻求行家地其瓶落於此村故曰瓶落又有酒山大帯日子天皇御世酒泉涌出故曰酒山百姓飲者即酔相闘相乱故令埋塞後庚午年有人堀出于今

猶有酒氣郡南海中有小嶋名曰南毗都麻志我高穴穂宮御宇天皇御世遣丸部臣等始祖比古汝茅令定国堺尒時吉備比古吉備比賣二人叅迎於是比古汝茅娶吉備比賣生兒印南別嬢此女端正秀於當時尒時大帶日古天皇欲娶此女下幸行之別嬢聞之即遁渡件嶋隱居之故曰南毗都麻

（餝磨郡）

餝磨郡　所以号餝磨者大三間津日子命於此處造屋形而座時有大鹿而鳴之尒時王勅云壯鹿鳴哉故号餝磨郡　漢部里 土中上 右稱漢部者讃藝国漢人等到来居於此處故号漢部　菅生里 土中上 右稱菅生者此處有菅原故号菅生　麻跡里 土中上 右号麻跡者品太天皇巡行之時勅云見此二者山能似人眼割下故号目割　英賀里 土中上 右稱英賀者伊和大神之子阿賀比古阿賀比賣二神在此處故因神名以為里名　伊和里 船丘波丘琴丘迎丘箕丘日女道丘莪丘稲丘冑丘鹿丘犬丘甕丘筥丘 土中上　右号伊和部者積幡郡伊和君等族到来居於此故号伊和部所以号手苅丘者近国之神到於此處以手苅草以為食薦故号手苅一云韓人等始来之時不識用鎌但以手苅稲故云手苅村右十四丘者已詳於上　昔大汝命之子火明命心行甚強是以父神患之欲盾棄之乃到因達神山遣其子汲水未還以前即發船盾去於是火明命汲水還来見船發去即大瞋怨仍起風波追迫其船於是父神之船不能進行遂被打破所以其波丘琴落處者即号琴神丘箱落處者即号箱丘梳迎落處者即号迎丘箕落處者仍号箕形丘甕落處者仍曰甕丘稲落處者即号稲牟礼丘冑落處者即号冑丘沉石落處者即号沉石丘綱落處者即号藤丘鹿落處者即号鹿丘犬落處者即号犬丘蚕子落處者即号日女道丘尒時大

汝神謂妻弩都比賣曰為遁悪子返遇風波被太辛苦哉所以号曰瞋塩曰告斉　賀野里 幣丘 土中上右稱加野者品太天皇巡行之時此處造殿仍張蚊屋故号加野山川之名亦与里同　所以稱幣丘者品太天皇到於此處奉幣地祇故号幣丘韓室里 土中〻 右稱韓室者韓室首寶等上祖家大富饒造韓室故号韓室巨智里 草上村大立丘 土上下右巨智等始屋居此村故曰為名　所以云草上門者韓人山村等上祖柞巨智賀那請此地而墾田之時有一聚草其根尤臭故号草上所以稱大立丘者品太天皇立於此丘見之地形故号大立丘　安相里 長畝川 土中〻右所以安相里者品太天皇従但馬巡之時縁道不撤御冠故号陰山前仍国造豊忍別命被劵名尒時但馬国造阿胡尼命申給依此赦罪即奉塩代塩田廿千代有名塩代田飼但馬国朝来人到来居於此ヅ故号安相里 夲名沙部云後里名依改字二字注為安相里 所以号長畝川者昔此川生蔣于時賀毛郡長畝村村人到来苅蔣尒時此處石作連等為奪相闘仍煞其人即投棄於此川故号長畝川夲又阿胡尼命娶英保村女卆於此村遂造墓葬以後正骨運持去之云来枚野里 新羅訓村筥岡 右稱枚野者昔為少野故号枚野　所以号新良訓者昔新羅国人来朝之時宿於此村故号新羅訓 山名亦同 所以稱筥丘者大汝少日子根命与日女道丘神期會之時日女道神於丘脩食物及筥器等具故号筥丘　大野里 砥堀 土中〻右稱大野者夲為荒野故号大野志貴嶋宮御宇天皇之御世村上足嶋等上祖恵多請此野而居之乃為里名所以稱砥堀者品太天皇之世神前郡与餝磨郡之堺造大川岸道是時砥堀出故号砥堀于今猶在少川里 高瀬村豊国村英馬野射目前檀坂多取山御取丘伊刀嶋 土中〻 夲名私里 右号私里志貴嶋宮御宇天皇世私部弓束等祖田又利君鼻𦊆請此處而居之故号私里以後庚寅年上大夫為宰之時改為小川里一云小川

自大野流来此處故曰小川　所以稱高瀬者品太天皇登於夢前丘而望見者北方有白色物云彼何物乎即遣舎人上野国麻奈毗古令察之申云自高處流落水是也即号高瀬村　所以号豊国者筑紫豊国之神在於此處故号豊国村　所以号英馬野者品太天皇此野狩時一馬走逸勅云誰馬乎侍従等對云朕御馬也即号我馬野是時立射目之處即号目前弓折之處即号檀丘御立之處即号御立丘是時大牝鹿泳海就島故号伊刀嶋英保里（土中上）右稱英保者伊豫国英保村人到来居於此處故号英保村　美濃里（継潮）土下中右号美濃者讃伎国弥濃郡人到来居之故号美濃所以稱継潮者昔此国有一死女尒時筑紫国火君等祖（不知名）到来復生仍取之故号継潮　囙達里（土中〻）右稱囙達者息長帶比賣命欲平韓国渡坐之時御船前伊太代之神在於此處故囙神名以為里名安師里（土中〻）右稱安師者倭穴无神〻戸託仕奉故号穴師　漢部里（多志野阿比野手沼川）里名詳於上右稱多志野者品太天皇巡之時以鞭指此野勅云彼野者宜造宅及墾田故号佐志野今改号多志野　所以阿比野者品太天皇従山方幸行之時従臣等自海方參會故号會野　所以稱手沼川者品太天皇於此川洗御手故号手沼川（生年魚有味）貽和里船丘北邊有馬墓池昔大長谷天皇御世尾治連等上祖長日子有善婢与馬並合之意於是長日子将死之時謂其子曰吾死以後皆葬准吾即為之作墓第一為長日子墓第二為婢墓第三為馬墓併有三後上生石大夫為国司有之時築墓邊池故囙名為馬墓池　所以稱餝磨御宅者大雀天皇御世遣人喚意伎出雲伯耆囙幡但馬五国造等是時五国造即以召使為水手而向京之以此為罪即退於播磨国令作田也此時所作之田即号意伎田出雲田伯耆田囙幡田但馬田即彼田稲収納之御宅

即号餝磨御宅又云賀和良久三宅

（揖保郡）

揖保郡　事明下　伊刀嶋諸嶋之捴名也右品太天皇立射目人於餝磨射目前為狩之於是自我馬野出牝鹿過此阜入於海泳渡於伊刀嶋尓時翼人等望見相語云鹿者既到就於彼嶋故名伊刀嶋香山里 夲名鹿来墓 圡下上　所以号鹿来墓者伊和大神占国之時鹿来立於山ゝ岑ゝ是亦似墓故号鹿来墓後至道守臣為宰之時乃改名為香山　家内谷　即是香山之谷形如垣廻故号家内谷佐ゝ村品太天皇巡行之時猍噛竹葉而遇之故曰佐ゝ村阿豆村伊和大神巡行之時告其心中熱而控絶衣紐故号阿豆一云昔天有二星落於地化為石於此人衆集来談論故名阿豆飯盛山讃伎国宇達郡飯神之妾名曰飯盛大刀自此神度来占此山而居之故名飯盛山大鳥山鵝栖此山故大鳥山　栗栖里 圡中ゝ　所以名栗栖者難波高津宮天皇勅賜刊栗子若倭部連池子即将退来殖生此村故号栗栖此栗子由夲刊後无澁廻川金箭川品太天皇巡行之時御苅金箭落此於此川故号金箭阿為山品太天皇之世紅草生於此山故号阿為山　住不知名之鳥起正月至四月見五月以後不見形似鳩色如紺　越部里 舊名皇子代里　圡中ゝ　所以号皇子代者勾宮天皇之世寵人但馬君小津蒙寵賜姓為皇子代君而造三宅於此村令仕奉之故曰子代村後至上野大夫結卅戸之時改号越部里 一云自但馬国三宅越来故号越卩村　鴿住山　所以号鴿住者昔鴿住多此山故囙為名欟坐山石似欟故号欟坐山御槗山大汝命積俵立槗山石似槗故号御槗山　狭野村別君玉手等遠祖夲居川内国泉郡囙地不便還到此圡仍云此野雖狭猶可居也故号狭野　出雲国阿菩大神聞

大倭国畝火香山耳梨三山相闘此欲諫止上来之時到於此處乃聞闘止覆其所乗之舩而
坐之故号神阜〻形似覆　上岡里本林田里土中下菅生山邊故曰菅生一云品太天皇巡行之
時闢井此岡水甚清寒於是勅曰由水清寒吾意宗〻我〻志故曰宗我冨殿岡造殿此岡故
曰殿岡〻生柏阜部里曰人姓為名土中〻立野　所以号立野者昔土師弩美宿祢往来於出雲
国宿於阜部野乃得病死尓時出雲国人来到連立人衆運傳上川礫作墓山故号立野即号
其墓屋為出雲墓屋　林田里本名談奈志土中下所以称談奈志者伊和大神占国之時御志
植於此處遂生楡樹故称談奈志　松尾阜品太天皇巡行之時於此處日暮即取此阜松為
之燎故名松尾塩阜惟阜之南有鹹水方三丈許与海相潤卅里許以礫為底以草為邊与海
水同往来満時深三寸許牛馬鹿等嗜而飲之故号塩阜　所以名伊勢野者此野毎在人家
不得静安於是衣縫猪手漢人刀良等祖将居此處立社山本敬祭在山岑神伊和大神子伊
勢都比古命伊勢都比賣命矣自此以後家〻静安遂得成里即号伊勢　伊勢川曰神為名
稲種山大汝命少日子根命二柱神在於神前郡堲里生野之岑望見此山云彼山者當置稲
種即遣稲種積於此山〻形亦似稲積故号曰稲積山邑智驛家土中下品太天皇巡行之時
到於此處勅云吾謂狭地此乃大内之乎故号大内冰山惟山東有流井品太天皇汲其井之
水而冰之故号冰山䃮折山品太天皇狩於此山以䃮弓射走猪即折其弓故曰䃮折山此山
南有石穴〻中生蒲故号蒲阜至今不生　廣山里舊名握村土中上　所以名都可者石比賣
命立於泉里波多為社而射之到此處箭盡入地唯出握許故号都可村以後石川王為捴領
之時改為廣山里麻打里　昔但馬国人伊頭志君麻良比家居此山二女夜打麻即麻置於

己冑死故号麻打山于今居此邊者至夜不打麻矣俗人云讃伎国意比川品太天皇之世出雲御蔭大神坐於枚方里神尾山毎遮行人半死生尒時伯耆人小保弖囙幡布久漏出雲都伎也三人相憂申於朝廷於是遣額田部連久等ゝ令禱于時作屋形於屋形田作酒屋於佐々山而祭之宴遊甚樂即櫟山柏挂帯捶署下於此川相壓故号厭川　枚方里 土中上

所以名枚方者河内国茨田郡枚方里漢人来到始居此村故曰枚方里　佐比罡　所以名佐比者出雲之大神在於神尾山此神出雲国人經過此處者十人之中留五人五人之中留三人故出雲国人等作佐比祭於此里遂不和受所以然者比古神先来比賣神後来此男神不能鎮而行去之所以女神怨怒也然後河内国茨田郡枚方里漢人来至居此山邊而敬祭之僅得和鎮囙此神在名曰神尾山又作佐比祭處即号佐比罡佐罡　所以名佐罡者難波津宮天皇之世吕筑紫田部令墾此地之時常以五月集聚此罡飲酒宴故曰佐罡　大見山　所以名大見者品太天皇登此山嶺望覧四方故曰大見御立之處有盤石高三尺許長三丈許廣二丈許其石面往ゝ有窪跡此名曰御沓及御杖之處三前山此山前有三故曰三前山

御立阜　品太天皇登於此阜覧国故曰御立罡大家里 舊名大宮里 土中上品太天皇巡行之時營宮此村故曰大宮後至田中大夫為宰之時改大宅里大法山 今名勝部罡 品太天皇於此山宣大法故曰大法山今所以号勝部者小治田河原天皇之世遣大倭千代勝部等令墾田即居此山邊故号勝部罡上莒罡下莒罡魚戸津朸田　宇治天皇之世宇治連等遠祖兄太加奈志弟太加奈志二人請大田村与冨等地墾田将蒔来時廝人以朸荷食具等物於是朸折荷落所以奈閇落處即号魚戸津前莒落處即名上莒罡後莒落處即曰下莒罡荷朸落處即

曰枌田大田里 土中上 所以称大田者昔呉勝従韓国度来始到於紀伊国名草郡大田村其後分来移到於攝津国三嶋賀美郡大田村其又遷来於揖保郡大田村是夲紀伊国大田以為名也言擧阜　右所以称言擧阜者大帯日賣命之時行軍之日御於此阜而教令軍中曰此御軍者慇懃勿為言擧故号曰言擧前皷山昔額田部連伊勢与神人腹太文相闘之時打鳴皷而□之故号曰皷山 ゝ谷生檀 石海里土惟上中右所以称石海者難波長柄豊前天皇之世是里中有百便之野生百枝之稲即阿曇連百足仍取其稲獻之尓時天皇勅曰宜墾此野作田乃遣阿曇連太牟召石海人夫令墾之故野名曰百便村号石海也酒井野右所以酒井者品太天皇之世造宮於大宅里闢井此野造立酒殿故号酒井野　宇須伎津　右所以名宇須伎者大帯日賣命将平韓国度行之時御船宿於宇頭川之泊自此泊度行於伊都之時忽遭逆風不得進行而従船越ゝ御船ゝ猶亦不得進乃追發百姓令引御船於是有一女人為資上己之真子而堕於江故号宇須伎 新辞伊波須久　宇頭川　所以宇頭川者宇須伎津西方有絞水之渕故号宇頭川即是大帯日賣命宿船之泊伊都村　所以称伊都者御船水手等云何時将到於此所見之乎故曰伊都雀嶋　所以号雀嶋者雀多聚於此嶋曰雀嶋 不生草木 浦上里 土上中　右所以号浦上者昔阿曇連百足等先居難波浦上後遷来於此浦上故曰夲居為名御津息長帯日賣命宿御船之泊故号御津室原泊　所以号室者此泊防風如室故曰為名　白貝浦昔在白貝故曰為名家嶋人民作家而居之故号家嶋 生竹黒葛ホ 神嶋伊刀嶋等所以称神嶋者此嶋西邊在石神形似佛像故曰為名此神顔色五色之玉又胷有流淚是亦五色所以泣者品太天皇之世新羅之客来朝仍見此神之奇偉以為非常之珎玉屠其面色堀

其一瞳神由泣於是大怒即起暴風打破客舩漂没於高嶋之南濵人悉死亡乃埋其濵故号曰韓濵于今過其處者慎心固戒不言韓人不拘盲事韓荷嶋韓人破舩所漂之物漂就於此嶋故号韓荷嶋　高嶋高勝於當處嶋等故号高嶋　萩原里 土中々 右所以名萩原者息長帶日賣命韓国還上之時御舩宿於此村一夜之間生萩根高一丈許仍名萩原即闢御井故云針間井其處不墾又罇水溢成井故号韓清水其水朝汲不出朝尒造酒殿故酒田舟傾乾故云傾田舂米女等陰陪従婚断故云陰絶田仍萩多榮故云萩原也尒祭神少足命坐鈴喫罡　所以号鈴喫者品太天皇之世田於此罡鷹鈴堕落求而不得故号鈴喫罡　少宅里 夲名漢卩里 土下中　所以号漢部者漢人居之此村故以為名所以後改曰少宅者川原若倈祖父娶少宅秦公之女即号其家少宅後若倈之孫智麻呂任為里長由此庚寅年為　少宅里

細螺川　所以稱細螺川者百姓為田闢溝細螺多在此溝後終成川故曰細螺川　揖保里 土中中　所以稱粒者此里依於粒山故曰山為名粒丘　所以号粒丘天日槍命従韓国度来到於宇頭川底而乞宿處於葦原志挙乎命曰汝為国主欲得吾所宿之處志挙即許海中尒時客神以釼攪海水而宿之主神即畏客神之盛行而先欲占国巡上到於粒丘而湌之於此自口落粒故号粒丘其丘小石比能似粒又以杖刺地即従杖處寒泉涌出遂通南北々寒南温 生白朮　神山此山在石神故号神山 生椎子八月熟　出水里　此村出寒泉故曰泉為名 土中々　美奈志川　所以号美奈志川者伊和大神子石龍比古命与妹石龍賣命二神相競川水妋神欲流於北方越部村妹神欲流於南方泉村尒時妋神蹹尒山岑而流下之妹神見之以為非理即以指櫛塞其流水而従岑邊闢溝流於泉村格尒妋神復到泉底之川流奪而将流於西方

[illegible]妹神遂不許之而作密樋流出於泉村之田頭由此川水絶而不流故号无水川
[illegible]里 舊名倉見里 土中上品太天皇御立於欟折山覧之時森然眄見倉故名倉見村今改名為
枽原一云枽原村主等盗讃容郡桉見将来其主認来見於此村故曰桉見琴坂　眄以号琴
坂者大帯比古天皇之世出雲国人息於此坂有一老父与女子倶作坂夲之田於是出雲人
欲使感其女乃弾琴令聞故号琴坂此處有銅牙石形似雙六之綵

（讃容郡）

讃容郡　眄以云讃容者大神妹妹二柱各競占国之時妹玉津日女命捕臥生鹿割其腹而
種稲其血仍一夜之間生苗即令取殖尒大神勅云汝妹者五月夜殖哉即去他處号五月夜
郡神名賛用都比賣命今有讃容町田也即鹿放山号鹿庭山〻四面有十二谷皆有生鐵也
難波豊前於朝庭始進也見顯人別部犬其孫等奉蔟文初讃容郡　事与レ里同　土上中
吉川 夲名玉落川 大神之玉落於此川故曰玉落今云吉川者稲狭部大吉川居於此村故曰吉川
其山 生黄連 桉見佐用都比賣於此山得金桉故曰山名金肆川名桉見伊師即是桉見之河上
川底如床故曰伊師 其山生精鹿升麻 　速湍里　土上中　依川湍速〻湍社坐神廣比賣命故那都比賣
弟　凍野　廣比賣命占此土之時凍冰故曰凍野凍谷邑寳里　土中上　弥麻都比古命治井
飡粮即云吾占多国故曰大村治井處号御井村　鍫柄川　神日子命之鍫柄令採此山故
其山之川号曰鍮柄川　室原山屏風如室故曰室原 生人參獨活藍漆升麻白朮石灰 　久都野弥麻都比古命告
云此山鍫者可崩故曰久都野後改而云宇努其邊為山中央為野　柏原里由柏多生号為
柏原筌戸大神従出雲国来時以嶋村罡為呉床坐而筌置於此川故号筌戸也不入魚而入

鹿此取作鱠食不入口而落於地故去此處遷他　中川里 圡上下 所以名仲川者苫編首等遠祖大仲子息長帶日賣命度行於韓国之時船宿淡路石屋之尒時風雨大起百姓悉濡于時大中子以苫作屋天皇勅云此為国冨即賜姓為苫編首仍居此處故号仲川里引船山近江天皇之世道守臣為此国之宰造官船於此山令引下故曰船引此山住鵲一云韓国烏栖枯木之穴春時見夏不見 生人叅細辛 昔近江天皇之世有丸部具也是仲川里人也此人買取河内国兎寸村人之賣劒也得劒以後擧家滅亡然後苫編部犬猪圃彼地之墟圡中得此劒圡与相去迴一尺許其柄朽失而其刃不澁光如明鏡於是犬猪即懐恠心取劒歸家仍招鍛人令燒其刃尒時此劒屈申如蛇鍛人大驚不營而止於是犬猪以為異劒獻之朝庭後淨御原朝庭甲申年七月遣曽祢連麿返送本處于今安置此里御宅北山之邊有李五根至于仲冬其實不落弥加都岐原難波髙津宮天皇之世伯耆加具漏因幡邑由胡二人大驕无節以清酒洗手足於是朝庭以為過度遣狹井連佐夜召此二人尒時佐夜仍悉禁二人之族赴參之時屢清水中酷拷之中有女二人玉纒手足於是佐夜恠問之荅曰吾此服部弥蘇連娶因幡国造阿良佐加比賣生子宇奈比賣久波比賣尒時佐夜驚之此是執政大臣之女即遷送之所送之處即号見置山所溺之處即号美加都岐原雲濃里 圡上中 大神之子玉足日子玉足比賣命生子大石命此子稱於父心故曰有怒塩沼村此村出海水故塩沼村

（宍禾郡）

宍禾郡　所以名宍禾者伊和大神国作堅了以後堺此川谷尾巡行之時大鹿出己舌遇於矢村尒勅云矢彼舌在者故号宍禾鹿村名号矢田村　比治里 圡中上 所以名比治者難

波長柄豊前天皇之世分揖保郡作宍禾郡之時山部比治任為里長依此人名故曰比治里
宇波良村　葦原志許乎命占国之時勅此地小狭如室戸故曰表戸比良美村大神之褶落
於此村故曰褶村今人云比良美村　川音村天日槍命宿於此村勅川音甚高故曰川音村
遅音村今名遅酒　大神御粮枯而生糆即令醸酒以獻遅酒而宴之故曰遅酒村今人云遅音村
奪谷葦原志許乎命与天日槍命二相奪此谷故曰奪谷以其相奪之由形如曲葛稲春岑
大神令春於此岑故曰稲春前生味栗　其粳飛到之處即号粳前　高家里土下中　所以名曰高
家者天日槍命告云此村高勝於他村故曰高家都太川　衆人不餝得稱　塩村　處々出
醎水故曰塩村牛馬等嗜而飲之　柏野里土中上　所以名柏者生此野故曰柏野　伊奈加
川葦原志許乎命与天日槍命占国之時有嘶馬遇於此川故曰伊奈加川　土間村　神衣
附土上故曰土間敷草村敷草為神座故曰敷草此村有山南方去十里許有澤二町許此澤
生菅作笠最好生梅枌生鐵住狼羆栗黄連葛等飯戸阜　占国之神炊於此處故曰飯戸
阜々形亦似檜箕竈等　安師里今名酒加里　土中上大神湌於此處故曰須加後所以号山守里
然者山部三馬任為里長故曰山守今改名為安師者因安師川為名其川者因安師比賣神
為名伊和大神将娶誂之尒時此神固辞不聴於是大神大瞋以石塞川源流下於三形之方
故此川少水此村之山生梅枌黒葛等住狼羆　石作里今名伊和　土下中　所以名石作者石作
首等居於村故庚午年為石作里阿和賀山伊和大神之妹阿和加比賣命在於此山故曰阿
和加山伊加麻川　大神占国之時烏賊在於此川故曰烏賊間川　雲箇里土下々　大神之
妻許乃波奈佐久夜比賣命其形美麗故曰宇留加波加村占国之時天日槍命先到處伊和

大神後到於是大神大恠之云非度先到之乎故曰波加村到此處者不洗手足必雨其山生柂枌檀黒葛山薑等住狼羆御方里圡下上所以号御形者葦原志許乎命与天日槍命到於黒圡志尓嵩各以黒葛三條着足投之尓時葦原志許乎命之黒葛一條落但馬氣多郡一條落夜夫郡一條此村故曰三條天日槍命之黒葛皆落於但馬国故占但馬伊都志地而在之一云大神為形見植御杖於此村故曰御形　大内川　小内川金内川　大者稱大内小者稱小内生鐵者稱金内其山生柂林黒葛等住狼熊伊和村夲名神酒大神釀酒此村故曰神酒村又云於和村大神国作訖以後云於和等於我美岐

(神前郡)

神前郡　右所以号神前者伊和大神之子建石敷命山使村在於神前山乃因神在為名故曰神前郡堲罡里生野　大内川　湯川　粟鹿波自加村圡下〻所以号堲罡者昔大汝命与小比古尼命相争云擔堲荷而遠行与不下屎而遠行此二事何能為乎大汝命曰我不下屎欲行小比古尼命曰我持堲荷欲行如是相争而行之逕數日大汝命云我不能忍行即坐而下屎之尓時小比古尼命咲曰然苦亦擲其堲於此罡故号堲罡又下屎之時小竹弾上其屎行於衣故号波自賀村其堲与屎成石于今不亡一家云品太天皇巡行之時造宮於此罡勅云此圡為堲耳故曰堲罡　所以号生野者昔此處在荒神半殺往来之人由此号死野以後品太天皇勅云此為悪名改為生野所以号粟鹿川内者彼自但馬阿相郡粟鹿山流来故曰粟鹿川内生楡大川内因大為名生檜枌又有異俗人卅許口湯川昔湯出此川故曰湯川生檜黒葛又在異俗人卅許川邊里勢賀川砥川山圡中下此村居於川邊故号川邊里　所以勢賀者品太天皇狩於此川内猪鹿多約出於此處殺故

曰勢賀　所以云砥川山者彼山砥故曰砥川山至于星出狩煞故山名星肆　高罡里 神前山 奈具佐山　圡中〻　右云高罡者此里有高罡故号高罡神前山 与上同　奈具佐山 生檜不知其由　多駞里 邑曰野八千軍野粳罡　圡中下　所以号多駞者品太天皇巡行之時大御伴人佐伯部等始祖阿我乃古申欲請此圡尒時天皇勅云直請哉故曰多駞所以云邑曰野者阿遅須伎高日古尼命神在於新次社造神宮於此野之時意保和知苅廻為院故名邑曰野粳罡者伊和大神与天日桙命二神各發軍相戦尒時大神之軍集而舂稲之其粳聚為丘一云掘城處者品太天皇御俗叅度来百済人等随有俗造城居之又其簸置粳云墓又云城牟礼山其孫等川邊里三家人夜代等所以云八千軍者天日桙命軍在八千故曰八千軍野　蔭山里 蔭罡冑罡　圡中下　云蔭山者品太天皇御蔭堕於此山故曰蔭山又号蔭罡尒除道刃鈍仍云磨布理許故云磨布理村云冑罡者伊与都比古神与宇知賀久牟豊冨命相闘之時冑堕此罡故曰冑罡　的部里 石坐神山高野社　圡中〻　右的部等居於此村故曰的部里　云石坐山者此山戴石又在豊穂命神故曰石坐神山　云高野社者此野高於他野又在玉依比賣命故曰高野社 生槐杜

（託賀郡）

託賀郡　右所以名託加者昔在大人常勾行也自南海到北海自東巡行之時到来此圡云他土卑者常勾伏而行之此圡高者申而行之高哉故曰託賀郡其踰迹處數〻成沼　賀眉里 大海山荒田村　圡下上右由居川上為名所以号大海者昔明石郡大海里人到来居於此山底故曰大海山生松所以号荒田者此處在神名道主日女命无父而生兒為之釀盟酒作田七町七日七夜之間稲成熟竟乃釀酒集諸神遣其子捧酒而令養之於是其子向天目一命

而奉之乃知其父後荒其田故曰荒田村黒田里袁布山支閇罡大羅野　圡下上右以圡黒為名云袁布山者昔宗形大神奥津嶋比賣命任伊和大神之子到来此山云我可産之時訖故曰袁布山云支閇丘者宗形大神云我可産之月盡故曰支閇丘云大羅野者昔老夫与老女張羅於袁布中山以捕禽鳥衆鳥多来負羅飛去落於件野故曰大羅野　都麻里都多支比也山比也野鈴堀山伊夜丘阿冨山高瀬目前和尓布多岐阿多加野　圡下上　町以号都麻者播磨刀賣与丹波刀賣堺国之時播磨刀賣到於此村汲井水而飡之云此水有味故曰都麻　云都太岐者昔讃伎日子神誂冰上刀賣尓時冰上刀賣荅曰否日子神猶強而誂之於是冰上刀賣怒云何故吾即雇建石命以兵相闘於是讃伎日子負而還去云我其怯哉故曰都太岐云比也山者品太天皇狩於此山一鹿立於前鳴聲比〻天皇聞之即止翼人故山者号比也山野者比也野鈴堀山者品太天皇巡行之時鈴落於此山雖求不得乃堀圡而求之故曰鈴堀山伊夜丘者品太天皇獦犬名麻奈志漏　与猪走上此罡天皇見之云射乎故曰伊夜罡此犬与猪相闘死即作墓葬故此罡西有犬墓阿冨山者以朸荷宍故号阿冨云高瀬村者囙高川瀬為名目前田者天皇獦犬為猪町打害目故曰目割阿多加野者品太天皇狩於此野一猪負矢為阿多岐故曰阿多賀野法太里甕坂花波山　圡下上　町以号法太者讃伎日子与建石命相闘之時讃伎日子負而逃去以手匐去故匐田甕坂者讃伎日子逃去之時建石命逐此坂云自今以後更不得入此界即御冠置此坂一家云昔丹波与播磨堺国之時大甕堀埋於此上以為国境故曰甕坂花波山者近江国花波之神在於此山故囙為名

（賀毛郡）

賀毛郡　所以号賀毛者品太天皇之世於鴨村雙鴨作栖生卵故曰賀毛郡　上鴨里 土中上　下鴨里 土中中　右二里号鴨里者已詳於上但後分為二里故曰上鴨下鴨所以品太天皇巡行之時此鴨發飛居於條布井樹此時天皇問云何鳥哉阿従當麻品遅部君前玉荅曰住於川鴨勅令射時發一矢中二鳥即負矢従山岑飛越之處号鴨坂落斃之處者仍号鴨谷煮羹之處者煮坂下鴨里有碓居谷箕谷酒屋谷此大汝命造碓稲舂之處者号碓居谷箕置之處者号箕谷造酒屋之處者号酒屋谷　條布里 土中〻 所以号條布者此村在井一女汲水即被吸没故曰号條布鹿咋山右所以号鹿咋者品太天皇狩行之時白鹿咋己舌遇於此山故曰鹿咋山　品遅部村　右号然者品太　天皇之世品遅部等遠祖前玉所賜此地故号品遅部村　三重里 土中〻 所以云三重者昔在一女抜筍以布裹食重居不能起立故曰三重　檜原里 土中〻 所以号檜原者柞生此村故曰柞原伎須美野　右号伎須美野者品太天皇之世大伴連等請此處之時喚国造黒田別而問地状尒時對曰縫衣如蔵櫃底故曰伎須美野　飯盛嵩右号然者大汝命之御飯盛於此嵩故曰飯盛嵩　粳罡　右号粳罡者大汝命令舂稲於下鴨村散粳飛到於此罡故曰粳罡有玉野村所以者意奚袁奚二皇子等坐於美嚢郡志深里高宮遣山部小楯誂国造許麻之女根日女命於是根日女已依命訖尒時二皇子相辞不娶于日間根日女老長逝于時皇子等大哀即遣小立勅云朝夕日不隠之地造墓蔵其骨以玉餝墓故縁此墓号玉丘其村号玉野　起勢里 土下中臯江黒川 右号起勢者巨勢部等居於此村仍為里名臯江右号臯江者品太天皇之世播磨国之田村君在百八十村君而己村別相闘之時天皇勅追聚於此村悉皆斬死故曰臯江其血黒流故号黒川　山田

里土中下　猪飼野　右号山田者人居山際遂由為里名　猪養野　右号猪飼者難波高津宮御宇天皇之世日向肥人朝戸君天照大神坐舟於猪持叅来進之可飼盯求申仰仍盯賜此處而放飼猪故曰猪飼野　端鹿里土下上　今在其神　右号端鹿者昔神於諸村班菓子至此村不足故仍云間有栽故号端鹿此村至于有今山木無菓子生真木桅粉　穂積里本名塩野小目野　土下上盯以塩野者鹹水出於此村故曰塩野今号穂積者穂積臣等族居於此村故号穂積小目野　右号小目野者品太天皇巡行之時宿於此野仍望覧四方勅云彼観者海哉河哉従臣對曰此霧也尓時宣云大體雖見無小目哉故曰号小目野於是従臣開井故云佐〻御井又囙此野詠歌宇都久志伎乎米乃佐〻波尓阿良礼布理志毛布畱等毛奈加礼曽祢袁米乃佐〻波　雲潤里土中〻　右号雲潤者丹津日子神法太之川底欲越雲潤之方云尓之時在於彼村太水神辞云吾以宍血佃故不欲河水尓時丹津日子云此神倦堀河事云尓而已故号雲弥今人号雲潤　河内里土中下　右由川為名此里之田不敷草下苗子盯以然者住吉大神上坐之時食於此村尓従神等人苅置草觧散為坐尓時草主大患訴於大神判云汝田苗者必雖不敷草如敷草生故其村田于今不敷草作苗代　川合里土中上　腹辟沼右号川合者端鹿川底与鴨川會村故号川合里腹辟沼　右号腹辟者花浪神之妻淡海神為追己夫到於此處遂怨瞋妾以刀辟腹没於此沼故号腹辟沼其沼鮒等今无五臓

（美囊郡）

美囊郡盯以号美囊者昔大兄伊射報和氣命堺国之時到志深里許曽社勅云此土水流甚美哉故号美囊郡志深里土中〻　盯以号志深者伊射報和氣命御食於此井之時信深貝遊

上於御飯筥縁尓時勅云此貝者於阿波国和那散我吋食之貝哉故号志深里於奚袁奚天皇等吋以坐於此土者汝父市邊　天皇命吋敍於近江国摧綿野之時率舁部連意美而逃来隠於惟村石室然後意美自知重罪乗馬寺切断其筋逐放之亦持物桉等盡焼瘞之即経死之尓二人子等隠於彼此迷於東西仍志深村首伊等尾之家吋役也㠯伊等尾新室之宴而二子等令燭仍令擧詠辞尓兄弟各相讓乃弟立詠其辞曰多良知志吉備鐵狭鍫持如田打手拍子等吾将為儛又詠其辞曰淡海者水渟国倭者青ゝ垣ゝ山投坐市邊之天皇御足末奴津良麻者即諸人等皆畏走出尓針間国之山門領吋遣山部連少楯相聞相見語云為此子汝母手白髪命晝者不食夜者不寝有生有死泣戀子等仍叅上祓如右件即歓哀泣還遣少楯㞢上仍相見相語戀自此以後更還下造宮於此土而坐之故有高野宮少野宮川村宮池野宮又造倉之處即号御宅村造倉之處号御倉尾高野里坐於祝田社神玉帯志比古大稲男玉帯志比賣豊稲女志深里坐於三坂神八戸挂須御諸命大物主葦原志許国堅以後自天下於三坂岑吉川里吋以号吉川者吉川大刀自神在於此故云吉川里　枚野里㠯體為名高野里㠯體為名

〈逸文〉

爾保都比売命

播磨國風土記曰息長帯日女命欲平新羅國下坐之時禱於衆神尓時國堅大神之子尓保

都比賣命著國造石坂比賣命教曰好治奉我前者我尒出善験而比ゝ良木八尋桙根底不附國越賣眉引国玉匣賀々益国苫枕有寶國白衾新羅國矣以丹浪而将平伏賜如此教賜於此出賜赤玉其土塗天之逆桙建神舟之艫舳又染御舟裳及御軍之着衣又攪濁海水渡賜之時底潜魚及高飛鳥等不往来不遮前如是而平伏新羅已訖還上乃鎮奉其神於紀伊國管川藤代之峯

（『釈日本紀』巻十一）

速鳥

播磨國風土記曰明石驛家駒手御井者難波高津宮天皇之御世楠生於井上朝日蔭淡路嶋夕日蔭大倭嶋根仍伐其楠造舟其迅如飛一檝去越七浪仍号速鳥於是朝夕乗此舟為供御食汲此井水一旦不堪御食之時故作歌而止唱曰住吉之大倉向而飛者許曽速鳥云目何速鳥

（『釈日本紀』巻八）

播磨国風土記　解説

一　成立と編纂

現存する『播磨国風土記《はりまのくにふどき》』は、賀古郡《かこのこおり》・印南《いなみ》郡・飾磨《しかま》郡・揖保《いいぼ》郡・讃容《さよ》郡・宍禾《しさわ》郡・神前《かむさき》郡・託賀《たか》郡・賀毛《かも》郡・美嚢《みなぎ》郡の十の郡の記事を、里を単位として記している。この風土記の古写本であり唯一の伝本である三条西家《さんじょうにしけ》本は、冒頭記事賀古郡より前の記事が切断されているため明石《あかし》郡の記事を欠いている。『釈日本紀』に残された当国風土記逸文には、明石駅家《うまや》記事が採録されており、本来は明石郡の記事が存在したことは確実である。

各郡記事を構成する記事では、すべて「里」表記で統一されているところから、この風土記の成立は、『出雲国風土記《いずものくにふどき》』総記に「郷の字は、霊亀《れいき》元年の式によりて、里を改めて郷となす」とある霊亀元年（七一五）以前と推定され、和銅六年（七一三）の官命発令直後には成立していたと考えられる。ただし、これに関しては近年、鎌田《かまだ》元一《もとかず》が新出の和銅八年計帳木簡を手がかりとして考察した結果、郷里制の施行については霊亀三年（七一七）六月～同年十一月の間である可能性が高いと述べている（注一）。これによるならば、この風土記の成立の下限は霊亀三年ということになる。また、風土記は本来は行政上の報告文書であった。賀古郡の舟引原《ふなひきはら》の記事に「又、事は上の解と同じ」という記述があり、上級官庁への提出文書である「解文」として作成されたものであることが分かる。

さて、当国風土記の成立に関して、三条西家本の本文を詳細に検討した秋本吉郎《あきもときちろう》は、この写本に不備や追補の痕跡《こんせき》が随所に見られるという未精撰《みせいせん》の様態を示していることを指摘し、これが国庁に残された未整備稿本であると述べている（注二）。当国風土記の本文は、確かに秋本が指摘するような不備や杜撰《ずさん》さや文意不明確な文章があり、推敲《すいこう》や整理を経ていない草稿であるかのような印象は否めないだろう。ただし、それをもって国庁に残された未整備稿本とまでは言い切れないように思う。これを受容する現代の我々としては、三条西家本を『播磨国風土記』として受け止める他はないであろう。

ところで、小野田光雄《おのだみつお》は当国風土記本文の地名説明の文体、地名説明慣用句の使い方、伝承されている神の分布といった形態や形式を検討した結果、

A群　賀古・印南・美嚢
B群　飾磨・神前・託賀・賀毛
C群　揖保・讃容・宍禾

の三つのグループにまとめられることを明らかにした。小野田はこれが、『国造本紀』に記

された古代播磨の三国造、すなわち針間国造《はりまのくにのみやつこ》・針間鴨《かも》国造・明石国造の勢力圏とほぼ重なるところから、これら国造が各グループ記事の採録や筆録に関与した可能性を指摘している(注三)。本文の形態的特徴を整理して、そこから編述に関わる歴史的背景を考えようとするこの論は注目されるが、律令《りつりよう》体制のもとで整備されてきた国・郡・里の地方制度の中で、旧国造が果たしてどれほどの影響力を持ち得たのかという点に関しては、いささかの不安も残る。とはいうものの、当国風土記の本文にみられる形態的特色を明らかにしたことは、大いに意義があると言わねばならない。

当国風土記の成立については、他にそれを裏付ける資料がないため、これ以上のことは分からないが、当国風土記の成立を仮に霊亀元年以前とするならば、その編者として最も可能性が高いのは、『懐風藻』に従《じゆ》四位下播磨国の守《かみ》と記されている大石王《おおいしのおおきみ》であろう。『続日本紀《しよくにほんぎ》』によれば、大石王が従四位下になったのは和銅六年四月のことである。そして、それは風土記編纂《へんさん》の官命が発令された同年五月の一か月前にあたり、相前後して播磨国に赴任したものと考えられる。ただし、文書作成の実務は、実際には各郡司でなされていたと考えられるので、もし大石王が編者であるとしても、この人自身が、全体に亘って筆を執ったものではないと思われる。

二　特色

（1）土品記載について

当国風土記の記事は、先にも述べた通り各郡の里を単位として構成され、そのほとんどが郡と里および山川原野の地名起源説話で占められている。また、官命第三項で報告を求められている「地味の肥沃《ひよく》状態」に関して、たとえば、

望理《まがり》の里　土は中の上（賀古郡）
香山《かぐやま》の里　土は下の上（揖保郡）
石海《いわみ》の里　土はこれ上の中（揖保郡）

のように、上上から下下までの九等のランクに分けて詳細に記述しているところに大きな特色がある。この土品記載に関しては植垣節也《うえがきせつや》の詳細な論がある（注四）。植垣は当国風土記の土品記載を拾い上げ、

上上	上中	上下	中上	中中	中下	下上	下中	下下	無記載
0	5	2	21	25	8	8	5	2	5

のように整理した上で、全体として幾分中よりも下に傾いているという傾向に注目して「一等級づつ下ろして記されてゐると思へばさうも思へる」と述べている。植垣は、さらに播磨における米の反当収量を明治十八年の『兵庫県統計書』によって確認し、風土記の土品記載と明治十八年の反当収量がほぼ対応している事実を突き止めた。千年以上の違いがある奈良

時代と、明治時代の反当収量を単純に比較することはできないであろうが、少なくとも当国風土記の土品記載が、かなり信頼できるものであることは確実であろう。ここに、行政文書としての風土記の一面を見ることができると思うのである。

（2）国占め・国争い神話と地名起源説話

先にも指摘したとおり、当国風土記の里の記事のほとんどは地名起源説話である。それらの伝承の中で、まず注目されるのは国占め・国争いの神話である。

（1）伊和大神、国占めましし時、鹿、来たりて山の岑に立ちき。（揖保郡香山里）

（2）讃伎国の宇達の郡、飯の神の妾、名は飯盛の大刀自と曰ふ。この神、度り来まして、此の山を占めて居りましき。故、飯盛山と名けき。（揖保郡飯盛山）

（3）葦原志許乎命、国を占めたまひし時に、勅りたまひしく、「この地は小狭し。室の戸の如くなり」とのりたまひき。故、表戸と曰ひき。（宍禾郡宇波良村）

（4）讃容と云ひし所以は、大神妹妹二柱、各競ひて国占めましし時、妹玉津日女命、生ける鹿を捕り臥せ、其の腹を割きて、稲を其の血に種きき。仍りて一夜の間に苗生ひ、取りて殖ゑしめき。（讃容郡）

（5）葦原志許乎命、天日槍命と二はしら、此の谷を相奪ひたまひき。故、奪谷と曰ひ

き。（宍禾郡奪谷）

（6）葦原志許乎命、天日槍命と、国を占めたまひし時、嘶く馬有りて、此の川に遇ひき。故、伊奈加川と曰ひき。（宍禾郡伊奈加川）

（7）国を占めたまひし時、天日槍命、先に到りし処なり。伊和大神、後に到りたまひき。是に、大神、大きに恠しびて云ひたまひしく、「度らぬ先に到りしかも」といひたまひき。故、波加の村と曰ひき。（宍禾郡波加村）

このように、国占め・国争い神話は、地名起源の説明と結びつきながら、多彩な姿で語られている。それらは、在地の神である伊和大神《いわのおおかみ》や葦原志許乎命《あしはらのしこおのみこと》のみならず、他地方の神や渡来系の神の伝承も含んでおり、播磨と他国の関係や歴史、さらに信仰の広がりを考える上で重要であると言えるだろう。特に注目されるのは、渡来系の天日槍命《あまのひぼこのみこと》に関する伝承である。この神は記紀では新羅《しらぎ》国王の王子として登場し、『日本書紀』垂仁《すいにん》天皇三年三月に渡来したと記されている。そしてその異伝として、

初め天日槍、艇《はしぶね》に乗りて播磨国に泊て、宍粟邑《しさはのむら》に在り。（中略）仍りて天日槍に詔して曰はく、「播磨国の宍粟邑、淡路島の出浅邑《いでさのむら》、是の二邑は、汝の任意《こころのまま》に居れ」とのたまふ。（新編日本古典文学全集本『日本書紀』による）

とあり、播磨国と深い関係にあったことが分かる。また『古事記』では中巻の応神天皇《おうじん》条に「昔」の出来事として、天日槍渡来を伝えている。その伝承によれば、新羅のある女性が、日光に感応して生んだ赤い玉を天日槍が手に入れて床の辺に置いていたところ、たちまち麗しい女性となり妻としたが、その妻は本国に帰ると云《い》って逃げ出してしまう。それに続けて、次のような伝承が記されている。

ここに、天之日矛、その妻の遁げしことを聞きて、すなはち追ひ渡り来て、難波に到らむとせし間に、其の渡の神、塞《さ》へて入れざりき。かれ、さらに還りて、多遅摩の国に泊てき。すなはちその国に留まりて、多遅摩之俣尾が女、名は前津見を娶りて、生める子、多遅摩母呂須玖《たぢまもろすく》。（新潮日本古典集成本『古事記』による）

但馬《たじま》と播磨は国境を接しており二つの国の関係は深い。当国風土記における天日槍命伝承も、記紀の伝承と何らかの繫《つな》がりを持っているものと推察される。これに関して青木紀元《あおききげん》は、

古代の播磨へは周囲の国々から多くの人々が移住して来て、韓人・漢人等の異国人も入って来たのであるが、播磨国風土記は、その日本側を代表する神格を葦原志許乎命、異

国側を代表する神格を天日槍命として設け、両者の激しい闘争の物語を伝えているのである。それは、古代播磨における人々の土地争奪の歴史を反映し、また日本人対異国人の対立を反映し、更に播磨対但馬の闘争を反映するものとみることができる。(『日本神話の基礎的研究』七四頁)

と述べ、これらの神話伝承の背景に、他の地方、他の国からの人々の移住によって引き起こされた、もとから播磨に住んでいた人々との闘争の歴史があったことを推論している(注五)。青木が述べるとおり人の移住には、その人々が信仰してきた神とその伝承も伴うものであると考えられる。したがって、当国風土記に多く残された国占め・国争い神話の背景には、それらの神を奉じる人々の闘争の歴史が反映されていると見ることは妥当であろう。

地理的にみるなら、播磨国は、出雲《いずも》・伯耆《ほうき》・但馬の日本海側の諸国や九州・四国そして瀬《せ》戸内《とうち》の諸国から、畿内《きない》に向かう場合に絶対に通らねばならない位置にあり、この国全体が、いわば交通の要所なのである。渡来してきた氏族や他国の人々が交差し、そこに文化の衝突が生じているといえる。その歴史を神話や伝説として伝承してきたところに、この国の特色があり、それがそのまま当国風土記説話の特色となっていると言っても過言ではないだろう。

三　諸本と伝来

『播磨国風土記』の写本に関しては、平安時代中期以降の書写とみられる三条西家本（天理《てんり》図書館所蔵）が唯一の伝本である。この写本は長い間世に出ることがなく、江戸時代末期になって柳原紀光《やなぎはらのりみつ》と谷森善臣《たにもりよしおみ》によって転写され、その存在が知られるようになった。

巻子本である三条西家本は、冒頭部分の記事が切断されておりそのために明石郡の記事を欠くことはすでに述べた通りである。全五百三十行からなるこの写本は、誤脱が多く、また異体字を多く含むため、研究者を悩ませてきた。そのままでは読みづらく難解な本文が多いため、諸注釈書では内部徴証によって積極的に本文を校訂する立場を採っている。確かに、三条西家本には、しばしば文章の呼応の乱れや文意の矛盾が見られる。しかしながら、その乱れや矛盾をそのまま受け止めても解釈できることが多いのもまた事実である。その意味でいうなら、三条西家本は現代の文章表現論で言う「悪文」を多く含む本文だとも言えるだろう。そのような観点から、従来の校訂を見直してみると、これは校訂というよりもむしろ「添削」と呼ぶ方が実態に近いように思う。本来校訂とは、できるだけ祖本の姿を復元することを目的とするものであり、悪文の添削を目的とするものではない。その意味から考えると、これまでの校訂には若干の問題があるように思う。

三条西家本が唯一の伝本とする『播磨国風土記』には、比較すべき諸本がない。孤本の校訂をどう考えるべきかという宿命を背負っているともいえるだろう。この問題に関しては、すでに私見を述べたことがある（注六）。当国風土記の本文校訂については、今後もさらに検討を加えていく必要があるだろう。

なお、本書では逸文「爾保都比売命」（『釈日本紀』所引）・「速鳥」（『釈日本紀』所引）を収めたが、「爾保都比売命」については本来あるべき位置への復元が困難なため、これら二つの逸文については、やむを得ず本文の末尾にまとめて記載した。

四　注釈書

当国風土記の主な注釈書としては、

敷田年治《しきだとしはる》『標注播磨風土記』明治二十年　玄同社
井上通泰《いのうえみちやす》『播磨風土記新考』昭和六年　大岡山書店
秋本吉郎『風土記』（日本古典文学大系）昭和三十三年　岩波書店
久松潜一《ひさまつせんいち》『風土記』（日本古典全書）昭和三十五年　朝日新聞社
小島瓔禮《こじまよしゆき》『風土記』昭和四十五年　角川書店
植垣節也『風土記』（新編　日本古典文学全集）平成九年　小学館
沖森卓也・佐藤信・矢嶋泉『播磨国風土記』平成十七年　山川出版社

などがある。

注一　鎌田元一『律令公民制の研究』（塙書房、二〇〇一年三月）

注二　秋本吉郎『風土記の研究』（ミネルヴァ書房、一九六三年十月）
注三　小野田光雄「播磨国風土記成立に関する一考察」（『國學院雑誌』五五巻三号、一九五四年）
注四　植垣節也「播磨国風土記の土品記載」（『古典学藻』所収、塙書房刊、一九八二年十一月）
注五　青木紀元『日本神話の基礎的研究』（風間書房刊、一九七〇年三月）
注六　橋本雅之「三条西家本『播磨国風土記』校訂私見」（『古代文芸論叢』所収、おうふう、二〇〇九年十一月）

（橋本雅之）

播磨国風土記地図

丹波国
摂津国
託賀郡
賀毛郡
美嚢郡
印南郡
賀古郡
明石郡
大海山
賀眉里
支閉丘？
袁布山？
荒田村
黒田里
都麻里
比也山
高瀬村
鈴堀山
阿富山
法太里
花波山
甕坂
粟鹿川内
勢賀川
川辺里
上鴨里
河内里
雲潤里
穂積里
鴨谷
鴨坂
修布里
多駝里
八千軍野
玉丘
三重里
玉野村
楢原里
小目野
端鹿里
粳岡
飯盛山
邑日野？
碓居谷
下鴨里
川合里
起勢里
端鹿川
吉川里
蔭山里
賀毛川
黒川
猪飼野
粳岡
伎須美野
山田里
豊国村
牧野里
志深里
益気里
升形山
含藝里
印南川
高野里
高野宮
少野宮
石室
太国里
八十橋
望理里
日岡
伊保山
大石
六継里
駅家里
賀古駅
印南浦
南毗都麻島
長田里
印南大津江
賀古松原
鴨波里
大海里
阿閇津
明石川
住吉里
明石駅
山陽道
神島
林潮
(播　磨　灘)
淡路島
N

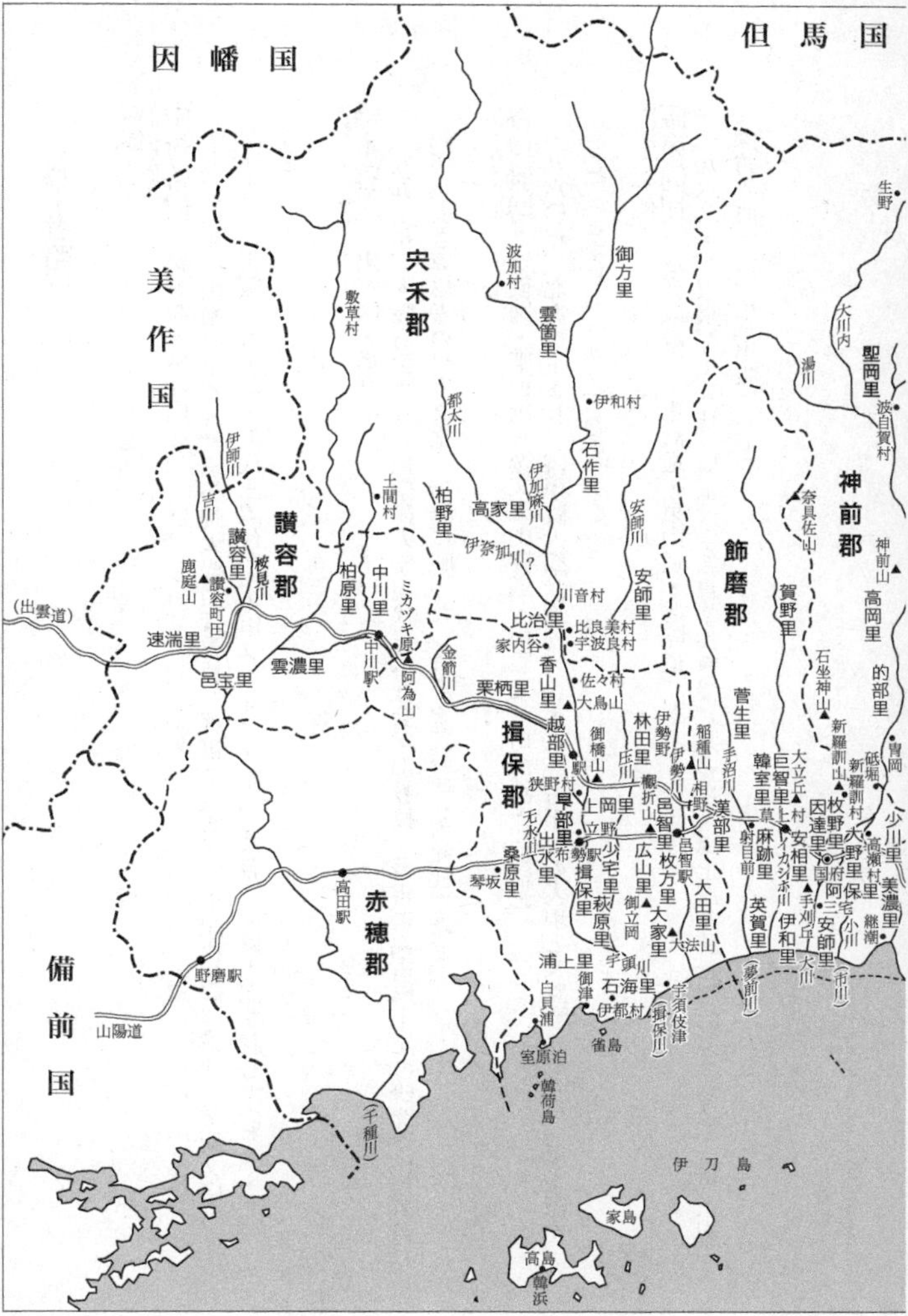

因幡国
但馬国
美作国
備前国
宍禾郡
讃容郡
揖保郡
赤穂郡
飾磨郡
神前郡
生野
大川内
湯川
聖岡里
波自賀村
奈具佐山
神前山
高岡里
的部里
石坐神山
新羅訓山
新羅訓村
砥堀
少川里
高瀬村
美濃里
継潮
市川
賀野里
巨智里
大立丘
韓室里
草上村
因達里
枚野里
大野里
国府
阿保里
三宅
小川
安師里
手苅丘
大川
安相里
麻跡里
イカシホ川
伊和里
英賀里
射目前
菅生里
手沼川
夢前川
漢部里
稲種山
相野
大田里
大法山
伊勢野
伊勢川
林田里
邑智里
邑智駅
枚方里
広山里
御立岡
大家里
宇須伎津
揖保川
宇頭川
石海里
伊都村
雀島
御津
浦上里
白貝浦
室原泊
韓荷島
伊刀島
家島
高島
韓浜
波加村
御方里
雲箇里
伊和村
石作里
安師川
安師里
伊加麻川
伊奈加川?
川音村
比治里
比良美村
宇波良村
家内谷
香山里
佐々村
大鳥山
都太川
柏野里
高家里
越部里
駅
御橋山
庄川
櫃折山
上岡里
立野
少宅里
揖保里
萩原里
狭野村
栗栖里
金箭川
早部里
布勢駅
出水里
毛水川
桑原里
琴坂
敷草村
土間村
中川里
柏原里
ミカヅキ原
中川駅
阿為山
雲濃里
邑宝里
速湍里
(出雲道)
伊師川
吉川
讃容里
鹿庭山
讃容町田
桉見川
高田駅
野磨駅
山陽道
(千種川)

執筆者略歴

監修
中村啓信《なかむらひろとし》　総解説・常陸国
一九二九年、山梨県生まれ。國學院大學名誉教授。著書に『新・古事記物語』（講談社学術文庫）、訳注書に『新版　古事記　現代語訳付』（角川ソフィア文庫）、共著に『風土記を読む』（おうふう）など。

橋本雅之《はしもとまさゆき》　出雲国・播磨国
一九五七年、大阪府生まれ。皇學館大学現代日本社会学部教授。著書に『古風土記の研究』（和泉書院）、『引き算思考の日本文化　物語に映ったこころを読む』（創元社）など。

谷口雅博《たにぐちまさひろ》　豊後国・肥前国・逸文（山陽道・山陰道・南海道・西海道）
一九六〇年、北海道生まれ。國學院大學准教授。著書に『古事記の表現と文脈』、共著に『風土記を読む』（ともにおうふう）など。

飯泉健司《いいいづみけんじ》　逸文（畿内・東海道・東山道・北陸道）
一九六二年、東京都生まれ。埼玉大学教育学部教授。共著に『風土記を読む』（おうふう）、『風土記探訪辞典』（東京堂出版）など。

風土記《ふどき》 上《じょう》

現代語訳付《げんだいごやくつ》き

中村啓信《なかむらひろとし》＝監修・訳注

平成27年 6月25日　初版発行
令和6年 10月10日　23版発行

発行者●山下直久

発行●株式会社KADOKAWA
〒102-8177　東京都千代田区富士見2-13-3
電話　0570-002-301（ナビダイヤル）

角川文庫 19240

印刷所●株式会社KADOKAWA
製本所●株式会社KADOKAWA

表紙画●和田三造

●お問い合わせ
https://www.kadokawa.co.jp/（「お問い合わせ」へお進みください）
※内容によっては、お答えできない場合があります。
※サポートは日本国内のみとさせていただきます。
※Japanese text only

ISBN978-4-04-400119-3　C0191

◆◇◇

角川文庫発刊に際して

角　川　源　義

第二次世界大戦の敗北は、軍事力の敗北であった以上に、私たちの若い文化力の敗退であった。私たちの文化が戦争に対して如何に無力であり、単なるあだ花に過ぎなかったかを、私たちは身を以て体験し痛感した。西洋近代文化の摂取にとって、明治以後八十年の歳月は決して短かすぎたとは言えない。にもかかわらず、近代文化の伝統を確立し、自由な批判と柔軟な良識に富む文化層として自らを形成することに私たちは失敗して来た。そしてこれは、各層への文化の普及滲透を任務とする出版人の責任でもあった。

一九四五年以来、私たちは再び振出しに戻り、第一歩から踏み出すことを余儀なくされた。これは大きな不幸ではあるが、反面、これまでの混沌・未熟・歪曲の中にあった我が国の文化に秩序と確たる基礎を齎らすためには絶好の機会でもある。角川書店は、このような祖国の文化的危機にあたり、微力をも顧みず再建の礎石たるべき抱負と決意とをもって出発したが、ここに創立以来の念願を果すべく角川文庫を発刊する。これまで刊行されたあらゆる全集叢書文庫類の長所と短所とを検討し、古今東西の不朽の典籍を、良心的編集のもとに、廉価に、そして書架にふさわしい美本として、多くのひとびとに提供しようとする。しかし私たちは徒らに百科全書的な知識のジレッタントを作ることを目的とせず、あくまで祖国の文化に秩序と再建への道を示し、この文庫を角川書店の栄ある事業として、今後永久に継続発展せしめ、学芸と教養との殿堂として大成せんことを期したい。多くの読書子の愛情ある忠言と支持とによって、この希望と抱負とを完遂せしめられんことを願う。

一九四九年五月三日